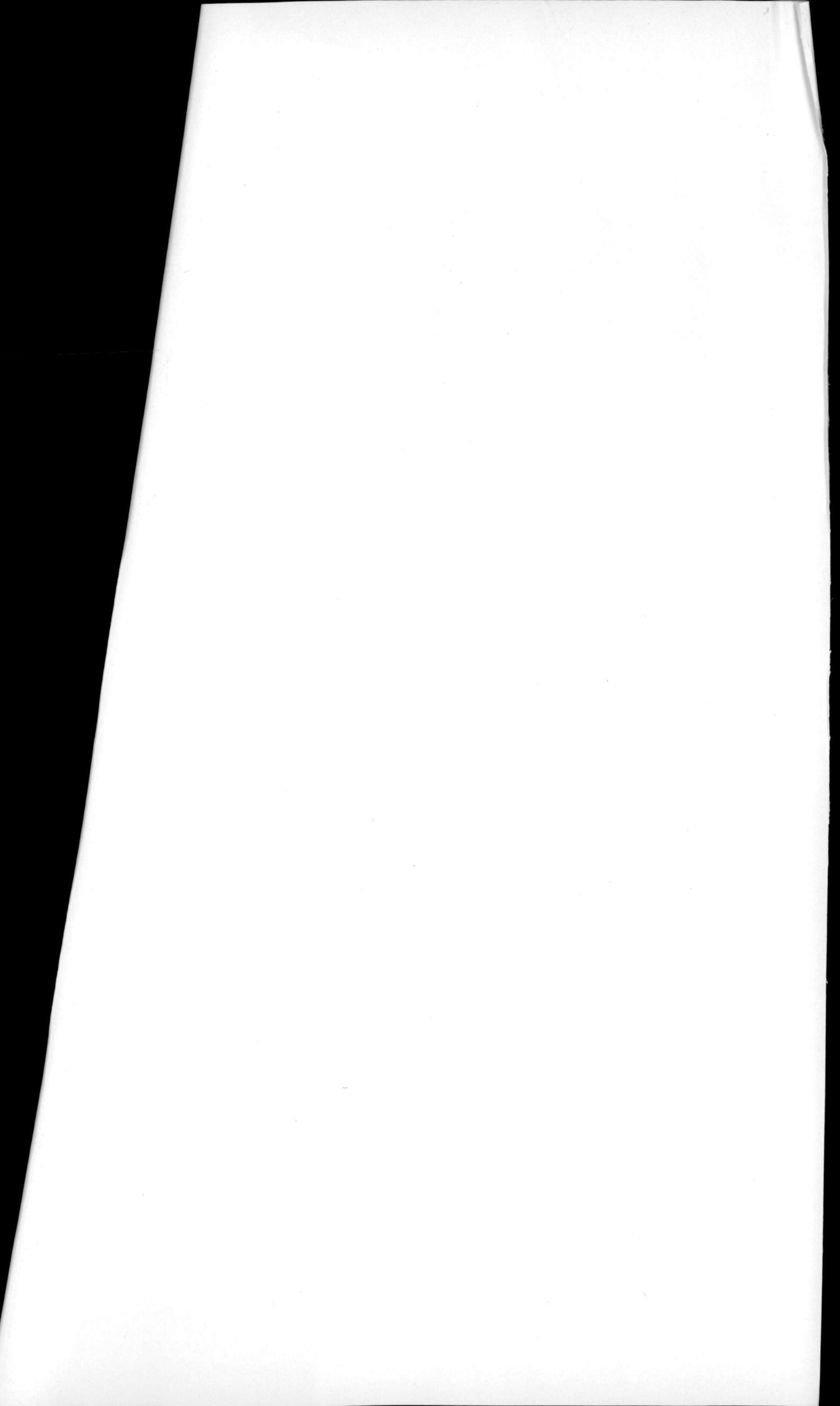

국문

▲ 이덕형 사행. 선사포 출발 광경, 국립중앙박물관 소장 '항해조천도'(본 7952/40.8cm×34cm/지본채색/조선조 후기)

▲ 이덕형 사행. 장산도 · 석성도 부근 항해 모습, 국립중앙박물관 소장 '항해조천도'(본 7952/40.8cm×34cm/지본채색/조선조 후기)

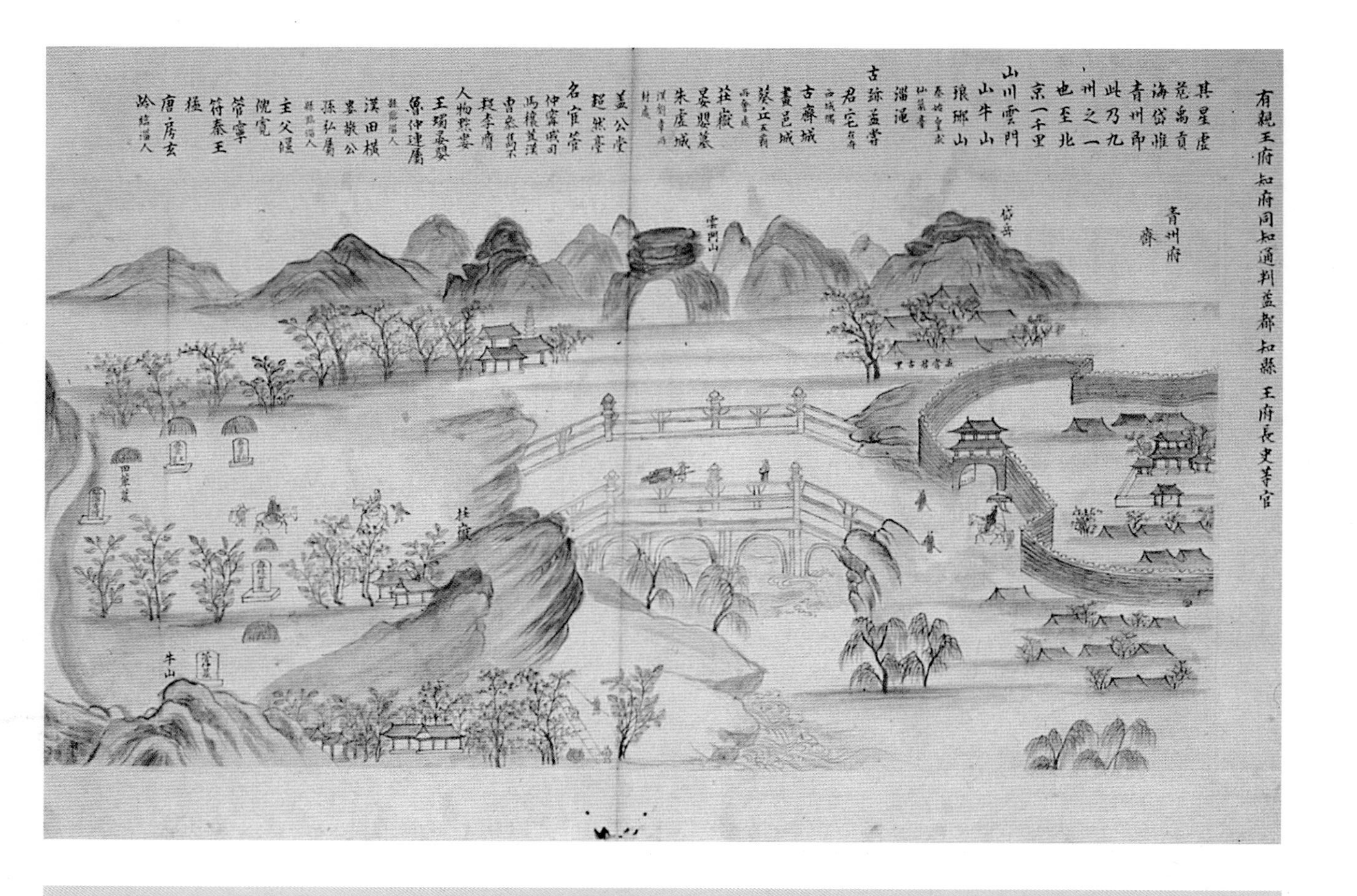

▲ 이덕형 사행. 청주부에서, 국립중앙박물관 소장 '항해조천도'(본 7952/40.8cm×34cm/지본채색/조선조 후기)

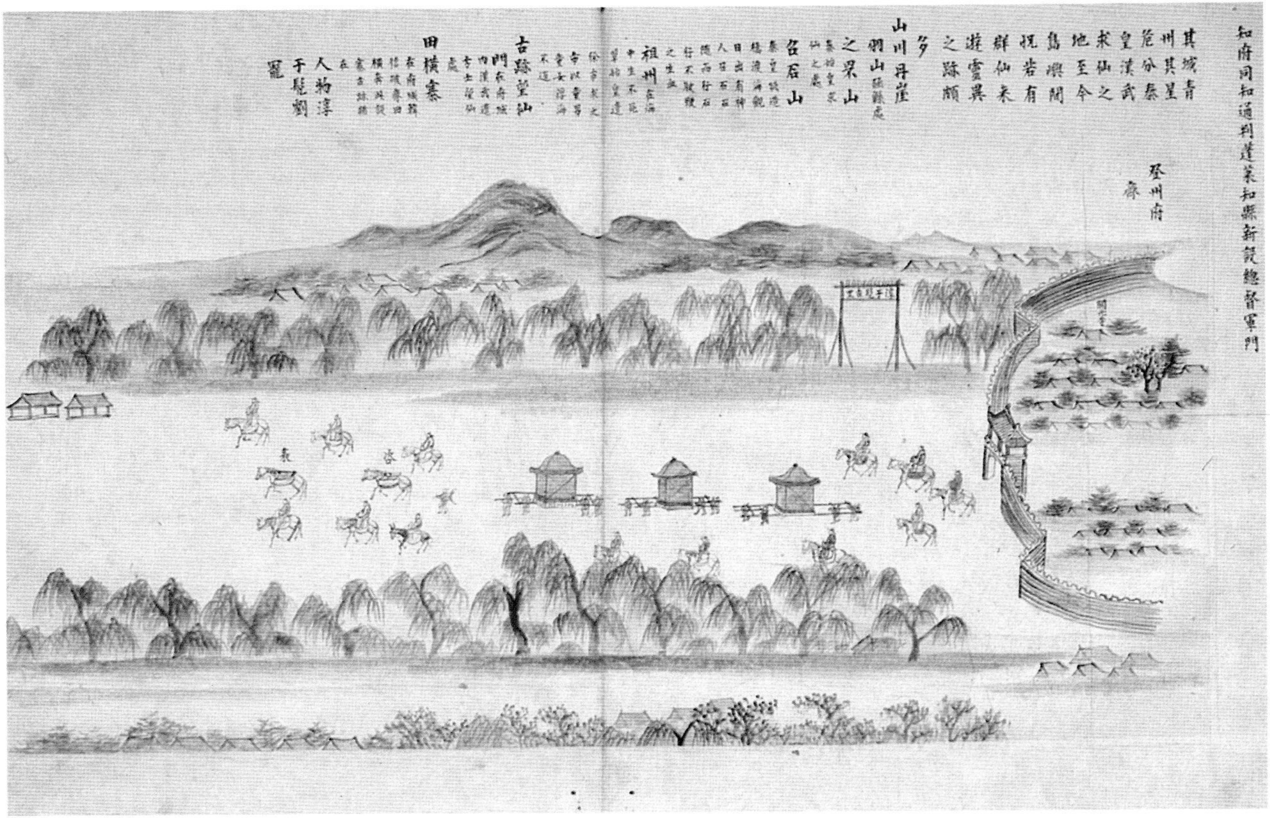

▲ 이덕형 사행. 등주부를 지나며, 국립중앙박물관 소장 '항해조천도'(본 7952/40.8cm×34cm/지본채색/조선조 후기)

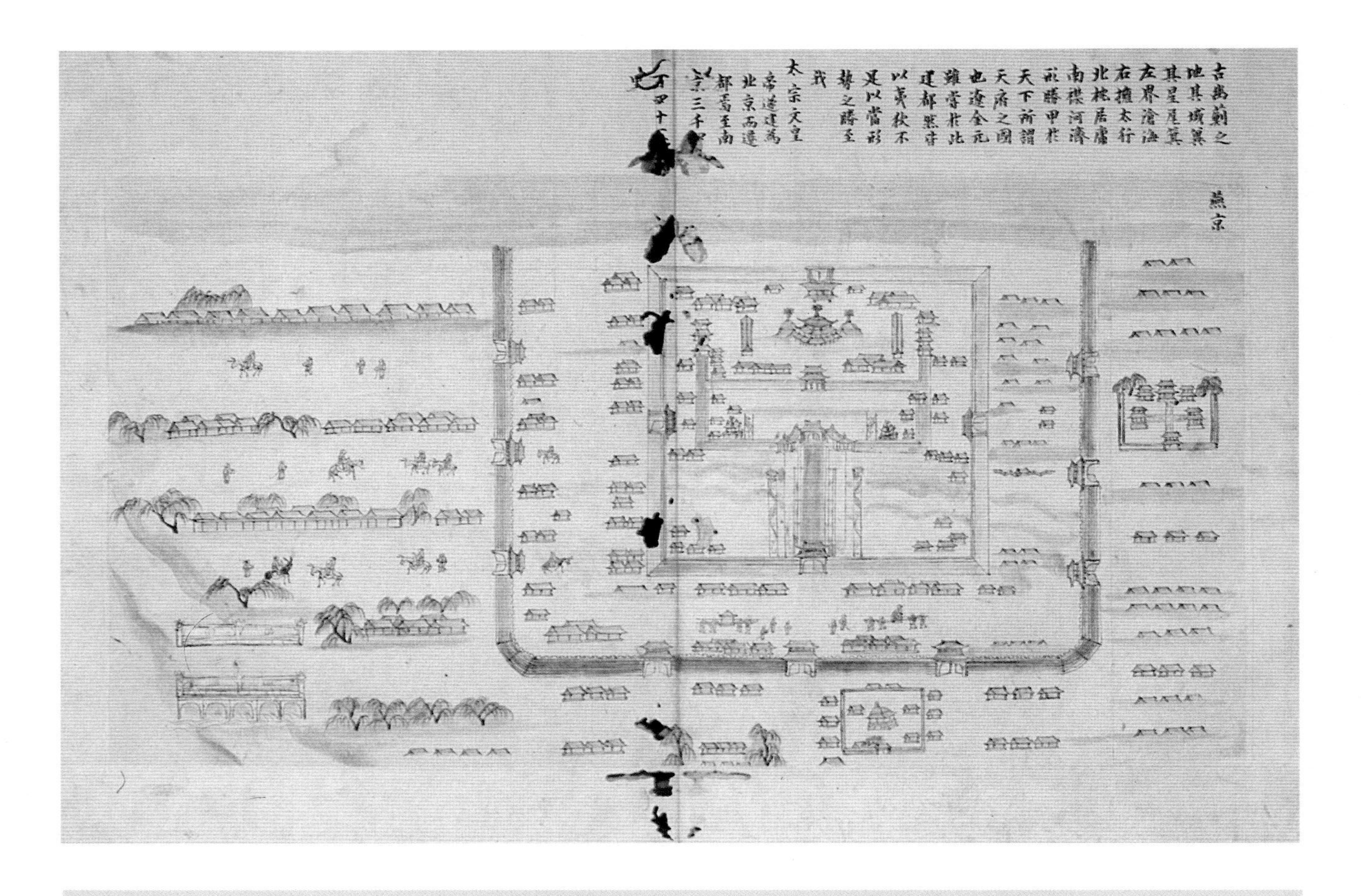

▲ 이덕형 사행. 연경의 모습, 국립중앙박물관 소장 '항해조천도'(본 7952/40.8cm×34cm/지본채색/조선조 후기)

▲ 이덕형 사행. 선사포 회박, 국립중앙박물관 소장 '항해조천도'(본 7952/40.8cm×34cm/지본채색/조선조 후기)

▲ 연행도(만리장성). 숭실대학교 기독교박물관 소장(34.4cm×44.7cm/1760 AD)

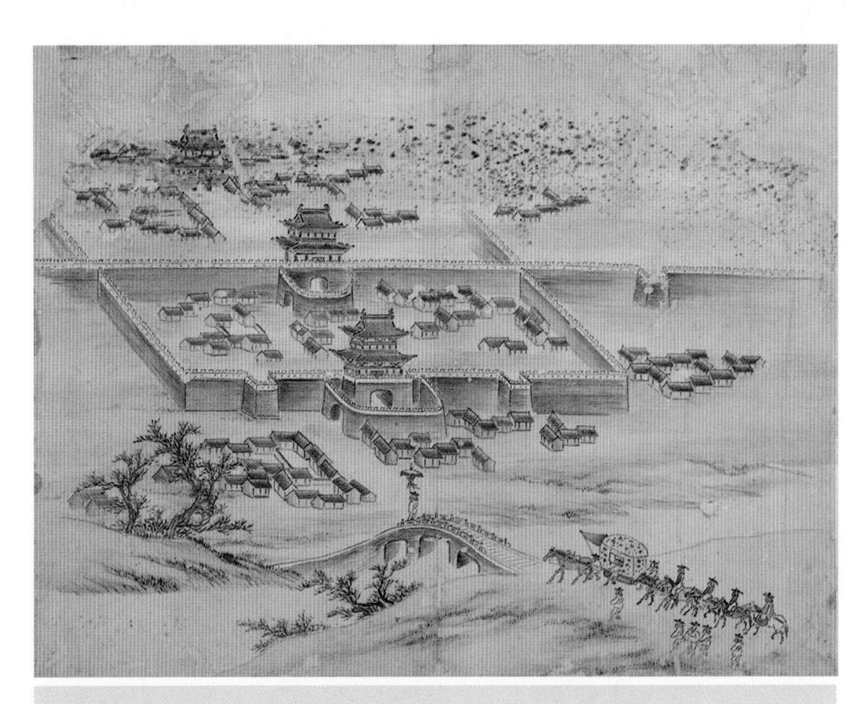

▲ 연행도. 숭실대학교 기독교박물관 소장(34.4cm×44.7cm/1760 AD)

▲ 연행도. 사신들이 연경에서 활동하는 모습, 숭실대학교 기독교박물관 소장

▲ 연행도. 사신들이 연경에서 활동하는 모습, 숭실대학교 기독교박물관 소장

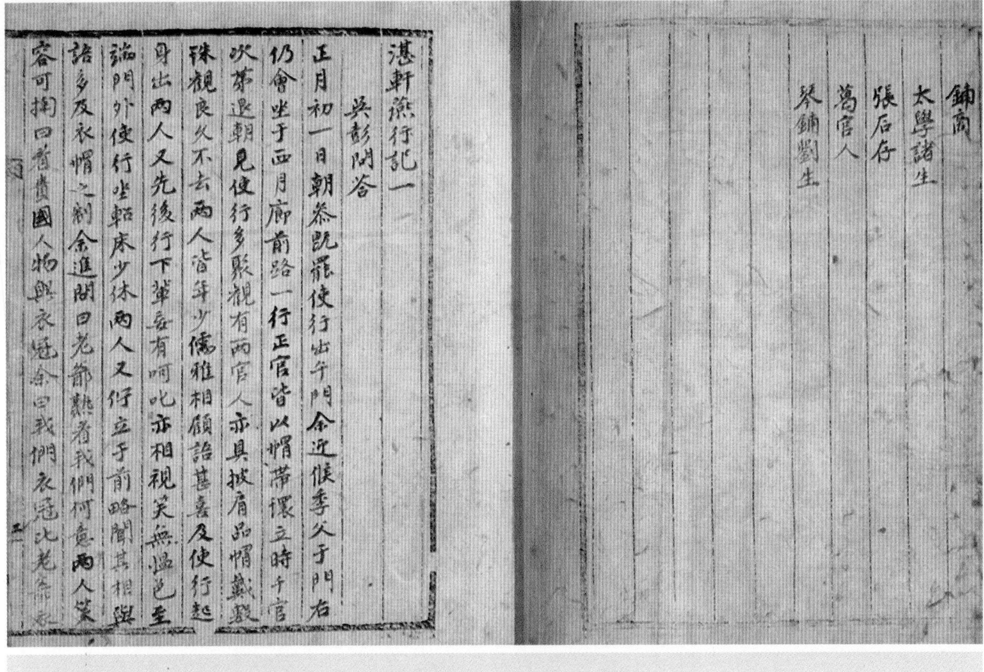

湛軒燕行記一

吳彭問答

正月初一日朝叅旣罷使行出午門余近候季父于門右仍會坐于西月廊前路一行正官皆以帽帶環立時千官次第退朝見使行多聚視有兩官人亦具披肩品帽戴數珠觀良久不去兩人皆年少儒雅相顧語甚喜及使行起身出兩人又先後行下輩或有呵叱亦相視笑無慍色出端門外使行坐輻床少休兩人又佇立于前略聞其相與語多及衣帽之制余進問曰老爺觀者我們何意兩人笑容可掬曰看貴國人物與衣冠余曰我們衣冠比老爺

鋪商

太學諸生

張石存

蔣官人

琴鋪劉生

▲ 담헌연행기. 숭실대학교 기독교박물관 소장(33.3cm×29.3cm/18세기 경)

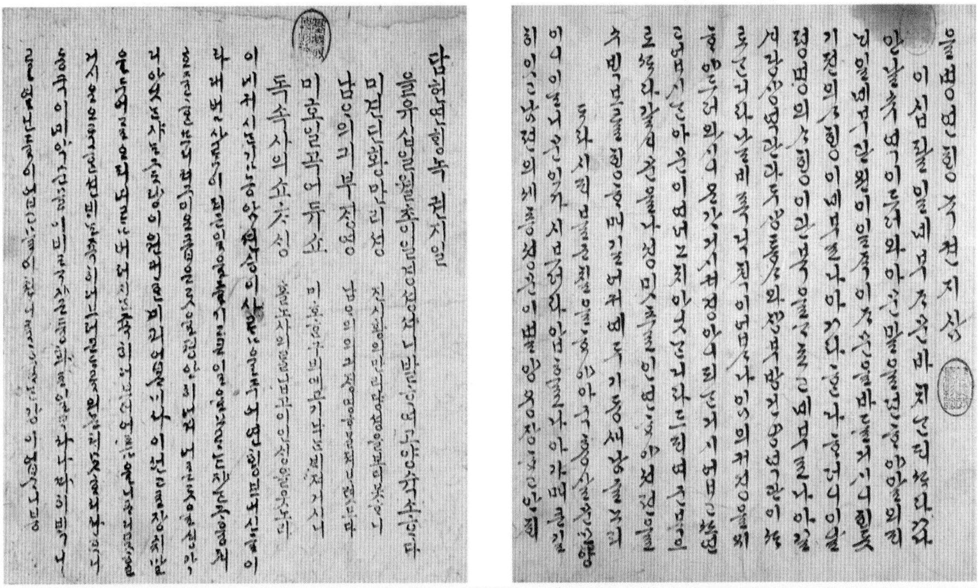

▲ 담헌연행록. 숭실대학교 기독교박물관 소장(33.2cm×21.3cm/18세기 경)

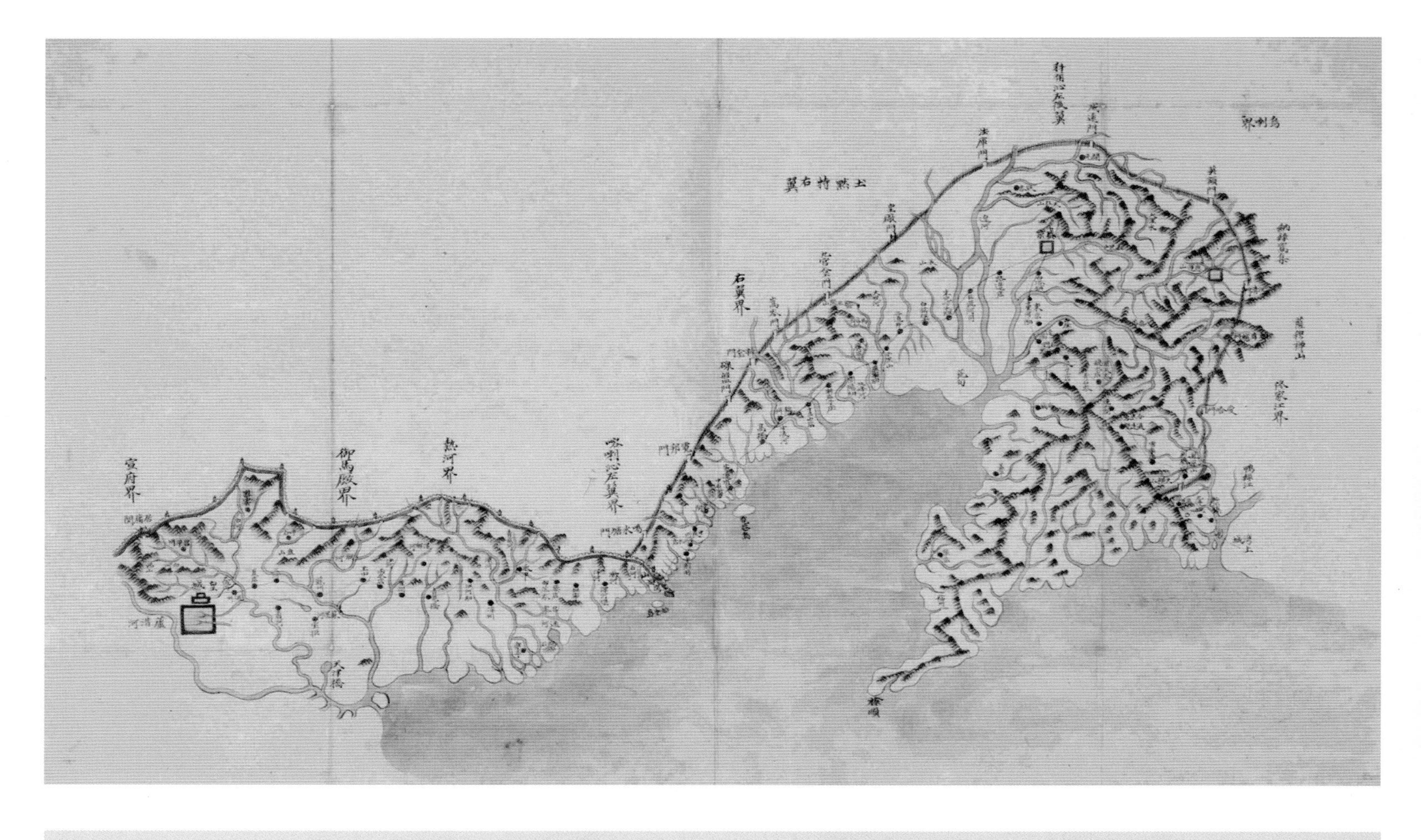

▲ 입연정도도(帖 {輿地圖}). 채색사본彩色寫本, 규장각 소장(59cm×79cm/18세기 말경)

머리말

숙부 홍억의 자제군관이란 직함으로 연행에 참여한 홍대용. 그가 두 달 걸려 도착한 북경까지는 3,111리 길이었다. 돌아오는 시간과 거리를 계산하면 대충 넉 달에 6천 리가 넘는 장도였다. 많은 수의 사람들이 한 무리가 되어 도보로 오가던 '공무여행'이었다. 교통편이 없으니 숙박시설 또한 마땅할 리 없었다. 그래서 아랫사람들은 '한둔'이라고 부르던 '한뎃잠'을 자기 일쑤였다. 먹는 것 역시 변변치 않았고, 목욕을 한다거나 때에 따라 입성을 갈아입는 일 역시 사치였다. 그러면서도 나라의 명이니 '군말 없이' 따라야 했다. 그렇게 다녀온 사행이 조선조 말까지 수백 회에 이른다. 정례화 되어 있던 사행파견의 이면에는 조·중 간 외교적 현안 외에 경제 교류나 문화 교류 같은 실질적인 의도가 담겨 있었다. 그래서 고생인 줄 알면서도 이런 저런 연줄을 동원하여 사행에 참여하려는 지식인들도 적지 않았다. 말로만 듣고 책으로만 읽어오던 대국의 경물과 선진문물을 확인하고픈 욕망이 사람들마다 가슴에 그득했다. 그래서 당시 연경은 세계를 향한 통로이자 외부의 정세를 엿볼 수 있던 유일한 창구였다. 중화를 몰아내고 중원을 차지한 오랑캐들의 사는 모습이 궁금하기도 했을 것이다. 중원을 차지한 이상 그들은 더 이상 옛날의 그 오랑캐가 아니었다. 번화한 도회와 풍족한 물화를 보며 '고인 물' 같던 조선 지식인들의 내면에도 파문이 일었다. '앞으로 어떻게 살아갈 것인가?' 자문하던 이들에게 중국의 모습은 해답 그 자체였다. 좋은 점은 좋은 점대로, 그른 점은 그른 점대로 그들에겐 자신들의 미래를 설계해나갈 모델이었다. 시시콜콜 적어놓은 견문들을 단순한 '흥밋거리'로만 바라볼 수 없는 것도 바로 그 때문이다. 그 내용들이 실제 삶의 현장으로 투입되었는지 알 수는 없지만, 읽는 사람들로 하여금 마음의 눈을 뜨게 한 것은 사실이다. 그러나 그것이 이 기록들의 가르침 전체는 아니다. 관습화되다시피 한 중국과의 외교관계나 절차가 깨어 있던 지식인들에겐 수치와 모멸 그 자체였다. 사대주의가 큰 나라들 사이에 끼인 작은 나라의 생존원리이긴 했으나, 그것을 흔쾌히 수용하기란 쉽지 않았을 것이다. 명분과 자존심 때문이었다. 특히 조선중화주의로 무장한 교조적 성리학자들에게 오랑캐 청국의 존재는 현실적으로 어찌해볼 수 없는, '거대한 산'이었다. 따라서 그들에게 '연행'이란 명분의 한계를 초탈하기 위한 '개안의 굿판'일 수밖에 없었다. 온갖 고생을 마다하면서 오랑캐가 차지한 중원을 보고자 한 당대 지식인들의 깊은 속내엔 자존심을 현실에 대한 인정으로 맞바꾸어야 하는 절실함이 있었다. 그래서 그곳을 간 것이다. 뻔한 일이긴 했으나 가보지도 않고서 자신의 생각을 바꾼다는 것은 더욱더 자존심 상하는 일이었기 때문이다. 그런 참담함을 뼈대로 하고 있으면서도 겉으로는 그렇지 않은 척 '담담하게' 기술해나간 것이 연행록이다.

이 책에서는 명나라 말기의 『죽천행록』부터 고종대 <병인연행가>까지 200여 년 사이에 나온 예닐곱 건의 사행록들을 다루었다. 실제 국문기록들은 이보다 훨씬 많지만, 이 연행록들의 이본들이거나 내용적으로 부실한 것들이 대부분이다. '한 숟갈만 떠먹어도 한 솥 전체의 국 맛을 알 수 있듯이', 이 정도만 읽어도 국문 사행록의 대강을 파악할 수 있으리라 보는 것은 일종의 착각인가, 아니면 만용인가?

틈틈이 원고의 체제를 다듬어준 박병배 · 양영아 군과 사진 제공 · 교정 등으로 도움을 준 이성훈 · 신춘호 선생에게 고마움을 표한다. 영문초록의 교정을 꼼꼼히 보아주신 마이클*Michael souza* 선생의 친절은 두고두고 잊을 수 없다. 내게 귀한 자료의 사진을 찍어 보내주는 일을 '즐거움'으로 여긴다는 이현조 박사는 이번에도 수고를 아끼지 않았다. 무어라 감사의 마음을 표해야 할지 모르겠다. 쉽게 접근할 수 없는 사진자료들을 제공해주신 이원복 국립광주박물관장님, 최병현 숭실대 기독교박물관장님, 최은주 과장님께 진심으로 감사드린다. 그간 좋은 책을 열심히 만들어 인문학 분야 전문 출판사의 반열에 우뚝 올라선 역락출판사의 이대현 사장과 이태곤 편집장, 권분옥 선생께도 감사의 마음을 전하며 조심스런 마음으로 이 책을 세상에 내놓는다.

갑신년 세모
창 밖에 서 있는 나목들과
이 겨울의 추위를 함께 즐기며
백규 씀

차 례

머리말 □ 13

| 1 | 고난과 갈등, 그 서사적 행로의 기록 :『죽천행록』

Ⅰ. 서 론 23
Ⅱ.『죽천행록』·『됴텬녹』·『슈로됴텬녹』·『항해록』 등과의 관계 .. 28
Ⅲ. 기록자 및 기록시기 45
Ⅳ. 구성 및 내용 57
1. 기록된 날짜와 노정 □ 57
2. 굴욕적 외교의 실상과 기록자의 의도 □ 67
Ⅴ. 서사적 성격 70
Ⅵ.『화포항해록』과의 차이 94
Ⅶ. 결 론 106

| 2 | 화이 통합의 보편적 세계관, 그 현장의 기록 :『을병연행록』

Ⅰ. 서 론 111
Ⅱ. 담헌의 사상적 바탕과 연행의 의미 113
Ⅲ. 서지적 성격 120
Ⅳ. 내용적 성격 128
1. 내용의 전개와 짜임 □ 128
2. 세계관의 확장 □ 145
Ⅴ. 문학사적 위상 160
Ⅵ. 결 론 164

| 3 | 관심 · 발견 · 놀라움, 그 지향성과 문화의식 :『무오연행록』

Ⅰ. 서 론 169
Ⅱ. 편차와 노정 및 내용 171
Ⅲ. 북경 체류 기간의 행적 178
Ⅳ. 내용과 시대적 의미 184
1. 중국의 문물제도 및 풍속에 대한 관심 □ 185
2. 언어와 문자에 대한 관심 □ 188
3. 천주교에 대한 관심 □ 190
4. 지리 및 지형에 대한 관심 □ 192
5. 옛 사신들의 발자취와 연행록에 대한 관심 □ 194
Ⅴ. 기록자의 자아인식 195
Ⅵ. 기록문학사적 의의 197
Ⅶ. 결 론 198

| 4 | 사행가사의 해외체험과 세계관 : 〈일동장유가〉와 〈병인연행가〉

Ⅰ. 서 론 203
Ⅱ. 사행가사의 존재론적 근거 205
Ⅲ. 두 작품의 관계 209
Ⅳ. <일동장유가>와 화이관 변질의 가능성 213
Ⅴ. <병인연행가>와 화이관 표출의 관습성 226
Ⅵ. 결 론 237

| 5 | 조선조 국문 사행록의 흐름

Ⅰ. 서 론 243
Ⅱ. 자료들의 성격 및 관계 246
Ⅲ. 기록의 내용과 기록자의 현실인식 250
1. 굴욕적 외교현장의 피맺힌 육성 □ 250
2. 자아각성을 통한 대청 적개심과 화이관의 극복 □ 253
3. 자아각성 · 화이관의 극복 · 북학의 당위성 고취 □ 262
4. 세계의 정밀한 묘사와 자아인식 □ 269
Ⅳ. 연행록 서술의 통시적 연관성 274
Ⅴ. 결 론 279

| 6 | 연행 길, 고통의 길, 그러나 깨달음의 길

Ⅰ. 서 론 285
Ⅱ. 연행노정과 삼산 288
Ⅲ. 삼산의 외연과 내포 298
1. 이념적 정체성 회복의 성소聖所, 그 제의적 공간 : 수양산 □ 298
2. 깨달음을 통한 새로운 세계로의 진입, 그 입사의 공간 □ 308
1) 의무려산 □ 308
2) 천산 □ 316
Ⅳ. 결 론 321

참고문헌 □ 324
Summary □ 331
찾아보기 □ 340
인명 찾아보기 □ 346

신광정新廣亭에서

김정중金正中*

산은 다하고 잡초 무성한 들판이 먼데
우리의 행로엔 아침 또 아침…
역참의 버들은 오히려 꺾을 만하고
봄바람은 고향에 돌아가는 말을 신나게 하네.
산새들은 흥에 겨워 날아오르고
골짜기의 눈은 천천히 녹고 있다네.
집사람은 봄옷을 만들었을 것이나
무슨 수로 이곳 요동에 부칠 것인가.
나그네길 바야흐로 바쁘고
그리운 고향 길 멀고도 먼데
여관엔 밝은 달 비치고
글을 쓰는 이 밤은 고요키도 하구나.

—『연행록』에서—

김정중金正中 자는 사룡士龍, 호는 자재암自在菴. 정조 15년(1791) 김이소金履素의 연공진하사행年功陳賀使行에 수행했던 무명의 선비로, 자세한 인적 사항은 알 수 없음.

| 1 |

고난과 갈등, 그 서사적 행로의 기록

『죽천행록』

Ⅰ. 서 론

『죽천행록』[1]은 특정 인물의 행적을 기록한 순국문의 필사본이다. 원래 건·곤 두 편으로 되어 있었던 듯하나 현재 남아있는 부분은 곤 편이다.[2] 가로 20.5cm×세로 33.5cm 크기의 한지에 순국문으로 기록된 이 자료는 각 면 11행, 각 행 21자로 이루어진 단정한 필체의 모필본이다. 본문은 총 130쪽이고, 행서체의 한문으로 기록된 발문[3] 11쪽이 뒤에 첨부되어 있다.

죽천은 인조 2년(1624) 주청사로 명나라에 다녀온 이덕형李德泂[4]이다.

---

1) 이 자료의 표제는 '듁쳔니공힝젹'으로 되어 있으나, 발문(「書竹泉行錄後送贊叟歸湖南序」)에는 '죽천행록竹泉行錄'으로 명명되어 있다. 죽천竹泉이 이 글의 주인공 이덕형李德泂의 호라는 점을 감안하면 제목에 굳이 '이공'을 넣을 필요는 없다고 본다. 따라서 본서를 포함하여 앞으로의 표기를 『죽천행록』으로 통일하고자 한다.

2) 『죽천행록』은 이현조 박사(국제법학, 전남대 강사)의 소장본이다. 귀한 자료를 제공해주신 이 박사께 감사드린다.

3) 이 글의 뒷 부분이 누락되어 있는 관계로 정확한 것은 알 수 없으나 이 발문 역시 기록자는 『죽천행록』의 필자인 허생許生으로 보인다.

4) 1566년(명종 21)~1645년(선조 23), 조선 중기의 문신, 자는 원백遠伯, 호는 죽천竹泉. 1590년(선조 23)에 진사가 되고, 1596년 정시문과에 을과로 급제, 예문관 검열이 되었다. 이후 다양한 요직을 두루 역임하고 인조 때 이괄李适의 난을 진압한 공로가 있어 숭정崇政으로 승차했으며, 주문사로 명나라에 다녀왔다. 1627년 정묘호란 때에는 왕을 강화도에 호종했고, 1636년 병자호란 때에는 남한산성에서 왕을 호종했다. 환도 후 금부사·지돈녕부사·우찬성 등을 지냈으며 영의정에 추증되었다. 저서에 『죽창한화竹窓閑話』·『송도기이松都記異』 등이 있다. 이덕형은 한산이씨 윤경允卿의

『죽천행록』의 내용 대부분은 죽천의 사행[5]에 관한 것이다. 물론 사행과 관련 없는 내용이 붙어 있긴 하나 그것은 그의 사행 이후 사망까지의 행적을 연대별로 간단히 첨부한 정도에 불과하다.[6]

명나라로부터 인조의 즉위를 승인받고 고명과 면복을 받아온 외교적 위업이 죽천의 일생에서 가장 빛나는 업적으로 생각되었던 듯,『죽천행록』의 대부분은 주청사로 다녀온 사행의 기록으로 채워져 있다. 죽천의 사행길에 동행했던 인물들은 정사 이덕형 · 부사 오숙吳䎘(1592~1634) · 서장관 홍익한洪翼漢(1586~1637) 등과 다수의 수행원들인데, 이 가운데 홍익한은 임금에게 보고하기 위해『화포선생조천항해록花浦先生朝天航海錄』[7]이라는 한문 사행기를 남긴 바 있다.[8] 뿐만 아니라 이 사행은 그림으로도 남아있다. 즉, 국립중앙박물관 · 국립중앙도서관 · 장서각 · 군사박물관 등에 소장되어 있는 조천도 · 연행도폭燕行圖幅[9] 등이 그것들이다.[10] 따라서 이덕형의

16세손이고, 이색李穡은 중시조中始祖다. 부호군副護軍을 지낸 오澳의 3남으로, 맏형은 덕연德演이고 중형仲兄은 덕순德淳이다.

* 이하 본문에서는 특별한 경우를 제외하고 이덕형의 호칭을 죽천으로 통일한다.

5) 인조의 즉위에 대한 고명誥命과 면복冕服을 주청하는 것이 이덕형 사행의 임무였다. 부사 오숙, 서장관 홍익한, 역관 표정로表正老 · 전제우全悌友 · 진인남秦仁男, 이문학관吏文學官 이원형李元亨, 상통사上通事 황효성黃孝誠 · 박인후朴仁厚, 압물관押物官 현예상玄禮祥, 사자관寫字官 현득홍玄得洪, 건량장무관乾糧掌務官 박치룡朴致龍 · 이응익李應翼 등 40여명이 정사 이덕형을 수행했던 인물들이다. 실록에서 이덕형을 변무상사辨誣上使로 호칭한 사실(인조 005 02. 04. 01, CD ROM 국역조선왕조실록 제2집)을 보면, 이 당시 죽천에게는 연례적인 사행이나 단순한 주청사행 이상의 무거운 임무가 지워져 있었음을 알 수 있다.

6) 이 점으로 미루어『죽천행록』은 주요 부분인 사행록과 이덕형의 핵심적인 행적 일부를 합친 기록이라고 할 수 있다. 따라서 원 자료가 비망록 수준이었든 보다 충실한 기록이었든, 이 책의 사행록 부분은 그 나름의 완성도를 보여준다고 할 만하다.

7) 이하『항해록』으로 약칭.

8) 현재 남아 전해지는『항해록』의 판본은 1709년(숙종 35년) 그의 후손인 홍우석洪禹錫에 의해 지례현知禮縣의 관비官費로 간행된 것이다.

9) 연행燕行이란 청나라의 수도 연경燕京에 왕래하던 일을 말한다. 명나라 때에도 정치 · 경제 · 문화적인 이유로 많은 사신들이 오고 갔는데, 동지冬至 · 정조正朝 · 성절聖節 · 천추千秋 등의 정례적 사행과 함께 다양한 이유와 명칭의 임시사행이 있었다. 그러나 조선조에서는 명나라에 보내던 사행을 조천朝天이라 했고, 청나라에 보내던 그것을 연행이라 하여 양자를 구분했다. 그렇게 본다면 이덕형이 주청사로 다녀온 사행은 분명 명나라를 대상으로 했던 것이므로 연행이라고 부를 수는 없다. 국립중

주청사행을 두고 『항해록』, 『조천록』,[11] 『슈로됴텬녹』,[12] 『됴텬녹』,[13] 『죽천행록』, 조천도 등 다섯 건의 그림과 다섯 건의 글들이 이루어진 셈이다. 조천도의 경우 사실적인 화법으로 조선 실경산수화의 진면목을 보여준다는 평[14]으로 미루어 남이 견문한 것을 듣거나 남이 써 놓은 글을 보고 나중에 그린 것이라고 할 수는 없다. 프로이든 아마추어이든 화가가 수행하여 견문한 것들을 그때그때 그림으로 그려 두었다고 생각되기 때문이다.[15]

앙도서관 소장의 사행도에 붙어 있는 '연행도'라는 명칭은 청나라 등장 이후에 붙여진 제목일 가능성이 높다. 이원복 광주박물관장의 설명에 의하면, 이덕형 사행을 그린 조천도는 국립중앙도서관에 1건 · 국립중앙박물관에 2건 · 군사박물관에 1건 · 장서각에 1건 등 국내에 현재 다섯 건 정도 남아 있다 하며, 이 가운데 국립중앙박물관에 소장된 2건 중 하나가 가장 오래된 것으로 추정된다고 한다. 아직 그 사행도들의 정확한 연대를 단정적으로 말할 수는 없으나 대체로 청나라 등장 이후에 모사된 것들일 가능성이 크다. 최근 발견된 『죽천유고竹泉遺稿』의 말미에 실려 있는 번암樊巖 채제공蔡濟恭(1720~1799)의 「제이죽천항해승람도후題李竹泉航海勝覽圖後」(『번암집樊巖集』 권 56, 『한국문집총간 236』, 546쪽)과 오재순吳載純의 「항해조천도발航海朝天圖跋」(『순암집醇庵集』 권 6, 『한국문집총간 242』, 484쪽) 등을 보아도 이덕형의 사행을 그린 그림은 애당초 '조천도'로 불리던 것임이 분명하다. 본서에서 이 그림을 약칭할 필요가 있을 때에는 당대의 관습을 중시하는 한 편, 그 후 여러 건 나온 다른 연행도들과의 혼동을 피하기 위해 '조천도'라는 명칭을 사용하기로 한다. 필자는 이원복 관장의 배려로 국립중앙박물관에 소장되어 있는 두 건의 조천도를 확인했고, 그 일부를 이 책에 실을 수 있게 되었다.

10) 국립중앙도서관에 소장된 연행도폭은 박태근(2000)이 소개한 바 있다.

11) 서울에 거주하는 신준용 선생의 후의로 이덕형의 글과 그의 행적들을 모아놓은 『죽천유고竹泉遺稿』를 차람할 수 있었다. 이 글은 국문 사행록을 한문으로 번역한 것인데, 이 자료를 '항해일기'로 부를 수도 있다. 그러나 본서에서는 『조천록』으로 약칭하고자 한다.

12) 이것은 황희영(1979)이 소개한 사본이며, 최강현(2000a)에 전재되어 있다.

13) 이것은 고려대학교 소장본으로 최강현(2000a)에 원문까지 영인 · 소개되어 있다. 『됴텬녹』은 국문기록이면서도 『죽천행록』과는 또 다른 전사계통에 속한다고 본다. 이 점도 뒤에서 거론될 것이다.

14) 박태근(2000), 1월 10일자.

15) 화법이나 화면의 상태를 볼 경우, 다른 이본들보다 국립중앙박물관 소장본이 연대가 높은 것으로 보인다. 그렇다하여 국립중앙박물관 소장본이 원본이라는 말은 물론 아니다. 그만큼 원본 추정은 신중히 이루어져야 할 작업이다. 고금을 막론하고 모출摸出이 성행되어온 회화계의 관행을 미루어 본다면 현재 남아 전하는 사행도들 가운데 상당수는 모출본들일 가능성이 오히려 높다. 임기중(2001 : 169)은 국립중앙도서관 소장본을 서장관 홍익한의 배에 타고 있던 화원이 그린 원본으로 홍익한 소장본일 개연성이 가장 높다고 했으나, 현재 남아 있는 다섯 건의 사행도들을

『항해록』은 임금과 조선정부의 관료들을 염두에 둔 서장관의 공식적인 보고문[16]이라는 점에서 현실적인 제약[17]은 있었을지언정 가장 정확한 일정과 외교활동을 기록한 글임에는 틀림없다. 『죽천행록』 역시 수행원 가운데 하나인 어떤 군관이 기록한 글이다.[18] 그러나 『죽천행록』의 경우 국문으로 적힌 메모 수준의 기록을 정리한 것이며, 애당초 공식 기관에 대한 보고의 의무나 의도가 없었기 때문에 『항해록』에서와 달리 비교적 자유스러웠으리라 본다.[19] 그러기 때문에 국문으로 기록했다는 사실은 예상 수용계층의 문자해독 능력에 관계되는 일이었을 가능성이 크다. 조선조 후기에 접어들면서 양반자제의 출세 수단으로 변질된 것이 군관직이었음을 감안한다면, 사신 일행을 호위하던 군관이라 해도 한문해득이나 사용에 큰 문제가 있었다고 볼 수는 없다.

죽천은 나라가 어지럽던 인조 대에 내치와 외교의 중책을 감당하여 큰 공을 세운 인물이다. 주문사의 정사로 명나라에 가서 간난신고 끝에 고명과 면복을 받아옴으로써 인조의 정통성을 확고히 한 점은 주목할 만하다.

국문으로 기록한 것은 수용계층으로서 부녀자를 염두에 두고 있었다는 점과 한문으로는 표현할 수 없는 섬세한 상황들을 모두 담아내고자 한 기

비교한 후에 결론을 내리는 것이 온당하다.

16) 『화포선생조천항해록花浦先生朝天航海錄 권 2』(숭실대 기독교박물관 소장본) 40쪽의 말미에 “謝恩兼奏請使書狀官通善郎龍驤衛副司果兼司憲府監察 臣洪霫謹啓爲聞見事件事 臣跟同臣使李德泂吳翻 前赴京師 今已竣事回還 一路聞見 逐日開坐爲此 謹具啓聞”(사은사겸주청사 서장관 통선랑용양위부사과겸사헌부감찰 신 홍습은 삼가 보고들은 일로써 아룁니다. 신이 사신 이덕형과 오숙을 수행하여 경사에 갔다가 지금 이미 일을 마치고 돌아왔는데 지나는 길에 보고들은 것을 날짜에 따라 기록하고 삼가 갖추어 계문하옵니다.)이라고 했다. 따라서 이 글은 일단 임금에 대한 보고를 1차 목적으로 쓰여졌다고 보아야 한다.

17) 표현이 자유롭지 못했다는 점이나 객관적인 사실들의 기록만으로 그칠 수밖에 없었으리라는 것은 공식적인 보고의 글이 갖는 한계로 생각된다.

18) 원 기록자와 본 텍스트 작성자의 관계에 대해서는 뒤쪽에서 논의될 것이다.

19) 그러나 표기에 있어서 시종일관 대두법擡頭法을 정확하게 지키고 있는 점은 특기할 만하다. 대두법이란 ‘황제・황실・왕・왕실’에 관련되는 말이 나올 경우, 그 앞을 비워두는 전통적 표기법을 말한다. 『죽천행록』이 자유스런 입장에서 쓰여진 기록이긴 하나, 여러 사람들에게 두루 읽히고자 하는 공공적 목적 또한 전혀 배제하지 않고 있었음을 이 점으로도 짐작할 수 있다. 물론 이 때의 공공적 목적이란 정부에 보고하는 공식성과는 다른 차원의 개념이다.

▲죽천 이덕형의 초상

록자로서의 욕망 등이 작용한 결과일 수 있다. 어쨌든 각각 다른 기록자들에 의해서이긴 하나 이덕형 사행을 두 가지의 표기체계(한문 · 국문)와 그림으로 나타냈다는 것은 당대에 보편화되어 있었을 것으로 추정되는 중요한 표현적 관행을 암시한다.[20] 그들은 한문 기록이나 그림으로 왕을 비롯한 통치그룹 핵심부의 욕구를 충족시킬 수 있고, 국문 기록을 통하여 부녀자층을 중심으로 하는 민간계층의 욕구를 충족시킬 수 있다고 보았던 것이다. 이 점이 바로 이덕형 사행을 중심으로 이루어진 『죽천행록』의 의미와 사행문학사적 위상을 짐작케 하는 당대의 문화적 맥락이기도 하다. 본서에서는 이미 학계에 공개된 『됴텬녹』 · 『수로됴천록』 · 『항해록』의 상호 관계에 대한 분석을 바탕으로 『죽천행록』의 기록자 및 기록시기, 구성 및 내용, 서사적 성격 등을 함께 살펴보기로 한다.[21]

---

20) 연행록이나 조천록류의 산문기록뿐 아니라 청나라나 일본을 다녀오고나서 지은 사행가사 또한 흔히 볼 수 있는데, 산문과는 또 다른 실현화의 양상을 보여주고 있다는 점에서 중요한 의미를 지닌다. 즉 산문기록보다는 덜 설명적이고 덜 구체적이지만, 산문기록에서는 얻기 힘든 정서적 고양高揚을 이룰 수 있다는 점에 가사의 쓰임새가 있었던 것으로 보인다. <연행별곡燕行別曲>(1694년 심방沈枋) · <서정별곡西征別曲>(1695년 박권朴權) · <서행록西行錄>(1828년 김지수金芝叟) · <병인연행가丙寅燕行歌>(1866년 홍순학洪淳學) 등 중국으로의 사행시에 지어진 가사들과 <일동장유가日東壯遊歌>(1762년 김인겸金仁謙) · <유일록遊日錄>(이태식李台稙) 등 일본으로의 통신사행시에 지어진 가사들을 들 수 있다.
21) 이 과정에서 새롭게 발견된 한역 사행록 『조천록』이 내용 비교를 위한 기준 텍스트로 사용될 것이다.

Ⅱ. 『죽천행록』·『됴텬녹』·『슈로됴텬녹』·『항해록』 등과의 관계

이덕형 사행과 관련된 국문 기록으로 현재까지 발견된 것들은 『죽천행록』·『됴텬녹』·『슈로됴천록』 등인데, 사행 참가자들이 직접 작성한 것들이건 선행 텍스트를 베낀 것들이건 모두 개인 차원의 사적 기록들인 점은 마찬가지다. 이와 달리 『항해록』은 임금과 조정에 올리기 위해 홍익한이 서장관의 자격으로 기록한 공식 보고문이다. 따라서 내용의 충실도 여하에 상관없이 일단 『항해록』을 노정이나 시간 기록 및 사건들의 표준으로 인정하는 것이 타당하다. 이것들과 성격이 다른 것으로 『조천록』을 들 수 있다. 『조천록』은 『항해록』을 참조하면서 선행했던 국문 사행록들 가운데 어느 것을 대본으로 삼아 한역漢譯한 것이다. 따라서 내용적 충실성의 측면에서 『조천록』은 『항해록』을 능가한다고 할 수 있다. 『조천록』의 완성자는 국문 사행록이나 구전 자료들로부터 내용을 확충했고, 『항해록』으로부터 그 정확성 여부를 확인했을 것이기 때문이다. 이 부분에서는 『조천록』을 내용 비교의 기준으로 삼아 현존하는 국문 사행록들 간의 관계, 이들과 『항해록』의 관계, 『조천록』을 형성한 원텍스트로서의 『죽천행록』이 지니는 의미 등에 관하여 거론하기로 한다.

『슈로됴천록』(이 장에서는 <슈>로 약칭)과 『됴텬녹』(이 장에서는 <됴>로 약칭), 『죽천행록』(이 장에서는 <죽>으로 약칭) 등은 같은 대상을 기록한 것이면서도 세부적인 내용이나 그 정확성에서 상당한 편차를 보인다. 최초의 기록자가 달랐거나 전사시의 텍스트가 달랐다는 점 등이 중요한 이유일 것이다. 뿐만 아니라 한문 텍스트를 국문으로 번역하여 전사한 경우도 있었을 것이고, 구전되는 것을 단순히 기록한 경우도 있었을 것이다. 그러나 텍스트의 분량으로 미루어 이 작품이 구전되기는 사실상 어려웠다고 본다. 현재 전해지고 있는 사본들 가운데 원본이 있다고는 볼 수 없다. 17세기 초반인 당시의 국문기록으로 현재까지 전해지고 있는 것이 희소한 점도 그렇고, 대개 그곳에 다녀온 사람들의 지적 성향을 고려할 때 한문으로 기록하는 것이 일반적인 관습이기 때문이었다.[22] 현재 전해지는 국문 사행록들 대부분을 원본으로부터 몇 단계 떨어져 이루어진 전사본으로 보고자 하는 이유도 여기에 있다.

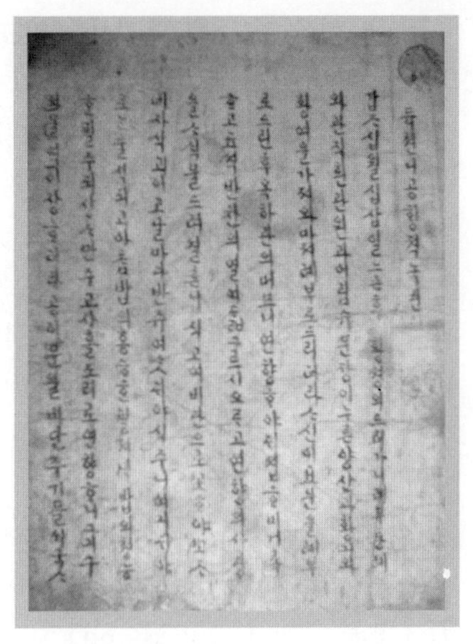

▲ 죽천행록(이현조 소장)의 첫 부분

<됴>는 고려대학교 소장본으로 최강현(2000a)에 의해 『갑자수로조천록』으로 새롭게 명명·분석·소개된 이본이다. <슈>는 원래 황희영(1979 : 129～130)에 소개되었다가, 최강현(2000a)이 다시 분석·소개한 것이다. 또 다른 이본들을 찾을 수 없는 현재로서는 이 두 본과 이번에 새롭게 발견된 <죽>을 비교하는 데 만족할 수밖에 없다. 황희영(1979 : 129～130)은 <슈>의 문헌적 가치를 지적하면서 홍익한 자신이 한문기록인 『조천항해록』(본서에서는 『항해록』으로 약칭)과 다른 한 작품으로 지었다는 점, 17세기의 어휘들이 등장한다는 점, 원작자의 간행본인 『조천항해록』과는 다른 계통의 작품이라는 점, 서사書寫연대가 적어도 숙·영·정조대 사이(1677～1797)였으리라는 점, 국문학사상 국문 표기의 '바다 기행수필'로서는 유일본이라는 점, 전문이 파손된 부분 없이 전해지는 접철본摺綴本이라는 점, 근세어 연구자료로서 또 민속학 자료서 한중 외교사의 자료로서 유용하다는 점 등을 결론 삼아 제시했다. 말하자면 황희영(1979)은 <슈>를 사행에 참여했던 홍익한이 직접 지은, 이 계통의 원본으로 보고 있는 셈이다. 그러나 그렇게 단정할 수 없는 근거가 바로 일자와 노정의 어긋남이나, 내용상의 소략함 등이다.[23] 이에 대하여

---

22) 이런 점에서 홍익한의 기록(『화포선생조천항해록』)은 당시에 나온 이런 류의 기록들을 대표한다.

<슈>에 대한 <됴>의 우월성을 강조하고 있는 최강현(2000a : 9~10)은 황희영(1979)과 견해를 달리한다. 즉 지은이를 잘못 소개했다는 점, <슈>가 <됴>보다 오래된 것으로 잘못 고증했다는 점, <슈>와 <됴>는 가까운 이본들이라고 본 점 등이 황교수의 견해 가운데 오류라는 지적이다. 최강현(2000a : 54)은 『항해록』의 내용중 노정과 승선乘船 및 작품간에 사용된 고유명사와 일반 어휘 등이 <슈>의 그것들과 다른 점이 너무 많다는 사실 때문에 <슈>의 작자를 홍익한으로 볼 수 없으며 현재로서는 부사 오숙의 반당이거나 오숙 자신으로 보아야 한다는 점, 두 이본을 면밀히 대조해본 결과 <슈>보다 <됴>가 앞서는 문헌이면서 내용적으로도 <됴>가 <슈>보다 훨씬 낫다는 점 등을 주장했다. 두 분의 견해들 모두 일면적 타당성을 지니고 있으면서도 어느 분의 견해에도 선뜻 동의할 수 없는 점은 두 분이 작자 문제에 지나치게 집착하여 당대 전사 단계에서의 관행을 도외시한 듯한 느낌이 들기 때문이다. 사실 작자를 서장관 홍익한으로 추정하거나 부사 오숙으로 추정하는 견해는 어느 편이 옳고 그르고를 떠나 둘 다 오류일 가능성이 크다. 생략한 부분들이 의외로 많다든가 내용적 표준이라 할 수 있는 일정의 면에서 『항해록』과 어긋나는 부분이 많다는 것은 원본이 국문이었든 한문이었든 상당한 전사단계를 거친 후에 만들어진 이본일 가능성이 많음을 시사해주기 때문이다. 물론 삼사三使나 서장관 가운데 한 사람이 지은 것일 수도 있겠으나, 이들이 국문 사행록을 썼다는 문헌적 단서는 어디에서도 찾아볼 수 없다. 그리고 최강현(2000a)의 지적과 같이 <됴>(전체 73면, 매면 12행, 매행 20자, 200자 원고지 87매 분량)가 <슈>(75매 분량)에 비해 분량면에서 앞서는 것은 사실이며 그 자체가 <됴>를 선본善本으로 볼 수 있는 근거는 되지만 선본先本의 근거는 될 수 없지 않은가 생각한다. 전사의 계통에 따라서는 얼마든지 후대에 나온 것이 길

---

23) 이 사실이 걸렸던 듯 황희영(1979)도 이 작품이 홍익한의 『조천항해록』과는 다른 계통의 작품이라 함으로써 궁색한 도피처를 만들어 놓고 있다. 그러나, 홍익한이 설혹 한문본과 계통을 달리하여 국문본을 만들었다 해도, 일자나 노정을 틀리게 적었을 리 없으며 더더욱 내용 가운데 상당 부분을 누락시켰을 리도 없다는 점에서 작자를 홍익한으로 단정할 수는 없으리라 본다.

어질 수도 있고, 앞서 나온 것이 짧을 수도 있다. 이본들 간의 내용적 상관관계를 확정할 만한 단서가 나타나 있거나 확실한 간기 혹은 내용적 단서 등이 파악되지 않는 이상 이본들 간의 선후를 확정하기 어려운 것이 국문 사행록들의 일반적인 양상이다.

앞서 언급한 바와 같이 '언문諺文조천록'을 한역漢譯하고 『항해록』을 참작하여 완성한 것이 『조천록』(이 부분에서는 <조>로 약칭)이므로 국문본들의 노정이나 일자의 정확성 혹은 충실성을 확인하기 위해 『조천록』을 기준으로 삼을 필요가 있을 듯하다. 우선 <됴>의 노정과 날짜 등을 살펴보며 <조>와 대비해보기로 한다.

죽천 일행은 갑자년 6월 20일 조정에 출발 인사를 올리고 7월 4일 안주에 도착한 것으로 되어 있는데, 출발과 안주 도착 일자에서 <됴>는 <조>와 일치한다. 그러나 <조>에는 하직의 장황한 과정이 비교적 상세히 묘사되어 있고, 평산부의 노정과 함께 그곳에서의 일 또한 자세히 설명되어 있다. 7월 4일 백상루에 올라 수행원들과 나눈 대화는 양자가 비교적 일치되는 모습을 보여준다. 그러나 상통사의 이름 '표정로表正老'를 '원졍노'로 기록하는 결정적 오류를 범하였다. 7월 24일 선사포에 도착하여 지공차사원 구성부사 조시준, 용천부사 이희건李希建 등을 만나는 내용은 양자가 일치한다. 그러나 '이희건'을 '이홍건'으로 적는 오류를 범했다. 7월 25일자 기사는 날짜 표기가 되어 있지 아니한 채 바다에 빠져 죽은 삼 사신에게 제사를 지낸 사실이 기록되어 있는 점이 <조>와 일치되나 뱃길 떠날 준비가 안된 점 때문에 주관차사원舟官差使員을 꾸짖은 사실은 <조>의 경우 24일자 기사에 나온다는 점에서 다르다.

8월 1일 사헌부 감찰 홍익한이 선사포로 따라와 병든 서장관 채유후蔡裕後(1599~1660)를 대신한 사실이 <됴>와 <조>에 모두 일치되는 내용으로 기록되어 있다. 8월 3일자 <됴>에는 정사와 부사, 서장관, 역관, 군관 등이 나누어 탄 여섯 척의 배들이 바다를 향해 떠나는 광경을 기록하고 있다. 여섯 배의 격군과 사공들의 부모·처자들이 몰려와 통곡을 하는 슬픈 모습과 고국으로부터 멀어져 가는 고적한 심회, 불순한 바람을 만나 닻을 내린 다음 환송차 바닷가에 따라와 들려주는 풍류소리를 들으며 느끼는

▲ 홍익한 선생과 부인 합장묘의 묘비. 경기도 평택시 팽성읍 본정리 소재

객회 등을 상세하게 기록하였다. 이 내용이 <조>에는 8월 4일자 기사로 올려져 있다. <됴>에는 8월 4일 오후 날씨가 갠 틈을 타 출발하여 목미도木美島로 가다가 중간에 피도皮島 못 미쳐 중단한 일과, 목미도를 중국 장수 모문룡이 주둔한 곳으로 설명하는 내용이 기록되어 있다. 그러나 이 내용이 <조>에는 8월 5일자 기사로 나와 있으며, 목미도에 못 미쳐 날이 어두워졌으나 이경二更쯤 모문룡의 주둔지인 가도椵島에 당도하여 닻을 내린 것으로 되어 있다.[24] 이러던 것이 8월 6일자에 이르면 <됴>와 <조>가 일치되는 내용을 보여준다. 그러나 <조>와 달리 <됴>에는 이 날 한 밤중에 동이로 퍼붓듯이 비가 내리고 광풍이 일어 목숨이 경각에 달려 있는 위험한 정황에서도 부사는 미동도 하지 않은 점을 찬탄하는 내용으로 되어 있다. 더구나 풍랑으로 부사의 배가 선단에서 떨어지자 제문을 지어 해신에게 비니 바람이 그치거늘 이에 다른 배들에게 올 수 있었다고 하여 부사에게 공을 돌리는 듯한 느낌을 주는 기록이 <됴>인 반면, 부사의 배가 거센 바람으로 떠내려가자 서장관이 제문을 지어 바람과 파도가 멈추었다 함으로써 서장관에게 공을 돌리는 듯한 느낌을 주는 기록이 <조>다. 가도에 정박한 동안 상통사 황효성이 모문룡의 진영에 다녀온 내용이 <됴>에는 날짜의 명시 없이 전날의 기사에 이어져 있으나 <조>에는 8월 7일자 기사로 명시되어 있다. 모문룡의 진영에서 현관례見官禮를 행한 사실은 <됴>, <조> 모두에 8월 8일자 기사로 나와 있다. 그런데, 흥미로운 일은 <조>에 기록된 8월 12 · 13 · 14일자 기사가 <됴>에서는 뒤로 밀리고 8월 15일자 기사가 앞에 나온 점이다. 즉 <됴>의 8월 8일 다음에 8월 15일자(녹도를 거쳐 석성도에 이름)가 나오고 연달아 12일(충

24) <됴>의 기록자는 모문룡의 주둔지를 목미도로 잘못 알고 있었던 것이다.

청도 내포 성황신의 현몽, 황룡 출현 사실)·13일(고래의 출현과 장산도 도착)·14일(장산도에서 만난 무릉도원)자 기사가 나오는 것이다. <됴>에 노정의 혼란상이 보이는 것은 전사 과정상의 어느 단계부터 날짜와 장소, 혹은 사건이 어긋나기 시작했음을 나타내는데 이 점으로 보아도 <됴>의 작성 연대는 추정되는 원본에 비해 훨씬 후대일 것으로 짐작된다.

<됴>의 8월 16일자 기사는 광록도를 향하여 출발한 일행이 중간에 풍랑을 만나 대양 중간에서 정박하는 등 모진 고난을 겪는다는 내용이다. 이것이 <조>에는 해신에게 제사를 지냈으나 풍랑으로 출발하지도 못한 채 고통을 겪으며 섬 안에 있는 인가의 방을 빌려 조섭한 일과 섬 백성들의 참상 등이 그 내용으로 구체화 되어있다. <됴>는 그 기사에 이어 날짜의 명시 없이 신원 미상의 노승을 만나 조언을 듣고 제사를 지낸 결과 효험을 본 기사까지 연달아 싣고 있다. 그런데 이 기사가 <조>에는 8월 19일자의 내용으로 나와 있다. 또한 '노승과의 해후'에 이어 삼산도三山島 향발의 사실과 평도平島 도착, 용왕당 이야기, 오랑캐에 희생된 원혼들을 목격한 일 등 <조>의 8월 19일자 기사가 <됴>에는 날짜의 명시 없이 실려 있다. 이어서 마찬가지로 날짜의 명시 없이 날이 밝은 후 발선하지 못하는 도중 유리 호박 같은 용의 알껍질을 목격한 사실이 기록되어 있는데, 이것이 <조>에는 8월 21일자 기사로 기록되어 있다. 그날 밤 용왕제를 올린 다음 발선하여 용왕당·여순구를 지나 마치도에 이르러 정박한 사실이 날짜의 명시 없이 연달아 기록되어 있으며, 이것이 <조>에는 8월 22일자로 나와 있다. 그 다음날 일행은 등주登州 성밖에 당도하여 화려한 저자의 풍경과 사람들이 살아가는 모습, 영주각·석정·개원사·공자사당 등을 구경한 사실이 기록되어 있는데, 이것이 바로 <조>의 8월 23일자 기사다. 다음으로 <조>에는 8월 23·24·25·27일자의 기사가 연달아 실려 있으나, <됴>에는 <조>의 8월 29일자 기사에 해당하는 내용이 곧바로 이어져 있다. 즉 부문府門에 나아가 주관州官으로부터 도와주겠다는 약속을 받아낸 사실이 바로 이 날의 일이었다. 그 다음 <조>에는 9월 1일·2일·4일·9일·12일로 이어지는데, <됴>에는 그것들이 모두 생략되고 8월 29일자에서 곧바로 9월 12일자의 기사로 연결된다. 즉 9월 12일에 등주를 출발하여 황련현에서

유숙했으며, 13일에는 황산관으로 가던 중 순우곤의 옛 마을과 진중자의 옛집을 목격한 사실 등을 기록하고 있다. 9월 12일 등주를 출발한 사실은 <조>에도 똑 같이 나온다. 그러나 13일 유숙한 곳이 <됴>에는 황련현으로 나와 있으나 <조>에는 황산역으로 되어 있다. 뿐만 아니라 <됴>에는 순우곤의 고리古里와 진중자의 옛집이 언급된 반면 <조>에는 진중자의 옛 터와 함께 마고선녀麻姑仙女의 자취와 노선盧仙의 옛 마을 등이 거론되어 있다. <조>의 14일자 기사(주교포에 이르러 유숙했음)가 <됴>에는 빠져 있으나, 내주萊州에 이르러 여동래의 소상塑像과 사우祠宇 등을 관람한 15일의 기사는 양자에 모두 들어 있다. <조>의 16일자 기사에는 회부역灰埠驛에서 유숙한 사실과 다음 날 아침 동래서원을 찾은 일, 손선계의 호화로운 저택을 구경한 일 등이 기록되어 있고, <됴>에는 날짜의 표시 없이 이런 내용이 이어져 있다. <조>의 17・18일자 기사가 <됴>에는 누락되어 있고, <조>의 경우 창락현에서 유숙한 사실이 19일자 기사로 나와 있는 반면 <됴>의 19일자에는 청주青州에 이르러 각종 유적들을 구경하는 내용이 기록되어 있다. 계속 이어진 우순서원과 작돌천, 태산 등을 구경하는 내용의 경우 <됴>에는 날짜 표시가 되어 있지 않으나 <조>에는 28일자 기사로 나와 있다.

덕주德州에 도착하여 경관을 구경하는 기사가 <됴>에는 9월 24일자로 되어 있으나, <조>에는 10월 1일자로 되어 있어 상당한 시차를 보인다. <조>에 나와 있는 2~4일까지의 기사가 <됴>에는 생략되고 <조>의 10월 5일자 기사(하간부의 경관을 구경한 내용)는 <됴>에 10월 5일자로 나와 있으며 탁주涿州에 도달한 내용이 <됴>에는 10월 7일자 기사로 되어 있으나 <조>에는 10일자로 되어 있다. <됴>의 10월 10일자 기사(장점에서 유숙한 사실)가 <조>에는 12일자로 되어 있고, 날짜 표시가 되어 있지 아니한 옥하관 도착 사실이 <조>에는 13일자로 되어 있다. 북경에서 활동을 본격적으로 시작한 시점이 예부에 자문咨文을 전한 10월 14일이라고 볼 수 있는데, 이 부분은 <됴>와 <조>가 일치한다. 그러나 10월 15일~11월 21일까지의 기사가 <됴>에는 빠져 있다. 말하자면 사신 일행이 북경에서 겪고 있던 고초의 상당 부분이 <됴>에는 빠져 있는 셈이다. <조>의 11월

22일자에 해당하는 부분에는 예부에 올린 자문으로부터 시작하여 책봉조서를 받기까지 온갖 우여곡절들이 내용으로 기록되어 있다. 그리고 그렇게 연속되는 사건들이 장면 단위나 시간 단위로 명시되어 있지 않기 때문에 정확한 진행상황을 알기 어렵다. 병든 부사와 함께 여관에 연금되어 있는 사신 일행을 묘사한 <조>의 12월 2일자 기사, 그 상황을 글로 써서 제독 이기기를 통해 예부에 보낸 <조>의 12월 6일자 기사, 모문룡의 편지 때문에 예부상서가 대로한 <조>의 12월 14일자 기사 등이 날짜 구분 없이 연달아 기록된 <됴>의 해당 부분과 내용상 대략 일치된다. 그러다가 12월 20일에 비로소 책봉의 조서가 내려지고, 황제의 조칙을 가지고 조선에 갈 사행 문제가 확정되는 내용이 이어지는데, 이 부분이 바로 <조>의 12월 29일자 기사다. <됴>의 끝 부분은 2월 20일 중국의 대궐에 하직하고 수레를 돌리는 부분에서 시작되는데, 이 부분은 <조>의 2월22일자 기사에 해당한다. 그러나 회정回程에 대한 기록이 <됴>에는 모두 생략되고 뱃사공들이 마지막 선사포에 이르러 기쁨의 노래를 부르는 것으로 마무리되고 있다.

이상의 사실들을 감안할 때 <됴>는 후대에 구술된 것을 국문으로 전사한 듯 불완전한 모습을 지니고 있는 이본이다. 따라서 『조천록』이 적어도 이것을 한역의 대본으로 삼지는 않았음이 분명해진다.

<슈> 역시 노정의 전체를 기록하지 않았다거나 정확치 않다는 점에서 원본에 가까운 이본으로 볼 수는 없을 듯하다. <슈>의 노정을 대략 들면 다음과 같다.

6월 20일 발정發程→7월 4일 안주 도착, 백상루에서 제사, 무사히 돌아올 것을 예언하는 몽조→24일 선사포 도착→25일 제사→8월 3일 선사포 출발→6일 험악한 풍랑을 만나 고생하다가 가도에 정박→8일 모문룡 상견→11일 가도 출발 차우도車牛島・묘도廟島를 거쳐 석성도 도착→22일 뱃길에서 황룡 조우・석산도 거쳐 장산도 도착[25]→광록도→삼산도→평도 용왕당→용란龍卵 목격, 용신제, 천산도天山島, 진주문, 미치도 도

25) 이후로 상당 부분 날짜는 명시되지 않고 노정만 제시됨.

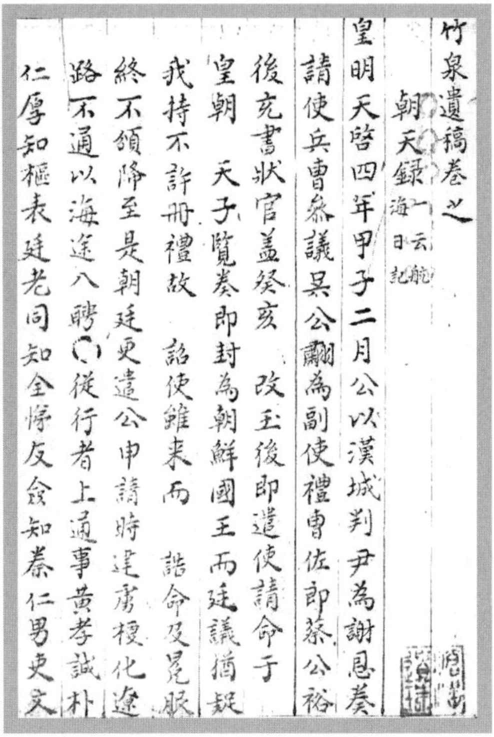
竹泉遺稿卷之一

朝天錄 一云航海日記

皇明天啓四年甲子二月公以漢城判尹爲謝恩奏
請使兵曹參議吳公翽爲副使禮曹佐郎蔡公裕
後充書狀官蓋癸亥 改玉後卽遣使請命于
皇朝 天子覽奏卽封爲朝鮮國王而廷議猶疑
我持不許冊禮故 詔使雖來而 誥命及冕服
終不頒降至是朝廷更遣公申請時 建虜梗化遼
路不通以海途入聘 從行者上通事黃孝誠朴
仁厚知樞表廷老同知全悌友僉知秦仁男吏文

▲ 조천록(일명 항해일기). 신준용 소장 필사본, 14.5cm×21cm. 국문 사행록인 죽천행록을 한문으로 번역한 기록이 바로 조천록이다.

착→등주 도착, 등주 주관 상견, 봉래각·예진당·석정·개원사 관광→9월 20일 황련현 유숙→23일 순우곤의 옛 마을, 진중자의 옛 마을, 마고선녀→25일 여주 도착, 해대교, 미타사, 임치, 제남부, 제순사당, 우순서원→(사오일 후)덕주 도착, 도하강→(닷새 지난 후)하간부 도착→(엿새 후)탁주 도착, 탁하교→(이틀 후) 장점 유숙, 노구교→북경(조양문, 도관, 옥하관, 예부, 회동관)→1625년 2월 20일 하직→등주→선사포이 노정을 <조>의 내용과 대비해볼 필요가 있을 것이다. 6월 20일 출발하여 7월 4일 안주에 도착, 백상루에서 치제한 사실과 24일 선사포에 도착하여 25일 해신제를 지낸 사실 등은 일치한다. 그러나 선사포 출발이 <슈>와 달리 8월 4일의 일로 기록되어 있고, 석성도에 도착한 날짜 또한 <슈>의 11일과 다른 12일이다. <슈>에는 8월 22일 황룡이 출현한 것으로 되어 있으나 <조>에는 12일의 일로 기록되어 있다. 장산도에 도착한 날 또한 <조>에는 8월 13일의 일로 나와 있다. 장산도 안의 마을을 머물며 탐방한 것이 <조>에는 14~16일의 일로 되어 있고, 17일에는 신승神僧을 만나 제사에 대한 조언을 듣는 일이 기록되어 있다. 평도의 황폐한 풍경을 묘사한 부분은 <조>의 8월 20일자 기록이고, 발선 당시 용란을 복격한 사실이 21일자 기사로 나와 있다. 등주에 도착한 것은 <조>에 8월 24일자로 기록되어 있고, 9월 12일 등주를 떠나 13일에 황산역에 유숙한 사실이 <조>에 기록되어 있는데, <됴>에는 9월 20일 등주를 출발하여 23일 황산관에 유숙하고 25일 여주에 도착한 것으로 되어 있다. <조>에는 여주성 안의 해대교, 임치, 환공 · 경공 · 평공의 무덤, 관중 · 포숙의 무덤 등을 관람한 것이 9월 21일자의 기사로 나와 있다. 그리고 제남부에 유숙한 것은 <조>의 26일자 기사이며, 부주산과 제순사당 · 우순서원 · 저자거리의 번화함 등을 관람한 내용은 <조>의 28일자 기사다. 덕주에 도착한 것은 <조>의 10월 1일자 기사이고, 하간부에 도착한 것은 10월 5일자 기사다. <됴>에는 이로부터 엿새가 지난 뒤에 탁주에 이르렀다고 되어 있는데, 이것이 <조>에는 10일자로 기록되어 있다. 또한 장점에 유숙한 일을 <됴>에는 탁주로부터 이틀 후(즉 11일)로 기록하고 있는 반면 <조>에는 12일자 기사로 실려 있다. 특히 <됴>에는 날짜의 구분 없이 기록해놓은 노구교 관람을 <조>에는 13일자 기사로 명시했다.

13일 오후 늦게 도착한 곳이 북경의 조양문이고, 밤늦게 도착한 곳이 옥하관이었다. <됴>에는 사신들이 삭일朔日 후 예부에 자문을 청했다고 했다. 여기서의 삭일이 초하루를 의미한다면 옥하관에 도착한 것이 10월 13일이므로 그들이 예부에 자문을 청한 것은 11월 초하루 이후가 된다. 그 사이가 대략 17일 정도가 되니, 사신들은 그 기간 동안 옥하관에 머문 것으로 된다. 그런데 예부에 자문을 올린 것이 <조>에는 11월 22일자 기사로 나온다. 일이 여의치 못하여 각로들에게 글을 올려 청한 것이 11월 24일의 일이다. 이런 날짜의 구분이나 장면의 변화 등이 <됴>에는 거의 반영되어 있지 않은 것이다. 각로에게 청한 일로 예부상서의 비위를 건드려 객관에 안치당한 사건이 <조>에는 11월 28일자로 기록되어 있고, 사신 일행의 참상을 글로 적어 제독에게 전한 사건이 <조>의 12월 2일자 기사로 올려져 있으며, 일이 진행되는 동안 모문룡의 편지 건으로 예부상서의 진노를 산 사건은 12월 14일자의 내용으로 기록되어 있다. 예부상서의 마음을 달래서 황제에게 복제를 신청하도록 하는 데 성공한 것이 <조>의 12월 22일자 기사이고, 황제가 조선에 보낼 사신을 정하면서 조신들 사이에 경쟁이 일어나는 모습을 보고 걱정하는 것이 24일자 내용이며, 우여곡절 끝에 사신을 결정하는 것이 <조>의 29일자 기사다. 황제가 회동관에서 사신 일행에게 잔치를 내려 준 것이 <조>에 기록된 이듬해 1월 26일의 기사이며, 2월 22일은 황제를 하직하고 회정에 오르는 날로 기록되어 있다.[26] 등주로 돌아온 것이 <조>의 3월 14일자 기사이고, 선사포로 돌아온 것은 4월 2일의 기사다.

이처럼 앞에서 거론한 <됴>와 마찬가지로 <슈>의 경우도 노정이나 날짜의 구분이 거의 명시되어 있지 않으며 기록의 정확성 또한 결여된 것으로 보이기 때문에 양자 모두 전사본을 만들기 위한 기본 텍스트로 쓰이기에는 미흡하다고 할 수 있다. 이 점으로 미루어 볼 때 <됴>와 <슈>는 원본으로부터 상당히 진행된 단계에서 이루어진, 불완전한 이본들임에 틀림없다.

다음으로는 <죽>을 살펴보기로 한다. 현재 <죽>은 곤 편만 남아 있다. 따라서 일실된 건 편에는 출발부터 북경에 도착한 10월 13일까지의 기사가 올려져 있었으리라 짐작된다. 곤 편은 10월 14일자부터 기록되어 있기 때문이다. 그런데 남아있는 곤 편의 기사들은 대부분 <조>의 그것들과 일치한다.[27] 우선 <조>의 날짜별 내용과 <죽>의 그것들을 비교하고, <항해록>(이하 <항>으로 약칭)과의 관계도 살펴보기로 한다.[28]

- <조> 10/14 ~ <죽> 10/14
- <조> 10/15 ~ <죽> 10/15
- <조> 10/16 ~ <죽> 10/16

---

26) 그러나 <됴>에는 2월 20일 하직한 것으로 되어 있다.

27) 물론 여기서 이덕형과 수행원들 사이에 창화한 시작품들이 <조>에만 실려 있다거나, <조>에는 실려 있으되 <죽>에 소략한 내용의 경우 <항해록>의 해당 부분과 일치하는 것 등은 사실이다. 그러나 이런 점들이 번역본 <조>를 만들기 위한 기본 텍스트를 <죽>으로 잡았을 가능성을 희석시키는 사실은 아니다. 다만 <죽>의 내용 가운데 불확실하거나 빠진 내용을 <항해록>에서 보충했으며, 여기에 사행기간 동안 창화한 시작품들을 끼워 넣었던 것으로 보인다.

28) <항>이 표기되지 않은 부분들이라고 <항>의 내용과 반드시 어긋나는 것은 아니다. 다만 주된 비교의 대상을 <죽>으로 잡았으며, <조>의 내용 가운데 <죽>과 합치되지 않는 부분들을 주로 <항>과 대조해 보았을 뿐이다.

- <조> 10/17 ~ <죽> 10/17
- <조> 10/18 결缺 ~ <죽> 10/18 결
- <조> 10/19 ~ <죽> 10/19
- <조> 10/20 ~ <항> 10/20[29)]
- <조> 10/21 ~ <죽> 10/21 · <항> 10/21
- <조> 10/22 ~ <죽> 10/22 · <항> 10/22
- <조> 10/23 ~ 10/27 결
- <조> 10/28 ~ <죽> 10/28 · <항> 10/28
- <조> 10/29 ~ <죽> 10/29 · <항> 10/29
- <조> 11/2 ~ <죽> 11/2
- <조> 11/3 ~ 11/4 결
- <조> 11/6 ~ <죽> 11/6 · <항> 11/6
- <조> 11/7 ~ <죽> 11/7 · <항> 11/7
- <조> 11/11 ~ <죽> 11/11 · <항> 11/11
- <조> 11/12 ~ <죽> 11/12 · <항> 11/12
- <조> 11/14 ~ <죽> 11/14
- <조> 11/22 ~ <죽> 11/22
- <조> 11/24 ~ <죽> 11/24[30)] · <항> 11/24
- <조> 11/27 ~ <죽> 11/27
- <조> 11/28 ~ <죽> 11/28
- <조> 12/2 ~ <죽> 12/2 · <항> 12/2
- <조> 12/3 ~ <죽> 12/3
- <조> 12/6 ~ <죽> 12/6
- <조> 12/14 ~ <죽> 12/14
- <조> 12/15 ~ <죽> 12/15 · <항> 12/15
- <조> 12/16 ~ <죽> 12/16
- <조> 12/18 ~ <죽> 12/18
- <조> 12/22 ~ <죽> 12/22 · <항> 12/22
- <조> 12/24 ~ <죽> 12/24 · <항> 12/24
- <조> 12/25 ~ <죽> 12/25 · <항> 12/25

---

29) <죽>에도 10월 20일자 기사가 나와 있으나 내용은 전혀 다르다.

30) <죽>의 경우 각로들을 만나는 장면에 날짜의 표시를 하지는 않았으나, 장면의 변화를 통하여 날짜가 바뀐 것을 암시했다고 할 수 있다.

- <조> 12/26 ~ <죽> 12/26 · <항> 12/26
- <조> 12/28 ~ <죽> 12/28 · <항> 12/28
- <조> 12/29 ~ <죽> 12/29 · <항> 12/29
- <조> 1625년 1/1 ~ <죽> 1625년 1/1 · <항> 1625년 1/1
- <조> 1/4 ~ <죽> 1/4 · <항> 1/4
- <조> 1/5 ~ <죽> 1/5 · <항> 1/5
- <조> 1/6 ~ <죽> 1/6 · <항> 1/6
- <조> 1/7 ~ <죽> 1/7
- <조> 1/9 ~ <죽> 1/9 · <항> 1/9
- <조> 1/10 ~ <죽> 1/10 · <항> 1/10
- <조> 1/15 ~ <죽> 1/15 · <항> 1/15
- <조> 1/26 ~ <죽> 1/26 · <항> 1/26
- <조> 1/27 ~ <죽> 1/27
- <조> 1/28 ~ <죽> 1/28 · <항> 1/28
- <조> 1/29 ~ <죽> 1/29 · <항> 1/29
- <조> 2/2 결[31]
- <조> 2/13 ~ <죽> 2/13
- <조> 2/20 ~ <죽> 2/20
- <조> 2/22 ~ <죽> · 2/22<항> 2/22
- <조> 2/25 ~ <죽> 2/25
- <조> 2/26 ~ <죽> 2/26
- <조> 2/27 ~ <죽> 2/27 · <항> 2/27
- <조> 2/28 ~ <항> 2/28[32]
- <조> 3/4 ~ <죽> 3/4
- <조> 3/5 ~ <죽> 3/5 · <항> 3/5
- <조> 3/6 ~ <죽> 3/6 · <항> 3/6[33]

---

31) <죽>에는 2월 2일자 기사가 나와 있다. 이 날이 선조대왕 기일忌日이므로 이덕형이 감회를 이기지 못하고 시를 지었으며, 기사와 시를 함께 싣고 있다. 이 내용은 사행의 임무와는 별개의 일이기 때문에 <조>에서는 번역하지 않았고, <항>에서도 다루지 않은 것으로 보인다.

32) <조>의 2/29, 3/1, 3/2, 3/3까지는 단순히 어느 지역에서 유숙한 사실만을 들어놓았으므로 큰 의미는 없다. <죽>이나 <항>에 이 날짜의 노정은 나타나 있지 않다.

33) 이하 <조>의 3월 7일~11일까지는 단순히 유숙한 장소만 기록되어 있고, <죽>과 <항>에는 이 부분이 생략되어 있다.

- <조> 3/12 ~ <죽> 3/12 · <항> 3/12
- <조> 3/13 ~ <죽> 3/13 · <항> 3/13
- <조> 3/14 ~ <죽> 3/14 · <항> 3/14
- <조> 3/16 ~ <죽> 3/16
- <조> 3/17 ~ <죽> 3/17 · <항> 3/17
- <조> 3/19 ~ <죽> 3/19
- <조> 3/20 ~ <죽> 3/20 · <항> 3/20
- <조> 3/21 ~ <죽> 3/21 · <항> 3/21
- <조> 3/22 ~ <죽> 3/22 · <항> 3/22
- <조> 3/23 ~ <죽> 3/23 · <항> 3/23
- <조> 3/24 ~ <죽> 3/24
- <조> 3/25 ~ <죽> 3/25 · <항> 3/25
- <조> 3/26 ~ <죽> 3/26 · <항> 3/26
- <조> 3/27 ~ <죽> 3/27 · <항> 3/27
- <조> 4/1 ~ <죽> 4/1 · <항> 4/1
- <조> 4/2 ~ <죽> 4/2
- <조> 4/20 ~ <죽> 4/20[34]
- <조> 4/25 ~ <죽> 4/25 · <항> 4/25
- <조> 5/18 ~ <죽> 5/18
- <조> 5/25 ~ <죽> 5/25
- <조> 6/3 ~ <죽> 6/3
- <조> 6/12 ~ <죽> 6/12
- <조> 10/5 ~ <죽> 10/5 · <항> 10/5

대략 80건의 기록들 가운데 <조>와 <죽> 사이에 불일치를 보이는 경우는 한 두 예에 불과하다. 즉 북경에 도착한 이후 일을 완수하고 돌아오기까지의 일기체 기록들이 내용적으로 일치함은 물론 기록된 날짜까지 거의 정확히 들어맞는다는 것은 <조>의 한역 대본이 <죽>이었음을 입증하는 일이다. 아울러 대략 47곳에서 <항>의 기록과 일치하는 내용을 발견할

34) <죽>에는 4월 2일자 기사에 이어 구체적인 날짜 표시 없이 이덕형에 대한 양사兩司의 탄핵논의가 언급되고 있다. 시간적 진행으로 보아 <조>의 4월 20일이 정확하리라 추정하여 <죽>에도 같은 날짜로 해둔다.

수 있는데, 이 점은 번역자가 <죽>의 내용을 확인할 목적으로 <항>을 참조했음을 뜻한다. 이덕형의 외손 민상사가 천파天坡 오공吳公[오숙吳翿]의 집에서 조천언록朝天諺錄을 얻어 그 음과 뜻에 의거하여 문자로 번역했으며, 그 후 기암공幾庵公이 홍화포[홍익한洪翼漢]의 항해록을 취하고 여러 집에 전해지는 옛 소문들을 참고·고증하는 한편, 창화시唱和詩 편들을 모으고 덧붙여 완성했다는 발문의 내용[35]을 감안한다면 이 부분의 내용 대조 결과는 그 사실을 분명히 보여준다. 따라서 현재 전해지는 <조>는 다음과 같이 이루어진 것이다.

> ① 한역된『죽천행록』+ ②『화포항해록』+ ③ 제가전구문諸家傳舊聞 + ④ 창화시

①은 기본 텍스트, ②·③·④는 내용의 정확성이나 부족한 점을 보충하기 위한 보조 텍스트가 될 것이다. 이렇게 이루어진 <조>의 실제 모습을 <죽>과 대조해봄으로써 양자간의 관계를 구체적으로 확인해볼 필요가 있을 것이다. 세 건만 비교해 보기로 한다.[36]

a. 초6일에 압물관 현예상으로 하여금 방물을 예부에 바치니 주객사 정괴초가 받아보고 관대하며 위로하여 왈 "만리 바다를 건너 반년만에 득달하였으되 이 방물을 보매 조금도 상한 곳이 없으니 너희 등이 각근한 줄을 알리라." 하더라.<『죽천행록』>

a1. 六日丙辰 使押物官玄禮祥等獻方物于該部 主客司丁魁楚準受訖 仍勉慰曰 海道萬里 半年始達 而看此方物 少無濕爛破損處 爾等之恪謹可知云 (6일 병진. 압물관 현예상 등으로 하여금 방물을 예부에 바치게 하니 주객사 정괴초가 받아보고 나서 위로하기를 "바닷길 만리에 반년이나 지나서 득달했는데 이 방물을 보매 조금도 상하거나 파손된 곳이 없으

---

35) 公之外孫閔上舍得朝天諺錄於天坡吳公家 依其音義 而飜以文字 自是其本始傳矣 尤後曾王考幾庵公又取洪花浦航海錄 參諸家傳舊聞 而攷證之 采其唱和詩什 而附益之 因成一通之書.

36) 이하의 인용문들은 모두 현대 표기로 바꾼다.

니 그대들이 각근한 줄을 알리라."고 하였다.)<『조천록』>

b. 초10일에 상서 좌기하니 책례 이룬 후 처음이라. 공 등이 가보고 성사成事한 치사와 신세新歲 인사하고 예단을 드리니라. 황성 풍속이 선달 망후望後로부터 정월 초순까지 여염소년들이 낙역絡繹하니 풍류소리 요란 중에 모든 시정들이 다투어 보화를 가지고 승부를 겨루니 왕공귀인이 구경치 않는 이 없더라(『죽천행록』).

b1. 十五日甲子 元夕張燈城裏 士女雜沓 簫鼓闐咽 遠近商賈爭以寶貨較勝負 王公貴人無不觀光 但是夕以有禁旨 民間不得放花砲流星幷擊鼓踢毬 太平氣像亦已蕭索矣 公有詩曰 月華初動照金莖 九陌懸燈萬點明 賈客市廛陳錦貝 國公簾幕咽歌笙 棚山噴火光如晝 士女傾都匝若城 四海卽今無一事 佳辰物色侈昇平(15일 갑자. 정월 대보름날 밤 성 안에 등을 벌여달고 남녀들이 번잡하게 몰려다니며 소고 소리는 가득 울려댔다. 원근의 장사치들은 다투어 보화로써 승부를 겨루고 왕공귀인들은 모두 구경을 하였다. 다만 금년 저녁에는 금령이 있었기 때문에 민간에서 화포·유성을 쏘는 일과 격고·척구를 하지 못하니 태평기상이 또한 이미 삭막해졌다. 공이 시를 지어 가로되

月華初動照金莖　달빛이 비로소 움직여 금경[37]을 비추고
九陌懸燈萬點明　구맥[38]에 등을 다니 만개의 점으로 밝구나
賈客市廛陳錦貝　상인들은 저자거리 가게에 금패를 진열하고
國公簾幕咽歌笙　나라 공관의 염막에는 노래 소리, 악기 소리 울려대는구나
棚山噴火光如晝　붕산에서 뿜어내는 불빛은 대낮 같고
士女傾都匝若城　황도의 남녀들 빙 둘러선 모습이 성 같구나
四海卽今無一事　천하에는 지금 한 사건도 없으니
佳辰物色侈昇平　아름다운 저녁의 물색이 승평을 자랑하는구나

—『조천록』

b2. 14일(계해) 맑음. 이른 아침에 제독이 사관을 찾아왔다.

---

37) 승로반承露盤을 바치는 동주銅柱.
38) 한나라 서울 장안長安의 성 안에 있던 아홉 개의 큰 길.

중국에서 옛날부터 정월 15일 밤을 원소元宵라 하여 집집마다 등불을 달고 도성 사람들이 밤새도록 거리에 나와 화포火砲를 쏘고 청춘 남녀들이 법석을 떨며 풍악소리가 거리를 메웠다고 한다. 그런데 금년에는 황제가 오성五城에 분부를 내려 민간을 단속하여 화포와 유성流星을 쏘는 것과 북치고 공차는 것을 엄금하였으며, 이를 어기는 자는 관에서 잡아 구속하게 하였다. …

15일(갑자) 맑음. 민간 사람들이 불꽃놀이와 관등놀이를 하지 못하니, 태평한 기상이 없고 쓸쓸해 보였다.

—『항해록』

a1은 a의 축어역逐語譯이라 할 정도로 정확히 일치한다. '초뉵일(a) → 육일병진六日丙辰(a1), 쟝괴최(a) → 정괴초丁魁楚(a1), 관듸(a) → 면위勉慰(a1), 만니바다(a) → 해도만리海道萬里(a1), 상훈곳(a) → 습란파손처濕爛破損處(a1)' 등 약간씩 표현이 달라진 점들도 있지만, 의미나 내용은 정확히 일치한다. 따라서 <조>의 번역 대본이 <죽>이었음은 이 점으로도 분명해진다.

b1은 산문 부분과 시 부분으로 나누어져 있다. 산문은 사실을 기술한 부분이고, 시는 그에 바탕을 두고 자신의 감정을 드러낸 부분이다. b와 b1은 약간 다른 점도 있지만, b1의 대본이 b임에는 이론의 여지가 없다. 그런데 번역자는 대본인 b의 내용적 정확성에 문제가 있다고 보았다. b의 날짜는 초 10일인데, 대보름인 15일의 행사가 함께 기록되어 있음은 물론, 그 해에 금지되어 있던 대보름날의 각종 놀이가 b에는 시행된 것으로 나와 있기 때문이다. 여기서 번역자는 <항>의 해당 기사를 참조할 필요를 느꼈을 것이다. b2가 바로 그것이다. b2에는 b와 달리 그 해에 금령이 내려진 대보름날 놀이를 명시했고, 그래서 쓸쓸해보였다고 했다. 번역자는 b2의 이 내용을 참조하여 b1에 반영하였다. 더구나 그는 당시 공이 지었던 시 작품까지 찾아내어 덧붙여 b1을 완성한 것이다.[39]

이와 같이 내용적으로 풍부하고 노정의 기록으로도 정확성과 완벽성을

---

39) <조>에 삽입되어 있는 시는 모두 29작품이나 된다. 상당히 많은 시작품들을 끼워 넣음으로써 특이한 모습의 사행록을 보여줄 수 있었다고 본다.

기하고자 한 것으로 보이는 <조>의 번역 대본은 <죽>이었음이 분명해진다. 이덕형 사행의 국문기록으로 현재 전해지는 세 이본들 가운데 <죽>은 가장 초기 단계에 이루어진 이본이며, <됴>나 <슈>는 상당 기간이 흐른 후대의 전사본들이라고 해야 할 것이다. 그리고 계통에 있어서 <죽>은 나머지 두 본들과 상이한 모습을 보여준다. 앞으로 거론되겠지만, <죽>이 상사의 군관이 적어놓은 비망록에 의거하여 만들어진 원본으로부터 이루어진 것처럼, 나머지 두 본들은 또 다른 수행원들의 기록으로부터 파생된 것들일 가능성이 높다. 그러나 새로운 이본들이 더 출현한 뒤 세밀한 대조를 거침으로써 이본들의 계통은 구체화될 수 있을 것이다.

Ⅲ. 기록자 및 기록시기

현재 남아 전해지는 『죽천행록』은 곤 편뿐이다. 선사포에 도착한 갑자년(1624년 ; 인조 2년) 8월 1일부터 이듬해 을축년(1625년 ; 인조3년) 10월 5일 사행에 관련한 대간臺諫의 탄핵을 왕으로부터 사면받기까지 1년여의 기간이 『조천록』에는 기록되어 있다. 그러나 『죽천행록』[40]은 갑자년 10월 13일의 기록으로부터 시작된다.[41] 『죽천행록』은 130쪽의 본문과 11쪽의 발문으로 이루어져 있다. 본문 가운데 82쪽은 사행의 기록이고, 나머지는 사행 이후 사망시까지 죽천의 행적을 기록한 부분이다. 이 점으로 미루어 본다면 건 편의 경우 죽천의 사행 앞 부분에 사행 이전의 행적 또한 기록되었을 가능성도 배제할 수는 없으나, 곤 편 뒷 부분의 내용이 모두 죽천

40) 이하 『죽천행록』을 언급하면서 '건·곤'을 명시하지 않아도 당연히 그것은 곤 편을 의미하는 것임을 밝힌다.

41) 물론 선사포 출발부터 10월 12일까지의 기록은 건 편에 있을 것이나 현재로서는 확인할 수 없다. 조천록이나 조천도를 기준으로 할 경우 『죽천행록』의 건 편에는 두 달여의 노정과 견문이 기록되어 있을 것이다.

의 사행과 직·간접적으로 관련을 맺는 정치적 행로를 기술하고 있는 것들이기 때문에 건 편의 내용 또한 사행으로 시종했으리라 본다. 그 점은 다음과 같은 술회와 설명만으로도 분명해진다.

> 또 가로되 "나이 젊었으니 그 적 일을 모르니 임진년 왜적 칠 때 천병天兵이 몇 번이나 나갔으며 군호軍戶는 얼마나 하며 장수는 몇이나 갔더니잇고?" 공이 대왈 "학생은 그때 선비로 있으매 가속家屬을 거느려 난을 피하여 산중에 숨었으니 친히 보든 못하였으나.
>
> —『죽천행록』, 55쪽

> 공의 향년이 이미 많고 세상에 있은지 오랜고로 다섯번 재란을 지내고 두 번 병란을 지내니 그 재란이 도리어 덕을 이룬지라. 상천이 어찌 유의하여 공을 내심이 아니리오? 재란은 선묘宣廟 국상國喪과 폐왕 혼정昏政과 계해반정癸亥反正과 갑자괄난甲子适亂과 수로조천水路朝天을 이름이오, 두 번 병란은 임진왜란과 병자호란을 이름이라.
>
> —『죽천행록』, 129쪽

후자에서는 죽천이 겪었거나 참여한 역사적 사건들을 '다섯 번의 재란과 두 번의 병란'으로 언급했다. 그런데 명나라의 어사 장세정은 임진왜란을 물었고, 그에 대하여 죽천은 인용문 중 전자와 같이 답변하였다. 말하자면 나이가 아직 어려 피난 중에 있었으므로 그 상황을 자세히 모른다는 것이었다. 그러니 임진왜란에 죽천은 주도적으로 참여할 수 없었던 나이였다. 마찬가지로 선조의 치상治喪이나 광해군 난정의 종식, 인조반정의 거사, 이괄 난의 해결 등에 주도적으로 참여하지는 못했다. 그러나 명나라에 주청사로 가서 외교적 사명을 성사시킨 일은 불안하던 인조의 왕권 확립과 안정에 큰 기여를 했으며, 병자호란을 전후하여 척화斥和의 이념적 표준이 되기도 했다. 따라서 『죽천행록』의 주된 내용은 주청사행과 병자호란의 수습을 중심으로 하는 국내 정세의 안정이었다고 할 수 있다. 이런 점으로 미루어 볼 때, 출발부터 북경에 도착하기까지의 견문과 전말을 기록한 것이 『죽천행록』 건 편 내용의 전부임에 틀림없다.[42]

그렇다면 『죽천행록』을 기록한 사람은 누구이며, 기록된 시기는 언제쯤일까?

우선, 죽천 스스로 기록했거나 수행원 중의 하나가 기록했을 수 있다. 또 하나의 가능성은 그 두 사람이 기록했거나 아니면 둘 중의 하나가 남긴 비망록을 토대로 제 삼자가 다시 기록했을 수도 있다. 그와 관련하여 흥미로운 존재는 『죽천행록』의 뒷 부분에 세 번 정도 언급되다가 끝에서 이 글의 기록자로 명시되는, '임하 허싱'이라는 인물이다. 그가 언급되는 부분들을 들면 다음과 같다.

1. 공이 평생에 공을 일컫지 아니하고 덕을 자랑치 아니 하시는 고로 사행 수말을 한 자도 기록하신 일이 없고 사적이 나라에 올린 장계 뿐이러니 그때 군관이 임하臨河 허생許生의 족분族分이 있는 사람으로 갔더니 사사로이 행중에 공의 일을 기록하여 오니라.

—『죽천행록』, 85쪽

2. 문객門客에 임하臨河 허생許生이라 하는 자 다니니 공이 상해 사랑하시더니 기미己未 춘春에 광해光海 대비를 폐하니 허생이 상소를 지어 공에게 질정質正하여 그른 곳을 가르쳐 주소서 하거늘 공이 보기를 파하매 주찬을 내어 대접하신 후 다른 한만한 말씀으로 종일 하시고 상소 따위는 거론치 아니하시더니 자子를 명하여 "즈음에 들어온 약과 삼십 닙과 포 두 접만 싸다가 저 손님께 드려 봉친奉親하시게 하라." 서자庶子 승명하여 즉시 내어오니 허생이 그제야 공의 뜻을 깨닫고 돌아앉아 상소초上疏草를 찢어버린 후 일어나 사례하고 돌아가 십 년을 세상에 나지 않더니 그때 상소하던 선비들이 다 화를 입었으되 허생이 홀로 면하니 공의 경계하신 은혜를 감격하여 매양 가로되 "공이 내 노친이 계신고로 경계하심이라." 하더라.

—『죽천행록』, 122~123쪽

3. 오호라! 내 나이 십구 세에 은진 북촌에서 광원을 처음으로 보고 알아

---

42) 따라서 본서의 거론 대상은 사행 기록의 전모를 추정하기 위해 염두에 두는 『죽천행록』 건 편과 함께 곤 편 가운데 사행기록이 마무리되는 82쪽까지다.

서 그 후로 공의 네 자제들과 사귀니라 기미己未 춘春에 폐모척변소廢母斥辨疏를 하고자 하여 초를 가지고 의논코저 하여 공을 보러가니 마침 손이 없고… 그 소초를 찢으니 공이 또한 그 연고를 묻지 아니하더라. 이 때에 상소하는 선비들이 귀양도 가고 혹 죽는 이도 있는 고로 공이 내게 노친이 있음을 염려하심이라. 공의 언변과 지혜 이렇듯 하니 내 또한 그 경계함을 사례하고 인하여 명일 새벽에 떠날 새 시골로 돌아감을 하직하니 공이 허희탄식歔欷歎息하더라.

—『죽천행록』, 125～128쪽

4. 내 비감함을 이기지 못하여 한 글을 지어 사의 형제를 주니 형제 슬퍼하더라. 내 본디 공의 문객도 아니요, 또 공에게 수학한 바도 없고 공의 척속도 아니로되 젊었을 때로부터 공의 자제와 친하여 공에게 자주 뵌즉 내 비록 연소하나 공이 대접을 낮게 아니하고 사랑하던 고로 매양 청풍한월을 대하면 의연히 잊지 못하여 공의 행적을 대강 기록하노라. 임하 허생은 서하노라.

—『죽천행록』, 130쪽

죽천이 자신의 사행에 관한 기록을 전혀 남기지 않았다는 사실은 1에 나타난 내용 그대로인 듯하다. 조정에 올린 장계 이외의 개인적인 기록을 남기지 않은 점을 기록자는 '공을 일컫지 않고 덕을 자랑치 않는' 그의 성품으로 돌리고 있는데, 그가 사행록을 남기지 않은 것은 사실인 듯하다. 어쩌면 그들 사이에 서장관 홍익한이 조정에 대한 공식적인 보고문(즉 조천록)을 올리되, 사신 일행을 대표하여 기록한다는 사실에 양해가 되어 있었는지도 모를 일이다. 따라서 『죽천행록』이 죽천 자신의 비망록에 바탕을 둔 기록은 아니며, 그 자신이 직접 작성한 기록은 더더욱 아니라는 점이 분명해진다.

죽천의 사행에 수행했던 군관들 가운데 하나가 '사사로이' 죽천의 일을 기록해 두었는데, 그 군관이 바로 『죽천행록』의 기록자로 추정되는 허생의 족척이었다고 했다.[43] 그러니 군관이 남긴 기록은 완성된 그것이라기보다

43) 『항해록』 1625년 4월 25일조에 "상사군관上使軍官 김여종金汝鍾"(권 2, 37쪽)이라 하여 김여종이 사행길 내내 죽천의 수종을 들었음이 암시되어 있다. 김여종의 자

는 비망록 수준으로 볼 수밖에 없을 것이다. 사안에 따라서는 자유롭게 심층적인 상황을 기록으로 남기는 것이 가능했던 장점도 있었지만, 군관의 업무를 수행하는 틈틈이 비공식적인 기록을 남겨야 했기 때문에 날짜나 사건 전말의 정확성에 약간의 문제점도 없지는 않았던 것으로 보인다. 그 비망록을 넘겨받아 이와 같이 완성된 기록으로 만든 것이 바로 허생의 역할이었음을 암시하는 내용이 1의 요지다. 기록의 과정이나 기록자가 좀더 확실히 나타나는 것은 2~4의 인용문들이다. 이 문장들에 공통적으로 등장하는 인물은 1에서와 마찬가지로 허생이다. 그런데 2에서는 허생이 3인칭으로 나타나며, 3과 4에서는 1인칭으로 등장한다. 단일한 인물이 같은 글의 그리 멀지 않은 지점에서 인칭을 달리하여 나타난다는 것은 이 글 자체가 서로 다른 시간대에 서로 다른 기록자들에 의해 완성된 것이거나, 아니면 비록 단일한 기록자에 의한 것이라 할지라도 실수에 의한 착오로 그렇게 되었을 가능성이 있다. 우선 2에서 '임하 허생'을 죽천의 문객이라 하고 있으면서, 4에서는 "내 본디 공의문객도 아니요"라 함으로써 앞뒤로 모순되는 모습을 보여주었다. 더구나 2에서 언급한 바 허생이 '폐모척변소' 초안을 가지고 죽천에게 와서 질정을 구한 일은 3에서도 그대로 자신의 일로 술회된다. 같은 일을 같은 글 안에서 화자를 달리하여 반복하는 것은 문장 자체로 보아도 졸렬할 뿐 아니라 그 의도 자체를 이해하기 어렵다. 그런데 4에서 허생 자신은 죽천의 문객이 아니고 척속 또한 아니지만 공의 자제와 젊어서부터 친하게 지내왔기 때문에 공을 자주 뵈올 수 있었고, 그 때문에 공으로부터 사랑을 많이 받게 되었다고 하였다. 그 인연으로 공의 행적을 기록하게 되었다는 것인데, 4를 통하여 비로소 허생이 이 글을 짓게 된 경위가 분명해진다. 그렇다면 이와 같이 두드러져 보이는 내용의 모순점을 어떻게 이해할 것인가.『죽천행록』에서 그 열쇠를 찾을 수밖에 없을 것 같다.『죽천행록』에서 2 다음의 계속되는 내용은 가족에 대한 소개다. 그 소개 끝에 "쥭쳔힝녹권지이죵"이라는 표지가 붙어있다. 말하자면 인용문 3과 4는『죽천행록』의 기록자인 허생이 죽천이나 그의 가족들과

세한 인적사항은 알 수 없으나 죽천의 사행을 기록했다면 아마도 그였을 것이다.

관계를 맺게 된 전말 혹은 후일담을 적어놓은 부분이다. 그러니 인용문의 1, 2와 3, 4는 같은 글 속의 부분들이지만, 성격상 별개의 것들로 구분된다. 말하자면 전자들은 기록자의 입장에서 객관적인 시각을 가지고 기술한 부분들이고, 후자들은 자신의 말로 자신의 이야기를 기술한 부분들이다. 그러니, 표현이나 사실의 묘사에 약간의 차이가 생길 수 있는 가능성이 전혀 없지는 않을 것이다.

문객을 문객이 아니라고 표현한 것은 착오라고 할 수 있지만, 인칭을 달리한 것은 오히려 자연스러운 의도의 표출이 아니었을까 생각한다. 문제 해결의 열쇠는 "임하 허싱"에서 '임하'란 무엇을 지칭하는 말이며, 허씨 성을 가진 인물들 가운데 죽천이나 그의 자제들과 가깝게 지낸 인물이 누구인가를 밝혀내는 데 있다고 본다. '임하'는 고유명사일 수도 있고, 단순히 '물가에 있는 마을'이란 일반명사일 수도 있다. 어떤 의미로 쓰였든 '임하'가 '허씨'의 본관이나 해당 인물의 주거지와 연결될 가능성을 지닌 것은 사실이다. 과문의 소치이겠으나 필자가 알아본 바에 따르면, '임하臨河'의 명칭을 지닌 지역은 경북 안동군 임하면 지역이 유일한 듯하다. '곡류하천에 있는 촌락'이라는 뜻으로, 현재 반변천半邊川 유역에 자리잡았던 '임하'는 안동과 청송을 잇는 조선시대 교통의 요지였다 한다.[44] 말하자면 고유명사로서의 '임하'는 안동을 의미하겠는데, 안동을 본관으로 하는 허씨가 없다는 점에서 그것을 고유명사로 볼 수는 없다고 본다. 시각을 달리하여 그것을 허씨와 연결되는 일반명사로 볼 경우, 김해金海·양천陽川·하양河陽 등 세 지역으로 압축된다. 김해는 낙동강을, 양천은 한강을, 하양은 금호강으로 유입되는 조산천造山川을 각각 끼고 있는 지역들이라는 점에서 어느 지역이나 이 명칭과 연결될 개연성은 가지고 있다. 허생은 이들 가운데 어떤 본관에 속한 인물이겠는데, 그 신원을 추적하기 위해서는 당시의 인물들 가운데 이덕형이나 그 자제들과 관련되는 인물로 그 범위를 좁힐 필요가 있을 것이다. 그 가운데 가장 개연성이 높은 인물이 바로 미수眉叟 허목許穆(1595~1682)이다.

허목은 양천 허씨의 일원으로 이덕형보다 29세 연하이며 광해군 시절인 20대에 부친의 임지인 경상도에서 모계茅溪 문위文緯(1555~1632)·한강寒

▲ 미수 허목의 초상. 미수는 이덕형의 아들 광원과 절친했으며, 광해군~인조 시기의 정치적 격변기에 이덕형의 도움을 많이 받았던 것으로 보인다.

岡 정구鄭逑(1543~1620) 등으로부터 학문을 배웠고, 인조 반정을 전후하여 광주廣州에 살면서 독서와 서예에 전념한 인물이다. 뿐만 아니라 계운궁 구씨啓運宮具氏의 복상服喪 문제 등을 시작으로 당대 사류나 정계인사들과 불화하여 우의정에 승차하는 숙종대까지 많은 핍박을 받기도 했다. 당대의 상황에 대한 그의 분노와 혈기를 암시하는 내용이 인용문 2에 나와 있거니와, 실제로 그는 광해군~숙종에 이르는 동안 조정 안팎의 많은 논란에 휩싸여 있었다.[45] 그는 이덕형의 아들인 광원光源과 가까이 지냈고,[46] 그 인연을 바탕으로 광해군~인조 시기의 정치적 격변기에 죽천의 도움을 많이 받았던 듯하다. 인용문 2 · 3 · 4의 내용은 바로 이런 사실을 암시한다. 허생이 가까이했던 죽천의 아들 광원은 젊은 나이에 죽었다고 했다.[47] 그런데 미수의 『기언記言』에 광원의 구묘명丘墓銘이 실려 있다.[48] 뿐만 아니라 그는 죽천의 묘지명[49]까지 남겨 숭배하고 흠모하는 정을 표했다.[50] 더구나 『죽천행록』의 후반부에도 이런 사실들이

---

44) 『한국민족문화대백과사전 18』(1992), 804쪽.

45) 이런 이유로 그는 한 때 과거를 정지당하기도 했으며, 결국 과거를 거치지 않고 삼공三公에 오른 인물이 되었다.

46) 광원은 만력萬曆 19년(1591)생으로 미수보다 4살 연하이기 때문에 친구처럼 지냈으리라 본다.

47) 『죽천행록』, 124쪽의 "제 2자 휘는 광원이니 남행으로 양구 현감을 하시고 공의 생시에 졸하시다" 참조.

48) 李楊溝銘, 『記言』 권 20, 『한국문집총간 98』(1992), 105~106쪽.

49) 右贊成竹泉李公墓誌銘, 『記言』 권 23, 『한국문집총간 99』(1992), 281~283쪽.

50) 우찬성죽천이공묘지명, 『한국문집총간 99』(1992), 283쪽의 "銘曰 惟寬而廉, 惟直而

언급되어 있을 뿐 아니라 그 표현의 문체 또한 「묘지명」의 그것과 일치한다. 이런 점들을 근거로 할 때 '임하 허생'이 허목임은 분명하다고 본다.

앞에서 말한 바와 같이 허목은 나이로 보아 광원보다 4살 연상이었으므로 죽천에게는 자식 연배의 인물이었다. 허목이 죽천과 가까워진 것은 광원과 친하게 지내면서부터였다. 자연스럽게 광원의 형제들과 가까워지고, 죽천의 눈에 들게 되면서 그는 죽천의 집에 문객처럼 드나들었던 듯하다. 그런 과정에서 폐모척변소의 초안을 질정한 일도 있었고, 그 일로 죽천이 보여준 배려 덕분에 위기를 모면할 수도 있었다. 그 과정에서 허목으로서는 죽천에게 각별한 친분을 느꼈을 법하다. 따라서 죽천을 수행하여 사행길을 다녀온 군관 가운데 허목과 족분이 있던 자가 기록해둔 메모를 넘겨받아 기술하고, 여기에 허목 자신이 파악하고 있던 죽천의 환로를 덧붙여 『죽천행록』을 완성했다고 보면 정확할 것 같다.[51]

그렇다면 이 기록은 언제 만들어졌을까. 허목은 19세인 1614년(광해군 6) 은진 북촌에서 광원을 처음으로 만났다고 했다.[52] 그리고 『죽천행록』에 언급된 인목대비 폐모사건은 무오년(1618)의 일이고, 허목이 폐모척변소 초안을 만든 것은 그 이듬해인 기미년(1619) 봄의 일이다. 허목은 죽천의 충고를 받아들여 그로부터 10년간을 숨어지냈다고 했으니 이 때의 나이가 34세였을 것이다. 죽천의 몰년은 1645년(인조 23)인데, 그로부터 2년 후인 정해년(1647 ; 인조 25)에 항해도 1첩을 모출摸出했고 죽천연보와 유고 5책을 정사했으며 파계派系 1책을 고정考正했다고 하였다.[53] 죽천의 사행이 1624~1625년에 걸친 일이므로 사행에 관한 군관의 비망록이 허생에게 전

謙, 惟堅而嚴, 惟相公之烈, 崇且欽" 참조.

51) 홍익한의 『항해록』(을축년 4월 17일)에 "아침 식사 후 연서역에 당도하니 장인이 허첨사許僉使 형제 및 허윤許奫과 함께 보러 왔다. 저녁때 모두 돌아가고 허윤 만 남아 있었다."는 기록이 남아 있다. 이들과 허목은 무슨 관계인지 아직 확인할 수 없다.

52) 『죽천행록』, 125쪽.

53) 「서죽천행록후송찬수귀호남서書竹泉行錄後送贊叟歸湖南序」의 "丁亥 七年 于玆 遍謁先墳 印其碣文 畵其邱陵 移寫二水亭古事 並錄其先世遺蹟 粧爲六帖 摸出航海圖一帖 精寫竹泉年譜及遺稿五冊 考正派系一冊 凡爲十有餘編 航海一帖 畵工之所摸 而其他諸編 鄕隣士友所書也" 참조.

해진 것은 그 후의 일이었을 것이다.

정해년에 항해도 1첩을 모출했다는 사실로 미루어, 앞에서 추정한 바와 같이 수행했던 화공이 스케치해온 것을 다시 베껴 그렸던 것 같고, 현재 국립중앙박물관·국립중앙도서관·군사박물관·장서각 등에 소장되어 있는 조천도들은 바로 이것으로부터 모출된 것들일 가능성이 크다고 본다. 따라서 현전『죽천행록』의 선행 텍스트 역시 이 시기에 이루어졌다고 할 수 있다. 허목이 국문으로『죽천행록』을 남긴 사실은 그가 국문을 터득했을 뿐 아니라 자유자재로 사용하고 있었음을 보여준다. 이 점은 그의 가계만 훑어보아도 추정되는 사실이다. 그의 증조부인 동애東崖 허자許磁(1496～1551)의 국문 노래 두 수가『유고遺稿』에 실려 있으며, 조부인 송호松湖 허강許橿(1520～1592)의 국문 단가 7수와 국문 장가인 <서호별곡西湖別曲>이 같은 책에 실려 있다.[54] 뿐만 아니라 허목의 외조부인 백호白湖 임제林悌(1549～1587)는 3수의 국문 단가를 남겼으며 그의 처조부인 오리梧里 이원익李元翼(1547～1634) 또한 국문 단가와 장가 <고공답주인가雇工答主人歌>를 남겼다. 특히 조부인 허강은 정작鄭碏(1533～1603), 이지함李之菡(1517～1578), 양사언楊士彦(1517～1584), 김태구金太鉤 등과 교유하며 세상의 이치와 만물의 변화를 탐구한 은사였다.[55] 따라서 허목 또한 이러한 가계의 영향으로 세상의 명리를 멀리 했기 때문에 당대의 보수적인 성리학자들이나

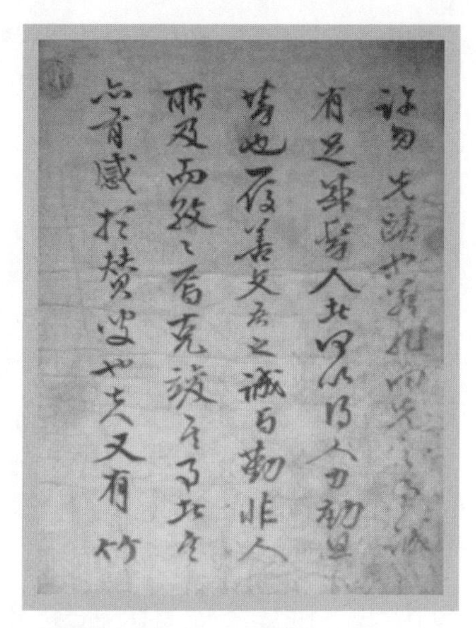

▲ 죽천행록(이현조 소장) 발문의 일부

54) 조규익(1995a), 237쪽.

55) 조규익(1995a), 241～242쪽의 "吾先祖不出四十年 吾先祖所與交懽 古玉鄭碏土亭李之菡蓬萊楊士彦南士金太鉤 多學博物 能通萬物之變 皆獨行隱於世者也" 참조.

논객들과는 지향하는 바가 달랐으리라 본다. 허목이 직접 『죽천행록』을 쓴 것도 이런 맥락에서 이해될 수 있는 일이다.

허목은 승지 김수홍金壽弘(1601～1681)과 함께 적서통용嫡庶通用을 주장하는 등 당시로서는 매우 진보적인 사상을 가지고 있었다.[56] 허목의 연보는 후대에 작성된 것이기 때문에 자세하지 않고, 현재 전해지는 것은 대부분 19세기 말의 후쇄본들이다.[57] 지금까지 허목이 성장기에 교유한 인사들을 살펴온 논자들은 주로 19세기 말에 인쇄된 연보를 바탕으로 한 때문인지 용주龍州 조경趙絅(1586～1669), 한강 정구, 서애西厓 유성룡柳成龍(1542～1607), 동강東岡 김우옹金宇顒(1540～1603), 모계 문위, 여헌旅軒 장현광張顯光(1554～1637), 오리 이원익 등의 인사들에 국한되어 왔다. 10대 후반에서 20대에 걸치는 시기에 이덕형이나 그의 자제들을 만난 사실은 연보에 언급되어 있지 않다.[58] 이덕형 부자와 허목 사이에 학연學緣이 있었던 것은 아니나, 상당 기간 끈끈한 유대 관계를 맺고 있었음은 앞에 인용한 구묘문丘墓文이나 묘지명 등을 통하여 추정할 수 있는 사실이다.[59]

죽천의 몰년은 1645년인데, 『죽천행록』이 죽천의 생전에 작성되었다고 볼 수는 없다. 오히려 죽천의 사후 그의 저술이나 그에 관한 기록들이 새롭게 정리되던 시기에 함께 이루어졌을 가능성이 크다고 생각되기 때문이다. 따라서 『죽천행록』의 기록 시기를 우선 1647년으로 추정해놓고자 한다.[60] 『죽천행록』이 완성된 시기를 1647년으로 잡을 경우 그 시기는 허목

56) 강주진(1998), 28쪽.

57) 양태진(1998), 495쪽.

58) 다만 허목의 연보를 편찬한 인물 가운데 이택李澤(1651～1719)은 이덕형의 백형伯兄인 한흥군韓興君 이덕연李德演(1555～1636)의 증손이다.

59) 그러나 허생을 허목으로 추정하는 데 전혀 문제가 없는 것은 아니다. 무엇보다도 허목 스스로 편집한 자신의 문집인 『기언』에 『죽천행록』을 언급한 내용이 전혀 없다는 사실은 의문으로 남는다. 후손들에 의해서라면 모를까 국문으로 쓴 글을 스스로가 자신의 문집에 싣지 않았던 당시의 관례를 감안한다면, 국문으로 쓰여진 『죽천행록』을 언급하거나 싣지 않은 것은 일견 당연한 일로 생각된다. 그럼에도 불구하고 이 점은 앞으로 좀더 소상히 밝혀져야 할 것이다.

60) 물론 『죽천행록』 가운데 '조천언록朝天諺錄'이라 할 수 있는, 사행기 부분이 먼저 이루어졌으리라 추정된다. 즉 허목이 기록한 조천록에 죽천의 행적이 덧붙어 『죽천행록』으로 완성되었다고 해야 타당하다는 것이다.

이 52세 되던 해이며, 그 시기가 현재 전해지는 국문・한문표기를 총괄하여 사행기록으로는 가장 이른 시기에 속한다.[61] 특히 거의 모든 중국사행의 기록들이 청나라 수립 이후의 것들임을 감안할 때, 명나라 말기의 사행록이라는 점과 국문으로 표기되었다는 점 등은 특별한 의미를 내포하고 있다. 조선 후기의 문사들, 특히 사행길에 올랐던 인사들에게 김창업의 『노가재연행일기』(1712. 11. 3.～1713. 3. 30.)와 『연행훈지록燕行塤篪錄』은 연행록의 교과서 격으로 인식되고 있었는데, 그 뒤를 잇는 것으로 담헌의 『담헌연기湛軒燕記』와 『담헌연행록』(1765. 11. 2.～1766. 4. 27.) 등을 들 수

---

61) 앞에서 살펴본 것처럼 학계에 보고되어 있는 사행록으로 대표적인 것은 황희영(1979)과 최강현(2000a)이 발굴・소개・분석한 『슈로됴텬녹』・『됴텬녹』과 『황명계해수로조천록皇明癸亥水路朝天錄』 등이다. 최강현(2000a)은 전자들을, 최강현(2000b)은 후자를 소개했다. 황희영(1979)은 홍익한을 전자의 필자로 보았으나, 최강현(2000a)은 미상으로 처리했다. 또한 최강현(2000b)은 정사正使 조즙趙濈(1568～1631)을 후자의 필자로 보았다. 그런데 전자들은 모두 『죽천행록』과 같이 이덕형의 사행을 기록한 글들이다. 따라서 『죽천행록』을 포함한 세 건의 자료들은 모두 동종의 이본들이다. 그러나 『슈로됴텬녹』은 내용 중 생략된 부분이 많은 듯하므로 원본으로부터 거리가 있고, 『됴텬녹』은 상태 좋고 내용 또한 전자에 비해서 풍부하나 사행 기록의 완결성이라는 측면에서 『죽천행록』보다 열세임이 분명하다. 다시 말하면 『죽천행록』에서는 사신들이 중국에서 돌아와 임금에게 복명을 하는 데서 끝나지 않고, 사행을 둘러싼 논란이 매듭되는 10월 5일에서야 끝난다. 그러나 중국에서 일어난 큰 사건들이 상세하지 못하고 회정回程 또한 소략하다는 점에서 『됴텬녹』은 『죽천행록』에 비해 약간 뒤지는 듯하다. 특히 지어진 연대에 대하여 최강현(2000a)은 이덕형의 사행이 끝나는 인조 3년(을축 : 1625)으로 추정했으나, 이덕형의 사행을 대상으로 했다하여 이 자료가 반드시 그 해에 이루어졌다고 보기는 어렵다. 더구나 자료에 기록시기를 추단할 만한 단서가 없는 경우라면 더욱 그럴 것이다. 오히려 사행 당대의 것이라기보다는 그보다 훨씬 후에 필사되었을 가능성이 더욱 크다. 『황명계해수로조천록』의 경우 국문으로 되어 있으며 작자로 추정되는 조즙의 생몰연대(1568～?)로 미루어 가장 먼저 이루어진 자료일 수는 있다. 최강현(2000b : 12)은 "내용의 곳곳에서 잘못 기록된 것들을 감안하면, 원저자가 한문으로 쓴 일기를 지은이 자신이 구술번역口述飜譯하여 다른 사람이 받아 쓴 것 같은 인상이 짙다"고 했는데, 이 자료의 연대를 합리적으로 추정할 수 있는 가장 온당한 견해라고 본다. 하지만 이 경우도 자신이 구술 번역했다기보다는 후에 다른 사람에 의해 번역된 경우로 보는 것이 타당할 것이다. 어쨌든 현재 이들 자료만 가지고 연대를 확실히 추단하기는 어렵다고 보기 때문에 내용적 충실도나 기록자・텍스트 형성의 단계 등을 암시하는 단서가 그나마 갖추어진 『죽천행록』을, '밝혀진' 최초의 '국문 사행록' 혹은 '첫 단계의 사행록'으로 보는 것이 타당하리라 생각한다.

있다. 담헌 저작의 뒤를 잇는 것으로 박지원의 『열하일기』를 들 수 있으며, 『열하일기』와 18년의 시차를 두고 나온 것이 서유문의 국문 사행기인 『무오연행록』(1798. 10.~1799. 4.)이다.[62] 『죽천행록』은 400여 편의 본격 조천록·연행록들 가운데 시기적으로나 내용적으로 선구라고 할 수 있는 『노가재연행일기』보다도 70여 년 가까이 앞서며, 지금까지 첫 단계의 국문 사행록으로 알려진 『담헌연행록』보다는 120여 년이 앞선다. 물론 군관이나 허생이 한문으로 쓴 것을 추후에 국문으로 번역했을 가능성도 아주 없지는 않을 것이다. 그러나 『죽천행록』이 번역투의 문장이 아님은 물론 최근 발견된 『죽천유고』에 의하면 이러한 추론이 오히려 그 정반대임을 보여준다. 앞서 언급한 바 있지만, 이 책에는 「조천록일운항해일기」라는 제명의 한문 사행기가 실려 있다. 원래 있었던 기록이 병자호란에 사라졌으므로 죽천의 외손 민상사閔上舍[63]가 당시 부사 오숙의 집에서 얻은 『조천언록朝天諺錄』을 그 음과 뜻에 기대어 한자로 번역하고, 그 뒤 기암이 홍익한의 『항해록』과 제가諸家의 전해지는 구문舊聞 등을 참조·고증한 다음 사행 기간중 창화한 시작품들을 찾아 덧붙여 한 통의 글을 이루게 되었다고 했다.[64] 인용문 속의 '조천언록'이 『죽천행록』임은 물론이다.[65] 따라서

62) 조규익·소재영(1997), 237~240쪽.

63) 죽천의 큰 사위 민여진閔汝鎭의 아들이다.

64) 이제한李濟翰, 「조천록朝天錄 발문跋文」, 『죽천유고竹泉遺稿』의 "是行也 航渤溟四千里 馳驅齊趙燕界又數千里 凡舟車所過 鯨島蛟窟之怪 城郭人物之盛 與夫專對諏謀靡鹽之狀 備載於斯錄 而丙子亂不幸見逸 其後公之外孫閔上舍 得朝天諺錄於天坡吳公家 依其音義而飜以文字 自是其本始矣 尤後曾王考幾庵公 又取洪花浦航海錄 叅諸家傳舊聞而攷證之 采其唱和詩什而附益之 因成一通之書" 참조.

65) 물론 『슈로됴텬녹』·『됴텬녹』 등이 모두 『죽천행록』의 동종이본들임은 앞에서 밝혔다. 그러나 그 가운데 내용의 충실도나 추정되는 기록자 등 정황적 측면에서 최선最先·최선본最善本은 『죽천행록』이라 할 것이다. 『죽천행록』 가운데 잘못 기재된 날짜나 노정이 『죽천유고』의 「조천록」에 바로잡혀 있긴 하나, 양자의 내용은 정확히 일치한다. 한 부분만 예로 들어 양자간에 일치하는 모습을 제시하고자 한다. 『죽천행록』, 28~29쪽(22일 예부에 정문하여 왈 "본국 사정은 전년 표문과 이번 국서에 낱낱이 아뢰어 다시 할 말이 없사오나 우리나라 폐왕 때 인륜이 두패蠹敗하여 종묘사직이 거의 망할지라. 우리 신군新君은 소경왕昭敬王의 친손親孫이시니 하늘이 신명神明과 총혜聰慧를 내리시어 효도하시고 우애하시고 온화하시고 어질어 나라사람이 추대할 뜻이 간절하더니 나라 일이 날로 그릇되어 하늘이 노하시고 백성이 배반하기에 이르러 신군이 소경계비昭敬繼妃 김씨의 명을 받들고 모든 신하

『죽천행록』은 애당초 국문으로 쓰여진 기록임에 틀림없다. 1625~1645년 사이에 『죽천행록』의 기본 텍스트인 비망록이 정리되었고, 죽천의 사후 1645~1647년에 현재의 『죽천행록』은 이루어졌다고 보는 것이 타당하다.

Ⅳ. 구성 및 내용

1. 기록된 날짜와 노정

죽천의 사행은 1624년 7월 3일에 시작되었고, 『화포항해록』[66] 또한 그 날짜부터 시작된다. 『죽천행록』의 시작이 10월 13일이므로 지금 찾을 수 없는 건 편에는 3개월 남짓의 분량이 기록되어 있을 것이다. 조정에 대한 공식적인 보고의 목적으로 쓰여진 『화포항해록』의 경우 사행 기간 내내 거의 빠진 날짜 없이 기록된 반면, 『죽천행록』에는 빠진 부분이 많다. 여

를 거느려 어지러운 것을 헤치고 반정하시어 큰 종통宗統을 이으셨으니 신민이 서로 기뻐하는지라. 신군이 선왕의 대국 섬기던 정성을 좇으시고 장차 군사를 거느려 오랑캐를 진멸하여 대국의 부끄러움을 씻으려 하시나니 비단 천지귀신이 알 뿐 아니라 모총병毛摠兵이 우리나라 지경에 가까이 머물러 또한 눈으로 보고 귀로 듣는지라. 전년에 천자께서 조서를 내리시어 승습을 허하셨으나 고명과 면복을 내리지 아니하시니 일국 신민의 실망하옴이 어떻다 하리잇가? 엎드려 비나니 모이신 대신은 잘 아뢰어 수이 조사詔使를 보내어 국왕의 고명과 면복과 왕비의 관복을 내리워 책봉례의를 갖추어 주소서.") → 「朝天錄」(二十二日壬申 呈文禮府 略曰 本國事情 已悉於前年表咨中 今國書蹟盡無餘 俺等無容贅辭 而但我國廢主時 彜倫斁敗 宗社幾至危亡 我新君乃昭敬王親孫也 天縱神睿 孝友溫良 國人含有推戴之意 及國事日非 天怒民怨 新君乃奉昭敬之繼妃金氏之命率群臣 撥亂反正以承大統 於是 臣民胥悅 新君遵先王恪謹事大之誠 將率厲三軍殄殲醜虜以雪中國之耻 非但天地鬼神之所監臨 毛摠兵方領軍近住我境 亦已目睹而耳聞矣 前年天朝下詔 許以襲封 而誥命冕服尚不頒降 一國臣民之失望倘如何哉 伏乞諸大人善爲轉奏 速見詔使 頒降國王誥命冕服及王妃冠服以備冊封之禮焉…)

66) Ⅲ장에서는 『화포선생조천항해록花浦先生朝天航海錄』을 『항해록』으로 약칭하였다. 이 부분부터는 『화포항해록』으로 바꾸어, 생길 수 있는 혼선을 막고자 한다.

러 이유가 있겠으나, 기록자가 군관이었다는 점은 무엇보다 큰 이유였을 것이다. 즉, 자신의 업무를 수행하는 틈틈이 기록해야 했다는 점, 상사와 늘 함께 할 수 없었기 때문에 상·부사나 서장관 차원에서 이루어지는 일들을 항상 목격할 수는 없었으리라는 점 등이 그 한계라고 할 수 있다. 그러나 이러한 현실적 한계에도 불구하고 기록한 일들에 대해서는 『화포항해록』보다 소상하며 객관적 정황의 기록에만 그치지 않고 인물들 간에 오고간 대화를 그대로 노출시킴으로써 섬세한 심층심리까지도 반영하고 있다. 이것은 한문 아닌 국문기록이었기 때문에 가능한 일이었다. 우선 기록에 나타난 날짜를 『화포항해록』과 대비·제시하고자 한다.

화포항해록	1624 7/3	4	22	8/1	4	5	6	7	8	9	10	11	12	13	14	15	16	17	18	19	20
죽천행록																					

화포항해록	21	22	23	24	25	26	27	28	29	9/1	2	3	4	5	6	7	8	9	10	11	12	13
죽천행록																						

화포항해록	14	15	16	17	18	19	20	21	22	23	24	25	26	27	28	29	30	10/1	2	3
죽천행록																				

화포항해록	4	5	6	7	8	9	10	11	12	13	14	15	16	17	18	19	20	21	22	23	24
죽천행록										13	14	15	16	17		19	20	21	22	23	

화포항해록	25	26	27	28	29	11/1	2	3	4	5	6	7	8	9	10	11	12	13	14	15	16
죽천행록				28	29		2	3	4	5	6	7				11	12	14			

화포항해록	17	18	19	20	21	22	23	24	25	26	27	28	29	30	12/1	2	3	4	5	6	7
죽천행록						22		24	25		27	28				2	3			6	

화포항해록	8 9 10 11 12 13 14 15 16 17 18 19 20 21 22 23 24 25 26 27
죽천행록	14 15 16 22 25 26

화포항해록	1625 28 29 1/1 2 3 4 5 6 7 8 9 10 11 12 13 14 15 16 17 18 19
죽천행록	28 29 1/1 4 5 6 9 10 16

화포항해록	20 21 22 23 24 25 26 27 28 29 30 2/1 2 3 4 5 6 7 8 9 10 11
죽천행록	27 28 29 2

화포항해록	12 13 14 15 16 17 18 19 20 21 22 23 24 25 26 27 28 29 3/1 2
죽천행록	13 20 22 26 27

화포항해록	3 4 5 6 7 8 9 10 11 12 13 14 15 16 17 18 19 20 21 22 23 24
죽천행록	3 4 5 6 12 13 14 16 19 20 21 22 23 24

화포항해록	25 26 27 28 29 4/1 2 3 4 5 6 7 8 9 10 11 12 13 14 15 16 17
죽천행록	25 26 27 4/1 2

화포항해록	18 19 20 21 22 23 24 25 26 27 28 29 30 5/18 23 24 25 6/1 3 4
죽천행록	25 18 25 3

화포항해록	8 12 10/5
죽천행록	12 5

죽천 사행의 일이 마무리되는 것은 10월 5일인데, 이 점은『화포항해록』이나『죽천행록』모두 동일하다. 주청사 일행이 귀국할 때 원역員役을 1개월 동안이나 북경에 머물러 있게 한 것은 잘못이므로 사행들에게 죄를 내려야 한다는 탄핵에 대하여 임금이 최종 단안[67]을 내린 날이 바로 이날이다.『죽천행록』의 경우 이 날짜 기사의 마무리 부분에서 사행에 따라갔던

군관(임하 허생과 족분이 있던 사람)이 사사로이 공의 일을 기록하여 왔다고 함으로써 이 기록이 현장의 비망록에 의해 이루어진 것임을 밝혔다. 또한 공이 출중한 재덕과 충의로 나라 일을 잘 처리하면서도 자신의 공과 덕을 자랑치 않았다는 설명 속에는 군관이 스스로 사행의 수말을 기록하게 된 까닭이 암시되어 있다. 『화포항해록』의 경우 사행이 출발한 1624년 7월 3일부터 이듬해 4월까지 하루도 빠뜨리지 않은 데 비해 『죽천행록』의 경우는 1624년 10월~1625년 1월까지 매월 10일간만 기록되어 있고, 2월은 6회, 3월은 17회, 4월은 3회만 기록되어 있는 등 전체 일정 가운데 일부분만 반영되어 있다. 뒤에서 상론하겠지만, 『죽천행록』의 기록자는 특정 사건들에 대하여 발단과 전개, 종결 등 그 전 과정을 반영하고자 하는 의도가 강했었기 때문이라 생각된다. 기록자는 잡다한 사건들의 나열보다는 중요한 사건들 몇 가지만 대상으로 삼아 그 문제의 해결 과정에서 돋보이는 죽천의 충성심이나 지혜 등 인간됨을 강조하려는 의도를 갖고 있었던 것이다.

사행에 대한 기록 뒷 부분에는 죽천이 참여한 국내의 일들을 들어 놓았는데, 인조 4년(1626)의 일부터 시작되어 있다. 그 내용의 중심은 주로 벼슬의 교체나 승차, 국가적인 대사 등이다. 이 기록들 가운데는 병자호란과 심기원 역모사건, 소현세자의 죽음과 봉림대군으로의 세자 교체 등 국가대사에서 발휘한 죽천의 탁월한 능력과 충성이 사안에 따라 세밀하면서도 미묘한 필치로 그려져 있다. 뿐만 아니라 요귀를 물리친 일화를 들어놓음으로써 죽천의 능력과 흔들림 없는 인품을 강조하기도 했다. 그런 내용 다음에 부인과 자손들에 대한 간략한 소개로 글을 마무리하고 있다.

---

67) 『화포항해록』(권 2, 39쪽)에는 "上傳敎 曰 李德泂等 首壞邦憲 以啓後弊 在法難貸 故已爲科罪矣 其竭誠完事之誠 將命越海之勞 亦不可不酬 職牒還給敍用 : 임금이 전교하기를, '이덕형 등이 나라의 법을 무너뜨리고 뒷날의 폐단을 열어 놓았으니, 국법에 용서하기 어려우므로 이미 죄를 주었던 것이다. 그러나 그 충성을 다하여 대사를 완결지은 정성과 사명을 받들고 험한 바다를 건넌 수고를 또한 보답하지 않을 수 없으니, 직첩을 돌려주어 서용하라.' 하였다."고 되어 있으나 『죽천행록』에는 "10월 초5일에 상이 전교하시되 '이 아무 등의 죄를 이미 참작하였으니 명을 받들고 바다를 건너 정성을 다하여 일을 일워온 공을 어찌 갚지 아니하리오?' 특별히 서용敍用하여 판중추부사를 하게 하시고 전답 이십먹 노비 육명을 사패賜牌하시다."로 되어 있어 후자의 내용이 훨씬 구체적이다.

▲ 이덕형 사행. 선사포, 국립중앙박물관 소장 '항해조천도'(본 7952/40.8cm×34cm/지본채색/조선조 후기)

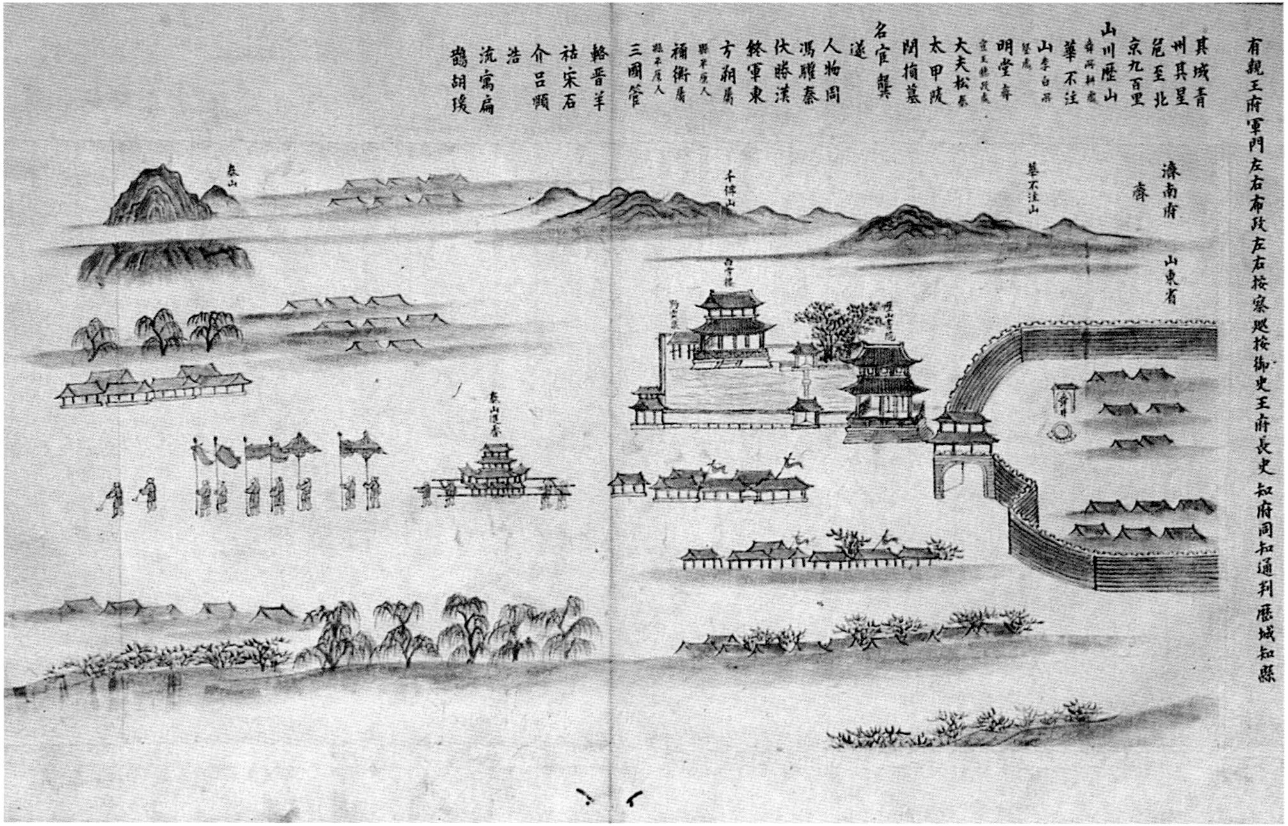

▲ 이덕형 사행. 산동성 제남부, 국립중앙박물관 소장 '항해조천도'(본 7952/40.8cm×34cm/지본채색/조선조 후기)

▲ 이덕형 사행. 창락현, 국립중앙박물관 소장 '항해조천도'(본 7952/40.8cm×34cm/지본채색/조선조 후기)

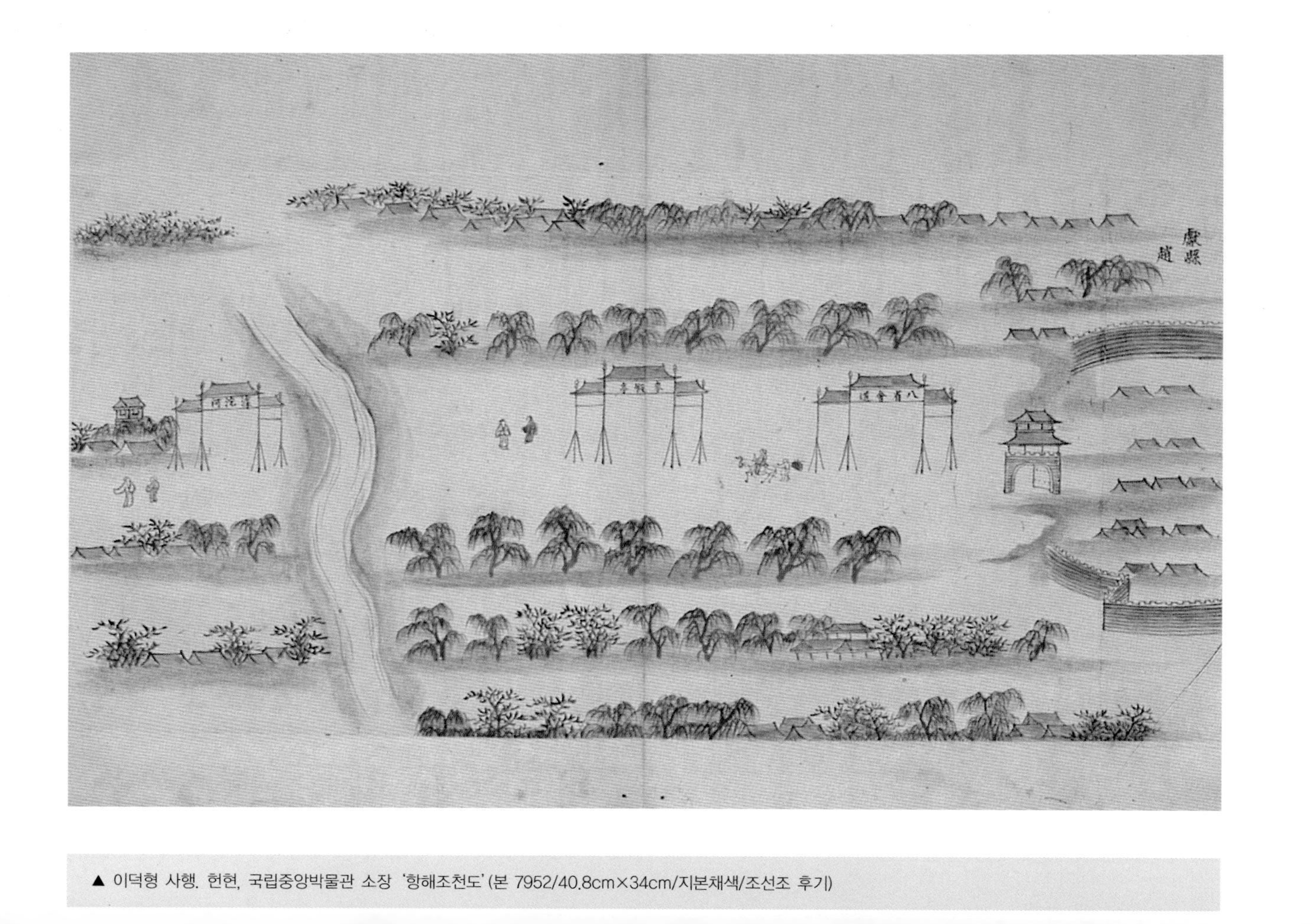

▲ 이덕형 사행. 헌현, 국립중앙박물관 소장 '항해조천도'(본 7952/40.8cm×34cm/지본채색/조선조 후기)

그 다음의 내용은 기록자인 허생과 죽천이 만나게 된 과정, 죽천으로부터 받은 은혜, 그 자녀들과의 교유 등을 설명한 일종의 후일담이며, 끝에는 '서죽천행록후송찬수귀호남서書竹泉行錄後送贊叟歸湖南序'라는, 달필로 쓰여진 행서체의 글이 11쪽에 걸쳐 실려 있다. 국문필체와 한문필체가 유사한 느낌을 주는 점으로 미루어 이 기록 전체는 한 사람에 의해 이루어진 것으로 보인다.

『화포항해록』과 마찬가지로 『죽천행록』도 북경에서의 활약상이 내용의 중점을 이룬다. 그러나 사행록이란 출발부터 도착까지의 전 과정을 기록하는 글인 만큼 노정에 따른 새로운 견문도 사행의 목적 못지 않게 중요하다. 북경에 도착하기까지의 여정은 건 편에 기록되었을 것이므로 현재는 알 수 없고, 『화포항해록』을 바탕으로 북경 체류 이후의 회정回程을 작성하면 다음과 같다.

2/25 북경 출발, 창의문昌義門 밖 장점 유숙
2/27 회점 · 양향현良鄕縣 · 두점竇店 · 탁주(유숙)
2/28 신성현新城縣 남관南關 · 백구고진白溝古鎭(유숙)
2/29 용성의용관容城義勇舘 · 웅현소백구雄縣召伯溝 · 조림포棗林舖 · 모주牟州 · 임구현任邱縣(유숙)
3/1 하간중화점河間中和店 · 오여정吾與亭 · 헌현상객림獻縣商客林(유숙)
3/2 동수東壽 · 동양東陽 · 하삭河朔 · 부장요참富庄腰站 · 부성현阜城縣(유숙)
3/3 경주景州 · 덕주德州(유숙)
3/4 능현陵縣 · 반하점盤河店(유숙)
3/5 임읍현臨邑縣 토성土城 · 상하점商河店 · 제양현濟陽縣 서관西舘(유숙)
3/6 대청하大淸河 · 장가림張家林 · 추평현鄒平縣(유숙)
3/7 염하鹽河 · 고현포固縣舖 · 금령진金嶺鎭(유숙)
3/8 청주靑州(유숙)
3/9 거미하詎米河 · 영구營丘의 옛터 · 요구堯溝의 방훈교放勳橋 · 동방삭東方朔의 옛 마을 · 창락현昌樂縣 · 안인安仁의 옛 고을 · 백이伯夷의 은거지 · 방맹逢萌의 옛 마을 · 유현濰縣 북관北關(유숙)
3/10 백랑하白狼河 · 대유하大濰河 · 유하濰河 · 공문거孔文擧의 옛 고을 · 안평중安平仲의 옛 마을 · 한정寒亭의 옛 역촌 · 왕언방王彦方이 다스리던 주현 · 왕록점王祿店 · 신하新河 · 신하점新河店(유숙)

3/11 사하점沙河店・내주萊州 서관西關・동문東門 유양상劉良相의 집(유숙)
3/12 주교포朱橋舖・신성보新城堡 왕도행王道行의 집(유숙)
3/13 북마포北馬舖(유숙) → 순우곤淳于髡의 옛 마을・등주登州(유숙)
3/17 봉래각蓬萊閣
3/20 묘도廟島(정박)
3/25 황성도皇城島・철산취鐵山嘴
3/26 장산도長山島
3/27 석성도石城島
4/1 공도恭島・곽산郭山의 능한산凌漢山・선천宣川의 목미도木美島・철산鐵山의 용골산龍骨山・가도椵島
4/2 선사포宣沙浦
4/3 정주定州
4/5 가산嘉山
4/7 안주安州
4/8 숙천肅川
4/9 순안順安・평양平壤
4/10 황주黃州
4/11 봉산鳳山
4/12 검수참劍水站・서흥瑞興(유숙)
4/13 총수참葱秀站・평산平山(유숙)
4/14 금교역金郊驛・개성부開城府
4/16 장단長湍・파주坡州・벽제관碧蹄舘(유숙)
4/17 연서역延曙驛

귀국할 때 사신들은 처음 중국으로 들어가던 길을 되밟아 돌아왔다. 이 가운데 『죽천행록』에도 반영되어 있는 노정은 2/27, 3/3, 3/4, 3/5, 3/6, 3/12, 3/13, 3/14, 3/20, 3/25, 3/26, 3/27, 4/1, 4/2 등의 것들이다. 이와 같이, 『죽천행록』에는 누락된 기록이 많은 만큼 노정 또한 생략된 부분이 많다. 앞에서 언급한 바 있듯이 기록자의 정황에 의해 불가피하게 사건 중심의 서술이 되다보니 그런 결과를 빚은 듯하다.

2. 굴욕적 외교의 실상과 기록자의 의도

명나라에 대한 굴욕적 외교는 이미 태조로부터 시작되었다. 친명의 외교노선을 견지했던 이성계는 왕조 개창 후 명나라에 사신을 보내 조선이란 국호를 선택받아 사용하기 시작했는데, '조선국왕朝鮮國王'이란 금인金印을 받아 정식 왕으로 책봉된 것도 겨우 태종 1년(1401) 무렵부터였다. 그로부터 조선 국왕의 즉위에는 반드시 명나라의 승인을 받아야 했고, 왕이 죽었을 때에도 명나라로부터 시호를 받았다. 뿐만 아니라 명나라의 연호를 사용해야 했고, 해마다 성절사聖節使・천추사千秋使・정조사正朝使・동지사冬至使를 보냈으며 일이 있을 때마다 임시 사신 또한 파견했다. 임진왜란에 파병한 연유로 명나라는 국력이 피폐해져 결국 후금의 누르하치에게 요동을 빼앗기게 되었다. 따라서 후금의 강성과 명나라의 쇠퇴는 조선에게 큰 외교적 부담요인이 되었다. 광해군 때에는 명의 요청으로 후금의 정벌을 위해 파병했으나 강홍립姜弘立(1560~1627)이 투항하여 부득이했던 출병의 이유를 해명함으로써 후금과 조선 사이는 별 문제가 일어나지 않았다. 광해군 치세에 균형을 잡아나가던 후금과 명나라 사이의 삼각외교는 인조반정으로 서인들이 집권하게 되자 후금을 배척하는 방향으로 기울기 시작했다. 그러자 후금이 조선에 쳐들어왔는데, 이것이 바로 정묘호란이다. 정묘호란의 결과 조선과 후금은 형제의 관계를 맺었고, 병자호란 이후에는 청으로 개칭한 후금에 대하여 군신의 관계로 바뀌어 매년 조공을 바쳐야 하는 굴욕적 외교의 시대를 열게 되었다. 강성해지고 있는 후금의 존재를 목격하면서도 인조를 옹립한 서인들은 자신들의 정권을 유지할 일념으로 명나라에 대한 맹목적 사대외교를 지속하게 되었다. 인조의 왕권을 승인받기 위한 죽천의 사행 역시 그런 맥락에서 이해할 수 있는 일이다.

후금이 요동을 장악한 이후로는 육로를 포기하고 발해만을 가로지르는 해로를 통하여 각종 사신을 파견할 수밖에 없었다. 죽천의 사행 역시 험난한 해로를 통해서야 겨우 이루어질 수 있었다. 죽천의 임무는 태조 이래의 주청사가 그러했듯이 명나라 황제로부터 고명誥命과 면복冕服을 받아오는 일이었다. 고명 즉 고명책인誥命冊印이란 중국의 황제가 조선의 왕위를 승인한다는 문서와 금인을 말하며, 면복이란 조선 임금의 정복인 면류관과 곤룡포를 말한다. 이런 것들을 받아야 비로소 임금으로서의 정통성을 갖게 된다는 정치적 믿음이 명나라가 망하기 전까지 조선에 통용되고 있었다. 왕으로서의 정통성을 확보하여 정권의 안정을 기하는 일이 급선무였던 인조와 서인 정권은 명나라로부터 고명과 면복을 받는 일을 무엇보다 중시했다. 그러나 이미 광해군 시절에 후금의 정벌을 위해 조선의 출병을 강요했다가 강홍립이 항복해버린 사건을 목격한 명나라로서는 계산이 다를 수밖에 없었다. 비록 명나라에 우호적인 서인 정권이지만, 명나라로서는 조선이 다시 요동 정벌에 참여하여 후금을 물리쳐줄 경우에만 고명과 면복을 내리겠다는 내부 지침을 정해두고 있을 만큼 조선의 왕권 강화와 자신들의 이해를 직결시키는, 실리 추구의 방향으로 선회되어 있었다. 그런 내부 지침을 정해 두고 있던 명나라의 조정을 상대로 아무 조건 없이 고명과 면복만을 받아내려 한 조선 정부의 주청사 파견이야말로 좋은 결과를 예측할 수 없는, 난사難事일 수밖에 없었다. 더구나 1년 전의 사행도 아무 소득 없이 귀국한 터였다.

예부좌시랑 주호경의 말[68]과 급사중 위대중의 말[69] 등을 참작한다면,

68) "공이 극히 근심하여 예하고 이르되 "바라옵나니 노야는 조선 백성을 어여삐 여기시어 책례일冊禮日을 수이 선력宣力하여 주심을 바라나이다." 시랑이 왈 "이는 모든 정승과 우리 마을 장관이 할 탓이니 어찌 내 스스로 주하리오? 그러나 부질없이 들어오셨는가 하노라. 할 일이면 상년上年에 아니 했으랴?" 공이 또 말하려 하니 시랑 왈 "이는 사실이니 공청公廳에 가 함이 늦지 않으니 술을 먹음이 옳다." (『죽천행록』, 21~22쪽)

69) "황성에 들어온 후 풍문의 말을 들은 즉 전년 주청사 나온 후 급사중給事中 위태충魏大中이 우리나라 사정으로 상소하였다 하니 19일에 그 상소를 얻어보니 하였으되 '예도禮度는 명분이 중하고 명분은 군신이 중하온지라. 이 아무개가 동녘 변방이 평안치 않은 때를 승시乘時하여 임금을 폐하고 스스로 섰으니 명분이 어찌 있다고 하오리까? 제 만 리 바다 밖에 있사오니 족가足枷하여 죄를 묻지 아니하오나 저 짐승 같은 것이 우리 천조天朝의 관官을 쉽게 여겨 한 장 오랑캐 글로 천자의 조서를 요구하오니 이는 간사한 이를 상주고 반역한 이를 가르침이라. 당당한 천조가 만일 오랑캐의 기망欺罔함이 되면 만세에 더러움이 아니리까? 우리나라가 안으로 정사를 다스리고 밖으로 도적을 물리쳐 군사 이미 강하고 요동을 이미 회복하면 조그만 조선이 장차 어디 가리까? 만세萬世 예전禮典이 시사時事에 관계하여 분요紛擾히 정치 못하니 평정한 후 사신을 보냄이 늦지 아니하여이다.' 하였는지라. 이로 인하여 조정 의논이 귀일치 못하니 공이 민망해 하더니 우급사右給事 고기인顧其仁

요동정벌 후 고명과 면복을 내린다는 내부 지침은 전년도 사행을 계기로 더욱 확고해졌던 것 같다. 물론 그런 방침이 변경될 소지가 전혀 없었던 것은 아니다. 위대중의 말에 이견들도 없지 않았던 듯, 주 69)의 내용에서처럼 고기인과 같은 온건 합리주의자들도 있었다. 조선 사신들이 고기인을 끌어들여 중국 조정 안의 여론을 유리한 방향으로 이끌고자 한 것도 바로 이런 근거에서 이해할 수 있다. 그러나 그런 방침이나 중론이 방향을 바꾸기란 쉽지 않은 일이었다. 설상가상으로 중국 조정의 관료계층이 크게 부패하여 조선 사신들과의 외교 업무를 치부의 수단으로 악용하는 관습이 굳어져 있는 관계로 죽천은 더욱 큰 어려움을 겪을 수밖에 없었다. 북경에 머문 기간 내내 조선 사신들에게는 수모의 연속이었지만, 결정적으로 인간 이하의 대접을 받은 일은 길 바닥에 엎드려 출근하는 각로들에게 글을 올린 일과 새벽같이 추위를 무릅쓰고 찾아간 내각에서 당한 수모를 통해서 알 수 있다. 특히 육각로의 지시로 내침을 당하자 섬돌을 붙들고 나가지 않으려는 죽천의 딱한 모습은 약소국 조선의 실상을 적나라하게 나타내는 순간이었다.[70] 뿐만 아니라 면복을 내어주면서 사신을 희롱한 일[71]과 천

의 물망物望이 본디 중하고 또 인후하여 각박한 의논을 좋게 여기지 아니함을 듣고 역관과 군관으로 하여금 널리 고급사와 정친情親한 사람을 구하여 사귀고 후한 폐백으로 성관誠款을 뵈고 고급사에게 전청轉請하여 위태충의 의논을 돌리게 하니라. (『죽천행록』, 15~17쪽)

70) "육각로가 발연히 소리 질러 꾸짖되 "생심이나 변방 적은 나라 신하가 우리 존위를 범하랴? 드러 내치고 문 닫으라!" 공이 울며 빌어 가로되 "대조大朝 모든 노야 대인은 적선하소서." 섬돌 붙들고 나오지 않으니 모든 각로가 다 불쌍히 여기되 육각로 분분히 꾸짖어 내치라 하거늘 하 민망하여 모문룡의 편지를 내어 "이를 보소서. 대조 모도독도 이 지극히 공변된 줄을 아나니이다." 하고 올리니 육각로 편지를 보고 의아한 빛이 있으되, 허각로 · 주각로 · 위각로 · 만각로 대로하여 일어서며 이르되 "변방 무부가 제후 왕 책봉 일에 간여하여 조정 대신에게 편지를 생심이나 하리오? 이 반드시 조선 지방에 오래 있어 회뢰賄賂를 받은 연고라. 좌우를 명하여 조선 사신을 몰아 문에 내치라." 하고 각각 헤어지니 그 민망함을 어이 다 이르리오?(『죽천행록』, 34~35쪽)

71) "즉시 예부에서 양전관과 면과 띠와 복을 가져오니 상의복이 뒤는 호문虎紋이오 앞은 봉문鳳紋이오 용문龍紋과 일월이 없거늘 공이 일어나 각로의 앞에 나아가 사뢰되 "왕자王者의 상복常服이 전후 쌍룡이오 좌우 일월이오니 이 때문에 쓰지 못할까 하나이다." 주각로 웃고 가로되 "우리 옷이 다 이러하니라." 공이 대왈 "일국 신민을 주한 자 근시近侍하는 관원과 다르니이다." 허각로 웃고 왈 "이는 희롱함이라."

자의 은택을 아느냐고 각로들이 묻자 이에 대답한 죽천의 말을 보면 명나라에 대한 맹목적인 추숭이 어느 지점에까지 이르렀는지 짐작할 만하다.[72] 소중화 의식小中華意識의 발로였겠으나, 청에 대한 죽천의 적개심은 명에 대한 추수 못지 않게 맹목적인데,[73] 국제적인 역학관계를 도외시한 조선조 관료들의 현실인식을 보여준 좋은 예라고 할 수 있다. 이런 사실을 의식하고 있었는지의 여부는 알 수는 없으나, 기록자가 이런 광경이나 오고간 대화들을 하나도 생략하지 않고 남겨놓은 데는 죽천을 비롯한 사신들의 간난신고를 보여주려는 의도와 함께 중국에 대한 외교적 치욕을 강조하려는 자아각성의 단서가 아울러 함축되어 있다고 보아야 할 것이다.

Ⅴ. 서사적 성격

경과 진술과 정체 진술의 교직交織으로 이루어진 것이 대부분의 사행 기록들이 지닌 담론적 성격이다.[74] 시간적 진행에 따른 인물들의 행위를 기록할 경우 그 부분만큼은 경과 진술이 주가 되겠으나, 사행 기록에서 무시

하고 즉시 용포를 내어놓거늘 이는 반드시 예부에서 온 것이로되 먼저 다른 것으로 시험함이라(『죽천행록』, 46~47쪽).

72) "모든 각로와 여러 관원에게 차례로 절하고 앉으니 각로 왈 '족하가 천자 은택을 아는가?' 공이 일어나 공수拱手 사왈 '황제 은택이 팔황구주八荒九州에 사무쳐 국왕을 위하여 책봉하시는 은혜와 칙려勅勵하시는 바는 다시 아뢸 말씀이 없삽거니와 조그만 미신微臣의 은혜 산해山海같으시니 복을 이기지 못할까 두려워 하나이다.' 각로 또 가로되 '우리 황제 인효대덕仁孝大德이 있으니 족하는 돌아가 국왕께 성심으로 섬김을 사뢰라.' 공이 일어나 피석하여 사로되 '국왕이 어찌 황은을 모르리까? 오늘 은총을 돌아가 고하리니 일각인들 어이 잊으리까?'(『죽천행록』, 49쪽)

73) 대청對淸외교와 관련하여 『죽천행록』의 뒷 부분에 나오는 몇몇 사실들은 죽천이 당시 반청세력의 핵심에 있었음을 나타낸다.

74) 경과 진술이나 정체 진술은 채트먼(1991 : 40)이 제시한 담론의 두 유형들이다. 전자는 '하다'나 '일어나다'의 형태로 나타나며, 후자는 '이다'나 '있다'의 형태로 나타난다고 한다. 제랄드 프랭스(1988 : 100)처럼 서사구조 속에서의 양자를 상태적 사건과 행동적 사건으로 나누어 설명할 수도 있다.

할 수 없는 큰 부분으로서의 견문(즉 '견見+문聞')들은 정체 진술일 수밖에 없다. 물론 모든 사행 기록들은 허구적 사건과 시간 아닌 역사적 사건과 시간으로 이루어져 있다. 그러나 그것들은 모방적 담론이 아니라 허구적으로 '보고되는'(혹은 '서술되는') 담론이다.75) 말하자면 애당초 등장인물들의 행동을 관찰하거나 모방한 진술이기보다는 기록자 자신의 관점을 거쳐 제시된 보고적 진술이라는 점에서 허구성을 완전히 무시할 수 없다는 것이다. 『죽천행록』의 경우는 일반적인 사행 기록들과 다르다. 심지어 기록 대상을 같이 하는 『화포항해록』에 비해서도 구별되는 특징을 지니고 있는데, 그것이 바로 서사성이다.

『화포항해록』은 기록 날짜를 누락시키지 않은 대신 사건이나 견문들을 간략하게 제시함으로써 공식적인 보고에 충실하고자 했다. 그러나 『죽천행록』은 특정 사안에 중점을 두어 등장 인물들 간의 갈등이나 이면 심리까지 상세하게 묘사함으로써 그 과정에서 주인공인 죽천의 인간적 장점을 부각시키고자 했다. 기록자의 문학적 안목이나 역량이 작용함으로써 『죽천행록』의 사행 기록 부분은 단순한 보고서의 수준을 뛰어넘을 수 있었다. 가장 이른 시기의 사행록이면서 서사 대상의 예각을 가장 뛰어나게 포착했다는 점에 『죽천행록』의 특이성이 있다. 그 특이성을 좀더 구체적으로 살펴보기로 한다.

죽천의 사행 목적은 명나라 황제로부터 인조 즉위의 고명과 면복을 받아내는 데 있었다. 자연히 기록 역시 천자로부터 고명과 면복을 받아내는 순간까지의 갈등과 긴장, 극적인 반전 등을 주축으로 하며, 그런 과정을 서사적으로 진술하여 주인공 죽천의 인간 승리를 부각시키려는 데에 그 주된 의도가 있었다. 따라서 표면적으로는 경과 진술과 정체 진술의 교직을 통하여 담담하게 주인공과 주변 인물들의 행동이나 정황을 진술하고 있지만, 이면적으로는 서사적 긴장을 고조시키는 고도의 기교를 사용하고 있는 것이다. 그런 점에서 기록자는 뛰어난 관찰자이자 스토리텔러로서의 자질을 보여주었다고 할 수 있다. 『죽천행록』의 사건은 다음과 같이 크게 세

---

75) '모방적 담론'이나 '보고되는 담론' 등의 용어는 제라르 즈네뜨(1992 : 158) 참조.

부분으로 나뉜다.

1. 북경에서 천신만고 끝에 천자로부터 고명과 면복을 받아냄
2. 북경을 출발하여 해로로 천신만고 끝에 귀국함
3. 귀국한 이후 정적들의 모함으로 고난을 받다가 천신만고 끝에 형벌을 면함

세 사건에 공통적으로 들어있는 '천신만고'는 서사적 갈등을 빚어내는 각종 시련들을 의미하고, 이 기록이 서사적 진술이 될 수 있도록 하는 핵심 요소이기도 하다. 주인공은 목표를 달성하기 위해 애를 쓰지만, 방해자들은 요소마다 포진하여 주인공과 대결하며 사사건건 물고늘어진다. 주인공과 방해자들 사이에서 조성되는 것은 갈등과 긴장이다. 사신들을 괴롭히는 것은 사회적·물리적 환경으로부터 생겨나는 외적 갈등이 대부분이다.[76] 갈등과 긴장이 사건의 진행 단계에서 고조되다가 극적인 반전을 거쳐 목표를 달성하게 되는데, 기록자는 좌절하지 않고 세계와의 대결을 통하여 승리를 얻게 되는 주인공의 훌륭한 면모를 강조하려는 의도를 요소요소에서 드러낸다. 끝 부분에 나온 기록자의 다음과 같은 술회는 그 좋은 예다.

> 만리 바다에 풍파를 무릅써 십생구사하여 천조에 들어가니 일이 극히 어려운지라. 전 주청사 이경전李慶全이 허환虛還하였으니 만일 공의 성충이 지극함과 언사言辭 간도懇到함 곧 아니면 어찌 감동하였으리오? 여러 달 천조에 무수한 곤경을 겪되 마음을 수고로이 하고 생각을 말리워 일을 이룰 뿐 아니라 중국 사람으로 하여금 충성을 탄복하게 하고 인기人氣를 공경하게 하였으나 공이 평생에 공을 일컫지 아니하고 덕을 자랑치 아니 하시는 고로 사행 수말을 한 자도 기록하신 일이 없고 사적이 나라에 올린 장계뿐이러니.
>
> —『죽천행록』 84~85쪽

76) 본서에서 거론되는 갈등의 개념이나 종류는 C. Brooks와 R. P. Warren(1959 : 652) 참조.

전 주청사 이경전李慶全(1567～1644)을 비교의 대상으로 들어 만리 해로에 십생구사의 어려움을 이겨내며 목적을 달성한 죽천의 공을 강조한 내용이다. 기록자는 죽천이 '천조'에서 무수한 어려움을 겪으면서도 사행의 임무를 완수함으로써 중국인들을 탄복시킨 것 또한 중요한 공적으로 강조한다. 여기에 주인공의 훌륭함을 강조하려는 기록자의 의도가 분명히 드러나 있거니와, 그런 훌륭함은 현실의 어려움이 없을 경우 드러날 수 없다. 말하자면 앞 부분의 서사적 진행 단계에서 주된 장치로 등장시킨 것이 바로 고난과 갈등임을 이 내용은 암시하고 있는 것이다. 그 고난과 갈등의 부각을 통하여 주인공의 훌륭함은 더욱 뚜렷이 드러날 수 있다고 본 것 같다. 이 점이 『죽천행록』을 여타 사행록들에 비해 훨씬 서사적이게 만든 조건이라고 할 수 있다. 사행의 주된 목적은 황제로부터 고명과 면복을 얻어내는 것이었고, 관찰자의 시선 또한 주변적 견문보다는 이 문제에 고정되어 있다. 특히 공식적인 보고의 목적으로 쓰인 듯한 『화포항해록』과 달리 『죽천행록』의 기록자는 이 문제의 해결을 중심으로 벌어지는 갈등과 긴장을 서사적 수법으로 그려내고자 했다. 그런 만큼 이 문제의 해결에 이르는 동안 스토리 전개의 마디 역할을 해온 동시에 긴장을 고조시켜나간 갈등의 실체를 살펴볼 필요가 있을 것이다. 갈등의 본질이나 실체가 밝혀지면, 이 기록이 지니는 문학적 성격 또한 분명해질 것이기 때문이다.

1. 사건 1 : 북경에서 천신만고 끝에 천자로부터 고명과 면복을 받아냄

사건 1은 주청사행이라는 현실적인 측면에서뿐만 아니라 표현의 질적·양적인 측면에서도 이 기록의 핵심이다. 그 부분의 사건은 대략 8개의 갈등을 마디로 전개된다.

1) 갈등 1

1624년 10월 13일 북경의 옥하관에 도착한 주청사 일행은 17일에야 조회에 참여했고, 사행 업무의 실무적 파트너인 예부상서를 만나게 된다. 상서와 좌우시랑, 여덟 낭청들 및 다수의 서리들이 기록에 노출되는 예부의 인적 구성인데, 사신들에게 호의적인 인물들과 그렇지 않은 인물들로 나뉘어 묘사된다. 상서 장세정과 우시랑 유신은 사행에 매우 호의적이며 청렴한 인물들이며, 좌시랑 주호경은 매우 부정적이며 탐욕스런 인물로 그려진다. 그런 인물 묘사는 부정적이며 탐욕스런 좌시랑이 또 다른 갈등을 빚어내는 원인이 됨을 암시하는 복선이기도 하다. 서른네살의 젊은 장상서는 59세의 죽천을 예우하여 호의적으로 일을 처리하고자 하는 기색을 보이며, 우시랑 또한 같은 생각을 갖고 있다. 그러나 막상 고명과 면복의 문제에 이르면 상황이 달라진다. 즉 다음과 같은 내용이 그것이다.

> 상서 우문왈 "조선 책봉은 전년에 황제 조서를 내려 아직 국왕에 승습케 하시고 고명과 면복은 요동 오랑캐 평정한 후 내리시리니 어찌 고쳐 의논하리오? 대강 표문을 보았으니 연고를 알았거니와 대하여 이르는 것과 다르니 조선의 이 거조擧措가 잦음은 어인 일인고 고이하여 하노라." 공이 대왈 "어찌 잦으리잇가? 소방이 불행하와 기강紀綱이 그쳐졌으니 백성이 수화水火에 든 듯하여 종묘사직이 무너지게 되오니 신민의 망극함이 지극하옵더니 하늘이 살피시어 소경왕昭敬王 제 손 중 가려 신민의 뜻 돌아감을 좇아 세우시니 어두운 날이 다시 밝은지라. 동방 일국의 기리는 소리 양양하여 건곤이 환천歡天하니 조선 사민의 큰 복이라. 황제께 청하옵는 중사를 이 미미한 몸에 부탁하여 보내시니 책례冊禮하시는 경사를 내리시면 조선 신민이 서향운월西向雲月하여 축수하리니 학생이 군부의 중임을 맡아 있으니 비록 술을 주시나 맛을 모르나이다. 노야는 예부의 일을 맡아 계시니 조선의 백성을 구제하는 덕음德音으로 황제께 품달하여 책례하는 칙서를 수이 내려 주소서." 상서 왈 "그렇지 아니하니 제가 봉책封冊일을 천자께 주문하오면 천자 칠각로七閣老에게 내려 대신이 도찰원에 모여 의논이 귀일한 후 시행하나니 예의 내린 후에야 내 어련히 하리잇가?" 공이 또 가로되 "법이 비록 그러하오나 노야의 벼슬이 예부에 계시니 모든 각로대인閣老大人께 의논하시어 봉책을 수이 내리게 하심을 바라나이다. 연로하신 왕대비와 젊으신 임군이 감히 정전에 들지 못하시어 누추한 폐사에 침좌寢座가 불안하시어 학생이 일을 수이 이루어 돌아가기를 손꼽아 기다리실 것이니 신자된 자가 어찌 한 때인들 마음이 편하리까? 요동

오랑캐가 들으면 임군이 미정하심을 알고 때를 얻을까 더욱 민망하여이다." 상서 왈 "오랑캐는 천자께서 시방 극력하여 치시니 염려할 바 아니라." 하더라.

—『죽천행록』 7~9쪽

이 부분의 갈등은 표면적으로 장상서와 죽천 사이의 그것이지만, 사실은 동일한 외교적 사안을 두고 양국간의 관점이 달라서 빚어진 일이었다. 전년도의 사행이 소득 없이 끝났음은 이미 앞에서 말한 바 있다. 당시 명나라는 후금의 누르하치에 의해 요동지방을 빼앗긴 상태였고, 조선을 이용하여 그 땅을 회복하려던 차였다. 요동에 웅거하고 있는 후금의 정벌만이 반정에 의해 즉위한 인조의 정통성을 명나라로부터 인정받을 수 있는 선결 조건이었던 것이다. 반정은 대의명분상 떳떳할 수 없었기 때문이다. 광해군 이후 실리 외교를 지향하고 있던 조선으로서는 승산없는 싸움에 휘말리기보다 내치의 안정을 도모하는 것이 급선무였고, 반정으로 즉위한 인조의 왕권을 튼튼한 기반 위에 정착시키는 것만이 내치의 안정을 도모할 수 있는, 유일한 길이었다.

이 점에서 중국과 조선의 입장은 평행선일 수밖에 없었다. 그 난국을 타개하고자 전년에 이어 죽천이 사행을 나온 길이었는데, 양국간의 평행적 입장이 해소될 기미는 쉽게 보이지 않는다. 호의적인 장상서로부터도 양국의 선명한 입장 차이만을 확인하게 되었고, 이 점은 좌시랑의 비우호적인 태도와 함께 주청사 일행이 헤쳐나가야 할 난관으로 부각되었다. 말하자면 이 부분에서 드러난 갈등은 조선과 중국이라는 두 나라 간의 외교적 갈등이자 주청사 일행이 풀어야할 가장 중요한 과제였던 것이다. 이런 상황에서 장상서는 주청사 일행에게 호의를 갖고 있었으며, 잘만 하면 사신들의 문제 해결에 큰 도움을 줄만한 가능성을 지닌 존재로 부각되었다. 뿐만 아니라 서사 진행 과정에서 가장 큰 역할을 하게 될 가능성 또한 암시되어 있다.[77] 그러나 그가 처음부터 적극적인 조력자로 나선 것은 아니다.

우선 장상서는 조선왕 책봉의 일이 중국이라는 국가 전체의 정책적 판

---

77) 실제로 갈등과 난관의 요소마다 장상서는 죽천의 조력자로 등장한다.

단으로 이루어진다는 점을 강조했다. 따라서 상서 개인에게 기대어 일 처리를 도모하려던 주청사의 희망은 일단 위기에 봉착하게 되었다. 이에 대하여 죽천은 조선의 왕이 처한 어려움을 들어 측은지심에 호소하는 하나의 현실적인 방법과, 조선의 왕권이 확립되지 못할 경우 누르하치가 오판할 수도 있다는 점을 강조하는 또 하나의 방법을 써보았으나 장상서는 그마저도 논리적으로 일축해버린다. 죽천이 사행의 임무에 착수한 첫 단계에 가장 신뢰할 만한 조력자로 장상서를 만나긴 했으나, 그로부터 외교적 사안의 난관만을 확인하게 됨으로써 향후 임무수행이 쉽지 않을 것이라는 위기가 조성된 것이다. 이것이 이 기록 속에서 사행의 임무수행과 관련되어 나타난 첫 갈등이다.

2) 갈등 2

갈등 1의 연장선상에서 파악할 수 있는 경우인데, 주청사의 예단을 두고 양측이 보인 견해의 차이는 갈등 1로부터 파생되어나간 또 하나의 사단이다.

> 세 당상과 여덟 낭청에게 각각 예단 단자를 드리니 상서에게는 은 오백 냥, 저포 한 동, 백면포 한 동, 장지 이십 권, 먹 백 동, 붓 일천 자루, 화문석 다섯 닢, 환도 하나, 인삼 서 근, 녹피 이 령, 부채 일천 병柄, 꿀 열 말을 했더라. 좌우시랑에게 덜어 지워하고 팔낭청에게는 더 많이 지워하였더라. 앞에 드려 쌓으니 상서가 친히 단자를 보더니 잠간 웃고 가로되 "조선이 예법을 알고 사신의 높은 소견으로 이런 법 밖의 일을 했나뇨?" 공이 대 왈 "어찌 법이 없으리오? 소방小邦 기강紀綱이 그릇된 지 오랜 고로 물력이 갈진竭盡한지라. 중한 일로 미미한 신하를 보내시며 노야께 폐백이 어찌 이러하리까마는 허물치 마심을 원하나이다." 상서 왈 "그렇지 아니하다. 일을 이룬 후 예부의 예목禮目은 있으려니와 각각 관원에게 선물이 어이 있으리오?" 하인으로 환도를 빼어오라 하여 친히 손에 들어보고 "좋은 칼이로다." 하고, "환도는 더욱 부질없다. 태평성조의 우리 문관이 칼 하여 무엇하리오? 도로 집에 꽂고 도로 가져가라." 하니 공이 피석避席 왈 "노야 이렇듯 매몰하게 하시니 학생 등으로 하여금 본국에 돌아가 군신이 서로 낯을 보지 못하게 함이로소이다. 만 리 타국사람이라도 한 번 보시고 어여

삐 여기시되 접하심을 본디 아던 사람같이 하시니 불승감격하온지라. 이것을 물리치시면 우리 암군이 학생 등이 군명을 불경히 하여 국왕의 정성을 비추지 못하였다 하시어 죄를 주시리니 노야는 오늘날 어여삐 여기시는 보람을 생각하소서." 상서 왈 "상사의 지식이 높고 언어가 수미粹美하시고 한원대시翰苑臺侍를 지내여 계시며 이런 일을 강박하나뇨?" 우시랑右侍郎 유신이 가로되 "우리 장관이 이런 일을 옳게 아니 여기나니 사신 네를 사랑하고 대접하는 마음이 지곡至曲하거늘 어찌 옳지 않은 일을 권하뇨? 다 물리치고 술을 먹음이 옳도다." 좌시랑左侍郎 주호경이 종시 말을 펴지 아니하고 불열不悅한 빛이 있더니 가로되 "조선이 무망誣罔하는 변괴를 이루었고, 우리 작지 않은 천자 대신이어늘 소국 신하가 여러 말 하여 다투느뇨?" 공이 피석 사례 왈 "어찌 감히 무망하리잇가? 노야는 황제를 섬기시니 우리 왕으로 같으신 신하라. 어찌 임금을 속이리잇가? 지극히 원통하여이다." 상서 웃고 왈 "우리 손에 결단할 일이 아니니 각별 응당한 일로 천자 하령하시면 예부는 시행할 따름이라. 각별히 다툴 일이 없으니 사신이 섭섭히 여기는가 싶으니 젊은 족하足下 있더니 먹 두 동과 황필 이십 병을 올리고 남은 것은 관으로 도로 가져가라." 먹 두 동, 붓 스무 자루를 올리되 먹은 한림풍월을 가져오니 서장이 하되 "먹이 비록 좋아 보이나 묵색墨色이 옮은 먹만 같지 못하니 옮은 먹을 드려지이다." 상서 왈 "그러하면 옮은 먹 두 동만 더 가져오라" 하여 앞에 놓으니 그것이 동녹 같아 좌우시랑 팔낭청에게 다 드리니 현현顯現히 좌시랑이 기꺼하는 빛이 없으니 공이 심중에 민망하더라.

—『죽천행록』 10~14쪽

중국의 조정에 조공의 이름으로 진상되던 조선의 토산물은 무역의 한 형태로 건네지던 상품이었으나, 정치·외교적인 목적의 사행에 지참되던 물건들로서 중국의 관리들에게 제공되던 것들은 사실상 예물 아닌 뇌물이었다. 특히 당시는 명나라가 말기적 상황으로 몰리고 있던 때였으므로 사행들의 눈에도 탐풍貪風이 횡행하고 있는 것으로 비쳤음은 물론이다.[78] 그

78) 이 기록 가운데도 그 점을 적나라하게 지적한 부분("대저 천조天朝 인심이 말세 되어 탐풍貪風이 대작大作하니 대소 관원이 회뢰賄賂를 들이지 않은 이가 없어 대소 정사를 재리財利로 이루어내고 염치를 알지 못하여 봉책으로 기화를 삼아 날마다 하배로 하여금 관에 와 토물을 구하니 인삼과 우이 아니면 달피獺皮와 표피豹皮와 종이와 모시와 베와 무명이라. 아침에 수응하면 저녁에 또 달라 하여"—『죽천행

런 만큼 주는 쪽에서나 받는 쪽에서 주고받는 물건은 실질적인 효과를 염두에 둔 뇌물의 성격이 강했다. 특히 정치・외교의 현안에 대한 양측의 견해 차이를 확인한 직후에 공여하고자 한 예단이 뇌물의 성격을 띠게 된 것은 당연했다.

죽천은 예물의 명분으로 장상서를 비롯한 예부의 관리들에게 조선의 토산물을 제공했으나 거절되고 만다. 장상서와 우시랑이 "상사의 지식이 높고 언어가 수미하시고 한원대시를 지내여 계시며 이런 일을 강박하나뇨?" 우시랑 유신이 가로되 "우리 장관이 이런 일을 옳게 아니 여기나니 사신네를 사랑하고 대접하는 마음이 지극하거늘 어찌 옳지 않은 일을 권하뇨? 다 물리치고 술을 먹음이 옳도다."고 말하는 가운데, '이런 일을 강박한다'거나 '이런 일을 옳게 여기지 않는다', '옳지 않은 일을 권한다'는 등의 언급은 적어도 사행이 바치고자 하는 예물을 예부의 관리들은 뇌물로 받아들이고 있었음을 분명히 보여준다. 이것은 사행의 목적인 고명과 면복 받는 일이 현실적으로 어렵게 되어 있다는 점을 암시하는 일이기도 하다. 물론 장상서나 우시랑이 청렴하다는 평이 기록 속에 나타나기도 하지만, 예물을 물리친 일이 반드시 그런 청렴성 때문만은 아니었다. 고명과 면복을 내리는 일을 중국으로서는 조선을 움직여 누르하치가 점령한 요동을 회복하는 일과 직결되는 사안으로 생각하고 있었기 때문에 장상서나 우시랑의 입장에서는 뇌물을 받고 쉽게 처리해줄 수 없는 국가의 대사였던 것이다.

물론 장상서나 우시랑은 조선의 딱한 사정과 그 임무를 맡고 온 사행에 대한 호감 때문에 시종일관 조력자의 입장을 견지한 것은 사실이다. 그러나 항상 중국 조정의 공론을 앞세우는 신중한 자세를 버리지 않음으로써 오히려 궁극적으로는 조선 사행의 임무수행을 확실히 돕는 결과를 낳게 된다. 사신들이 중국의 조정과 밀고 당기는 교섭을 벌이는 과정에서 뇌물은 항상 병행되어야 하는 조건이었다. 즉 뇌물의 질과 양은 일의 진전과 함수관계를 맺는 변수로 작용되어온 것이었다. 그런데 이런 예상이 장상서와 우시랑에 의해 깨어졌고, 뇌물 공여 과정에서 불쾌한 낯빛을 보인 좌시

록』, 31쪽)이 있다.

랑이 오히려 뇌물을 탐하는 존재로서 조선 사신들의 방해자가 되어 시종 부정적인 영향을 끼친 것은 흥미로운 일이다. 말하자면 조력자로 받아들인 장상서와 우시랑이 선의로 뇌물을 사양한 것은 좌시랑의 노골적인 반감과 함께 사신들에게 긴장을 불러일으킨 요인으로 작용한 것이다. 이 점이 바로 이 부분에 나타난 갈등의 골자다.

3) 갈등 3

당시 중국의 조정에서 전횡을 일삼던 위대중이 조선 사신들의 현실적 방해자로 표면화됨으로써 갈등 3이 빚어진다. 그는 전년도 사행과 관련하여 조선의 의지와 반대되는 악의적 상소를 올림으로써 사신들의 임무 수행에 결정적인 훼방을 놓게 된다.[79]

위대중은 당시 황제 측근의 환관이었다. 충신들을 모함하여 축출하고 정권을 천단擅斷하던 인물로서 그의 말 한 마디가 천자의 결단에 큰 영향을 끼치고 있었다. 이런 인물의 부정적 조선관은 문제의 원만한 해결에 큰 걸림돌이었으며, 조선 사신들을 긴장시킨 최대의 악재였다. 특히 그가 전년의 조선 사행과 관련하여 올린 상소의 내용은 특히 악의적이었다. 조선이 후금의 누르하치와 같은 오랑캐류라는 점, 인조반정은 명분이 전혀 없는 죄악임에도 천자의 조서를 받아 그 정당성을 확보하려고 하는 것은 중국 조정에 대한 기망이라는 점, 누르하치에게 먹힌 요동만 회복하면 저절로 조선의 잘못된 일이 바로잡힐 수 있으므로 그때까지 책봉의 조서를 내리지 말아야 한다는 점 등이 위대중 상소의 주된 내용이다. 죽천의 사행길에 고명과 면복을 받아가려고 생각하는 조선의 조정과 사신들에게 위대중의 이런 관점과 상소는 결정적 갈등 요인일 수밖에 없었다. 그러나 당시 위대중의 입장에 모든 조신들이 동조한 것은 아니었다. 그의 주장 자체가 현실적인 외교 관례상 문제가 많기 때문에 중국 조정 안에서도 논란이 많았던 듯하다. 이런 갈등과 긴장의 해소에 사용할 수 있는 유일한 방법이

79) 주 69) 참조.

뇌물의 공여였다. 당연히 합리성과 인품으로 위대중보다 우위에 있던 고기인에게 접근하여 위대중의 논의를 돌리는 방향으로 전략을 수정할 수밖에 없었다. 고기인을 직접 접촉하기보다는 역관과 군관 등으로 하여금 고기인과 친한 사람을 물색하게 하여 '후한 폐백', 즉 뇌물로 고기인을 움직이게 함으로써 긴장과 갈등요인을 제거하고자 한 것이다.[80] 갈등 3을 초래한 위대중의 조선관은 당시 중국 조정의 내부 지침과 깊은 관련을 맺고 있었으며, 그에 따라 갈등 3은 다른 것들에 비해 보다 본질적인 의미와 무게를 지니고 있었다.

4) 갈등 4

갈등 1, 2를 통하여 잠재적 갈등의 가능성을 보여준 좌시랑 주호경이 본격적인 방해자로 등장하여 빚어진 것이 네 번째 갈등이다.

> 좌시랑 주호경은 집이 크고 화려하며 꾸민 것이 채색으로 하여 빛남이 가이 없더라. 들어가니 예도禮度가 극히 거만하고 사기辭氣 순치 아니하니 공이 극히 근심하여 예하고 이르되 "바라옵나니 노야는 조선 백성을 어여삐 여기시어 책례일冊禮日을 수이 선력宣力하여 주심을 바라나이다." 시랑이 왈 "이는 모든 정승과 우리 마을 장관이 할 탓이니 어찌 내 스스로 주하리오? 그러나 부질없이 들어오셨는가 하노라. 할 일이면 상년上年에 아니 했으랴?" 공이 또 말하려 하니 시랑 왈 "이는 사실이니 공청公廳에 가함이 늦지 않으니 술을 먹음이 옳다." 하고 음식을 들이니 배반이 기이하여 상서 집 음식이 여기서 더 풍비豊備하더라. 상을 물린 후 하직하니 각별 주는 것이 없고 읍하여 보내더라.
>
> —『죽천행록』, 21~22쪽

80) 그 전략이 주효했는지 확인할 수는 없으되, 요동의 오랑캐를 소멸한 다음 조선에 책봉조서를 내려주자는 좌급사左給事 유무劉懋의 주장에 대하여 고기인은 "조선 책봉은 본디 법이 있을 뿐 아니라 두 번 바다를 건너와 청하니 만일 허락지 아니하면 천자가 소방을 대접하는 도리가 아니요, 요동 일에 유해무익하리라."(『죽천행록』, 24쪽)는 주장으로 관원들의 찬성을 받아 그날로 주문을 초하여 예부에 보낸 사실이 있다.

주호경에게 예물을 보낸 다음 사신들이 직접 그의 집을 방문했을 때의 일이 이 부분의 내용이다. 첫 만남부터 불쾌한 낯빛을 내보였다거나 조선의 사신들을 까닭없이 질책했던 주호경이지만, 그가 좌시랑이라는 중책을 맡고 있는 이상 조선의 사신들은 그에게 기댈 수밖에 없었다. 안하무인격인 주호경에 대하여 근심과 두려움을 갖고 있던 사신들에게 주호경은 조선의 사신들이 부질없이 들어왔다는 투의 부정적 단언을 내뱉음으로써 그들을 극도로 긴장시킨다. 특히 "할 일이면 상년에 아니 했으랴?"라는 그의 말은 가뜩이나 전년도 사행의 실패에 대하여 심적인 부담을 갖고 있던 사신들의 불안감을 극대화시킨다. 대체로 방문자나 선물을 들고 온 사람에게 답례로 그들 나름의 선물을 주는 당대 중국 치자들의 관습마저 그는 지키지 않았던 듯한데, 이것은 조선 사신들에 대한 적의를 암시하는 내용이다. "각별 주는 것이 없고 읍하여 보냈다"는 기록자의 말은 사신 일행이 주호경에게서 받은 인상의 일단을 극명하게 나타내는 표현이다. 상소를 통하여 조선을 헐뜯은 위대중이나 비우호적인 말들을 통하여 사신들을 긴장시킨 주호경은 일의 진행 과정에서 떠오른 적극적 방해자들이었던 셈이다. 말하자면 당시 '조선과 중국간 외교관계의 틀이 조선에게 불리하다'는 현실의 확인이 사신들의 임무 수행에 첫 긴장 요인으로 등장한 이후 위대중이나 주호경 등은 그런 틀 속에서 구체적인 방해자들로 등장한 셈이다.

5) 갈등 5

적극적 조력자였던 예부상서 장세정이 도어사로 가고 그 자리에 임요유林堯兪가 들어왔다는 인사이동 소식을 조선 사신들이 예부서리로부터 듣고 망극하게 여긴 것은 당연한 일이다.[81] 조・중 외교의 틀 자체가 불리하게 되어 있는 상황에서 그나마 장상서의 존재는 유일하게 붙들 수 있는 끈으

81) 『죽천행록』, 22~23쪽의 "23일에 예부서리 관에 와 이르되 장상서 바꾸어 도어사都御使를 하고 임가성林哥姓이 상서를 했다 하니 사신 일행 망극히 여기더니 서리 귀에 대어 이르되 좌시랑이 극히 탐하는 것을 선물을 적게 함을 혐의하여 제 친족이 이부상서로 있으매 청하여 장상서를 갈고 제 소친으로 시켰다 하니 대저 주호경이 장상서 선물을 받지 아니함으로 탐貪을 임의로 못하여 그리함일러라." 참조.

로 생각되고 있었기 때문이다. 청렴한 장상서가 뇌물 받기를 꺼려한 까닭에 탐욕을 채우지 못한 좌시랑 주호경이 친족인 이부상서를 움직여 그런 인사 이동을 한 것인데, 조선 사신들에게는 교두보의 상실과 같은 일이었다. 조선 사신들의 입장에서 보면 재물을 탐하는 임요유가 새로운 상서에 임명됨으로써 적극적인 조력자가 힘을 잃고, 그 대신 새로운 방해자가 들어선 셈이었다. 그런 불리한 상황의 전개로 인해 조선 사신 진영에는 새로운 긴장과 난관이 조성되었다. 그 임상서가 바로 갈등 5를 빚어낸 핵심적 존재였다.

> 22일 예부에 정문하여 왈 "본국 사정은 전년 표문과 이번 국서에 낱낱이 아뢰어 다시 할 말이 없사오나 우리나라 폐왕 때 인륜이 두패蠹敗하여 종묘사직이 거의 망할지라. 우리 신군新君은 소경왕昭敬王의 친손親孫이시니 하늘이 신명神明과 총혜聰慧를 내리시어 효도하시고 우애하시고 온화하시고 어질어 나라사람이 추대할 뜻이 간절하더니 나라 일이 날로 그릇되어 하늘이 노하시고 백성이 배반하기에 이르러 신군이 소경계비昭敬繼妃 김씨金氏의 명을 받들고 모든 신하를 거느려 어지러운 것을 헤치고 반정하시어 큰 종통宗統을 이으셨으니 신민이 서로 기뻐하는지라. 신군이 선왕의 대국 섬기던 정성을 좇으시고 장차 군사를 거느려 오랑캐를 진멸하여 대국의 부끄러움을 씻으려 하시나니 비단 천지귀신이 알 뿐 아니라 모총병毛摠兵이 우리나라 지경에 가까이 머물러 또한 눈으로 보고 귀로 듣는지라. 전년에 천자께서 조서를 내리시어 승습을 허하셨으나 고명과 면복을 내리지 아니하시니 일국 신민의 실망하옴이 어떻다 하리잇가? 엎드려 비나니 모이신 대신은 잘 아뢰어 수이 조사詔使를 보내어 국왕의 고명과 면복과 왕비의 관복을 내리워 책봉 예의를 갖추어 주소서." 상서 보기를 파하여 왈 "조정 의논에 요동이 평정한 후 각별 조사를 보내어 봉하는 범전範典을 준행하려 하나니 너희들은 어찌하여 번거롭게 구나뇨?" 하거늘 표정로로 하여금 고하여 왈 "전에도 봉전이 있은즉 사신을 보내어 고명과 면복을 내리시는 것이 전례여늘 이제 봉전과 사신 보내기를 두 가지 일을 삼으시니 전례에 어긋날 뿐 아니라 소방이 마침 변방 근심이 많사오니 책봉이 일시가 급하여 두 번 바다를 건넌 정성으로 천은을 비나니 엎드려 바라건대 노야는 수이 복계覆啓하여 대사를 일워 주소서." 공과 역관들이 계하에 꿇어 정성껏 고하니 이 때 상서와 시랑이 문장 중명重名이 있어 물망이 일

세에 높은 고로 처음에 뜻이 낙락落落하여 말씀하기를 용서치 아니하더니 간측懇側하게 아룀을 보고 점점 안색을 고쳐 화기롭게 하나 오히려 쾌허치 아니하고 서서히 이르되 "종차 상의 하리니 아직 물러가라." 공 등이 또 의제사儀制司에 가 낭청郎廳에게 정문呈文하고 간측하게 청하니 대답이 예부와 같더라. 낭청 주응기가 정문을 보고 또한 동심動心하여 종용히 이르되 "외국 책봉이 심히 중하매 낭청의 할 바가 아니니 상서의 처분을 기다려 정당히 하마." 하더라. 옥하관에 돌아와 예부 복계를 주야로 기다리되 금일 명일하여 동짓달이 반이 지나되 국가 대사를 이룰 기약이 없으니 민망으로 지내니 각 마을 서리 이르되 "너희 나라 이 대사를 이루려 하면 인삼과 금은을 상서와 시랑에게 많이 봉송하여야 일이 될 것이요, 그렇지 아니하면 옥하관에 십년을 있어도 일을 이룰 기약이 없으리라." 하니.

—『죽천행록』, 28~31쪽

이 장면에서 새로운 상서 임요유는 조선 사신들에게 새로이 등장한 방해자이고, 낭청 주응기는 새롭게 등장한 조력자라는 사실이 분명해진다. 그러나 조력자보다 방해자가 훨씬 힘있는 존재라는 점은 변함이 없었다. 이 상황의 전환은 조선 사신들의 임무 수행이라는 서사 과정에서 돌출한 갈등들 가운데 하나이며, 앞의 상황들에 비해 그 긴장도 또한 훨씬 높아지고 있었다. 여기서도 뇌물의 공여가 문제 해결의 한 방책으로 제시됨으로써, 뇌물의 사용이 일의 진전과 함수 관계를 맺는 요소임을 입증하고 있다. 이 갈등을 스스로 극복하지 못하는 조선 사신들은 그들의 조력자인 장세정에게 해결책을 구했고, 장세정은 각로들을 통하는 방법을 제시했다.[82] 새로운 방해자 임상서가 전횡을 일삼고 있는 현실에서 방해자가 될지 조력자가 될지 알 수 없는 각로들까지 가세함으로써 긴장은 더욱 고조되고, 상황은 더욱 복잡하게 확대되었다.

82)『죽천행록』, 32쪽의 "책봉이 지체하니 생각다 못해 장상서를 보고 민망한 사연을 이르니 어사왈 '나는 할 일 없사오니 오문 밖에 가 대령하였다가 모든 각로가 조회에 왕래할 적에 정문하라.' 참조.

6) 갈등 6

사신들은 장세정의 충고대로 사정을 적어 출근하는 각로들에게 알리는 데 성공했고, 그들의 동정을 얻는 데까지 이르렀다. 그러나 이렇게 전환된 국면 속에도 방해자와 조력자가 공존한다는 사실이 밝혀지면서 여섯 번째 갈등은 사신들의 임무 수행에 가장 큰 걸림돌로 표면화되었다. 대부분의 각로들이 호의적인 태도를 보여주었으나 그 가운데 육각로만은 유일하게 방해자로 등장하여 조선의 사신들을 괴롭혔다.

> 공이 또 길가에 엎드려 손을 묶어 부비니 모든 각로 불쌍히 여겨 칭찬 왈 "조선에 충신이 있도다." 하고 "내일 도찰원으로 오라." 하거늘 공이 무수히 사례하시고 관에 돌아와 앉아 파루를 기다려 마을 밖에 가 대령하니 춥기가 우리나라에 비하면 내도히 더한지라, 사람이 다 떨고 섰더니 날이 사시巳時는 한 후 각로가 모두 왔거늘 정문하니 들어오라 하거늘 삼사와 군관 다섯이 들어가 공이 뜰에 꿇어 손을 묶어 비비니 수각로 허국과 주각로 만각로 일시에 제성하여 "빨리 당에 오르라." 공이 머리 조으며 재배하고 불감不敢함을 고하니 또다시 오르라 청하거늘 중계中階에 나아가니 육각로가 발연히 소리 질러 꾸짖되 "생심이나 변방 적은 나라 신하가 우리 존위를 범하랴? 드러 내치고 문 닫으라!" 공이 울며 빌어 가로되 "대조大朝 모든 노야 대인은 적선積善하소서." 섬돌 붙들고 나오지 않으니 모든 각로가 다 불쌍히 여기되 육각로 분분히 꾸짖어 내치라 하거늘 하 민망하여 모문룡의 편지를 내어 "이를 보소서. 대조 모도독도 이 지극히 공변된 줄을 아나니이다." 하고 올리니 육각로 편지를 보고 의아한 빛이 있으되 허각로·주각로·위각로·만각로 대로하여 일어서며 이르되 "변방 무부가 제후 왕 책봉 일에 간여하여 조정 대신에게 편지를 생심이나 하리오? 이 반드시 조선 지방에 오래 있어 회뢰賄賂를 받은 연고라. 좌우를 명하여 조선 사신을 몰아 문에 내치라." 하고 각각 헤어지니 그 민망함을 어이 다 이르리오?
>
> —『죽천행록』, 34~35쪽

조선의 사신들은 장세정과 주국정의 배려로 도찰원에서 각로들을 만나 고명과 면복 주청의 일을 논의하게 되었다. 모든 각로들이 조선 사신들을 동정하고 도와주려 한 반면, 육각로만은 적극적인 방해자로 표면화된다. 밖으로 내치라는 육각로의 고함에 섬돌을 붙들고 울며 사정하는 죽천의 처참한 모습이 상세히 그려지면서 이 기록의 서사성은 더욱 고조된다. 죽천은 그 위기를 모면하지 못하고 모문룡의 서찰을 내어 놓음으로써 더욱 더 어려운 상황으로 빠져들게 된다.[83] 죽천은 순간적으로 모문룡의 서찰이 위기 극복의 방편이 될 줄 알았으나, '변방의 무부로서 제후왕의 책봉에 간여하려 한다'는 이유로 모든 각로들의 공분을 촉발시킴으로써 처음에 호의적이었거나 조력자가 될 가능성을 보여주었던 다른 각로들마저 돌아서게 되고 말았다. 각로들이 방해자로 등장한 상황은 일의 진행 과정에서 돌출한 최대의 갈등과 긴장이었다. 물론 이러한 절망적 상황은 마지막 순간 장세정의 도움으로 타개될 가능성이 열린다. 육각로를 방해자에서 조력자로 바꿀 수 있는 비결을 장세정이 알려주었는데, 그 비결 또한 뇌물을 쓰는 일이었다. 흥미로운 것은 장세정이 다른 각로들에게는 절대로 뇌물을 쓰지 말라고 부탁한 일이다.[84] 그런데 이 기록이 당시의 일을 그대로 묘사한 것이긴 하나 표현 수법이나 의도에 기록자의 주관이 아주 배제되어 있다고 할 수는 없을 듯하다. 즉 소수의 악이 다수의 선을 누르는데 그 악은 재물과 밀접한 관계를 갖고 있다는 암시를 기록자는 계속 보여주고자 한 듯하다. 그 암시를 통하여 당시의 중국이 말세의 인간 세상임을 압축적으로 보여줄 수 있었다. 이 점이 바로 기록자의 뛰어난 능력이었다.

---

83) 죽천은 장세정과의 앞선 만남에서 모문룡의 서찰을 언급했었는데, 장세정은 그 자리에서 각로들을 만날 경우 절대 모문룡의 서찰을 내보이지 말 것을 당부한 바 있다.

84) 『죽천행록』 35~36쪽의 "공이 초박焦迫하여 장어사께 글을 올려 가로되 '학생 등이 노야의 어질게 가르치심을 듣지 아니하고 모도독의 편지를 육각로께 드리니 허각로 주각로 만각로 위각로께 득죄하여 대사를 이룰 기약이 망연하와 모든 원역들로 더불어 관에서 말라 죽을지라. 민망함을 이기지 못할소이다. 노야는 어여삐 여기시던 은혜를 더하시어 일을 이루어 주시면 태산 같은 은혜 비록 몸이 노복의 천함을 당해도 사양치 않으리이다.' 어사 보고 가늘히 두세 줄을 써 보내되 가장 신근愼謹히 부쳤더라. '육각로는 천자의 사랑하시는 내관으로 재물을 사랑하니 알아할 것이오. 신임 예부상서에게 족하가 날 주던 칼을 싸고 다시 예단을 더함이 가하니 이리 한 후에 내 주·허 양 각로와 절친하니 내 도와 말하면 무슨 일이 못 되리오? 주·허 양 각로에게 예단을 하였다가는 또다시 풍파 나리라 했더라.'" 참조.

7) 갈등 7

장세정의 가르침대로 뇌물을 쓴 결과 방해자인 육각로는 어느 순간 조력자로 바뀌었다. 즉시 관자를 예부에 내려 일을 처리하도록 한 것이다. 그러나 그 관자는 앞에서 새로운 방해자로 등장한 임상서가 처리해야 하는 일이었다. 따라서 일의 진행은 또다시 강력한 장애를 만나게 된 셈이다. 제독과 시랑 등이 수차 건의했으나 임상서는 종시 듣지 않다가 결국 여러 번의 호소와 주변의 압력에 마음을 움직이기 시작했다. 죽천의 간절한 호소문과 정성 때문이기도 했지만, 결정적인 것은 그에게 공여된 천금의 뇌물이었다. 일곱 번째 갈등의 해소 역시 뇌물에 의해서 해소될 기미를 보이게 된 것이었다.

8) 갈등 8

모든 갈등과 장애가 제거되어 임상서가 봉전 내려줄 것을 천자에게 주청하려는 순간 또다시 새로운 장애가 등장하여 여덟 번째의 갈등이 빚어졌다. 갈등 6의 직접적 원인이었던 모문룡의 서찰이 다시 새로운 장애요인으로 돌출한 것이다.

> 천금 폐백으로 이상공을 인하여 상서께 보내고 예부 아전과 사령들을 후히 주니 상서 그제야 쾌히 허락하고 하리들이 또한 경희과망慶喜過望하여 선력宣力하더라. 14일에 상서 좌기하고 회계코저 하더니 마침 모총병이 천자께 주문하여 조선 봉전을 수이 내어줄 뜻으로 장황히 하였거늘 이날 예부에 내려 의논하라 하니, 상서 발연 대로하여 주문을 땅에 던져 왈 "조선 책봉은 소당所當 전년 조서대로 요동 평정하기를 기다려 시행할 것이로되 이제 사신들이 나라를 위하여 충성이 사람을 감동케 하기로 황제께 아뢰어 책봉 사신을 보내려 하거늘 제 변방의 한 호반虎班으로서 책봉 대사에 감히 간여하기를 이같이 하니 예부에서 무엇을 의논하리오?" 좌기를 파하니 상서 이미 천금 회뢰를 받고 제 공을 삼고저 하여 다른 사람이 간섭함을 혐의함이라. 촉처觸處의 탈이 나매 시일을 허송하니 그 민망함을 어찌 측량하리오?
>
> —『죽천행록』, 42~43쪽

임상서가 모문룡의 주문을 핑계로 조선 왕 책봉에 대한 회계를 하지 않으려 한 명분은 주청사행의 근본적 갈등요인이었던 요동 정벌에 있었다. 말하자면 이 순간까지 요동을 평정한 후에 조선 왕 책봉의 문제를 다루겠다는 중국 정부 원래의 의도는 유효했음을 확인할 수 있다. 그러나 당시 우호적인 관료들은 양국간에 정치·외교적 장애가 있음에도 불구하고 사신들의 충성이 지극하므로 일을 이루어 주려고 했으나 변방의 일개 무부가 직접 천자에게 주문하여 제후 왕 책봉에 간여하려 한 점을 불쾌하게 생각한 것이었다. 일이 진척되다가 막바지에서 '촉처의 탈'이 돌출하여 조선 사신들로서는 곤혹스러운 상황으로 빠져들게 되었다. 여기서 다시 사용되는 것이 뇌물 공여의 방법이었다. 이미 천금의 뇌물이 건네진 후였으나 일을 재개하기 위해서는 또다시 뇌물이 건네져야 했던 것이다. 임상서를 '방해자→조력자→방해자→조력자'로 모습을 여러 번 바꾸도록 한 주 요인은 뇌물과 모문룡의 간여였다. 후자 역시 이면적으로는 뇌물 수수와 직결된 일이었음은 물론이다. 이런 갈등을 거쳐 결국 임요유는 회계를 올렸고, 그에 대하여 천자는 책봉조서를 내리게 된 것이다.

이상에서 살펴본 것과 같이 연속되는 갈등과 이야기 진행의 양상을 도표로 제시하면 다음과 같다.

							갈등 8→ 해결 5
						갈등 7→ 해결 4	
					갈등 6→ 해결 3		
				갈등 5→ 해결 ∅			
			갈등 4→ 해결 ∅				
		갈등 3→ 해결 2					
	갈등 2→ 해결 ∅						
갈등 1→ 해결 1							

갈등 1부터 갈등 8에 이르기까지 한 단계씩 높아지는 도표의 모양은 갈등의 정도가 높아지는 양상을 상징적으로 나타낸다. 갈등 1은 조선에 대한 천자의 봉전을 요동 정벌과 연계시키려는 중국 조정의 방침으로부터 생겨

났다. 죽천의 인격에 대한 장상서와 우시랑 유신의 감동은 문제 해결의 가능성과 단서를 제공했다는 점에서 잠정적이긴 하나 결국 해결 1로 이어진다. 그러나 동시에 잠재적 방해자인 좌시랑 주호경의 등장으로 새로운 갈등 2가 노출된다. 그 문제가 해결되거나 해결의 가능성을 보이지 아니한 채 새로운 방해자 위대중이 등장함으로써 갈등 3이 조성된다. 이 갈등은 조력자 고기인의 등장으로 해결될 가능성이 제기되는데, 이것이 잠정적이긴 하나 해결 2로 이어진다. 그러나 동시에 잠정적이었던 방해자 주호경이 본격적인 방해자로 등장함으로써 긴장은 좀더 고조되는데, 이것이 갈등 4이다. 갈등 4는 해결되지 못한 채 강력한 방해자 임요유가 새로이 등장함으로써 갈등 5를 조성한다. 갈등 5 또한 해결되지 아니한 채 더욱더 강력한 방해자 육각로가 등장하여 새로운 갈등 6을 조성한다. 그러나 뇌물을 통하여 육각로를 조력자로 바꿈으로써 갈등 6은 해결될 기미를 보인다. 그러나 그와 동시에, 앞서 문제를 일으켰으나 해결을 보지 못한 임요유가 더욱 노골적이고 강력한 방해자로 다시 등장하여 갈등 8을 조성한다. 그러나 더욱 많은 뇌물을 공여하여 임요유를 조력자로 변신시킴으로써 갈등 8은 해결되었고, 결국 천자의 고명과 면복을 받게 된 것이다.

2. 사건 2 : 북경을 출발하여 해로로 천신만고 끝에 귀국함

사건 2는 북경을 출발하여 해로로 천신만고 끝에 귀국한 부분이다. 사신들은 1625년 2월 27일 북경을 떠나 귀국길에 올랐다. 북경에서 등주까지는 육로였으나 등주로부터 출발지인 선사포까지는 해로였다. 바닷길이 목숨을 건 노정이었던 것은 잦은 풍랑과 기후의 변화 때문이었다. 그런데 죽천을 포함한 사신 일행은 풍랑이나 기후의 변화를 단순히 기상학적·물리적 현상으로 보려고 하지 않았다. 그들은 분명 유학에 근본을 둔 합리주의자들이었으나 그들이 뚫고 가야할 해로와 그 해로상의 안전을 위협하는 각종 자연 현상들 속에는 인격이나 신격이 내재해 있다고 믿었던 것이다. 안전하게 돌아가야 한다는 것은 국가적 차원에서 사신들에게 지워진 임무였고, 안전 항해를 방해하는 '어떤 힘'은 극복하거나 달래야 할 또 다른 갈등 요인들이었다. 북경에서 사신들의 임무 수행을 방해한 인물들이 극복하거나 달래야 할 갈등 요인들이었던 것처럼, 바다에서의 풍랑이나 기상 이변 등도 현실적으로 긴장과 갈등을 크게 유발시킨 요인들이었다. 현실적이고 합리적인 유학자들이면서 각종 제사를 자진하여 올릴 수밖에 없었던 이유도 여기서 찾아볼 수 있다.

3월 19일 새벽 죽천은 양사와 함께 선소船所에 나아가 천비天妃 낭낭과 용왕龍王 소성小聖에게 제사를 지냈고, 진향사進香使와 진위사陳慰使로 북경 갔다 돌아오는 길에 패몰한 세 명의 사신들[85]에게 제사를 지냈다. 사신 일행이 귀로에 육지로부터 바다로 나가게 된 날(20일)의 일은 사신들의 불안한 마음상태를 잘 나타낸다.

> 20일 밤 배에 나가 발선고사發船告祀하고 아침에 군문 가 잔치한 사례하고 오후 발선하여 묘도廟島 앞바다에 대이다. 나라 대사를 맞고 만리타국에 와 일년 만에 성사하여 돌아오니 어찌 기쁘지 아니하리오마는 이전에 삼사신이 나오다가 바다에 패몰敗沒한 일이 있고 전년 올 때에 험악한 광경을 생각하매 도로 아득한지라. 비록 왕사를 당하여 사생을 돌아보지 아니하나 만리 창해에 행역이 더디어 세월이 한만閑漫하니 성상이 일을 이뤄 돌아오기를 간절히 기다리시니 신자의 마음이 일시나 평안하리오? 만단객회 이렇듯 밤을 당하여 더욱 진정치 못할러라. 공이 전전하시다가 잠간 잠을 이뤄 계시더니 박참판 이서彝叙가 술을 가지고 이르러 전송하며 은근히 수작하는 정이 완연히 상시같으니 마음에 감창感愴하여 놀라 깨달으니 묘망渺茫한 파월波月에 의형儀形이 암암한지라.
>
> —『죽천행록』, 77~78쪽

육지에서 바다로 나가게 된 첫날밤에 발선고사 즉 개양제開洋祭를 지내고 배를 내어 등주 앞의 묘도에 댔다고 했다. 묘도는 등주로부터 가장 가까운 섬이다. 따라서 이들은 발선고사를 지낸 다음 이 짧은 거리에서 시험

85) 우참찬 유간柳澗, 참판 박이서朴彝叙, 정언 정응두鄭應斗 등. 유간은 광해군 13년 진향사로 북경에 갔다가 귀국길에 서장관 정응두와 함께 배가 엎어져 익사했고, 박이서는 같은 해 진위사로 북경에 갔다가 귀국길에 풍랑으로 익사했다.

항해를 했던 듯하다. 세 명의 사신들이 해로에서 패몰한 일과 중국으로 들어오는 해로에서 겪은 험악한 고생 등을 떠올리며, 죽천은 바다와 대자연에 대한 새로운 깨달음을 갖게 되었던 것이다. 바다에서 익사한 참판 박이서가 생시처럼 나타나 술을 권하는 꿈을 꿀 정도로 죽천은 자연의 위력과 죽음에 대한 공포의 감정에서 벗어나기 어려웠다.[86] 더구나 박참판의 죽음을 예언한 점쟁이 지억천의 사례를 회상하는 등 삶과 죽음의 문제에 대하여 섬세해진 내면을 노출시키기도 하였다.

이러한 사례들은 평범한 일상에서는 떠올릴 수 없는 일들이었을 것이나 지금 중대한 사명을 완수하고 돌아가는 생사의 기로에서는 가장 중요하고 직접적인 문제로 대두된 일이었다. 말하자면 "성상이 일을 이뤄 돌아오기를 간절히 기다리시니 신자의 마음이 일시나 평안하리오?"라는 충성심만이 유일한 대의명분으로 표방되긴 했으나 사신 일행이 가지고 있었을 원초적인 문제의식은 바로 죽음에 대한 불안감이었다. 그것은 자연의 위력과 인간의 자의식 사이에서 빚어지는 또 하나의 갈등이었다. 중국의 체제나 그 체제를 움직이는 관료 집단이 어떻게 해볼 수 없을 만큼 거대한 힘을 가진 존재로 사신 일행에게 인식되었듯이 자신들의 보잘것없는 존재를 위협하는 거대한 자연 또한 엄청난 위력으로 자신들에게 달려들고 있음을 느낀 것이다. 말하자면 조선의 사신들이 그간 익숙해 있던 전통적 범주 밖의 비정상적 인간들과 자연의 위력은 일찍이 경험해보지 못한 불안감을 안겨주었고, 여기서 빚어진 갈등은 크게 보아 사신들의 임무 수행이라는 일의 진행 단계에서 결코 간과될 수 없는 장애요, 시련이었던 것이다.

23일에는 천비 와룡왕과 소성에게 치제했다. 또한 묘도 사람들의 말에 따라 성모聖母의 생일인 이날에 죽천은 특별히 치제했으나, 풍세가 순탄치 못해 간신히 타기도 앞 바다에 닿기도 한다. 그 후로 계속하여 돌풍과 안개 등을 만나 갖은 고생을 하다가 드디어 4월 초이튿날 가도를 거쳐 선사포宣沙浦[87]에 도착한다.

---

86) 劉文英(1993 : 336)은 꿈이란 우락존심憂樂存心, 즉 걱정이나 즐거움이 마음속에 남는 것이라 했다.

87) 평북 철산군의 포구로 조선시대에 진영鎭營이 설치되어 있던 곳. 해안에 위치한 국

초2일에 떠나 가도椵島 어귀에 들어오니 모든 배들이 어제 저녁에 와 기다리더라. 늦게야 선사포宣沙浦에 이르니 고국 산천이 완연히 어제 같은지라. 그 기쁨을 어찌 측량하리오? 모든 사공들이 배를 치며 노래하여 왈 "황은이 한 번 새로우니 고국이 빛이 난다/동해 천만리를 순식간 돌아오니/그만 두어라/태평연월에 한 가지로 취하여 다시 무엇을 하리오?" 하니 육선 사람이 모다 화답하더라.

—『죽천행록』, 80~81쪽

선사포는 사신들이 중국으로 떠날 때 바다로 빠져나갔던 바로 그 곳이다. 선사포에 도착했다는 것은 완전한 생환生還을 의미했다. 1차적으로는 중국이라는 거대한 체제와 인위의 장벽, 그것들이 조성하는 긴장과 갈등으로부터 벗어났음을 의미하고, 2차적으로는 끊임없이 생을 위협하던 거대한 자연의 위력과 그것이 조성하던 긴장과 갈등으로부터 벗어났음을 의미한다. 이로써 사신 일행은 자신들의 목숨을 구했고, 임무를 완수하여 임금에게 충성했다는 대의명분 또한 빛낼 수 있었다. 말하자면 성공적인 사행길 그 자체를 의미했다.

3. 사건 3 : 귀국한 이후 정적政敵들의 모함으로 고난을 받다가 천신만고 끝에 형벌을 면함

그러나 그것으로 사행의 전 과정이 끝난 것은 아니었다. 고명과 면복을 받은 것으로 표면적인 임무는 완수했으되, 사신들에게 닥쳐오는 질시와 무고, 모략 등은 그들이 극복해야 할 새로운 갈등 요인들이었다. 북경에서의 온갖 시련과 장애, 해로에서의 위험 등은 '고명과 면복을 받아 임금을 빛나게 한다'는 대의명분 하나로 극복해나갈 수 있는 갈등의 요인들이었다. 그러나 그 임무를 완수한 다음 맞게된 새로운 갈등의 요인은 그런 대의명분이 떨어져 나간 상태에서 사신들 자신의 문제로 받아들여야 하는 사안

방상의 요지이며, 명나라로 가는 조공선의 출발지 가운데 하나였다.

이었다. 그런 만큼 적극 나서서 자기 변호를 할 수도 없는 일이었기 때문에 이전의 장애들보다 그 어려움이 더욱 심할 수밖에 없었다.

> 등주에서 떠난 후 풍세 순치 못한고로 배 오기 더디고 빠름이 있어 원역들이 미처 오지 못했더니 한 대간이 부사로 더불어 본디 틈이 있다가 이 때를 승시하여 양사兩司들로 부동附同하여 사신 등을 나국拿鞫하라 청하니 상이 허치 아니하시다. 25일 대궐에 가 복명하고 고명과 면복을 올리니 상이 대열하시어 은 오백냥과 사복말 한 필, 정목 열 동, 베 열 동 주시고 잔치하여 먹이게 하시고 중전으로서 정목 닷동 쌀 열닷섬 내리시고 각 마을에서 각각 예물을 보내어 치사하니 일국 신민이 뉘 아니 즐기리오? 공이 한천동寒泉洞 이희李禧란 사람의 집에 계시더니 우후 의금부에 가두라 하시니 취리하여 원정原情을 올린대 상이 전교하시되 형추刑推를 제하고 삭직하여 놓으라 하시다. 5월 18일에 헌납 권도權濤 아뢰되 "주청사 일행이 원역을 황성에 일삭을 머물러 둔 것이 분명하거늘 이제 도리어 기망하오니 마땅히 삭탈하여지이다." 25일에 상이 전교하시되 "양사 의논이 '주청사 일행이 원역을 북경에 일삭을 머물렀다' 하되 사행은 사월 초일에 돌아와 대었고 원역들은 사월 십일일에 돌아와 대었은 즉 기간 일자 많지 아니한 지라. 북경에서 등주 오기 이천리오, 등주서 본국에 오기는 수로 몇천린지 아지 못하니 만일 일삭을 머물렀으면 어느 틈에 미쳐 왔는고? 너의 의논이 진적眞的지 아니하도다." 6월 초3일에 천사天使 나오니 공이 문안지대관問安之待官으로 개성부에 나가니 허국과 장세정이 기이히 반겨 밤드록도 말할 새 공이 장어사를 향하여 향내 관대하던 일을 못내 치사하고 생각 밖에 즉시 다시 만남을 기쁘고 다행하여 하시니 어사 가로되 "나도 공을 보내고 다시 만나기 어려우매 가장 섭섭하더니 공이 떠난 지 여드레 만에 사신을 하여 다시 보기를 기약하니 든든하고 기뻐하였노라." 서울 들어와 관에 머물 새 공이 날마다 상대하여 말씀하더니 허국 장세정이 공더러 치하 왈 "그대 임군의 성덕을 일컫더니 과연 어진 임군이라" 하더라. 장어사가 으뜸 통사를 공의 사실私室로 보내어 예단하였거늘 치경致敬 관대款待하고 면폐面幣를 후히 주니라. 12일에 천사 돌아가니 공이 자청하여 반송사伴送使로 의주에까지 가시니 천사가 창연히 이별하여 가로되 "이제는 다시 만나기 어렵다." 하고 눈물을 금치 못하더라. 10월 초5일에 상이 전교하시되 "이 아무 등의 죄를 이미 참작하였으니 명을 받들고 바다를 건너 정성을 다하여 일을 일워온 공을 어찌 갚지 아니하리오?" 특별히

서용敍用하여 판중추부사를 하게하시고 전답 이십 먹 노비 육 명을 사패賜牌하시다.

—『죽천행록』, 81~84쪽

사신 일행에 대한 대간의 탄핵은 원역들이 열흘 정도 늦게 도착한 것을 빌미로 삼은 일이었다. 그러나 풍랑 때문에 배의 진로가 수시로 바뀌고 선단에서 뒤쳐지는 일이 있었음은 기록에 이미 나와 있고, 인용문의 뒤편에서 임금 자신도 이 사실을 논리적으로 대간들에게 이해시키려 애썼음을 알 수 있다. 이것이 기록자의 분석대로 사신 일행에 대한 대간의 사원私怨에서 나온 탄핵일 수도 있고, 당시 임금을 둘러싸고 벌어지던 당쟁의 와중에서 돌출한 헐뜯기의 한 사례로 볼 수도 있겠지만,[88] 기록자는 그런 탄핵이 터무니없음을 보여주려 한 듯 이야기를 교묘하게 구성했다. 즉 인용문 가운데 "이십오일에~뉘 아니 즐기리오"에서는 사신들이 세운 공을 조야가 함께 기뻐하고 즐거워하는 실상을 그려냈고, "6월 초3일에~눈물을 금치 못하더라"에서는 온갖 간난을 무릅쓰고 임무를 완수한 죽천이 일부의 탄핵에도 불구하고 의연하게 명나라 사신의 문안대관으로 활약하는 모습을 그려냈다. 사실성이 박약한 탄핵 내용과 사신들에 대한 조야의 찬양, 국가 대임 수행의 모습 등을 적절하게 배합하여 하나의 서사물로 제시함으로써 죽천을 비롯한 사신들의 뛰어남을 두드러지게 강조하는 효과를 거두고 있다. 이 사건들이 실제로 시간 순차에 따라 연발되었을 수도 있지만, 사실은 이것들을 교묘하게 배치함으로써 긴장도를 높인 것은 기록자의 서사물 구성 능력에 힘입은 결과였다고 할 수 있다. 결국 죽천이 천신만고 끝에 임무를 완수한 공이 임금에게 인정되어 높은 벼슬을 받고 부귀영화를 누리게 되었다는 결말인데, 그간 제시되었던 모든 시련이나 갈등이 이런 결말을 위한 예비 장치들이었다는 점을 비로소 확인할 수 있다. 시련이나 갈등 없이 그에 상응하는 결과가 있을 수 없다는 평범한 논리는 현실에서나 허구에서나 마찬가지다. 당대에 볼 수 있는 서사물들 대부분은 이런

88) 주청사행의 임무완수 결과에 대한 당파적 해석의 가능성이 있을 수도 있겠지만, 본서의 논지와는 벗어나기 때문에 별고로 다룰 필요가 있다.

형식으로 마무리되는 것이 일반적이었다. 이 기록이 사실의 나열이나 보고를 훨씬 뛰어넘는 고도의 문학적 형상화를 실현했다는 것은 이런 점에서도 분명해진다.

사신들이 귀국하여 복명을 하자마자 탄핵을 받게 된 것은 사행의 결과에 관한 임금과 조야의 객관적 평가를 가늠하게 한다는 점에서 중요한 의미를 갖는다. 말하자면 이 기록이 사행록이긴 하나 공식적인 보고문학으로 생각되는 여타의 사행록과 다른 것은 기록자가 심층적인 측면에까지 관심을 기울였다는 점이다. 사실의 기록이나 보고이면서도 고도의 문학적 구성력과 표현력을 찾아볼 수 있는 단서 또한 바로 이런 점에 있다.

Ⅵ. 『화포항해록』과의 차이

『화포항해록』은 서장관 홍익한이 기록한 한문 사행록이고, 『죽천행록』은 이름 없는 군관이 기록한 국문 사행록이다. 전자는 공식적인 보고문의 성격이 짙고, 후자는 사적인 비망의 성격이 짙다. 전자는 한문으로 된 공식 기록이기 때문에 사행의 전 기간을 누락시킬 수 없었던 대신, 구체성은 결여될 수밖에 없었다. 그러나 후자의 경우 기록자가 특별히 관심을 둔 부분에 집중했으므로 상당 수준 구체성을 확보할 수 있었다. 따라서 『화포항해록』은 사건의 윤곽이나 결과만 제시하여 공식적인 보고에 충실하고자 한 반면, 『죽천행록』의 경우 기록자가 중요한 사건을 선택하여 그 사건에 관여된 인물들의 이면 심리까지 상세하게 묘사함으로써 읽는 묘미를 찾아내고자 했다. 내용이 대략 일치하는 것들 가운데 몇 가지만 예로 들어보기로 한다.

1. 1624년 11월 28일자

■『화포항해록』

內閣諸老 旣與尙書面語覆題之速旋 又下批 而林堯俞寢閣不行 董其昌曰 朝鮮封典 理宜速完 而況有內閣批下乎 堯俞不答而罷出 堯俞之意固未可曉 而又下票 禁出入牢鎖舘門 只令通薪水尤可怪矣(내각의 모든 각로들이 이미 상서와 면대하여 복제를 속히 해주라 말하고 또한 지시를 내렸는데 임요유는 멈추어 두고 행하지 않았다. 동기창이 말하기를 "조선봉전은 도리상 속히 완결짓는 것이 마땅하거늘 하물며 내각의 지시가 있음에랴!" 하였으나, 요유는 대답하지 않고 나가 버리니 요유의 뜻을 실로 이해할 수 없었다. 그리고 또한 표를 내려 출입을 금하고 관문을 굳게 닫아 걸었으며 다만 땔감과 물만 통하게 했으니 더욱 괴이한 일이었다.)

— 권 1, 36쪽

■『죽천행록』

28일에 이부시랑 동기창이 상서더러 일러 왈 "내각에서 관자를 내린지 오래니 수이 봉전을 내어주소서." 상서 답지 아니하니 대저 상서 회뢰를 받은 후 시행하여 제 공을 알리고저 하더니 홀연히 각로의 교령敎令이 있음을 보고 생각하되 이제 각로의 말을 인하여 성사하면 공이 각로에게 돌아가고 제게는 이롭지 않을까 함이오, 또 사신이 예부를 두고 내각에 정소呈訴함을 분노하여 제독 주사에게 관자를 내려 당부하되 감히 문 밖에 나지 못하게 하라 하니 관문이 한 번 닫히매 다만 물불만 통하니 상하 일행이 출입이 끊어져 조정 소식이 막연히 천리 같고 날마다 각 마을 아전이 징색徵索하니 아무리 몸을 빼어나가 슬픈 사정을 하고자 하나 할 일 없는지라 일행이 주야 서로 대하여 근심으로 지내더니.

— 38~39쪽

두 기록 모두 내각에서 조선의 봉전에 관하여 회계하라는 지시를 예부에 내렸음에도 불구하고 예부상서 임요유가 미루어 두고 시행하지 않은 사건을 기술한 내용이다. 전자에서는 각로들이 상서에게 봉전에 관한 지시를 했다는 것과 동기창이 그 일의 시행을 촉구했으나 듣지 않았다는 점, 관문을 굳게 닫아걸고 출입을 못하게 했다는 점 등을 말하고 '괴이한 일'

이라는 평만을 달아놓았다. 그러나 후자에는 임요유가 내각의 지시를 이행하지 않는 점과 동기창의 건의를 묵살하는 이유, 관문의 폐쇄로 인하여 조선 사신들이 겪는 고통까지 상세히 기록하고 있다. 아직 뇌물을 받지 않은 상태에서 내각의 명을 받아 일을 처리해주면 자기의 공을 주장할 수 없어 향후 뇌물을 받을 여지가 없어지므로 뇌물 받아낼 목적으로 회계를 하지 않고 있다는 것과 거기서 한 발 더 나아가 아예 관문까지 폐쇄시킴으로써 그러한 목적을 빨리 달성하고자 하는 상서 임요유의 심층심리까지 상세히 분석·기록하고 있는 것이 바로 후자다.

2. 1624년 12월 26일

■『화포항해록』

二十六日丙午 晴而風 上使偕冬至使一行 往參賀正習儀 職與副使俱以疾不進 大小各部司 自今日爲始封印 故提督亦封印不坐堂 春坊左諭德 繆昌期 戶部右侍郎鄭三俊 俱告病去職 不合於時者也(26일 병오 맑고 바람 불다. 상사가 동지사 일행과 함께 하정습의에 가서 참여하였다. 나와 부사 모두 병으로 나아가지 못했다. 대소 각 부사에서 오늘부터 봉인을 시작하므로 제독 또한 봉인하고 출근하지 않았다. 춘방 좌유덕 목창기 호부우시랑 정삼준이 모두 병이 있다 하여 벼슬을 떠났으니 시의에 맞지 않는 자들이다.)

— 권 1, 66쪽

■『죽천행록』

26일에 공이 동지사와 한 가지로 나아가 정습례正習禮를 참예하니 부사와 서장은 병으로 오지 못하여 수일 조리調理할새 조신朝臣들이 자로 와 보고 예부 좌우시랑과 낭청이 다 와 보고 가니 벼슬 등품으로 위의威儀 지극하니 우리나라 조관으로 비할 바 아닐러라. 도어사 장세정이 제 조카를 데리고 와서 보니 네 바퀴 수레를 탔으되 수레 높이 길이나 하고 수레 위에 교자같아 난간을 새기고 주홍칠하여 금은으로 장식하고 추종騶從이 이백삼십여명이오 앞에 기 잡히고 붉은 양산 받치고 거러치 둘 세우고 다홍대단 단령에 선학 흉배胸背 붙이고 두 어깨에 일월 거울을 달고 옥띠 띠고

영패令牌 차고 돈피豚皮 이엄耳掩이 마치 가라리 붙인 잎 이엄 같고 사모를 눌러 썼으되 뿔이 가장 길고 백옥홀을 쥐었더라. …(중략)… 또 묻되 "조선의 인재 얼마나 많은고?" 공이 대왈 "우리 왕이 문덕을 좋아하시므로 무재武才는 연습지 아니니 알지 못하고 문학으로는 선왕 때의 이름이 높은 이 많더니 다 조락凋落하고 지금은 이경전李慶全과 조수와 김상용金尙容이라 하는 무리 조정에 여라문이 있고 사학私學에는 장원 급제할 만한 사람이 많으니이다." 어사 가로되 "공은 몇째나 가나뇨?" 대왈 "학생은 요행으로 과거 하였으나 그 류에 바라나 보리잇가? 불과 여덟 아홉째는 되리이다." 어사 가장 말하기 좋다하여 일어남을 아끼더라. 공이 장복을 필묵과 벼루집 하나와 주고 사신 오실 때 공이 혹 쓰일 데 있을까 하여 젊어서 지은 시사집詩詞集을 가려 베껴 갔더니 그 책 두 권을 주어 왈 "이것이 내 젊어서 과공科工하던 것이러니 볼 것이 없을지라도 내 먼 땅 사람으로 나이 늙었으니 귀한 얼굴을 다시 만날 기약이 없는지라. 오늘날을 잊지 않게 정표하나니 잊지 마소서." 장복이 받아 사례하고 두어 귀를 읽어 가로되 "좋다 좋다" 하고 가장 좋아 하더라. 어사도 글을 가장 기리고 칭찬하더라. 퍽 이시히 말하다가 가니라. 도어사란 벼슬은 양사兩司 아장亞長을 겸하여 도찰하는 대간臺諫으로 소임이 극히 중하매 출입할 제 인印을 가지고 다니더라. 그 위의를 보니 기특하고 소년의 벼슬이 높음을 보니 기이하여 보이더라.

— 53~59쪽

같은 26일의 기록이지만 양자에 공통되는 내용은 상사가 동지사와 함께 하정습례에 참예했다는 사실뿐이다. 『화포항해록』에는 봉인에 관한 사실과 시의에 맞지 않는 중국 관리들의 행위를 지적한 내용이 하정습례 관련 기사에 뒤따라 나온다. 그러나 『죽천행록』에는 하정습례 관련 기사 외에 예부좌우시랑과 낭청이 병으로 누워있는 부사와 서장관을 문병 온 사실이 기록되어 있고, 다음으로 도어사 장세정이 그의 조카와 함께 옥하관을 방문하여 사신 일행과 담론을 주고 받은 내용이 상세히 기록되어 있다. 장세정과 그의 조카가 타고 온 수레의 화려한 치장을 묘사한 부분 및 주고받은 양측의 대화가 두드러진 내용이다. 임진왜란의 전투 규모와 참상, 명나라의 참전에 관한 일, 그와 관련한 조선과 명나라의 관계 등 정치・외교적인 문제들의 정보가 조선과 중국측 지식인 사이에 교환되는 점은 당대 사행이 갖는 정신적·문화적 의미를 새롭게 조명할 만한 단서를 제공한다.

그 다음으로 제기되는, 조선의 인재들에 관한 장세정의 질문 또한 중국 지식인의 조선 문화에 대한 호기심의 연장선상에서 파악할 만한 문제다. 마지막으로 죽천은 장세정의 조카 장복에게 자신의 시집 필사본과 필묵 및 벼루집 하나를 선물하고 장복은 그 시편들을 읽으며 탄성을 발한다. 이처럼 같은 날 같은 사행을 대상으로 기록했음이 분명한데, 양자에 기록된 내용은 전혀 딴판이다. 사신들에 대한 적극적 조력자로서의 위치 등을 감안한다면 장세정이 사신들을 방문한 것은 무엇보다 중요한 일이었다고 할 수 있다. 그럼에도 불구하고 『화포항해록』에는 전혀 언급되어 있지 않은 반면, 『죽천행록』에는 여러 쪽에 걸쳐 그들이 나눈 대화와 정황이 상세히 기록되어 있다.[89]

이 외에도 같은 내용에 날짜가 약간씩 달리 기록된 경우도 있고, 전혀 다른 내용이 기록된 경우도 더러 보인다. 『화포항해록』에는 빠진 날짜가 거의 없다. 말하자면 하루도 빼놓지 않고 일기식으로 기록했다고 할 수 있는데, 공식 보고용 기록이었다는 점에서 불가피했을 것이다. 그런 까닭에 군관이 비망록 형식으로 기록한 『죽천행록』보다는 『화포항해록』의 날짜가 정확하리라 본다. 그러나 의도적이었건 그렇지 않았건 『화포항해록』에서 누락된 내용 가운데 상당수가 『죽천행록』에는 상세히 기록되어 있다. 『죽천행록』의 경우 특정한 사건의 이면이 소상하게 기록될 수 있었던 것은 1차적으로 한문 아닌 국문을 기록 수단으로 채택했기 때문이다. 다음으로는 주로 상사의 덕망과 나라를 위해 노심초사하던 충성심을 드러내고자 한 기록자의 태도를 꼽을 수 있다. 그 이유가 어느 쪽에 있건 『죽천행록』은 흥미로운 서사물의 차원으로까지 상승될 수 있었다.

---

89) 물론 당시 서장관이 병으로 조리중이었다는 사실은 밝혀져 있다. 그럼에도 서장관 홍익한은 이 날의 기록을 남기고 있다. 아무리 병중이었다 해도 장세정의 방문은 큰일이었으므로 기록될 만 한데 실제로 기록되지 않은 것을 보면 홍익한의 관심은 다른 데 있었던 것 같다.

3. 1625년 1월 7일

■『화포항해록』

初七日 丙辰 陰夕小雪 是日卽人日也 陰沴之作 可占不祥 相人張前川自蜀新入京師 自稱鬼眼 其術頗精 上副使給銀請來(초7일 병진 흐리고 저녁에 약간 눈. 오늘은 인일인데 날씨가 음산하여 불길함을 점칠 수 있다. 점쟁이 장전천이 촉으로부터 북경에 들어왔는데 스스로 귀안이라 칭하며 그 술법이 자못 정통했다. 상사와 부사가 은을 주고 청해왔다.)

— 권 2, 2쪽

■『죽천행록』

초7일에 관상觀相하는 사람 장전천張前川이 촉蜀땅으로부터 황성에 들어와 스스로 술업術業을 자랑하거늘 공이 글 지어 주어 왈

人間萬事賦初生	인간만사를 처음 날 제정하였나니
榮辱無心與子評	영화와 욕을 그대로 더불어 의논할 마음이 없노라
官途閱卿今白首	벼슬이 재상에 이르고 이제 머리가 희였으니
只將公道恃神命	다만 공도를 가져 신명을 믿노라 하였더라.

장전천이 공을 이윽히 보고 가로되 "뜻을 잃은 사람이로다." 공이 왈 "어찌 아는가?" 전천이 왈 "미간眉間에 체기滯氣 있으니 일로 아노라." 공이 왈 "내 나라 반정反正하신 후 즉시 충청 감사하여 갔다가 들어와 한성판윤을 하여 뜻 잃은 바 없으니 그대 말을 아지 못하리로다." 전천이 왈 "나라에 돌아가시면 반드시 남에게 모함한 바 되어 낙직落職하리니 그러나 오래지 않아 복직하리이다." 공이 왈 "삼사 중 내 홀로 그러하고 바다를 무사히 건너랴?" 전천이 왈 "삼위 다 그러하고 수로는 만만 근심이 없으리라." 하더라.

— 63쪽

천자로부터 고명과 면복을 받음으로써 북경에서의 임무를 완수하긴 했으나, 사신들로서는 무사히 돌아갈 일과 돌아간 이후의 일이 걱정되었던 듯하다. 음산한 날씨를 불길한 조짐과 직결시키고, 그 불길한 조짐의 정체

를 점쟁이로부터 확인받고자 한 사신들의 불안한 심리가 이 기록에 잘 나타나 있다. 합리성을 존중하던 유자의 입장에서 점쟁이에게 미래를 알아보려 한다든가, 날씨의 변화를 자신들의 미래사와 결부시키는 등의 일은 떳떳한 일이 아닌 것으로 생각될 수도 있다. 그러나 사신들에게는 자신들이 처한 극도의 불안한 상황으로부터 탈출할 방도가 달리 없었던 듯하다. 『화포항해록』은 임금을 비롯한 당대의 치자들에게 보고할 목적으로 기록된 것인 만큼 이 날의 일에 대해서도 극히 간략한 언급만으로 그치고 있다. 말하자면 점쟁이를 청해왔으면 그들 사이에 오고간 대화나 점쟁이의 예언이 있을 법도 한데, 『화포항해록』에는 이들 모두가 생략되어 있는 것이다. 그 비밀이 바로 『죽천행록』에 드러난다.

『죽천행록』에는 사신들과 점쟁이의 만남이 구체적으로 그려지고 있다. 『죽천행록』에서 죽천은 시종일관 점쟁이를 불신하는 태도를 취하고 있다. 죽천이 점쟁이에게 지어 건넨 시에도 나타나 있지만 자신들의 미래를 점쟁이에게 의지하지 않겠다는 단호한 마음이 잘 드러나 있다. 그러나 『화포항해록』에 의하면 분명 사신들은 스스로 은을 주고 점쟁이를 청해온 것이다. 그렇다면 죽천은 점쟁이에게 모순된 의사를 표하고 있는 셈이다. 그가 점쟁이에게 준 시에 따르면 영욕榮辱을 점쟁이와 더불어 함께 의논할 마음이 없다는 것, 공도公道를 지키며 신명을 믿겠다는 것 등이 주된 내용이다. 물론 죽천 자신이 영화를 누릴 방도를 찾아내고자 점쟁이를 데려온 것은 분명 아니다. 천신만고 끝에 대업을 이룬 것도 임금과 나라를 위한 것일 뿐 자신의 부귀영화와는 상관없는 일이었을 것이기 때문이다. 그러나 이것도 사실로 따지면 그렇지 않다. 우선은 자신들이 험한 해로를 성공적으로 건너야 임금에게 고명과 면복을 전할 수 있을 것 아니겠는가? 따라서 1차적으로는 자신들의 명운에 대한 확신이 중요한 것이고, 임금에 대한 충성은 그 다음에야 성취될 일이라는 점이 확실해진다. 어쨌든 점쟁이는 사신들이 해로를 안전하게 건너리라는 예언을 해준다.

문제는 그 다음이다. 귀국 후 남의 모함을 받아 낙직할 것이나 결국 복직하게 되리라는, 또 다른 시련을 예언한 것이다. 애당초 사건이나 견문의 개략만 밝히는 것으로 기록의 방향을 잡은 듯한 『화포항해록』에 점쟁이와 사신들의 만남을 상세히 기록해놓았을 리 없지만, 더욱이 조선의 조정에서 일어나게 될 모함이나 낙직 등의 건을 올려놓아 새로운 사단事端을 만들 수는 더더욱 없었으리라 본다. 『화포항해록』에 사신들과 점쟁이가 만난 사실만을 간략하게 언급한 이유도 여기서 짐작할 수 있다. 『죽천행록』에서 점쟁이를 만나기는 하지만 점쟁이란 애당초 믿을 게 못될 뿐 아니라 그에게 모든 것을 걸지는 않겠다는 죽천의 철학을 기록자는 강조하려 했으나 결국은 죽천의 모순된 감정만 드러내고 말았다. 외면으로는 점쟁이를 터부시했으나 내면으로는 그에게 매달리고 있는 모순적 행태가 바로 그것이었다. 그러나, 역으로 점쟁이와의 만남이나 그 만남에서 보여준 죽천의 모순된 반응 등을 가감없이 기록한 군관의 의도는 이 기록을 통하여 죽천의 훌륭한 면모를 사실적으로 드러내고자 한 데 있었다. 점쟁이의 예언을 액면 그대로 기록해 놓음으로써 결국 점쟁이의 예언이 정확하게 들어맞았음을 입증한 기록자의 의도는 바로 천신만고 끝에 일을 이룬 사신 일행이 최후의 순간까지 최선을 다하려는 모습을 보여주는 데 있었던 것이다. 그뿐 아니라 그런 기록이 문학적인 흥미의 요소로 작용하게 되었다는 부수적 효과 또한 거둘 수 있었다. 『화포항해록』과 『죽천행록』은 성격상 현저하게 다른 기록이라는 점이 여기서도 분명해진다.

4. 1624년 10월 20일, 1624년 12월 22일, 1965년 2월 초2일

■ 『죽천행록』

(1) 술 두 순배 지나니 상서 공더러 왈 "서로 바다 안과 밖을 격하여 있어 알음이 없거늘 이리 만남이 기회라. 글을 지어 정을 이를 것이라." 공이 사왈 "노야의 존엄하신 위모威貌로써 타국 사람을 어여삐 여기시어 대접하심을 이같이 하시니 난망지은이라. 어찌 사양하리까만 학생이 군부의 중임을 몸에 실어 일이 미결함이 주야 평안치 못한지라. 스스로 음영하고 배주盃酒로 달연함이 경頃이 없사오니 감히 우러러 받들지 못하나이다." 상서 치경致敬하여 왈 "말씀이 충성되시니 내 심히 공경하나이다. 배반杯盤을 물리사이다." 하고 거두어 앗고 말할 새 공이

예단禮單 단자를 드리니 마침내 받지 아니하더라.

— 19~20쪽

(2) 주각로 가로되 “오늘 경사 이러하니 족하 화운和韻하여 기록함이 무방하도다.” 공이 대왈 “학생學生이 소국의 용렬한 재주로 모이신 노야 안전案前에 이름이 황공하오나 마음에 즐거움이 가득하오니 명대로 좇으리이다.” 드디어 잔을 잡고 4운 한 편을 지으시니 왈

微臣將命覲天皇하니 작은 신하 명을 받들어 천자께 뵈오니
萬里乘槎爲國王이라 만리에 떼배를 타고 나라 임군을 위함이라
閶闔雲開鈞樂動이오 대궐문에 구름이 열리매 균천풍악이 움직이고
蓬萊仙宴桂醪香이라 봉래각 신선잔치에 계수나무 술이 향기롭도다
恩綸遠降東方慶이오 은혜로운 윤음은 멀리 동쪽나라 경사를 내렸고
海域遍承北極光을 바다 지경이 두루 북두성의 빛을 받았도다
一別群賢音信隔이니 한 번 모든 어진이를 이별하매 소식 막힐 것이니
西方回首涙沾裳을 서쪽으로 머리 돌려 눈물이 옷을 적시도다

중원 사대부들이 저마다 기품氣稟이 경輕한 듯하고 마음이 여린 고로 공의 글을 듣고 눈물짓는 자 많더라. 장어사 가로되 “내 화답하여 정을 보내리라.” 모든 각로 옳다 하니 장상서 정회를 베푸니 시에 왈

各升其主隔西東하니 각각 그 임군을 받들어 동서가 격했으니
玉笏禁門此日同이라 옥홀로 금문에서 이 날을 한 가지로 했더라
藩邦化龍朝帝闉이오 제후나라가 용이 되어 황제의 문에 조회하고
賢臣盡節荷天衷이라 어진 신하 충절을 다하여 하늘마음을 받았도다
神仙風采三盃後요 신선 같은 풍채는 석 잔 술 뒤요
麟鳳威儀一席中이라 기린과 봉황같은 위의는 한 자리 가운데로다
分手從今還異國하니 손을 나누고 이제부터 다른 나라로 돌아가니
蒼顔無恙更何逢고 푸른 얼굴이 병 없이 다시 언제 만나리오?

공이 사례 왈 “귀하신 글로 포장함이 이토록 하시니 불승감격 하여이다. 본국에 돌아가 오늘날 모이신 군자로 뫼셔 은혜 이렇듯 하던 일이 봄 꿈과 같으리니 친붕親朋에게 자랑하여 성사로 전코저 하오나 만리타국에

다시 뵈올 기약이 없사오니 슬픈 심회를 어찌 금하리오?" 모든 관원이 염용斂容 칭탄하고 섭섭하여 하더라.

— 50～52쪽

(3) 2월 초2일 경진庚辰은 선조대왕 기일忌日이시니 공이 감회를 이기지 못하여 글을 지으시니 그 시에 왈

焦土當年舊講臣　당년 초토에 있는 옛날 강하던 신하를
臨筵垂問聖恩新　자리를 임하시어 물음을 드리우시매 성은이 새롭도다
天涯更値遺弓日　하늘 가에서 다시 활 버리시던 날을 만나니
遙望扶桑淚沾巾　멀리 동으로 바라보매 눈물이 수건에 젖었도다.

— 67～68쪽

『화포항해록』에는 시를 창화했다는 기사가 전혀 보이지 않고, 그에 따라 시 작품 또한 기록되어 있지 않다. 이와 달리 『죽천행록』에는 시의 창화가 언급되었거나 시 작품을 지었다는 언급과 함께 작품이 기록된 부분이 네 곳이나 된다.[90] 등장 인물들이 시를 창화한 사실을 밝히고 작품들을 기록한 경우와 그런 사실들을 아예 간과해버린 경우 사이에는 큰 차이가 있다. 『화포항해록』과 『죽천행록』의 차이는 단순한 보고에 무게중심을 두었는가, 보고와 함께 흥미나 감동을 유발시키고자 모종의 미적 요인을 고려했는가에 달린 문제라고 할 수 있다. 의미론적으로 말하면 『화포항해록』은 통달적通達的 내포를 주로 지닌 기록이며 『죽천행록』은 감화적感化的 내포를 주로 지닌 기록이다.[91] (1)은 시종일관 조력자의 역할을 충실히 수행해준 장세정과 두 번째로 만나서 수작하는 장면이다. 사신들이 장세정의 집을 방문하여 음식 대접을 받는 도중, 술이 두 순배 돌자 장세정이 죽천에게 글을 지어 서로의 정을 표해보자는 제의를 한다. 말하자면 죽천과 장세정의 만남 이래 당시까지 그들이 주고받은 말들은 고명이나 면복의 일 아니면 서로의 정세 등 통달적 내포의 범주를 벗어나지 못했다. 그런 대화

90) 이 가운데 하나는 죽천이 점쟁이인 장전천에게 지어준 시인데, 앞에서 인용했다.
91) '통달적 내포'와 '감화적 내포'는 S. I. Hayakawa(1977 : 78～80)의 말이다.

들만을 가지고 서로의 인간적인 측면을 파악할 수 없다고 보았기 때문에 장세정은 '글을 지어 정을 이르자'고 한 것이다. 그가 말한 정이란 개성적이고 인간적인 진실이다. 이념 등 외부적 제약으로부터 자유로운 내면세계를 말한다.

장세정은 죽천과 민족을 달리하고 국가를 달리하는 입장이었기 때문에 그들은 서로 현실적 이해관계의 당사자라는 점을 깨닫고 있었다. 그런 이해 관계의 현실을 벗어나 순수한 정을 확인하고 나누어 보자는 것이 장세정의 뜻이었던 것이다. 그러나 죽천의 입장에서는 현실적인 문제의 중압감이 너무 강했기 때문에 내면 세계를 자유로이 표출할 만한 여유가 없었다. 그가 '군부의 중임을 몸에 실었으나 일이 미결되어 주야로 평안치 못하므로 스스로 음영하고 배주盃酒로 즐길만한 경황이 없다'는 이유를 댄 것 또한 현실적인 문제의 해결이 내면 정서 표출의 선결문제임을 분명히 한 경우다. 이 말 속에는 군부의 중임만 해결된다면 얼마든지 시를 창화할 수 있다는 뜻이 내포되어 있다. 따라서 (2)와 (3)도 (1)의 바탕 위에서나 가능한 일이었다. 사행을 기록하는 군관의 입장에서 단순히 견문이나 사실의 전달 혹은 보고에 그치지 않고, 시문의 창화라는 감화적 요소를 덧붙인 것은 뛰어난 혜안이었으며 기록 전체의 성격을 결정짓는 요인이기도 했다.

(2)는 1624년 12월 22일 천자로부터 고명과 면복을 받은 날의 기록이다. 주각로가 죽천에게 "오늘 경사 이러하니 족하 화운하여 기록함이 무방하다"고 했다. 이 말 속에는 이러한 경사가 있지 않은데도 창화하는 것은 잘못이라는 뜻 또한 역으로 내포되어 있다. 이 말은 (1)의 연장선상에서 이해될 수 있다. 사신들의 임무를 완수한 이상 통달적 내포로서의 현실적인 언설은 그 순간 더 필요 없다고 본 듯, 죽천은 기꺼이 감화적 내포로서의 시작품을 통하여 정을 표하고자 했다. 자신들이 수행한 임무에 대하여 중국의 천자와 조선의 왕이 부여할 수 있는 의미를 술회하고, 임무 완수의 은혜를 베풀어준 중국의 관리들에게 감성적 언술을 통하여 고마움을 전하려 한 것이다. 즉 자신이 중국에 온 것은 임금을 위한 일이라는 것, 천자의 궁궐이 흡사 신선의 세계와 같았다는 것, 은혜로운 천자의 고명이 내림은 동쪽 소국의 경사이고 나라 전체가 두루 북두성의 빛을 받았다는 것, 이 일

을 도와준 어진 이들을 이별하기가 슬프다는 것 등이 시를 통해 전하고자 한 죽천의 생각이었다. 말하자면 이 시 한 수에 그동안 노심초사한 사행 전체가 압축되어 있는 셈이다.

이에 대하여 이미 (1)에서 창화의 제의를 했다가 사양을 받은 바 있던 장세정이 화답을 하고 있다. 각각 임금을 모시고 있는 고관들의 입장으로 오늘은 대궐에서 함께 했다는 것, 제후 나라의 사신으로 황제의 문에 조하를 드리고 어진 신하로서 충절을 다하여 천자의 마음을 받았다는 것, 석잔 술을 마시니 신선같은 풍채 나타나고 뛰어난 풍채는 한 자리의 으뜸이라는 것, 헤어져 고국으로 돌아가면 푸른 얼굴에 병 없이 언제 다시 만날지 기약이 없다는 것 등이 죽천의 시 작품에 대하여 장상서가 화답한 내용이다. 그들 사이에 빚어졌던 현실적 갈등은 천자의 고명과 면복으로 해소되었지만, 정서적 갈등은 창화시를 통하여 해소될 수 있었던 것이다. '염용칭탄하고 섭섭해 하던' 모든 관원들 속에는 분명 사신들의 임무 수행을 방해하던 상당수의 인물들도 포함되어 있었다. 그러나 서로간에 시 작품이 창화되고 난 뒤에는 정서적 일체감을 이룰 수 있었던 것이다. 이런 일체감을 통하여 그간 사신들을 괴롭혀 오던 인간적 갈등은 해소되었고, 과거를 회상할 만한 정신적 여유 또한 회복하게 된 듯하다. 그런 맥락에서 볼 수 있는 것이 선조의 기일에 선조를 회상하며 지은 (3)이다. 기록자로서는 이 시를 통해서 죽천의 지극한 충성심과 두드러진 인간적 장점을 부각시킬 수 있다고 보았을 것이다. 『죽천행록』이 『화포항해록』과 달리 단순한 보고문이 아니라는 점은 이 시를 기록함으로써 얻어진 효과들 가운데 하나라고 할 수 있다.

Ⅶ. 결 론

『죽천행록』은 이덕형의 행적, 특히 명나라에 주청사로 다녀온 일을 중심으로 주청사행 이후 사망까지의 행적을 덧붙여 만든 순국문 기록이다. 현재 남아 전해지는 것은 곤 편인데, 이 가운데 사행기록은 갑자년 10월 13일부터 이듬해 10월 5일분까지 실려 있다. 『화포항해록』과 조천도를 참고로 할 경우 선사포 출발부터 10월 12일까지의 기록은 건 편에 실려 있을 것이나 현재로서는 확인할 수 없다. 『죽천행록』은 130쪽의 본문과 11쪽의 발문으로 이루어져 있다. 본문 가운데 82쪽은 사행의 기록이고, 나머지는 사행 이후 하세下世하기까지 죽천의 행적을 기록한 부분이다. 기록자가 본문 가운데 자신의 신원을 허생으로 노출시키고 있는데, 그가 바로 남인 계열의 대학자이자 문인인 미수 허목임이 밝혀졌다. 허목이 죽천과 가까와진 것은 광원(양구현감 역임)을 비롯한 그의 아들들과 친하게 지내면서부터인데, 광해군 폭정의 와중에서 죽천의 배려 덕분에 위기를 모면하게 된 허목으로서는 각별한 친분을 느꼈던 듯하다. 마침 허생과 족분이 있던 군관 하나가 사행길에 죽천을 수행하게 되었는데, 그가 바로 『죽천행록』의 바탕이 된 원텍스트의 작성자였다. 그 자료에 허목 자신이 파악하고 있던 죽천의 환로에 대한 설명을 덧붙여 완성한 것이 바로 『죽천행록』이다.

기록 중에 언급된 인목대비 폐모사건은 무오년(1618)의 일이고, 기미년(1619) 봄에 허목은 폐모척변소 초안을 만든 것으로 되어 있다. 그러나, 허목은 죽천의 충고를 받아들여 소를 올리지 않은 채 그로부터 10년간을 숨어 지냈다고 했다. 죽천의 몰년은 1645년(인조 23)인데, 그로부터 2년 후에 항해도 1첩을 모출했고 『죽천연보』와 유고 5책을 정사했으며 파계派系 1책을 고정考正했다고 하였다. 죽천의 사행시기를 감안할 때 군관의 비망록이 허목에게 전해진 것은 사행 이후의 일이었을 것이다. 정해년에 항해도 1첩을 모출했다는 것은 수행원 가운데 화공이 있어 스케치해온 것을 다시 베껴 그렸음을 의미하고, 현재 국립중앙박물관·국립중앙도서관·군사박물관·장서각 등에 소장되어 있는 조천도들은 바로 이 모출본으로부터 나온 것들일 가능성이 크다. 따라서 『죽천행록』 역시 이 시기에 이루어진 것이라고 할 수 있다. 죽천이 죽은 1645년 이후 그의 저술이나 그에 관한 기록들이 새롭게 정리되고 지어지던 시기에 『죽천행록』도 완성되었으리라 보기 때문이다. 『죽천행록』이 완성된 시기를 1647년으로 잡을 경우 현재 전해지는 국문·한문표기를 총괄하여 사행기록으로는 최초의 것이다. 거의 모든 중국사행 기록들이 청나라 수립 이후의 것들임을 감안할 때, 『죽천행록』이 명나라 말기의 사행록이라는 점과 국문으로 표기되었다는 점, 미수 허목이라는 당대의 명사에 의해 기록되었다는 점은 이 기록에 특별한 의미를 부여한다. 『죽천행록』은 400여 편의 조천록·연행록들 가운데 시기적으로나 내용적으로 선구라고 할 수 있는 『노가재연행일기』보다도 70여 년 가까이 앞서며, 지금까지 최초의 국문 사행록으로 알려진 『담헌연행록』보다는 무려 120여 년이나 앞선다.

『죽천행록』에 기록된 사건은 "1. 북경에서 '천신만고' 끝에 천자로부터 고명과 면복을 받아낸 부분, 2. 북경을 출발하여 해로로 '천신만고' 끝에 귀국한 부분, 3. 귀국 후 정적들의 모함으로 고난을 받다가 '천신만고' 끝에 형벌을 면한 부분" 등 크게 셋으로 나뉜다. 공식적인 보고의 목적으로 기록된 『화포항해록』과 달리 『죽천행록』의 기록자는 문제의 해결을 중심으로 벌어지는 갈등과 긴장을 서사적 수법으로 그려내고자 했다. 그런 점에서 1은 주청사행이라는 현실적 측면에서 뿐만 아니라 표현의 질적·양적 측면에서도 이 기록의 핵심이며, 그 부분의 사건은 대략 8개의 갈등을 마디로 하여 전개된다. '북경에서 사신들의 임무 수행에 방해가 되는 인물들을 설복시켜 협조자로 만들어야 했던' 사건들의 연속이 1이라면, 풍랑이나 기상 이변 등 바다에서의 긴장과 갈등을 크게 유발시킨 요인들이 2다. 그런 갈등과 긴장의 과정을 극복하고 사신들은 선사포에 도착하는데, 선사포 도착은 사신들의 완전한 생환을 의미한다. 1차적으로는 중국이라는 거대한 체제와 인위의 장벽, 그것들이 조성하는 긴장과 갈등으로부터 벗어났음을 의미하고, 2차적으로는 끊임없이 생을 위협하던 거대한 자연의 위력과 그것이 조성하던 긴장과 갈등으로부터 벗어났음을 의미한다. 이로써 사신 일행은 자신들의 목숨을 구했고, 임무를 완수하여 임금에게 충성했다는 대의명분 또한 빛낼 수 있게 되었다. 말하자면 성공적인 사행길이었던 것이다. 그러나 그것으로 사행의 전 과정이 끝난 것은 아니었다. 고명과 면복을 받은 것으로 표면적인 임무는 완수되었으되, 사신들에게 닥쳐오는 질시와 무고, 모략 등은 그들이 극복해야 할 또 하나의 새로운 갈등요인이었다. 이것이 바로 3의 사건이다.

『죽천행록』에 특정 사건들의 이면을 소상하게 드러낼 수 있었던 것은 한문 아닌 국문으로 기록되었기 때문일 수도 있지만, 좀더 적극적으로는 주로 상사의 덕망과 충성심을 드러내려는 기록자의 의도가 강하게 작용했기 때문일 수도 있다. 어느 쪽이건 결과적으로 이 기록은 흥미로운 서사물의 차원으로까지 상승될 수 있었다.

『죽천행록』은 가장 이른 시기에 이루어진 국문 사행기록이다. 기록의 대상이 분명하고 기록자 또한 어느 정도 추정할 수 있을 뿐 아니라 기록의 사실성과 함께 문학성 또한 두드러진다는 특징을 보여준다. 이상에서 논한 바와 같이 『죽천행록』의 출현으로 국문 기록문학과 사행기록의 편년을 대폭 올려 잡을 수 있게 되었다고 본다.

| 2 |

화이 통합의 보편적 세계관, 그 현장의 기록

『을병연행록』

Ⅰ. 서 론

시대 및 사상의 변화와 함께 기록자의 인식 변화를 종합적이면서도 실천적으로 보여준, 사실적 기록이라는 점에서『담헌연행록』[1]은 단순한 기행문 이상의 의미를 갖는다. 담헌湛軒 홍대용洪大容(1731~1783)[2]이라는 인물, 당대의 정치・외교 상황이라는 배경, 통시적 맥락에서 형성된 문학적 관습 등은『을병연행록』을 이해하기 위한 세 축이 된다. 당시는 조선조 개국 이래 유례를 찾기 어려울 만큼 문화적으로 난숙한 시기였으며, 식자층 자체 내의 인식 변화가 구체화되어 가던 시기이기도 하였다. 문화・예술계에서는 위항인委巷人들의 활동이 표면화되고 있었는데, 농암農巖 김창협金昌協(1651~1708)이나 담헌을 포함한 진보적 지식인들의 논리가 그 배경으로 뒷받침되고 있었다.[3] 농암은『노가재연행일기老稼齋燕行日記』를 쓴 김창업金昌業(1658~1721)의 형이었던 만큼, 노가재 역시 그 사상적 영향을 직

1) 숭실대학교 기독교박물관 소장본(10권 10책)을 살피면, 첫 권은 "담헌연힝녹 권지일"로 표기되어 있고 둘째 권부터는 "을병연힝녹 권지이"로 표기되어 있다. 후자에는 담헌이 참여한 연행이 을유년(1765년) 11월 2일부터 병술년(1766) 4월 27일 서울에 돌아오기까지의 기간을 강조하려는 의도가 강하게 반영된 듯하다. 본서에서는 '담헌연행록'과 '을병연행록'의 명칭을 혼용하고자 한다.

2) 이하 '담헌'이라 칭한다.

3) 조규익(1988), 82~98쪽.

접적으로 받았으리라 본다. 당시에 '연행일기'류의 기행문들이 양반식자층을 중심으로 많이 저술된 점은 기존의 공간으로부터 탈출하여 새로운 세계를 추구하고자 하는 의식의 변화를 탐지할 수 있는 단서가 되며, 특히 그러한 기행문을 국문으로 저술했다는 사실은 의식의 변화를 구체적 실천으로 연결시킨 물증일 수 있는 것이다.

담헌은 실증을 중시하는 과학적 태도를 지니고 있었으며, 또 실제로 자연과학 그 자체에 큰 관심을 갖고 있기도 하였다. 그러한 태도는 당대에 구체화되기 시작한 실학정신의 바탕이기도 했다. 그러나 그때까지도 그의 삶을 지배하던 이념은 주자학과 화이관華夷觀에 기초한 명분으로서의 대명의리론大明義理論이었다. 당대의 누구든 현실과는 거리가 있는 명분을 현실적 삶의 지표로 가질 수밖에 없었던 것이 불가피한 상황이었다. 그 속에서 식자층일수록 현실과 명분간의 괴리를 절감한 것은 당연했다. 담헌이 벼슬을 추구하지 않았던 것도 이런 괴리를 감당할 수 없었기 때문이었을 것이다. 담헌은 이러한 괴리감을 청산하고, 세계를 '열린 마음'으로 받아들이기 위해 '연행'의 기회를 고대苦待했던 것으로 보인다. 연행을 계기로 그의 세계관은 확실한 근거를 획득하게 되었으며, 그에 따른 자아의 개안 또한 문면에 세밀하게 나타나 있기 때문이다.

지금까지 『을병연행록』에 관해서 그다지 많은 연구는 이루어지지 않았다. 김태준(1981, 1983a, 1985)과 소재영(1984)의 연구는 이 분야를 대표하며 간접적으로 관련되는 연구로는 황원구(1985)·박성래(1976, 1981)·유봉학(1982)·정위영(1986)·김명호(1988)·김주한(1991) 등을 들 수 있다. 선학들의 연구결과를 충실히 수용하면서 이 글에서는 보다 본질적인 문제들을 폭넓게 다루고자 한다. 특히 당대 조선 지식인들의 보편적 세계관이었던 화이관이 변모되어 가는 과정을 연행과 관련시켜 중점적으로 살펴보게 될 것이다.

▲북경에서 만난 세 선비 가운데 항주 출신의 엄성이 그려준 담헌의 초상. 『일하제금합집日下題襟合集』에 실려 있음.

Ⅱ. 담헌의 사상적 바탕과 연행의 의미

담헌은 철학, 과학, 문학이론 등 다양한 분야에 깊은 조예를 보여준 인물이다. 그러나 비교적 현직顯職에 있던 조부나 부친과 달리 학문의 탐구에만 몰두하다가 등과의 시기를 놓치고, 말년에서야 출사하게 된다. 그의 연행은 그가 계승한 철학체계의 옳고 그름을 확인하는 데 목적이 있었다고 할 만큼 그의 사상이나 현실의식과 밀접한 연관을 맺는다. 오랑캐 만주족이 중원을 제패한 이후 조선 지식인들의 세계관은 큰 혼란을 겪게 되었다. 그들이 지녀오던 세계관에 비추어 볼 때 '오랑캐가 중화를 이긴다'는 것은 이치상 있을 수 없는 일이기 때문이었다. 그럼에도 불구하고 만주족이 중국의 지배자가 되어 중화의 일원으로 자처하던 조선을 핍박하는 역사가 현실로 나타난 것이었다. 그런 모순의 현실을 원래대로 바로잡든 현실을 인정하든 둘 중의 하나를 선택하는 일이 시급한 과제로 대두되었다. 당시 지배층의 화두는 '북벌'이었다. 청나라를 멸망시키고 중화를 회복시킴으로써 '대명의리'와 소중화의 자존심을 회복시킨다는 것이 그들의 구호였다. 그러나 현실성 있는 대책이 강구되지 않는 한 그것은 헛구호일 뿐이었다. 민생이나 국방 등 어느 면에서도 청나라를 대적할 만한 역량을 갖추지 못한 조선으로서는 '북벌'이란 지배층의 기득권을 유지시키려는 몸부림에 지나지 않았다. 보다 현실적인 대안이 재야의 학자들로부터 제기되었는데, 그것이 바로 '북학'이었다. 명나라가 사라졌다 하여 중화가 멸망한 것은 아니며, 청나라가 그 대안일 수도 있다는 현실을 인정하기 시작한 것이다. 특히 청나라의 선진적인 문물을 목격하면서 상대적으로 빈곤한 자신들의 처지를 자각한 점도 그런 판단을 가속화시킨 주 요인이었다. 학통상 이이李珥(1536~1584)와 연결되는 담헌은 스승 김원행金元行(1702~1772)을 따라 '인물성동론'을 견지하던 낙론洛論의 입장에 서 있었다. 그에게까지 이어져 내려오던 사승의 계보는 다음과 같다.[4]

4) 조동일(1992), 199쪽.

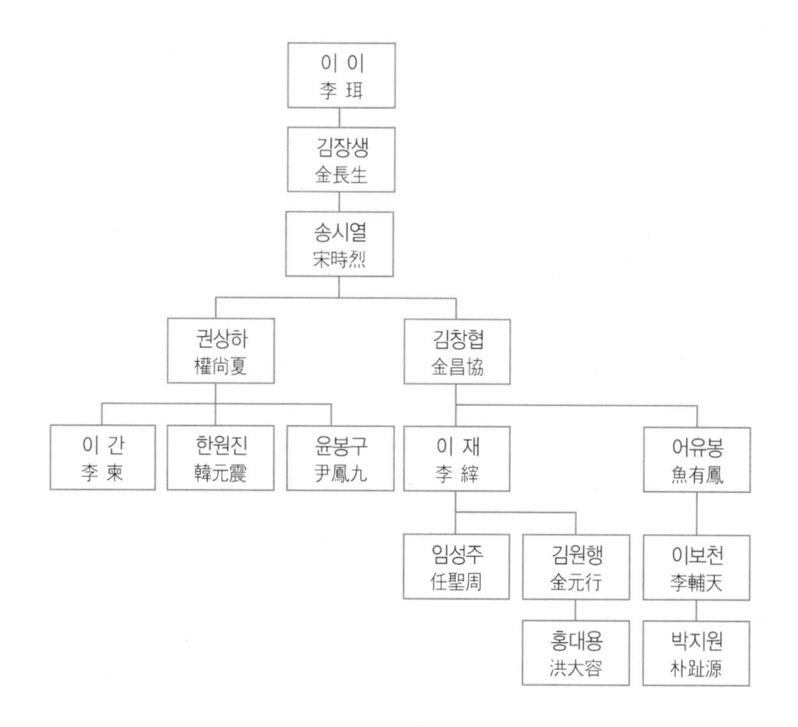

홍대용과 박지원 모두 첫 단계의 북학론자들이었다. 그리고 그들은 건실한 청나라 문물의 우수성을 직시, 청의 중국 지배가 필연적임을 확인하면서 청을 북벌의 대상이 아니라 북학의 대상으로 설정했다.[5] 병자호란의 주전론자로서 청나라의 강요에 따른 출병에 반대하다가 청나라에 끌려가 6년간 고초를 겪고 나서, 효종조 북벌의 정신적 지주로 추앙을 받은 청음淸陰 김상헌金尙憲(1570～1652)의 손자가 바로 김창협이다. 청음의 아들이자 김창협의 부친이 문곡文谷 김수항金壽恒(1629～1689)이며, 김원행은 창협의 손자이다. 김수항과 김창협의 형 창집과 동생 창업 모두 연행에 참여했음을 감안할 때, 그들이 접한 청나라의 문물과 현실은 그들 가문이 지니고 있던 세계관의 변모에 큰 영향을 끼쳤을 것이다. 퇴계退溪 이황李滉(1501～1570)과 이이의 학설을 절충한 창협의 학문적 경향은 그의 손자 김원행에게 이어졌다. 김원행은 대체로 호론湖論을 지지한 조부와 달리 낙론계의

5) 유봉학(1988), 261쪽.

대표적인 학자였다. 따라서 후대로 내려오면서 그들의 세계관이 변화하는 모습을 감지할 수 있는데, 이 점과 외교관계의 변화는 일정한 함수관계를 갖는다고 본다. 청나라가 명나라를 멸망시키고 중원의 지배자로 등장하면서 화이관을 바탕으로 하는 배청의식이나 대명의리, 조선중화주의 등은 극복하기 어려운 도전을 받게 된다. 변화된 국제관계의 현실 위에서 조선의 지식인들은 존립에 대한 절박한 위기의식을 느꼈으며, 그런 위기적 상황에서 자신들의 정체성을 확인하고자 하는 몸부림이나 돌파구로 선택한 것이 바로 북학이었다. 청나라의 선진문물을 배우기 위해서라도 그들의 존재를 인정할 필요가 있었으며, 그러기 위해서라도 '청=오랑캐'라는 도식을 탈피하지 않으면 안 되었다. 물론 내면의식이나 문화적 측면에서는 청나라에 대한 우월의식을 불식하기 어려웠으나, 물질 문명이나 제도 등 외적인 측면에서는 그들의 존재를 받아들이고 인정하지 않을 수 없었던 것이다.

담헌이 김원행으로부터 물려받은 관점은 낙론, 즉 '인물성동론'이었다. 북학의 당위성은 바로 '인물성동론'에 바탕을 둔다. 그가 남긴 대표적 사상서 「의산문답毉山問答」의 골자도 바로 이것이다. 즉 오랑캐나 중화나 근본적으로는 동일하다는 관점이었다. 그는 연행길에 육비陸飛·엄성嚴誠·반정균潘庭筠 등 청나라의 문사들을 만났다. 「항전척독杭傳尺牘」·「간정동필담乾淨衕筆談」 등에 그 만남의 흔적은 남아 있으며, 그것을 논리화한 것이 「의산문답」이다. 사람을 중심으로 물건을 보면 사람이 귀하고 물건이 천하며 물건을 중심으로 사람을 보면 물건이 귀하고 사람은 천하니 하늘로부터 바라본다면 사람과 물건이 균등하다는 언급[6]은 공자가 구이九夷의 지역에서 살았다면 역외춘추域外春秋가 있었을 것[7]이라거나 하늘로부터 바라본다면 내외의 구분이 있을 수 없다[8]는 생각의 논리적 전제로서 '인물성동론'적 관점의 극명한 표출이며, 그로부터 '화이가 하나'[9]라는 결론

6) 「의산문답」, 『湛軒書 2』(1939 : 19)의 "以人視物 人貴而物賤 以物視人 物貴而人賤 自天而視之 人與物均也" 참조.

7) 『담헌서 2』(1939), 37쪽의 "雖然使孔子浮于海居九夷 用夏變夷興周道於域外 則內外之分尊攘之義 自當有域外春秋 此孔子之所以爲聖人也" 참조.

8) 『담헌서 2』(1939), 37쪽의 "自天視之 豈有內外之分哉" 참조.

9) 『담헌서 2』(1939), 37쪽의 "是以各親其人 各尊其君 各守其國 各安其俗 華夷一也"

▲ 미호 김원행 초상. 담헌은 낙론계의 대표적인 학자 김원행으로부터 인물성동론을 전수받았고, 그 결과 연행을 통해 '화이일야華夷一也'의 깨달음을 얻을 수 있었다.

이 도출된다. 홍대용의 이런 관점은 중국에 가서 슬그머니 조선이 '소중화'임을 밝힌 노가재 김창업[10]보다 한 걸음 더 나아간 것으로 보인다.

담헌은 연행에 나설 즈음 이미 사상적인 면에서 전통적인 화이관을 청산한 것으로 보인다. '인물성동론'이나 '화이일야' 등은 그의 학통을 감안할 때 체질화된 세계관이었지만, 그 자신은 그런 생각을 오랑캐의 땅 중국에서 확인하고 싶었던 듯하다. 다음의 글은 이러한 그의 생각을 극명하게 보여준다.

> 대개 사람이 작은 일을 즐기고 큰 일을 모르는 자는 그 가슴에 호준한 뜻이 적음이요, 좁은 곳을 평안히 여겨 너른 곳을 생각지 아니하는 자는 그 도량에 원대한 계교가 없음이라. 이런고로 장주는 이르기를 "여름 버러지는 족히 더불어 얼음을 이르지 못할 것이요, 우곡迂曲한 선비와는 족히 더불어 큰 도를 의논치 못하리라" 하니 동국의 예악문물이 비록 작은 중화[소중화小中華]로 일컬어지나, 땅이 백리 되는 들이 없고 물이 천리를 흐르는 강이 없으니 봉강封疆의 편소褊小함과 산천의 액색阨塞함이 족히 중국의 한 고을을 당치 못할 것이거늘, 사람이 그 가운데 있어 눈을 부릅떠 구구한 영리를 도모하고, 팔을 뽐내어 소소한 득실을 다투어 그 자족自足한 기상과 악착한 언론이 다시 세상에 큰 일이 있으며 천하에 큰 땅이 있는 줄을 모르니 어찌 가련치 아니 하리오? 중국은 천하의 종국宗國이오 교화의 근본이라. 의관제도와 시서문헌詩書文獻이 사방의 준칙準則이 되는 곳이로되, 삼대 이후로 성왕이 일어나지 아니하여 풍속이 날로 쇠박하고 예악이 날로 소망消亡하니, 변방 오랑캐가 군사의 강함을 믿고 중국의 어지러움을 틈타 오랑캐 말이 완락浣洛의 물을 마시고, 내부內府의 금등金縢이 막

참조.

10) 김창업(1976), 112쪽.

북의 화친을 강론하여 생령生靈이 봉적鋒鏑에 걸리고 왕풍이 형극에 버려져 대개 천여 년을 지나지 않아 오랑캐 원나라가 중국을 얻게 되어 신주神州의 액운이 다하였더니, 대명大明이 일어나심에 척검尺劍을 이끌어 융적을 소탕하고 남북 양경의 천험天險을 웅거하여 예악 의관이 옛 제도를 일조에 회복하니 폭원幅圓의 너름과 문치文治의 높음이 한당에 지나고 삼대에 비길지라. …(중략)… 만여 리 금수산하를 일조에 건노建虜의 기물을 만들어 삼도三道의 남은 백성과 성현의 끼친 자손이 다 머리털을 베이고 호복을 무릅써 예악문물을 다시 상고할 곳이 없으니, 이런 까닭에 지사와 호걸이 중국의 생민을 위하여 밤낮으로 아픔을 참고 마음을 썩이고 있느니라. 그러나 문물이 비록 변했으나 인물은 고금이 없으니 어찌 한 번 몸을 일으켜 천하의 큼을 보고 천하의 선비를 만나 천하의 일을 의논할 뜻이 없으며, 또 저가 비록 더러운 오랑캐이나 중국에 웅거하여 백여 년 태평을 누렸으니 그 규모와 기상이 어찌 한 번 보암직하지 않으리오. 만일 오랑캐의 땅은 군자가 밟을 곳이 아니요, 호복한 인물은 족히 더불어 말을 못하리라 하면 이는 고체固滯한 소견이요, 인자의 마음이 아니라. 이러므로 내 평생에 한 번 보기를 원하여 매양 근력과 정도正道를 계량하고 역관을 만나면 한음漢音과 한어漢語를 배워 기회를 만나 한 번 쓰기를 생각하더니, 을유 6월 도정都政에 계부季父께서 서장관에 차출되시니 이는 뜻 있는 자가 일을 마침내 이룸이라. 계부 또한 행색이 고단함을 염려하시어 데려가고자 하시고 양친 연세 일흔에 이르지 아니했으니 기회를 잃기 어려운지라. 이 뜻을 말씀드려 가기를 청하니 양친이 또한 평소에 고심해온 줄 아시는지라. 쾌히 허락하시어 어렵게 여기시는 기색이 없으시니, 드디어 행계行啓를 내정하고 10월 12일 수촌을 떠나 십오일 경성에 들어 지월至月 초이일 배표拜表가 떠나니 서장관의 자벽自辟군관으로 상사께서 계청啓請하였더라.[11]

이 말을 통해 담헌은 연행에 나선 이유를 밝혔는데, 그 속에 그의 세계관이 함축되어 있다. 그는 조선의 지식층이 지니고 있던 '소중화'적 자존심을 통렬히 비판했다. 백 리 되는 들이 없고 천리를 흐르는 강이 없어 중국의 한 고을도 당하지 못하는 처지임에도 소중화를 자처하여 청나라를 오랑캐로 폄하하는 모습을 꼬집은 것이다. 담헌은 '문화적으로 대국'이라

---

11) 소재영 · 조규익 · 장경남 · 최인황(1997), 17~20쪽. *표기는 편의상 오늘날의 그것으로 바꾸었음.

▲ 연암 박지원의 초상

는 점 때문에 중국을 흠모했다. 담헌은 문화적 측면, 즉 교화의 근본이 됨은 물론 의관제도나 시서문헌으로 사방의 준칙이 된다는 점에서 중국을 숭배한 것이다. 그러나 오랑캐가 중원을 차지했고 사람들의 의관문물 또한 머리털을 베고 호복을 입는 등 중화의 전통이 깡그리 사라져버린 것이 현실이었다. 담헌은 그런 현실을 감안하면서도 현실을 인정할 수밖에 없다고 보았다. 즉 오랑캐가 웅거한 뒤 백여 년의 태평을 누린 이상 규모와 기상이 보암직하지 않을 수 없다는 것이다. 따라서 그들을 오랑캐라고 배척할 수는 없으니 오랑캐가 함께 말할 상대가 아니라고 한다면 그 자체가 지나치게 고루하고 막힌 소견이며 불인不仁한 마음이라는 것이 그의 생각이었다. 이런 이유로 평소부터 중국 땅을 보고 싶어했고, 그러기 위해 한음과 한어를 역관으로부터 배워 두었다고 했다. 그렇게 준비해 오다가 계부가 서장관에 차출되자 마침내 뜻을 이루게 되었다는 것이다.

그러나 담헌 역시 화이 구분의 전통적 세계관으로부터 자유로울 수는 없었다. 그것은 그에게까지 이어져온 노론의 정치적·학문적 입장으로 보아서도 그렇다. 그러나 담헌에게는 현실을 보는 면에서 기존의 패러다임을 탈피하고자 했다. 그런 관점이 앞의 인용문에 나타나 있거니와 그것은 북학파의 기본적 입장이기도 했다. 담헌과 연암燕巖 박지원朴趾源(1737~1805)·이덕무李德懋(1741~1793)·유득공柳得恭(1749~?)·박제가朴齊家(1750~1805) 등은 북학파로 분류되는 인물이며, 그들은 낙론계 노론의 핵심인 김원행의 사상을 바탕으로 하고 있었다. 이들 중 특히 기일원론화의 경향을 배경으로 하고 있던 담헌과 연암의 사상은 사회 현실의 변화를 기반으로 세계관의 변화에 조응하면서 출현했다.[12] 인물성동론은 이들에게 청

12) 김문용(1994), 588쪽.

나라의 등장과 번영이라는 현실적 변화를 설명하기 위한 바탕으로 수용되었던 것이다. 다음과 같은 연암의 관점은 앞서 인용한 담헌의 생각과 일치한다.

> 학문의 방법은 다른 것이 없다. 모르는 것이 나타나면 길 가는 사람이라도 붙잡고 물어보는 것, 그것이 올바른 학문의 방법이다. 어린 종이 나보다 한 글자라도 더 아는 것이 있다면 예의염치를 불문하고 그에게 배울 것이다. 남보다 못한 것을 부끄러워하여 자기보다 나은 자에게 묻지 않는다면 종신토록 아무런 기술도 갖추지 못한 고루한 세계에 자신을 가두어 버리는 꼴이 되리라. …(중략)… 우리 조선 선비들은 세계 한 모퉁이의 구석진 땅에서 편협한 기풍을 지니고 살고 있다. 발로는 모든 것을 가진 중국 대지를 한번 밟아보지도 못했고, 눈으로는 중국사람 한번 보지도 못했다. 태어나서 늙고 병들어 죽을 때까지 조선 강토를 벗어나지 못한 것이다. 긴 다리의 학과 검은 깃의 까마귀가 제각기 자기 천분을 지키며 사는 격이며, 우물 안 개구리와 작은 나뭇가지 위 뱁새가 제가 사는 곳이 제일인 양 으스대며 사는 꼴이다. …(중략)… 법이 훌륭하고 제도가 좋다고 할 것 같으면 오랑캐라도 찾아가서 스승으로 섬기며 배워야 하거든, 더구나 저들은 규모가 광대하고 사고가 정미하며 제작이 굉장하고 문장이 빼어나서, 여전히 하·은·주 삼대 이래의 한·당·송·명의 고유한 문화를 간직하고 있지 않은가? 우리를 저들에 비교해보면 한 치도 나은 점이 없건만 한 줌의 상투를 틀고 천하에 자신을 뽐내면서 "지금의 중국은 옛날의 중국이 아니다"라고 말한다. 저들의 산천을 비린내나고 누린내 난다고 헐뜯고, 중국의 백성을 개나 양이라고 욕한다. 저들의 언어를 되놈의 말이라고 중상하고, 중국의 고유한 훌륭한 법과 좋은 제도까지 싸잡아서 배척하고 있다. 그렇다면 장차 누구를 모범으로 삼아서 개선할 것인가?[13]

예의염치를 불문하고 모르는 것은 누구에게나 물어야 하며 오랑캐를 스승으로 삼을 수도 있다는, 관점의 현실성에서 담헌과 연암은 정확히 일치한다. 뿐만 아니라 당시 조선의 지식인 사회가 주관과 아집에 매몰되어 객관적 세계관을 갖고 있지 못하다는, 현실인식 또한 동일하다. 청나라가 오랑캐라 하여 무조건 배척하는 조선 지식인들의 무지함을 비판한 이면에는

13) 박지원(2003), 12~14쪽.

선진국 청나라의 현실에 대한 긍정을 넘어선 '선망'의 본의가 숨어 있다. 그것은 당시 청국을 '이적 중의 중화'로 보거나[14] '주主의 입장으로 바뀐 이夷가 객客의 입장으로 바뀐 화華를 이기는 형세'[15]로 보게 된 당대 지식인 사회 일각의 의식의 변화를 연암의 생각에서도 읽을 수 있는 것이다. 그리고 그런 인식의 바탕에 '인물성동론'의 철학적 입장이 깔려 있음은 물론이다. 구체적으로 담헌은 하늘의 입장에서 사람과 만물을 볼 것을 주장했고 연암은 대상의 처지에서 나를 볼 것을 주장했는데, 이는 세계에 대한 관점의 상대화·객관화이며 인물성동론의 방편이자 성과의 하나라고 할 수 있다.[16] 좀더 구체적으로 말하면, 율곡을 조종으로 하여 조헌趙憲(1544～1592)·김상헌金尙憲·김장생金長生(1548～1631)·송시열宋時烈·권상하權尙夏(1641～1721)·김창집 등 기호 서인으로 이어지는 정통 기호학파의 줄기가 김원행·홍대용으로 이어졌고,[17] 횡적인 측면에서 당대 북학파를 형성했다고 보아야 할 것이다. 담헌 스스로 자신의 사상과 학문적 견해의 타당성을 확인할 수 있는 현장으로 인식했다는 점에서 연행은 단순한 기행 아닌 '정신사적 전기轉機'로 이해되어야 할 것이다.

Ⅲ. 서지적 성격

담헌의 연행 기록들은 국문과 한문 등 이중의 표기 체계로 되어 있다.

---

14) 丁範祖(1999a), 洪侍郎君氣澤燕行錄序,『韓國文集叢刊 239 : 海左集 Ⅰ』, 382～383쪽의 "有君之世 然鴻儒碩匠 推一時之盛 如元之姚趙歐虞者 不可謂無其人 則其非譬外夷諸國之荒陋 又可知 然則今之胡淸 謂之夷狄中華夏 可也 獨怪夫我東士大夫入其庭 屈拜稱臣 退而相鄙夷之已甚" 참조.

15) 丁範祖(1999b) 氣數論,『韓國文集叢刊 240 : 海左集 Ⅱ』, 173쪽의 "今則華爲客而夷爲主 主恒勝客 理勢之固然也" 참조.

16) 김문용(1994), 605쪽.

17) 김태준(1987a), 30쪽.

전자는 국문본으로 「담헌연행록」(혹은 「을병연행록」)이라 했고, 후자는 한문본으로 「담헌연기湛軒燕記」라 했다. 이처럼 담헌은 연행이라는 동일 대상을 두고 『담헌연(행)기』와 『담헌연행록』이라는 두 저술을 남겼다. 그러나 내용이나 편성 체제상 이 두 가지를 '원본-번역본'의 관계로 볼 수는 없다. 그렇다고 내용상 양자가 전혀 다른 자료를 바탕으로 쓰여진 것이라고 볼만한 근거도 없으며, 필자가 동일하다는 점을 감안할 때 현실적으로 그럴 필요 또한 있을 수 없다. 말하자면 그는 한문본과 한글본이라는 두 가지의 연행록을 나란히 남긴 셈이다. 당대 지식층의 문화적 관습을 고려할 경우 이 점은 어떻게 설명될 수 있을까? 우선적으로 제기되는 사항은 이원적 표기체계의 문제다.

표기체계의 이원성이란 근대 이전 우리 문화의 두드러진 특성들 가운데 하나였다. 한자를 표기 수단으로 하는 공동문어문학과 개별 민족 단위의 자국어문학18)이 공존하던 시기의 필연적 산물이라고 할 수 있다. 물론 한문을 알고 사용하던 모든 지식인들이 국문의 저작을 병행시킨 것은 아니었다. 당시 식자층의 폭이나, 그들이 차지하고 있던 사회적 위상을 고려할 경우 한

▲『담헌연행록』의 첫 장. 숭실대 기독교박물관 소장 10책본, 첫 권은 "담헌연힝녹 권지일"로 표기되어 있고 둘째 권부터는 "을병연힝녹 권지이"로 표기되어 있다. 후자는 담헌이 참여한 연행이 을유년(1765년) 11월 2일부터 병술년(1766) 4월 27일 서울에 돌아오기까지의 기간을 강조하려는 의도가 강하게 반영된 명칭이다.

18) 조동일(1991), 19쪽.

문을 독점하던 집단만을 수용계층으로 상정하는 것이 보다 현실적인 판단이라고 생각되기 때문에 대부분의 식자층들은 양자를 병행시키지 않는 것이 일반적인 경향이었다. 양자를 모범적으로 병행시킨 정철鄭澈(1536~1593)의 경우를 예로 들어보면 이 점은 더욱 분명해진다. 당대인들이 한시는 문학으로 인식하고 있었으나 국문 시는 문학 아닌 노래로 받아들이고 있었기 때문에, 그는 한시와 국문시를 동시에 남길 수 있었다. 만약 '문학을 한다'는 단일한 입장이나 관점에 서 있었다면 그는 결코 국문노래를 남겨놓지 않았을 것이다.[19]

정철의 예에서 보는 바와 같이 담헌 또한 우선적으로 수용계층을 고려했음에 틀림없다. 한문 식자층과 국문 사용계층을 동시에 만족시킬 만한 단일 표기방법이 없는 한, 두 가지 방법의 병행은 불가피한 선택이었다. 동시대의 지식인들과 달리 언어와 문자에 대한 관심과 식견이 남달랐던 담헌은 연행하기 전부터 한어를 공부했으며, 연행 도중에도 부지런히 음운을 익혔다. 그리고 그는 중국인 문헌汶軒에게 우리의 문자에 대하여 소상히 설명해 줄 수 있을 만큼 우리 문자가 지닌 특질과 장점, 원리 또한 소상히 알고 있었다.

> 우리나라엔 별도로 언문글자가 있어(그 음은 있으되 뜻은 없으며 글자는 이백에 차지 않되 자모가 서로 반절되어 만 가지 음이 갖추어진다. 부인과 서민으로서 글자를 알지 못하는 자들은 언문글자를 아울러 써서 곧바로 지방의 말로 글을 지으며 모든 간찰과 부서와 계권의 내용이 명창하여 더러 한문보다 나으며 비록 전아한 점은 모자라나 그 알기 쉽고 적의하게 쓰는 것은 반드시 인문의 한 도움이 되지 않을 수 없습니다) 모든 경서의 자음에 모두 언문의 해석이 있으므로 글자가 경에 있으면 온 나라가 음이 다를 수 없고 여러 대를 내려가도 변하는 소리가 없습니다.[20]

국문이 뜻글자인 한자와 달리 소리글자라는 점, 주로 부인들과 서민들만이 사용한다는 점, 국문을 사용하여 모든 실용 문서들을 작성하는 것이 한문을 쓰는 경우보다 훨씬 명확하다는 점, 아울러 경서를 읽는 음 또한

---

19) 이 점에 대하여는 조규익(1994 : 205~228) 참조.

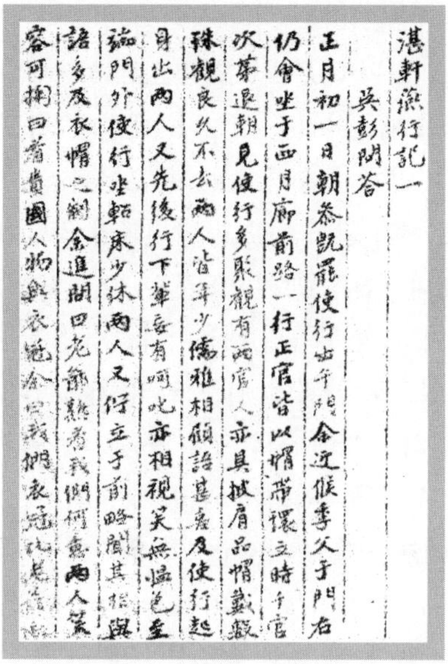

▲ 담헌연행기 1. 숭실대 기독교박물관 소장, 33.2cm×21.3cm. 담헌은 한글과 한문 등 두 가지 표기의 연행록을 남겼다. 한문 식자층과 국문 사용계층을 동시에 만족시킬 만한 단일표기방법이 없는 한, 두 가지 방법의 병행은 불가피한 선택이었다.

시대가 흘러도 변함이 없다는 점 등 국문이 가지고 있는 원리와 장점들이 과학적으로 설명·제시되어 있다. 더구나 '토화土話로 문장을 이룬다'는 지적은 언문일치言文一致의 정곡으로서 이미 퇴계退溪[21]와 서포西浦[22]가 노래의 창작이나 비평의 계기에 관하여 밝힌 내용이다. 이와 같이 어문語文에 대한 조예造詣를 기반으로 『담헌연기』와 『을병연행록』을 별도로 저술한 것일 뿐, 양자가 단순히 '원본-역본'의 관계로 연결된다거나 담헌 아닌 타인이 어느 한 쪽을 번역한 것으로 볼 수도 없는 일이다.

그렇다면 양자의 관계는 구체적으로 어떻게 연결될 수 있는가. 우선 양자의 체제를 비교해보기로 한다. 『을병연행록』은 서울을 출발하던 을유년(1765년) 초 2일부터 시작하여 이듬해 5월 27일 서울에 도착하기까지 겪고 본 일들을 샅샅이 적은 기록이다. 말하자면 순수한 의미에서의 일기체 기록인 셈이다. 그러나 『담헌연기』는 약간 다르다. 『담헌서』 외집 7~10권까지에 실려 있는 이 기록은 '사건·문물·인물·사적·자연' 등의 범주에 속하는 구체적인 항목들이

---

20) 『담헌서 3』(1939 : 50)의 "東國別有諺字有其音而無其義 字不滿二百 而字母相切 萬音備焉 婦人及庶民不識字者 幷用諺字 直以土話爲文 凡簡札簿書契券 明暢或勝眞文 雖欠典雅 其易曉而適用 未必不爲人文之一助 凡經書字音 皆有諺釋 故字之在經者 一國無異音 累世無變聲." 참조.

21) 『陶山全書 三』(1980 : 294)의 "今之詩異於古之詩 可詠而不可歌也 如欲歌之 必綴以俚俗之語" 참조.

22) 이종은(1988), 191쪽의 "松江關東別曲前後美人歌 乃我東之離騷 而以其不可以文字寫之 故惟樂人輩口相受授 或傳以國書而已 人有以七言詩飜關東曲 而不能佳" 참조.

소제목으로 설정되어 있고,[23] 그 속에서 사건의 전개나 상황의 변화가 날짜별로 서술되고 있다. 그것은 물론 전개되는 내용을 효과적으로 설명한다거나 서술의 편의를 도모하기 위한 목적 때문이었을 것이다. 예컨대 '유포문답劉鮑問答'을 들어보자. 이 글의 첫머리에 유송령劉松齡과 포우관鮑友官의 인물이나 출신지, 활동 등에 대한 소개의 글이 나오고 담헌과의 만남이나 관계는 정월 7일조부터 기술되고 있다. 즉 정월(7일 · 8일 · 13일 · 19일)에서 2월 (2일)에 걸친 만남의 기록이 바로 이 항목의 내용이다. 『을병연행록』 권 4의 시작 부분이 바로 정월 7일조로서 관에 머문 날의 기록이다. 이 기록에는 천주당을 구경하려는 담헌의 소망을 중심으로 유송령과 포우관이 거론되며, 서종맹徐宗孟을 위시한 통관들과의 갈등과 함께 여러 사소한 일들이 기록되어 있다. 그러나 8일에는 환술幻術을 구경한 일만이 상세히 기록되어 있고 천주당이나 양인들에 관한 기록은 없다. 9일에 담헌은 비로소 두 사람을 만나 서로의 궁금한 점 등에 대한 의견을 교환하게 된다. 특히 천주화상을 중심으로 그 화격畵格이나 교리에 대한 비판적 견해를 표출함으로써 자신의 이념체계를 강조하였으며, 오르간의 구조와 그 음계에 대하여 자세히 관찰하고 그 원리를 즉각 이해함으로써 음악에 대한 조예 또한 과시하고 있다. 그와 함께 자명종의 구조와 원리를 세밀히 묘사

---

23) 『담헌서 6』(1939)의 권 7에는 "오팽문답吳彭問答 · 장주문답莊周問答 · 유포문답劉鮑問答 · 아문제관衙門諸官 · 양혼兩渾 · 왕거인王擧人 · 사하곽생沙河郭生 · 십삼산十三山 · 송거인宋擧人 · 포상鋪商 · 태학제생大學諸生 · 장석존張石存 · 갈관인葛官人 · 금포유생琴舖劉生 · 번이수속藩夷殊俗 · 남조교拉助教 · 등문헌鄧汶軒 · 손용주孫蓉洲 · 무령현撫寧縣 · 가지현賈知縣 · 정녀묘학당貞女廟學堂 · 송가성宋家城" 등이, 권 8에는 "손진사孫進士 · 주학구周學究 · 왕문거王文擧 · 희원외希員外 · 백공생白貢生 · 연로기략沿路記略 · 경성기략京城記略" 등이, 『담헌서 7』(1939)의 권 9에는 "망해정望海亭 · 사호석射虎石 · 반산盤山 · 이제묘夷齊廟 · 도화동桃花洞 · 각산사角山寺 · 봉황산鳳凰山 · 경성제京城制 · 태화전太和殿 · 오룡정五龍亭 · 태학太學 · 옹화궁雍和宮 · 관상대觀象臺 · 천상대天象臺 · 법장사法藏寺 · 홍인사弘仁寺 · 동악묘東嶽廟 · 융복사隆福寺 · 유리창琉璃廠 · 화초포花草舖 · 창춘원暢春園 · 원명원圓明園 · 서산西山 · 호권虎圈 · 만수사萬壽寺 · 오탑사五塔寺 · 입황성入皇城 · 예부정표禮部呈表 · 홍려연의鴻臚演儀 · 정조조참正朝朝參 · 원소등포元宵燈炮 · 동화관사東華觀射 · 성남포마城南跑馬 · 성북유城北遊" 등이, 권 10에는 "방물입궐方物入闕 · 환술幻術 · 장희場戲 · 시사市肆 · 사관寺觀 · 음식飮食 · 옥택屋宅 · 건복巾服 · 기용器用 · 병기兵器 · 악기樂器 · 축물畜物 · 유관하정留館下程 · 재부총략財賦總略 · 노정路程" 등이 각각 실려 있다.

하였다. 그 후 13일에도 천주당에 갔으나 두 사람을 만나지 못하고 돌아왔으며, 9일의 만남에 이어 19일에 또한 두 사람을 장시간 만나 담헌은 자신의 관심사를 물을 수 있었다. 이 때의 만남에서 거론된 것들은 종교와 교리에 대한 문답, 역서曆書・의기제도儀器制度(특히 혼천의渾天儀)・관상대觀象臺・망원경・흑점黑點・안경 등 과학과 문물에 대한 문답 등이다. 그리고 2월 2일에는 자명종・서양과 중국의 문자 언어 및 방위方位 등에 관한 문답을 나눔으로써 이들과의 만남을 끝맺고 있다.

『담헌연기』를 살펴보자. 정월 7일에 세팔을 통하여 두 사람을 만나고자 하는 뜻을 전했고, 다음날인 8일에 비로소 천주당을 방문하였다. 그는 이 날 처음으로 접한 서양 그림들(성상星象・여지도輿地圖・천주상)의 화격과 화법에 대한 관심을 표하였다. 또한 오르간의 구조와 원리에 대한 관찰기와 소감을 피력하고 직접 연주해 보임으로써 이들에게 자신의 음악적 조예를 과시하고 있으며, 자명종의 구조와 그것에 대한 관찰 소감을 세밀히 적어놓기도 했다. 13일에 또 찾아갔으나 이들을 만나지 못하고 19일에 다시 만날 약속만을 할 수 있었다. 19일에 다시 만난 그들은 동서양의 종교에 대한 문답, 역법・혼천의・관상대・망원경・흑점 등 천문학과 과학에 대한 문답 등을 교환하였다. 2월 2일에는 역서・자명종・안경・나침반 등을 구경한 다음 서로의 의견을 교환하였다.

따라서 두 문헌을 비교한다면, 전체 내용의 골자는 동일하고 다만 양자 간의 날짜만 약간 어긋날 뿐이다. 우선 정월 7일・13일・19일, 2월 2일의 내용은 정확히 일치한다. 그러나 8일의 경우『연행록』에는 천주당을 방문하지 못하고 환술만 구경한 것으로 되어 있으나『담헌연기』에는『연행록』의 9일자 내용(천주당 방문・천주화상 등 서양그림의 화격과 화법・교리에 대한 문답・오르간과 자명종 등)이 그대로 적혀 있다. 하루 정도 기록된 날짜의 차이만 있을 뿐 양자의 내용은 정확히 일치한다.[24] 이런 점을 염두에 둘 경우『연기』는 주제별 기록임에 반해『을병연행록』은 일기체 기록임이 분명하다. 그것을 다음과 같이 도시圖示할 수 있다.

---

24) 이 경우, '정확히 일치한다'는 말이 번역상의 일치를 의미하는 것은 아니다. 내용의 항목들이 일치한다는 말이다.

『을병연행록』의 내용 = 『담헌연기』의 내용 + 여타 사건들
『을병연행록』 > 『담헌연기』

이와 같이 『을병연행록』은 『담헌연기』에 비하여 그 내용적 폭이 훨씬 넓고 다양하다. 그렇다면 둘 가운데 무엇이 선행했을까? 이 문제는 쉽게 단정할 수 없다. 담헌은 『을병연행록』을 완성한 다음 자신의 관심 사항들만을 뽑아내어 『담헌연기』를 작성했을 수도 있고, 반대로 『담헌연기』를 완성한 다음 여타 사건들을 삽입하여 『을병연행록』을 완성했을 가능성도 있으며 혹은 양자의 집필을 거의 동시에 진행시켰을 수도 있기 때문이다. 어느 쪽이든 담헌의 메모를 바탕으로 이루어진 점은 부정할 수 없다. 『을병연행록』의 상당부분을 구성하는 여타 사건들은 그것들 자체의 의미뿐만 아니라 이 기록의 시간적 연계성이나 사건들의 순차적 배열에 객관성을

▼남천주당의 외관

부여하는 불가결한 요소들이다. 말하자면 이것들이 보고문학에 있어 필수적인 '구체성 · 사실성 · 객관성'을 담보해준다는 것이다. 따라서 선학들의 견해와 같이 굳이 이들 기록을 별개의 사항으로 굳혀놓을 필요는 없을 듯하다. 중국에서의 잡다한 행적이나 견문들을 통하여 재미를 느끼려는 수용계층에게 전문적인 사항들을 조목별로 나열하여 보여줄 필요는 없었을 것이며, 그 반대로 전문성을 요구하는 식자층에게 잡다한 일상적 경험들을 들려줄 필요 또한 없었을 것이다. 이런 차원에서 자연스럽게 이루어진 것이 바로 두 가지 표기체계의 등장이라고 보아야 할 듯하다. 말하자면 둘 다 보고문학의 성격을 지니되, 각 수용계층의 관심과 그들이 처해 있던 사회적 상황을 고려한 결과로서 『을병연행록』과 『담헌연기』가 출현했다고 할 수 있다는 것이다.

▼남천주당 내부의 성모 그림과 예수 고상. 연행사들이 천주교를 처음으로 접한 것은 천주당에 걸린 그림이나 예수 고상을 통해서였다.

Ⅳ. 내용적 성격

1. 내용의 전개와 짜임

1) 기록에 나타난 노정

담헌은 35세인 1765년(을유년) 음력 11월 2일 동지사 서장관 홍억洪檍(1722~1809)의 자제군관으로 서울을 떠나 연행길에 올랐고, 같은 해 12월 27일 북경에 도착했다. 그리고 이듬해(병술년) 3월 1일 북경을 떠나 4월 27일 서울에 돌아왔다. 『담헌연기』와 『을병연행록』에 나타난 노정들은 다음과 같다.

『을병연행록』의 경우

■ 을유 11월

초2일 경성에서 이발離發하여 고양高陽에 숙소宿所하다.
초3일 고양에서 이발하여 초9일 평양에 이르다.
13일 평양에서 이발하여 20일 의주에 이르다.
20일부터 26일까지 의주에 머물다.
27일 강을 건너 구련성九連城에 한둔하다.
28일 구련성에서 이발하여 29일 책문에 들다.
30일 봉황성에서 자다

■ 을유 12월

초1일 솔참松站에서 자다.
초2일 솔참에서 이발하여 초4일 첨수참甛水站에 이르다.
초5일 낭자산狼子山에서 자다.
초6일 신요동新遼東에서 자다.

▲ 요양 백탑

초7일 신요동에서 이발하여 초8일 심양瀋陽에 이르다.
초9일 심양에서 묵다.
10일 심양에서 이발하여 12일 소흑산小黑山에 이르다.
13일 소흑산에서 이발하여 14일 십삼산十三山에 이르다.
15일 십삼산에서 이발하여 16일 영원寧遠에 이르다.
17일 영원에서 이발하여 18일 양수하兩水河에 이르다.
19일 양수하에서 이발하여 20일 유관楡關에서 자다.
21일 유관에서 이발하여 22일 사하역沙河驛에서 자다.
23일 사하역에서 이발하여 24일 옥전현玉田縣에서 자다.
25일 옥전현에서 이발하여
26일 연교포烟郊舖에 이르다
27일 북경에 들다.
28일 예부 자문咨文 바치는 데 따라가다.
29일 홍려시鴻臚寺 연의演儀에 가다

■ 병술 정월

초1일 조참朝參에 따라가다.
초2일 관館에 머물다.
초3일 관에 머물다.
초4일 밖에 가 희자戱子 놀음을 보다.
초5일 태학 · 부학 · 문승상묘 · 옹화궁 등 네 곳을 보다.
초6일 관에 머물다.
초7일 관에 머물다.
초8일 관에 머물고 환술幻術을 보다.
초9일 천주당을 보다.
10일 진가陳哥의 푸자에 다녀오다.
11일 유리창에 가다.
12일 옹화궁과 태학에 가다.
13일 천주당과 유리창에 가다.
14일 법장사法藏寺에 가다.
15일 관중에 머물다.
16일 밤에 관등하다.
17일 오룡정五龍亭 · 홍인사弘仁寺를 보다.
18일 유리창에 가다.

19일 천주당에 가다.
20일 팽한림彭翰林의 집에 가다.
21일 관에 머물다.
22일 유리창에 가다.
23일 서길사청에 가 두 한림과 수작하다.
24일 몽고관과 동천주당에 가다.
25일 북성 밖에 가다.
26일 유리창에 가서 세 선비와 수작하다.
27일 관에 머물다.
28일 관에 머물다.
29일 융복사에서 장 구경하다.
30일 유리창에 가다

■ **병술 2월**

초1일 관에 머물다.
초2일 천주당에 가다.
초3일 간정동에 가다.
초4일 관에 머물다.
초5일 관에 머물다.
초6일 태화전을 보고 유리창에 가다.
초7일 관에 머물다.
초8일 간정동에 가다.
초9일 관에 머물다.
10일 관에 머물다.
11일 서산에 가다.
12일 간정동에 가다.
13일 관에 머물다.
14일 관에 머물다.
15일 관에 머물다.
16일 관에 머물다.
17일 간정동에 가다.
18일 관에 머물다.
19일 관에 머물다.
20일 관에 머물다.

▲ 자금성 태화전

21일 관에 머물다.
22일 관에 머물다.
23일 간정동에 가다.
24일 관에 머물다.
25일 관에 머물다.
26일 간정동에 가다.
27일 관에 머물다.
28일 관에 머물다.
29일 관에 머물다

■ **병술 3월**

초1일 북경에서 출발하여 통주에서 자다.
초2일 연교포에서 조반하고 삼하에서 자다.
초3일 방균점에서 점심 먹고 반산을 보고 계주에서 자다.25)

『담헌연기』의 경우

■ **서울 → 의주(1050리)**

- 고양高陽 벽제관碧蹄舘 40리
- 파주坡州 파평관坡平舘 40리
- 장단長湍 임단관臨湍舘 30리
- 송도松都 태평관太平舘 45리
- 금천金川 금릉관金陵舘 70리
- 평산平山 동양관東陽舘 30리
- 총수葱秀 보산관寶山舘 30리
- 서흥瑞興 용천관龍泉舘 50리
- 일수釼水 봉양관鳳陽舘 40리
- 봉산鳳山 동선관洞仙舘 30리
- 황주黃州 제안관齊安舘 40리
- 중화中和 생양관生陽舘 50리
- 평양平壤 대동관大同舘 50리
- 순안順安 안정관安定舘 50리
- 숙천肅川 숙녕관肅寧舘 60리

▲ 북경 유리창의 거리

25) 이상의 노정은 소재영 · 조규익 · 장경남 · 최인황(1997) 참조.

- 안주安州 안흥관安興舘 60리
- 가산嘉山 가평관嘉平舘 50리
- 가산 납청정納淸亭 25리
- 정주定州 신안관新安舘 45리
- 곽산郭山 운흥관雲興舘 30리
- 선천宣川 임반관林畔舘 40리
- 철산鐵山 차련관車輦舘 40리
- 용천龍川 양책관良策舘 30리
- 소관所串 의순관義順舘 40리
- 의주義州 용만관龍灣舘 35리

■ **의주 → 북경(2061리)**

- **구련성九連城 25리 숙박** : 압록강 5리 → 소서강小西江 1리 → 중강中江 1리 → 방피포方陂浦 1리 → 삼강三江 2리 → 구련九連 15리
- **금석산金石山 35리 점심** : 망우望隅 5리 → 자근복이者斤福伊 8리 → 비석우碑石隅 2리 → 마전판馬轉坂 5리 → 금석산金石山 15리
- **총수산葱秀山 32리 숙박** : 온정溫井 8리 → 세포細浦 2리 → 유전柳田 10리 → 탕참湯站 10리 → 총수산 2리
- **책문柵門 28리 숙박** : 어룡퇴魚龍堆 1리 → 사평沙平 2리 → 공암孔巖 10리 → 상룡산上龍山 5리 → 책문 10리
- **봉황성鳳凰城 35리**[26] : 안시성安市城 10리 → 진평榛坪 2리 → 구책문舊柵門 8리 → 봉황산鳳凰山 5리 → 봉황성 10리
- **건자포乾者浦 20리 점심**[27] : 삼차하三叉河 10리 → 건포乾浦 10리
- **송참松站 30리 숙박**[28] : 백안동伯顔洞 10리 →마고령麻姑嶺 10리 →송참 10리
- **팔도하八渡河 30리 점심**[29] : 소장령小長嶺 5리 → 옹북하瓮北河 5리 → 대장령大長嶺 5리 → 팔도하 15리
- **통원보通遠堡 30리 숙박** : 장령獐嶺 1리 → 통원보 29리
- **초하구草河口 30리 점심** : 석우石隅 15리 → 초하구 15리
- **연산관連山關 30리 숙박** : 분수령分水嶺 20리 → 연산관 10리
- **첨수참甛水站 40리 점심** : 회령령會寧嶺 15리 → 첨수참 25리

---

26) (원주)조선관이 있는데, 유원관이라 함.
27) (원주)일명 '여온자개'라 함.
28) (원주)일명 '설류참薛劉站'이라 함.
29) (원주)팔도하 물의 근원은 분수령分水嶺임.

- **낭자산狼子山 40리 숙박** : 청석령青石嶺 20리 → 소석령小石嶺 2리 → 낭자산 18리
- **냉정冷井 38리 점심** : 삼류하三流河 15리 → 왕상령王祥嶺[30] 10리 → 석문령石門嶺 3리 → 냉정 10리
- **신요동新遼東 30리 숙박**[31] : 아미장阿彌庄 15리 → 신요동 15리
- **난니포爛泥舗 30리 점심**[32] : 접관청接官廳 17리 → 방허소防虛所 8리 → 난니포 5리
- **십리포十里舗 30리 숙박**[33] : 난니포 5리 → 연대하烟臺河 10리 → 산요포山腰浦 5리 → 십리포 10리[34]
- **백탑보白塔堡 45리 점심** : 판교포板橋舗 5리 → 장성점長盛店 10리 → 사하보沙河堡 5리 → 포교왜暴咬哇 5리 → 화소교火燒橋 8리 → 기장포旗匠舗 2리 → 백탑보 10리
- **심양瀋陽 24리 숙박**[35] : 일소대一所臺 5리 → 홍장포紅匠舗 5리 → 혼하混河 5리 → 심양 9리
- **영안교永安橋 30리 점심** : 원당사願堂寺[36] 5리 → 장원교壯元橋 1리 → 영안교 14리
- **변성邊城 30리 숙박** : 쌍가자雙家子 5리 → 대방신大方身 10리 → 마도교磨刀橋 5리 → 변성 10리
- **주류하周流河 42리 숙박** : 신농점神農店 12리 → 고가자孤家子 13리 → 거류하巨流河 8리 → 주류하 9리
- **대황기보大黃旗堡 35리 점심** : 서점자西店子 3리 → 오도하五道河 2리 → 사방대四方臺 5리 → 곽가툰郭家屯 5리 → 신민점新民店 5리 → 소황기보小黃旗堡 5리 → 대황기보 8리
- **대백기보大白旗堡 28리 숙박**[37] : 노하구蘆河溝 8리 → 석사자石獅子 5리 → 고성자古城子 10리 → 대백기보 5리
- **일판문一板門 30리 점심** : 소백기보小白旗堡 10리 → 일판문 20리

---

30) (원주)왕상령은 효자 왕상이 살던 곳임.
31) (원주)구요동과 백탑, 화표주가 있음.
32) (원주)일명 '삼도파'라 함.
33) (원주)구련성으로부터 여기까지를 '동팔참'이라 함.
34) 여기서 '십리포 10리'는 원전에서 빠져 있으나, 실수로 인한 누락이라고 판단되어 채워 넣는다.
35) (원주)성경과 봉천부에 행궁이 있음.
36) (원주)원당사는 강희황제의 원당임.
37) (원주)사냥개가 많이 남.

- **이도정**二道井 **30리 숙박**
- **신점**新店 **30리 점심** : 실은사實隱寺 8리 → 신점 22리
- **소흑산**小黑山 **20리 숙박** : 토자정土子亭 1리 → 연대烟臺 15리 → 소흑산 4리
- **중안포**中安浦 **30리 점심** : 양장하羊腸河 12리 → 중안포 18리
- **신광녕**新廣寧 **40리 숙박**[38] : 우가장于家庄 5리 → 구가리舊家里 13리 → 신점新店 2리 → 신광녕 7리
- **여양역**閭陽驛 **37리 점심** : 흥륭점興隆店 5리 → 쌍하보雙河堡 7리 → 장진보壯鎭堡 5리 → 상흥점常興店 2리 → 삼대자三臺子 3리 → 여양역 15리
- **십삼산**十三山 **40리 숙박** : 이대자二臺子 10리 → 삼대자三臺子 5리 → 사대자四臺子 5리 → 오대자五臺子 5리 → 육대자六臺子 5리 → 십삼산 10리
- **대릉하**大凌河 **26리 점심** : 이대자 7리 → 삼대자 5리 → 대릉하 14리
- **소릉하 34리 숙박**[39] : 대릉하보大凌河堡 4리 → 사동비四同碑 12리 → 쌍연참雙沿站 10리 → 소릉하 8리
- **고교보**高橋堡 **54리 숙박** : 소릉교小凌橋 2리 → 송산보松山堡 16리 → 관마산官馬山 16리 → 행산보杏山堡 2리 → 십리하점十里河店 2리 → 고교보 8리
- **연산역**連山驛 **32리 점심** : 탑산점塔山店 12리 → 주류하朱柳河 5리 → 조리산점罩籬山店 5리 → 이대자 3리 → 연산역 7리
- **영원위**寧遠衛 **31리 숙박**[40] : 오리하五里河 5리 → 쌍석점雙石店 5리 → 雙石城 3리 → 영녕사永寧寺 10리 → 영원위 8리
- **사하소**沙河所 **33리 점심** : 청돈대淸墩臺 6리[41] → 조장역曹庄驛 7리 → 칠리파七里坡 5리 → 오리교五里橋 7리 → 사하소 8리
- **동관역**東關驛 **30리 숙박** : 건구대乾溝臺 3리 → 연대하烟臺河 5리 → 반납점半拉店 5리 → 망해점望海店 2리 → 곡척하曲尺河 5리 → 삼리교三里橋 7리 → 동관역 3리
- **중후소**中後所 **18리 점심** : 이대자二臺子 5리 → 육도하교六渡河橋 11리 → 중후소 2리
- **양수하**兩水河 **39리 숙박** : 일대자一臺子 5리 → 이대자 3리 → 삼대자 4리 → 사하점沙河店 8리 → 엽가분葉家墳 7리 → 구어하둔口魚河屯 2리 → 구어하교口魚河橋 1리 → 양수하 9리
- **중전소**中前所 **46리 점심** : 전둔위前屯衛 6리 → 왕가대王家臺 10리 → 왕제구王濟溝 5리 → 고령역高寧驛 5리 → 송령구松嶺溝 5리 → 소송령小松嶺 4

---

38) (원주)구광녕・북진묘・도화동이 있음.
39) (원주)서북 20리에 금주위가 있음.

▲ 산해관(천하제일관)

리 → 중전소 11리

- **산해관**山海關 **35리 숙박**[42] : 대석교大石橋 7리 → 양수호兩水湖 3리 → 노계둔老鷄屯 2리 → 왕가장王家庄 3리 → 팔리보八里堡 10리 → 산해관 10리
- **봉황점**鳳凰店 **45리 점심** : 침하沈河 3리 → 홍하점紅河店 7리 → 범가점范家店 20리 → 대리영大理營 10리 → 왕가령 王家嶺 3리 → 봉황점 2리
- **유관**楡關 **35리 숙박** : 망해점望海店 10리 → 침하보沈河堡 10리 → 망하점網河店 10리 → 유관 10리
- **배음보**背陰堡 **45리 점심** : 영가장塋家庄 3리 → 상백석포上白石舖 2리 → 하백석포下白石舖 3리 → 오궁영吳宮塋 3리 → 무령현撫寧縣 9리[43] → 양하羊河 2리 → 오리포五里舖 3리 → 노봉구蘆峯口 10리 → 다책암茶柵庵 5리 → 배음보 5리
- **영평부**永平府 **43리 숙박**[44] : 쌍망포雙望舖 5리 → 요참要站 5리 → 부락령部

40) (원주)온천 · 구혈대 · 조가패루 및 분원이 있음.
41) (원주)일출을 구경함.
42) (원주)망해정 · 각산사 · 정녀묘 · 위원대가 있음. 위원대는 혹 '장대'라고도 칭함.
43) (원주)창려현의 문필봉이 바라보임.
44) (원주)난대사 · 사호석 · 이제묘가 있음.

落嶺 12리 → 십팔리포十八里舖 3리 → 발려조發驢槽 13리 → 누택원漏澤園 3리 → 영평부 2리

- **야계둔**野鷄屯 **40리 점심** : 청룡하교靑龍河橋 1리 → 남구점南坵店 2리 → 난하灤河 2리 → 범가장范家庄 10리 → 망부대望夫臺 5리 → 안하점安河店 8리 → 야계둔 12리
- **사하보**沙河堡 **20리 숙박** : 사하역沙河驛 8리 → 사하보 12리
- **진자점**榛子店 **50리 점심** : 삼관묘三官廟 5리 → 마포영馬舖營 5리 → 칠가령七家嶺 5리 → 신점포新店舖 5리 → 우하초于河草 5리 → 신평장新坪庄 5리 → 강우교扛牛橋 12리 → 청룡교靑龍橋 7리 → 진자점 1리
- **풍윤현**豊潤縣 **50리 숙박** : 철성감鐵城坎 20리 → 소령하小鈴河 1리 → 판교板橋 7리 → 풍윤현 22리
- **옥전현**玉田縣 **80리 숙박** : 조가장趙家庄 2리 → 장가장蔣家庄 1리 → 환사교渙沙橋 1리 → 노가장盧家庄 4리 → 고려보高麗堡 7리 → 초리장草里庄 1리 → 연계보軟鷄堡 10리 → 다붕암茶棚庵 2리 → 유사하流沙河 12리 → 양수교兩水橋 10리 → 양가점兩家店 5리 → 시오리둔十五里屯 10리 → 동팔보東八堡 7리 → 용지암龍池庵 1리 → 옥전현 7리
- **별산점**別山店 **45리 점심** : 서팔리보西八里堡 8리 → 오리둔五里屯 5리 → 채정교彩亭橋 3리 → 대고수점大枯樹店 9리(관계문연수觀薊門烟樹) → 소고수점小枯樹店 2리[45] → 봉산점蜂山店 8리 → 나산점螺山店 2리 → 별산점別山店 8리
- **계주**薊州 **27리 숙박**[46] : 현교現橋 6리 → 소교방小橋坊 2리 → 어양교漁陽橋 14리 → 계주 5리
- **방균점**邦均店 **30리 점심** : 오리교五里橋 5리 → 방균점 25리
- **삼하현**三河縣 **40리 숙박** : 백간점白澗店 12리[47] → 공락점公樂店 8리 → 단가령段家嶺 1리 → 석비石碑 9리 → 호타하滹沱河 5리 → 삼하현 5리
- **하점**夏店 **30리 점심** : 조림장棗林庄 6리 →

▲ 고려포 역참

45) (원주)송가성이 있음.
46) (원주)대불사가 있고 서북 30리에 반산이 있음.
47) (원주)향림니암의 백간송이 있음.

백부도白浮圖 6리 → 신점新店 6리 → 황친장皇親庄 6리 → 하점 6리

- **통주**通州 **40리 숙박** : 유하둔柳夏屯 6리 → 마이핍馬已乏 6리 → 연교포烟郊舖 8리 → 삼가장三家庄 5리 → 등가장鄧家庄 3리 → 호가장胡家庄 4리 → 습가장習家庄 3리 → 백하白河 4리 → 통주 1리
- **조양문**朝陽門 **39리** : 팔리교八里橋 8리 → 양가갑楊家閘 2리 → 관가장管家庄 3리 → 삼간방三間房 3리 → 정부장定府庄 3리 → 대왕장大王庄 2리 → 태평장太平庄 3리 → 홍문紅門 3리 → 십리보十里堡 2리 → 팔리장八里庄 2리 → 미륵원彌勒院 7리(유동악묘有東岳廟) → 조양문 1리
- **도합 3,111리**[48)]

경성에서 북경 조양문까지 두 달이나 걸리는 3,111리의 장도였다. 『을병연행록』은 날짜별 도착지나 견문의 내용을 세밀하게 제시했고, 『담헌연기』에서는 지역 간 거리와 숙박지 등을 세밀하게 들어 놓았다. 따라서 『을병연행록』은 일기체의 형식을 뚜렷하게 노출시킨 기록이고, 『담헌연기』는 일기체의 속성을 이면에 담고 있으면서도 별도로 노정을 상세히 들고 있다는 점에서 좀더 전문적인 여행 기록의 성격을 보여준다. 『담헌연기』의 경우 숙박한 곳이나 점심을 먹은 지역들을 작은 단위로 삼아 노정을 세분한 점은 특기할 만하다. 구련성 · 금석산 · 총수산 · 책문 · 봉황성 · 건자포 · 송참 · 팔도하 · 통원보 · 초하구 · 연산관 · 첨수참 · 낭자산 · 냉정 · 신요동 · 난니포 · 십리포 · 백탑보 · 심양 · 영안교 · 변성 · 주류하 · 대황기보 · 대백기보 · 일판문 · 이도정 · 신점 · 소흑산 · 중안포 · 신광녕 · 여양역 · 십삼산 · 대릉하 · 소릉하 · 고교보 · 연산역 · 영원위 · 사하소 · 동관역 · 중후소 · 양수하 · 중전소 · 산해관 · 봉황점 · 유관 · 배음보 · 영평부 · 야계둔 · 사하보 · 진자점 · 풍윤현 · 옥전현 · 별산점 · 계주 · 방균점 · 삼하현 · 하점 · 통주 · 조양문 등은 노정 가운데서도 중요한 지점들이다. 이 노정을 둘로 나눌 경우 십리포까지가 꼭 절반이고, 셋으로 나눌 경우 '구련성-십리포'는 초절初絶로서 동팔참東八站으로 불리기도 했다.[49)]

---

48) 이상의 내용은 『담헌서 7』(1939), 31~39쪽 참조.
49) 소재영 · 김태준 · 조규익 · 김현미 · 김효민 · 김일환(2004), 54쪽.

▲봉황산 입구

몇 차례의 예외적 사행을 제외한 대부분의 경우 노정은 정해져 있었다. 정해진 노정이긴 했으나, 그곳을 지나는 사람이 달라질 경우 그에 대한 느낌이나 술회가 달라질 것은 당연하다. 그런 점에서 사행을 다녀온 사람들마다 크고 작은 기록들을 남겼고, 그 내용 또한 나름대로의 개성들을 지닐 수 있었던 것이다.

2) 내용 편성의 정신

『을병연행록』은 성격상 실용일기實用日記[50]에 속한다. 필요하고 중요한 내용들을 간명하게 추려서 비망備忘과 참고자료가 되도록 조목조목 적어 놓은 것으로 보이기 때문이다. 또한 장서각본이 20권 20책임에 비해 숭실대본은 10권 10책인 점으로 보아 분권分卷이나 분책分冊의 절대적 기준은 없었던 듯하다. 『을병연행록』 각 권의 짜임[51]과 권들의 관계를 살펴보면

---

50) 조병춘(1994), 227~228쪽.

51) 권 1 : 1765. 11. 2. 경성 출발 → 고양 숙박~12. 9. 심양 일박, 권 2 : 12. 10. 심양

날짜를 중심으로 정확하게 연결되어 있어 한 곳도 어긋나거나 빠진 부분이 없다. 각 권에 배당된 일수日數 또한 마지막 권을 제외하면 7~11일이 대부분으로 비교적 균일한 양상을 보인다. 이런 짜임은 집필 당시보다는 오히려 필사 시에 고려되었으리라 본다. 권 1~권 3은 서울 출발부터 북경 도착까지의 과정에서 경험한 일들과 견문을, 권 3~권 9는 북경에서 경험한 일들과 견문을 각각 적은 부분이다. 따라서 북경에 도착하기까지와 북경으로부터 돌아오는 과정의 기록에서는 노정들이 소제목으로 노출되었으며, 북경 체재기 부분에서는 관광의 주된 장소와 대상들이 제목으로 노출되었다.

이 글의 구성을 "서론 부분(을유년 11월 2일~11월 26일) → 도강에서 북경 도착(11월 27일~12월 27일) → 북경 체재기(12월 28일~병술년 2월 29일) → 귀국길(3월 1일~3월 30일) → 결론 부분(4월 1일~4월 27일)"으로 나누어 파악한 김태준(1983a)의 견해에서도 드러나듯이 『을병연행록』의 내용적 초점은 북경의 문물이다. 그러나 북경은 단순히 물리적 의미만을 지닌 공간은 아니다. '새로운 정신'이라는 북경의 내재적 의미나 상징성에 묘사의 핵심이 있다. 담헌이 청나라에 대하여 가지고 있던 생각이 긍정적이었든 부정적이었든, 그 생각을 정리하기 위해서라도 북경은 반드시 밟아야 할 곳이었다. 그가 직접 밟았고, 또한 그것들을 글로 노출시킨 구체적 문물이나 장소는 모두 북경을 포함한 중국의 선진적 현실을 표현하기 위한 물목物目들이었다.

필자는 실용일기의 범주에서 『연행록』을 보고자 한다. 그러나 이 책이 과연 그와 같이 단편적인 면모만 지니고 있을까? 필자가 앞에서 누누이 밝힌 것처럼 담헌은 이 글에서 새로운 견문을 중시했고, 그로부터 내재적인 의미를 추출하려고 애쓴 흔적을 도처에서 발견할 수 있다.

출발~12. 27. 북경 도착, 권 3 : 12. 28. 예부에 동행~1766. 1. 6. 유관留館, 권 4 : 1. 7. 유관~1. 13. 천주당과 유리창 방문, 권 5 : 1. 14. 법장사 방문~1. 24. 몽고관 · 동천주당 방문, 권 6 : 1. 25. 북성 밖 관광~2. 5. 유관, 권 7 : 2. 6. 태화전 · 유리창 관광~2. 12. 간정동 방문, 권 8 : 2. 13. 유관~2. 23. 간정동 방문, 권 9 : 2. 24. 유관~3. 3. 방균점 중화中火 · 계주 숙박, 권 10 : 3. 4 송가성 관광 · 봉산점 중화 · 옥전현 숙박~4. 27. 서울 도착.

들이 넓고 여러 곳의 큰 길이 사면으로 갈려 길마다 두 줄 버들이 꽃을 보지 못하고, 각색 과일나무와 온갖 수풀이 곳곳에 마을을 둘러 하늘에 닿았고, 한 조각 두던도 시야를 가리지 않았으니, 비 갠 후와 햇빛이 두꺼운 계절이면 무슨 기운이 들을 덮고 수풀에 잠겨 십여 리 밖은 땅을 보지 못하고 망망탕탕하여 끝없는 바다 모양이라. 처음 보는 이 치고 속지 않는 사람이 없다. 바다 구비 쳐들어온 곳이라 하여 무성한 수풀은 섬으로 의심되고, 외롭게 멀리 서 있는 나무는 돛대로 의심하게 되니, 대개 그 기운이 내 같되 내 아니고, 안개 같되 안개도 아니라. 땅 기운이 하늘빛과 서로 눈부시게 섞였는가 싶더라. 이날은 계속 날이 흐리고 눈이 날리니 그 짐짓 경색은 보지 못했으나 희미한 가운데 끝없는 수풀이 또한 장한 구경거리이더라.[52)]

이 글은 이국의 경물에 대한 회화적 묘사를 통하여 문학성을 짙게 표출한 부분이다. 말하자면 문학성이나 낭만성으로 설명될 수 있는 경이감을 실감나게 드러내는 데 성공한 내용이다. 처음으로 접하는 중국의 경물들에 대한 경이감으로 문학성을 유감없이 드러낸 담헌은, 대개의 경우 그로부터 내재적인 의미까지 추출했다. 그 내재적인 의미란 경물과 결부되는 현실인식을 말하고, 그 현실인식의 주된 내용은 담헌 자신과 조선의 상황이다. 그리고 그런 내용이 표현된 문장은 대단히 사변적일 수밖에 없었다. 따라서 담헌은 『을병연행록』이라는 하나의 글을 통하여 낭만성(문학성)과 사변성(철학성)이라는 두 가지의 성격을 구현하는 데 성공한 셈이다. 달리 말하면 대상에 대한 회화적 묘사나 그로부터 느끼는 경이감은 그것들이 지닌 1차적인 의미일 수 있다. 그러나 비교 · 대조 · 분석을 통하여 추출되는 내재적 의미는 2차적 의미다. 즉 감성적 수용과 이성적 해석이라는 담헌 특유의 방법이 『을병연행록』의 내용을 형성하는 두 가지 방법이자 원칙이었다. 그리고 그것은 궁극적으로 담헌의 자아인식, 즉 내면적 개안開眼으로 연결되었다. 담헌 자신의 개안은 연행 과정에서의 견문들을 통하여 이룩되었던 것이다.

52) 소재영 · 조규익 · 장경남 · 최인황(1997), 159쪽. 이하 원문을 인용할 때는 이 책을 참조하고, 책 이름(『주해 을병연행록』)과 쪽수만 밝힌다. 의미 전달의 효율성을 위해 현대 표기로 바꾸어 놓는다.

예를 들어 심양에 묵으면서 견문한 내용을 기록한 12월 9일조의 기록을 살펴보자. 첫 부분은 숙박한 집의 구조에 대한 설명과 그 집의 가족들을 만나 대화를 나누는 내용이다. 다음은 온갖 물화를 파는 전팡과 가야금 이야기, 종이 제조법과 풀무에 관한 이야기들이 나온다. 그 다음에는 심양의 제도와 문물에 대한 담헌의 관찰기가 객관적 필치로 이어진다. 아울러 중국 사람들의 상행위·전각이나 궁궐 등의 제도·공자孔子에 대한 견해·한어와 만주 언문諺文에 대한 의견 교환·일본과 러시아에 대한 그곳 사람들의 외교적 인식 등 다양한 문제들을 기술하고 있다. 그리고 글을 써나가는 도중에 다음과 같은 담헌의 감상이 삽입된다.

> 곳곳의 번화한 경물을 눈으로 미처 보지 못하며 귀로 미처 듣지 못할 것이오, 낱낱의 장려한 기상을 글로 이루 기록지 못하고, 붓으로 이루 그려내지 못할 것이니, 천하에 유명한 곳이요, 세상에 비길 데 없는 구경거리일러라[53]

▼심양의 조선관 터에 세워진 건물

53)『주해 을병연행록』, 85쪽.

담헌은 조선을 떠나기 전 중국의 문물에 대한 동경을 가지고 있었고, 그것에 자신의 모습을 비추어 보아 새로운 관점이나 인식을 갖고자 했다. 그리고 그러한 인식의 변화는 담헌 개인의 것이라기보다는 당대 지식인의 입을 빌어 조선이라는 하나의 체제나 이념적 주체가 개안을 해야 한다는, 당위적 전제이기도 했다. 말하자면 담헌은 연행을 통하여 그가 생래적으로 지닐 수밖에 없었던 중세적 폐색성을 타개할 만한 단서를 찾을 수 있었던 것이다. 결과적으로 중세적 이념의 울타리에 갇혀 있던 과학이나 객관세계가 연행의 기회를 통하여 그 의미와 가치가 분명해졌고, 그에 따라 담헌은 이념의 굴레로부터 좀더 자유로워질 수 있었다.

이와 같이 『을병연행록』은 연행의 과정을 통하여 눈으로 보고 귀로 들었거나 사람을 만난 객관적 사실들을 충실히 반영한 기록이나 담헌이 중시한 것은 그 이면에 들어 있는 정신이었다. 말하자면 담헌은 그 정신을 구체적으로 드러낼 수 있는 방향으로 내용을 전개하고 편성하려 했으며 그러한 의도가 대체로 성공적이었음을 확인할 수 있다.

3) 삽입시·삽입글의 역할과 의미

의사전달의 효율성을 높이기 위해 장르적으로나 구조적으로 성격이 다른 글을 끼워 넣는 것은 근대 이전의 문장에서 흔히 목격되는 일이다. 그럴 경우 산문 속에 운문을 삽입한다거나 산문 속에 또 다른 산문을 삽입하는 것이 대체적인 경향이다. 담헌이 시 짓기를 좋아하지 않는다고 하면서도 그의 글 속에 시작품들을 상당수 삽입한 것은 그로서도 피할 수 없었던 시대적 관습의 한 사례였다.

담헌은 『을병연행록』의 첫머리에 농암 김창협의 시[54]를 실었다. 담헌의 스승인 미호 김원행이 그의 조부 농암의 시를 연행길에 나서는 담헌에게 선물한 것이다. 담헌이 이 시를 『을병연행록』의 첫머리에 실은 것은 단순히 이 시를 선사한 스승에 대한 예우 때문만은 아니었을 것이다. 농암의

54) 未見秦皇萬里城/男兒意氣負崢嶸/渼湖一曲漁舟小/獨束簑衣笑此生.

부친이 병자호란 때 척화파의 거두 청음 김상헌이었음을 감안한다면, 대명 의리를 중심으로 하는 화이관적 이념을 연행 길에 재확인해둘 필요가 있었던 듯하다. 이 시의 첫 두 행에 나오는 '진시황의 만리장성'은 중국의 장대함을 그려내기 위한 이미지이고, 동시에 모화慕華의 다른 표현일 수도 있다. 그러나 이념적 차원에서는 청국에 끌려가서도 끝까지 의기를 굽히지 않은 청음을 부각시킬 필요성 또한 있었다. 자신의 세계관에 대한 재정비가 절실했던 담헌으로서는 연행에 즈음하여 현실적 욕망과 이념적 당위 사이에서 복잡해진 내면을 토로하는 것은 자연스러운 일이었다. 꿈에도 그리던, "천하의 종국宗國"[55]인 중국 여행에 오르면서도 자유롭게 기쁜 마음을 드러낼 수 없었던 것은 오랑캐 청나라를 극복해야 한다는 당대 통치 이념의 올가미가 소중화인小中華人 담헌을 얽어매고 있기 때문이었다. 논리와 서사를 동원해야 표현이 가능했을 만큼 복잡한 심중을 그는 농암의 시 한 편으로 대신할 뿐이었던 것이다.[56]

『을병연행록』에 삽입된 편지는 양으로나 내용으로 시보다 압도적이다.[57] 담헌이 시를 크게 좋아하지 않은 까닭도 있겠으나 외국인으로서 행

---

55) 『주해 을병연행록』, 17쪽.

56) 그는 "만일 이적夷狄의 땅은 군자가 밟을 바 아니요, 호복胡服한 인물은 족히 더불어 말을 못하리라 하면, 이는 고체固滯한 소견이요, 인자仁者의 마음이 아니라. 이러므로 내 평생에 한 번 보기를 원하여 매양 근력筋力과 정도正道를 계량하고 역관을 만나면 한음漢音과 한어漢語를 배워 기회를 만나 한 번 쓰기를 생각하고 있더니"(『주해 을병연행록』, 17쪽)라고 하여 애써 오랑캐 청나라에 가고자 하는 뜻을 내외에 밝히고 있는데, 이것을 자기 입장의 천명이나 합리화로 볼 수 있을 것이다.

57) 연행록으로부터 삽입시와 편지 등을 추려보면 다음과 같다.
권 1(11. 2. : 영조, 7언 2행 연구 1수, *어제시御製詩/홍역洪櫟, 5언 율시 7수, *연작시/담헌, 가사歌辭 1수)
권 2(11.19 : 문천상文天祥, 절구 1수, *정녀묘貞女廟에서 이기移記)
권 3(12. 6 : 유구국 세자, 7언 율시 1수, *유구국세자표도기에서 이기)
권 4(12. 7 : 담헌, 편지, 대對 유송령 · 포우관, *천주당 방문 요청)
권 5(12. 22 : 담헌, 편지, 대 오상 · 팽관)
권 6(12. 25 : 양혼兩渾, 편지, 대 담헌/12. 26 : 담헌, 편지, 대 진가陳哥/12. 30 : 담헌, 편지, 대 장경/1. 3 : ① 송지문宋之門, 5언2행 연구 1수, *담헌과 엄성 암송 ② 유기경柳耆卿, 가사歌詞 1수 *제목 : 망해조사望海潮詞 ③ 미상, 7언 절구, 1수/1. 4 : ① 엄성嚴誠, 7언 절구 4수 ② 담헌, 편지, 대 반정균 · 엄성 ③ 엄성, 편지, 대 담헌 *답장 ④ 반정균, 편지, 대 담헌 *답장)

동하기가 부자유했던 점과 언어가 서툴러 필담을 주로 할 수밖에 없었던 점 등이 작용한 결과라고 할 수 있다. 담헌이 지향하던 사변적이면서도 객관주의적인 세계관은 편지를 통함으로써 비로소 차분한 논리를 획득할 수 있었으며, 그 결과 중국과 조선이 공통문명권에 포함되어 있음을 확인할 수 있었다. 담헌의 관심은 주로 현실과 현상에 있었던 만큼 감성이나 초현실·탈현실을 지향하는 시에 흥미를 가질 수 없었다. 그런데 그 편지글의 대부분은 '권 6~권 9'에 걸쳐 실려 있으며, 모두 '엄성·반정균·육비' 등 3인과 주고받은 것들이다. 이들은 실질적인 의미에서 당대 중국의 대표적

권 7(1. 6 : ① 담헌, 편지, 대 반·엄 ② 주응문周應文, 편지, 대 담헌 ③ 엄성, 편지, 대 담헌 /1. 7 : ① 엄성, 편지, 대 담헌 ② 엄성, 7언 율시 1수, 대 담헌 ③ 반정균, 편지, 대 담헌 ④ 반정균, 7언 율시 1수, 대 담헌) ⑤ 담헌, 편지, 대 반·엄 ⑥ 엄성, 7언 율시 1수, 대 담헌 숙부 ⑦ 반정균, 7언 절구 1수, 대 담헌 숙부/1. 8 : ① 평중, 7언 율시 1수 ② 엄성, 5언 율시 1수 ③ 반정균, 7언 절구 1수/1. 9 : 담헌, 편지, 대 반·엄/1. 10 : ① 반정균, 편지, 대 담헌 ② 반정균, 7언절구 1수 ③ 엄성, 편지, 대 담헌 *2통 ④ 평중, 7언2행연구 1수/1. 11 : ① 담헌, 편지, 대 반·엄 ② 엄성, 편지, 대 담헌)

권 8(2. 14 : ① 평중, 7언절구 1수 ② 담헌, 가사歌詞 1수 ③ 엄성, 편지, 대 사절使節 ④ 엄성, 5언배율 1수 ⑤ 반정균, 5언배율 1수 ⑥ 담헌, 논문, 대 반·엄 *제목 : 동국사적東國事蹟 ⑦ 엄성, 편지, 대 담헌 ⑧ 담헌, 편지, 대 진가陳哥/2. 16 : ① 담헌, 편지, 대 반·엄 ② 엄성, 편지, 대 담헌/2. 17 : 엄성, 5언6구 8수 *팔영시八詠詩/2. 18 : 양혼, 편지, 대 담헌/2. 19 : ① 반정균, 기문記文, 대 담헌 *제목 : 담헌기문湛軒記文 ② 엄성, 편지, 대 담헌 ③ 담헌, 부賦, 대 엄성 *제목 : 고원정부高遠亭賦 ④ 엄성, 편지, 대 담헌 *답장/2. 22 : ① 엄성, 편지, 대 담헌 ② 담헌, 편지, 대 엄성 *답장 ③ 엄성, 기문記文, 대 평듕 *제목 : 양허당기문養虛堂記文 ④ 담헌, 편지, 대 반·엄 ⑤ 엄성, 편지, 대 담헌 *답장 ⑥ 엄성, 7언율시 1수/2. 23 : ① 육비陸飛, 편지, 대 담헌 ② 평중, 7언율시 1수)

권 9(2. 24 : ① 담헌, 편지, 대 육비 ② 육비, 기記, 대 담헌 *제목 : 농수각기籠水閣記 ③ 육비, 편지, 대 담헌 *답장 ④ 반정균, 편지, 대 담헌 *답장/2. 25 : ① 담헌, 편지, 대 육비 ② 담헌, 편지, 대 반·엄 ③ 육비, 편지, 대 담헌 *답장/2. 26 : 육비, 5언고시 2수/2. 27 : ① 담헌, 편지, 대 육·반·엄 ② 육비, 편지, 대 담헌 *답장 ③ 육비, 기문, 대 담헌 *제목 : 농수각기문/2. 28 : ① 담헌, 편지, 대 양혼 ② 담헌, 편지, 대 육·반·엄 ③ 육비, 편지, 대 담헌 *답장 ④ 육비, 7언절구·5언절구 각 3수 ⑤ 엄성, 편지, 대 담헌 *답장 ⑥ 반정균, 편지, 대 담헌 *답장/2. 29 : ① 담헌, 편지, 대 육비 ② 담헌, 편지, 대 엄성 ③ 담헌, 편지, 대 반정균 ④ 엄성, 편지, 대 담헌 ⑤ 반정균, 편지, 대 담헌 *답장/3. 2 : ① 담헌계부, 5언절구, 1수 ② 손유의孫有義, 7언절구 1수)

권 10(3. 7 : 미상, 고시 1수 *고정古鼎으로부터 이기)

지성인들이었고, 그런 점에서 조선을 대표하던 담헌과 공감대를 형성할 수 있었으리라 본다. 그들이 함께 만나 교환한 필담과 함께 편지의 내용들은 중국과 조선이 함께 포함되는 동아시아 공통문명권의 지식체계를 구체적으로 보여준다. 담헌으로서는 자신이 지니고 있던 세계관의 보편성을 확인하고 싶었을 것이며, 그들은 그러한 담헌의 욕구를 충족시켜 줄 수 있는 조건들을 구비하고 있었다. 이들이 나눈 편지는 그들이 함께 앉아 교환한 필담과 같은 차원의 의미를 갖는다. 담헌이 어느 정도 한어를 구사하면서도 굳이 이들과 필담을 나누거나 편지를 주고받은 데에는, 한어를 주고받을 경우에 생길 수 있는 이해의 어려움이나 시간적 낭비 등과 함께 서로 간에 느낄 수 있는 이질감의 문제가 크게 작용하였을 것이다. 필담을 나누거나 편지를 주고받음으로써 그러한 난점들을 피해가면서도 동류의식을 확보할 수 있고, 자신의 지식이나 관점이 자연스럽게 중국의 지식인들에게 공인 받게 되는 것으로 믿었음직하다. 읽는 자가 실제 현장에 있는 것과 같은 생동감이야말로 신기한 견문을 위주로 하는 기행문의 생명이다. 기행문으로서의 장점이 훼손될 수 있다는 위험부담을 감수하면서까지 주고받은 모든 편지들을 장황하면서도 세세하게 끼워 넣은 의도는, 그것들이 바로 담헌이 상정했던 연행 목적을 가장 잘 구현한다고 보았기 때문이다. 『연행록』에 편지글을 삽입한 문제를 단순히 기행문과 서간문의 혼합이라는 문체적 차원으로만 바라볼 일은 아니다. 필자(혹은 서술자)의 의지 여하에 따라서는 얼마든 이러한 모험적 시도가 가능한 일이며, 이런 점에서 진취적 지성인으로서의 담헌의 면모가 드러나는 것이다.

2. 세계관의 확장

1) 화이관의 청산과 보편주의적 세계관

화이관의 근원은 주자학이며, 주자학은 당시 조선조의 통치계급이 준칙으로 삼던 유일한 이념이었다. 당대의 정치・외교뿐 아니라 일상적 사고체계까지도 화이의 이분법적 사고 위에 존립하였다. 당시의 집권세력이나 지식층은 병자호란의 고통을 경험하였으면서도 현실적인 힘을 가진 존재가 누구이며 명분의 허구가 얼마나 인간의 삶을 괴롭게 할 수 있는지를 깨닫고자 하지도 않았다. 오히려 명분과 이념을 더욱 중시하려는 비현실의 무리無理가 이 땅에서 군림해온 소중화小中華의 자존심 위에서 판을 치게 되었던 것이다.

조선조 유학자들은 자신들의 체제를 소중화로 자처하고 있었다. 특히 명나라가 망하고 청나라가 들어서면서 중화적 문물은 조선만이 지니게 되었다고 믿었으며, 그러한 논리로 이적夷賊인 청나라를 쳐야 한다는 북벌론이 체제 유지의 당위적 명분으로 인식되고 있었다. 다시 말하면 정통 성리학적 사유의 중핵을 이루는 이理는 물리物理인 동시에 윤리로서 자연과 인간성의 배후에서 이를 규율하는 도리로 존재하며 인간 사회의 질서도 이 도리가 현재화顯在化한 것이라고 보았다. 즉 3강 5륜에 기초를 둔 유교 사회의 질서는 물론 그 확대 해석으로서의 화이관념에 기초를 둔 중화적 국제관계도 인위적인 것은 아니고 도리로 존재하는 것이었다고 한다.[58] 그러나 정권의 핵심으로부터 밀려나 있던 지식인들 사이에는 이런 문제에 대한 인식이 확산되기 시작했고, 결국 실학이라는 새로운 사조로 구체화되었던 것이다. 담헌 역시 그러한 지식인 그룹의 일원이었다. 특히 당대 호락논쟁湖洛論爭 중 인물성상이론人物性相異論을 주장하던 호론 계열 인사들은 시대의 변화에도 불구하고 비현실적인 화이론을 고수했고, 이와 반대로 인물성동론人物性同論을 주장하던 낙론계열 인사들은 북벌의 이론적 기초였던 화이론을 극복하고 대청對淸 관계를 현실적으로 조정할 필요성을 깨닫게 되었다. 이러한 이론적 기초가 다음 세대에 이어져 북학론北學論을 개화시켰다. 이미 언급한 김창협·창흡 형제는 물론 북학론의 사상적 틀을 형성하는 데 크게 기여한 담헌 또한 낙론 계열의 인물성동론자였다.[59] 담헌은 스스로가 밝혔듯이 주자학적 학통을 이어받은 인물이다. 더구나 그에게 학통을 물려준 김원행은 끝까지 청국을 용납지 않았던 김상헌의 손자다.

---

58) 박충석·유근호(1980), 133쪽.

59) 조규익(1988), 71~72쪽.

그런 그가 연행에 나선 것은 '오랑캐 청국'을 깨우치거나 징벌하기 위해서가 아니라 '배우기 위해서'였다. 앞에서 밝힌 바와 같이 그는 어쩔 수 없이 그가 딛고 서 있던 화이관을 수정하거나 그에 대체할 만한 새로운 사고체계를 갖출 필요가 있었다.

『연행록』에서 담헌은 새로운 만남과 발견을 통하여 기존의 화이관이 갖고 있던 문제들을 수정해나간다. 즉 화와 이의 구분이나 내와 외의 구분이란 천天의 입장에서 보면 부질없다는 것이 담헌의 견해였다. 다시 말하여 그것들은 결국 '하나'이고, 서로 상대적인 것일 뿐 평등을 부정할 만한 요인을 애당초부터 갖고 있지 않았다는 것이다. 그러므로 화이든 이이든 제각각 사람을 친하고, 임금을 섬기고, 나라를 지키고, 풍속을 편안히 하면 된다고 하였다.[60] 이와 함께 담헌의 역외춘추론[61]은 앞의 '천天·균均' 등의 용어들과 함께 화이론에 대하여 부정적이던 그의 시각을 극명하게 드러낸 결정적 단서로 볼 수 있다. 기존의 화이관을 부정하기 위하여 공자까지 끌어온 것은 당시에 이 관념이 얼마나 뿌리 깊게 박혀 있었는지를 반증한다. 그의 연행이야말로 이런 생각에 현실성을 부여하고자 한 그의 의도가 구체화된 행위였다고 보는 것이 타당하다.

화이론의 자장으로부터 벗어나지 못한 담헌의 모습은 『연행록』 도처에서 노정된다. 그것은 소중화 의식[62]이나 대명의리론,[63] 혹은 한족 중심의 왕족을 멸망시킨 오랑캐에 대한 적개심[64] 등으로 표출된다. 다음의 문장을 살펴보기로 한다.

---

60) 『담헌서 3』(1939), 36쪽의 " 虛子曰 孔子作春秋 內中國而外四夷 夫華夷之分如是其嚴 今夫子歸之於人事之感召 天時之必然 無乃不可乎 實翁曰 天之所生 地之所養 凡有血氣 均是人也 出類拔華 制治一方 均是君王也 重門深濠 謹守封疆 均是邦國也 章甫委貌 文身雕題 均是習俗也 自天視之 豈有內外之分哉 是以各親其人 各尊其君 各守其國 各安其俗 華夷一也" 참조.

61) 같은 책, 37쪽의 "孔子周人也 王室日卑 諸侯衰弱 吳楚滑夏 寇賊無厭 春秋者周書也 內外之嚴 不亦宜乎 雖然使孔子浮于海 居九夷 用夏變夷 興周道於域外 則內外之分 尊攘之義 自當有域外春秋 此孔子之所以爲聖人也." 참조.

62) 『주해 을병연행록』, 468~469쪽.

63) 『주해 을병연행록』, 115~116쪽.

64) 『주해 을병연행록』, 133~134쪽.

이 가운데 무수한 거마가 서로 왕래하니 박석에 바퀴 구르는 소리 벽력 같아 지척의 말을 분별치 못하니 실로 천하의 장관이라. 이곳에 앉아 아국의 기상을 생각하니 쓸쓸하고 가련하여 절로 탄식이 나는 줄 깨닫지 못하고, 심양의 번화함도 여기에 비하면 또한 쇠잔하기 여지없을지라. 슬프다. 이런 번화한 기물을 오랑캐에게 맡겨 백년이 넘도록 능히 회복할 모책이 없으니 만여 리 중국 가운데 어찌 사람이 있다 하리오.[65]

이 글은 담헌이 북경의 번화함을 목격한 뒤 토로한 감상이다. 번화한 북경을 목격함으로써 결국 초라한 자신의 모습을 깨닫게 되었으며, 그와 동시에 오랑캐로부터 점거당한 현실의 부조리함을 개탄하는 데까지 이르게 된 것이다. 담헌은 북경의 번화한 모습을 바라보고 나서 '슬프다!'고 탄식하였다. 그가 일정한 거리를 두고 객관적으로 북경을 바라볼 수 있었다면 그런 탄식보다는 놀라움의 탄성을 발하는 편이 자연스러웠을 것이다. 그러나 그는 슬픔의 감정을 표출했다. 그것은 북경(혹은 그것으로 대표되는 중화)과 자신을 동일시해온 결과였다. 이것이 바로 조선왕조와 개인으로서의 담헌이 지니고 있던 소중화 의식의 실체였다. 그리고 그에 따른 결과는 오랑캐에 대한 강한 적개심이었다. 이런 식의 화이관념은 『연행록』의 도처에서 목격된다. 그러나 다음과 같은 말들은 그러한 생각이 변하고 있음을 드러낸다.

천지로 큰 부모를 삼으니 동포의 의는 어찌 화이의 간격이 있으리오.[66]

이 말은 담헌이 간정동으로 보낸 편지의 한 구절이다. 이 말 속에는 담헌이 이미 말한 바 있는 "하늘이 내고 땅이 길러 혈기를 가진 인간은 모두 균등하다"[67]는 진실이 들어 있다. 이와 같이 생각의 변화를 초래할 단서는 담헌의 내면에 이미 마련되어 있었으나, "천하 한 가지이니 어찌 만한이 다름이 있으리오."[68]라고 말한 데서도 알 수 있듯이, 그는 중국 지식인들

65) 『주해 을병연행록』, 221쪽.
66) 『주해 을병연행록』, 493쪽.
67) 『담헌서 2』(1939), 37쪽의 "天之所生 地之所養 凡有血氣 均是人也" 참조.
68) 『주해 을병연행록』, 197쪽.

과의 만남으로부터 좀더 직접적인 영향을 받은 듯하다. 간정동의 세 선비(엄성 · 반정균 · 육비)와의 지적인 교유를 통하여 담헌은 '화이일야華夷一也'의 생각을 구체적으로 확인하게 되었고, 그 결과 보편주의적 세계관을 체득할 수 있었던 것이다. 그가 현실적으로 조선의 정치체제에 속한 일원이었다는 점에서 이미 국가 · 사회적으로 이념화된 소중화 의식이나 화이관을 벗어날 수는 없었지만, 스스로의 의식만큼은 이미 그러한 이념적 굴레를 극복할 수 있었던 것으로 보인다. 특히 문화와 인간의 정신은 민족과 국가 사이에 전혀 차이를 찾을 수 없을 만큼 보편적이라는 사실을 그는 분명히 깨닫게 되었던 것이다. 다음과 같은 설명은 담헌의 화이관이 기존의 그것을 극복한, 새로운 차원의 사고체계였음을 보여준다.

> 담헌이 지계地界를 기준으로 우리가 분명히 이夷임을 확인하고 그 위에 '화이일야華夷一也'라 하여 화 · 이 각각의 대등한 주체를 인정하는 획기적 주장을 하였던 것이 그것이다. 이 주장은 화이론에 입각하여 국가간의 관계를 차등적으로 분별하는 기존 대외관계의 명분론적 인식을 거부하는 것이면서, 완벽한 화가 없는 국제적 현실을 인정한 위에 자기주체, 자기문화의 개성을 뚜렷이 인지, 그것이 가진 이적夷的인 면을 극복하여 발전시키는 것을 지식인의 시대적 사명으로 자각하는 실천적 활동으로까지 연결되어가고 있었다.[69)]

유봉학의 지적과 같이 담헌이 가지고 있던 인식의 귀결점은 중국과 우리가 대등하다는 사실의 깨달음에 있었다. 그의 연행 목적은 화이관의 청산에 있었고, 그에 따라 결국 문화적 · 정신적 대동주의大同主義를 통하여 기존의 관점을 불식할 수 있었던 것이다.

2) 학문관

발견과 만남은 담헌이 가지고 있던 연행의 목적이었다. 발견과 만남은 새로움의 추구이자 학문의 대원칙이다. 그러나 당시 조선조는 주자학을

69) 유봉학(1988), 257쪽.

묵수墨守하여 학문체계 자체가 삶 전체의 준거準據틀로 이념화되고 고착된 양상을 보여주었다. 늘 새로운 것을 추구하던 담헌으로서는 그런 현상을 불만스러워했던 듯하다. 그런 점은 담헌의 다음과 같은 말에서도 드러난다.

> 내 말하기를 동국은 다만 주자를 알 따름이오, 다른 말은 알지 못하는지라. 제의 의논을 어찌 감히 스스로 믿으리오. 돌아간 후에 다시 생각하여 만일 새로 얻는 것이 있을진대 필연 그른 곳을 굳이 지키지 아니할 것이오. 서로 왕복함이 있으리로다. 세 사람이 다 기꺼하는 빛이 있고, 육생이 말하기를 제 등이 또한 주자의 주를 다시 읽어 새 소견을 구하리라. 내 말하되 대저 글을 보는 법이 먼저 든 소견을 주인을 삼고 새로 얻음을 구하지 아니함이 진실로 큰 병통이오. 몸이 마치도록 깨침이 없을 일이라. 이는 제가 깊이 경계하는 바요, 제형이 또한 이곳에 뜻을 더함을 원하노라70)

이 글은 담헌이 간정동에서 엄성·반정균·육비 등과 나눈 대화의 일부다. 이 자리에서 담헌은 주자의 학설만을 고집하는 조선의 학문적 현실을 비판하였다. 즉 주자의 학설을 진리로 떠받들고 새로운 지식을 배척하는 당대 식자들의 어리석음을 지적한 것이다. 담헌은 "새로 얻는 것이 있을 경우 옛것 가운데 잘못된 것을 굳이 지키지 않겠다"고 하였다. 이것은 주자학이라도 잘못된 곳이 있다면 비판을 하거나 최소한 무조건 따르지는 않겠다는 의지의 표명으로서 담헌의 출신 성분을 고려할 때 파격적인 발언이 아닐 수 없다. 옛 학설에 구애되어 새로운 학설을 인정치 않는다면 일생동안 깨우칠 가능성이 없을 것이니 담헌 스스로는 이것을 경계한다고 하였다. 이 말 속에 그의 학문관이 응축되어 있다. 그의 관점은 주자와 육상산陸象山을 비교하는 자리에서도 잘 나타난다. 육비가 주자와 육상산이 학문의 계경界境은 다르나 그 근본은 멀지 않을 것인데, 후인들이 육상산의 장처長處를 생각지 않고 편벽되게 육상산을 기롱한다고 비판하자 담헌은 다음과 같은 견해를 말하고 있다.

---

70) 『주해 을병연행록』, 697~698쪽.

> 나는 육상산의 학문을 익히 알지 못하는지라. 망녕되이 의논을 베풀지 못하거니와 오직 주자의 학문은 지극히 중정하여 편벽됨이 없으니, 짐짓 공맹의 심법을 전했는지라. 상산이 짐짓 주자와 다른 곳이 있으면 후학의 공론이 어찌 기롱함이 없으리오. 다만 후세 학자들이 이름은 주자를 존숭하나 전혀 글 읽기를 일삼아 구구히 문의를 숭상하고 몸을 돌아보아 마음을 다스리고 행실을 힘쓸 줄을 생각지 아니하니, 도리어 상산의 학문에 미치지 못할지라. 이것이 가장 두려운 일이니라[71]

담헌이 주자의 학문을 신뢰하고 있었음은 이 말로 분명해진다. 그러나 주자의 학문을 배우는 후세 학자들의 태도에 문제가 있음을 지적하여 간접적으로 육상산의 학문을 용인하는 수법 또한 보여준 셈이다. 심즉리心卽理의 일원론으로 주자의 이기이원론理氣二元論에 대립한 육상산을 배우거나 용인한다는 것이 당대 상황에서 위험한 것은 사실이었지만, 이 말에 나타난 것처럼 담헌 자신이 육상산의 학문에 문외한이었던 것은 아니었다. 더구나 육상산의 학문을 왕양명이 이어받아 집대성한 양명학에 대하여도 학문의 근간으로 주자학을 배운 담헌의 입장에서는 비판적인 견해를 가질 수밖에 없었지만, 당대 부유腐儒들의 일반적인 행태와 달리 양명학이 지닌 장점을 용인하는 데 인색하지 않았다. 특히 왕양명을 간세間世의 호걸지사豪傑之士나 문장사업에 있어 전조前朝[명조明朝]의 거벽巨擘 등으로 묘사한 점은 그가 입장이 다르면서도 학문적 장점에 대하여 균형 잡힌 시각을 유지하고자 했다는 점을 분명히 알 수 있게 하는 내용이다.[72] 그러나 그 역시 유도儒道 밖의 이단에 대하여는 엄격한 논리를 펴고 있다. 학문에서의 형평성을 중시하긴 하되 근본적인 문제에 이르면 자신의 한계를 분명히 하는 담헌의 태도는 능엄경楞嚴經을 두고 벌인 엄성과의 대화에서도 드러

---

71) 『주해 을병연행록』, 666쪽. 권 6(초삼일조)에도 "양명의 학문이 진실로 고른 곳이 있거니와 다만 후세 학자들이 혹 겉으로 주자를 숭상하나 입으로 의리를 의논할 따름이오. 몸의 행실을 돌아보지 아니하니 도리어 양명의 절실한 의논에 미치지 못할지라. 어찌 부끄럽지 않으리오."라 하여 같은 의미의 언급을 한 바 있다.

72) 『담헌서 3』(1939), 42쪽의 "余曰王陽明間世豪傑之士也 文章事業實爲前朝巨擘 但其門路誠如蘭公之言…(中略)…余曰陽明之學儘有餘憾 但比諸後世記誦之學 豈非霄壤乎" 참조.

난다. 능엄경을 두둔하는 엄성의 발언에 대하여 "우리 유도가 마음을 의논함이 극히 분명하고 스스로 즐거운 곳이 있으니, 어찌 내 도를 버리고 밖으로 다른데서 구하리오"/"불도를 좋아함은 송적 선현의 면치 못한 일이라. 필경은 정도로 돌아가면 한 때 미혹함이 괴이치 아니하거니와 인하여 외도에 빠지고 돌아가기를 잊으면 어찌 아깝지 아니 하리오" 등의 말[73]로 불교와 유교에 대한 입장을 밝히고 있다. 담헌은 불교의 장처長處를 취한다면 인간의 마음을 다스리는 공부에 도움이 될 수는 있다고 보았다. 그러나 한 번 빠져 돌아오지 않을 수 있다는 우려를 강하게 나타냈다. 다시 말하면 최후의 정도正道는 유교인데, 이단에 빠질 경우 그 곳으로 안착할 수 없다는 것이다. 그래서 그는 "몸과 마음을 하나같이 공경을 주하면 거의 멀지 않다"[74]고 보았다. 이런 말들에서 학문과 수양을 일치시키고자 한 담헌의 생각을 읽을 수 있다.

그렇다면 담헌은 어떤 학문의 분야들이 있으며 어떤 것을 중시해야 한다고 보았을까. 그는 팽관彭冠과 만나 학문에 관한 대화를 나누었다. 이 자리에서 팽관이 조선에서 학문이 가장 높은 사람이 누군가를 묻자 담헌은 "의리義理의 학문과 경륜經綸의 학문, 문장의 학문" 가운데 무엇을 말하느냐고 반문한다. 이러한 담헌의 반문에 팽관은 세 가지가 그 근본은 한 가지인데

▼북경 천문대의 현재 모습

73) 『주해 을병연행록』, 523~524쪽.
74) 『주해 을병연행록』, 526쪽.

담헌이 학문을 나누어 말하는 의사가 무엇이냐고 재차 반문했다. 이에 대하여 담헌은 팽관의 말과 같이 학문은 두세 가지가 될 수 없다고 대답했다. 의리의 학문을 숭상하면 경륜과 문장은 그 가운데 있는 것임에도 불구하고 세 가지로 표준을 삼는 것은 학문의 근본을 알지 못한 소치라 비판한 것이다. 즉 문장의 학문은 넉넉함을 자랑하고 공교함을 다투어 부질없는 부조浮藻를 숭상하고, 경륜의 학문은 재물을 모으고 군사를 다스려 공 이루기를 숭상하고, 의리의 학문은 말로 성명性命의 물리物理를 일컫고 글로 정주程朱의 의논을 모방하되 실제 행실을 닦지 아니하여 공연히 허명虛名만을 도모한다고 몰아세웠다. 이에 대하여 담헌은 세상의 학문이 말末을 일삼아 본本을 잃으며 겉을 꾸미고 안을 힘쓰지 않아 헛되이 세 가지 명목으로 세상을 속이고 이름을 도적질하는 것을 미워하므로 팽관의 소견을 알고 싶어 세 가지로 나누어 말했다고 답했다.[75]

담헌의 의견으로는 의리를 버린 즉 경제는 공리에 빠지고 사장은 부조浮藻에 빠지게 될 것이니 어찌 족히 학문이라 할 수 있겠느냐는 것이었다. 또한 경제가 없으면 의리를 펼 곳이 없고 사장이 없으면 의리를 나타낼 곳이 없기 때문에, 요컨대 세 가지에서 하나라도 버리면 학문이라 할 수 없으니 의리가 그 근본이라고 했다.[76] 담헌이 비록 의리지학義理之學을 강조하긴 했으나, 다만 의리가 근본이 되어야 한다는 것일 뿐 경제지학經濟之學이나 문장지학文章之學을 경시한 것은 아니었다. 말하자면 처음부터 담헌은 의리를 배경으로 하는 경제지학을 중시하는 뜻을 갖고 있었고 이것이 후일 실학으로 표면화되었던 것이다. 그가 연행의 과정에서 눈 여겨 본 것들은 주로 문물, 제도, 과학에 관한 것들이었다. 천주당이나 관상대, 천상대 등을 방문하여 큰 관심을 보인 것들 역시 과학이나 기물器物들이었다. 특히 자명종 · 농수각 · 혼천의 등에 관하여 보여준 과학적 조예나 우주론 · 지전설 등은 그의 학문을 형성하는 중요한 부분으로 인정되어야 할 것이다.

간정동에서 세 선비를 만났을 때 반정균이 담헌에게 조예 깊은 술업術業들에 관하여 듣기를 청하자, 그에 대하여 담헌은 다음과 같이 대답하였다.

---

75) 『주해 을병연행록』, 375쪽.

76) 『담헌서 6』(1939)의 '「燕記」 · 吳彭問答' 참조.

경서의 공부도 오히려 전일치 못하니 어느 겨를에 술업을 다스리리오. 다만 평소에 생각하되 의리를 궁구함은 진실로 학문의 근본이어니와 곁으로 술업을 통치 못하면 사변을 당하여 수응할 재주를 베풀지 못하면 어찌 참으로 선비의 온전한 재주리오. 그러나 재주가 용렬하고 성품이 게을러 지금 이룬 것이 없나니 동국 거문고를 대강 알았으나 이는 중국 고악이 아니오. 오음육률의 근본을 전혀 듣지 못하고 그나마 산서와 병서와 역법을 평소에 좋아하되 한 곳도 실로 얻은 것이 없으니 대저 동방 사람이 널리 하기를 취하고 요긴한 곳이 적으니 가장 민망하니라[77]

담헌이 경학 이외의 여러 실용 학문들에 두루 통할 수 있었던 것은 온전한 선비 상을 지향한 결과였음을 밝힌 말이다. 그러나 '한 곳도 실로 얻은 곳이 없다'고 했는데, 이 말은 담헌 자신이 학문의 당위와 현실을 깨닫고 있었다는 사실을 간접적으로나마 드러낸 겸사謙辭로 보아야 할 것이다. 경학이나 사장학이 당대를 포함하여 전통적인 조선 지식인들의 학문 분야 전체였음에 반해 그는 인문학적 기반까지 두루 갖춘 과학자였다. 그가 의리와 함께 경제지학을 중시한 이유도 여기에서 찾을 수 있다.

3) 문예관

문물·과학기술·언어문자·음악·시가 등은 담헌이 연행 길에 큰 관심을 보인 분야들이었다. 이 가운데 '언어문자·음악·시가'는 그의 문예적 소양을 형성하는 요소들로서 문물이나 과학기술 등에 못지않게 중요한 의미를 지니고 있다. 특히 이것들은 '화이일야華夷一也'라는 그의 대외관對外觀을 가장 확실하게 뒷받침하는 것들이었다. 그러기 때문에 그는 연행하기 전부터 한어를 배웠는데, 그 점은 간정동 선비들과의 학문적 대화를 제외한 웬만한 대화들은 자신이 직접 한어를 구사하여 해결한 사실로부터 확인된다. 물론 한어가 제대로 통하지 않을 경우는 필담에 의지할 수밖에 없었다. 그 경우 필담의 수단은 물론 한자였다. 말하자면 그는 한자가 중국의 문자라는 개념보다는 화와 이가 함께 쓸 수 있는 공동의 도구라는 생각

---

77) 『주해 을병연행록』, 565쪽.

을 가지고 있었던 것이다. 한어를 쓰거나 필담을 사용하는 경우라도 그것을 통하여 담헌은 중국인들과 자신(혹은 중국과 조선)의 문화적 대등성을 드러내려 한 듯하다.

그는『연행록』의 초반부에서 연행을 떠나게 된 벅찬 감격을 우리말 노래[가사歌辭]로 읊었다. 그것은 자신이「대동풍요 서大東風謠 序」를 통하여 갈파했던 우리말 노래의 우수성[78]에 대한 확신을 고스란히 실천으로 옮긴 경우로 볼 수 있다. 그는 말에 대한 관심을 많이 갖고 있었으며 연행 기간 내내 가는 곳마다 중국과 만주의 어음語音에 대하여 알고자 했다. 뿐만 아니라 중국의 통관으로부터 "궁자는 한어를 모를 것이 없으니 더욱 귀한 일이라"[79]는 찬사를 들을 만큼 나름대로 한어에도 익숙했었다. 사대부이면서 우리말 노래를 능숙하게 지어 불렀고 우리말과 글자의 음운구조를 중국인에게 설명할 수 있었던 소양도 실용을 지향하던 그의 학문적 성향과 무관하지 않다.

담헌은 음악에 대한 관심과 조예가 깊었다. 천주당을 방문하여 처음 보는 오르간으로 우리나라의 음악을 연주해 보인 일이라든가 악기를 볼 때마다 구조와 연주법을 상세히 묻거나 조선의 악기와 비교한 일 등이 이를 입증한다. 유가를 만나 자신이 직접 거문고로 두어 곡조를 들려주고 그에게 청하여 <평사낙안平沙落雁> 십여 장과 <사현조思賢操>를 듣고 악사들로 하여금 익히게 한 적이 있다. 그 후 밤마다 악사를 불러놓고 <평사낙안>을 익혔다든가 그 후로도 유리창의 유가를 찾아 연주를 들은 뒤 비평을 하고 의견도 교환한 일이『연행록』의 도처에 기록되어 있다.[80] 특히 중국의 음률과 음악제도에 대한 관심은 음악에 대한 담헌의 조예를 보여주는 사례였다. 예컨대 다음과 같은 기록들을 살펴보자.

---

78)『담헌서 2』(1939), 26쪽의 "歌者言其情也 情動於言 言成於文謂之歌 舍巧拙 忘善惡 依乎自然 發乎天機 歌之善也…(中略)…其所謂歌者 皆綴以俚諺而間雜文字 士大夫好古者往往不屑爲之 而多成於愚夫愚婦之手 則乃以其言之淺俗 而君子皆無取焉…(中略)…惟其信口成腔而言出衷曲 不容安排而天眞呈露 則樵歌農謳 亦出於自然者 反復勝於士大夫之點竄敲推 言則古昔 而適足以斲喪其天機也" 참조.

79)『주해 을병연행록』, 264쪽.

80)『주해 을병연행록』, 334, 342, 356~357, 381~382쪽 등 참조.

(1) 천천히 걸으며 그 소리를 자세히 들으니, 음률은 아국 우조에 가깝고 맑고 높아 인간의 소리 같지 아니하나, 다만 곡절이 번측하여 유원한 기상이 없고, 조격이 천초하여 혼후한 맛이 적으니 북방의 초쇄한 소리요, 중국의 고악이 아닌가 싶더라.[81]

(2) 종현이 가로되 "부방에 바야흐로 풍류를 베풀었으니 함께 들어가 보자." 하고, 손목을 이끌어 안 문을 들어가니, 극히 괴롭되 하릴없어 함께 부방에 이르니 대여섯 가지 풍류를 일시에 주하여, 소리 함께 어울려 한 마디도 어긋나는 곳이 없으니, 비록 급촉·번쇄하여 유원한 의미는 없으나 그 정숙한 재주와 상쾌한 소리는 또한 들음직한지라.[82]

(3) 한 집 앞을 지나매 문 안에 풍류소리 나되 음률이 가장 평원하여 번촉한 모습이 적으니 은연중 아국 풍류에 가까운지라.[83]

(4) 두 사람이 거문고를 보고 이름을 묻거늘 내 가로되 "이는 동국의 거문고라. 약간 타는 법을 아는 고로 먼 길에 객회를 위로코자 가져왔노라." 두 사람이 한 번 듣기를 청하니, 이 때 평중이 바야흐로 운을 내어 시를 창화하고자 하는지라. 내 가로되 "나는 시를 알지 못하니 청컨대 거문고로 대신하리라." 하니, 두 사람이 다 웃더라. 드디어 줄을 고루어 평조 한 곡조를 완완히 타더니, 반생이 소리를 들으며 다시 눈물을 흘리고 머리를 숙여 견디지 못하는 거동이라[84]

(1)·(2)·(3)은 음악에 대한 비평적 안목을 드러낸 글들이고, (4)는 실제 거문고 연주의 장면을 그려낸 글이다. (1)은 담헌이 청나라의 궁중악을 듣고 판단한 내용으로서 음악에 대한 그의 날카로운 비평안과 조예를 엿볼 수 있다. 이 말에서 그가 중국 전래의 혼후渾厚한 음악을 좋아했고, 북방의 초쇄한 음악을 싫어했다는 점을 알 수 있다.

(2)에서 담헌은 중국인들이 연주하는 악기 소리에 대하여 '급촉·번쇄'

81) 『주해 을병연행록』, 196쪽.
82) 『주해 을병연행록』, 289쪽.
83) 『주해 을병연행록』, 444쪽.
84) 『주해 을병연행록』, 480쪽.

하여 유원한 의미는 없으나 뛰어난 재주와 상쾌한 소리만은 들음직하다고 하였다. (3)에서는 소리가 평원하고 번촉하지 않아 조선의 풍류에 가깝다고 하였으며, (4)에서는 시를 짓는 대신 거문고로 평조 한 곡조를 연주하자 반정균이 눈물을 흘렸다고 하였다. (1)・(2)・(3)에서는 비평가로서의 면모를, (4)에서는 연주자로서의 면모를 각각 보여주었는데 담헌이 지니고 있던 음악의 조예를 분명히 보여준 사례들이라는 점이 공통적이다. 말하자면 그는 유원悠遠하면서도 평탄하고 상쾌한 음악을 이상으로 생각하고 있었던 셈이다.

다음으로 살펴 볼 것은 문학, 특히 시에 관한 관점이다. 기회 있을 때마다 그는 시를 배운 바가 없고, 잘 하지 못한다고 하였다. 그 말이 겸사라고 생각되면서도 그가 사장지학을 경시했다는 점을 감안한다면 충분히 수긍되는 점이기도 하다. 북경을 떠나오기 직전 간정동에서 세 선비와 만났을 때 세 선비는 운자를 내고 담헌에게 시 지을 것을 강요했다. 이에 대하여 담헌은 다음과 같이 말했다.

> "사람이 각각 장단이 있으니 제로 하여금 경서를 말하고 학문을 의논하라 하면 혹 조그만 장처 있어 가히 종일 수작에 참여하려니와 시는 실로 능치 못하니 제형이 또한 어찌 그 단처로써 강박코자 하리오." 또 가로되 "술을 먹지 못하고 시를 짓지 못함은 제의 스스로 평소에 한하는 바요. 오늘에 이르러는 더욱 심한지라. 천하에 시와 술이 없으면 할 일이 없거니와 이미 시와 술이 있을진대 오늘 모꼬지를 만나 술을 먹지 아니하고 오늘 시를 짓지 아니하니 어찌 흠사 되지 않으리오." 또 가로되 "시는 진실로 사람의 폐치 못할 것이라. 이천선생이 시를 짓지 아니하심이 또한 과히 구속함을 면치 못할 것이오. 하물며 이천의 높은 덕이 없고 또 하고자 하되 능치 못하는 자는 더욱 이를 것이 없도다." 내 가로되 "저 즈음께 시전 주를 서로 의논하였더니 돌아가 약간 대답한 말이 있으되 시평이 바야흐로 엄하니 살풍경이 될까 저어하노라"[85)]

담헌이 스스로의 장처로 생각한 것은 경학이나 과학 즉 학문일 뿐이었

85) 『주해 을병연행록』, 695쪽.

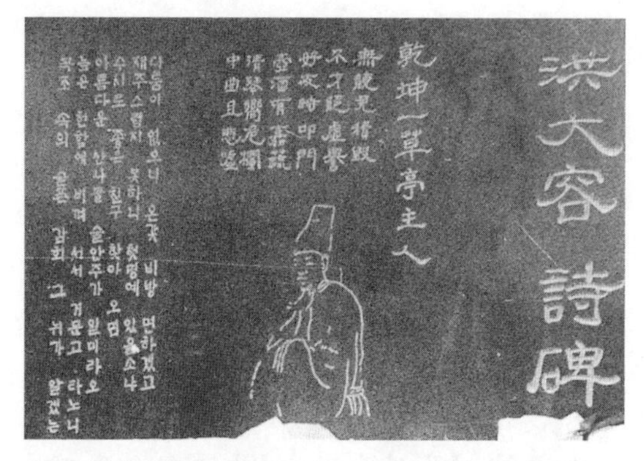

▲ 천안공원에 세워진 담헌의 시비. 그가 지닌, 철학과 사상적 교양을 두루 갖춘 과학자로서의 이미지는 오늘날에도 바람직한 지식인상일 것이다.

고, 시 창작은 좋아하지 않았다는 사실이 그의 말에 나타난다. 그렇다고는 해도 시가 무엇인지에 대하여는 뚜렷한 주관을 지니고 있었다. 정이천과 같이 높은 덕을 가진 사람도 시를 짓지 아니한 사실 때문에 구애를 받은 만큼 시가 사람에게 없지 못할 것임을 그는 인정하고 있었다. 그리고 시에 능치 못함을 담헌 자신의 단점으로 꼽기도 했다. 이런 점으로 미루어 담헌은 시가 사람에게 반드시 있어야 한다는 신념을 가지고 있었던 듯하다. 여기서 말하는 시는 물론 한시다. 그는 평소에 시를 배우지 않았고[86] 자신의 성품에 맞지도 않는다[87]고 했다. 그러면서도 간혹 시를 창작한 것은 사실이었다.[88] 인용문에 나온 대로 그가 지은 시를 자신은 '집자集字'의 수준으로 격하시켰다. 사실 '집자'를 시 짓는 것으로 볼 수는 없다. 그러면서도 시의 본질이나 작법에 대한 그의 조예는 누구보다 깊었다. 그는 시를 짓되 평측에 구애된다거나 기교를 부리는 것은 싫어하였다. 시란 자연스럽게 입에서 나오는 대로 지어야 한다고 본 것이다.

그렇다면 그가 남들처럼 '고민 없이' 한시를 짓지 못한 이유는 무얼까. 사실 실용주의자이자 객관주의자였던 담헌은 말과 글자, 글자와 시가에 대하여 심각한 고민을 갖고 있었던 것으로 추측된다. 앞에서 밝힌 바 있지만,

86) 『담헌서 2』(1939), 30쪽의 "鄧汶軒寄其友郭澹園詩稿 使余批之 余素不學詩" 참조.
87) 『담헌서 3』(1939), 33쪽의 "詩律葩藻 尤不適性" 참조
88) 『담헌서 3』(1939), 32쪽의 "年來窮居無聊 時有吟咏 亦學作五言古體 爲其隨意集字無近體平仄聲病之苦"와 41쪽의 "效漢魏古體 非敢爲高也 善其信口眞率 無平仄排偶之苦" 등 참조.

그는 연행 기간 내내 외국어에 대하여 큰 관심을 갖고 탐구하였다. 그는 한어와 몽고어, 만주어 등 만나는 사람마다 그들이 쓰는 말의 음운에 대하여 알고자 하였다. 그러면서 그는 평소 서민들의 노래에 대해서도 큰 관심을 갖고 있었다. 그런 반면 한시는 식자층들이 남의 글자를 차용, 이리저리 평측을 안배하여 짓는 것이므로 자연스럽지 못하다고 비판했다. 이에 비하여 서민들의 손에서 나온 우리말 노래야말로 입에서 나오는 대로 부르기 때문에 천진스러움이 저절로 드러난다고 보았다. 따라서 나무꾼의 노래나 농부의 노래가 사대부의 한시보다 훨씬 훌륭하다고 하였다.[89] 이런 사실을 감안한다면 그가 한시를 좋아하지 않았던 것도 우리말로 짓는 노래가 귀하다고 생각한 점에 있었던 듯하다. 그는 『연행록』의 초두에 자신이 지어 부른 우리말 노래를 다음과 같이 들었다.

하늘이 사람을 내매　　쓸 곳이 다 있도다
날같은 궁생은　　무슨 일을 이뤘던고
등하에 글을 읽어　　장문부를 못 지어내고
말 위에 활을 익혀　　오랑캐를 못 쏘도다
반생을 녹록하여　　전사에 잠겼으니
비수를 옆에 끼고　　역수를 못 건넌들
금등이 앞에 서니　　이것이 무슨 일인고
간밤에 꿈을 꾸니　　요야를 날아 건너
산해관 잠긴 문을　　한 손으로 밀치도다
망해정 제일층에　　취한 뒤 높이 앉아
갈석을 발로 박차　　발해를 마신 후에
진시황 미친 뜻을　　칼 집고 웃었더니
오늘날 초초 행색이　　뉘 탓이라 하리오[90]

자신의 표현대로 수십 년의 꿈을 하루 아침에 이룬 담헌이 연행의 장정에 올라 상쾌한 마음을 어쩌지 못하고 "마상에서 한 곡조 미친 노래를 지어 읊은 것"[91]이 바로 이 노래다. 가사가 가창을 위해 만들어진 장르임은

89) 주 78) 참조.
90) 『주해 을병연행록』, 36쪽.

이미 밝힌 바 있지만,92) 이 노래는 국문학계에서 가사歌辭라고 일컫는 장르에 속한다. 담헌은 자신의 지론대로 이와 같이 우리말 노래를 지어 불렀으며, 우리말 노래의 창작과 가창에 능통했었음을 추정할 수 있다. 이런 점을 감안할 때 그가 지은 우리말 노래들은 작자명을 잃은 채 상당수 남아 전해지리라 생각된다. 그는 인간의 정을 말로 표출한 것이 노래라고 하였다. 즉 인간의 정이 말에서 움직이고 말이 글로 이루어지면 이것이 노래라는 것이다. 그런데 교졸을 버리고 선악을 잊으며 자연에 의지하여 천기로부터 표출된 것이 노래 가운데 잘된 것이라고 하였다.93) 앞에 인용한 <연행장도가燕行壯途歌>94)는 바로 그의 지론에 따라 지어 부른 노래임에 틀림없다. 그가 비록 운격韻格이 높은 시를 좋아하긴 했으나95) 언문일치의 차원에서 지어진 우리말 노래의 가치를 더욱 중시한 것은 그에 관한 기록들 도처에서 확인할 수 있는 일이다.

V. 문학사적 위상

지금까지 알려진 조천록이나 연행록의 총수는 대략 4백여 종에 이른다.96) 그러나 이중 문학적인 가치 면에서 논한다면 20여 편을 꼽을 수 있을 것이다. 그 중 지금까지 연행록의 교과서로 알려진 작품으로는 단연 김창업의 『노가재연행일기』를 꼽는다. 김창업은 1721년(54세)에 사은겸삼절연공사謝恩兼三節年貢使의 정사로 북경에 가는 장형 김창집의 자제군관 자

---

91) 같은 책, 같은 곳.

92) 조규익(1995b), 212쪽.

93) 『담헌서 2』(1939), 26쪽의 "歌者言其情也 情動於言 言成於文 謂之歌 舍巧拙忘善惡 依乎自然 發乎天機 歌之善也" 참조.

94) 편의상 이 노래를 <연행장도가>로 명명하여 국문학사에 편입시킬 것을 제안한다.

95) 『주해 을병연행록』, 707쪽.

96) 임기중(2002), 29쪽.

▲ 의무려산 도화동 입구의 암벽. 의무려산의 선계 이미지는 '도화동'으로 대표된다.

격으로 입연하게 되는데, 1712년 11월 3일 서울을 떠나 이듬해 3월 30일 서울에 다시 돌아오기까지 146일 간의 기행 견문록을 일기체 형식의 산문과 137수의 한시로 기술해 놓은 것들이 바로 『노가재연행일기』와 『연행훈지록燕行塤篪錄』이다. 현전하는 『노가재연행일기』의 이본으로는 규장각본 · 장서각본 · 국립도서관본 등이 알려져 있다. 그러나 그 내용은 대동소이하며, 대표적인 규장각본의 경우 6책 740면 177,600자라는 통계가 나와 있다.[97] 이러한 『노가재연행일기』의 뒤를 잇는 작품이 바로 담헌의 『담헌연기』다. 담헌은 1765년(영조41, 35세) 동지사 서장관으로 입연하는 숙부 홍억의 자제군관 자격으로 동행하게 되는데, 1765년 11월 2일 서울을 떠나 이듬해 4월 27일 서울에 돌아왔으니 꼬박 6개월이나 걸린 셈이다. 『노가재연행일기』와 『담헌연기』의 시간적 간격은 53년이나 된다. 반세기가 지난 뒤의 연행일기이지만 담헌은 『노가재연행일기』를 준비 단계부터 교과서로 삼았다. 주목되는 점은 김창업의 경우 『연힝일긔』(임창순본, 6권 6책)라는 명칭의 국문본이 별도로 남아 전하는데, 담헌의 일기도 『을병연행록(혹은 담헌연행록)』(숭실대본)이라 하여 국문본이 한문본과는 별도로 남아 전해

97) 박지선(1995a)의 '서지학적 고찰' 참고.

진다는 사실이다. 사대부 계층의 독자를 의식한 한문본과 별도로, 여성 및 일반 독자를 의식한 국문본이 함께 전해진다는 사실은 해외 여행기에 대한 독자층의 이중적 수요 외에, 18세기를 여는 한글문화의 개화가 중국의 선진문화를 소개한 기행문학으로부터 비롯되고 있었음을 보여준다. 예컨대 담헌은 동북의 명산인 의무려산醫巫閭山을 찾았을 때, 안내자를 구하지 못하자 '어제 가옹稼翁의 일기를 읽어 두어 온 골짜기의 경로가 내 눈에 환하니 안내자가 없다고 걱정할 것 없다' 고 하고, 또 그 일대를 두루 살펴본 다음 '복숭아나무에 종을 매단 것이 가옹의 기록 그대로였다'고 함으로써 『노가재연행일기』를 철저한 안내서 겸 지침서로 삼았음을 확인할 수 있다.

담헌의 『담헌연기』를 뒤이을 연행의 기록으로는 연암 박지원(1737~1805)의 『열하일기』를 들 수가 있다. 연암은 1780년(정조4, 43세) 여름 청나라 건륭황제(고종) 칠순연 축하사절단의 한 사람인 족형 박명원朴明源(1725~1790)의 자제군관으로 입연하였다가 돌아와 명작 『열하일기』를 남기게 되는데, 『담헌연기』와는 15년, 김창업의 『노가재연행일기』와는 68년의 시차가 있다. 담헌의 스승 김원행은 노가재의 친형인 김창협의 손자다. 담헌은 이런 인연으로 『을병연행록』의 첫머리에 스승으로부터 받은 농암의 '전별시' 한 수를 기록해 두었다. 그런데 연암의 장인되는 이보천李輔天(1714~1777) 또한 김창업의 형인 김창협의 학문을 계승한 인물이다. 이보천은 담헌의 스승인 김원행과도 교분이 있었으며, 연암 역시 김원행을 방문하여 그로부터 재질을 인정받은 바 있다. 한편 연암과 담헌은 연령상으로도 6년의 차이밖에 나지 않지만, 절친한 친구 사이여서 담헌의 연행 때 조선의 대표적 학자 한 사람을 추천하라는 요청을 받았을 때 그는 서슴없이 연암을 추천할 정도로 피차 학문적 외우畏友의 입장에 서 있었다. 김창협 집안의 영향을 받은 같은 노론 가문의 비슷한 환경에서 자란 이들이 연행에 임하여 『노가재연행일기』를 숙독하고 교과서로 삼은 사실은 어쩌면 당연한 일인지도 모른다. 『열하일기』를 검토해 보면 담헌과 관련된 화제가 20여 개소를 넘는 데에서도 양인의 관계는 확인된다.[98]

98) 김태준(1987a) 참조.

한편 서유문徐有聞(1762～?)의 『무오연행록戊午燕行錄』은 작자가 1798년(정조22) 삼절연공겸사은사의 서장관으로 연행했던 사실을 기술한 것이며 국문으로만 기록된 점이 특징인데, 『열하일기』와는 다시 18년의 시차가 있다. 서유문은 '몸을 일으켜 천하의 큼을 보고 멀리 놀아 남아의 기개를 펼치기 위하여' 연행 길에 오른다 했고, '중원이 비록 청족의 지배 하에 들기는 하였으나 조선인에게는 선진 문물을 접할 수 있는 좋은 기회이므로 누구나 젊은이들에게는 연행이 선망의 행차임에 틀림없다' 고 술회하였다. 『무오연행록』에서도 『노가재연행일기』와 『담헌연기』가 교과서처럼 인용되고 있다. 예컨대 10월 23일의 기록에서는 『노가재연행일기』를 인용하여 안시성이 동명왕이 쌓은 성임을 고증하고, 『대명일통지大明一統志』를 그 근거로 제시하고 있으며, 1월 2일의 기록에서는 『담헌연기』마저 동원하여 '황제 거둥 시 군악을 울리고 등을 다는 풍습이 이번 행차에는 없으니 필시 이변이 아닌가'라고 되묻고 있다. 또 2월 2일의 기록에는 『노가재연행일기』를 상사에게서 빌어 통독했음을 말하고, 자신이 막상 서장관으로 연행 길에 오르고 보니 근년에 사행이 보던 바도 못 보게 되어 천하에 졸한 사람이라 비웃음을 사게 되었다고 자탄하고 있다. 『노가재연행일기』와는 86년, 『담헌연기』와는 33년, 『열하일기』와는 18년의 시차가 있지만, 서유문에게는 막상 앞선 두 작품이 연행의 교과서가 되었음을 확인할 수가 있다.[99]

19세기에 접어들어 살펴볼 수 있는 대표적 연행 기록으로는 동지사은사의 서장관으로 입연한 김경선金景善(1788～?)의 『연원직지燕轅直指』(1832)가 있다. 김경선은 이 책의 서문에서 '연경 갔던 사람들이 대부분 기행문을 남겼는데 그중 삼가三家가 가장 저명하니 그는 곧 노가재 김창업, 담헌 홍대용, 연암 박지원이다'라고 하여 세 연행록의 의미와 가치를 밝히고 있다.[100] 『노가재연행일기』는 연행록의 여정을 날짜순으로 적은 일기 형식을 취하고 있는데, 이처럼 날을 달에 붙이고 달을 해에 붙인 것은 사서의 편년체에 가까운데 평순하고 착실하여 조리가 분명한 것이 장점이라 하였

---

99) 소재영(1997) 참조.

100) 김경선(1985), 25쪽.

다. 『담헌연기』는 인물·명소·사건 등을 주제에 의해 항목별로 나누어 기술하는 특이한 기사체記事體를 따랐는데, 각 사항마다 본말을 갖추고 있으며 전아하고 치밀한 것이 장점이라 하였다. 끝으로 『열하일기』는 두 유형의 장점을 종합하여 전기체傳記體의 형태를 취하였는데, 문장이 아름답고 화려하며 내용이 풍부하고 해박한 장점을 지녔다고 했다.[101] 예컨대 김경선이 「봉황성기鳳凰城記」에서 『열하일기』의 내용을 장황하게 인용하고 있는 것은 그의 역사의식에 관한 단서일 수도 있다. 이처럼 이들의 연행 목적에는 사절로서의 공무 외에 중국을 통하여 수입되는 선진문화에 대한 탐색의 의도도 들어 있었다. 이처럼 '김창업 → 홍대용 → 박지원 → 서유문 → 김경선'으로 이어져 수용되고 있는 의식이나 사상이 당색과 학연·지연 등으로 하나의 학파를 형성하면서 전통을 구축한 점은 문화사적 측면에서 주목할 만한 현상이다.

Ⅵ. 결 론

이상 담헌이라는 인물, 당대의 정치·사회·사상적 배경과 문학적 관습 등 세 개의 축을 기초로 하여 『을병연행록』을 살펴보았다.

담헌은 주자학을 학문적 기반으로 물려받았으나 그에 매몰되지 않고 과학적 인식을 바탕으로 한 실용적 경제지학에 몰두한 인물이다. 그 자신이 말한 바와 같이 연행은 수십년 간 별러오던 꿈이기도 했다. 그는 연행을 통하여 이 땅에서 인정받지 못했던 자신의 선진적 세계관을 확고히 하고자 했다. 그가 연행에 상정했던 목적을 둘로 압축하면 '만남과 발견'이었다. 연행 기간 내내 도처에서 목격한 문물·사건·제도 등을 조선의 그것들과 대비하여 봄으로써 자아를 인식하는 계기로 삼았으며, 수 없이 만난

101) 김경선(1985), 25쪽.

▲ 혼천의(북경천문대)

각계각층의 인사들을 통하여 자신이 지닌 사고체계의 타당성을 검증받고자 하였다.

담헌은 경학뿐 아니라 천문학 · 수학 · 과학 · 음악 등 다양한 분야에 깊은 조예를 보임으로써 실학의 단초를 열었으며, 조선 역사상 근대적 의미의 학문에 종사한 최초의 인물로 기록될 만하다. 그가 남긴 『을병연행록』과 『담헌연기』는 국문과 한문이라는 표기체계의 이원성을 보여주는 동시에 수용계층을 염두에 두고 별도로 만든 기록들이라 생각된다. 따라서 이 기록들은 모두 보고문학으로서 '구체성 · 사실성 · 객관성'의 두드러진 특징들을 보여준다. 『을병연행록』은 노정과 일정별로 사건들을 기록해나간 실용 일기체 기록이다. 보고 들은 것들이나 사람들과의 만남을 충실히 기록하면서도 그가 중시한 것은 그것들의 이면에 들어있는 정신이었다. 특히 간정동 세 벗과의 만남은 담헌의 세계관을 새로운 차원으로 확대시켜 주었으며, 담헌으로 하여금 조선사회가 빠져 있던 차별적 화이관을 청산할 수 있도록 하는 계기가 되었다.

본문 속에 다양한 시작품들과 편지들을 삽입함으로써 이 글의 사실성과 구체성을 확고히 해 주었다. 특히 다량의 논리적 서술과 서사를 동원해야 하는 경우에 시작품을 삽입함으로써 표현의 경제를 도모하였으며 필담이나 편지를 삽입함으로써 외국인들 사이에 생길 수 있는 이해의 어려움이나 시간적 낭비의 가능성뿐만 아니라 이질감 또한 해소시켜 주었고, 결과적으로 서로간의 동류의식을 확보할 수 있는 근거를 마련하기도 하였다.

담헌이 이 글에서 보인 관점들은 다양하나, 화이관 · 학문관 · 문예관 등이 대표적이다. 그가 가지고 있던 인식의 귀결점은 중국과 우리가 대등하다는 사실의 깨달음에 있었다. 여기에 그가 지니고 있던 독특한 관점들의 본질이 들어 있다.

그는 경학은 물론 다양한 실용학문들에도 두루 통해 있었다. 그가 다양한 분야에 조예를 보인 것은 그 자신이 온전한 선비 상을 지향했기 때문이었다. 그는 언어나 음악, 문학에 대한 나름대로의 깊은 조예와 독자적인 견해를 갖고 있었는데, 그것들을 통하여 중국과 대등한 조선의 위상이나 자아를 과시하려는 발판으로 삼고자 했던 것으로 보인다.

지금까지 알려진 4백여종의 조천록이나 연행록들 가운데, 『을병연행록』은 '김창업 → 홍대용 → 박지원 → 서유문 → 김경선'으로 이어지는 연행록 역사의 맥에서 『노가재연행일기』와 함께 선구적 역할을 함으로써 문학사상 간과할 수 없는 위치를 차지한다. 따라서 『담헌연행록』은 당시 조선과 청국간의 정치 · 외교관계로부터 지식인의 정신에 이르기까지 넓은 범위의 문제들을 백과사전적으로 보여주는, 탁월한 업적으로 기록될 만하다.

| 3 |

관심 · 발견 · 놀라움, 그 지향성과 문화의식

『무오연행록』

Ⅰ. 서 론

『무오연행록』은 정조22년(1798) 10월 19일부터 이듬해 4월 초2일까지 160일에 걸친 삼절연공겸사은사행을 기록한 것으로 서장관이었던 학수鶴叟 서유문徐有聞(1762~1822)이 남긴 글이다. 현재 국문본으로 장서각본(6책)과 국립중앙도서관본 등 2종이 있고, 한문본으로 1종의 국립중앙도서관본(『무오연록戊午燕錄』)이 남아 있다. 김동욱(1985 : 7)에 의하면, 장서각과 국립중앙도서관에 소장되어 있는 국문본은 같은 것들이며 한문본도 국문본의 초역본이자 두찬이기 때문에 국문본이 지니는 원본으로서의 위치는 변함없을 것이라 한다.[1] 무엇보다도 출발부터 도착까지 단 하루도 빼놓지 않고 기록했다는 점, 북경 체류 시 기록자 스스로의 견문을 적은 것이 아니라 치형致馨[2]이나 통사들을 통한 간접 기록이라는 점 등은 『무오연행

1) 세밀히 대조해볼 경우 선행본이 바뀔 가능성도 있을 것이나, 본서의 주안점은 『무오연행록』의 내용분석에 있기 때문에 이 작업은 다음 기회로 미룬다.

2) 치형의 성씨나 직책은 정확치 않다. 통사通事였거나 서장관을 보좌하던 군관이었을 것이다. 북경 체류가 시작된 무오년 12월 22일에 외부 상황 전달자로서 치형의 역할("혹 두세 곳 구경하는 곳이 있으나 마침 일 있는 때를 당하여 한 번도 시원히 지내지 못하는 고로 관에서 대궐 들어가는 외에는 눈에 보이는 바가 없는지라. 치형致馨은 이진사李進士 자송과 이검서李檢書 경인을 좇아 날마다 구경하고 들어와 본 바를 전하니, 내 일기에 누관樓觀과 산천山川과 승지勝地와 풍속을 기록한 바가 치형의 전하는 것이 많은지라.")이 분명히 드러나기 시작한다.

록』이 보여주는 기술상의 특징으로 들 수 있을 것이다.

조천록이나 연행록 등 사행록은 당대 식자들의 기행문이면서 중국과 우리나라 간의 정치·외교적인 의미를 지니는 기록이기도 하다. 그것들은 외국의 제도나 문물에 대한 견문을 주된 내용으로 하며, 그에 대한 우리나라 문화 담당층의 반응 또한 구체적으로 표면화 시켰다는 점에서 이국문화의 수용·접촉을 구체적으로 입증하는 역사적 자료이기도 하다. 18세기 후반의 양반 사대부들이 지니고 있던 중국이나 중국 문물에 대한 관점, 특히 명나라를 멸망시킨 청나라가 중원의 지배자로 들어서는 과정에 대응하여 조선의 지배계층에 팽배하던 대명의리관이나 화이관의 변모양상을 문면에서 찾아볼 수 있는데, 사행록에 표출된 관점이나 의식은 기록자 개인의 입이나 손을 통해 전승·기록된 사회 통념이다. 이와 같이 『무오연행록』에 드러난 서유문의 의식이나 관념 또한 당대에 일반화되어 있던 의식의 범주를 벗어나지 않는다.

사행록들은 문체적 측면에서 시와 산문, 표기문자의 측면에서 한문·국문 등으로 구분되는 모습을 보여주나, 대부분 산문 형태의 한문들이다. 그만큼 국문으로 기록된 경우가 드물었는데, 그 까닭은 사행에 참가하여 기록을 남긴 사람들이 당대의 지배층 식자들로서 그들의 속성상 한문을 주로 썼으며 아울러 조정에 대한 공식 보고용으로 작성된 경우도 많았을 것이기 때문이다. 어쨌든 현재까지 밝혀진 것처럼 『무오연행록』은 허목의 『죽천행록』(1624. 10. 13~1625. 10. 5)[3]과 홍대용의 『을병연행록』(1765. 11. 2~1766. 4. 27)에 이어 본격 국문 사행록으로서는 세 번째의 기록으로 볼 수 있다. 대체로 조선 후기의 사행 기록자들은 『노가재연행일기』나 『담헌일기』를 교과서로 삼았는데, 서유문 역시 그러했다.[4] 먼 길이었던 만큼

3) 조규익(2002), 113쪽.

4) 『무오연행록』 제3권, 기미년 1월 2일("올해에는 황제가 정조正朝에 거둥한 곳이 없으니 전과 다를 뿐 아니라 『노가재일기』와 『담헌일기』를 보건대, '황제 거둥에 군악軍樂을 베푸니, 그 소리가 웅장하여 땅이 움직이더라. 오문 좌우 월랑에 간마다 등을 달아 밝은 빛이 휘황하니 시위侍衛와 의장儀仗이 많더라' 하였으되, 이번 29일 태묘太廟 거둥에 이와 다르니 알지 못할 일이요")과 6일("『노가재 일기』에 일렀으되 '태화전이 이 또한 황극전이라' 하였으나 별로 황극전이 이에 있으니, 혹 황극전을

항상 앞 사람들이 개척한 노정을 상고해야 했을 것이며 흔히 일어나던 상황들에 대처할 만한 경험 또한 필요했을 것이다. 그런 필요에 의해 선행 연행록들이 지참되었을 것이나, 이로 인하여 새롭게 쓰이는 연행록 또한 선행하는 것들의 틀 안에 갇히게 되는 결과를 빚어냈다고 본다.

본서에서는 『무오연행록』의 노정과 내용을 정리하고 기록자인 서유문의 의식을 추출 · 제시한 다음 『무오연행록』이 지닌 기록문학적 의의를 밝히고자 한다.

Ⅱ. 편차와 노정 및 내용

『무오연행록』은 전체 6권으로 되어 있다. 즉, 무오년(1798) 8월 9일(발행發行)부터 12월 6일(쌍양점雙陽店 왕가王哥의 집에 유숙)까지가 제1권, 12월 7일(쌍양점 유숙) · 8일(쌍양점 출발)부터 22일(관에 유숙)까지가 제2권, 23일(관에 유숙)부터 이듬해(1799) 1월 8일(관에 유숙)까지가 제3권, 1월 9일(관에 유숙)부터 25일(관에 유숙)까지가 제4권, 1월 26일(관에 유숙)부터 2월 6일(관에 유숙)까지가 제5권, 2월 7일(관에 유숙)부터 3월 30일(복명復命)까지가 제6권이다. 여섯 권으로 나눈 이유가 무엇인지 정확히 알 수는 없으나, 각 부분에 배당되는 기록의 분량을 고려한 결과로 보인다. 즉, 1권은 149쪽, 2권은 137쪽, 3권은 133쪽, 4권은 130쪽, 5권은 170쪽, 6권은 173쪽 등인데, 1권에서 4권까지는 비교적 균일하게 끊어 나가다가 나머지를 5 · 6권으로 나누게 되어 이 부분들에 비교적 많은 양이 배정된 듯하다. 각 권별로 나누어 노정과 내용을 살펴보기로 한다.

태화전이라 이름한 후에 새로이 집을 지어 황극전이라 하였거나, 그렇지 아니면 노가재가 그릇 기록한가 싶더라."), 제5권 기미년 2월 2일의 기록 등 참조.

1. 제1권

1) 노정

8월 9일 사은사겸동지사의 서장관을 수망首望으로 낙점
16일 식후 일행이 열천루洌泉樓 위에서 회동좌기會同坐起
21일 사헌부 장령 계하啓下
22일 사은謝恩

10월 초6일 호조에서 세폐歲幣를 봉과封裹
16일 의정부에서 방물方物을 봉과. 중국에 가져갈 문서를 사대査對하고 자문咨文을 상고
19일 배표拜表(양당兩堂과 임금을 하직)
20일 모든 동족과 작별하고 파주참坡州站에 도달하여 유숙
21일 장단을 거쳐 송도에 이르러 유숙
22일 청석동青石洞·금천군金川郡을 거쳐 평산에 도착하여 유숙
23일 총수蔥秀 30리에 중화中火하고 서흥瑞興 50리에서 유숙
24일 검수 40리 중화하고 봉산鳳山 30리 유숙
25일 황주黃州 40리 유숙·황주병사 논죄
26일 황주에 머물고 부사와 함께 제안당 정자에서 사대
27일 중화中和 50리에 중화하고 대동강을 건너 평양에 도착
28일 평양에 머묾. 삼사신이 연광정練光亭에서 사대하고 기악妓樂을 즐김
29일 평양에 머물고 부연방副硯房 차정差定

11월 1일 순안順安 50리에 유숙
2일 숙천肅川 50리에 중화하고 안주安州 60리에 유숙
3일 안주에 머묾. 동헌 정자에서 3사신이 사대하고 백상루百祥樓에서 기악을 베풂
4일 박천博川 진두鎭頭 50리에서 말마秣馬. 가친家親이 거관居官했던 연유로 고을 백성들이 찾아옴
5일 정주定州 60리에 이르자 목사 오희상吳熙常 출영出迎
6일 곽산郭山 운흥관 30리 중화하고 성천成川 40리 유숙
7일 철산鐵山 차련관車輦舘 45리 중화하고 용천龍川 30리 유숙

8일 소관所串 40리 중화하고 의주義州 35리 유숙
9일~18일 의주에 머묾
19일 부윤과 압록강을 건너 강가 숲에서 한둔
20일 상총산上葱山 · 탕참湯站을 지나 총수葱秀에서 한둔
21일 입책入柵 절차를 행한 다음 책문 안으로 들어감
22일 책문에 머묾
23일 안시성安市城 · 구책문舊柵門 · 봉성 · 백안동 · 마고령 · 관왕묘 · 솔참 · 유가하를 거쳐 황가장黃家庄에 유숙
24일 금사하金沙河 · 팔도하八渡河를 거쳐 통원보通遠堡 이가李哥의 집에 유숙
25일 고가재 · 유가재를 넘어 연산관連山關에 유숙
26일 회령령會寧嶺과 첨수하甛水河를 거쳐 동팔참東八站 단가段哥의 집에 유숙
27일 청석령靑石嶺과 소석령小石嶺을 지나 낭자산狼子山 오가吳哥의 집에 유숙

▲ 태자하. 태자하는 만주어로 '탑사합하塔思哈河'라 하고, 음역하면 '탑사합호塔思哈虎'다. 동팔참은 역참이 갖추어진 역로로 정착되었고, 청나라가 멸망할 때까지 조선과 중국 사이의 교통로로 활용되었다.

28일 마천령摩天嶺・마제령馬蹄嶺・두관참頭關站・삼류하三流河・석문령石門嶺・냉정참冷井站・고려총高麗叢・태자하太子河를 지나 오가吳哥의 집에 유숙

29일 접관청接官廳・난니보爛泥堡를 거쳐 십리보十里堡 어가魚哥의 집에 유숙

30일 사하보沙河堡・백탑보白塔堡・혼하渾河를 거쳐 심양 장가張哥의 집에 유숙

12월 1일 한汗의 원당願堂・난니보・탑원塔願・장원교壯元橋・영안교永安橋・대방신大方身・마도교磨刀橋 등을 거쳐 고가자孤家子 조가曺哥의 집에 유숙

2일 거류하巨流河・신민둔新民屯・소황기보小黃旗堡를 거쳐 백기보白旗堡 장가張哥의 집에 유숙

3일 일판문一板門・이도정자二道井子・신은사神隱寺・십리강자十里扛子를 거쳐 사흑산四黑山 윤가尹哥의 집에 유숙

4일 양장하羊腸河・중안보中安堡를 거쳐 광령참廣寧站 왕가王哥의 집에 유숙

5일 흥륭점興隆店・상흥점上興店・여양역閭陽驛・오대자五臺子・망만보望巒堡를 거쳐 황가黃哥의 집 유숙

6일 대릉하보大凌河堡를 거쳐 쌍양점雙陽店 왕가王哥의 집에 유숙

2. 제2권

7일 쌍양점의 한 참站에 머묾

8일 송산보松山堡・관마산官馬山・행산보杏山堡・십리하十里河・고교보高橋堡 왕가王哥의 집에 유숙

9일 금현錦縣・연산역連山驛・건시령乾柴嶺・영평사永平寺를 지나 영원성 고가高哥의 집에 유숙

10일 사하소沙河所・망해점望海店을 지나 동관역東關驛 마가馬哥의 집에 유숙

11일 오대자五臺子・무령현武寧縣・사하참沙河站・구어하口魚河를 거쳐 양수하亮水河 석가石哥의 집에 유숙

12일 소송령小松嶺 · 팔리보八里堡를 거쳐 산해관山海關 안의 홍화점紅花店 왕가王哥의 집에 유숙

13일 봉황점鳳凰店 · 심하역深河驛 · 무령현武寧縣 · 양하洋河를 거쳐 노봉구蘆峯口 조가曺哥의 집에 유숙

14일 음마하飮馬河 · 누택원漏澤園 · 영평부永平府를 거쳐 사하역沙河驛 왕가의 집에 유숙

15일 홍묘紅廟 · 청룡교靑龍橋 · 진자점榛子店 · 연돈영烟墩營 · 은성보銀城堡 · 오리대五里坮를 거쳐 풍윤현豊潤縣 왕가의 집에 유숙

16일 노가장老哥庄 · 고려보高麗堡 · 사류하沙流河 · 양수교 · 준화영遵化營 · 동팔리보東八里堡 · 용지암龍池菴을 거쳐 옥전성玉田城 밖 부가夫哥의 집에 유숙

17일 팔리보八里堡 · 황가장黃家庄 · 채정교彩亭橋 · 대고수점大枯樹店 · 소고수점小枯樹店 · 봉산점蜂山店 · 나산점螺山店 · 별산점鱉山店 · 송가장宋家庄 · 운전사雲田寺(계주薊州) · 취병산翠屛山 · 어양교漁陽橋 · 관일장貫日庄을 거쳐 방균점邦均店의 한 집에 유숙

▲ 옥하관 터. 옛날 사신들이 묵던 옥하관이 있었다고 추정되는 곳. 현재는 '수도대주점'이라는 이름의 호텔이 들어서 있다.

18일 백간점白澗店・반가장潘家庄・공락점公樂店・관가령管家嶺・석비교石碑橋・호타하滹沱河・삼하현三河縣・조림장棗林庄・신점新店・황친장皇親庄을 거쳐 연교보燕郊堡에서 유숙

19일 등가장滕家庄・습가장習家庄・호가장胡家庄・백하白河・관가장管家庄・양가장楊家庄・삼간방三間房・정부장定府庄・대왕장大王庄・태평장太平庄・십리보十里堡・팔리보八里堡・홍문紅門・미륵원彌勒院・동악묘東岳廟・조양문朝陽門을 거쳐 옥하관玉河舘에 하처下處

20일[5)]

3. 제6권

기미년 2월 8일 북경의 아문衙門 출발・숭문문崇文門・조양문・동악묘・팔리교八里橋를 거쳐 통주通州 이가李哥의 집에 유숙

9일 십자루十字樓・북문北門・상가촌上家村・유가장柳家庄・삼하현 집에 유숙

10일 백간점・방균점・오리교五里橋・계주 서문 밖 조가趙哥의 집에 유숙

11일 동락사・관제묘・채정교・봉산점・나산점・별산점을 지나 옥전현 부가의 집에 유숙

12일・13일 사류하・연계보軟鷄堡를 거쳐 환향하還鄕河의 한 집에 유숙

14일 진자점・칠가령七家嶺을 거쳐 사하역의 한 집에 유숙

15일 야계타野鷄坨・적봉포赤鳳浦・창관령蒼關嶺・유가장劉哥庄・고가장古哥庄・이제묘夷齊廟・난하灤河・청룡하靑龍河・영평부永平府 남문 밖 시가施哥의 집에 유숙

16일 배음보背陰堡・무령현撫寧縣을 거쳐 유관楡關 한가韓哥의 집에 유숙

17일・18일 고대령高大嶺・봉황점을 거쳐 홍화점에 이르러 왕가王哥의

5) 2권의 말미에 속하는 무오년 12월 20일부터 6권의 첫부분인 기미년 2월 7일까지는 연경에서의 활동을 내용으로 하는 부분이다. 따라서 서울을 출발하여 연경에 도착하기까지, 연경을 출발하여 서울에 도착하기까지의 과정이 이 사행의 노정이라 할 수 있고, 연경에서의 행적은 별도로 처리해야 할 것이다.

집에 유숙
19일 홍화참紅花站 · 산해관 · 장대將臺 · 강녀묘姜女廟를 거쳐 팔리보 최가崔哥의 집에 유숙
20일 대송령구大松嶺口 · 중전소中前所를 거쳐 양수하兩水河 황가黃哥의 집에 유숙
21일 중후소中後所를 거쳐 동관역에 유숙
22일 사하소를 거쳐 영원寧遠 창가昌哥의 집에 유숙
23일 연산역을 거쳐 고교보 조가趙哥의 집에 유숙
24일 송산보를 거쳐 대릉하大凌河 조가의 집에 유숙
25일 십삼산十三山을 지나 여양역 서가徐哥의 집에 유숙
26일 의무려산의 북진묘를 거쳐 도화동 왕가의 집에 유숙
27일 중안보를 거쳐 소흑산小黑山 한가韓哥의 집에 유숙
28일 이도정二道井을 거쳐 백기보白旗堡 장가의 집에 유숙
29일 신민둔新民屯 · 오도하五渡河 · 주류하周流河를 건너 고가자 조가의 집에 유숙
30일 대방신 · 영안교 · 원당을 거쳐 심양성 풍가馮哥의 집에 유숙

3월 1일 혼하와 백탑보를 거쳐 십리하보十里河堡 이가의 집에 유숙
2일 난니보를 거쳐 영수사에서 유숙
3일 태자하 · 광우사廣祐寺 · 석문령 · 냉정참 · 삼류하를 거쳐 낭자산 오가의 집에 유숙
4일 소석령 · 청석령을 지나 첨수참 합가의 집에 유숙
5일 회령령을 지나 연산관에서 유숙
6일 초하구를 지나 통원보 이가의 집에서 유숙
7일 팔도하와 황가장을 거쳐 솔참 장가張哥의 집에서 유숙
8일 사대자四臺子 · 이을산二乙山 · 사곡沙谷을 거쳐 구책문舊柵門 악가鄂哥의 집에 유숙
9일~16일 책문에 머묾
17일~19일 책문(밖)에 머묾
20일 온정평 · 총수 · 구련성을 거쳐 의주에 도착, 응향각에 하처
22일 의주를 떠나 9일만인 30일 서울에 도착하여 복명復命[6)]

---

6) 사행은 무오년 10월 19일 서울을 떠나 11월 초 8일 의주에 이르고, 19일 도강하여 한 달 후인 12월 19일 북경에 도착했다. 기미년 2월 초8일 북경에서 회정하여 3월

Ⅲ. 북경 체류 기간의 행적

12월 20일부터 6권 첫 부분인 기미년 2월 7일까지 55일간의 기록은 연경에서의 활동을 내용으로 하는 부분이다. 흥미로운 것은 대궐에 들어가는 외에는 단 하루도 관을 나가지 않았으면서도 이 기간의 견문을 소상하게 적어 놓은 점이다. 주로 군관이나 통사 등이 얻어온 견문을 옮긴 것으로 보이는데, 이 점은 기록자들이 적극적으로 밖에 나가 견문을 구하여 기록한 다른 연행록들에 비해 독특하다고 할 수 있다. 삼사신 중의 한 사람이자 연행록의 기록자로서 관에만 머물러 지내는 일의 부자연스러움을 서유문 스스로도 느끼고 있었던 듯 북경 체류 3일째인 12월 22일에 그 생각의 일단을 다음과 같이 내비쳤다.

> 사신은 체모를 돌아보는지라, 자적自適으로 한만汗漫히 구경을 아니 하고, 공고公故 외는 관문을 나지 아니 하더라. 캉炕 위에 홀로 앉아 심히 적막한 때를 많이 지내니 자못 3일안 신부新婦 의사가 있으며, 또한 초나라에 갇힌 사람의 모양이라.

표면적으로는 갓 시집 온 색시나 초수楚囚[7]에 비길 만큼 관에만 머무는 일의 괴로움을 강조한 듯하나, 이면적으로는 자신이 오랑캐로 깔보던 청나라에 대하여 조선 사신으로서의 '체모를 돌아보아야 한다'는 처음의 생

초 8일 책문에 이르고, 20일 도강하여 30일 서울에 들어 왔으므로 서울서 발행하여 19일만에 의주에 이르고, 의주에 11일 묵고, 도강한지 30일만에 북경에 도착한 것이다. 그로부터 55일간 유관하고, 회정한지 31일만에 책문에 이르렀으며, 책문에서 11일 묵고 도강한지 11일만에 서울에 돌아왔으니, 도합 160일간의 여행이었다.

7) 남송 말의 충신 문천상文天祥(1236~1283)을 말함. 그는 원나라에 항전하다가 상흥祥興 원년(1278) 원나라 군대에 사로잡혔다. 투옥 3년만에 원나라의 회유를 거부하고 살해된 그는 옥중에서 <정기가正氣歌>(天地有正氣/雜然賦流形/下則爲河嶽/上則爲日星/於人曰浩然/沛乎塞蒼冥/…/嗟予遘陽九/隷也實不力/楚囚纓其冠/…/典刑在夙昔/風簷展書讀/古道照顔生)를 지어 자신의 굳은 의지를 드러냈다. 적국에 갇혀 있으면서도 고국의 예를 따르고, 고국을 잊지 않겠다는 내용의 노래다.

각을 끝까지 견지한 듯하다.[8)]

▲ 유리창의 골동품 가게

치형은 12월 22일 유리창을 구경하고 돌아와 그 모습과 제도 · 목격한 사건 · 역사 등을 장황하게 설명하고 있는데, 그가 빌어온 책들(『과사록科事錄』 · 『청시별재淸詩別裁』 · 『당시품휘唐詩品彙』)과 과일 등을 통하여 서유문은 청나라 중심부의 문화를 체험하기 시작한다.

북경 체류 기간 동안의 기록을 날짜별로 제시하고자 한다

12/23 자신을 찾아온 청나라의 통관 서계문徐啓文으로부터 자신의 선계先系에 대한 설명을 듣고 그의 사람됨을 비판. 당시 청나라 통관 집단의 관습이나 풍속의 일단을 추단. 숙소 가까이에 있던 역마驛馬와 쇄마刷馬의 관리 실태에 대하여 견문.

12/24 북경 오는 길에 뒤쳐졌던 상사와의 재회를 다행으로 여기고, 상사의 병환을 근심하는 마음 표현. 수역首譯이 『진신록縉紳錄』 4권과 『중추비람中樞備覽』 2권, 『시헌서時憲書』 1권을 얻어온 사실.

12/25 광록시光祿寺로부터 심황어鱘鰉魚를 사송받은 사실. 『과사록』과 『청시별재』에 대한 설명과 그 서문에 대한 소개.

12/26 주객사主客司로부터 황제 알현의 일에 관한 부자付子를 받은 사실. 황제로부터 포도를 사송받은 일.

12/27 조선에서 중국의 표인漂人 15인을 거느리고 입국한 사실로 심양에서 예부에 이문한 일. 중국 상고商賈들의 거래 관행. 주객사의 마인馬人 역할을 하던 서반 직임의 간사함. 홍삼紅蔘 값에 관한 상고들의 농간에 낭패를 당하게 된 역관들.

12/28 3사신과 정관 27인이 홍로시鴻臚寺 습의習儀에 참여한 일과 그 광경. 습례정習禮亭의 제도와 규모. 섬라暹羅에서 온 사신들과 그들이

8) 이 사실이 갖는 의미는 서유문이 지니고 있던 '대청관對淸觀'과 결부된다.

가지고 온 방물方物에 대한 설명. 황제와의 만남에 대한 주객사 부자의 내용.

12/29 홍책문紅栅門·등조문登朝門·천안문天安門·단문端門·오문午門·오봉루五鳳樓 등에 대한 설명. 황제 거둥의 절차와 실제 광경에 대한 설명, 태상황과의 만남, 하사한 선물에 대한 설명, 사신에게 보내온 주객사의 부자.

12/30 상·부사와 수·부역이 입궐하여 황제를 만난 일. 광록시로부터 사송된 음식과 선물. 식후 수행원들이 삼사신들에게 구세문안舊歲問安을 드릴 때의 창연한 회포. 밤마다 끊임없이 들려오는 지총紙銃 소리와 그 제도에 대한 설명.

기미년 1/1 세배를 마치고 3사신이 궐하에 나아가 황제에게 하례를 드린 사실과 그 절차 및 대궐의 규모와 제도에 대한 설명.

1/2 정초에 황제가 단재丹齋에 먼저 가는 이유를 추측. 태상황이 조선 사신을 인견한 데 대한 추측. 청나라와 조선의 정치 및 조정의 제도나 실정에 관한 치형과 이명의 의견 교환. 대신大臣 화신和珅의 농권弄權.

1/3 태상황 상사喪事와 예부에서 반포한 의주儀註에 대한 설명, 그리고 그 절차.

1/4 상복喪服을 마련하여 곡반哭班에 참여한 일. 상사와 관련된 청나라의 제도. 태상황 상사에 따른 민간의 분위기.

1/5 사신들이 행할 상례喪禮에 관한 주객사의 부자. 상례에 참여하는 절차 및 제도. 외국 사신들에 대한 지시.

1/6 사신들의 삼시 곡반三時哭班 참예의 사실. 상례에 임하는 청나라 백성들의 이해 못할 태도. 궁궐의 제도와 모습. 태상황 상사의 사실을 본국 조정에 알리기 위한 장계狀啓의 일.

1/7 사신들이 삼시 곡반에 참예한 사실. 조선에 대한 칙사 차정差定의 일. 삼시 곡반 때 목격한 회자국 사신의 우스꽝스러운 일. 황제의 성씨에 관한 중국인들과의 수응酬應.

1/8 삼시 곡반 참예와 태상황의 유조遺詔에 대한 소개. 예부에서 황제에게 올린 주문奏文의 소개. 농권한 화신和珅과 그 일당에 대한 처벌 소식. 사신들의 한담.

1/9 삼시 곡반 참예. 화신의 사건에 관한 전말. 쇄마구인 관련 사건. 도성의 분위기. 사람을 사귀고 돌아온 치형의 보고.[9]

1/10 삼시 곡반 참예. 추운 날씨에 대한 기술. 세폐와 방물에 관한 일.

대궐에서 관으로 돌아오는 길에 목격한 낙타의 모습. 사자관寫字官 고경빈이 가져온 선비 전영의 시 여섯 수에 대한 비평.

1/11 삼시 곡반 참예. 융복사融福寺 저자를 구경하고 돌아온 치형의 견문(절의 규모와 제도 · 역사 등).

1/12 삼시 곡반 참예. 삼시 곡반에 참예한 황족과의 만남과 대화. 마래기와 모자의 같고 다른 점. 삼시 곡반에 참예한 섬라 사신과 회자回子 사신들에 비해 우대받는 조선 사신.

1/13 삼시 곡반 참예. 상여와 의장의 모습 및 규모. 상 · 부칙사上 · 副勅使의 의장儀仗.

1/14 삼시 곡반 참예. 상사에 관한 황제와 내각 사이에 오고간 조서詔書와 물음 소개.

1/15 삼시 곡반 참예. 상례 준비 상황. 상례에 대한 사신들의 정성. 황제의 제8친왕에 대한 묘사.

1/16 삼시 곡반 참예. 사신들에 대한 중국인들의 관심과 사신들의 피로함. 통관을 사이에 둔 중국인과 사신들간의 대화. 황제가 성절 방물을 사신들에게 회사回賜한 사실과 그에 관하여 예부에 내린 글. 화신의 죄상에 관한 교지.

1/17 삼시 곡반 참예. 습의習儀의 절차와 제도. 관에 돌아온 후 고국사람 윤민동을 해후.

1/18 삼시 곡반 참예. 화신에 대한 형 집행의 전말. 화신의 시 두 편 소개. 유리창의 책 저자에서 이운李雲을 만나고 돌아온 치형의 보고 내용.

1/19 삼시 곡반 참예. 당상역관 홍인복洪仁復과의 대화 내용. 천주당을 구경하고 돌아온 치형의 보고 내용. 천주당의 제도와 기물에 대한 설명. 천주교에 대한 전진적 태도.

1/20 삼시 곡반 참예. 화신의 치죄에 관한 황제의 조서. 역관의 재미있는 견문담.

1/21 삼시 곡반 참예. 중국과 조선의 밥에 관한 인식의 차이. 한각로韓閣老 유영兪永에 대한 소개. 고관과 시종의 행렬 및 복색에 대한 견문. 라마승의 모습. 적적한 화신의 집 모습. 호국삼관사護國三官祠에 대한 설명. 침향 목가산木假山에 대한 묘사.

1/22 삼시 곡반 참예. 황제가 사신들에게 상으로 오랑캐의 관복 즉 마

9) 이 날의 기록부터 제4권에 해당하는 부분이다.

래기와 소매 좁은 갖옷을 주고, 특별한 음식을 내려줌. 경산景山으로 재궁梓宮을 뫼시는 의주儀註 인용.

1/23 수레 통행하는 법도와 모양 설명. 황제의 행차를 위한 모든 준비. 황제 행차의 행렬 모습. 재궁을 모시는 관덕전觀德殿 묘사. 경산・신무문神武門・관덕전에 대한 설명. 상례에 대한 설명. 황제 및 그 가족에 대한 목격담.

1/24 경산에 나아가 삼시 곡반 참예. 황제로부터 회사된 성절 방물의 처리에 대한 삼사신의 논의. 희자戱子놀음과 환술법幻術法의 묘사, 그것들과 조선의 산디山臺놀음과의 비교. 환술에 대한 설명. 갑작스런 병통.

1/25 경산에 나아가 삼시 곡반 참예. 곡반에 참예한 황제 목격. 빈전殯殿의 모습 묘사. 라마승의 송경誦經 모습 및 그들을 만나 나눈 대화. 예부시랑 철보鐵保와의 만남.

1/26 경산에 나아가 삼시 곡반 참예. 청국 고관의 옷 제도에 대한 묘사. 상서 기균紀昀의 아들과 환담. 법장사法藏寺 구경 갔다 온 이야기(법장사의 규모와 제도 풍습 등). 꽃을 파는 푸자와 새를 파는 푸자에 들른 이야기. 관왕묘關王廟와 약왕묘藥王廟에 들른 이야기. 법장사의 전각과 문 및 탑에 관한 이야기. 이광직이 붕어를 사온 이야기.[10]

1/27 경산에 나아가 삼시 곡반 참예. 기생紀生과 그의 조카를 만나 환담. 경산・태극전・백탑사白塔寺・태액지太液池・서안문西安門・장안가長安街 등을 관람.

1/28 경산에 나아가 삼시 곡반 참예. 대궐 방위方位 및 궁전 배치, 안팎문의 좌향坐向 등을 설명. 이운李雲과 치형이 필담하던 말(인물들의 이름과 출신, 책력冊曆, 조선과 중국어법의 차이, 주량酒量, 작시作詩・평론評論 및 그때 지은 시들). 황제가 내린 상을 받아가라는 주객사의 부자.

1/29 황제를 지영祗迎한 상・부사가 황제의 모습을 묘사. 황제로부터 중정전에서 상을 받음. 정양문正陽門 밖을 구경한 경인景仁과 치형의 전언傳言.

2/1 새로 지어 기생紀生에게 보낸 시와 편지. 청나라 사람들이 조선산 청심환을 보배로 아는 일의 괴이함. 섭등교가 보낸 시와 그에 대

10) 이 부분부터 제5권이 시작된다.

한 설명. 청음淸陰의 시가 중국인들에게 회자된 일. 섭등교의 편지. 황제가 오성란吳省蘭을 혁직革職한 조서.

2/2 상사가 지니고 온 『노가재일기』를 다 읽음.

2/3 치형이 설중雪中에 서산西山을 찾아 떠남. 호부戶部의 왕낭중王郎中이 찾아와 여러 가지 화제로 필담을 나눔. 치형으로부터 전해들은 견문담.

2/4 삼사신이 관복을 갖춘 후 정관正官 27인과 함께 아문에 나아가 삼궤구고두례三跪九叩頭禮를 마친 다음 황제가 내려주는 상을 받음. 예부에서 황제에게 문의한 글. 하마연下馬宴과 상마연上馬宴. 상고商賈들과 물건을 흥정한 일. 청나라에서 은銀을 거래하는 방법.

2/5 예부상서 기균과 수작하고 돌아온 부역副譯 정자현의 전언.

2/6 조선에 보내는 표문表文을 받아 가라는 주객사의 부자. 태상황 상례 후 조야朝野의 모습. 삼사신과 군관 · 역관 등이 문묘文廟에 알성謁聖한 이야기와 문묘의 제도, 문묘까지 도달하는 거리의 모습. 문묘에서 관으로 돌아오는 길에 목격한 거리의 모습. 치형으로부터 들은 문승상 사당 이야기. 육현방을 지나며 목격한 상여들의 모습. 예로부터 조선사신들이 유숙하던 옥하관 이야기. 기상서와 대화를 나눈 수역首譯 김윤세의 전언.

2/7 재자관賫咨官 · 역학譯學 · 사신 및 종인從人들이 예부에서 상을 타고 표문表文과 회자문回咨文을 받아옴. 내일 길 떠날 준비로 행장을 검속檢束하는 모습. 기상서로부터 글씨를 받은 사연. 현지 선비들과 사신 및 역관들의 관계. 기상서에게 선물을 전하면서 보낸 편지글.[11]

2/8 북경을 떠남.

▲ 북경 공자사당의 공자상

11) 이 날짜 기록부터 제6권에 속함.

Ⅳ. 내용과 시대적 의미

『무오연행록』의 기록자 서유문은 삼절연공겸사은이라는 연례적 사행의 일원이었다. 따라서 사행 기간 내에 특별한 우여곡절이나 사건을 경험할 가능성도, 그에 따라 긴장해 있을 필요도 거의 없었다. 특별한 문제의 해결을 위해서 파견된 입장이 아니었으므로 평탄한 견문이 주를 이루는 것은 당연한 일이었다. 그래서인지 노정을 자세히 기술함과 동시에 유서가 깊은 노정들의 경우는 그 역사적 배경까지 상세하게 밝히고 있다. 오고 가는 도중에 목격한 산천과 사적史蹟, 북경 도착 이후에 접한 제도나 관습 등은 기록자에게 더 없이 좋은 현장학습의 대상물들이었다. 그러나 숙소와 대궐만을 오가는 공적 임무만 수행했고 바깥출입은 자제했기 때문에 북경에서의 견문 역시 대부분 역관이나 군관들로부터 간접적으로 전해들은 것들뿐이라는 한계점을 지니고 있다. 남의 눈으로 본 중국과 중국의 문물인 셈인데, 대부분 기록자가 스스로 나서서 새로운 구경거리를 찾아다닌 여타 연행록들의 경우와 크게 다른 점이다. 기록자가 스스로 밝힌 바와 같이 공적인 일로 사행을 온 입장에서 공관과 대궐 이외에는 관심을 갖지 않았기 때문이었겠지만, 그보다는 소중화 의식을 바탕으로 기록자가 지니고 있던 청나라에 대한 혐오감이 더 큰 요인이었을 것이다. 다른 연행록들의 경우도 마찬가지이겠으나, 특히 『무오연행록』에는 기록자의 '관심'과 함께 해박한 분석이 두드러진다. 뿐만 아니라 그러한 문물에 대한 경이감을 '문학적'으로 표현한 부분들 또한 도처에서 발견할 수 있다. 말하자면 『무오연행록』의 내용은 '관심 → 발견 → 놀라움'이라는 기록자의 내면적 움직임 속에서 구체화되었다고 볼 수 있는 것이다. 이런 점은 '중국의 문물제도 및 풍속에 대한 관심, 언어와 문자에 대한 관심, 천주교에 대한 관심, 지리 및 지형에 대한 관심, 옛 조선 사신들의 발자취에 대한 관심' 등으로 요약될 수 있다.

1. 중국의 문물제도 및 풍속에 대한 관심

『무오연행록』의 내용은 사실상 중국의 문물제도나 풍속 전반에 관한 것이다. 남녀의 옷차림에 대한 묘사(무오년 11월 21일 / 기미년 1월12일, 1월 26일) · 베 짜는 광경과 방법에 대한 묘사(무오년 12월 3일) · 곡식 까부는 풍기風箕의 형태와 능률성에 대한 소개(무오년 12월 4일) · 남녀문제 특히 여성의 활달한 모습에 대한 관심(무오년 12월 13일, 17일, 18일) · 유리창에서 목격한 각종 문물과 성채의 제도에 대한 설명(무오년 12월 22일 / 기미년 1월 1일, 1월 28일, 2월 2일) · 중국의 상례(기미년 1월 2일~2월 6일) 등 거의 매일 보고 들으며 참예하는 모든 사항들이 문물 제도와 풍속에 관계되지 않는 것이 없을 만큼 『무오연행록』의 내용적 골자는 중국의 문물제도나 풍속에 대한 견문이다.

예를 들어 기미년 1월 1일자를 살펴보자. 삼사신은 일행들과 새해인사를 나눈 다음 황제에게 하례하기 위해 대궐에 들어간다. 기록자는 대궐에서 행한 의례보다는 황궁의 제도에 중점을 두어 기술해나간다. 이른 새벽 궐하闕下에 나아가는 조사朝士들의 행차 모습, 동장안문 · 동화문 · 우익문 · 좌익문 · 융종문 · 경운문 · 태화전 · 중화전 · 보화전 · 건청궁 등 의례를 치루기 위해 통과하는 각종 문들과 의례 시행 장소인 궁전 등이 소개된다. 복잡하고 기이한 의례가 소개된 다음에는 품계에 따른 문무백관들의 조관朝冠과 조복朝服들이 설명되고 다른 나라에서 파견되어온 사신들과 대화가 이루어진다. 그 다음엔 정도관 · 단문 · 오문 · 천안문 · 중화문 등을 시작으로 황성皇城의 제도에 대한 설명이 이어진다. 황성 주회周回의 길이(43리)와 남(정양문正陽門/숭문문崇文門/선무문宣武門) · 동(조양문朝陽門/동직문東直門) · 북(안정문安定門/덕승문德勝門) · 서(부성문阜成門/서직문西直門) 등 아홉 개의 문들, 황성의 서남각西南角과 동남각東南角에 걸쳐 있는 중성重城과 일곱개의 문들과 그 안에 있는 천단天壇 등이 상세히 소개된다.

그 다음으로는 성제묘聖帝廟와 내궁장內宮墻에 대한 묘사와 함께, 대청문으로부터 시작되는 각종 문과 전각들이 상세히 설명된다. 다음과 같은 부분은 중국 문물 제도에 대한 기록자의 호기심을 잘 드러낸다.

집 제도가 기묘하여 그림으로 그려도 얻지 못할지라. 가장 위층은 한 층 작은 집이요, 제2층은 차차 꺾어 지어 여덟 간 집에, 사면을 크게 하고 네모는 작게 하였으나, 기와를 끊이지 아니케 이었으니, 우러러 보매 현황眩慌 기묘하여 인력이 미칠 바 아닌 듯하더라. … 그러나 대청문은 장구히 닫았으며, 동안·서안 두 문은 여염이 그 안에 사는 고로 거마가 출입하니 심히 설만褻慢타 이를 것이요, 대청문과 천안문 사이에 동장안東長安·서장안西長安 두 문이 있으니, 대청문 앞을 지나려 한즉 이 문으로 출입한다 하더라.

이처럼 '기묘함'을 느끼는 것은 생소한 중국문물 제도에 대한 놀라움 때문일 것이다. 비록 '설만하다'는 비판을 가하긴 했으나 건축물의 제도가 뛰어난 점에 대해서만은 그도 인정하고 있었음을 알 수 있다. 특히 그는 도처에서 청나라 체제 자체에 대해서는 비판하고 업신여기는 속내를 털어놓고 있으나 명에 대해는 철저히 존숭하는 자세를 드러냈다. 건축물에 대해서도 그러한데, 예컨대 북경의 궁궐이 모두 "대명 성조황제 영락永樂 15년 정유에 이룬 바"라는 것, 그래서 "명사明史에 이르되 종묘와 사직 및 궁궐과 전문殿門이 다 남경南京 제도 같이 하여 높고 훤하며 장려壯麗하여 그 웅위雄偉한 빛이 짐짓 제왕의 기물器物 답다"는 느낌을 토로하고 있는 데서도 그러한 점을 알 수 있다.

그는 청나라 사람들의 의복에 대해서도 큰 관심을 갖고 있었던 듯, 여러 군데서 그 목격한 바를 기술해 놓고 있다. 모자와 옷에 대한 다음의 두 부분을 살펴보기로 한다.

1) 아국에서는 피인이 쓴 것을 '마래기'라 하고 피인은 '모자'라 하니, 피인은 머리에 쓴 것이 다만 마래기뿐이라, 다른 명색이 없더라. 아국은 갓과 벙거지며 사모紗帽와 탕건宕巾이며 감투·이엄耳掩·휘항揮項·망건網巾·평량자平涼子·삿갓이 다 각각 명색이 다르나, 피인은 보는 자가 일병一倂 모자라 일컬으니, 아국 사람이 쓴 것을 혹 마래기라 일컬으면 대욕大辱으로 알 것이로되, 특별히 피인이 쓴 것을 '오랑캐 복색이라' 이름은, 피인이 한결같이 비록 모자라 이르나 저들도 아국의 쓰는 바를 옛 복색이요, 저들이 쓰는 바는 오랑캐 복색임을 아는 고로, 혹 아

국 사람의 망건 · 휘항과 갓을 달라 하여 갖추어 쓰고 서로 체면이 좋다 일컬으니, 만일 저희 쓰는 것을 아국 사람더러 써보라 하면 진실로 우환憂患이로되, 그리하는 일이 전부터 없다 하니, 저들도 또한 알음이 있는 연고더라.[12]

2) 진시辰時 전奠을 파하고, 한 내관內官이 빈전殯殿 문을 나와 술병을 들고 기울여 지폐 사르던 곳을 다니며 술을 뿌리니, 또한 모를 예문禮文일러라. 기상서紀尙書의 버금아들이 바야흐로 홍로시 명찬鳴贊 벼슬이라, 홍로시 연례燕禮하던 날로부터 내 앞에 이르러 은근한 뜻을 뵈고, 그 후 곡반哭班에 만나면 문득 손을 들어 예禮를 하나, 말을 통치 못하는지라, 다만 아는 체 할 따름이러니, 이 날 그 동료 만주 사람 하나를 데리고 장막帳幕을 찾아 이르렀는지라. 곁에 와 앉으되, 두 다리를 버드러쳐 앉으니, 대개 이곳 사람이 바지를 통이 좁게 만들어 겨우 두 다리를 용납容納하는지라, 앉으려 하면 두 다리를 꼬아 주저앉으니 형세形勢 그럴 밖에 없는지라.[13]

1)은 모자에 관한 청인들과 조선인들 사이의 관점을 비교한 글이다. 이 글에서는 조선인들은 모자의 종류나 쓰임새가 다양한 반면, 청인들은 마래기 하나뿐이라는 점, 청인들은 조선인들의 다양한 모자를 빌어 써보고 좋아한다는 점, 만약 청인들이 그들의 마래기를 조선인들에게 강요하면 곤란할 텐데 그러지 않아 다행이라는 점 등을 이야기하고 있다. 후자는 기록자가 더러 만나던 기상서의 아들이 입고 온 바지의 모습을 들어 청인들의 복색을 우회적으로 비웃은 글이다.

이처럼 기록자는 건축물이나 복색의 묘사를 통하여 중국에 대한 호기심을 드러냈다.

---

12) 제4권, 기미년 1월 12일.
13) 제5권, 기미년 1월 26일.

2. 언어와 문자에 대한 관심

기록자는 당대를 대표하던 조선의 지식인이었던 만큼 청인들과의 대화를 통하여 그들의 생각이나 문화를 알고자 하는 욕망이 강했을 것이다. 그러나 현실적으로 중국어나 만주어를 구사하기 못했기 때문에 대부분 역관의 통역을 통하거나 부득이한 경우 필담으로 때우는 것이 고작이었다. 그러면서도 간간이 언어나 문자에 대하여 알아낸 바나 그에 대한 자신의 느낌을 토로하기도 했다. 몇 가지 사례를 들어보기로 한다.

1) 보는 자가 철릭 입은 이를 문디라 하니 문관文官이라 이른 말이요, 군복 입은 이를 무디라 하니 무관武官을 이른 말이요, 무관을 또 '샤'라 일컬으니 '샤'자는 세 가지 뜻이 있으니, 아국의 새우 하鰕자를 한어漢語로 '샤'라 하니, 이 자로 이르면 두 나룻(수염)이 앞에 있으니 전배前陪 비장裨將 한 쌍이 '새우 나룻' 모양이란 말이요, 놀랄 해駭자를 또한 '샤'라 하니 이 자로 이르면 황제皇帝 앞에 시위侍衛한 무관武官을 '샤'라 하니, 위의威儀가 가히 무서움을 이름이요, 아래 하下자로 이르면 무관의 반열班列이 아래 있단 말이라. 석 자에 어느 자 옳은 줄은 자세히 모르나 놀랄 해駭자 의사가 옳은 듯하더라.[14)]

2) 혹 계집의 소리 나매 맑고 가늘어 어훈語訓이 분명하니, 내 비록 한어漢語를 모르나 마디마다 알아들을 귀절이 있으며, 어른 아이 대답하는 소리 또한 요요了了하니, 대개 무식한 계집과 지각없는 어린 것이라도 어차語次에 기이한 문자가 많으니 이럼으로써 한어의 좋음을 알러라.[15)]

3) 역관이 묻되 "업은 아이는 곧 내내奶奶의 딸이냐?" 하니, '내내'는 계집을 위하여 일컫는 한어漢語라. 그 계집이 답왈 "내 창다오倡多誤라." 하니, '창다오'란 말은 아국의 불한당不汗黨 같은 도적을 이른 말이라. 대저 중원 풍속은 딸을 혼인하매 집을 패하고 망하는 사람이 혹 있으니, 여간 형세形勢는 천금에 내리지 아니하고 가난한 사람은 3백냥에 내리지 못한다 하니, 이런 고로 딸을 도적에게 비하여 떳떳이 부르는 명호

14) 제1권, 무오년 11월 30일.
15) 제2권, 무오년 12월 7일.

名號를 삼으니 극히 무식한지라. 역관이 웃어 가로되, "딸을 창다오라 하니 내내도 이 이름을 면치 못하였도다." 그 계집이 또한 웃더라.16)

4) 명찬鳴贊이, 오른편에 선 자가 소리를 높여 이르되 '버레'라 하니, 아국의 '나오라'는 말이다. 이에 패를 좇아 반열을 정제히 한대, 왼편에 선 자가 또 부르되 '야쿠레'라 하니, 아국의 '꿇으라'는 말이라. 일제히 꿇어앉은 후 좌우 명찬이 서로 갈아 세 번을 부르되 '현비례'라 하니, 아국의 '절하라'는 말이더라.17)

5) 혹 저희끼리 숙덕여 '섬아관'18)이라 하니, '무슨 벼슬인고?'란 말이며, '하오치면好體面'이라 하니, '체모가 좋다'는 말이라. '연칭디귀인年靑的貴人'이라 하니, '나이 젊은 귀인貴人'이란 말이라. 혹 옆에 따라오며 이엄耳掩과 각대角帶를 구경하며 서로 지저귀니 대개 좋다 하는 말이 많고 형용形容이 부러워하는 의사라.19)

기록자가 언어에 대하여 지대한 관심을 보인 것은 지식인으로서 자연스러운 일이다. 그는 대체로 한어에 대하여 호감을 갖고 있었던 것 같다. 2)는 이 점을 잘 드러내고 있다. 어훈語訓이 분명하고 똑똑하며 어차語次에 따른 문자의 배치가 기이하다는 점을 강조하고 있는데, 이 점으로 미루어 기록자는 언어에 대한 소양과 함께 큰 관심을 가지고 있었음을 알 수 있다. 1)에서는 청인들이 '문디'로 발음하는 '문적文的'이 문관을 뜻하고, '무디'로 발음하는 '무적武的'이 무관을 뜻한다는 사실, 무관을 부르는 '샤'라는 말이 지칭하는 대상에 있어 조선과 중국이 큰 차이를 보인다는 사실 등을 제시함으로써 언어에 대한 관심을 나타내고 있다. (3)에서는 '내내奶奶'와 '창다오倡多誤'라는 말을 들어 현지의 인정세태를 암시했으며, (4)에서는 궁중의 의식절차 중에 언급되는 말들을 통하여 그것들에 대응하는 우리말을 제시했다. (5)에서도 청인들의 말을 듣고 그 말의 의미와 쓰임새를 추

16) 제2권, 무오년 12월 18일.
17) 제3권, 무오년 12월 28일.
18) '섬마관甚麽官'을 말함.
19) 제3권, 무오년 12월29일.

측했다. 이 기록들을 통하여 기록자는 청국의 언어가 자신의 언어와 다름을 깨달음으로써 분명한 자아인식을 하게 되었으며, 아울러 『무오연행록』이 당시 사용되던 말을 부분적으로나마 보여주는 증거자료로서의 가치까지 지니고 있다는 점을 알 수 있다.

3. 천주교에 대한 관심

조선조 후기 사행들이 북경에서 접하는, 가장 인상깊은 외래문물은 천주교를 비롯한 종교들이었다. 비록 치형을 통한 간접적인 만남이었지만, 서유문도 천주당을 접하게 된다. 기미년 1월 19일 치형은 천주당을 보고 온다. 그의 전언에 기대어 천주당을 묘사한 내용은 다음과 같다.

> 천주당은 서양 사람이 머무는 곳으로, 서양국은 서천西天의 바닷가에 있는 나라이며 중국에서 수만리나 떨어져 있다. 명나라 홍무 초에 처음으로 조공하고 만력 연간(1573~1620)에 서양국 사람이 나와 책력을 만드니 흠천관欽天官 벼슬을 주어 대대로 나와 살게 했다. 그 나라 풍속이 공교하여 온갖 기계를 정묘하게 만드니 명나라 선덕 연간(1426~1435)에 왕삼보라는 사람을 서양에 보내 기이한 보배와 이상한 기명器皿을 무수히 얻어왔다. 명나라 이후로 서양사람들이 끊이지 않고 들어오니 근래는 작품爵品을 주어 후록厚祿을 먹이고 책력 만들기를 전담시키게 되었다. 그 사람들이 한 번 나오면 들어가지 않고 각각 제 나라 법으로 집을 지어 따로 거처하고 중국 사람과 혼잡混雜치 않으니, 동서남북에 집이 있어 이름을 천주당이라 한다. 용마루 없는 집이 공중에 빼어나고 기와 이은 모양과 집 위에 세운 기물器物이 독甕이나 말斗과 같아 그림에도 보지 못하던 제도였는데, 천주당인줄 짐작할러라. 큰 문에 '칙건천주당勅建天主堂' 다섯 자를 썼으니 태상황 어필이요, 동편으로 작은 문이 있으니 이 문을 들매 두 편에 채각彩閣을 세우고 남향하여 10여장 높은 집이 있으니, 아로새긴 창窓과 비단발이 예사 제도와 다르고, 발을 들고 문을 여니 굴 속에 드는 것 같고, 사람의 소리 공중에 맞추는데, 이것이 곧 천주를 위하는 곳이다. …북편 벽 위에 당중當中하여 한 사람의 화상畵像을 그렸으니 계집의 상이요, 머리를 풀어 좌우로 두 가닥을 드리우고 눈을 치떠 하늘을 바라보니 무한한

생각과 근심하는 거동인데, 이것이 천주라 하는 사람이다. 형체와 의복이 다 공중에 띄워 섰는 모양이고, 서 있는 곳이 감실龕室 같은데 처음 볼 때는 소상塑像으로만 생각했는데, 가까이 가보니 그림이었다. 나이 30 남짓한 여자요, 얼굴빛이 누르고 눈두덩이 심히 검푸르니 이는 항상 눈을 치떠 그러한가 싶고… 서양사람은 종시 나와 보는 일이 없더니, 돌아올 때에 천주 위하는 집에서 무슨 경 읽는 소리나거늘 문을 열어 보니, 아까 보던 관冠과 옷을 입고 북벽北壁 밑으로 돌아다니며 무슨 소리 하니, 키 작고 얼굴이 검으며 인물이 심히 모질어 뵈더라. 성姓은 탕개라 하고 이름은 기록지 못하며, 근래는 아국 사람이 이 곳에 가는 일이 없는지라 아국 사람이 가니 지키는 자가 묻기를 '이 곳에 다니는 것을 귀국貴國에서 금한다 하더니 어떻게 왔는가?' 하니, 괴이하더라. 공자孔子 가라사대, '말이 충성되고 미더우며 행실이 도탑고 공경하면 비록 만맥蠻貊 지방이라도 가히 행하리라' 하셨고, '저는 저요 나는 나니 제가 어찌 내게 더러우리요' 하니, 천주당을 구경 아니함이 또한 괴이한 의사라.[20]

천주교를 사상이나 종교적 측면보다는 서양문물의 통로로 보고자 한 것이 서유문의 인식이었다. 이 부분은 홍대용이 천주당을 방문하여 선교사들을 만나고 파이프 오르간 등 서양의 기물들을 접하는 기사와 크게 다름이 없다.[21] 그러나 홍대용은 스스로 천주당을 방문하여 각종 기기器機들을 살펴보거나 선교사들과의 필담을 통하여 서양 문물과 천주교에 대한 호기심을 나타낸 반면, 서유문은 그 자신이 직접 천주당을 방문하지 않고 단순히 치형의 전언을 그대로 기록한 점이 다르다. 물론 치형 역시 조선의 지식인으로 보이기 때문에 의식의 면에서 서유문과 그다지 멀었다고 할 수는 없을 것이다.

말미에 덧붙인 공자의 말은 외부의 사상이나 문물에 대한 당대 지식인들의 이중적인 내면의식을 엿볼 수 있게 한다. 즉 국가적으로 이루어지던 이념적 통제에도 불구하고 내면적으로는 자신들과 다른 의식이나 사상에 큰 관심을 갖고 있었다는 점이다. 공자의 말을 빌어 그러한 행위가 초래할 위험성을 희석시키고자 하는 용의주도함 또한 보여준 것으로 보인다. '저

20) 제4권, 기미년 1월 19일.
21) 조규익 · 소재영(1997), 218쪽.

는 저요, 나는 나'라는 말은 이 당시 실용 노선으로 기울어 가던 일부 지식인들이 외부 사조에 대하여 어느 정도 자신감을 지니고 있었음을 암시하는 선언인 셈이다.

▲북경 천주교 남당에 있는 동판

4. 지리 및 지형에 대한 관심

사행이 거치는 노정이나 그에 대한 설명의 상당 부분은 역사학과 인문지리학의 종합적인 성격을 띠는 동시에 지리 및 지형에 대한 기록자 서유문의 소양이나 분석력이 탁월하게 발휘된 모습을 보여준다. 그런 변증이나 분석은 주로 과거에 그가 접했던 문헌들을 근거로 이루어지는데, 기록으로부터 얻은 지식을 현장에서 확인하고자 했다는 점에서 조선조 지식인들의 안목이 비로소 실용적 측면으로 들어서는 단초가 이루어졌다고 볼 수 있다. 그 한 예로 안시성에 대한 변증(제1권, 무오년 11월 23일)을 살펴 보자.

> 첫 새벽에 길을 떠나 5리를 행하매 마두馬頭가 고하여 가로되, "이 지명이 안시성이라." 하거늘, 내 번연翻然히 네 녘을 돌아보니, 다만 큰 뫼가 하늘에 닿았고, 수목이 총잡叢雜하여 별빛과 달 그림자의 일만 형상이 희미

한지라. 내 도리어 머리를 드리워 스스로 생각하되, 당태종의 위무威武와 지략智略으로 친히 육사六師를 거느리고 능히 외로운 작은 성의 한 배신陪臣을 당치 못하여 다만 성하城下의 군사를 빛내고 비단을 주어 신하 된 사람의 충의를 기리고 속절없이 돌아가니, 대개 능히 제어치 못할 줄을 살펴 보았는 고로 이러한 전도顚倒한 솜씨를 부려, 인군 된 자 회홍광대恢弘廣大하여 항복지 아니하는 것은 거리끼지 아니하고 제 임금을 위하여 아름다운 충성을 성취함이라. 진실로 가히 뜻을 얻을까 싶으면, 비록 세월을 허비하여도 반드시 1백 계교로 쳐 깨어 눈 상한 부끄러움을 씻으려니와, 어찌 헛되이 말머리를 돌이켰으리오. 하물며 양만춘楊萬春이 이에 감히 성상城上에 올라 천자께 절하여 하직하노라 하니, 어찌 그렇게 장하며 어찌 그렇게 의기義氣 있느뇨. 이 또한 인군의 군사 좋아하는 자의 밝은 경계 되리로다. 내 일찍이 글을 읽어 그 시사時事를 헤아리더니, 이제 그 땅에 이르러 그 사람을 보는 듯하나, 바다의 티끌과 뽕나무밭이 특별히 잠깐 사이라. 끼친 자취를 어루만져 슬픔을 이르며 옛터를 찾아 눈을 굴리니 어찌 기이치 않으리오. 『노가재일기』에 이르되, "이는 고구려 동명왕이 쌓은 성이요, 안시성이 아니라." 하니, 안시성이 어찌 홀로 동명왕의 쌓은 바가 아니리요. 『일통기一統記』를 보건대 이 짐짓 안시성이라. 이리로 5리를 행하여 주필산駐蹕山이 있으니 이 또한 밝은 증험이라. 주필이란 말은 임금이 거둥하여 머문단 말이니, 당태종이 고구려를 칠 때에 이 뫼에 머물렀는 고로 이름을 주필산이라 하니라. 구책문舊柵門에 이르니 해가 비로소 돋는지라. 봉황산이 붓끝같은 묏부리에 창검을 늘어 세운 듯하니, 돌이 푸르고 명미明媚하여 잠깐 보매 아국 수락산水落山 의사意思 있더라. 봉황성에 이르니 안시성에서 30리라. 아국 옛 방언方言이 봉황을 이르기를, '안시'라 하니 아해兒孩 글자 배움에 안시봉安市鳳이라 하는지라. 이를 보건대 안시와 봉황이 대개 한 이름이라. 아국은 안시라 일컬으며, 중국은 봉황이라 일컬으니, 이제 봉황성이 옛 안시성이 아닌 줄 알리요마는, 그러나 내 소견으로 헤아릴진대, 안시성은 산을 의지하여 험한 것을 지키니 가히 보장이 되려니와, 봉황성은 평지에 성을 쌓아 형승을 일컬을 것이 없으니, 백만정병이 부딪쳐 칠진대 출중한 재주라도 응변應變하기 어려울지라. 새벽에 지난 곳이 분명 안시성이요, 혹 이르기를, "안시성이 요양遼陽 개주開州 지방에 있으니 여기서 70리라." 이르나, 대개 와전訛傳한 의논이라. 세상이 전하되, "안시성주安市城主를 양만춘이라." 하니, 이 말이 『당서연의唐書衍義』라 하는 책에 있으나, 『사기史記』에 보인 일이 없으니, 족히 취신取信치 못하리라 하니, 이는 분명한 의논이라.[22)]

서유문은 안시성의 지리적 현황과 유래 및 역사적 사실을 밝히기 위해 『노가재연행일기』·『일통지一統志』·『당서연의』·『사기』 등 여러 문헌들을 동원했다. 특히 다른 부분에서와 마찬가지로 이 부분에서도 『노가재연행일기』의 기술을 비판하는 태도로 임하고 있는데, 특히 봉황성과 안시성이 같은 대상을 지칭하는 명칭임을 추론해내는 솜씨가 두드러진다. 그가 당대의 지식인들이 절대시하던 중국 측 사료나 문헌뿐만 아니라 우리나라의 방언까지 방증 자료로 제시하여 대상을 밝히고 있다는 점에서 실학의 학풍을 수용했을 가능성도 충분히 있다. 중국에서의 견문은 주로 치형과 역관들의 전언을 통한 간접 경험으로 처리했으나, 중국에 오고 가면서 거칠 수밖에 없던 노정들과 그에 관련되는 역사적·지리적 사항들을 치밀한 논리로 따져 적었음을 볼 수 있다. 서유문이 보여주는 학문적 자세 또한 여기서 확인하게 된다.

5. 옛 사신들의 발자취와 연행록에 대한 관심

사신들은 이전 사람들이 저술한 연행록들을 지참했던 듯하다. 이 가운데 『노가재연행일기』와 『담헌일기』는 대표적인 것들이었으며, 서유문 또한 이것들을 바탕으로 노정에 대한 설명을 전개한 것으로 보인다. 그러나 그것들에 대하여 대체로 비판적인 태도를 보이고 있다. 안시성의 변증과 관련하여 『노가재연행일기』에 대한 비판(제1권, 무오년 11월 23일)/황제의 정조正朝 거둥에 관한 『노가재연행일기』·『담헌일기』의 부정확성 지적(제3권, 기미년 1월 2일)/황극전에 관한 『노가재연행일기』의 오류 지적(제3권, 기미년 1월 6일)/문연각에 관한 『노가재연행일기』의 기록(제5권, 기미년 1월28일)/노구교 및 서산 관람과 관련한 『노가재연행일기』의 기록을 보고 자신의 졸렬함을 한탄한 일(제5권, 기미년 2월 2일) 등을 보면, 서유문은 사행길 내내 그들 기록을 참고자료로 활용했음을 확인할 수 있다. 한 예를

---

22) 제1권, 무오년 11월 23일.

들면 다음과 같다.

> 상사가 행중行中에 『노가재일기』를 가져왔거늘, 내 길에서부터 한 권씩 빌려 보더니, 다 못 본 것을 어제오늘 다 보니, 북경 길에 구경을 궁진窮盡히 함은 타인에 미칠 바 아닌 듯한지라. 그 각산사에서 혼자 밤을 지내고 천산을 찾아 여러 날 애쓰던 것이 더욱 기이하되, 노구교와 서산을 구경치 못함을 깊이 한하는 바일러라 일컬었으니, 사신이 되어서는 비록 구경을 이같이 하고자 하나 얻지 못할 일이어니와, 나는 근년의 사행 보던 바도 또한 못 본 곳이 많으니, 노가재로 하여금 천재千載의 졸拙한 사람임을 웃으리로다.23)

서유문은 사신 본연의 임무나 사신으로서의 체모를 중시한 듯하다. 그러다 보니 이전의 사행들이 가본 곳들도 미처 보지 못하는 경우가 허다했다. 그러나 서유문으로서는 가능하면 사람들을 마주치길 원하지 않았고, 불가피할 경우 치형이나 역관들을 대신 보내어 간접 견문을 얻고자 했다. 어쨌든, 사신 일행은 그 전 사신들의 발자취를 철저히 참고했으며 그 방법으로 그들이 남긴 연행록을 사행의 안내서로 삼았음이 분명하다.

Ⅴ. 기록자의 자아인식

서유문은 중국에 있는 동안 사신으로서의 체면을 중시하여 본연의 임무만을 수행하려 했다. 그 의식의 근저에는 청나라를 멸시하는 무의식적 관점이 자리잡고 있었는데, 그런 무의식은 대명의리관이나 소중화 의식으로부터 연원된 것임은 물론이다. 중국의 황제가 주는 상을 받고 나서 "상 주는 것을 보매 다 오랑캐 관복冠服이라, 부사가 나를 돌아보고 웃으니, 통관이 아무런 줄을 모르는 것이 다 이 유라, 극히 우습더라."고 한 말이나,

---

23) 제5권, 기미년 2월 2일.

"초 7일 녹육鹿肉 반사頒賜함으로부터 혹 사흘 사이 닷새 사이에 궐내闕內로 음식 상사賞賜가 끊이지 않다가, 오늘 이 상이 있으매 통관들이 역관더러 이르되, '신황제 조선 대접이 태상황 때에 지나도다' 하더라 하니 우습더라."[24] 등의 비웃음은 청국에 대한 멸시의 결과라고 할 수 있다. 서유문은 끝까지 청국을 인정하지 않다가 죽음을 당한 청음 김상헌을 존경한 사람이었다. 『무오연행록』에도 청음과 관계되는 일이 기록되어 있다. 즉 섭등교葉登喬가 치형에게 보낸 시[25] 가운데 첫 귀 안짝이 바로 명나라 말년 바다를 건너 사신으로 가던 청음이 등주·내주 땅을 지나다가 왕어양王漁洋과 수창酬唱한 구절인데, 왕어양이 편찬한 『감구집感舊集』에 실려 있다고 했다. 청나라 초기의 한 선비도 자신의 시에 청음의 시귀를 안팎으로 차용하여 썼는데, 이 점으로도 청음의 글귀가 중국인들에게 회자됨을 알 수 있다고 했다.[26] 그러면서 "청음선생의 탁연卓然한 절의節義를 섭생이 능히 아는지 모르겠다."고 안타까워하기도 했다. 당시까지도 조선조의 유학자들은 자신들의 체제나 문화를 소중화로 자처하며 청나라를 멸시하고 있었다. 특히 명나라가 망하고 청나라가 들어서면서 중화적 문물은 조선만이 지니게 되었다고 믿었으며, 그러한 논리로 이적夷狄인 청나라를 쳐야 한다는 북벌론이 그 시기까지도 체제 유지의 당위적 명분으로 힘을 발휘하고 있었던 것이다.[27] 『무오연행록』의 도처에서 발견되는 실용주의적 색채에도 불구하고 서유문 자신은 당대에 보편적이던 화이관이나 소중화 의식의 자장磁

---

24) 제4권, 기미년 1월 22일.

25) 제5권, 기미년 2월 1일의 "澹雲微雨蕭孤寺/東國風流想見之/海外昔存殷社稷/眼中猶照漢威儀/萬里心期一杯酒/幾多別淚灑金巵/相風烏動潮初起/貫月槎回春自歸" 참조.

26) 이와 같은 내용이 담헌 홍대용의 『을병연행록』 권 6 초삼일조("그대 김상헌을 아느냐 하거늘 내 말하기를 김상헌은 우리나라 정승이요 별호는 청음선생이니 도학과 절의로 우리나라의 유명한 사람이거니와 그대 팔천 리 밖에서 그 이름을 어이 들었는가? 엄생이 동편 캉을 창황히 가더니 한 권 책을 가져와 보라 하니 제목은 <감구집>이라 하였고 왕어양이라 일컫는 사람이 여러 사람의 시를 모은 것이라. 처음 선생이 대명 말년에 수로로 사신을 들어가실 새 동래 땅에 이르러 왕어양과 더불어 수창한 글이 있는지라. 이러므로 이 책의 글과 이름이 올랐으니 두 사람이 청음의 높은 절의를 미쳐 듣지 못하였으나 이 곳에 이르러 첫 번 수작에 먼저 청음을 일컬으니 가장 기이한 일일러라.")에도 나와 있다.

27) 조규익·소재영(1997), 222~223쪽.

場 내에 들어 있었다. 명시적으로 언급하지는 않았어도, 되도록 사람들과의 접촉을 피하려 한 것도 사실은 그런 이유 때문이었다. 여기서 서유문의 자아인식을 찾아볼 수 있는 것이다.

Ⅵ. 기록문학사적 의의

김창업의 『노가재연행일기』[28](1712. 11. 3.~1713. 3. 30.)는 흔히 연행록의 교과서로 꼽힌다. 김창업은 1721년 사은겸삼절연공사의 정사로 북경에 가는 장형 김창집의 자제군관 자격으로 수행하는데, 1712년 11월 3일부터 1713년 3월 30일까지 146일간의 기행 견문을 일기체 형식의 산문과 137수의 한시로 기술한 것들이 『노가재연행일기』와 『연행훈지록』이다. 그 뒤를 잇는 것이 『담헌연기』다. 담헌은 1765년(영조 41년) 동지사행의 서장관으로 입연入燕하는 숙부 홍억의 자제군관 자격으로 동행했는데, 1765년 11월 2일 서울을 떠나 이듬해 4월 27일 서울에 돌아옴으로써 만 6개월의 사행을 기록으로 남겼다. 『노가재연행일기』와 『담헌연기』의 시차는 53년인데, 담헌은 준비 단계에서부터 『노가재연행일기』를 교재로 삼았다. 흥미로운 것은 『노가재연행일기』의 경우 『연힝일긔』라는 국문본이, 『담헌연기』도 『담헌연행록』[29]이라는 국문본이 한문본과 동시에 남아 전해진다. 사대부 계층의 독자를 의식한 한문본과 별도로, 여성 및 일반 독자를 의식한 국문본이 함께 전해진다는 사실은 해외 여행기에 대한 독자층의 이중적 수요 외에 18세기를 여는 한글문화의 개화가 중국의 선진문화를 소개한 기행문학으로부터 비롯되고 있음을 보여준다.[30] 그 뒤를 잇는 것이 박지원의 『열하일기』다. 박지원은 1780년(정조 4) 여름 청나라 건륭황제의 칠순연 축하

28) 『무오연행록』에서는 이 책의 제목을 『노가재일기』로 약칭했다.

29) 『무오연행록』에서는 『담헌일기』로 약칭했다.

30) 조규익 · 소재영(1997), 238쪽.

사절단의 한 사람인 족형 박명원의 자제군관으로 입연했다가 돌아와 『열하일기』를 남겼는데, 『담헌연기』와는 15년, 『노가재연행일기』와는 68년의 시차를 보인다. 따라서 『무오연행록』은 『열하일기』와 18년의 시차가 있다. 서유문이 상사에게 『노가재연행일기』를 빌어 통독했다는 사실이 언급되어 있으며 도처에서 『담헌일기』와 『노가재일기』가 전거로 인용되고 있음을 볼 때 이 두 문헌은 『무오연행록』의 교과서 역할을 했음이 분명하다.

이들보다 훨씬 앞서는 기록이 바로 『죽천행록』이다. 『죽천행록』은 『노가재연행일기』보다 70여년 가까이 앞서며, 『담헌연행록』보다는 120여년이 앞선다. 여러 방증으로 미루어 죽천 이덕형이 사행을 다녀온 1625년부터 1645년 사이에 『죽천행록』의 기본 텍스트인 비망록이 정리되었고, 그의 사후인 1645~1647년에 현재의 『죽천행록』은 이루어진 것으로 보인다.[31] 따라서 현재 두드러지는 사행록들은 '『죽천행록』-『노가재연행일기』-『담헌연기』-『열하일기』-『무오연행록』'으로 그 통시적 배열이 이루어지며, 이것들을 중심으로 이 기간의 기록문학은 하나의 뚜렷한 틀을 형성했다고 할 수 있다.

Ⅶ. 결 론

정조 22년(1798) 10월 19일부터 이듬해 4월 초2일까지 160일에 걸쳐 삼절연공겸사은사행의 서장관 학수 서유문이 기록한 『무오연행록』은 내용이나 체재 면에서 보기 드문 국문 사행록이다. 서울을 출발하여 돌아오기까지 단 하루도 빼놓지 않았다는 점, 상당 부분이 간접 경험들이긴 하나 풍부한 내용과 충분한 고증으로 이루어졌다는 점 등에서 『무오연행록』의 사행문학적 가치는 두드러진다.

---

31) 조규익(2002), 55쪽.

『무오연행록』은 전체 6권으로 되어 있으며, 무오년 12월 20일부터 6권 첫 부분인 기미년 2월 7일까지 55일간의 기록은 북경에서의 활동을 내용으로 하는 부분이다. 이 기간 동안 입궐한 것 외에는 단 하루도 관을 나가지 않았으면서도 견문들을 소상하게 적어 놓은 점이 흥미롭다. 군관이나 통사 등이 얻어온 견문을 옮긴 것으로 보이는데, 이 점이 기록자 스스로 밖에 나가 견문을 구하여 기록한 다른 연행록들에 비해 특이하다. 기록자가 스스로 밝힌 바와 같이 공적인 일로 사행을 온 만큼 공관과 대궐 이외에는 관심을 가질 수 없었기 때문이겠지만, 그보다는 소중화 의식을 바탕으로 기록자가 지니고 있던 청나라에 대한 혐오감이 더 크게 작용했을 것이다.

삼절연공겸사은사행 자체가 연례적이었던 만큼 특별한 우여곡절이나 사건, 혹은 그로 인한 긴장감은 있을 수 없었다. 특별한 문제의 해결을 위해서 파견된 입장이 아니었으므로 평탄한 견문이 주를 이루는 것은 당연하다. 노정의 상세한 기록이 주를 이룬 것도 그 때문이다. 다른 연행록들의 경우도 마찬가지이겠으나, 특히『무오연행록』에는 기록자의 '관심'과 함께 해박한 분석이 두드러진다. 물론 분석뿐 아니라 그러한 문물에 대한 경이감을 '문학적'으로 표현한 부분들 또한 도처에서 발견된다. 말하자면『무오연행록』의 내용은 '관심 → 발견 → 놀라움'이라는 기록자의 내면적 움직임 속에서 구체화되었다고 볼 수 있다는 것이다. 이런 점은 '중국의 문물제도 및 풍속에 대한 관심, 언어와 문자에 대한 관심, 천주교에 대한 관심, 지리 및 지형에 대한 관심, 옛 조선 사신들의 발자취에 대한 관심' 등으로 요약될 수 있다.

현재까지 밝혀진 사행록이나 연행록들은 '『죽천행록』-『노가재연행일기』-『담헌연기』-『열하일기』-『무오연행록』'으로 그 통시적인 맥이 연결된다.『무오연행록』은 이 계열의 마무리 단계에 위치하며 연행록의 전형을 보여준다는 점에서 중시될 만하다.

| 4 |

사행가사의 해외체험과 세계관

〈일동장유가〉와 〈병인연행가〉

Ⅰ. 서 론

<일동장유가>와 <병인연행가>[1]는 국가의 명으로 해외에 다녀온 사절들의 가사 작품들로서 넓게 보아 기행가사에 속한다. 뿐만 아니라 '지식인에 의한 해외체험의 기록'이라는 점은 두 작품의 가장 두드러진 공통요소다. 비록 서술의 주체는 공적인 임무를 띤 사절이지만, 기록 자체는 개인적인 보고의 성격이 강하다는 점에서 두 작품은 공적·사적 성격을 공유한다. 기행가사를 절충적 입장에서 '관유가사·사행가사·유배가사' 등으로 분류할 경우[2] <일동장유가>와 <병인연행가>는 사행가사에 속한다. 그리고 이것들은 해외 기행가사의 범주에도 속한다.

조선조 후기로 접어들면서 기행 부류의 가사가 장편 화하고 서사적 성격이 농후해진 것은 가사의 복합 장르적 요소들 가운데 서사성의 극대화[3]나 묘사와 전달의 효율성이라는 현실적 필요성 때문이었다. 가사는 시에 비해 설명적이며 산문에 비해 함축적인 장르다. 부연을 본질로 하는 산문

1) 학계에는 '연행가'로 알려져 있으나, '연행가'라는 명칭의 가사가 여럿 있기 때문에 혼란을 피하기 위해 '병인연행가'로 부르고자 한다는 임기중(2001b : 25)의 견해를 따른다.
2) 최강현(2000), 63~64쪽.
3) 전일환(1990), 163쪽.

이라 해도 여행길에서 얻는 견문들을 모두 보여주기는 어려웠다. 또한 축약과 서정적 초점 화를 주로 하는 시 양식을 통해 그 견문들을 보여주기는 더더욱 어려웠다. 이런 상황에서 가장 효율적인 장르는 양자의 장점을 겸할 수 있는 가사였다. 가사는 함축적인 표현이 가능하면서도 시보다 훨씬 서술적이다. 따라서 묘사와 전달에 있어서 산문이나 시에 비해 월등한 효과를 발휘할 수 있었다. 여기서 기행가사 등장의 필연성을 확인할 수 있다. 기행가사의 기능으로 제시된 교본성敎本性·탄원성歎願性·진정성陳情性 등[4]에서도 기행문학으로서의 가사가 지닌 효용가치는 분명해진다. 이런 성격들을 포함하는 가사의 문체적 효율성이야말로 여행자들이 해외여행의 체험을 기록하기 위해 가사를 원용한 이유였을 것이다. 그들은 가사의 장르적 본질과 여행자들의 세계관이 조화를 이룰 수 있다고 본 것이다. 행동규범이나 자연·사회·인간에 대한 하나의 체계를 이루는 총괄적 견해가 세계관이므로, 그 속에는 철학적·정치적·윤리적·미적·자연과학적 견해가 일정한 방식으로 용해되어 있다.[5] 사실 연행사나 통신사들이 인식의 대상으로 삼고 있던 외부세계는 기껏 중국이나 일본에 불과했고, 그들의 의식 또한 중화주의나 한문학적 우월주의[6]가 고작이었다. 일부 연행사들이 자각을 통해 세계관 확대의 가능성을 보여주었고, 그것이 실학의 발흥 등 시대적 변화에 기여한 일면도 있었지만, 대부분은 뛰어난 개인적 자질에서 기인한 것이었다. 홍순학洪淳學(1842~1892)이나 김인겸金仁謙(1707~1772)이 제대로 된 세계관을 갖추지

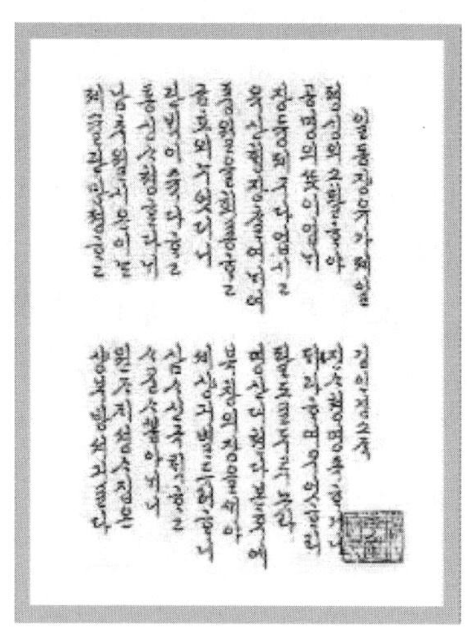

▲〈일동장유가〉 첫 장. 규장각 소장

4) 최강현(2000), 271~342쪽.

5) 『브리태니커 세계 대 백과사전』 12(1996), 175쪽.

6) 김태준(1988), 25쪽.

못했다면, 그것 역시 시대적 한계 때문이었다. 그러나 그들이 대상 세계를 제대로 보고자 한 '개인적 의욕'만큼은 누구보다 치열했다. 그들이 결국 대상 세계에 대하여 눈을 뜨게 되고 세계관의 확대를 이룰 수 있었던 것도 그런 개인적인 의욕과 출중한 자질 덕분이었다. 그리고 그와 같은 세계관의 확대를 가능케 한 요인이 바로 '현지에서의 체험'이었다. 따라서 해외체험과 세계관의 확대는 불가분의 관계로 연결된다.

기록자들은 이 가사들을 통해 어떤 시선으로 해외의 산천이나 문물들을 바라보았는지, 작품에 표출된 두 작가의 해외체험이나 세계관은 어떤 측면에서 같고 다른지 살펴보는 것은 해외체험과 세계관 확대의 상관성을 밝히는 데 긴요하다고 보며, 그것이 바로 이 글의 핵심적인 내용이다.

Ⅱ. 사행가사의 존재론적 근거

중국과 일본을 다녀온 조선조의 사행자들은 방대한 기록을 남겼고, 현재 그것들은 국문학의 현실적인 한 부분으로 인정되고 있다. 그것들은 조천록・연행록 등 수백 편의 산문기록들,[7] 수 편의 가사들,[8] 내용상 직・간접으로 관련되는 수백 편의 한시들로 분류된다. 사행은 정・부사와 서장관 및 다수의 수행원들로 구성된다. 따라서 이들 중 누구라도 사행 중의 일들을 기록할 수 있었다. 대개 정부에 대한 공식적인 보고 목적의 기록과

7) 임기중(2001b : 21)은 연행록이 400여종에 이른다고 했으나, 지금도 계속 발굴되고 있으므로 실제로는 그보다 훨씬 많을 것이다. 일본 통신사의 기록들은 전해지는 22편 중 정몽주의 시를 포함한 20편의 기록들이 『海行摠載』(1989)라는 이름으로 묶인 바 있다.

8) 임기중(2001b : 22)과 최강현(2000 : 170)은 <燕行別曲>(작자 미상)・<西征別曲>(朴權)・<西行錄(戊子西行錄)>(金芝叟)・<丙寅燕行歌>(洪淳學)・<北行歌>(柳寅睦) 등 5작품을 연경 사행자들의 가사로 들었고, 최강현(2000 : 213~224)은 일본 통신사행을 기록한 가사로 <日東壯遊歌>(金仁謙)와 <遊日錄>(李台稙) 등 2편을 들었다.

사적인 기록으로 나뉘는데, 내용이나 표현에 제한을 받을 수밖에 없는 전자와 달리 문학적 의미를 부여할 수 있는 것은 후자에 국한된다. 후자의 경우도 사행에 참가하지 못한 기록자의 주변 인물들에게 읽힐 목적으로 기록했다고 보아야 하기 때문에 '보고'의 성격을 갖는 것은 전자와 마찬가지다.[9)]

사행록은 한문과 국문 등 두 가지의 표기체계로 이루어져 있다. 국가에 대한 공식적 보고문은 당연히 한문으로 기록되었으며, 기록자가 국문에 익숙지 않은 경우에도 한문표기를 벗어날 수 없었을 것이다. 가사를 포함하여 상당수의 중요한 사행록들[10)]은 국문으로 기록되어 있다. 사실 국문 사행록은 한문 사행록들과 병행되어왔으며, 시간적 선후에 따라 서로 영향을 주고받으며 새로운 문체적 관습을 형성해 나왔다. 예컨대 홍대용은 국문본 『을병연행록』을 먼저 쓴 다음 한문본 『담헌연기』를 발표한 것으로 추정되는데, 이 점은 한문의 순정성醇正性을 유지하려는 당대 지배계층의 노력이었던 동시에 국문 표기의 현실적 필요성을 감안한 선택이기도 했다.[11)]

그러나 사행가사는 표기체계상 국문이라는 점에서 한문 사행록과 다르고 문체상 운문이라는 점에서 국문 사행록과도 다르다. 국문으로 기록한 것은 우선 수용계층으로서 부녀자를 염두에 두고 있었다는 점과 한문으로는 표현할 수 없는 섬세한 상황들을 모두 담아내고자 한 기록자로서의 욕망 때문이었을 것이다. 같은 국문표기일지라도 사행가사가 산문의 사행록과 다른 점은 실현화의 양상에 있었다. 즉 단순한 상황의 묘사에 그치는 것이 아니라 서사·교술 등 주제의 극대화를 통하여 기록자의 의도를 전달하는 데 가사 장르 선택의 의도가 있었던 것이다. 또한 산문기록보다는 덜 설명적이고 덜 구체적이지만, 산문기록에서는 얻기 힘든 정서적 고양을 이룰 수 있다는 점에서도 그들은 가사장르를 선택했으리라 본다.[12)] 이처

---

9) 정영문(2002 : 257)은, 작가는 대상에 관하여 독백과 보고의 방법으로 서술하게 되는데, 독백이 우세할 경우 자신의 내면적 표출이 많아지고, 보고가 우세할 경우 객관적 표현이 확대된다고 했다.

10) 예컨대, 『죽천행록』(허목)·『연힝일긔』(김창업)·『을병연행록』(홍대용)·『무오연행록』(서유문) 등을 들 수 있다.

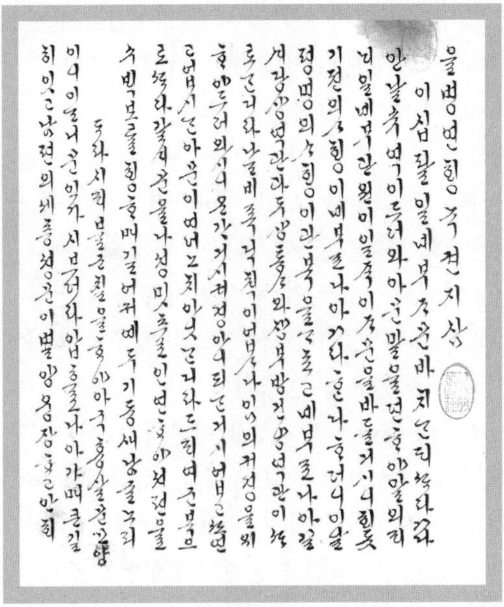

▲ 을병연행록, 숭실대학교 기독교박물관 소장

럼 표현과 전달의 효율성을 바탕으로 한 장르 선택의 타당한 이유는 사행가사에 노출된 관찰자의 시선이나 세계관과 함수관계에 놓이는 내용이기도 하다.

조선조 후기의 주된 외교 대상은 청나라와 일본이었다. 청나라는 명나라에 이어 사대의 대상이었고, 일본은 교린의 대상이었다. 대상에 따라 사행의 형태나 목적 역시 달랐다. 청나라에 대해서는 매년 네 차례의 정기적인 사행(정조사正朝使·성절사聖節使·천추사千秋使·동지사冬至使)과 다양한 부정기적 사행을 파견했고, 일본에 대해서는 경차관敬差官·회례사回禮使·쇄환사刷還使 등 다양한 명칭과 목적의 통신사를 파견했다. 사대와 교린이라는 교류의 두 가지 형태는 상호 위상의 차이 때문에 생겨났다. 그러나 양자는 규모나 인적 구성의 측면에서 다르긴 했지만, 방법이나 위계 등 사행 구성의 본질적 측면의 차이는 없었다. 뿐만 아니라, 명·청 교체 이후 크게 변한 동북아시아의 국제질서를 감안하면 내면적으로는 양국에 대한 조선의 자세에도 차이가 있을 수 없었다. 오랑캐 청나라가 중화의 명나라를 무너뜨리고 중원의 지배자로 등장하면서 존속되어오던 화이 구분의 세계관은 혼란을 겪을 수밖에 없었으며, 임진왜란을 겪으면서 일본에 의해 '소중화적 자존의식'을 손상 받은 조선으로서도 마찬가지로 세계관의 혼란을 겪을 수밖에 없었다. 사행가사에 등장

11) 조규익(2003), 84쪽.
12) 조규익(2002b), 17~18쪽.

하는 견문의 내용은 다를 수 있어도, 중국과 일본에 대한 지식인들의 관점만큼은 일치했으리라 보는 것도 그 때문이다. 작품에 드러난 기록자의 시선과 세계관은 두 나라를 밟으면서 얻게 된 견문을 통해, 그리고 그런 견문들에 대한 그들 나름의 해석을 통해 소상히 드러나기 때문이다.

관유가사의 경우도 마찬가지다. 외교적 사명만 벗어난다면, 사행자들 역시 관유자였다. 사실 연행록을 남긴 지식인들은 중국을 비롯한 해외체험을 갈망했으며,[13] 그것은 자신의 관념적인 지식의 사실성 여부를 확인하고 싶은 지적 욕망이기도 했다. 모든 사행자들이나 관유자들의 경우를 조사해 보지는 않았으나 그들이 확인하고 싶었던 것은 '중화와 오랑캐'의 존재 여부나 그 구분의 근거였다. 특히 임진왜란과 병자호란 이전에는 우주에 편재한다고 생각되는 천리나 도리 상 오랑캐가 중화를 패퇴시킨다거나 왜구가 소중화인 조선을 능욕한다는 것은 상상도 할 수 없는 일이었다. 그러나 오랑캐가 중원의 지배자로 등장했고, 임진왜란을 통해 소중화인 조선이 치욕을 당한 것은 부정할 수 없는 현실이었다. 오랑캐인 청나라나 일본의 존재를 백안시하려는 인사들도 있었겠으나, 지각 있는 대부분의 지식인들은 그들의 존재를 확인하고 싶어했다. 그래서 청나라 등장 이후의 사행록이나 사행가사에서 발견할 수 있는 관심의 초점은 청나라 속에서 오랑캐인 점과 오랑캐 아닌 점을 찾아내는 일이었다. 그 점은 일본 통신사의 기록에서

---

13) "문물이 비록 변하나 인물은 고금이 없으니 어찌 한 번 몸을 일으켜 천하의 큼을 보고 천하 선비를 만나 천하 일을 의논할 뜻이 없으며, 또 제 비록 더러운 오랑캐나 중국을 웅거하여 백여년 태평을 누리니 그 규모와 기상이 어찌 한 번 보암직하지 아니리오. 만일 이적의 땅은 군자가 밟을 바 아니요, 호복한 인물은 족히 더불어 말을 못하리라 하면, 이는 고체한 소견이요, 인자의 마음이 아니라. 이러므로 내 평생에 한 번 보기를 원하여 매양 근력과 정도를 계량하고 역관을 만나면 한음과 한어를 배워 기회를 만나 한 번 쓰기를 생각"<소재영 · 조규익 · 장경남 · 최인황(1997 : 19)>했다는 담헌 홍대용의 말이나 "우리의 형제들은 모두 중국을 한 번 보고 싶어 하던 때였다. 숙씨가 가려고 하다가 그만 두고, 내가 대신 타각의 명목으로 계하되니, 조롱과 비난이 일시에 일어났고 친구들은 흔히 만류하였다. 나는 농으로 답하기를, '공자께서 미복으로 송을 지나신 것은 오늘에도 통행되는 일인데, 어찌 유독 나에게만 불가한가?' 하여 듣는 이가 모두들 웃었다"<『국역 연행록선집 Ⅳ』(1976 : 42)>는 노가재 김창업의 말은 당시 상당수의 지식인들이 해외 체험에 대한 갈망이 상당했었음을 알 수 있게 한다.

도 마찬가지였다. 조선의 입장에서는 청이나 일본 모두 오랑캐의 범주에 속하는 대상들이기 때문이었다. 사행록에서 기록자의 시선과 세계관이 중요한 이유도 바로 그 점에 있다.

Ⅲ. 두 작품의 관계

이 글의 대상은 <일동장유가>와 <병인연행가>다. <일동장유가>는 이른 시기의 사행가사이면서 질・양의 면에서 두드러진다. 특히 작자 김인겸은 비록 권력의 핵심부에 속해있는 인물은 아니었으나 스스로 밝힌 바와 같이 청음 김상헌의 현손이며 김창집의 5촌 조카였다.[14] 김상헌의 아들인 광찬光燦에게는 수증壽增・수흥壽興・수항壽恒 등의 적자嫡子들과 네 명의 서자들이 있었고, 서자들 가운데 수능壽能의 아들 창복昌復으로부터 인겸仁謙과 네 딸이 나왔다. 따라서 그가 비록 서출이었으나 숙항叔行으로서 당대에 문명을 떨치던 육창六昌(창협昌協・창흡昌翕・창업昌業・창집昌集・창집昌緝・창립昌立)으로부터 상당한 영향을 받았으리라 본다. 병자호란 당시의 대표적 주전론자 김상헌은 청나라의 강요에 따른 출병에 반대상소를 올렸다가 청나라에 압송되어 6년 동안 억류의 고통을 겪었고, 그 후 효종 때 북벌의 정신적 지주로 추앙을 받았다. 따라서 그 역시 문벌에 대한 자부심으로 충일해 있었을 것이고, 가문에 이어지던 화이 분별의 세계관 또한 견지하고 있었을 것이다. 더욱이 그의 증조인 김수항을 포함하여 숙항인 창집・창업 등은 연행사로 청나라를 다녀왔으며, 특히 창업은 대청 적개심과 화이관을 문명론적 차원으로 승화시킨 『노가재연행일기』를 짓기도 했

14) 이민수(1976), 18~19쪽의 "진사 신 김인겸은/문정공 현손으로/쉰 일곱 먹었삽고/공주서 사나이다/어저 네 그러하면/장동대신 몇 촌인다/고 상신 충헌공의/오촌질이 되나이다" 참조. *이하 <일동장유가>의 텍스트는 이민수 교주본을 사용하고, 각주에는 작품 이름과 쪽수만 밝힌다.

다.[15) 『노가재연행일기』와 <일동장유가>의 연관성을 확언할 수는 없으나 음으로 양으로 영향을 주고받지 않을 수 없었으리라 본다. 노가재의 청나라에 대한 감정이나 김인겸의 일본에 대한 감정은 그런 배경을 바탕으로 이루어졌으므로 일정 부분 동질적인 면을 보여주리라 생각한다. 이 글에서는 <일동장유가>에 나타난 시선이나 세계관이 과연 일본의 정체에 대한 서술자의 인식에 의해 결정되는가, 일본에 체류하는 동안 그런 세계관이 변해 가는가의 여부 등을 중점적으로 살피게 될 것이다.

<병인연행가>는 그러한 <일동장유가>로부터 얼마간 영향을 받았을 것으로 추정된다.[16) 사행가사가 거의 없는 상황에서 100년 전의 <일동장유가>는 질・양의 면에서 참고 될 만한 모범적 선례였다. 3,782구인 <병인연행가>는 8,243구인 <일동장유가>에 비해 양적으로 반에도 미치지 못하지만, 서술자의 예리한 관점만큼은 그에 못지 않았다. <병인연행가>는 연행가사로서 학계에 처음으로 소개되어 이 유형의 가사를 대표하는 작품으로 인식되었지만, 사실은 연행가사로서의 대표는 <무자서행록>이라는 주장이 제기된 바 있다.[17) 그러나 이 문제에 관한 학계의 합의가 아직 이루어지지 않은 상태이므로 본서에서는 <병인연행가>를 대상으로 삼는다. 25세의 혈기와 자부심으로[18) 연행에 나선 홍순학이었음을 감안하면 기존의 사행들처럼 중국에서 얻게 되는 견문에 대하여 크게 보수적인 반응을 보이지 않았을 가능성이 크다. 앞 단계의 사행들이 생경하면서도 습관적으로 노출시키던 화이 구분의 세계관이 <병인연행가>에 이르러 얼마간 내면화될 수 있었다면, 그것은 홍순학의 개인적 자질과 시대적 추세가 적절히 작용한 결과로 보아야 할 것이다. 이런 점은 내용을 통해서 검증되어야 할 사항이다.

---

15) 조규익(2003), 101쪽.

16) 가사라는 장르를 선택한 데서 나타나는 공통성이기도 하겠으나, 서술자의 어조나 시선, 표현방법 등에서 유사한 분위기를 찾아볼 수 있다.

17) 임기중(2001b), 25~26쪽.

18) 홍순학(1976), 10~11쪽의 "행중어사 서장관은/직책이 중할시고/겸직은 사복판사/어영낭청 띄웠으니/시년이 이십오라/소년공명 장하도다" 참조. *이하 <병인연행가>의 텍스트는 이석래 교주본을 사용하고, 각주에는 작품 이름과 쪽수만 밝힌다.

<일동장유가>는 일본 쪽 사행가사이고, <병인연행가>는 청나라 쪽 사행가사다. <일동장유가>는 1763년(영조 39년) 계미통신사의 삼방 서기로 따라갔던 김인겸의 작품이고 <병인연행가>는 1866년(고종 3년) 왕비책봉주청사행의 서장관으로 따라갔던 홍순학의 작품인 만큼 둘 사이에는 100년의 시차가 있을 뿐 아니라 지역도 현격하게 다르다. 그럼에도 불구하고 이들을 동시에 논의의 대상으로 선정하여 같은 잣대로 분석해보려는 데는 그 나름의 이유가 있다. 우선 기록자들이 기존의 연행록과 같은 장르적 관습을 거부하고 국문의 가사를 선택한 점을 꼽을 수 있다. 장르의 선택은 그들이 얻은 견문을 글의 내용으로 가공하는 데 중요한 변수로 작용한다. 우선 한문으로 하느냐 국문으로 하느냐는 1차적 선택의 문제였을 것이고, 국문 가운데 산문으로 하느냐 가사로 하느냐는 2차적 문제였을 것이다. 대개의 경우 '국문-산문'을 선택했고, 다수의 사행록들은 그 범주에 속한다. 그들과 달리 가사를 선택한 소수의 기록자들은 사행기록의 관습성을 탈피한 바탕 위에 특별한 의미를 드러내고자 한 것으로 보인다. 가사장르는 호흡이 짧으면서 박진감 넘치는 문체를 바탕으로 한다. 구체적인 묘사에 한계를 보이긴 하나 짧은 언술에 많은 것을 함축하여 읽는 자의 상상을 촉발시킬 수 있는 것은 가사의 장점이다. 그것은 자기의 주장을 구체적으로 드러내지 않으면서도 읽는 자로 하여금 본의를 짐작할 수 있도록 한다. 이런 방법을 쓰면 미묘한 사안의 경우 있을 수 있는 외부로부터의 제재 가능성을 피하는 것도 가능하다. 무엇보다 가사가 유리한 것은 쉽게 읽히기 때문에 보다 많은 독자를 확보할 수 있다는 점이다. 분명 당시의 연행록이 시장성을 노린 문필행위는 아니었겠지만, 보다 많은 독자를 겨냥하는 것은 글 쓰는 이의 당연한 노림수다. 기록자 자신의 가족을 포함하여 주변에 포진한 인물들을 1차적 독자로 상정할 때 국문, 그것도 가사라는 평이하면서도 내용의 초점화가 가능한 장르를 선택하는 것은 자연스럽다. 대부분의 가사들과 마찬가지로, 그들 역시 신기한 체험을 가족들 앞에서 말하는 것처럼 써나갔을 것이다. <일동장유가> 말미의 다음과 같은 내용은 그 점을 분명히 보여준다.

천신만고하고/십생구사하여/장하고 이상하고/무섭고 놀라우며/부끄럽고 통분하며/우습고 다행하며/미오며 애처롭고/간사하고 사오납고/참혹하고 불쌍하며/고이코 공교하며/궤하고 기특하며/위태하고 노호오며/쾌하고 기쁜 일과/지리하고 난감한 일/갖가지로 갖초 겪어/주년 만에 돌아온 일/자손을 뵈자하고/가사를 지어내니/만에 하나 기록하되/지리하고 황잡하니/보시는 이 웃지 말고/파적이나 하오소서[19]

작자가 일본 여행 동안의 온갖 견문들을 기록한 것은 '자손에게 보이기 위해서'라고 했다. 또한 자신의 작품을 '지리하고 황잡하다'고 자폄하면서도 '비웃지 말고 심심파적 삼아 보아 달라'고도 했다. 이 말 속에는 자손이나 주변인들에게 자신이 얻은 견문을 사실적으로 전하고자 한 목적성과 함께 가사장르의 효용성에 대한 신뢰가 내포되어 있다. 이 부분에서 가사문학이 내포한 '전술傳述'의 원리를 읽어낸 성무경(2000 : 44)의 생각도 크게 보면 같은 맥락이다. 가독성可讀性의 측면에서 사행가사가 국문 사행록들에 비해 앞선다고 보는 것도 그 때문이다. 사행록보다 주관이 많이 반영되어 있긴 하나 사행가사에는 기록자의 생각이나 그것을 단서로 추정할 수 있는 보편적 시대정신을 가감 없이 알아챌 수 있는 장점도 있다. <일동장유가>와 <병인연행가>에는 신기한 해외체험과 함께 화이 구분의 세계관이나 그로부터 형성된 시선이 전체의 서술을 이끌어 나가는 추동력으로 작용한다. <일동장유가>와 <병인연행가>의 내용을 결정한 요인은 작자 자신의 주관이나 시대 이념이었다. 시대적 분위기나 이념에 상당한 정도 구속을 받으면서도 자신들의 주관을 밀고나가, 결국 작품으로 결구시켰다. 그런 이유로 한 시대의 이념적 테두리 안에 서 있던 기록자들 개인의 체험과 세계관을 그 속에 무리 없이 함축시킬 수 있었다.

---

19) <일동장유가>, 298쪽.

Ⅳ. <일동장유가>와 화이관 변질의 가능성

▲ 하이서울 축제. 조선 통신사의 행렬을 재현한 모습

<일동장유가>의 내용은 '서사序辭 → 등정登程 → 목적지目的地 → 회정回程 → 결사結辭' 등 다섯 부분으로 이루어졌다.[20] 이 가운데 이 글의 주 대상은 일본 안의 노정[21]을 지나면서 견문한 내용들이다. 철저한 조선중화주의의 관점에서 대상인 일본의 구석구석을 살핀 내용이 <일동장유가>의 주된 뼈대를 형성하고 있음은 노론적 기풍의 가계를 이어받은 김인겸의 세계관을 감안할 때 자연스러운 현상이다. 특별한 경우를 제외하고는 시종일관 '왜 · 왜놈 · 예' 등으로 일본이나 일본인들을 낮추어 부르고 있다는 점은 연행록들에서 기록자들이 청국인들을 오랑캐로 호칭하는 것과 마찬가지다. 사행자들은 청나라나 일본에서 만나는 그곳 사람들의 모습을 통해 자신들과 다른 생소함을 느끼게 된다.

1) 굿 보는 왜인들이/뫼에 앉아 구경한다/그 중에 사나이는/머리를 깎았으되/꼭뒤만 조금 남겨/고추상투 하였으며/발 벗고 바지 벗고/칼 하나씩

---

20) 이성후(2000), 67～72쪽.

21) 이성후(2000), 65～66쪽 참조. 佐須浦(10/7) → 大浦(10/11) → 西泊浦(10/19) → 金浦(10/26) → 對馬島府中(10/27) → 壹岐島(11/13) → 風本浦(11/20) → 藍浦(12/3) → 大島(12/26) → 赤間關(12/27) → 上關(영조 40년 1/3) → 津和(1/5) → 加老島(1/6) → 浦刈(1/9) → 韜浦(1/11) → 牛窓(1/13) → 室津(1/14) → 兵庫(1/19) → 大阪城(1/20) → 西京(1/28) → 森山(1/29) → 彦根(1/30) → 大垣(2/1) → 名古屋(2/3) → 剛岐(2/4) → 吉田(2/5) → 濱松(2/6) → 大川(2/7) → 藤枝(2/9) → 江尻(2/10) → 吉原(2/11) → 三島(2/12) → 小田原(2/13) → 藤澤(2/14) → 品川(2/15) → 江戶 도착(2/16) → 江戶 체류(2/16～3/10) → 江戶 출발(3/11) → 부산 도착(6/23).

차 있으며/왜녀의 치장들은/머리를 아니 깎고/밀기름 듬뿍 발라/뒤흐로 잡아매어/ 족두리 모양처럼/둥글게 꾸며 있고/그 끝은 둘로 틀어/비녀를 질렀으며/무론노소귀천하고/어레빗을 꽂았구나/의복을 보아하니/무 없은 두루마기/한 동 단 막은 소매/남녀 없이 한 가지요/넓고 큰 접은 띠를/느즉이 둘러 띠고/일용범백 온갖 것은/가슴 속에 다 품었다.22)

2) 문에 들어올 때에 남녀가 길가에 모이어 보니, 남자는 머리에 쓴 것이 군뢰의 용 자 벙거지 같이 만들었으되, 위가 둥글어 머리골 같이 하였고, 그 위에 붉은 실로 상모같이 덮었으니, 이 이른바 마래기요, 옷은 검은 두루마기를 입었으되 소매는 좁게 하고, 그 위에 등거리 같은 것을 또 입었으며, 옷이 다 고름이 없어 단추로 차차 끼웠으며, 등거리 같은 옷도 옆으로 단추를 끼웠고, 바지는 당바지로 대통이 좁아 굴신이 어려울 듯하고 …(중략)… 옷이 좌임이 아니라 오른 편으로 여미었으며 마래기는 여러 가지 털로 하여 썼으되 돈피를 제일 호사롭게 이르니, 검은 비단으로 한 것이 곱고 단정하여 뵈며, 머리털은 꼭뒤 외에는 다 깎았으며, 남은 털을 땋아 뒤로 드리웠으며, 뒤로 보면 우리나라 늙은 아이중놈 같더라.23)

3) "이 마을에도 달자가 있느냐?" "없습니다." "너희들은 달자와 친교를 맺느냐?" "이적의 사람이 어찌 우리들 중국과 어울려 친교를 맺겠습니까?" "우리 고려 역시 동이인데, 네가 우리들을 볼 때 역시 달자와 한 가지로 보느냐?" "귀국은 상등인이요, 달자는 하류인인데 어찌해서 한 가지이겠습니까?" "너는, 중국과 이적이 다르다는 것을 누구의 말을 들어서 알았느냐?" "공자의 말씀에, '우리는 오랑캐의 풍속이 될 뻔하였다.'[오기피발좌임吾其被髮左衽]고 쓰여 있습니다." "달자들도 머리를 깎으며 너희들도 머리를 깎는데, 무엇으로써 중국과 이적을 가리느냐?" "우리들은 머리를 깎지만 예가 있고, 달자는 머리도 깎고 예도 없습니다."고 하였다. 나는 "말이 이치에 맞는다. 네 나이 아직 어린데도 능히 이적과 중국의 구분을 아니, 귀하기도 하고 슬프기도 하구나! 고려는 비록 동이라고 불리고 있지만 의관 문물이 모두 중국을 모방하기 때문에 '소중화'라는 칭호가 있다. 지금의 이 문답이 누설되면 좋지 않으니 비밀로 해야 된다"고 하였다.24)

---

22) <일동장유가>, 102쪽.

23) 서유문(2002), 37쪽.

1)은 좌수포에서 만난 왜인들의 외모를 묘사한 글이다. 외지에 나가는 경우 가장 먼저 만나는 것이 기후나 자연 · 풍토이며 다음으로 주민들의 의관과 문물 · 제도라는 점에서, 왜인들의 차림이나 외모에 대한 묘사는 김인겸의 일본 체험 내용 가운데 가장 직접적이고 분명한 관점이 반영된 부분이다. 왜인들의 외모에 대한 김인겸의 묘사를 단순히 '처음 보는 것/신기함'의 차원에서 이루어진 것으로만 볼 수는 없다. 이 표현의 밑바닥에는 왜인들에 대한 멸시가 깔려 있기 때문이다. 그것은 왜인들이 자신들과 다른 데서 오는 생소함만은 아니다. 자신들의 의관이나 문물이야말로 '표준'이라는 일종의 자기 중심적 오만함을 전제로 할 때 생겨나는 멸시이며 생소함이다. 이 점은 청나라에 간 사행들이 청인들을 보고 기록한 사행록들에도 공통적으로 등장한다. 2)는 책문에 들어선 서유문이 그곳 남녀들의 모습을 보고 기록한 내용이다. 2) 역시 1)과 마찬가지로 밑바닥에 깔린 생각은 '오랑캐의 저열함에 대한 멸시'다. 다만 옷 여민 방식은 '좌임左衽' 아닌 '우임右衽'이라 했다. 좌임은 역대에 오랑캐의 상징으로 정착한 방식이고,[25] 우임은 옷섶을 오른 쪽으로 여미던 중하中夏의 예복으로서 중국을 따라 변화된 것을 의미한다.[26] 이 경우 책문에 모여 살던 오랑캐들이 '우임'을 하고 있는 사실을 강조한 서유문의 의도는 그들이 이미 오랑캐로부터 벗어났음을 말하려는 데 있지 않았다. 오랑캐가 오랑캐에 걸맞지 않게 '우임'을 한 그 사실 자체를 '혼돈'이나 생소함으로 인식했던 것이다. 따라서 1)과 2)는 의관이나 겉모습을 '화-이'의 문화적 변별요인으로 삼고자 한 내용이다.

3)의 경우는 같은 의관이나 겉모습으로부터 이야기를 시작했으되 좀더 객관적이면서도 균형 잡힌 시각을 바탕으로 보편적 인식을 이끌어낸 점에서 앞의 것들과 다르다. 십삼산의 찰원에서 만난 소년과 나눈 대화가 3)인

---

24) 김창업(1976), 112쪽.

25) 『논어』「憲問」 제 14-18("子曰 管仲相桓公覇諸侯 一匡天下 民到于今 受其賜 微管仲 吾其被髮左衽矣")의 주자 주에 '被髮左衽' 즉 머리를 풀고 옷깃을 왼쪽으로 하는 것은 오랑캐의 풍속이라 했다.

26) 문연각 사고전서 전자판, 『前漢書』 권 64 下, 顔師古 注의 "右衽從中國化也" 참조.

데, 김창업은 달자들을 오랑캐로 천시하는 그 중국 소년을 통해 자신의 정체를 확인하고자 한 듯하다. 달자도 머리를 깎고 중국인도 머리를 깎는데 양자를 차별하는 근거가 무어냐는 김창업의 물음에 그 소년은 예를 언급했다. 김창업은 중화와 오랑캐를 구분하는 것이 바로 예임을 강조하려 했고,[27] 조선은 비록 동이이나 예를 갖추고 있기 때문에 오랑캐가 아니라는 점을 확인하고자 한 것이다. 그리고 덧붙여 조선은 '의관문물이 중국과 같기' 때문에 소중화의 칭호가 있다는 점을 말했다. 여기서 이 시기 조선의 지식인들이 공유하던 화이관이나 소중화 의식이란 유교의 문화적 동질성을 기준으로 대상을 차별하던 세계관이었음이 드러난다. 드러내놓고 화이관이나 소중화 의식을 언급하지는 않았으나 1)과 2)의 밑바탕에는 그런 구분이나 차별의식이 깔려 있었던 것이다. 청나라 중심의 새로운 중화 질서를 거부한 점에서 조선의 지식인들은 탈중화의 길을 걸었고, 그런 행보는 결국 조선중화주의로 구체화되었다고 할 수 있다.[28]

세 인용문들 가운데 3)은 숙종 38년(1712) 11월 3일~숙종 39년 3월 30일까지의 동지사겸사은사행을 기록한 글이고, 2)는 정조 22년(1798) 10월 19일~정조 23년 4월 2일까지의 삼절연공겸사은사행을 기록한 글이다. 따라서 1764년에 쓰인 1)과의 시차는 그리 큰 편이 아니다. 말하자면 대체로 이 시기에는 사행록을 비롯한 각종 기행문 집필의 관습이 형성되어 있었으며, 특히 날짜별 혹은 사건별 기술방법, 정치적 금기사항을 중심으로 하는 내용 선별 방법 등 모종의 집필 관습 또한 정착되어 있었으리라 본다.[29] 1)과 2)는 표면상 의관문물이나 외모만을 단순하게 묘사한 듯하나 3)

---

27) 김창업과 같은 시대 춘추대의를 바탕으로 예학에 정통하던 黃景源(1658~1721)은 자신의 글에서 예의가 밝으냐 밝지 않으냐가 중국과 오랑캐를 분별하는 기준임을 강조했다. 예의의 존재 여부를 중심으로 중화와 이적을 구분하는 견해는 숭명배청의 시대 분위기 속에서 자라난 지식인들이 청나라에 사행하면서 자신들의 행동이나 의식의 변화가 불가피할 경우 원용했던 논리적 근거였을 것이다. 말하자면 청나라의 존재를 인정할 수밖에 없는 엄연한 현실을 설명하기 위한 틀이었다. 「與金元博茂澤書」, 『한국문집총간 224』(1999), 113쪽의 "夫所謂中國者 何也 禮義而已矣 禮義明則戎狄可以爲中國 禮義不明則中國可以爲夷狄 一人之身 有時乎中國 有時乎戎狄 固在於禮義之明與不明也" 참조.

28) 손승철(1999), 144쪽.

에서 보는 바와 같은 세계관적 단서가 저변에 잠재되어 있음을 인정하지 않을 수 없다. 그 단서가 바로 화이관이나 소중화 의식이다. 당시 조선조 지식인들이 외부 세계와 접하던 유일한 통로는 사행이었고, 그들이 접하던 외부세계의 사물은 화이관이나 소중화 의식을 단서로 평가되기 마련이었다. 그러한 의식은 외부 세계의 사물을 보는 틀이나 선입관으로 작용했고, 그로부터 특정한 시선은 형성되었다. 그러나 18세기 후반에 들어서면서 기존의 대명의리론이나 소중화 의식은 큰 변화를 겪었다. 문물제도의 면에서 청나라나 일본의 융성·발전은 더 이상 관념적인 화이관의 잣대로 그들을 배척할 수 없다는 현실론을 불러일으킨 바탕이 되었다. 연행사들의 왕래나 대청무역, 일본 통신사의 교환 등도 그 배경적 요인들 가운데 중요한 자리를 차지한다.

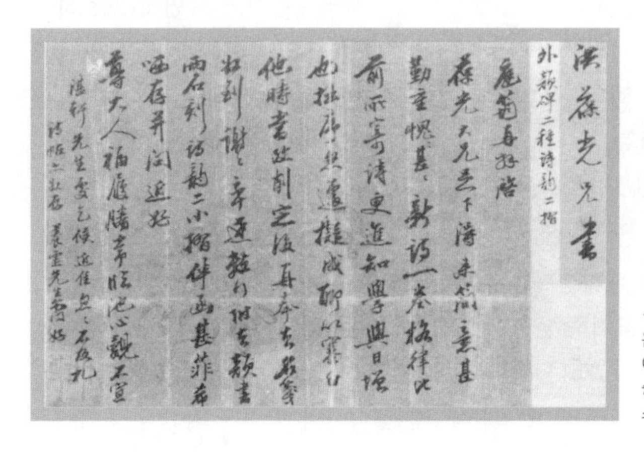

◀ 간정동에서 친교를 맺은 세 벗 가운데 반정균이 담헌에게 보낸 서찰. 숭실대 기독교 박물관 소장.

노론계의 홍대용을 예로 들어보자. 그는 연행길에 육비·엄성·반정균 등 청나라 문사들과 교유했으며, 그 자취가 「항전척독」·「간정동필담」 등으로 남아 있다. 그런 만남과 교유가 그의 의식을 바꾸는 계기로 작용했고, 그것을 논리화시킨 것이 「의산문답」이다. 공자가 중국 밖에서 살았다면 역외춘추가 있었을 것이라는 전제 아래 화이의 구분이 무의미하다는 요지의 결론을 내린 것은 그의 세계관이 철저한 상대주의로 바뀌었음을

29) 사행문학 집필 관습에 대해서는 별도의 자리에서 논하고자 한다.

나타낸다.[30]

그는 지계地界를 기준으로 우리가 분명히 이夷임을 확인한 바탕에서 '화이일야華夷一也'라 하여 화와 이 각각의 대등한 주체를 인정하는 획기적 주장을 한 것이다.[31] 홍대용이 사행을 따라간 것은 1766년이고, 『을병연행록』이나 『담헌연기』 등을 완성한 것은 한 두 해쯤 뒤로 추정된다. <일동장유가>를 기록한 해가 1764년이니 홍대용이나 김인겸의 해외 체험은 거의 같은 시기의 일이다. 둘 다 노론계에 속하면서도 제도권 밖의 학자나 문사들이었다. 그러니 그 시대에 이미 화이관적 세계관이나 소중화적 자아인식은 크게 느슨해진 상태였던 것이다. 김인겸의 자세가 '인물성이론人物性異論'과 맥을 같이 하며, 일본을 야만시한 선입관적 판단이 문물제도 등에서 근대화로 나아가는 일본의 역사・사회적 측면에서 어떤 의미를 지니는지 별반 관심을 기울이지 않고 다만 주관적・정서적 측면에 호소하는 피상적 구경꾼으로 남아있게 한다[32]는 평가도 있으나, 김인겸이 일본에 대하여 그런 인물성이론적 세계관이나 화이 구분의 세계관을 시종 견지했다고 볼 수는 없다.

물론 표면적으로 김인겸은 시종일관 일본을 낮추어 보는 시각을 견지했다.[33] 일본사람들을 '왜(예)・왜인・왜놈'으로, 일본의 문사들을 '왜유'로, 일본의 여인들을 '왜녀들'로, 일본의 통사를 '왜통사'로 일본의 배를 '만국주蠻國舟'로 각각 표기하는 등 말 그대로 같은 급의 인종으로 대우하지 않은 것은 사실이다. 그러나 뒤로 갈수록 그들 도회의 규모나 융성한 문물, 뛰어난 자연 등에 압도되어 일본에 대한 비하의 필치가 약간씩 무디어진다.[34]

---

30) 조규익(2004), 169쪽.

31) 유봉학(1988), 257쪽.

32) 이동찬(1996), 56쪽.

33) 사실 17세기 후반부터는 조선이나 일본 모두 자국 중심적 화이관이 강화되던 시기였다고 한다. 김성진(1999 : 161) 참조.

34) 17세기 중반 『해사록海槎錄』의 기록자 김세렴金世濂의 경우도 사행을 통해 일본에 대한 관점을 바꾼 사례로 설명된다. 일본의 경제적 번영에 대한 놀라움 때문이라는 것이다. 이혜순(1996), 69~70쪽.

4) 이튿날 소세하고/사방에 들어가니/삼 사신 한데 모다/삼현을 장히 치고/소동으로 대무하며/재인으로 덕담하고/줄 걸리고 재주시켜/종일토록 단란하니/왜놈들 구경하며/기특고 장히 여겨/서로 보고 지저귀며/입 벌리고 책책嘖嘖한다[35]

5) 날마다 언덕에서/왜녀들 모다 와서/젖 내어 가리키며/고개 조아 오라하며/볼기 내어 두드리며/손 저어 청도 하고/옷 들고 아래 뵈며/부르기도 하는고나/염치가 바히 없고/풍속도 음란하다.[36]

6) 저 나라 귀가 부녀/곁집의 다닐 적에/바지 아니 입었기에/서서 오줌 누게 되면/제 수종 그 뒤에서/명주 수건 가졌다가/달라 하면 내어주니/들으매 해연하다/제 형이 죽은 후에/형수를 계집 삼아/데리고 살게 되면/착다 하고 기리지만/제 아운 길렀다고/제수는 못한다네/예법이 바히 없어/금수와 일반일다.[37]

7) 수석도 기절하고/죽수도 유취있네/왜황의 사는 데라/사치가 측량없다/산형이 웅장하고/수세도 환포하여/옥야천리 생겼으니/아깝고 애달픈손/이리 좋은 천부 금탕/왜놈의 기물 되어/칭제 칭황하고/전자 전손하니/개돗같은 비린 유를/다 몰속 소탕하고/사천리 육십 주를/조선 땅 만들어서/왕화에 목욕 감겨/예의 국민 만들고자/…/태수의 사는 데가/호수를 압림하여/분첩이 조묘하고/누각이 장려하여/경개가 절승하여/왜놈 주기 아깝도다.[38]

8) 집정이 인도하여/매지간에 들어가서/앉았다가 도로 나와/국서를 뫼시고서/들어가 사배하고/사례단 드리고서/또 배례하온 후에/관백연에 또 절하고/하직할 제 또 절하니/전후에 네 사밸세/당당한 천승국이/예관 예복 갖추고서/머리 깎은 추류에게/사배가 어떠할꼬/퇴석의 아니 온 일/붉기가 측량 없네.[39]

---

35) <일동장유가>, 121쪽.
36) <일동장유가>, 148쪽.
37) <일동장유가>, 189~190쪽.
38) <일동장유가>, 195~198쪽.
39) <일동장유가>, 228~229쪽.

9) 염팔일 도주 와서/순하게 전명한 일/치하하고 또 이르되/관백이 다 하오되/조선국 사신들이/예모가 한숙하니/기특다 한다 하니/가소로와 들리는고.[40]

'왜인들은 오랑캐이자 금수'라는 것이 4)~9)의 요지다. 일본인들을 금수로 보는 것은 조선이 예의와 문화를 갖춘 중화세계임을 전제로 하는 관점이다. 4)는 대마도 부중에 들었을 때 통신사를 위해 베푼 잔치의 광경을 묘사한 내용이다. 가무로 흥을 돋우는 현장에 구경 나온 일본인들이 '서로 보고 지저귀며/입 벌리고 책책한다'고 했다. 「일동장유가」의 교주자는 '책책嘖嘖'을 '못 알아들을 소리로 시끄럽게 떠드는 것'이라고 설명했으나,[41] 사실은 '짹짹거린다'고 풀었어야 옳다. 즉 '서로 돌아보며 입을 벌리고 참새마냥 짹짹거린다는 것'이 애당초 김인겸의 표현 의도였다. 말하자면 인간이 아니라 왜인들을 '참새들'로 표현하고 있는 것이다. 이처럼 김인겸은 시종 왜인들을 인간 아닌 금수로 내려다보는 시선을 견지했다. 5)에서는 통신사 일행을 유혹하는 왜녀들의 음란한 행동을 그렸고, 6)에서는 귀가 부녀가 소변 처리하는 방법과 형이 죽은 다음 시동생이 형수를 아내로 취하는 풍속을 통해 금수와 같은 왜인들의 면모를 지적했다. 그러다가 7)에 이르러 조선중화주의에 투철한 김인겸의 면모는 비로소 분명해진다. 김인겸은 왜인들의 의관문물이나 풍속의 조악함을 멸시하면서도 일본의 산천경개에 대해서는 찬탄을 아끼지 않았다. 왜인들을 '개돗같은 비린 유'로 보면서도 그 땅을 '왜인들에게 주기 아까운 천부금탕'이라 한 것이 바로 그 내용이다. 그래서 그는 그 땅을 '조선 땅'으로 만들고, '왕화'에 목욕 감겨 예의를 아는 국민으로 만들었으면 좋겠다고 했다. '개돗'이란 당시 유자들의 입에서 나오기 어려운 최악의 욕이다.[42] 예의를 모르는 왜인들을 금수 가운데 최하급인 '개돗'으로 지칭한 것이다. 이 부분에서 발견할 수

---

40) <일동장유가>, 232쪽.

41) <일동장유가>, 121쪽.

42) 이런 발언은 임진왜란의 역사적 체험에 대한 반응으로 볼 수도 있을 것이다. "섭진주 대판성은/평수길의 도읍이라/사더대 복견성이/동편에 머지 아니코나/옛일을 생각하니/성낸 털이 일어선다"(<일동장유가>, 185쪽) 참조.

있는 것은 '문화 자존의식으로서의 조선중화의식'[43]이다. 왜를 상대로 한 조선 중화주의가 단순히 역사적 체험을 바탕으로 하는 적개심의 단계에서 나아가 '예의'의 유무를 기준으로 하는 문화적 보편주의의 구현을 표방하는 단계까지 나아갔음을 김인겸의 사례에서 발견할 수 있다. 8)과 9)는 7)의 연장선에서 이해될 수 있는 내용들이다. '예관·예복 갖춘 천승국 통신사가 머리 깎은 추류醜類 오랑캐에게 사배할 수 없다'는 자존의식의 대전제가 바로 예의다. 9)에서 '조선 통신사들의 예의가 아름답고 익숙하다'고 칭찬한 관백의 말을 가소롭게 여긴 것도 그 때문이다.

▲ 조선통신사가 타고간 배의 모형. 거제어촌민속전시관 소장

임진왜란의 역사적 체험에 바탕을 두었든 예의나 의관문물 등 문화적 보편주의에 바탕을 두었든, 김인겸은 우월한 입장에서 왜인들을 멸시했다. 그러나 대부분의 연행사들이 그러했듯 김인겸의 생각도 일본을 답사하는 동안 얼마간 바뀐 것은 사실이다. 그가 원래부터 지니고 있던 화이 구분이나 소중화 의식이야말로 전적으로 관념에 바탕을 둔 것이었기 때문이다. 관념 속에 각인된 공간이 현실의 공간으로 치환되면서 처음의 관념은 상당 부분 재조정될 수밖에 없었다. 시간의 흐름에 따라 일본을 공존의 대상으로 받아들여야 한다는 현실인식을 갖게 된 것[44]도, 상당수의 조선조 지식인들이 오랑캐 땅이나마 중국이나 일본을 가보고 싶어 한 것도 모두 그런 가능성 때문이었다.

---

43) 유봉학(1988), 255쪽.
44) 소재영(1988), 33쪽.
45) <일동장유가>, 146쪽.

10) 비록 못쓸 왜놈이나/들으매 기이하고/아비 유언 지키는 양/인심이 있다 할다[45]

11) 칠십리 우창 가서/관소로 내려가니/선창도 천작이요/여염도 거룩하다/…/정잠의 늙은 아비/도희라 하는 선비/성장이와 수창하던/시 한 권 보내었네/부자가 문임으로/전후에 다 왔으니/어렵다 할 것이오/위인이 기특하여/필담이 도도하고/시율이 편편하니/밝도록 창화하여/백운 배율 하나이요/칠십이운 하나이며/오칠률 고시 절구/합하여 헤게 되면/사십 수나 남직하다[46]

12) 삼사상을 뫼시고서/본원사로 들어갈새/길을 낀 여염들이/접옥 연장하고/번화 부려하여/아국 종로에서/만 배나 더하도다/발도 걷고 문도 열고/난간도 의지하며/…/그리 많은 사람들이/한 소리를 아니하고/어린 아이 혹 울면/손으로 입을 막아/못 울게 하는 거동/법령도 엄하도다/…/관소로 들어가니/그 집이 웅걸하여/우리나라 대궐에서/크고 높고 사려하다.[47]

13) 우리나라 도성 안은/동에서 서에 오기/십리라 하지마는/채 십리는 못하고서는/부귀한 재상들도/백간 집이 금법이오/다 몰속 흙기와를/이었어도 장타는데/장할손 왜놈들은/천 간이나 지었으며/그 중에 호부한 놈/구리 기와 이어 놓고/황금으로 집을 꾸며/사치키 이상하고/남에서 북에 오기/백 리나 거의 하되/여염이 빈틈 없어/담뿍이 들었으며/한 가운데 낭화강이/남북으로 흘러가니/천하에 이러한 경/또 어디 있단 말고.[48]

14) 육십리 명호옥을/초경말에 들어오니/번화하고 장려하기/대판성과 일반일다/밤 빛이 어두워서/비록 자세 못 보아도/생치가 번성하여/전답이 고유하고/가사의 사치하기/일로에 제일일다/중원에도 흔치 않으리/우리나라 삼경을/예 비하여 보게 되면/매몰하기 가이없네.[49]

---

45) <일동장유가>, 146쪽.
46) <일동장유가>, 174쪽.
47) <일동장유가>, 184~185쪽.
48) <일동장유가>, 188~189쪽.
49) <일동장유가>, 206쪽.

15) 십이일 회정할새/비를 맞고 길을 떠나/품천을 들어와서/동해사에 하처하고/석식을 먹은 후에/막 자려 하올 적에/섭운각 정근산과/태실 문연기북 송창/보국 조 변덕과/묵전 한 대영과/임번평인 황익명이/비를 맞고 따라오되/나무 신에 우산 받고/삼십리를 걸어 와서/십전 구패하여/밤들께야 와서 보니/정성이 거룩하고/의기도 있다 할세/각각 신행 많이 하니/지성으로 주는지라/아니 받기 불쌍하여/조금씩 더러 받고/글을 다 차운하여/필묵을 답례하다/그 중에 묵정한이/눈물짓고 슬퍼하니/비록 이국 사람이나/인정이 무궁하다/십이일 등지 오니/한 대영과 평영이가/백삼십리 따라와서/차마 못 이별하여/우리 옷 붙들고서/읍체여우 하다가서/밤든 후 돌아가서/오히려 아니 가고/길가에 서 있다가/우리 가마 곁에 와서/손으로 눈물 씻고/목메어 우는 거동/참혹하고 기특하니/마음이 좋지 아니해/뉘라서 왜놈들이/간사하고 팍하다던고/이 거동 보아하니/마음이 연하도다[50]

이상의 인용문들에는 일본을 답사하는 동안 바뀌었을지도 모르는 의식의 단서들이 내포되어 있다. 김인겸을 포함한 통신사나 연행사들은 먼저 산천이나 자연·풍토를 접하고, 다음으로 가옥이나 의관문물·제도 등을 접하며, 그 다음 인간들의 내면을 접한다. 이와 같이 다양한 접촉을 통하여 이념이나 관념적 지식의 허실을 판단하게 되는 것이다. 선입견의 수정이 세계관적 차원으로 확대되면, 한 시대를 지배하는 사상적 흐름까지도 바꿀 수 있다. 대명의리에 바탕을 둔 화이관의 변화 역시 오랑캐 청나라의 융성함을 인정하지 않을 수 없는 현실적인 이유 때문이었다. 명나라를 회복할 수도 없으려니와, 회복한다 해도 그것을 바라는 자신들에게 무슨 의미가 있는지를 깨닫기 시작한 것이다. 북학파를 중심으로 한 국제관계의 새로운 인식은 이 점에 무게중심이 있었다. 마찬가지로 일본이 오랑캐라는 것은 역사적으로 증명된 사실이며 고착된 이미지였다. 그러나 현실은 반드시 그렇지 않음을 바로 그 땅에서 확인하게 된 것이다.

비주 태수가 통신사 일행에게 보내준 화복花鰒의 일부를 왜의 봉행奉行에게 주었으나 그가 사양하므로 그 이유를 물으니, 배에 구멍이 뚫려 위태

50) <일동장유가>, 239쪽.

로워졌을 때 생복이 막아서 자기 아비가 목숨을 구한 까닭에 아비의 유언으로 생복을 먹지 않는다고 했다. 이 사실을 두고 김인겸은 왜인들도 '인심'을 갖춘 존재들임을 비로소 깨닫는다. 왜인에 대한 보기 드문 긍정적 시선이다. 11)도 사람이나 삶의 모습을 통해 일본에 대한 선입견을 수정하게 되었음을 밝힌 내용이다. 이 글 속에는 '여염도 거룩하다/위인이 기특하다'는 두 내용이 들어 있다. 여염은 일반 백성들이 사는 마을이다. 왜인들을 '금수 같은' 오랑캐들로만 생각했다면, 그들이 모여 사는 마을 또한 금수의 집합 그 자체에 불과했을 것이다. 그러나 김인겸이 지나면서 보니 백성들이 살고 있는 마을의 제도나 형편이 썩 훌륭해 보였던 것이다. 말하자면 왜인들에 대한 생각이 바뀔 만한 단서가 마련된 것이다. 그는 여러 종류의 왜인들을 만나 그들을 경멸의 시선으로 관찰했으나, 문사들에 대해서만은 약간 달랐다. 물론 일본인들의 시를 대부분 '왜시'라 하여 폄하하긴 했으나, 몇 군데에서는 무시할 수 없는 심정을 드러내기도 했다. 12)·13)·14) 등은 10)·11)의 연장으로 볼 수 있는데, 놀라운 것은 그들의 현실이 우리보다 훨씬 낫다는 점을 인정한 사실이다. 그가 지니고 있던 화이구분의 세계관이나 조선중화주의를 감안할 때, 우리의 현실이 저들보다 '아주 못함'을 인정한다는 것은 생각을 바꾸지 않고는 불가능한 일이다. 12)에서는 길 가 여염들의 번화하고 부려함이 '우리나라 종로보다 만 배나 더 낫다'고 했다. 더구나 그 비교의 내용은 물질적 측면만이 아니었다. 그토록 많은 사람들이 모였음에도 전혀 시끄럽지 않았다고 했다. 그는 어린 아이가 울면 손으로 막아 못 울게 하는 등 '예의'의 범주에 속하는 것을 그들 속에서 발견했으며, '근대적인 것'으로 해석할 수도 있는 '법령의 엄함' 또한 느낀 것이다.

▲ 조엄의 초상

더구나 관소의 규모가 웅걸하여 '우리나라 대궐보다 크고 높고 사려하다'고 했다. 일본의 수도 아닌 대판성의 관소가 우리나라의 대궐보다 크고 높고 사려하다는 것을 인정한 것은 김인겸으로서는 놀랄만한 개안이자 변화라고 할 수 있다. 그런 점에서 조엄趙曮(1719～1777)을 비롯한 계미통신사들은 닫힌 사회 지식인으로서의 규범적인 사고만을 고집하려 하지 않고 있는 그대로의 현실을 직시했다고 본 이동찬(1994 : 13)의 견해는 타당하다. 그런 내용은 13)에 가면 더 구체화된다. 그는 우리나라의 도성이나 주택 규모의 초라함과 대비시켜 일본 대판성의 도시 규모와 여염의 크고 화려한 모습을 경탄의 시선으로 바라보았다. 일본의 화려하고 부요한 모습과 대비되는 우리나라의 초라함은 14)에서 극에 달한다. 나고야의 번화하고 장려함은 '중원에도 흔치 않고', 우리나라의 삼경은 이에 비하면 '매몰하기 그지없다'고 자탄했다. '매몰'이란 '쓸쓸하고 보잘 것 없다'는 뜻이다. 소중화의 자존의식에 충일해 있던 김인겸으로서는 쉽게 할 수 없는 말이었음에도 기휘忌諱함 없이 오랑캐 일본을 추키고 조선을 한 없이 낮추었다. 화이 구분의 대일 의식이 관념에 불과하고, 현실적으로는 그들을 멸시해야 할 근거가 없음을 비로소 깨달았음을 알 수 있다. 일본인들의 문물제도를 바라보는 시각에서 종래의 고루한 화이론이나 명분론에만 사로잡히지 않고 있는 그대로의 현실을 직시하고 인정하는 경험론자로서의 면모를 보여준 사례라고 할 수 있다.[51]

그렇다면 문제의 본질인 인심은 어떠했는가. 그 단서가 15)에 나타나 있다. 통신사의 임무를 마치고 돌아오는 길에 일본 사람들이 이별을 슬퍼하며 정성을 보여준 사실을 노래했다. 그들이 보여준 정성과 의리는 보통 사람들로서 생각할 수 없을 만큼 지극했다. 그 점이 김인겸의 마음을 움직인 것이다. 그래서 그는 '비록 이국 사람이나/인정이 무궁하다'고 감탄했다. 만약 왜인들에 대한 멸시의 마음이 남아 있었다면, '비록 금수 같은 왜놈이나/인정 제법 간곡하다'고 읊었을 것이다. 그러나 김인겸은 '왜놈' 대신 '이국사람'으로 바꾸었다. 그뿐 아니라, 마지막엔 '누가 왜놈들을 간사하고 괴팍하다 했는가'라고 반문했다. 말하자면 경험해보니 왜놈들이 반드시 간사하고 괴팍하지는 않더라는 깨달음을 토로한 것이다. 그것은 홍대용이 연행을 통해 깨달은 '화이일야'[52]의 결론과 일치된다.[53]

---

51) 박희병(1992), 711쪽.

52) 「의산문답」, 『湛軒書 2』(新朝鮮社, 1939), 37쪽의 "是以各親其人 各尊其君 各守其

물론 질서정연한 도회와 번화한 문물, 수차水車 및 방아의 편리한 제도, 뛰어난 자연경관 등 외적인 요소들도 그러한 깨달음을 초래한 요인들로 얼마간 작용했을 것이다. 그러나 무엇보다도 자연이나 의관문물의 다름에도 불구하고 인간의 본질이나 내면은 마찬가지임을 깨달은 점이야말로 화이 구분의 세계관이나 조선중화주의에 투철했던 김인겸의 의식을 일부나마 열어준 주된 요인이었다고 할 수 있다.

Ⅴ. <병인연행가>와 화이관 표출의 관습성

<일동장유가>는 사행가사의 정형을 정립한 작품이고, 장편화 등 후대 사행가사의 구성방법에 큰 영향을 미쳤다.[54] 중국 쪽 사행가사 중 <무자서행록>이 <병인연행록>보다 더 완벽한 작품이라고는 하지만, 아직 학계의 합의가 이루어진 것은 아니다. 그런 이유로 일본 쪽 사행가사의 대표인

國 各安其俗 華夷一也” 참조.

53) 이 점은 함께 사행에 나섰던 조엄의 『해사일기』의 다음과 같은 기록으로도 얼마간 뒷받침된다.

“저들의 지껄이는 언어는 그 한 가지 것도 알아들을 수가 없고, 어린 아이의 우는 소리와 남자나 여자가 급하게 웃는 소리에 있어서는 우리나라 사람과 다름이 없으니, 그 다같이 타고난 천성에서 나오는 것으로서, 어음이 다른 방언에는 상관이 없는 것이기 때문에 그런 것일까? 이로 미루어 보면, 윤상을 지키는 천성이야 어찌 다름이 있겠는가? 다만 교양이 타당함을 잃어 화이의 구별이 있게 된 것이니, 만일 능히 윤리와 강상으로써 가르치고, 예와 의로써 인도한다면, 또한 풍기를 변동시키고 세속을 바꾸며 이를 변화하고 화로 선도하여 그 천성의 타고난 것을 회복시킬 수 있는 것이, 그 울음소리와 웃는 소리가 한 하늘 아래 태어나 동일한 것과 무엇이 다르랴?” 『국역 해행총재 Ⅶ』(1989), 57쪽.

‘의관문물의 법도나 예의의 있고 없음’ 같은 교양의 문제에 바탕을 두고 화이가 구분된다고 볼 뿐 인간의 본질인 천성이야 크게 다를 수 없다고 본 것은 당시 지식인들이 갖고 있던 시대인식의 줄기였다. 인식변화의 과정에서 김인겸이 도달한 것도 결국 인간 본질의 대동소이함이었을 것이고, 그것은 궁극적으로 ‘화이일야’의 깨달음이었던 것이다.

54) 이성후(2000), 67쪽.

<일동장유가>를 통하여 사행가사의 시선이나 세계관의 패러다임을 살펴보았고, 이제 중국 쪽 사행가사의 대표로 <병인연행가>를 통하여 그 시선이나 세계관의 패러다임이 지속되는지 여부를 살피기로 한다.

<병인연행가> 역시 노정 상 국내 부분과 국외 부분으로 나뉜다. 홍순학의 세계관이 분명히 드러나는 부분은 해외에서의 견문일 것이나, 국내의 노정에서 보여주는 역사의식 또한 간접적으로나마 관련을 맺는다고 할 수 있다. 당시 25세였던 홍순학은 신진기예로서의 자부심이 컸으므로, 연로한 나이로 통신사의 행렬에 참여한 김인겸과는 달랐을 것이다. 더구나 홍순학이 연행을 떠났던 고종 3년(1866)은 국내외적으로 다사다난했던 시기였다. 젊은 홍순학이 가지고 있던 시국에 대한 불안감이나 울분은 청나라의 발전된 문물을 통해 더욱 증폭되었을 것이다. 그럼에도 불구하고 첨예한 배청의식이나 화이 구분의 세계관이 노출되었다고 볼 수는 없다. 그런 생각들은 상당 부분 내면화되고 순화된 모습을 보이는데, 홍순학의 개인적 성격뿐 아니라 서사적이면서도 서정적인 가사의 장르적 성격도 그 큰 요인으로 작용했으리라 짐작된다.

1) 집집의 호인들은/길에 나와 구경하니/의복이 괴려하여/처음 보기 놀랍더라/머리를 앞을 깎아/뒤만 땋아 늘이웠고/당사실로 댕기하여/마래기를 눌러 쓰고/일년 삼백 육십일에/양치 한 번 아니하여/이빨은 황금이요/손톱은 다섯 치라/…/계집년들 볼 만하다/그 모양은 어떠한고/머리는 치거슬러/가림자도 아니하고/뒤통수에 몰아다가/맵시 있게 수식하고/오색으로 만든 꽃은/사면으로 꽂았으며/도화분 단장하여/반취한 모양같이/불그레 고운 태도/아미를 다스리고/살쩍을 고이 지어/붓으로 그렸으며/입술에 연지빛은/단순이 분명하고/귀방울에 뚫은 구멍/귀엣고리 달렸으며/의복을 볼작시면/사나이 제도로다/…/발맵시를 볼작시면/수당혜를 신었으되/청녀는 발이 커서/남자의 발 같으나/당녀는 발이 작아/두 치쯤 되는 것을/비단으로 꼭 동이고/신 뒤축에 굽을 달아/뒤뚝뒤뚝 가는 모양/넘어질까 위태하다/그렇다고 웃들마라/명나라 끼친 제도/저 계집의 발 하나니/지금까지 볼 것 있다[55]

55) <병인연행가>, 41～45쪽.

2) 회령령 넘었으니/청석령이 어디메오/길바닥에 깔린 돌은/톱니같이 일어서고/좌우에 달린 석벽/창검같이 둘렀는데/이렇듯 험한 곳에/접족하기 어려워라/병자년 호란 적에/효종대왕 입심하샤/이 고개 넘으실 제/끼치신 곡조 유전하니/호풍은 참도 차다/궂은비는 무삼 일고/옛 일이 새로우니/창감키도 그지없다[56]

3) 슬프다 이 땅이/삼학사 추도처라/만리 밖에 외롭다가/우리 보고 반기는 듯/들으니 남문 안에/조선관이 있다 하니/효종대왕 들어오사/몇 해 수욕하셨느냐/병자년이 원수로다/어느 때나 갚아보리/후세 인신 예 지날 제/분한 마음 뉘 없으랴[57]

4) 들으니 대명 때에/영원백 조대수가/형제 서로 지신으로/변방에 공 세우매/나라에서 정문하사/패루 둘을 세우시고/충렬을 표하시니/첨피국은 하였으되/무도한 조가 형제/그 후에 배반하여/청나라에 투항하니/부끄럽다 저 패루여/기괴한 저 패루는/의연히 남아 있다[58]

5) 만고 역신 오삼계가/성 한 편을 열어 놓고/한이를 불러들여/대명 운수 진했으니/무너진 성 철망 쳐서/저렇듯 오활하다[59]

6) 한림편수 장병염은/기걸하온 자품이요/시어사의 왕조계는/아름다운 성품이요/공부벼슬 완현은/단정하온 태도로다/모두 다 대명 적에/명문거족 후예로서/마지못해 삭발하고/호인에게 벼슬하나/의관의 수통함은/분한 마음 맺혔구나/옛 의관 조선사람/형제같이 반기인다[60]

7) 큰 길에 양귀자들/무상히 왕래하네/눈깔은 움쑥하고/콧마루는 우뚝하며/머리털은 빨간 것이/곱슬곱슬 양모같고/키꼴은 팔척장신/의복도 괴이하다/쓴 것은 무엇인지/우뚝한 전립같고/입은 것은 어찌하여/두 다리가 팽팽하냐/계집년들 볼짝시면/더구나 흉괴하다/퉁퉁하고 커다란 년/살빛은 푸르스름/머리처네 같은 것을/뒤로 길게 늘여 쓰고/소매 좁은 저고

56) <병인연행가>, 51～52쪽.
57) <병인연행가>, 58～59쪽.
58) <병인연행가>, 67쪽.
59) <병인연행가>, 71쪽.
60) <병인연행가>, 163～164쪽.

> 리에/주름 없는 긴 치마를/엉버티어 휘두르고/네다섯 넌 떼를 지어/희적희적 가는구나/새끼놈들 볼 만하다/사오륙세 먹은 것이/다팔다팔 빨간 머리/샛노란 둥근 눈깔/원숭이 새끼들과/천연히도 흡사하다/정녕히 짐승이지/사람 종자 아니로다/저렇듯 사람 요물/침노아국 되단 말가/책비준청 마침 되어/칙사까지 파견되니/신민경축 하온 연유/겸하여 양인소멸/장계로 상달코자[61]

1)~6)은 <병인연행가> 전체에서 반청의 의사를 얼마간 드러낸 부분들이다. 그러나 그 반감이나 비판의 강도는 앞 시기의 연행록들에 비해 무디어져 있으며, 무엇보다 <일동장유가>에서 일본에 대한 김인겸의 반감에는 비할 수 없을 정도로 약해져 있다. 우선 이 시기의 청나라가 더 이상 국가적 안위를 위협하는 상대는 아니었으며, 정치 · 무역 · 외교 등 청나라와의 현실적 관계가 무시할 수 없는 단계까지 발전한 점을 감안해야 할 것이다. 오히려 제국주의의 기치를 들고 새롭게 등장한 서양이나 일본의 존재가 기존의 '오랑캐 청나라'를 대신한 세력으로 조선을 위협한다고 생각하게 된 것이다.

▼영원백 조대수의 패루

1)은 사람들의 의관문물이나 모습에 대한 묘사로서 대부분의 연행록들에 공통적으로 나타난다. 비록 '처음 보기 놀랍더라'고는 했으나, 홍순학이 실제로 놀랐다고 볼 수는 없다. 그는 그런 모습으로부터 생소하고 불쾌한 이질감을 갖기보다는 하나

61) <병인연행가>, 174~176쪽.

의 '볼거리'로서 흥미를 느꼈음에 틀림없다. 조선조 후기의 판소리 사설이나 고소설에 흔히 등장하는 '…볼짝시면'이란 투어가 반복되고 있고, 도처에 사실적이면서도 해학적인 표현으로 대상을 희화화시키고 있는 점으로도 알 수 있다. 이것은 대상에 대한 반항심이나 적개심과는 다른, 일종의 흥미나 친밀감을 표출한 예로 볼 수 있다. 따라서 그것은 앞 시기에 보인 적대적 화이 구분의 세계관과는 다른 양상의 내용이다. 그것은 대상을 한없이 가볍게 취급함으로써 읽거나 듣는 사람들을 즐겁게 만드는 방법이다. 더구나 마지막 부분에 '명나라 끼친 제도/저 계집의 발 하나니/지금까지 볼 것 있다'는 표현이야말로 그의 세계관을 결정적으로 드러낸다.

앞 시기 화이론자들에게 '중화=명'이었으며, 명의 문화는 그대로 세계질서의 표준이었다. 그 문화를 이어받은 조선이기에 명나라가 멸망한 지금 천하에는 조선만이 중화를 유지한다고 믿었다. 말하자면 '중화=명=조선'의 등식은 이들이 견지하던 불변의 자존의식이었다. 그러나 이제 홍순학은 전족한 여인의 발에서나 겨우 명나라의 남은 유산을 발견할 수 있다고 자조自嘲하고 있는 것이다. 그것은 자기모멸을 통한 통렬한 반성일 수도 있다. 이 말에는 그가 이미 자존적 중화주의의 허황함을 깨달은 사실이 암시된다. 청나라 사람들의 모습이나 의관문물에 대한 희화화는 표면상으로는 그들에 대한 멸시일 수 있다. 그러나 여인들의 아름다움을 드러내고자 했다거나 현상을 즐겁게 나타내려는 표현의 이면에는 얼마간 그들에 대한 친근함이 내포되어 있는 것이다. 그것은 기존의 반청적 화이관이 상당히 누그러진 모습이기도 하다. 반대로 여자들의 전족에 대한 희화화는 명나라의 문화를 맹목적으로 추수하는 데 대한 명시적 비아냥이다.[62] 말하자면 도에 넘친 숭명의식을 합리적인 선에서 조정한 결과인 것이다. 이처럼 숭명과 배청이 적절한 지점에서 균형을 잡게 된 것은 <병인연행가>에서 발견되는 중요한 변화다.

그 변화는 2)에서도 감지된다. 그는 청석령을 넘으면서 볼모로 잡혀가던

---

62) 정영문(2002 : 251)은 이 부분에서 '청나라에서 이미 멸망하고 없는 명나라의 문물과 제도를 애써 찾으려는 작가의 태도'를 읽어냈다. 그러나 그것은 홍순학의 본뜻을 읽지 못한, 피상적 독법일 뿐이다.

봉림대군을 회상한다. 그런 다음 대군이 불렀다던 가곡을 생각해내곤, '옛 일이 새로우니/창감키도 그지없다'고 결말을 지었다. 그에게 봉림대군이 끌려간 일은 이미 '옛 일'이었다. 사실 앞 시기까지의 연행사들에게 청나라와의 사이에 일어났던 불쾌한 일들은 '지난 일'이 아니라, 그때까지 '현재진행'의 사건들이었으며, 그에 바탕한 적개심으로 반청의 기개를 드높여 온 것이 상례였다. 그런 현실적인 반청의식을 이념적으로 뒷받침하기 위해 갈고 닦은 것이 화이 구분의 세계관이었다. 비록 홍순학이 슬픈 마음을 드러내긴 했으나, 그에게 그 일은 '역사상의 한 사건'일 뿐이었다. '창감키도 그지없다'는 것은 진짜로 슬픈 상황으로부터 얼마간 거리를 둔 객관적 시각일 뿐 인식주체 자신의 일로 받아들인 표현으로 볼 수는 없다. 그것은 절규 혹은 반항으로 표현되는 '당하는 자'의 적개심이 아니라, 오히려 담담한 '슬픔'으로 읽히기 때문이다. 그러한 객관화는 3)에서도 마찬가지다. 3)은 삼학사 추도처와 효종이 갇혀 살던 조선관을 지나면서 젖게 된 감회다. 병자년의 치욕을 '어느 때나 갚아보리'는 사실 북벌의 기치를 내세운 효종 이래 사대부들이 달고 다니다시피 하던 관용적 표현이었으며, 홍순학의 시대는 그 말의 진정성 또한 퇴색될 대로 퇴색된 시점이기도 했다. 특히 '후세 인신 예 지날 제/분한 마음 뉘 없으랴'는 표현 또한 그 병자호란을 자신들의 일로 생각하지 않고 있음을 드러낸다. 홍순학 자신도 포함되는 '후세 인신'들은 그 사건으로부터 일정한 거리를 두고 있는 존재들이다. 따라서 그가 분한 마음을 가졌다 한들 '인지상정'의 소치일 뿐 사건 해결의 사명감으로부터 나온 그것은 아니었다.

4)와 5)에서는 조대수祖大壽·조대락祖大樂 형제, 오삼계 등의 행적을 통해 자신의 관점을 드러냈다. 홍순학은 '대명'으로부터 국은을 입은 조대수 형제가 청나라에 투항한 사실을 '부끄럽다'고 했다. 의리상 없어졌어야 할 패루가 의연히 남아있는 모순을 지적하며 비판해 마지않았다. 대부분의 조선조 지식인들은 청에 항복하여 영화를 누린 조대수 형제를 비판하는 입장이었다. 그러나 김창업만은 그들을 긍정적으로 평가했다. 군사를 버린 책임은 마땅히 져야하지만, 조만간 함락될 위기에 있는 조대수 형제를 구원하지 않은 조정에도 책임이 있다는 것이다. 그래서 김창업은 여문환呂文

煥의 사건을 들어 조대수 형제를 비판한 김석주金錫胄(1634~1684)의 견해를 반박했다. 여문환은 몽고의 향도가 되어 끝내 송조를 뒤엎었지만, 조대수가 오랑캐에게 붙었다는 말은 듣지 못했다는 것이다.63) 조대수 형제에 대한 홍순학의 비판은 역사적 상황논리를 도외시한 '대명의리관'의 관습적 반응이었다. 오삼계에 대한 반응 역시 마찬가지다. '대명의 운수'를 끝나게 한 오삼계를 '만고 역신'이라 비판한 것이다. 김창업은 오삼계가 이자성을 패퇴시킨 석하에 이르러 오삼계를 위해 변론했다. 곡응태谷應泰의 『명사明史』에 실린 오삼계의 사적을 장황하게 인용한 노가재는 오삼계가 '임시변통의 의[창졸지의倉卒之義]'는 지켰으나 '완전한 의[일체지의一切之義]'는 지키지 못한 점 때문에 뒷사람들에게 만족감을 줄 수 없었다고 했다. 그래서 오삼계의 처사가 비록 만족스럽지는 못했으나, 세상에 보기 드문 웅걸이라고 했다.64) 신중하면서도 구체적인 노가재의 논리에 비하여 홍순학의 그것은 상식과 관습에 바탕을 둔 것이었다. 4)와 5)는 자신이 개입되지 않은 상황에서 '명 : 청'의 의리론적 우열을 논하는 자리였던 만큼, 부담 없이 명의 편을 들을 수 있었던 것이지 그런 논리 자체가 홍순학 개인의 신념이나 천착에 의해 이루어진 것은 아니었다.

그런 점에서 4)나 5)의 교조적 의리론과 어긋나는 6)은 오히려 홍순학의 시선이나 세계관을 타당하게 드러낸다고 본다. 그는 '대명 적 명문거족의 후예'로서 삭발하고 호인에게 벼슬하는 '강개지사 인걸' 7명(정공수·황운곡·동문환·방정예·장병염·왕조계·왕현)을 꼽았다. 홍순학은 '의관의 수통함은/분한 마음 맺혔구나'라고 탄식했다. 그러나 이 탄식은 그리 절실하지도 않고, 그것이 그들 7명의 생각은 더더욱 아니다. 홍순학을 구속하고 있던 관습적 시각의 발로이면서 현실에 적응하며 잘 살아가는 그들의 내면을 동정한 것 이상도 이하도 아니다. 홍순학은 또한 그들이 자신을 '옛 의관 조선사람/형제같이 반기인다'고 했다. 말하자면 명나라 때 의관문물을 지탱하고 있는 자신을 반긴 데서 홍순학은 감격했던 듯하다. 그러나 그 자체가 홍순학의 화이관적 세계관이나 배청적 시선을 입증하는 것은

63) 김창업, 『연행일기』, 469쪽.
64) 조규익(2003), 98쪽.

아니다. 그들의 행위가 단순히 과거에 대한 향수로부터 나온 반응일 수 있기 때문이다. '대명 적 명문거족의 후예가 삭발하고 오랑캐에게 벼슬을 하는 일'은 그들의 현실 타협을 의미한다. 홍순학 역시 그 점에 대하여 비판적이지 않았다는 점은 그가 지니고 있던 화이 구분의 세계관이나 배청적 시각 자체가 크게 변화되었음을 말해준다.

그렇다면 명·청 교체 이래 지속되던 배청적 화이관이 이 단계에서 사라진 것일까. 화이를 구분하지 말고 청나라의 중국에서라도 배울 것은 배워야 한다는 주장은 북학파들에 의해 제기되었고, 그것은 뚜렷한 시대적 추세로 정착한 것이 사실이다. 청조 치하의 중국을 직접 여행한 북학파 학인들은 중국인들의 의관이 모두 오랑캐로 변한 것을 제외하고는 용거用車·용전用甎·목축·인민생활·학술·사회구조 등 모든 사물에서 조선에 비해 수준 높은 문화와 문명이 여전히 건재하고 있음을 목도하고 이를 배우자고 주장했다.[65] 이러한 전통적 화이관의 극복은 중국을 통해 유입된 새로운 세계관과 우주관에 의해서도 자극되었다.[66] 이처럼 전통적 화이관은 대폭 변질되거나 사라졌다 해도 본질적으로 피아彼我를 구분하는 세계관이 사라진 것은 아니었다. 그 점을 설명해주는 것이 7)이다. 7)은 서양 사람들을 묘사한 내용이다. 교조적 화이관이 시대정신으로 정착해 있던 시기의 사행록들에서 오랑캐의 의관문물이나 모습을 묘사하던 내용과 방법이 그대로 이 부분에서 재현되고 있음을 확인할 수 있다. 즉 과거의 오랑캐 청인들을 향하던 비판과 멸시의 시선이 이제는 서양인들을 향하게 된 것이다. 청나라 오랑캐가 서양 오랑캐로 자리바꿈을 했을 뿐 화이 구분의 세계관이 본질적으로 사라진 것은 아니란 점이 분명해진다. 물론 청인들이나 청나라 문화가 멸시의 대상으로 고정되어 있던 화이 구분의 세계관은 거의 사라졌거나 변질되었다. 그러나 서양인들의 출현은 기존 질서에 대하여 새로운 위협 요인으로 대두되었고, 그에 따라 빠져나간 오랑캐 청인들 대신 오랑캐 서양인들이 그 자리를 메우게 된 것이다. 7)에서 홍순학은 서양인들에 대하여 비칭으로 일관하며 '정녕히 짐승이지/사람 종자 아

65) 김한규(2002), 790~791쪽.
66) 김한규(2002), 790쪽.

니로다'는 극언까지 퍼붓는다. 오랑캐를 사람 아닌 금수로 보는 것은 춘추대의를 바탕으로 하는 화이 구분의 인간관이다.[67] 대부분의 사행록들에서 그랬고, 김인겸의 사행가사인 <일동장유가>에서도 일본인들을 그렇게 보았다. 그런데 서양인들에 관해서 이렇게 극단적인 혐오감을 갖게 된 것은 서양인들의 침범에 따른 피해의식 때문이었다. 청나라 병부낭중 황운곡은 홍순학에게 '양귀자洋鬼子'가 조선을 침노한 사실을 귀띔한다.[68] 오랑캐로 불리던 청나라의 관리가 서양인들을 '양귀자'로 호칭하며 '물리쳐야 할 세력'으로 조선의 관리에게 귀띔했고, 조선의 관리인 홍순학은 그에 대해 감사하며 '양귀자'에 대한 멸시와 적개심을 표했으니, 기존의 화이관적 세계관은 크게 변질되었음이 분명하다.

이처럼 화이 구분의 세계관이나 청나라에 대한 시선이 달라진 것은 청나라 등장이후 지속된 조공무역으로 양국의 경제적 이해관계가 긴밀해졌고, 그에 따라 이념의 문제는 상대적으로 소홀해진 데서 그 이유를 찾을 수도 있으리라 본다. 조선의 대청 무역은 사행무역과 변경 지역 삼시三市(중강·회령·경원)로 구분된다.[69] 이 가운데 조공인 사행무역은 나라와 나라 사이의 공적인 무역인데, 사행의 규모나 체류 기간 등을 감안할 때 이곳에서 갖다 바친 물건보다 저쪽에서 받은 물건이 많고 사행을 빙자하여 사적인 거래 또한 이루어졌으므로 우리로서는 손해 보는 거래가 아니었다.[70] 대청 무역은 조선 정부의 재정구조를 확대시켰다거나, 국내 상업계를 성장시키는 등 발전적인 영향을 미치기도 했다.[71] 결과적으로 사행

---

67) 『宋子大全』 부록 권 19·記述雜錄, 『한국문집총간 115』, 550쪽의 "鳳九曰 聞淸愼春諸先生 皆以大明復讐爲大義 而尤翁則又加一節 以爲春秋大義 夷狄而不得入於中國 禽獸而不得倫於人類 爲第一義 爲明復讐 爲第二義" 참조.

68) <병인연행가>, 173~174쪽의 "황낭중의 필담으로/비밀히 이른 말이/작일에 양귀자 놈이/귀국을 침노 운운/예부상서 자문으로/먼저 급보하였으니/존형은 아무쪼록/빨리 돌아갈지어다/이 말이 어인 말가/대경실색 놀라운 중/무수히 사례하고/인하여 작별하니/차생에 활별이라/…/돌아오며 생각하니/양귀자 일 통분하다/황성 안을 헤아려도/서양관이 여럿이요/처처에 천주당과/서학편만 하였다며/큰 길에 양귀자들/무상히 왕래하네" 참조.

69) 이철성(2000), 20쪽.

70) 김성칠(1960), 31~34쪽.

71) 이철성(2000), 263쪽.

은 경제의 발전이나 사회의 활성화에 기여하게 되었고, 그에 따라 명분 위주의 대청 시각 또한 현실에 맞게 재조정될 수 있었다. 그런 국제관계의 합리화를 도와준 것이 실학이나 북학파를 비롯한 조선조 후기 지식인들의 변화된 의식이었다. 청나라로부터 선진문물을 도입하거나 배워야 한다는 자각은 사행에 합류하여 현지를 답사한 지식인들이 절실하게 깨달은 점이기도 했다. 그들이 청나라에서 발견한 문물은 청의 문물이 아니라 중화의 문물이었으므로 적극 수용하자는 데 논리적 모순을 느끼지 않았던 것이다.[72]

"자문을 받들어서/상서에게 봉전하고/삼사신 꿇어앉아/아홉 번 고두하여/예필 후 돌아오니/사신 할 일 다하였네"[73] 라는 언급은 <병인연행가> 전반부의 마무리 부분이다. <병인연행가>의 전반부는 공적인 임무를 수행하는 과정에서 얻게 된 견문들을 기록한 부분으로 전체의 반이 채 안 된다. "무엇으로 소견하랴/구경이나 가자세라"[74]는 뒷부분의 시작이면서 앞으로 전개될 내용을 암시하는 말이기도 하다. 이 말은 이제 이념 우위의 단계는 지났음을 보여준다. 이념보다 실질이 중요하다는 것이다. 많지는 않으나 청을 비하하는 내용들은 대부분 전반부에 몰려있고, 후반부에는 청나라의 선진문물이 부러움과 찬탄의 어조로 소개된다. 그는 다양한 건물과 성채, 문루, 온갖 기구의 화려하고 장대한 모습들을 장황하게 들었다. 각종 누정, 사우, 교육기관, 저잣거리, 물화, 서책, 의류, 약재, 그릇, 음식물, 술 등을 비롯하여 온갖 기이한 것들을 빠짐없이 기술했다. 뿐만 아니라 백성들의 살아가는 모습이나 '법령의 엄절함' 등도 놀라운 견문으로 제시되어 있다. 황낭중과 동학사 등 중국의 문사들과 교유하는 모습은 담헌 홍대용이 육비 · 엄성 · 반정균 등 그곳의 선비들과 교유하며 세계관을 넓혀가던 모습을 상상하게 한다.

중국의 융성한 문물을 부연적인 사설로 늘어놓으면서 요소요소마다 그것들에 대한 작자의 느낌이나 찬사를 배치했다. 특히 유리창에 넘치는 물

72) 김문식(1994), 34쪽.
73) <병인연행가>, 88쪽.
74) <병인연행가>, 89쪽.

화들을 '…풀이 볼짝시면'[75]으로 제시・나열했다. 그리고 그 사이사이에 다음과 같은 찬사들을 삽입하여 중국의 문물에 대한 작가의 호감을 드러냈다.

- 황기와 청기와로/굉장히 지얷으되(89쪽)
- 물색의 번화함이/천하의 대도회라(90쪽)
- 다섯 홍예 두렷하고/이층 문루 굉장하다(91쪽)
- 옥난간 두른 것이/볼수록 장할씨고(92쪽)
- 높기도 끔찍하며/웅위도 하온지고(93쪽)
- 겉으로 얼핏 보아/저렇듯 휘황할 제/안에 들어 자세 보면/오죽이 장할소냐(95쪽)
- 굉장도 하거니와/집상각과 홍경각은/여기 저기 조요하니/바라보매 성경이라(96쪽)
- 세 층을 도합하면/근 이십장 되오리니/높기도 외외하다(99쪽)
- 황기와로 덮었으니/높기도 장하도다(103쪽)
- 봉봉이 앉은 부처/기교도 하온지고(107쪽)
- 유리창이 여기러냐/천하 보배 들어 쌓다(115쪽)
- 제목 써서 높이 쌓아/못 보던 책 태반이요(120쪽)
- 온갖 비단 다 있으니/이루 기록 다 못할레(121쪽)
- 모양도 기려하고/크기도 굉장하다(134쪽)
- 우리나라 종로 쇠북/세 갑절은 되겠구나(144쪽)
- 안계가 황홀하고/경계가 절승하다(148쪽)
- 처처에 오밀조밀/눈 부시어 못 보겠다(149쪽)
- 둥그러한 홍예문이/높기도 굉장하다(151쪽)
- 아무리 명화라도/그리진 못하겠고/아무리 구변 있어도/말로 형언 다 못할레(152쪽)
- 이런 재주 저런 요술/이루 기록 다 못할레(156쪽)
- 동가를 하오실 제/요란하고 분주함이/오죽들 하랴마는/…/이로써 헤아리면/기율이 끔찍하다(162쪽)

---

75) '잡화풀이 볼짝시면/붓풀이 볼짝시면/책풀이를 볼짝시면/비단풀이 볼짝시면/부채풀이 볼짝시면/약풀이를 볼짝시면/차풀이를 볼짝시면/채풍풀이 볼짝시면/염색풀이 볼짝시면/곡식풀이 볼짝시면/고기풀이 볼짝시면/생선풀이 볼짝시면/술풀이를 볼짝시면/떡풀이를 볼짝시면/철물풀이 볼작시면' 등.

- 그 집에 찾아가서/왔노라 통기하니/주인 나와 영접하여/서로 인사 읍을 하고/외당으로 인도할새/선후를 사양하여/주객지례 분명하다(164쪽)
- 이런 음식 칠팔기를/연이어 갈아들여/종일토록 먹고 나니/이루 기록 다 못할레(165쪽)
- 갑주 투구 병장기는/수레에다 많이 싣고/휘몰아서 지나가니/천하강병 저러하다(180쪽)
- 대국법은 그러하여/도적놈을 증험한다/…/이런 일로 볼지라도/법령이 엄절코나(182쪽)

<병인연행가>는 전통적 화이관이 거의 청산되어갈 무렵에 나온 사행가사다. 따라서 외견상 화이 구분의 세계관이 부분적으로 노출된다 해도 그것은 관습적 표현일 뿐 작자의 체험적인 그것은 아니다. 그것도 앞부분에만 주로 나타나고 뒷부분의 주된 내용은 중국의 물질문명에 대한 찬탄이다. 이 당시에 기록자의 시각이나 세계관이 화이관의 범주를 멀리 벗어났음을 보여주는 사례라고 할 수 있다. 달리 보면 당시의 국내외 정세를 감안할 때 오랑캐의 존재는 이미 청나라에서 서양으로 바뀌었음을 보여주기도 한다. 오랑캐의 존재가 청나라이었든 서양이었든 100년전의 사행가사 <일동장유가>가 화이관의 질곡으로부터 완전히 벗어나지 못했으면서도 조금이나마 화이관으로부터 벗어날 가능성을 보여주었다면, <병인연행가>는 화이관을 이미 극복한 상태에서 부분적으로는 그에 대한 관습적 집착을 보여주었다고 할 수 있다.

Ⅵ. 결 론

<일동장유가>(1764, 김인겸)와 <병인연행가>(1866, 홍순학)는 1세기의 시차를 두고 지어진 사행가사들이다. 전자는 일본 쪽 사행가사로서 1763년(영조 39년) 계미통신사의 삼방 서기로 따라갔던 김인겸의 작품이고, 후자

는 청나라 쪽 사행가사로서 1866년(고종 3년) 왕비책봉 주청사행의 서장관으로 따라갔던 홍순학의 작품이다. 두 작품은 사행가사라는 장르적 공통점과, 멸시의 대상이던 청국과 일본에서의 체험을 기록했다는 내용적 공통점을 지니고 있다. 전자는 장르 선택의 측면에서 산문으로 기록된 사행록과 변별된다. 한문 사행록은 조정에 대한 공식 보고용으로, 국문 사행록은 기록자의 주변인들을 위한 사적 보고용으로 쓰인 경우가 대부분이다. 사행가사와 국문 사행록은 '국문'이라는 표기체계를 공유한다. 가사를 장르로 선택한 것은 가독성의 측면에서 국문 사용계층을 배려한 결과다. 물론 산문에 비해 구체적인 묘사나 서술을 할 수 없다는 것은 가사의 단점이다. 그러나 산문에 비해 상대적으로 함축적인 가사장르의 표현과 빠른 템포는 국문 읽기가 가능한 사람들에게는 적절한 초점화를 통해 읽는 즐거움을 줄 수 있었던 요인들이다. 이 작품들이 질적인 면에서 두드러진 요인은 두 사람의 국문 구사 능력이 뛰어난 점에 있다. 박진감 넘치는 현장성과 살아있는 구어체 등은 산문으로 기록된 사행록들과 구분되는 장점이다. 그런 점에서 <병인연행가>는 <일동장유가>로 대표되는 앞 시기 사행가사(혹은 기행가사)의 전통을 충실히 이어받아 그 나름대로 발전적인 모습을 보여준 사례라고 할 수 있다.

두 번째 공통점은 내면적으로 멸시의 대상이던 청나라와 일본에서의 체험을 기록한 사실이다. 이 점은 기록자의 세계관으로 직결된다. 중원의 지배자가 명나라에서 청나라로 바뀌면서 외교적으로 가장 곤혹스러웠던 나라는 조선이다. 명나라는 정통성을 지닌 중화세계였고, 명나라에 대하여 사대의 외교노선을 표방한 조선은 중화를 본떠 자기 정체성의 근본으로 삼고 있었기 때문이다. 오랑캐 청나라가 명나라를 정복하고 지배자로 들어선 이후 조선의 지식인들은 이상과 현실의 괴리를 바로잡거나 합리화하기 위해 부심했다. 그런 점은 일본과의 관계에서도 마찬가지였다. 교린의 대등한 관계를 맺고 있던 일본에는 통신사란 이름의 사행을 파견했다. 그러나 일본 역시 오랑캐였다. 그러니 망해버린 명나라의 중화문화를 유일하게 계승한 것은 조선일 수밖에 없었다. 조선중화주의는 이런 국제관계의 변화 속에 확립되었고, 외교관계의 이면을 지배하던 원칙이었다.

<일동장유가>는 질적 · 양적인 면에서 두드러지며, 가장 이른 시기의 사행가사다. 기록자인 김인겸은 비록 서출이긴 하나 '김상헌－김수항－6창'으로 연결되는 노론계통의 지식인이었고, 그 가운데 김수항 · 창업 · 창집은 사행으로 청나라에 다녀오기도 했다. 병자호란의 주전론자인 김상헌의 후예 답게 이들은 철저한 화이 구분의 세계관을 지닌 대표적 문벌이기도 했다. 당연히 <일동장유가>에는 열등한 대상을 내려다보는, 우월한 관찰자의 시선이 압도적이다. 시종일관 '왜 · 왜놈'의 호칭을 사용한다거나, '예의 없음'의 현상을 금수의 표지로 받아들임으로써 화이 구분의 세계관을 명백하게 보여준다. 사실 조선중화주의의 핵심은 '유교적 문명의식 혹은 예의'에 있었다. 시종일관 일본인들의 저열성과 일탈을 지적하며 멸시하는 기록자의 시선은 조선중화주의로부터 나온 것이다. 그러나 뒷부분으로 가면서 인정의 기미를 발견하고, 도회의 모습이나 풍요를 통해 현실로 존재하는 문명을 확인하게 되면서 견고하던 화이 구분의 세계관에 흔들림이 노출된다. 금수로만 보아온 왜인들로부터 예의나 인간적인 면모를 발견하고 소중화인 조선보다 우월한 제도나 물질문명을 목격하면서 '일본＝오랑캐'라는 등식에 회의를 갖게 된 것이다. 전체적으로 보면 <일동장유가>는 공고한 화이 구분의 세계관을 바탕으로 이루어진 작품이지만, 부분적으로는 그런 세계관이 느슨해질 가능성을 동시에 지닌 작품이기도 하다. 그리고 그러한 세계관은 당대 조선의 보편적인 의식에 기록자 자신의 개인적 신념이 보태진 바탕 위에 이루어졌다고 할 수 있다.

<일동장유가>보다 1세기 뒤에 나온 <병인연행가> 역시 시대의 변화를 잘 반영한 작품이다. 그 시기에는 '명＝중화' · '청＝오랑캐'라는 도식을 바탕으로 명에 대한 맹목적인 숭배와 청에 대한 무조건적 배척을 지양함으로써 중국과의 관계는 얼마간 합리적이고 객관 타당한 보편성을 띨 수 있게 되었다. 물론 이 작품에도 부분적으로 반청의 내용이 보이지 않는 것은 아니다. 그러나 병자호란 같은 청나라와의 관계에서 빚어진 역사적 질곡을 이미 지난 시기의 것으로 객관화시키는 기록자의 태도를 확인하게 된다. 따라서 혹 나타날지도 모르는 화이 구분의 세계관은 당시 지식인들에게는 개인의 의사와 상관없이 관습화된 상투적 언술에 섞여 나타나는

것이었다. 대부분 중국의 발전된 문화를 제시하고 그에 대한 찬탄을 섞었는데, 이런 점만 본다면 청은 더 이상 오랑캐 나라가 아니었다. 멸시가 나와야 할 자리에 찬탄이 나왔다면, 이미 전통적인 화이관은 극복된 것으로 보아야 한다. 오히려 당시 체제를 위협한다고 생각되던 서양세계가 청을 대신하여 새로운 오랑캐로 등장했다고 할 수 있다. 청이 명을 이어 중화의 문화적 전통을 계승했다는 것이 사행을 다녀온 지식인들이나 북학파를 중심으로 하는 당대 지식인들의 믿음이자 논리였다. <병인연행가>는 그와 같은 '시각의 보편화'를 달성한 작품이다. 조선중화주의로부터 이행된 자기반성의 근대주의는 <병인연행가>를 산출시킨 토양이다. 명이든 청이든 발전된 문물은 배워 오겠다는 시대정신이 <병인연행가>의 주제의식으로 작용하고 있음을 간과해서는 안될 것이다.

이처럼 <일동장유가>와 <병인연행가>는 1세기의 시차를 두고 같은 상황과 구도 속에 지어졌으면서도 기록자인 당대 지식인 사회의 해외 체험과 세계관의 변화양상을 비교적 정확히 반영했다고 할 수 있다.

| 5 |

조선조 국문 사행록의 흐름

Ⅰ. 서 론

조선조의 사행록은 해외에서 새로이 얻은 견문들을 다룬 기록들이므로 기존의 문학적 표현물이나 기술물들과는 성격을 달리한다. 사실 그때까지 지속되던 문학적 관습이나 전통의 관점에서 볼 경우 경험한 사실들을 '사실적으로' 적기 위해서는 패러다임의 변환으로 간주할 수 있을 정도의 큰 변화가 요구된 것이 현실이었다. 더구나 당시 문단에서 주류를 이루고 있던 한문 문장의 경우 장구하게 존중되어온 표현법 때문에 경험한 그대로의 사실을 기록하는 데 장애가 있었으며,[1] 자연스럽게 사행록이 몰고 온 충격[2]과 호기심 또한 컸으리라 본다. 지배세력이 정통 고문의 고수라는 시대 역행적 강공책을 구사한 것은 박지원 같은 문장가들의 참신한 문체로부터 지배체제에 대한 도전적 색채를 읽어냈기 때문이다. 그러나 현실적으

---

1) 조동일(1994), 430쪽.

2) 정조의 문체반정이 박지원의 『열하일기』를 표적의 중심에 두고 있었다는 점(「燕巖集」 권 2 '答南直閣公轍書'附原書, 『한국문집총간 252』, 35쪽의 "近日文風之如此 原其本則莫非朴某之罪也 熱河日記 予既熟覽焉 敢欺隱此 是漏網之大者 熱河記行于世後 文體如此 自當使結者解之" 참조)으로도 지식층의 해외 기행문이 당시 지배세력에게 가한 충격의 파장을 알 수 있게 한다. 이와 관련하여 김태준(2001)에 의해 발굴된 국문본 『열하일기』는 당시 이 책을 포함하여 중국의 기행문들이 활발하게 전사되거나 번역되고 있었다는 사실을 입증한다.

로 지배세력이 국문기록을 백안시했음에도 불구하고 국문을 수단으로 하는 서민문학은 확장되었으며, 그에 따라 국문 사행록 또한 다양한 모습으로 등장하여 많은 사람들에게 읽힐 수 있었다.

원래 사행록은 한문으로 쓰는 것이 관례였고 한문에 능숙한 소수를 상대로 하는 다소 비밀스런 저술이긴 하나 내용적 흥미성 때문에 그 범위를 벗어난 독자들도 읽고자 하는 요구를 막을 수 없었으며, 그런 수요 때문에 국문으로 된 것까지 나타나게 되었다는 지적[3)]은 사행록의 본질적 성격과 국문 사행록 출현의 현실적 측면을 정확하게 보여준다.

그러나 국문 사행록들은 한문 사행록들과 상대적인 위치에서 병행되어 온 것이 사실이며, 시간적 선후에 따라 서로 영향을 주고받으며 새로운 문체적 관습을 형성해나간 점 또한 도외시할 수 없다. 담헌 홍대용 같은 사람은 『을병연행록』을 먼저 쓴 다음 『담헌연기』를 발표한 것으로 추정되기도 하는데, 이 점은 한문의 순정성을 유지하려는 지배세력의 노력이었던 동시에 국문표기의 현실적 필요성을 감안한 선택이기도 했다. 대체로 그 시대에는 중국 기행문을 쓰면서 『열하일기』가 당한 것과 같은 문체시비를 피하기가 쉽지는 않았던 것이다. 따라서 그런 시비에 저촉될 위험성을 감수해가면서까지 한문 사행록을 쓰기보다는 표현의 폭이 훨씬 넓으면서도 자유로운 국문 표기의 수단을 선호했을 가능성은 아주 높다.[4)] 이처럼 국문 사행록의 출현은 독자층에 대한 배려라는 주된 이유 외에 변화되고 있던 당시 지배그룹이나 문단 주류의 분위기를 얼마간 반영한 결과라고 보는 것이 타당하다.

국문 사행록들(특히 이 글의 분석 대상인 『죽천행록』, 『연힝일긔』,[5)] 『을병연행록』, 『무오연행록』)은 외적으로 분명한 시차를 보이는 별개의 텍스트들이면서도 내면적으로는 동일한 바탕을 지니고 있다. 이들 가운데 『죽천행록』만 빼고는 대부분 일치되는 노정 관련 기록들을 공유한다. 그럼에도 각각의 기록들이 개성을 지니고 있는 것은 기록자의 이념이나 입장, 그

3) 조동일(1994), 434쪽.
4) 조정에 보고하기 위한 공식적 사행록의 경우 한문으로 기록한 것은 물론이다.
5) 국립중앙도서관 소장 필사본, 3책, 32.3×14.0cm, 이하 『노가재연행일기』로 표기한다.

에 따라 선택한 문체 등이 개성적이기 때문이다. 시간적 선후를 바탕으로 이들 사이에 존재하는 '같고 다른 점'을 찾아내고, 그것들 사이의 연관성을 해석함으로써 이들을 관통하는 통시성을 읽어낼 수 있으리라 본다. 기록자 계층이 중국에 대하여 지니고 있던 인식의 측면, 대상에 대한 표현의 측면(동일한 노정을 둘러싼 표현의 차이) 등은 개별 사행록들 사이에 찾아낼 수 있는 변화나 차이의 구체적인 내용들이다. 이런 내용들이 주로 기록자의 의식이나 그 변화 양상에 의해 결정되는 것임을, 통시적 선상에 나열되는 국문 사행록들을 중심으로 분석해 보고자 하는 것이 이 글의 주안점이다.

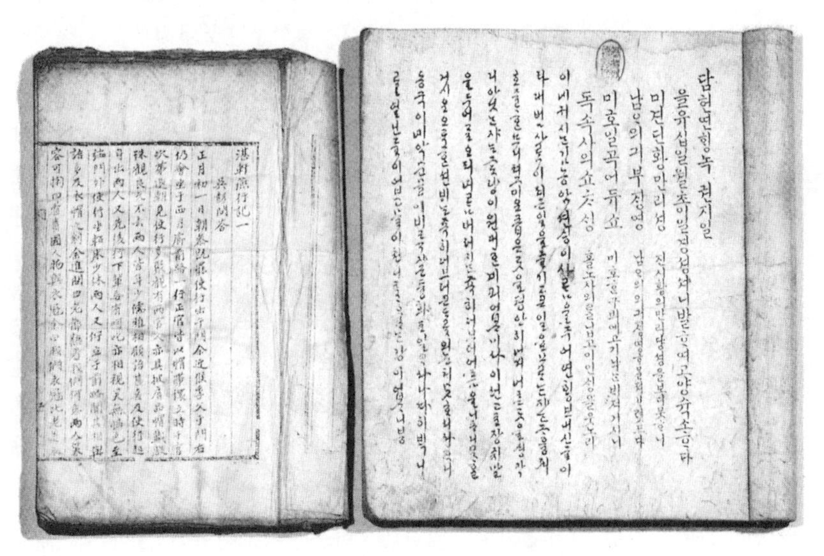

▲ 왼쪽은 한문본 담헌연행기, 오른쪽은 한글본 담헌연행록(을병연행록). 숭실대 기독교박물관 소장. 기록자가 한문과 한글 등 두 가지 표기체계를 사용한 것은 독자들을 배려했기 때문이다.

Ⅱ. 자료들의 성격 및 관계

가사를 포함하여 사행에 관한 기록들은 상당수에 이른다. 그러나 이 글에서는 그간의 연구들을 통하여 이미 학계에 알려진 네 건의 대표적인 국문 사행록들만을 중심으로 논지를 전개하고자 한다. 이 사행록들의 경우 기록의 대상으로 삼은 사행들이 역사상 뚜렷하게 남아 있으며, 사행의 노정이나 목적, 등장인물 등을 분명하게 확인할 수 있으면서도 일정한 시차를 두고 이루어졌다는 점에서 그것들의 통시적 성격을 명확하게 파악할 수 있기 때문이다. 각 자료의 정확한 완성 연도나 전사 연도는 밝혀지지 않았지만, 연행의 시기만을 기준으로 따질 경우, '①『죽천행록』→②『노가재연행일기』→③『을병연행록』→④『무오연행록』'으로 이어진다고 보는 것이 온당하다. 특이한 점은 이들 모두의 한글본과 한문본이 동시에 존재한다는 사실이다. 지금까지 대부분 한문본이 원본이고 국문본들은 그에 대한 번역본으로 보는 것이 일반적이었고, 또 시대·문화적 상황을 감안할 때 그럴 가능성이 훨씬 높다고 본 것 또한 사실이었다. 그러나 세밀히 따질 경우 그 반대일 수도 있다. ①은 이덕형의 사행을 기록한 글인데, 이덕형의 사행을 기록한 글로는 이 책과 함께 한문으로 기록된 홍익한의 『화포선생조천항해록』이 남아 있으며, ①과 같은 내용의 한문본 『조천록』 또한 남아 전해진다. 그런데 『죽천행록』의 문장은 번역투가 아니다. 사행 당시의 부사 오숙의 집에서 얻은 『조천언록』을 그 음과 뜻에 기대어 한자로 번역하고, 그 뒤 기암幾庵이 홍익한의 『화포선생조천항해록』과 제가諸家의 전해지는 구문舊聞들을 참조·고증하고 여기에 사행 기간 중 창화한 시작품들을 찾아 덧붙여 한 통의 글을 이룬 것[6]이 『조천록』이라고 보기 때문에,[7] 『죽천행록』은 가장 이른 시기의 원본 국문 사행록인 셈이다. ②는 김창집의 사행에 자벽군관으로 수행했던 김창업의 기록으로 규장각본(한

6) 李濟翰, 「朝天錄 跋文」, 『竹泉遺稿』 참조.
7) 조규익(2002a), 55쪽.

문본)·장서각본(한문본)·국립도서관 A본(한문본)·국립도서관B본(한문본)·임창순본(국문본)·가람본(국문본) 등이 남아 있다.[8] 국문본인 임창순본의 경우 전체 목록에 날짜 중심으로 숙박 장소를 명시했고, 한시를 국문으로 기록했으며, 그 아래쪽에는 국문해석까지 달았다. 특히 '이 글은 단산 도중에서 선운을 차하다' 등과 같은 기록을 반드시 시의 끝에 부기附記한 점과, 다른 이본들에 비해 자작시가 여러 편 삽입되어 있다는 점 등이 눈에 뜨인다. 또한 임창순본에 나오는 '검무를 보고 지은 시'의 경우 한문본 장서각본에는 그 사정이 서술되어 있긴 하나 시가 실려 있지 않다. 그런데, 김창업의 연행시가 수록된 『연행훈지록』에 동일한 시들이 실려 있는 사실을 근거로 한다면 국문본과 한문본의 내용과 체제에 있어 다소간 다른 점을 발견할 수 있는데, 이 점이 바로 국문본이 원본임을 나타내는 단서일 수 있다는 것이다.[9] 더 결정적인 근거를 필요로 하긴 하나 ② 역시 국문본을 대상으로 하는 본서의 분석대상에 포함될 수 있다.

③의 원본이 국문본임은 필자가 밝힌 바 있다.[10] ④의 경우 장서각본(국문본)과 국립도서관본(국문본)이 있고, 국립도서관에 한문본(『무오연록』)이 있는데,[11] 한문본은 국문본의 초역본이고 두찬한 것에 불과하여 국문본이 원본일 가능성이 높다고 한다.[12] 이상과 같이 ①~④는 모두 국문본이 원본이거나 적어도 그럴 가능성이 높은 것들임을 알 수 있다.[13] 이것들이 통시적인 선상에서 연결될 수 있다고 보는 것도 바로 이 점 때문이다.

김경선은 순조 32년(1832) 10월 20일부터 33년(1833) 4월 2일까지 5개월여 동안 동지사 겸 사은사 서경보徐耕輔(1771~1839)의 서장관으로 중국에 다녀왔다. 그가 기록한 『연원직지』의 서문에서 연경 기행문들 가운데 노가재 김창업·담헌 홍대용·연암 박지원 등 세 사람의 것이 가장 저명하다

8) 이본에 대한 명명과 대교는 박지선(1995a), 33~50쪽 참조.
9) 박지선(1995a), 41쪽.
10) 조규익·소재영(1997), 210쪽.
11) 현재는 소장되어 있지 않은 듯하다.
12) 김동욱(1985), 11~12쪽.
13) 김창업이 국문으로 편지를 쓴 사실(「연행일기」, 『국역 연행록선집 IV』, 442쪽)도 국문본이 원본일 가능성을 뒷받침한다고 본다.

했다. 또한 그는 세 연행록의 문체와 논리에 대하여, 『노가재연행록』은 편년체에 가깝고 평순·착실하여 조리가 분명한 기록으로, 『담헌연기』는 기사체를 따라 전아·치밀한 기록으로, 『열하일기』는 전기체와 같은데 문장이 아름답고 화려하며 내용이 풍부하고 해박한 기록으로 각각 평하였다. 그러면서 이들 모두 스스로 일가를 이루어 각기 장점을 가지고 있으니 이들의 뒤를 이어 기행문을 쓰려는 자가 어떻게 이들보다 나을 수 있겠느냐고 반문하기도 했다.[14] 김경선의 말을 통하여 당시 중국에 다녀온 사람들 대부분이 기행문을 남겼다는 점, 그 가운데 김창업·홍대용·박지원 등 3인의 글이 모범적 사례로 꼽히고 있었다는 점 등을 확인할 수 있다. 이들 각각의 문헌은 후대인들이 사행할 때 참고가 되었을 뿐 아니라 기록을 작성할 때에도 형태적·내용적 측면에서 모범적 선례로 작용했을 가능성이 농후하다. 물론 이들 3인 사이에는 앞에서 지적한 바와 같은 차이점들이 드러나 있었으며, 김경선이 부연한 바와 같이 "답습의 상피"로 인한 자상함과 간략함이 현격한 모습을 보여주고 있었던 것도 사실이다. 그러나 한문 사행록들과 다른 차원의 공통된 내용과 구조가 약간씩의 편차를 보이며 국문 사행록들을 관통하고 있었으리라 생각된다.

국문 사행록들을 하나로 이어주는 통시적 성격은 후대의 국문 사행록들 대부분이 모범적 선례들을 바탕으로 이루어진 데서 드러난다. 그런 점을 밝히기 위해서는 국문 사행록의 모범적 선례들이 어떤 방식으로 후대의 사행록에 수용되었는가를 살펴보는 일이 중요하다. 담헌은 『을병연행록』에서 『노가재연행일기』를, 서유문은 『무오연행록』에서 마찬가지로 『노가재일기』와 『을병연행록』을 각각 여행지의 참고자료나 판단의 근거로 활용했다. 말하자면 앞 시기의 연행록들은 후대로 내려올수록 교과서적 의미와 가치가 더욱 두드러지게 되었다는 것이다. 시기적으로 앞선 기록들은 뒷 시기의 기록들이나 필자들에게 생각의 정당성을 확인시켜주는 역할을 했다. 따라서 뒷 시기의 사행록들에 앞 시기의 기록들을 비판하는 견해가 드러난다 해도, 궁극적으로는 선행 사행록들의 내용적 범주를 벗어날 수는

---

14) 『국역 연행록선집 X』(1977) 서.

없었던 것이다. 지명이나 노정, 풍속・제도・인물・역사적 사실 등을 상고하기도 하고, 만나는 경물들에 대하여 자신의 견해나 느낌을 말하기보다는 선행 기록자가 이미 느꼈던 그것을 인용함으로써 그 경물들의 기이함을 효과적으로 부각시키기도 했다. 예컨대, 중국 사행길에 만난 경물이나 제도, 풍속 등에 대하여 큰 관심을 보인 점에 대하여 노가재와 자신을 비교한 서유문의 관점[15]은 『노가재연행일기』와 『무오연행록』 사이에 나타나는 차이점을 극명하게 드러내면서도 궁극적으로는 그것들이 서로 닮지 않을 수 없었던 점을 암시하기도 한다. 말하자면 서유문의 경우 자신의 기록을 좀 더 바람직하게 만들기 위해 『노가재연행일기』를 '거울'로 삼았던 셈인데, 이 점은 긍정적이건 부정적이건 선행 사행록들이 후대 사행록 작성자들에게 큰 영향을 미친 사실을 입증한다. 편년체에 가까우며 평순・착실하여 조리가 분명하다는 『노가재연행일기』의 기사체를 따라 전아・치밀하다는 『을병연행록』은 직・간접적으로 서유문의 『무오연행록』에 영향을 미쳤을 것이다. 본서의 대상들인 『죽천행록』이나 『무오연행록』의 경우, 그것들을 텍스트로 삼았다고 언급된 문헌이 존재하는지 현재로서는 알 수 없다. 그러나 국문 사행록으로서는 『죽천행록』이 선두에 놓이고 『무오연행록』이 완성기에 놓인다는 점을 전제로 이들과 다른 국문 사행록들의 관계를 살펴본다면 전체 사행록들의 통시적인 계열 양상이 드러날 수도 있다고 본다.

그 논의에서 중시되어야 할 사항은 기록자들의 사회적 위치나 성향・관점・세계관과 함께 그것들이 변화를 보이는 양상이다. 대부분의 기록자들은 당대 지식인 사회에서 분명한 의식을 가지고 있던 존재들로서, 사행록을 통해 당대 지도층이 지니고 있던 이념이나 세계관을 얼마간 대변할 만한 위치에 있었다. 특히 존주의식 위에서 대명의리론이나 화이관으로 무장되어 있던 그들이 중국(청나라)의 현실을 목격하고 경험하는 인식의 전환은 당대의 조선이 처해있던 이념적 당위와 존재 사이의 괴리를 명백하게 보여준다. 기록자의 사회적 입장에 따라 약간씩 다른 면을 보여주긴 하나, 중국의 현실에 대한 목격의 순간을 분기점으로 중국에 대한 관점이나 인

---

15) 『무오연행록』, 570쪽.

식이 변화를 보였다는 점은 공통된다. 이 점을 중심으로 국문 연행록들 사이에 연결되는 통시적 양상을 찾아볼 수 있을 것이다.

Ⅲ. 기록의 내용과 기록자의 현실인식

대부분의 사행록에서 '사행'이라는 행위를 중심으로 기록자의 관점이나 인식이 변화를 보이는 것은 사실이다. 사행은 조선조 지식층의 대외접촉의 유일한 창구였다. 사행 이전의 중국관과 사행 이후의 그것에 차이가 생겼다면, 조선조 후기 지식인들의 대외관에 사행이나 사행록이 미친 영향은 매우 컸다고 보아야 한다. 사행을 통해 중국을 배웠고, 중국을 통해 세계의 실상을 추론할 수 있었기 때문에, 그들은 사행에 큰 의미를 부여했던 것이다.

1. 굴욕적 외교현장의 피맺힌 육성

『죽천행록』은 행위자와 관찰자, 기록자가 각각 다르다는 점과 상사인 이덕형의 행적만을 중점적으로 그려냈다는 점에서 독특하다. 왕래하는 동안의 견문을 중심으로 했고 특정인에게 관찰의 초점을 맞추지 않은 여타 사행록들과 비교할 때 『죽천행록』은 상사 1인을 대상으로 했고, 견문보다는 사건의 해결에 중점을 두고 있다는 점에서 유례를 찾기 어렵다. 『죽천행록』은 사행길에 이덕형을 수행했던 군관들 가운데 하나가 '사사로이' 죽천의 일을 기록해 두었는데, 그가 바로 이 글의 기록자인 허생의 족척이었다고 한다.[16] 따라서 군관이 남긴 것은 비망록 수준의 기록이었을 것이고,

16) 『죽천행록』, 85쪽.

그것을 넘겨받아 『죽천행록』으로 완성한 사람은 허생이었다. 여러 가지 방증으로 미루어 허생은 허목일 가능성이 크다.[17] 그럴 경우 당시의 정국에서 중시되었을 죽천과 허목의 당색黨色 차이를 어떻게 설명할 것인가가 우선적인 문제로 대두한다. 인조반정의 사실을 현장에서 처음으로 알았던 점을 감안하면 죽천이 반정의 핵심세력이 아니었음은 분명하다. 그는 소북小北 가운데 청북淸北에 속해 있었던 것으로 추정된다. 그리고 그의 둘째 아들 광원과 같은 연배로서 그와 교유하던 허목은 약관 시절부터 죽천의 집안에 드나들었다. 허목은 뒷날 예송禮訟의 진행 과정에서 과격한 남인의 영수 역할을 하지만, 적어도 죽천이나 그의 아들들과 교유를 갖던 시기에는 소북에 가까운 계열이었던 듯하다. 더구나 그 시기는 서인과 남인이 연합하여 정치를 이끌어 나가던 시절이기도 했다. 따라서 허목이 죽천과 가까운 관계를 유지했다거나 『죽천행록』을 쓴 일이 그의 출신으로 보아 크게 어려운 일은 아니었으리라 본다. 특히 국문을 잘 알고 있었으며 국문으로 쓴 글씨까지 남긴 허목으로서는 『죽천행록』을 기록하는 것 또한 그다지 어려운 일은 아니었을 것이다.

그런데 청나라와 현실적인 외교관계를 수립하려 했던 광해군 시절의 대북정권과 달리 서인정권은 대명의리관을 고수하고 청나라를 배척하는 입장에 서 있었다. 비록 서인 계열은 아니었으나 새 정권에 참여하고 있던 죽천으로서는 나라의 기강을 바로잡는다는 대의명분 아래 신 정권에 참여하게 된 것으로 보인다. 따라서 죽천은 기꺼이 사행길에 올랐고, 당시 요동을 점령하고 있던 누르하치 세력을 피해 뱃길로 명나라에 갈 수밖에 없었다. 즉 망해가던 명나라의 말기적 현상을 몸으로 느끼면서도 대명 의리의 명분을 세울 수 있었다는 점에 안도하는 비현실적 외교의 실상을 죽천의 사행은 보여 주었던 것이다. 물론 현재 『죽천행록』의 경우 건 편인 앞부분이 망실되어 뒷 부분인 곤 편만 남아있기 때문에, 사행 이전에 갖고 있었을 기록자의 대중국관을 확인할 만한 근거는 없다. 명나라가 망해가고 있었을망정, 정통성을 지닌 중국의 왕조라는 믿음을 굳게 지니고 있었

17) 조규익(2002a), 45~51쪽.

던 까닭에 죽천 일행은 청나라 수립 이후의 사행들이 겪었던 갈등은 겪지 않아도 되었다. 특히 삼학사 중의 한 사람으로 뒷날 청나라에 끌려가 죽음을 당한 홍익한이 서장관으로 참여한 만큼 죽천의 사행이 견지했을 대명의리관은 확고했던 듯하며, 그러한 관점을 일행들 대부분은 공유했으리라 본다.

『죽천행록』은 고명과 면복을 받아내는 사건만을 중심으로 이루어진 기록이기 때문에 중국에 대하여 특별한 감정이나 이념을 노출할 만한 내용은 거의 없다. 그 가운데 기록자나 죽천이 현지에서 직·간접적으로 보인 중국관을 살펴보면, ① "그 기구와 물력이 장하더라"(119쪽),[18] ② "노국은 군자국이라하야 천자 특례하시고 조선은 예의지방이오"(120쪽), ③ "소방이 불행하와 기강이 그쳐졌으니 백성이 수화에 든 듯하여 종묘사직이 무너지게 되오니 신민의 망극함이 지극하옵더니 …(중략)… 조선의 백성을 구제하는 덕음으로 황제께 품달하여 책례하는 칙서를 수이 내려 주소서"(124쪽), ④ "대저 천조 인심이 말세 되어 탐풍이 대작하니 대소 관원이 회뢰를 들이지 않는 이가 없어 대소 정사를 재리로 이루어내고 염치를 알지 못하여 봉책으로 기화를 삼아 날마다 하배로 하여금 관에 와 토물을 구하니 인삼과 은이 아니면 달피와 표피와 종이와 모시와 베와 무명이라. 아침에 수응하면 저녁에 또 달라하여 말하기를 만일 일을 수이 이루어 주면 고기 낚을 데 없다하여 천연세월하여 달라기를 마지아니하고"(136쪽), ⑤ "상서 답지 아니하니 대저 상서 회뢰를 받은 후 시행하여 제 공을 알리고자 하더니 …(중략)… 제독 주사에게 관자를 내려 당부하되 감히 문 밖에 나지 못하게 하라 하니 관문이 한 번 닫히매 다만 물불만 통하니 상하 일행이 출입이 끊어져 조정 소식이 막연히 천리 같고 날마다 마을 아전이 징색하니 아무리 몸을 빼어나가 슬픈 사정을 하고자 하나 할 일 없는지라."(139쪽) 등이 고작이다. 이것들은 중국 내에서 사행이 겪었거나 그로 인하여 고쳐 갖게 된 중국관의 직·간접적 표현들이다.

①은 기록자가 북경에 도착하여 조석 대접을 받으면서 겪게 된 놀라움

18) 이하에 명기하는 쪽수는 조규익(2002a)의 그것임.

이며, ②와 함께 중국에 대한 호의적 관념이 확인되는 순간의 감정을 표출한 내용이기도 하다. ③도 그 연장선상에서 표출한 말이다. 즉 자주외교를 표방하고 중국에 대하여 실리외교를 벌이던 광해군의 치세를 묘사한 말로서, ①·②·③은 사행의 중국관이 흔들리지 않는 모습을 드러낸 내용들이다. 그러나 ④와 ⑤는 중국 관리들의 부패상으로 중국에 대한 인상이나 기성 관념이 무너지는 모습을 그린 표현들이다. 『죽천행록』에 기록된 사행 사실은 "북경에서 천신만고 끝에 천자로부터 고명과 면복을 받아낸 부분/북경을 출발하여 해로로 천신만고 끝에 귀국한 부분"으로 나뉘며,[19] 멸망 직전의 명나라 왕조를 눈으로 확인하고서도 고명과 면복을 받아낸 사실에만 환희하는 조선조 집권세력의 무정견과 한심함을 드러낸 기록이기도 하다. 이 기록에도 중국의 물력에 대한 놀라움이 그려져 있긴 하나 이야기의 중심은 면복과 고명을 받아내는 데 있었기 때문에[20] 중국의 문물을 대면함으로써 이루어지게 된 기록자의 관점의 변화를 그려낼 여유까지는 없었던 듯하다. 따라서 『죽천행록』은 내용이나 구성의 유례를 찾을 수 없다는 점에서 후대의 여타 연행록들과 별도의 갈래로 처리되어야 할 만큼 크게 구별되는 모습을 보여주고 있다.

2. 자아각성을 통한 대청 적개심과 화이관의 극복

『노가재연행일기』의 기록자인 노가재의 가계[21]를 살피면, 증조부는 서인 청서파의 영수이자 척화파의 거두인 청음 김상헌이고, 부친 김수항은 당대 정계에서 노론의 영수로 활약한 인물이다. 가계로 보자면 노가재는 청에 대한 복수의 감정이 넘칠만한 인물임에도 그에 앞서 중국의 산천을 보고자 하는 욕구를 강하게 지니고 있던 인물이었다.[22] 1712년 사은겸삼

---

19) 조규익(2002a), 114쪽.

20) 고명과 면복을 받아내는 일은 대북정권을 몰아낸 서인정권이 자신들의 정통성을 확인받을 수 있는 유일한 길이었다.

21) 金尙憲－金光燦－金壽恒－(① 昌集, ② 昌協, ③ 昌翕, ④ 昌業, ⑤ 昌緝, ⑥ 昌立)

절연공사의 정사로 떠나게 된 형 창집의 타각으로 수행했으며 그 견문을 기록한 것이 바로 『노가재연행일기』로서 후대 연행록들의 교과서 역할을 했음은 주지의 사실이다. 그가 비록 중국의 산천을 보고자 한 것은 사실이지만, 가계의 성격상 당연히 당대 노론계의 공통적 세계관이었던 화이관에 철저한 지식인이었음도 틀림없다. 그는 54세의 나이에 연행을 하게 되었는데, 북경 왕반 146일간(1712. 11. 3.～1713. 3. 30.)의 기록을 산문인 『노가재연행일기』와 137수의 한시 모음인 『연행훈지록』으로 남겼다. 앞에서 언급한 바와 같이 『노가재연행일기』의 이본으로 6종이 남아있는데, 박지선(1995a : 41)도 이미 추정한 바 있듯이 국문본이 원본일 가능성은 아주 높다. 특히 6권 6책 가운데 3책만 남아 있긴 하지만, 임창순본은 텍스트의 구비요건으로 보아 원본일 가능성이 가장 높다. 이 점은 임창순본에 노가재의 자작시가 25편이나 실려 있고, 이들 가운데 『연행훈지록』에 실린 작품들과 일치하는 것이 15수나 된다는 점, 두 문헌 사이에 나타나는 표기상의 차이들은 『노가재연행일기』를 쓰면서 연행 도중 쓴 한시들을 선별하여 필요한 곳에 삽입하는 과정에서 생겼으리라는 점[23] 등을 감안하면 분명해진다.

중국의 문물을 접해 보고싶은 노가재의 욕망이 비록 강하긴 했으나, 그런 욕망이 처음부터 중국에 대한 그의 관념을 희석시킬 수는 없었다. 이 점은 『노가재연행일기 일』의 12번째 시[24]에 잘 나타난다. 그의 부친 김수항이 1753년 동지사의 서장관으로 청나라에 다녀올 당시 지은 것으로 추정되는 <용만감회龍灣感懷>[25]를 차운한 작품이 바로 이것이다. 절의로 고명하던 김상헌의 손자 김수항은 청나라에 대하여 치열한 적개심을 갖고 있었으며, 노가재의 작품 또한 그 뜻을 이어받은 것으로 보인다. 김수항은

---

22) 『노가재연행일기』 제1권 · 임진년 11월 '왕래총록', 『연행록선집 Ⅳ』, 42쪽 참조.

23) 예컨대 '미未'를 '불不'로 고친 것은 뉘앙스의 차이를 고려한 때문이고, '유한연有寒烟' 같은 구절을 '망하연'으로 고친 것은 시적 의미를 바꾸려 했기 때문이며, 나머지 대부분은 오필誤筆의 결과라고 생각된다.

24) 『노가재연행일기 일』, 97쪽. 이 시는 「연행훈지록」 №.18(<謹次龍灣感懷先韻> : 茫茫往事與誰論/來訪殘碑只斷魂/北望深羞猶未雪/玆行又過壽星村)과 일치한다.

25) 「文谷集」 권 3, 『한국문집총간 133』, 56쪽의 "行窮絶域暫停轅/却算歸程更斷魂/江到九龍秋水闊/山横白馬朔雲屯/邊城暮雨遙連海/客舍寒燈早閉門/何處感懷偏掩淚/統軍亭下壽星村" 참조.

1653년 동지사의 서장관으로 청나라에 들어 가다가 용만龍灣[의주]에서 이 시를 지었다.

<용만감회>의 운자는 '혼魂 · 둔屯 · 문門 · 촌村'인데, 노가재는 이 중 '혼魂 · 촌村'을 차운했다. 특히 <용만감회>의 시어들 가운데 그대로 갖다 쓴 "단혼斷魂 · 수성촌壽星村"은 두 작품이 공유하는 시상의 핵심이다. 강화에서 정묘호란을 마무리짓는 화약和約이 조선과 청나라 간에 성립되자 당시의 전승국 후금은 우월한 입장에서 압록강 북쪽으로의 철병 약속을 어기고 이곳에 병력을 주둔시켜 명나라의 모문룡을 막게 하고 중강개시中江開市의 교섭을 통해 많은 물자를 얻게 되었다. 노가재가 임진년 11월 22일에 찾은 곳은 통군정 밑에 있는 수성촌의 옛 터였다. 노가재의 증조부인 김상헌이 경진년(1640) 심양에 잡혀간 한 해 뒤 병 때문에 이곳에 돌아와 상국 서경우徐景雨(1573~1645), 상서 이현영李顯英(1573~1642)과 함께 한 마을에서 서로 수창酬唱했으므로 이 마을을 '수성壽星'이라 했으며, '잔비殘碑'는 그 자리를 알리는 비석으로 '청음선생비淸陰先生碑'라는 다섯 글자가 새겨져 있었다고 한다. 김수항의 사행은 정묘호란으로부터 28년, 병자호란으로부터 17년, 청음이 이곳에 머물던 시기로부터 12년 후의 일이었다. 그리고, 노가재의 사행은 김수항의 사행으로부터 59년만의 일이었다. 김수항이 작품에 드러낸 '삭운朔雲'이나 '모우暮雨'는 바로 후금 즉 청나라 세력을 비유한 말이다. 자연스럽게 '한등寒燈' · '폐문閉門' · '감회感懷' · '엄루掩淚' 등도 청나라 오랑캐를 지칭한 앞의 이미지들과 직결되는 분위기의 시어들이다. 이것이 노가재의 시에 와서는 좀더 적극적으로 구체화되었다. 북쪽은 청나라이며, '깊은 부끄러움'은 패전과 굴욕의 역사다. 그 부끄러움을 아직도 씻지 못했는데, 증조부가 고초를 당했고 부친이 한탄했던 그 역사의 현장을 변함없이 자신도 다시 지나고 있다는 한탄이다. 이처럼 우리나라 영토의 끝이자 청나라 영토의 시발점인 이곳에서 그는 청나라에 대한 적개심과 자기모멸감을 강한 어조로 표현했다. 이 부분의 노가재는 아직 청나라에 들어가기 전의 존재

▲ 김수항의 초상. 노론의 영수로 활약하던 김수항의 여섯 아들들은 '육창六昌'으로 불리며 당대 조선의 사상계를 주름잡고 있었다.

로서 소중화적 세계관에 철저한 모습을 보여준다. 청나라 입국 이전과 이후의 모습이 다르다면, 청나라에 잠재되어 있던 요인들이 노가재의 의식에 모종의 변화를 일으켰기 때문일 것이다. 그리고 그것은 전체 연행록의 내용적 구조나 기술 방법, 혹은 표현 등에 일정한 흐름으로 전승되었다고 볼 수 있다. 중국의 실상을 목도하고 내면의 변화를 일으킬 수밖에 없었던 것은 조선의 지식인들이 속해 있던 지적 환경[26]의 필연적 결과일 수밖에 없었고, 그 결과는 큰 차이 없이 사행록들을 통해서 반복된 것으로 보인다.

▲ 각산장성. 산해관에서 만나는 만리장성은 '화이'를 구분하는 인위적 경계선일 수 있는데, 중화의 주인이 바뀐 모습을 목격하면서 조선의 지식인들은 크나큰 혼란을 경험한 것으로 보인다.

예를 들어 담헌의 『을병연행록』은 『노가재연행일기』를 가장 충실히 답습한 것으로 보이는데, 그 역시 노가재의 이념적 자장을 벗어날 수 없는 존재였다. 담헌은 농암 김창협이 당시 연행 가던 사람에게 준 시[27]를 『을

26) 이 경우 '지적 환경'이란 사승관계나 당색에 따른 세계관 등을 두루 일컫는다.
27) "미견딘황만리셩/남ᄋᆞ의긔부징양/미호일곡어듀쇼/독속사의쇼ᄎᆞ싱"<소재영 · 조규

병연행록』의 첫머리에 실었다. 이 시에 언급된 '미호'는 청음 김상헌의 증손이며 농암의 손자이자 담헌의 스승인 미호 김원행이다. 담헌이 이 시를 자신의 연행록 첫머리에 실은 것을 단순히 이 시를 선사한 스승에 대한 예우 때문으로 볼 수만은 없을 것이다. 대명의리를 중심으로 하는 화이관적 이념을 연행길에 재확인해둘 필요가 있었던 것으로 생각된다. 이 시의 첫 두행에 나오는 '진시황의 만리장성'은 중국의 장대함을 그려내기 위한 이미지이자, 모화慕華의 다른 표현이기도 하다.

그러나 이념적 차원에서는 청국에 끌려가면서도 끝까지 의기를 굽히지 않은 청음을 부각시킬 필요성 또한 있었다. 자신의 세계관에 대한 정비가 필요했던 담헌으로서는 연행에 즈음하여 현실적 욕망과 이념적 당위 사이에서 복잡해진 내면을 토로한 일은 자연스러웠다.[28] 이 점은 문명관의 원천인 중국을 선망하면서도 정치적 현실을 외면할 수 없었던 당대 지식인 사회의 내면을 적나라하게 드러낸 사례로 지적할 수 있으며, 이 점은 이미 노가재가 극명하게 드러낸 바 있다. 이렇게 사행록의 저자들은 같은 세계관이나 복합심리의 범주에 함께 묶여 있었으며, 사행록에 나타난 자아의 개안이나 그에 관한 기술記述 등이 공통된 모습을 보여주는 것 또한 이런 점에서 당연했다. 앞의 인용한 시(<근차용만감회선운謹次龍灣感懷先韻>)는 중국에 들어가던 노가재의 인식이 기존 지식인 사회의 의식으로부터 벗어나지 않았음을 보여준다. 중국에 들어간 초기에도 그 점은 변함 없었다. 예컨대 1712년 12월 12일에 있었던 달자와의 문답[29]은 그 점을 분명히 보여준다. 이 문답에서 '청인'을 오랑캐로 규정하고 있는 노가재의 의식이 어디로부터 연원되었는지는 분명하다. 중국과 이적夷狄으로 나누어 보는 이원적 세계관은 당대 노론계 지식인 사회의 보편적 관점이었으며, 노가재 또한 그 관점 아래 청국을 오랑캐로 보았던 것이다. 오랑캐의 표지를 '피발좌임被髮左衽'[30]으로 단순화시킨 공자의 말은 조선의 지배층이나 지식인들이

익 · 장경남 · 최인황(1997), 17쪽>

28) 조규익 · 소재영(1997), 212쪽.

29) 『노가재연행일기』, 72~83쪽.

30) 『論語』「憲問」第十四(子曰 管仲相桓公霸諸侯 一匡天下 民到于今 受其賜 微管仲

청국을 오랑캐로 단정한, 일종의 기호였다. 오랑캐를 물리쳐야 존주의 대의를 이룰 수 있으며, 그래야 천하는 안정될 수 있다는 것이 공자의 생각이었다. 그러한 공자의 생각을 받아 중화와 이적의 대립개념으로 보고 전자는 유지시켜야 할 선으로 후자는 제압해야 할 악의 세력으로 본 것이 화이관의 골자였다. 한문본 『연행일기』의 같은 부분에는 "말이 이치에 맞는다. 네 나이 어린데도 능히 이적과 중국의 구분을 아니, 귀하기도 하고 슬프기도 하구나! 고려는 비록 동이라고 불리고 있지만 의관 문물이 모두 중국을 모방하기 때문에 '소중화'라는 칭호가 있다. 지금의 이 문답이 누설되면 좋지 않으니 비밀로 해야 된다."[31]는 내용이 더 들어 있다. 달자도 머리를 깎고 청인들도 머리를 깎으니 같은 오랑캐라는 것이 노가재의 관점이었다. 노가재는 또 '동녘의 오랑캐'라는 말로 자폄自貶하였다. 그러나 그 자폄은 소중화를 전제로 하는 이중적인 자아인식의 노출일 뿐이었다. 동이족의 일원인 노가재도 중국에 대하여 표면상으로는 오랑캐이나, 내면적으로는 그 중국과 동렬의 '소중화'라는 의식이었다. 그렇기 때문에 그가 상대로 하고 있는 청국이나 청인들과는 같은 부류가 아님을 강하게 드러낸 셈이었다. 청국에 대한 노가재의 비하적 관점은 입경 이전부터 일관된 것이었다. 그가 도중에 지은 거의 모든 시들에 촉휘觸諱되는 말이 많았다거나[32] 오삼계에 대한 평가에서 '임시변통의 의[창졸지의倉卒之義]'와 '완전한 의[일체지의一切之義]'로 나누어 따지면서 명나라의 유지와 존속에 목숨을 거는 일을 최대의 의리로 제시한 일[33] 등에서도 이런 점을 알 수 있다.

그런데 노가재의 의식이 변화되는 과정에서 흥미로운 일면을 발견할 수 있다. 연행록의 후반으로 갈수록 청국을 이적시夷狄視하던 초기의 관점에 모종의 변화가 생긴다고 보는데, 그런 변화의 추동력은 자기 존재에 대한 정확한 인식으로부터 생겨난 것이다.[34] 노가재의 자아인식이 바뀌고 있었

吾其被髮左衽矣) 참조.

31) 『국역 연행록선집 Ⅳ』, 112쪽.

32) 『국역 연행록선집 Ⅳ』, 144쪽.

33) 『국역 연행록선집 Ⅳ』, 149~150쪽.

34) 보기에 따라 '단일한 기록' 안에서 기록자의 세계관이 변모를 보일 수 있느냐는 반론이 제기될 수도 있다. 그러나 연행록 류는 중국에서 얻은 견문들을 기록한 글들

음은 장기모張奇謨와의 문답에서와 같은 의도적인 자기비하 발언에서도 알 수 있다. 그런 인식의 변화는 자신의 존재 역시 관념적 차별의 대상이었던 청국과 마찬가지이거나 그보다 오히려 못할 수도 있다는 반성으로부터 나온 것이었다. "이곳 사람들은 몸집이 장대하며 모양이 우뚝한 자들이 많은데, 우리나라 사람들을 보니 본래 스스로 작은데다 또 먼 길의 풍진에 시달린 뒤라, 세 사신을 빼고는 모두가 다 꾀죄죄하고 착용한 의관도 또한 흔히 여기에 와서 돈을 주고 빈 것이기 때문에, 도포는 길이가 맞지 않고 사모가 눈까지 내려와 보기에 사람 같지 않으니, 더욱 한탄할 일"[35]이라는 노가재 스스로의 지적으로도 암시된다. 이 말은 단순히 그 당시 모습에 대한 사실적 묘사일 수도 있으나, 왜 노가재에게 그런 모습이 강하게 인식되었는지 자의식의 변화를 전제하지 않는다면 쉽게 이해될 수 없다. 이 점은 그 내용과 이어지는 황궁에 대한 묘사에서도 확인된다. 즉 태화전 앞 12 향로에 침향을 태우던 관례를 없앤 데 대하여 "황제가 검소한 것을 숭상하고 비용을 아끼기 위해서인 것 같다"거나 황궁에 대하여 "장려하고 정제함이 정말 황제의 거처다웠다" 등으로 평가한 노가재의 말들은 관점의 변화를 구체적으로 보여주는 사례들이다.[36] 이런 의식의 변화를 가속화시킨 또 하나의 요인은 청나라 지식인과의 교유였다. 예컨대 젊은 학자 이원영李元英과의 교제는 상당 기간 지속되는데, 그 관계를 통하여 양국 지식인들이 갖고 있던 문화의식의 동질감을 확인할 수 있었던 듯하다. 특히 "볼수록 눈이 휘황하여 무엇을 골라야 될지 모르겠다"[37]고 할 정도로 중국에서 목격한 물화의 풍부함이나 찬란함은 노가재의 인식에 큰 충격을 주었고, 그런 것들이 모두 의식 변화의 단서로 작용한 것 또한 사실이다. 노가재의 중국관은 문헌을 통해서 얻은 낡은 지식에 바탕을 두고 있었기 때문에 대부분 조선의 지식인들이 갖고 있던 고정관념의 테두리를 벗어나기 어려웠

로서, 새로운 인사나 물상들을 접할 때마다 기록자의 세계관은 상이한 반응을 보이기 마련이었다. 뿐만 아니라 기록 자체가 '일기'의 방식이었으므로 앞부분과 뒷부분이 의식의 편차를 보이는 것은 오히려 자연스럽다.

35) 『국역 연행록선집 Ⅳ』, 216쪽.
36) 『국역 연행록선집 Ⅳ』, 219쪽.
37) 『국역 연행록선집 Ⅳ』, 280쪽.

다. 연행록을 남긴 모든 식자들에게 공통된 현상이었겠으나, 노가재 역시 중국의 실상을 확인한 다음에 경험하는 의식의 전환은 매우 큰 것이었다. 이를테면 "옛날에 듣건대, 황제는 창춘원에 이궁을 15 곳이나 지어놓고, 북경 및 14 성의 미녀들을 모아 두고 궁실 제도와 의복·음식·기명을 모두 그곳 풍속에 따라 마련하고 황제가 그 가운데서 노닌다고 들었는데, 지금 와서 보니 소문과는 크게 달랐다."[38]는 말도 실상의 확인에 이어 얻게 된 의식의 전환을 뒷받침한다. 그는 창춘원으로부터 『연감유함』·『패문운부』·『전당시』·『고문연감』 등의 책을 선물받고, 소문과 다른 청나라의 실상을 똑 바로 인식하게 된다. 조석으로 왕래하게 하여 말 달리기를 익히게 했다거나 거처할 곳을 마련하지 않아서 안일함을 경계한 점 등 창춘원의 제도가 사치나 연락宴樂을 위한 것이 아니라는 점도 깨닫게 된 것이다. 뿐만 아니라 강희제康熙帝(1654~1722)의 선정에 대한 찬양[39]은 그의 의식 변화가 어느 정도인지를 가늠할 수 있게 된다. 노가재가 목격한 것은 청조의 황금기였던 강희제 시대의 융성함이었다. 오삼계의 난을 평정했고, 획기적으로 영토를 확장했으며, 박학홍유과博學鴻儒科를 설치하는 동시에 각종 도서들을 편찬하는 등 문화사업에도 큰 업적을 남긴 강희제 시대의 청나라가 더 이상 중화와 대척의 관계에 서 있던 이적이 아님을 노가재는 비로소 깨달은 것이다. 노가재는 그 근거로 정치에 유술을 숭상하여 공자와 주자를 높인 점과 황제의 효행을 들었다. 이것들은 종래에 인간과 금수, 중화와 이적을 가르던 절대적 기준이기도 했다. 그런데, 이적으로 인식해오던 청국이 이런 이념적 지향으로 접어든 사실을 강조함으로써 청국에 대한 스스로의 인식이 바뀌었음을 밝힌 셈이다.

노가재의 인식을 변화시킨 계기들은 이처럼 다양했다. 그러나 그로 하여금 그렇게 변화된 인식을 근본적인 이념으로 정착시키도록 만든 결정적 계기는 의무려산 유람 도중 천산 영안사永安寺에서 이루어진 불승 숭혜崇慧와의 만남이었다. 숭혜와의 만남은 불교와의 만남이었고, 그것은 '일체중생一切衆生 실유불성悉有佛性'이라는 평등의식과의 만남이었다. 헤어지는

38) 『국역 연행록선집 Ⅳ』, 360쪽.
39) 『국역 연행록선집 Ⅳ』, 361쪽.

순간 “사람에게는 안팎은 있지만 불성은 한가집니다. 어찌 다름이 있겠습니까?”40)라고 던진 숭혜의 말은 노가재가 그간 견지해오던 화이관을 결정적으로 무너뜨리고 인간과 사물을 보는 새로운 안목을 갖게 해주었을 것으로 생각된다. 용천사의 중 운생雲生에게 보내는 편지를 통해 노가재는 “온전히 도력道力에 힘입어 영경靈境을 두루 밟았으니 구제받음은 그 기쁨 이루 말할 수 없습니다”41)고 하여 깨달음의 기쁨을 술회하였다.

수행하던 중 낭연朗然에게 준 시 “길을 가르쳐 주는 사람 없는데/너 홀로 내 앞에 있구나/함께 용천사에서 잤으니/응당 전생의 인연 있음 알겠네”42)라는 시를 통해 노가재는 깨달아 얻은 즐거움을 말하고 있다. 물론 그러한 깨달음의 실체는 인간의 본질과 참된 도리 그 자체일 것이다. 비록 불교라는 통로를 거쳐 인간의 본질에 차별이나 차등이 있을 수 없다는 깨달음을 얻긴 했으나, 그 진리는 불교 아닌 어떤 측면에서 보아도 그럴 수밖에 없다는 또 하나의 깨달음이 이 시에는 나타나 있는 것이다. 여기서 노가재가 지니고 있던 세계관의 변모는 비로소 확연해진다. 연행의 기록자들이 연행을 통하여 세계관의 변화를 겪는 것은 대체로 공통된 현상이며, 그 양상은 『노가재연행일기』에서 확인할 수 있는 것과 같다.

▲ 천산의 용천사. 천산은 요녕성 안산시 동남방 17km에 있으며 자연경관은 물론 종교를 중심으로 하는 인문경관 또한 빼어난 곳인데, 불교와 도교가 공존하고 있다.

40) 『국역 연행록선집 Ⅳ』, 526쪽.
41) 『국역 연행록선집 Ⅳ』, 540쪽.
42) 『국역 연행록선집 Ⅳ』, 541쪽.

3. 자아각성 · 화이관의 극복 · 북학의 당위성 고취

담헌의 연행록 또한 국문본과 한문본이 공존한다. 담헌이 1765년 동지사의 서장관이었던 작은 아버지 홍억의 자제군관으로 수행하여 6개월 동안 중국여행을 한 기록이 국문본인 『을병연행록』이다. 김상헌의 증손이자 노가재의 조카인 김원행이 그의 스승이었으며, 연행 내내 『노가재연행일기』를 지니고 다니며 참고한 점에서 그 체제가 『을병연행록』의 바탕을 이루게 된 것은 당연하다. 뿐만 아니라, 담헌의 의식 또한 노가재 혹은 노가재 일족의 사상적 자장으로부터 자유로울 수 없었음을 의미한다. 다시 말하여 그는 18세기 주자학의 정통 학맥을 주도한 노론계 출신으로서 농암 김창협의 학통을 계승한 김원행의 낙론을 계승한 것이다. 따라서 담헌으로서는 청나라 지배 하의 중국에 긍정적인 차원의 관심을 가졌을 것이며, 이 점은 사행길에 나서면서 중국에 대한 호기심을 강하게 표한 노가재의 그것과 같았다고 할 수 있다. 노가재가 중국에 보다 깊숙이 들어간 후에야 자아에 대한 깨달음을 갖게 된 것과 달리 담헌은 처음부터 중국보다 상대적으로 열세에 있던 자신의 모습을 분명히 자각하고 있었다. 예컨대, 연행에 나서는 감회와 각오를 서술하고 중국에 대한 자신의 관점을 서술한 글[43]은 담헌의 자아인식을 뚜렷하게 보여준다. 담헌의 이 말 속에는 담헌의 자아인식과 함께 역대의 중국왕조에 대한 관점, 청나라가 지배하는 현실에 대한 관점 등이 압축되어 있다. 이 글은 ① "이런고로~어찌 가련치 아니하리오", ② "중국은~슬프다", ③ "사람이 불행하여~아픔을 참고 마음을 서기미라", ④ "그러나~이룸이라" 등 네 부분으로 나뉜다. ①은 예악문물의 면에서 '소중화'로 자칭하면서 비좁은 땅덩어리에 살면서도 악착한 언론으로 더 넓은 세상이 있음을 알지 못하는 좁은 소견을 비판한 내용이다. 말하자면 당시의 일부 열린 지식인들이 지니고 있던 비판적 자아인식인 셈이다. ②는 정통 중국왕조들과 중화문물이 쇠락한 끝에 몽고족의 원나라가 중국의 패권을 차지한 사실, 그 원나라를 몰아내고 명나라가 중

43) 소재영 · 조규익 · 장경남 · 최인황(1997), 18~19쪽.

원을 회복한 사실, 고려에 이어 조선이 들어서면서 중화 문물의 세례를 받음으로써 동이의 누습을 씻을 수 있었던 사실, 중국은 예의의 나라 조선을 사랑하고 조선은 끊임없이 사신을 보낸 사실 등을 기술하여 중국의 문화적 교체사와 조선 문화의 중화적 본질을 강조한 내용이다. ③은 내부적 모순에 봉착한 명나라가 누르하치에게 멸망 당하여 중화문물이 오랑캐 풍으로 바뀐 현실을 개탄한 내용이며, ④는 청나라 정권이 비록 더러운 오랑캐라고는 하나 중원에 웅거하여 백년 태평세월을 이루어낸 이상 그 규모와 기상은 보암직할 것이라는 점과 그런 현실을 인정하고 목격하기를 원했다는 점 등을 기술한 내용이다. 더구나 평소 역관으로부터 배운 한음과 한어를 써보고 싶었다는 말은 담헌이 그런 기회를 위해 상당 기간 주도면밀하게 준비해 왔다는 점을 암시한다. 말하자면 그가 평소부터 정리해 갖고 있던 대중국관[대명관/대청관]을 연행록의 앞 머리에 관치시킨 것은 중국에 들어가 접하게 될 새로운 문물로부터 올 수 있는 충격을 완화시키고자 했기 때문이며, 그것들을 충실히 배우고 수용하겠다는 정신자세를 가다듬은 일이기도 했다. 이 점은 임병양란 이후 첨예하게 대두된 존주론이나 북벌론을 비판적으로 수용, 청나라의 문물을 배워 조선의 문화를 한 단계 도약시켜 보려던 북학사상[44]의 출현을 뒷받침하는 논리이기도 했다. 그가 마지막 부분에서 청국이 비록 오랑캐로 출발하긴 했으나 중원 웅거 백여 년에 태평시대를 이룩했으므로 '보암직하다'고 한 것은 청국에 대한 학습의 당위성을 단적으로 표명한 내용이다.

청국이란 중화문물을 함께 향유할 수 없는 오랑캐라는 기존의 인식을 뛰어넘어 그 존재가치와 의의를 인정함으로써 담헌은 연행 기간 내내 접하는 문물들을 부담없이 배울 수 있었다. 이것이 바로 담헌 사상의 진보적 성격이었으며 북학을 몸소 실천하는 데 그치지 않고 박지원 · 박제가 · 이덕무 · 유득공 등 당대의 핵심적 지식인들을 자신의 사상적 자장 안으로 끌어들이는 데 큰 힘을 발휘한 점이기도 하다. 특히 중국에서의 체험이 그의 의식변화에 결정적으로 작용했다는 점에서 그가 남긴 「의산문답」은 큰

44) 정옥자(1992a), 127쪽.

의미를 지닌다. 실옹과 허자의 문답체로 되어 있는 12,000자의 이 글은 사상사적으로도 큰 의미를 지닌다. 30년의 독서를 통해 유학의 세계를 체득한 조선의 선비 허자는 60일간의 북경 체류에서 중국학자들과 교류하고 나서 실망하게 된다. 낙심한 채 귀국 길에 오른 허자가 의무려산에서 만난 실옹과 학문을 토론한 것이 바로 이 글의 내용이다. 북경에서 만난 육비·엄성·반정균 등 청나라 문사들과의 교유는 「항전척독」·「간정동필담」 등으로 남아 있는데, 이런 만남과 교유가 그의 의식을 바꾸는 계기로 작용했고, 그것을 논리화시켜 선언해놓은 것이 바로 「의산문답」인 셈이다. 공자가 중국 밖에서 살았다면 역외춘추가 있었을 것이라는 전제 아래 화이의 구분이 무의미하다는 요지의 결론을 내린 것은 담헌의 세계관이 철저한 상대주의로 바뀌었음을 나타낸다.[45] 즉 낙론적 교양을 수용·변용하여 '인물균'의 논리를 이룩한 담헌의 「의산문답」이 심성론에서 출발하여 상수학을 거쳐 경제지학에 이르는 그의 학문적 성장·확대과정을 상징한다면,[46] 그 저변에는 자신(=조선)도 이적이라는 점, 청도 원래 이적이었지만 중국에 살아 이제는 중국과 다름없게 되었다는 점, 이적이라 할지라도 성인·대현이 될 수 있다는 점 등[47] 기존의 화이론에 대한 체험적 반발의식이 깔려 있다. 실옹과 허자 사이의 대화를 통해 '인물심성/천문·지리/인물지본·고금지변·화이지분' 등을 논변해 나가는 과정에서 그가 얻은 결론으로 가장 본질적이면서도 주목할 만한 점은 인물성동론과 인물균의 사상이며, 기왕의 화이관에 대한 교정 역시 그 단초는 여기서 출발되었다고 볼 수 있다. 즉 '인물심본선人物心本善'으로부터 귀납해낸 '인물균'의 새로운 가치론은 비단 인과 물의 관계에 대한 새로운 모색일 뿐 아니라, 인과 인, 화와 이 사이에도 피아의 차별을 뛰어넘어 그 개별성을 긍정하게 함으로써 개별적 존재들 각자의 삶을 존중하는 윤리로 발전되었다고 볼 수 있는 것이다.[48] 실옹이 허자에게 지적한 '도술의 미혹함'이란 담헌 자신이 밝힌

---

45) 의산문답, 「담헌서」 내집 권 4, 『한국문집총간 248』(2000), 99~100쪽 참조.

46) 유봉학(1982), 150쪽.

47) 與金直齋鐘厚書·直齋答書·又答直齋書 등, 「담헌서」 내집 권 3, 『한국문집총간 248』(2000), 64~67쪽 참조.

바 "문자에 의해 전해진 성현의 말씀에 마음을 두고 종이 위의 문투만 외면서 속학문에 젖어왔다"[49]는 그 '속학문'이 바탕으로 삼고 있던 관념의 허구를 적절하게 지적한 말이다.

『을병연행록』의 이면에 숨어 있는 결론은 화이론의 극복이며, 그것은 「항전척독」이나 「의산문답」을 관통하는 주제의식이기도 하다. 그러나 앞에 인용한 바와 같이 연행 초기의 담헌은 당시 여타 지식인들과는 달랐지만 청나라에 대한 이적관夷狄觀을 분명히 견지하고 있었다. 이 점은 노가재의 생각과 일치하며 노가재가 중국에서 접하는 문물이나 지식인들과의 교유를 통해서 자신의 생각을 바꾸어 나가는 과정과 일치한다.

연행이 필생의 소원이었다는 점에서 담헌과 노가재의 입장은 일치하고, 연행록의 초반에 그런 의사를 표출한 것 또한 자연스러웠다.[50] 그는 이런 뜻을 담아 <연행 장도가>[51]를 지어 부르기도 했다. 이 노래에서 그는 글을 읽어 사마상여의 <장문부>와 같은 문장도 못 남기고 무술을 배워 오랑캐를 무찌르지도 못하는 자신을 한탄했다. 뿐만 아니라 연나라 태자 단丹의 명으로 번오기樊於期의 머리와 독항督亢의 지도를 갖고 원수인 진왕秦王을 살해하려다 실패하여 죽임을 당한 형가荊軻의 일화를 끌어들여 청에 대한 설욕의 강한 욕망과 함께 현실적인 한계를 인정하면서도 "산해관 잠긴 문을/한 손으로 밀치"려는 패기를 드러내기도 했다. 말하자면 정신적인 우월감과 현실적인 힘의 한계를 동시에 표현한 효과를 보여준 것이다. 이 노래에서 암시한 현실적 힘의 한계는 청조 문물의 융성함에 대한 찬탄[52]과 함께 자신의 존재에 대한 깨달음으로 구체화 된다.[53] 즉 자신들이 청나라의 수도에 들어가는 모습을 궁벽한 지방의 못 사는 백성이 한강을 건너 한양 도성에 들어가는 '비참한' 모습과 대비시켰다. 말하자면 청조에 대하여 우월감을 견지하고 있던 조선의 지식인 담헌이 호화로운 중국문물 속에서

48) 박희병(1995), 205쪽.
49) 의산문답, 「담헌서」 내집보유 권 4, 『한국문집총간 248』(2000), 90쪽.
50) 『주해 을병연행록』, 35~36쪽 참조.
51) 필자가 편의상 붙인 명칭이다. 『주해 을병연행록』, 36쪽.
52) 『주해 을병연행록』, 39쪽 참조.
53) 『주해 을병연행록』, 168쪽 참조.

는 그토록 초라한 존재에 불과하다는 깨달음을 비로소 갖게 된 것이다. 자신의 존재에 대한 깨달음은 자신들을 소중화로 높이고, 청나라를 오랑캐로 멸시하던 지식인 사회의 의식구조가 변화될 수도 있다는 가능성을 암시했다. 그런 가능성은 북경에서의 다양한 만남을 통해서 의식 변화의 구체적 단서로 드러난다. 특히 천주교와 함께 들어온 서양의 문물들, 유송령劉松齡(A Von Hallerstein)과 포우관鮑友官(A Gogeisl) 등 서양인 사제들과의 만남은 담헌이 지니고 있던 기존의 관념을 흔들어놓기에 충분했다.[54]

그뿐만 아니라 간정동의 세 선비들(엄성·반정균·육비)을 만난 것은 담헌의 의식변화에 결정적인 요소로 작용했다. 말하자면 담헌으로서는 중국의 문물이나 천주교와 접하고, 현지의 지식인들을 만나기 이전만 해도 소중화 의식·대명의리관·오랑캐 청조에 대한 적개심 등 당시 노론계 지식인들의 보편적 세계관으로부터 한 발짝도 벗어날 수 없었다. 그것은 자아에 매몰되어 있던 조선 지식인들이 벗어날 수 없었던 공통의 한계이기도 했다. 현실적인 비교대상에 대한 정보가 부재한 상태에서 자신들의 관념만이 유일한 판단기준이었기 때문에 그런 편협한 사고 체계가 한 시대를 지배할 수 있었던 것이다. 객관주의자 담헌이 중국의 현실을 눈으로 보고자 한 것도 사실은 관념의 수준에 머물러 있던 자신의 중국관을 재정비하려는 데 그 목적이 있었다. 병자년 2월 초삼일 간정동에서 엄성과 반정균을 만나 필담을 나누는 자리에서 '소중화'를 언급했고,[55] 명나라에 대한 애착과 오랑캐에 대한 적개심을 표출시킨[56] 담헌이었지만 변화한 북경의 문물을 보고난 뒤에는 상대적으로 낙후된 제 나라의 처지를 깨닫는 동시에 그런 변화한 문물을 원래의 상태(명나라)로 돌이킬 현실적 모책이 없음을 한탄한 사실[57]로도 이런 정황을 인정할 수 있는 것이다. 담헌은 북경의 변화한 모습을 바라보고 나서 "슬프다!"고 탄식했다. 그가 일정한 거리를 두고 객관적으로 북경을 바라볼 수 있었다면 그런 탄식보다는 놀라움의

54) 양인(유송령·포우관)과의 대화 참조. 『주해 을병연행록』, 283~290쪽.
55) 『주해 을병연행록』, 468~469.
56) 『주해 을병연행록』, 133쪽.
57) 『주해 을병연행록』, 220~221쪽.

탄성을 발하는 것이 당연했을 것이다. 그러나 그는 슬픔의 감정을 표출했다. 그것은 북경(혹은 그것으로 대표되는 중화)과 자신을 동일시한 결과였다. 이것이 바로 조선과 그가 지니고 있던 소중화 의식의 실체였다.[58] 이러한 소중화 의식이나 화이관은 『을병연행록』의 도처에서 발견된다.

그런 담헌으로 하여금 생각을 바꾸도록 한 계기는 각종 만남들이었다. 예컨대 담헌이 간정동의 선비들을 만나기 훨씬 전에 어떤 관원을 만나 그가 한족인지 만주족인지 알고자 했을 때, 그가 대답한 말("천하 한 가지니 어찌 만한이 다름이 있으리오")[59]은 담헌으로 하여금 깨달음의 길에 들어서도록 한 단서로 작용했을 것이다. 이런 과정을 거쳐 간정동의 선비들을 만날 무렵에는 그도 화이관을 거의 청산할 수 있었다. 그가 간정동의 선비들에게 보낸 편지글에서 "천지로 큰 부모를 삼으니 동포의 의는 어찌 화이의 간격이 있으리"[60] 라고 한 말은 그 점을 단적으로 보여준다. 화이관의 청산은 그가 보편주의적 세계관을 확립했음을 의미하고, 이 점은 이미 앞에 인용한 '의산문답'에 밝혀진 바 있기도 하다.

유봉학도 담헌이 지계地界를 기준으로 우리가 분명히 이임을 확인한 위에 '화이일야'라 하여 화 · 이 각각의 대등한 주체를 인정하는 획기적 주장을 했는데, 이 주장은 화이론에 입각하여 국가간의 관계를 차등적으로 분별하던 기존 대외관계의 명분론적 인식을 거부하는 것이면서 완벽한 화가 없는 국제적 현실을 인정한 위에 자기주체, 자기문화의 개성을 뚜렷이 인지, 그것이 가진 이적夷的인 면을 극복하여 발전시키는 것을 지식인의 시대적 사명으로 자각하는 실천적 활동으로까지 연결되어 가고 있었음을 지적한 바 있다.[61] 대명의리론과 척화론이 그대로 남아 있는 제1단계, 이것들을 어느 정도 극복했지만 부분적으로 그 잔재가 남아 있는 제2단계, 종족적 · 지리적 화이관은 극복되었으나 문화적 화이관은 재해석된 유교의 관점에서 그대로 유지된('의산문답') 제3단계 등 담헌의 화이관이 시기적

58) 조규익 · 소재영(1997), 225쪽.
59) 『주해 을병연행록』, 197쪽.
60) 『주해 을병연행록』, 493쪽.
61) 유봉학(1988), 257쪽.

으로 변화·발전되었다고 본 견해[62]도 있지만, 중국과의 현실적 관계로 범위를 좁힌다면 담헌의 화이관이 연행을 계기로 바뀐 것만은 분명하다. 연행하기 전의 담헌은 이와 하, 귀와 천의 구분이 아무리 세월이 흘러도 바뀔 수 없는 것으로 보고 있었다. 그는 이런 생각을 바탕으로 병자호란의 와중에서 표출된 '척화斥和'의 논의를 '존중국尊中國 수신절守臣節' 즉 큰 은혜를 갚고 큰 의리를 펴기 위한 것으로 믿고 있었다.[63] 그러던 것이 앞에서 언급한 연행 이후의 글들('여김직재종후서與金直齋鍾厚書', '우답직재서又答直齋書')에서는 바뀐 모습을 보여주게 된다. 특히 "하늘로부터 보면 사람과 사물이 마찬가지"[64]라는 '의산문답' 속의 결정적 단언이야말로 낙론계의 철학적 바탕인 인물성동론과 연행체험이 어우러진 가운데 나온 것이다. 김문용의 지적대로 그의 이러한 인물성동론은 '관점의 상대화·객관화'를 매개로 하여 화이론 부정의 철학적 기초로 기능할 여지를 갖게 되었다고 할 수 있다.[65] 이 점은 『을병연행록』의 내용적 흐름과도 직접적으로 연관이 되는 문제다. 다시 말하여 담헌의 『을병연행록』 기록 태도나 세계관의 변화는 연행의 시간적 진행양상과 밀접하게 결부된다는 것이다. 이와 같이 담헌의 자아 인식은 새로운 세계에 대한 개안의 출발점이었다. 그가 중국에서 만난 과학문명이나 천주교는 그로 하여금 세계의 근원에 대한 반성을 촉발시켰고, 동시에 유교와 또 다른 정신체계가 현실적으로 존재하고 있음을 일깨우기도 했다. 이 점은 노가재의 깨달음과 상통한다고 보는 것이 타당하다.

62) 조성을(1993), 230쪽.

63) 答韓仲由書, 「담헌서」 내집 권 3, 『한국문집총간 248』, 63쪽("通華夏貫貴賤 亘百世而不可易者也 當時斥和之議 乃尊中國也 守臣節也 酬大恩而伸大義也") 참조.

64) 의산문답, 「담헌서」 내집 권 4, 『한국문집총간 248』, 90쪽 : 以人視物 人貴而物賤 以物視人 物貴而人賤 自天而視之 人與物均也.

65) 김문용, 북학파의 인물성동론, 한국사상사연구회 편, 『인성물성론』(한길사, 1994), 605~606쪽.

4. 세계의 정밀한 묘사와 자아인식

서유문은 연행하는 동안 『노가재일기』와 『을병연행록』을 참고자료나 판단의 근거로 활용했으며, 그 과정에서 얻은 견문들을 중심으로 『무오연행록』을 완성했다. 『무오연행록』의 경우에도 국문본(『무오연행록』)과 한문본(『무오연록』)이 공존한다. 그 현상은 담헌의 『을병연행록』과 『담헌연기』가 공존하는 것과 같다. 장서각과 국립중앙도서관에 소장되어 있는 국문본은 같은 것들이며 한문본은 국문본의 초역본이자 두찬이므로 국문본이 원본이라는 주장[66]과 같이 양이나 질의 측면에서 국문본이 원본일 가능성은 훨씬 높다.

자제군관의 자격으로 연행했던 노가재나 담헌에 비해 서장관으로 참여했던 서유문은 기록에 있어 그들보다 훨씬 공적인 입장을 견지할 수밖에 없었다. 전자들이 기록에 있어 자유로운 입장이었던 반면 서유문은 그가 띠고 있던 책무로 미루어 그다지 자유로울 수 없었기 때문이다. 이 점은 전자들의 기록에 개인적이고 주관적인 느낌이나 인식의 변화가 크게 반영될 수 있었던 데 반하여 후자는 객관적이고 사실적인 묘사나 관찰로 시종할 수밖에 없었던 사정을 뒷받침한다. 연행 도중 보고 듣는 사실들을 통하여 기존의 세계관을 바꾼다거나 자신의 생각을 고쳐 가질 수 있었던 것은 그만큼 기록자의 상황이 자유로웠다는 점을 반증한다. 그러나 서유문은 그렇지 못했다.[67] 서유문의 기록이 밋밋한 사실의 기록이나 객관적인 묘사로 일관한다하여 서유문을 지극히 보수적이라거나 고루한 사고방식의 인사로 볼 수는 없다. 이런 점에서 객관적이며 사실적인 기록의 이면에 들어있는 세계관의 변화를 읽어내는 것은 결과적으로 『무오연행록』 역시 앞서의 연행록들과 크게 다르지 않다는 점을 밝히는 데도 크게 유용하다.

서유문은 제도권 내의 인사였다. 관찰사 서직수의 아들로 태어난 그는

66) 김동욱, 무오연행록 해제, 『연행록선집 Ⅶ』, 7쪽.

67) 노가재와 담헌은 당대의 대표적인 지식인이면서도 관인이 아니었으나, 서유문은 지식인이면서도 관인이었다는 차이만큼 대상을 바라보는 태도 역시 차이를 보여주었다고 할 수 있다.

20대 중반 정시문과에 급제하여 예문관검열에 보임됨으로써 벼슬살이를 시작했다. 30이 채 되기 전에 역적의 후손을 가주서假注書로 천거했다하여 탄핵을 받고 사판仕版에서 삭명되었고, 같은 시기 조흘강照訖講의 시관試官과 다투다가 제천에 유배되었다가 풀려났으며, 1794년에는 별겸춘추別兼春秋로 있으면서 예문관 검열을 추천하는 자리에서 정조에게 오주誤奏했다는 죄목으로 삭직당하기도 했다. 그 후 홍문관 교리에 임명되었으나 차자箚子건으로 다시 창녕에 유배되었다가 풀려나 양남兩南 암행어사로 파견되었다가 1798년 사은사 겸 동지사의 서장관으로 연행하게 된 것이다.68) 그는 연행 이후에도 요직을 두루 거친 인물이었던 만큼 제도와 법을 아주 중시했으며, 당연히 모든 대상으로부터 제도와 법을 읽어내는데 골몰했던 듯하다. 그는 세계관을 비롯 자신의 관점을 드러내는 것을 극도로 자제하는 대신 펼쳐지는 풍광이나 사물들의 객관적 묘사에 힘을 기울였다. 자신의 관점이나 의식을 객관적 묘사나 설명의 행간에 숨겨두고자 한 것이 그의 변함없는 생각이었던 듯하다. '집 제도'(37, 52~53, 58, 152, 278, 280), '예부터 있는 법'(38), '축성제도'(41, 92), '저들의 법'·'긴 채로 둘러치는 법'(43), '저의 법'(49), '법령'(51), '대궐의 제도'(59), '베틀 제도'(66), '유리한 제도'(68), '배의 제도'(113), '문 제도'(126), '좌우 성란의 제도'(126), '마을 제도'(135), '태화전 제도'(147, 260), '대명적 제도'(149, 268), '남경 제도'(153), '궁궐 제도'(171~172), '예법과 제도'(186), '술잔의 제도'(255), '여염 의복 제도'(269), '옛날의 제도'(269), '문 제도'(273), '배의 제도'(284), '사당의 제도'(296) 등에서 보는 바와 같이 직접적으로 제도나 법, 법령 등의 용어를 사용한 경우들이 많다.

뿐만 아니라 '제도'라는 명사가 명시적으로 나타나지 않는 경우에도 '복제服制·상제喪制·정치제도·관료제도·과거제도'를 비롯하여 각종 절차나 풍속 및 다양한 건축물의 제양諸樣 등을 상세히 설명·묘사·분석한 내용이 『무오연행록』의 주류를 이룬다. 제도는 1차적으로 '정해진 법규, 마련된 법규, 나라의 법칙국가나 사회구조의 체계 및 형태' 등 인간사회를

68) 한국정신문화연구원, 『한국인물대사전』(1999), 899쪽.

움직이는 가시적 체계를 의미하고, 2차적으로는 인식대상들에 표면화된 양태를 의미한다. 따라서 제도는 객관적 묘사나 설명만으로 그 본질이 충분히 드러나기 때문에 주관적 판단이나 감정이 개입할 수 있는 대상이 아니다. 노가재와 담헌이 물질을 통하여 정신적 차원으로 상승하고자 한 인물들이라면 서유문은 제도·문명·물질의 관찰·묘사·설명으로 만족한 인물이다. 서유문이 주로 물질에 국한시켜 중국의 실체를 추구하고 확인했다는 점에서 연행 기간 동안은 물리적인 것·경험적인 것을 중시하는 유물론적 성향을 짙게 보여준 셈이다. 정신적 차원에서 중국의 현실을 분석할 경우 당시 지배집단의 이데올로기에 저촉될 우려가 많다는 현실적 이유가 서유문으로 하여금 묘사와 설명으로 일관하는 단순한 견문의 기록을 남기게 되었으리라 짐작된다. 물론 요소 요소에 29수의 시들이 인용되어 있긴 하다. 그러나 이것들도 대부분 연행 도중 만난 제시題詩들로서 그 지은이나 내용의 변증을 위주로 했기 때문에 기록자의 주관적 감흥이나 내면 표출과는 거리가 멀다.

그러나 연행을 떠나면서 그의 마음이 설렌 것은 앞의 두 사람과 마찬가지였다. 태평시대에 젊은 나이로 연경의 선진문물과 천하의 광대함을 보고자 한 욕망을 그 또한 가지고 있었던 것이다.[69] 그러나 그도 청나라가 오랑캐라는 생각을 늘 잊지 않고 있었으며 기회 닿는대로 그들을 멸시하려는 의사를 지니고 있었다.[70] 뿐만 아니라 그들에 대한 적개심도 만만치 않게 표출하곤 했다.[71] 이렇게 청을 멸시함으로써 정신적으로나마 얼마간 청에 대하여 설분雪憤할 수 있다고 보았는데, 그가 시종일관 명을 '대명大明'으로 존대한 것은 역으로 청에 대한 멸시의 극명한 표현이었다.[72] 이미 망해버린 명을 '대명'으로 존칭, 중국의 정통세력으로 추어올림으로써 중국에서는 이미 끊어진 정통세력을 이어받았다고 자부하던 조선으로서는

69) 『무오연행록』, 15쪽.

70) 『무오연행록』, 37쪽 참조.

71) 『무오연행록』, 47쪽 참조. 이 부분에서는 노정에 얽힌 옛 일들을 회상하며 청나라에 대한 적개심을 표출한 것으로 보인다.

72) 『무오연행록』, 79쪽 참조.

청나라에 대한 문화적 우월감을 유지할 수 있었다. 그러나 화이의 관점에서 한인과 청인을 구분하여 전자는 고귀하고 후자는 천하다는 생각에 사로잡혀 있던 서유문이 중국의 현실 속에서는 오히려 그 반대가 되어 있음을 확인하는 데서,[73] 그의 생각이 시대에 맞지 않는 고정관념임을 암시하는 단서를 발견하게 된다. 그뿐 아니라 그는 풍속의 더러움에 대한 비판을 가하기도 했는데,[74] 이런 것들은 대부분 중국 문물의 실상과 위용을 체험하기 이전의 생각이었다. 시대의 흐름에 따른 풍속의 변화[75]나 중국의 부유한 실상에 대한 확인,[76] 사람들을 사귄 뒤에 깨닫게 된 '대국지풍'[77] 등은 중국 현지에서의 각종 만남을 통해 얻게 된 긍정적 사례들이었다. 중국의 현실에 대한 긍정적 깨달음은 '작고 못 사는' 자국 혹은 자신의 존재에 대한 인식의 단서로 작용했다.[78] 이런 과정들을 거쳐 결국 서유문도 화이관의 그릇됨을 청산할 기미를 보여주게 된다. 화신의 사건과 관련, 오성란이란 자를 혁직하며 내린 조서를 보면서 서유문은 "한인과 만인을 뚜렷이 분간할 의사가 있다"고 비판했다. 즉 다른 곳에는 트이고 규모 큰 사람들이 오직 만주사람과 한인을 차별한다는 것이 아름다운 정사는 아니라는 주장이었다. 서유문은 자신의 이 주장에 "대개 만인과 한인이 한 가지로 주선하되 만인이 주인이 되고 한인은 손이 되니 위에서 책망한 정사 이러한지라. 어찌 주객의 형세 나누이지 아니하리오. 천하를 일통한 지 거의 2백년이로되 만한이 구별되어 두 나라 같으니 이른바 하늘이 남북을 한함일러라"는 부연설명을 달았다.[79] 원래 서유문의 입장에서는 중국의 주인인 한인을 정복한 오랑캐 청인들을 부정하고 그들에 대하여 적개심을 품

73) 『무오연행록』, 48쪽 참조.
74) 『무오연행록』, 51쪽 참조.
75) 『무오연행록』, 62쪽.
76) 『무오연행록』, 63쪽.
77) 『무오연행록』, 129쪽.
78) 예컨대, "소국의 규모로 비기지 못한다"(『무오연행록』, 56쪽)거나, "금백이 찬란하고 물화가 폭주하니 황홀 영롱하여 눈이 크게 뜨이며, 입이 닫히어 망연자실함을 스스로 깨닫지 못할러라"(『무오연행록』, 57쪽) 등 도처에 자아인식의 단서들은 널려 있다.
79) 『무오연행록』, 266쪽.

고 있었다. 알고 보면 그가 표준으로 삼던 중화문화의 주인공은 한족이었다. 한족을 중심으로 할 경우 청인들은 오랑캐에 지나지 않았고, 중화의 문화적 이상을 실현하기 위해서는 마땅히 축출되어야 할 존재였다. 그러나 이 단계에 이르면 오히려 그 반대로 만인들의 한인들에 대한 차별대우를 문제 삼게 되었고, 그런 관점에서 한인과 만인의 차별 자체가 잘못된 것임을 설파하는 단계에까지 이르게 되었다. 말하자면 현실 정치의 뒤바뀜에 의해 종래에 자신이 지니고 있던 차별적 세계관을 수정할 수 있게 된 것이다.

『무오연행록』의 특징은 상세한 묘사와 철저한 고증을 바탕으로 하는 객관적 서술에 있다. 예컨대 서유문 일행이 심양에 들어섰을 때 만난 문・무관들의 복장과 명칭의 근원을 따져 들어간 글[80](1), 봉황점에서 심하역에 이르는 노정에서의 견문[81](2), 총을 메고 사냥에 나선 두 명의 오랑캐를 관찰한 글[82](3) 등을 살펴보면 그 점을 알 수 있다. (1)의 경우 무관을 중국어로 '햐'라 일컫는데, 이 말 속에는 세 가지의 의미 즉 '하蝦・해駭・하下'가 그것들이라고 했다. 전배 비장 한 쌍이 새우의 두 나룻처럼 보이기 때문에 '하蝦'이고, 황제 앞에 시위한 무관의 위의가 무섭기 때문에 '해駭'이며, 무관은 문관의 아래 반열에 있으므로 '하下'라고 한다는데, 서유문 자신은 '해駭'가 옳은 듯이 보인다는 견해를 밝혔다. 『무오연행록』 도처에서 흔히 보이는 내용으로서 용어 변증의 뛰어남이 발휘되는 사례라고 할 수 있다. (2)에서는 사행을 떼지어 구경하는 사람들 가운데 여인들의 모습에 초점을 두고 묘사하고 있는데, 결국 '북방에 가인이 많다'는 속설을 이해하게 되었다는 내용이다. 단순히 여인들의 아름다움이라는 현상을 통해서 그런 속설이 타당하다고 판단하지 않은 점에 이 관찰의 비상함이 있다. 즉, 여인들의 아름다움이 어디에서 연유했는가에 대한 사회학적 요인까지 추구함으로써 주관적 판단에 그칠 뻔한 이 글은 객관타당성을 확보할 수 있게 된 것이다. (3)에서는 사냥의 배경무대, 총의 모양과 구성 및 사냥법, 실제 사

80) 『무오연행록』, 57쪽.
81) 『무오연행록』, 89쪽.
82) 『무오연행록』, 50쪽.

냥의 현장에 대한 전언들을 묶어 묘사 자체에 구체성과 사실성을 부여하는 데 성공하고 있다.

서유문은 철저하게 객관적 근거를 바탕으로 한 변증을 통하여 사실을 정확하게 묘사하고자 했으며, 그 과정에서 자신의 주관적 감정을 극도로 절제하는 모습을 보여 주었다. 이 점은 서장관이라는 공적인 입장 때문에 빚어진 결과라고 할 수 있을 것이며, 동시에 중국에서의 견문을 통하여 세계관이 변모되고 있음을 음으로 양으로 보여준 선행 연행록들과 구분되는 점이기도 하다. 그러나 그의 객관 사실주의적 묘사 저변에 잠재되어 있는 의식의 변화는 선행 연행록 기록자들과 크게 다르지 않다고 할 수 있다. 자신의 세계와 크게 다른 사물들을 목격한 그가 그 신기함을 단순히 놀라움의 차원으로 표현하지 않고 객관적인 논리와 실증의 차원으로 서술해냈다는 것은 연행록의 모습을 또 다른 국면으로 발전시킨 결과라고 할 수 있다. 이런 점에서 『무오연행록』이 선행 연행록들을 답습한 듯하면서도 결과적으로는 새로운 가능성을 보여주는 데 성공했다고 할 수 있다.

Ⅳ. 연행록 서술의 통시적 연관성

국문 연행록의 계통에서 가장 후대에 속하는 것이 『무오연행록』이다. 『무오연행록』의 몇몇 부분들은 이전 연행록들의 기록과 결부시켜 사실 관계를 변증하는 내용으로 이루어져 있는데, 이것들은 서술의 객관성이나 고증의 철저함과 함께 이전 연행록들과의 통시적 관계를 밝혀주는 단서가 되기도 한다. 이런 내용으로 『무오연행록』의 맨 처음에 언급되는 것이 '안시성 고증'에 관한 문제다. 무오년 11월 23일 안시성을 지나면서 감회에 젖은[83] 서유문이 『노가재연행일기』의 안시성 관계 기록[84]을 논박한 내용

83) 『무오연행록』, 40쪽 참조.
84) 『무오연행록』, 40쪽("이는 고구려 동명왕이 쌓은 성이요, 안시성이 아니니라") 참조.

은 선행 연행록들을 비판적으로 수용한 그의 입장을 분명히 보여준다. 그는 그것이 고구려 동명왕이 쌓은 성일 뿐 안시성이 아니라는 노가재의 견해를 조목조목 반박하기 위해 우선 『일통기』라는 책을 인용했다. 이 책에 그 성이 바로 안시성이라고 기록되어 있기 때문이었다. 그 다음에 든 근거가 바로 그 성에서 5리쯤에 있는 주필산駐蹕山[85]의 존재였다. 당태종이 고구려를 칠 때 이 산에 머물렀기 때문에 그런 이름이 붙었다는 것이다. 그 다음의 근거로 든 것이 안시성에서 30리 떨어진 봉황산이다. 우리의 옛 방언에 '봉황'을 '안시'라 일컫는다는 점을 들어 그곳에 도착하기 전 새벽녘에 지난 곳이 안시성임을 밝혔다.

특히 그곳에서 70리쯤 떨어진 요양 개주 지방에 안시성이 있다는 이설은 와전된 의논임을 못 박아 두기도 했다. 뿐만 아니라 안시성주를 양만춘이라 하는 세간의 항설이 『당서연의』에 기록되어 있으나 『사기』에서 본 일이 없으니 취하여 믿을만한 견해가 아니라고 하였다. 하나의 사실에 대한 판단을 내리기 위해 이전 시기의 연행록을 비롯한 각종 문헌, 지명, 방언, 속설 등을 두루 참고하는 서유문의 태도는 철저한 문헌 고증학적 입장에 기초를 두고 있었음이 분명하다. 이전 연행록들의 기록을 철저히 참조하면서도 잘못된 것들은 과감히 수정하는 서유문의 태도를 통해 선행 연행록들에 대한 '비판적 수용'이라는 통시적 의미를 읽어낼 수 있으리라 본다.

▲봉황산. 수백 개의 암석 봉우리들이 창이나 병풍처럼 둘러쳐진 명산으로서 우리나라의 도봉산이나 수락산과 비슷한 풍모를 지니고 있다. 역대의 연행사들은 연행록을 쓰면서 봉황산과 안시성을 결부시켜 논하기를 즐겼다.

기미년 1월 2일의 기록에는 황제가 태묘에 가기 전에 단재라 일컫는 공신의 사당에 먼저 가는 일의 연유나 의미를 따지

85) 주필산의 '주필'이 임금이 거동하여 머문다는 뜻을 지닌 점에 착안하여 당태종이 고구려를 칠 때 이 산에 머문 사실을 입증한다고 보았다.

는 내용이 들어 있다. 이에 관한 여러 속설들의 맹점을 비판했고, 이전의 사행록들에도 그에 관해 의심한 내용이 들어 있는 사실을 언급했으며, 『노가재연행일기』와 『담헌일기』의 해당 내용[86]도 지금의 사실과 달라서 그 진위를 알 수 없다는 점을 논하고 있다. 『노가재일기』나 『담헌연기』는 눈으로 본 것들을 기록한 것임에도 서유문은 그 내용의 진위에 대한 신뢰를 보내고 있지 않다. 말하자면 철저하게 자신이 견문한 것들이나 자신의 판단기준을 통과한 것들에 대해서만 그 객관타당함을 인정한 셈인데, 이 점이 바로 선행 연행록들과 다른 『무오연행록』만의 특징이기도 하고 『무오연행록』으로 하여금 내용적 폭을 넓히지 못하게 한 한계이기도 했다.

1월 6일의 기록에는 황극전에 대한 언급이 나온다. 그러면서 "태화전이 또한 황극전이라"한 『노가재연행일기』의 기록이 잘못되었다는 점을 지적하고 있다.[87] 즉 별도로 황극전이 있으니 황극전을 태화전이라 이름한 후에 새로이 집을 지어 황극전이라 했거나 그렇지 않으면 노가재가 잘못 기록했다는 것이다. 이처럼 서유문은 중국의 문물에 대한 묘사나 서술에서 시종일관 객관적 입장을 고수했고, 정확성의 측면에서 선행 연행록들과 견주려는 의사를 강하게 갖고 있었다.

역대의 연행사들이 거의 같은 노정으로 중국을 왕래했고, 북경에 체류하면서 얻게 되는 공적·사적 체험이나 견문들이 대개 일치하기 때문에 결과적인 기록 자체도 크게 차이나는 것은 아니다. 예컨대, 오삼계의 사적에 대한 기록과 천주당에 대한 묘사를 들어보면, 그 차이를 알 수 있다. 오삼계의 사적은 『노가재연행일기』와 『을병연행록』, 『무오연행록』 모두에 반영되어 있다. 산해관으로부터 봉황점과 유관楡關을 거쳐 오삼계가 이자성을 패퇴시킨 석하石河에 도달한 노가재는 곡응태谷應泰의 『명사明史』에 실린 오삼계의 사적을 장황하게 인용한 다음 자신의 견해를 부연했다.[88] 그는 오삼계의 행적에서 '임시변통의 의[창졸지의]'와 '완전한 의[일체지

86) 『무오연행록』, 155쪽 참조.

87) 『무오연행록』, 172쪽.

88) 이 부분은 임진년 12월 19일조인데, 본서에서 텍스트로 삼고 있는 『노가재연행일기』에는 누락되어 있다. 편의상 『연행록선집 Ⅳ』의 해당 부분(149~150쪽)을 참조했다.

의]'를 읽어냈고, 오삼계가 전자는 지켰으되 후자를 지키지 못한 점 때문에 후인들에게 만족감을 줄 수 없었다고 했다. 따라서 오삼계의 처사는 비록 만족스럽지는 못했으나 그는 세상에 보기 드문 웅걸임을 강조한 것이 그 글의 요지다. 중국의 문물이나 역사에 대한 견문을 통하여 이념적 의미를 이끌어 내고자 했던 노가재로서는 '석하→오삼계의 행적→창졸지의·일체지의'라는 독법讀法의 체계를 구체화시킬 수 있었다. 『을병연행록』(133~134쪽)과 『무오연행록』(432~433쪽)의 해당 부분들은 내용상으로 완전히 일치하고, 문장 또한 거의 동일한 것으로 보아 『을병연행록』의 해당 내용을 서유문이 그대로 전재한 듯하다. 오삼계의 처사에 대한 관점에서 『을병연행록』과 『무오연행록』은 『노가재연행일기』에 비해 좀더 비판적이다. 노가재가 '임시변통의 의'라도 지킨 점에 대하여 오삼계를 긍정적으로 본 데 비해, 담헌과 서유문의 경우 불가피했다고는 하나 '대명'의 신하로서 절의를 지키지 못하고 오랑캐의 공신이 됨으로써 욕을 만세에 끼친 점에 대하여 신랄하게 비판하고 있다. 이 내용들을 근거로 할 때 역사의 해석에서 노가재가 비교적 균형잡힌 시각을 갖고 있었다면, 담헌이나 서유문은 좀더 명분에 치우친 해석을 통해 우회적으로나마 청나라 정권을 이적시하는 견해를 보여 준 셈이다. 『무오연행록』이 『노가재연행일기』보다는 『을병연행록』을 보다 호의적으로 답습했을 가능성이 높다는 것은 이런 점으로도 입증된다고 본다.

『노가재연행일기』에는 천주당에 대한 언급이 없다. 실제로 북경에서 그가 천주당을 접하지 못했는지 접하고서도 기록에서 누락시켰는지 확인할 길은 없으나, 『을병연행록』이나 『무오연행록』에는 간단히 언

▲북경의 남천주당. 담헌은 남천주당을 여러 번 방문하여 선교사 유송령·포우관을 만났고, 파이프오르간·자명종을 비롯한 서양 악기나 과학기기들을 접했다.

급되었거나 거의 보이지 않는 불교(혹은 불승)와의 만남이 『노가재연행일기』에 크게 언급된 점과 대비되는 사실이기도 하다. 『을병연행록』이나 『무오연행록』이 비록 의물儀物 등 외적인 사물과의 만남에 그치긴 했으나 유교 이외의 사상으로서 천주교를 만나 개안의 가능성을 나타낸 반면 『노가재연행일기』는 불교나 불승과의 만남을 통해 의식의 전환을 보여준 점에 큰 차이가 있다. 그런데 중요한 것은 『무오연행록』에 기록된 천주당 관계 내용은 『을병연행록』의 그것을 참고했거나 그 내용 가운데 일부를 발췌한 데 불과하다는 점이다. 『을병연행록』(285쪽)과 『무오연행록』(527쪽) 모두 천주당에 가서 예수와 마리아상을 보고 묘사한 내용이 기록되어 있다. 당시 생소하던 천주교와의 만남을 사실적으로 묘사하고 있는데, 내용과 문장에서 양자는 거의 동일하다.

담헌은 천주당을 방문함으로써 천주교의 사상적 측면뿐 아니라 천주교와 함께 전래된 각종 과학문명과 해후하게 된다. 천주교와 간정동의 인사들은 담헌으로 하여금 의식을 전환토록 한 만남의 두 축이었다. 전자는 서양 과학문명의 우수함을 깨닫도록 한 만남이었고, 후자는 화이관을 버리고 '인물성동론'의 절대적 타당성을 확인하도록 한 정신적 만남이었다. 『을병연행록』은 전자에 관한 많은 내용들 가운데 일부로서 그림에 나타난 '천주'의 첫 인상을 묘사한 내용이다. 『무오연행록』의 해당 내용은 『을병연행록』의 것을 그대로 전재한 것으로 보인다. 서유문은 치형의 전언을 통하여 천주당에 대한 견문을 기록했으나, 천주당에 대한 내용의 상당부분은 『을병연행록』의 것과 일치한다. 그렇게 할 수밖에 없었던 것은 대부분 서유문이 스스로 답사하여 확인하지 못했기 때문으로 보인다.[89] 『을병연행록』에 바탕을 두고 『무오연행록』을 만들었다는 사실은 이런 점으로도 분명해진다. 상세한 사실 묘사나 분석, 객관적 입장 등은 담헌과 서유문이 공통적으로 견지한 태도이다. 열심히 선진문물을 보고 배우며 그곳 선비들과 교류하는 등 적극적인 태도를 보인 담헌과 달리 서유문은 의복제도나 상례 등에서 오랑캐인 청나라보다 조선이 우월하다는 생각을 갖고 있었으나,[90]

89) 『무오연행록』, 461쪽 참조.
90) 장경남(2001), 205쪽.

기본적인 입장이나 기술태도에서는 양자가 공통된다. 『노가재연행일기』는 중국에서의 각종 견문을 통해 기록자의 의식변화를 드러낸 모범적 선례를 남겼고 그것을 담헌이 답습했으나, 담헌은 노가재에 비해 좀더 과학적이고 상세하며 치밀한 객관주의자의 면모를 보여 주었다. 그에 비해 서유문은 의식의 변화나 주관적인 감정을 극도로 절제하는 데 성공했다는 점에서 담헌의 노선을 충실히 따랐으며, 노가재의 기술 태도나 관점을 가능하면 극복하려고 노력한 점이 두드러진다. 전체적으로 보아 『죽천행록』은 시기적인 면에서 국문 사행록의 단초를 열긴 했으나, 비망기 작성자와 기록자가 서로 다르다는 점에서 일반적인 사행록과는 성격이 다르다. 그리고, 중국에서의 견문을 중심으로 기록한 것이 아니라 사건의 전개와 문제해결에 초점을 두어 기술했다는 점에서 짙은 서사성을 띠며, 그런 점에서 여타의 국문 사행록들과는 성격을 달리한다. 그 다음 단계의 『노가재연행일기』나 『을병연행록』, 『무오연행록』 등은 '모방과 답습, 극복'이라는 수용 양태의 통시적인 연결상을 보여준다. 다시 말하여 『죽천행록』은 사건 중심, 『노가재연행일기』→『을병연행록』→『무오연행록』으로 이어지는 한 계통은 사실의 묘사와 설명·변증 중심의 국문 연행록들이라는 것이다.

Ⅴ. 결 론

이상에서 『죽천행록』, 『노가재연행일기』, 『을병연행록』, 『무오연행록』 등 대표적인 국문 사행록들의 통시적 성격을 살펴 보았다. 이것들을 하나로 이어주는 통시적 성격은 후대의 국문 사행록들이 앞 시기의 그것들을 모범적 선례로 수용한 데서 구체화 된다. 담헌은 『을병연행록』에서 『노가재연행일기』를, 서유문은 『무오연행록』에서 마찬가지로 『노가재연행일기』와 『을병연행록』을 각각 참고자료나 판단의 근거로 활용했다. 뒷 시기 기록들의 내용이나 기록자들의 생각이 정당한지의 여부를 확인시켜준 것은 앞 시기의 기록들이 수행한 역할이었다. 이 과정에서 뒷 시기의 기록들이 부분적으로 앞 시기의 기록들을 비판하는 견해를 드러냈다 해도 궁극적으로는 그것들의 테두리를 벗어날 수는 없었다. 지명이나 노정, 풍속·제도·인물·역사적 사실 등을 상고하기도 하고, 만나는 경물들에 대하여 자신의 견해나 느낌을 말하기보다는 선행 기록자들이 느꼈던 그것을 인용함으로써 그 경물들의 기이함을 효과적으로 부각시키기도 했다. 예컨대, 중국 사행길에 만난 경물이나 제도, 풍속 등에 대하여 큰 관심을 보인 노가재를 비난한 서유문의 관점은 그들이 작성한 기록들 사이에 나타나는 차이점을 극명하게 드러내면서도 역설적으로 그것들이 서로 닮지 않을 수 없었던 점 또한 암시한다. 기록자들의 사회적 위치나 성향·관점·세계관과 함께 그것들이 변이되는 양상은 밀접한 함수관계를 나타낸다. 대부분의 기록자들은 분명한 주관을 가지고 있던 존재들로서, 연행록을 통해 당대 지도층이 지니고 있던 이념이나 세계관을 전체적으로 혹은 부분적으로 대변하기도 했다. 존주의식을 바탕으로 대명의리론이나 화이관으로 무장되어 있던 그들이 청나라의 현실을 목격한 뒤 경험하게 되는 인식의 전환은 당대의 조선이 처한 이념적 당위와 현실 사이의 괴리를 명백하게 보여준다. 기록자의 사회적 입장에 따라 약간씩 다른 면을 보여주긴 하나, 중국의 현실에 대한 목격을 중심으로 중국에 대한 관점이나 인식이 변화를 보였다는 점은 공통된다. 국문 사행록들 사이에 연결되는 통시적 양상은 바로 이런 점에서 찾아볼 수 있다.

『죽천행록』은 서사적 대결과 승리를 내용의 핵심으로 하는 기록이며, 『노가재연행일기』는 자아각성에 의한 대청 적개심과 화이관의 문명론적 승화를 핵심 내용으로 하는 기록이다. 『을병연행록』이 자아각성에 의한 화이관의 극복과 북학의 당위성 고취를 염두에 둔 기록이라면, 『무오연행록』은 세계의 정밀한 묘사를 통한 자아인식에 무게를 둔 기록이다. 상세한 사실 묘사나 분석, 객관적 입장 등은 담헌과 서유문이 공통적으로 견지한 입장이다. 열심히 선진문물을 보고 배우며 그곳 선비들과 교류하는 등 적극적인 태도를 보인 담헌과 달리 서유문은 의복제도나 상례 등에서 오랑캐인 청나라보다 조선이 우월하다는 생각을 갖고 있긴 했으나, 기본적인 입장이나 기술 방향은 양자가 공통된다.

『노가재연행일기』는 중국에서의 각종 견문을 통해 기록자의 의식변화를 드러낸 모범적 선례를 남겼고 그것을 담헌이 답습했으나, 담헌은 노가재에 비해 좀더 과학적이고 상세하며 치밀한 객관주의자의 면모를 보여주었다. 그에 비해 서유문은 의식의 변화나 주관적인 감정을 극도로 절제하는 데 성공했다는 점에서 담헌의 노선을 충실히 따랐으며, 노가재의 기술 태도나 관점을 가능하면 극복하려고 노력한 점이 두드러진다. 전체적으로 보아 『죽천행록』은 시기적으로 국문 사행록의 단초를 열긴 했으나, 비망기 작성자와 기록자가 구분된다는 점에서 일반적인 사행록과는 성격이 다르다. 그리고, 중국에서의 견문을 중심으로 기록한 것이 아니라 사건의 전개와 문제해결에 초점을 두어 기술했다는 점에서 짙은 서사성을 띠며, 그런 점에서 여타의 국문 사행록들과는 성격을 달리한다. 그 다음 단계의 『노가재연행일기』나 『을병연행록』, 『무오연행록』 등은 '모방과 답습, 극복'이라는 수용 양태의 통시적인 연결상을 보여준다. 다시 말하여 『죽천행록』은 사건 중심, 『노가재연행일기』→『을병연행록』→『무오연행록』으로 이어지는 한 계통은 사실의 묘사와 설명 및 변증 중심의 국문 연행록들이라는 것이다.

| 6 |

연행 길, 고통의 길, 그러나 깨달음의 길

Ⅰ. 서 론

이 땅에 본격적인 의미의 국가가 출범한 이래 지속되어온 대외적 접촉의 주 대상은 중국이었다. 특히 조선조 출범과 함께 불평등한 관계 아래 시작된 조공무역이나 사행외교는 조선조 말기까지 지속되었다. 사행 외교를 통해 조율된 정치·경제·외교 등 현실적 사안 이외에 양국간의 문화교류나 조선조 핵심 지식층의 의식 변화 등은 그 의미심장한 부산물이었다. 중국의 현실을 목격함으로써 관념에 갇혀있던 자아가 개방되었다거나, 서적과 구전으로만 알아왔던 세계의 실상을 비로소 깨닫게 된 것은 연행이 가져다 준 내면적 변화였다. 고민과 자각을 바탕으로 현실개혁 의지를 지니고 있던 일부 지식인들의 의식세계는 사행을 경계로 이전과 이후가 크게 달라진다. 사행 이전의 의식세계가 가설의 수준이었다면 사행을 통해 그러한 의식은 확신이나 신념의 수준으로 강화될 수 있었기 때문이다. 이처럼 그들은 사행을 자신의 생각을 확인하거나 수정하는 기회로 삼았다.

사행의 과정에서 견문한 사실들을 기록한 것이 연행록이다. '견문한 사실들'은 시각과 청각을 통해 받아들인 세계의 모습이다. 하나의 대상이 실재 세계, 인식된 세계, 기록된 세계 등 각기 다른 차원으로 나타날 수 있는 것은 연행록의 특징이기도 하다. 연행록 안의 세계와 실재 세계 사이에 존재하는 것이 인식의 세계다. 실재 세계는 관찰자의 관점이나 인식방법에 따라 달라지고, 그 인식된 세계는 기록되면서 달라질 수 있다. 정확성은 기록의 생명이지만, 기록이 실재 세계의 정확성을 담보할 수 없는 것은 기록되는 순간 세계의 본질이 기록자의 관점에 의해 바뀔 수 있기 때문이다. 이처럼 대부분의 연행록들이 기록자의 눈과 귀가 허락하는 범위 안에서 이루어진 것들이라는 점에서 그 정확성은 상대적이다. 견문의 기록에 객관성을 부여하기 위해 그들이 기껏 할 수 있었던 일은 전배들의 기록을 참조하는 정도였다. 거의 똑같은 노정에 따라 이루어졌기 때문에 모든 사행들은 약간씩의 시차를 초월하는 공간적 동질성을 공유한다. 기록자의 시각이나 견문 이후에 일어나는 기록자의 내면적 변화 등이 연행록을 읽는 입장에서 주안을 두어야 할 내용의 대부분이라고 보는 것도 그 때문이다.

모든 사행에게는 주어진 임무가 있었고, 그것은 주기적으로 반복되었다. 따라서 그것이 기록으로 남겨진다 해도 단조로운 내용의 반복에서 벗어나기란 쉽지 않았다. 사행 참여자들의 개성적인 안목이나 시각에 의해 이루어진 견문들이야말로 문화교류나 의식변화의 절대적 단서일 수 있음은 이런 점에서 타당하다. 이 글의 골자 역시 이 점에 있다.

지금까지 연행이나 연행록에 관한 연구들이 많이 이루어졌으나, 그 내재적 의미까지 천착한 경우는 드물다. 발굴된 자료들의 양에 비해 분석의 방법이 충분히 마련되어 있지 않은 점도 그 중요한 이유로 꼽힐 수 있을 것이다.[1)]

이 글은 연행노정 연구의 일환으로 이루어진 것이다.[2)] 노정의 확인과

---

1) 연행록에 대한 기존의 연구 성과는 아주 많지만, 노정에 관한 것은 별로 보이지 않는다. 그 가운데 대표적인 몇 가지만 들면 김병희(2000)·박현규(2002)·장경남(2001) 등이고, 이것들과 약간 다른 관점에서 연행록을 '노정기문학路程記文學'의 관점에서 고찰한 이성후(1981)가 있다. 논제에 '노정'을 노출시키지 않은 경우라 해도 내용 가운데 노정을 언급한 것들은 상당수에 달한다. 이들 선행 연구업적들은 연행록에 나타난 노정의 문헌적 탐구나 비교를 통해서 기록자의 의식이나 기록의 정확성 여부에 주력한 것들이 대부분이다.

2) 필자는 답사팀(학술진흥재단 기초학문육성 인문사회분야지원사업 국내외지역연구 '중국내 연행노정 답사팀')의 일원으로 두 차례(2003. 2. 4.~2. 13., 2003. 8. 11.~8. 17.)에 걸쳐 중국내 연행노정을 답사했다(1차답사 : 단동 → 구련성 → 변문 → 봉황산 → 요양 백탑 → 태자하 → 동경성東京城 → 심양 혼하 → 중산공원中山公園 → 소릉昭陵 북릉北陵 → 고궁古宮 → 조선관 터 → 요하遼河 → 신민新民 → (광녕현廣寧縣 이성

분석은 연행록 연구의 1차적 과제다. 연행록에 나타나는 각종 지명이나 경물의 위치, 그에 대한 기록자의 시각 등은 기록의 사실 여부를 판단하기 위해 필수적으로 확인해야 할 내용이다. 그러나 연행의 노정은 몇 가지 사례[3]를 제외하면 대체로 정해져 있었다. 우연이었든 필연이었든 정해진 노정을 벗어나 별도로 들른 곳들이 있거나, 정해진 노정이라 해도 특별한 의미를 부여한 부분이 있다면, 그 이면적 의미에 대한 분석은 필요하다. 이 글에서 거론하려는 천산·의무려산·수양산 등은 정규 연행노정 그 자체는 아니지만, 정규 노정으로부터 그리 멀지 않았고 여건만 허락되면 누구든 찾아보고 싶어했다는 점에서 넓은 범위의 연행 노정으로 간주해도 무방할 것이다.[4]

중국의 조정을 상대로 외교적인 일을 수행하는 것이 사행의 임무였고, 정해진 이외의 노정을 밟아보는 것은 그들이 개인적으로 지니고 있던 또 다른 목적이자 욕망이었다. 그들이 벗어나고자 한 것은 '정해진 길'이었다. 정해진 길을 벗어나는 것은 표면상 일탈이지만, 이면적으로는 자아와 세계의 본질을 제대로 추구하고자 하는 새로운 길의 모색이었다. 따라서 그 노정은 물리적으로 존재하는 길이었던 동시에 내면에 존재하던 정신적인 길

량 패루→흥융사 쌍탑→북진묘→의무려산→영원성寧遠城 흥성興城→영원성곽寧遠城郭→조대수 패루→강녀묘→산해관→징해루澄海樓→해신묘海神廟→각산角山(각산사角山寺)→진황도秦皇島→노룡현盧龍縣(영평·우북평)문화원→풍윤豊潤→고려포→사류하→팔리포八里鋪→옥전玉田→북경, 2차 답사 : 1차답사 구간에 '산해관→열하' 구간이 포함되어 있음). 이 과정에서 의무려산·천산·각산 등을 둘러보았고, 그간 정확히 알려지지 않았던 수양산의 위치를 확인할 수 있었다. 이 글에서는 이 세 명산(수양산·의무려산·천산)이 갖는 의미를 중점적으로 논하고, 여타 노정들에 대해서는 다른 자리에서 논의할 생각이다.

3) 대표적으로 명나라 말기에 해로로 다녀온 조즙趙濈(1623, 동지겸성절겸사은사의 정사)과 이덕형(1624, 주청사의 정사)의 노정, 청나라 등장 이후의 경우라도 특수한 사정에 의해 관례적인 노정을 변경한 서호수徐浩修(1776, 진하겸사은사의 부사)의 노정, 열하를 다녀온 박지원(1780, 진하겸사은사의 자제군관)의 노정 등을 들 수 있다.

4) 의무려산·천산·수양산은 사행의 노정들 가운데 필자가 임의로 고른 것들이다. 높이나 크기 등 외면으로만 생각한다면, 각산 또한 그 범주에서 빠질 수 없다. 그러나 각산은 다른 세 산들만큼 의미 있는 이념적 내포를 지녔다고는 볼 수 없다. 각산을 논의의 대상에서 제외한 것도 그 때문이다. 앞으로 이 세 산들을 통칭할 경우 '삼산三山'이란 용어를 사용한다.

이기도 했다. 정해진 길은 그 시대의 사고방식과 행동양식을 규정해주던 이념이었다. 새로운 길은 기존 이념에 대한 회의를 바탕으로 모색된 대안이었다. 그리고 그것은 가설의 수준으로나마 지니고 있던 새로운 세계관이었으며, 그들은 연행의 새로운 노정인 이 산들에서 그 의미를 내면화 하고자 했다. 정해진 길을 벗어나 새로운 노정에 도전한 인사들은 진보적인 의식을 지니고 있었고, 수적으로도 몇 되지 않았다. 물론 삼산이라 해서 모두 같이 취급할 수는 없다. 수양산이 조선왕조 지배이념으로서의 충절을 표상했다면, 의무려산이나 천산은 그 이데올로기의 허위에 대한 깨달음이나 의식 변화의 계기를 제공한 공간으로 드러나 있기 때문이다. 따라서 삼산이 규모나 깊이의 면에서 그다지 놀랄만한 대상들은 아니었을지 모르나, 조선의 지식인들에게는 각별한 정신적 의미를 지니고 있었음을 부인할 수 없다. 특히 현실적으로 산과 벌판의 부조화나 산 위에서 바라보이는 광활한 대지로부터 느끼는 위압감 등은 그것들이 그들에게 단순히 물리적인 대상으로 인식되지 않았음을 말해준다. 이 글에서는 당시 일부 지식인들이 들렀던 삼산을 중심으로 그것들이 지니고 있는 내면적 의미를 찾아보고자 한다.

Ⅱ. 연행노정과 삼산

월사月沙 이정구李廷龜(1564～1635)는 동지사의 서장관으로 사행에 참여한 1595년 이래 다섯 차례나 북경을 다녀왔다.[5] 그리고 두 번째 사행 길에 「유천산기遊千山記」를, 다섯 번째 사행길에 「유의무려산기遊醫巫閭山記」를 남겼다.[6] 월사는 의무려산에 대하여 "연도의 모든 아름다운 경치들은 지

5) 1차(1595년, 동지사, 서장관), 2차(1598, 진주변무사, 부사), 3차(1601, 주청사, 부사), 4차(1604, 주청사, 정사), 5차(1616, 주청사, 정사) 등이다.

6) 월사는 「유의무려산기」에서 1616년 겨울의 주청사행을 세 번째 사행이라고 밝히고

난 날 실컷 구경한 것들이었으나, 오직 의무려산만은 북진의 명산으로서 항상 한번 볼 뜻이 있었으나 늙은데다가 행역 또한 고되고 시절 또한 지독하게 추운 때라서 이루지 못했다."고 했다.[7] 월사가 그의 다섯 번째 사행인 1616년에서야 비로소 의무려산에 갈 수 있었다면, 이 산이 정규 사행노정은 아니었음이 분명하다. 월사는 또 천산에 대하여 "천산은 요양의 서쪽에 있고 의무려산은 광녕의 북쪽에 있으며 각산사는 산해관 성곡의 가장 높은 곳에 있어 모두 기이하고 절묘하다고 일컬어지나 가는 길이 60리 혹은 30리, 20리로 멀고도 험한지라 관정官程에 자유롭지 못하여 오직 멀리 바라보며 생각을 부칠 따름이었다."[8]고 했다. 여기서 언급한 '60리 · 30리 · 20리'는 정규 사행로와 '천산 · 의무려산 · 각산' 사이의 거리를 말한 것이다. '관정에 자유롭지 못했다'는 그의 말 역시 이 산들 모두 사행의 정규노정은 아니었음을 뒷받침한다.

▲ 각산사의 현재 모습

있다("丙辰之冬 余三赴京師" : 「월사집」 권 38, 『한국문집총간 70』, 133쪽). 그러나, 조선조에서 사신을 파견한 기록들을 모아 따져보면 그의 이 행차는 다섯 번째 사행이라야 맞다. 어느 쪽이 착오인지에 대해서는 다른 자리에서 논하고자 한다.

7) 「유의무려산기」 『한국문집총간 70』, 133쪽의 "沿途諸勝 皆昔年所飫觀 獨醫巫閭 是北鎭名山 常有意一見 而余老矣 倦於行役 時又苦寒 不果焉" 참조.

8) 「유천산기」, 『한국문집총간 70』, 131쪽의 "聞千山在遼陽西 醫巫閭在廣寧北 角山寺在山海關城曲之寂高頂 俱稱奇絶 而去路六十里 或三十里二十里 迂且險 官程不獲自由 唯望見寄想而已" 참조.

그런데 월사의 4차, 5차 사행 중간쯤인 1608년의 동지사행[9]에 서장관으로 다녀온 인재訒齋 최현崔晛(1563～1640)의 『조천일록朝天日錄』[10]이 있다. 하루도 빠짐없이 기록한 일기형식의 이 사행록에는 천산·의무려산·수양산에 관한 기록들이 모두 들어 있다. 구련성부터 수양산까지 숙박지만을 기준으로 노정을 추리면 '구련성(9월 10일) → 백안동伯顔洞(11) → 반절대半截臺(12) → 연산보連山堡(13) → 낭자산狼子山(14) → 요동遼東 회원관懷遠館(15～24) → 사하보沙河堡(25) → ① 안산鞍山·천산千山(26) → 해주위海州衛(27) → 동창보東昌堡(28) → 사령沙嶺(29～30) → 고평보高平堡(10월 1일) → 진이보鎭夷堡(2) → ② 광녕廣寧·의무려산醫巫閭山(3～8) → 십삼산十三山(9) → 소릉하역小凌河驛(10) → 행산보杏山堡(11) → 영원위寧遠衛(12) → 동관역東關驛(13) → 전둔위前屯衛(14) → 나성邏城(15) → 산해관山海關(16～17) → 봉황점鳳凰店(18) → 무령현撫寧縣(19) → 영평부永平府(20) → ③ 사하역沙河驛·수양산首陽山(21)'…(귀로歸路) → ④ 광녕·의무려산(1609년 2/17)으로 이어진다. 이 가운데 ①·②·③·④의 밑줄 친 노정들이 이 글의 대상인 삼산인데, 그것들에 대한 내용이나 묘사가 비교적 상세하다. 다른 부분들과 달리 삼산에 대해서는 꽤 많은 분량을 할애한 점으로 미루어 기록자가 이 부분들에 특별한 의미를 부여한 듯하다. ①은 또 다른 '천산유기'로 볼 수 있는 기록으로, 9월 26일자 노정(안산)의 부록이고,[11] ③은 '수양산(혹은 이제묘)기'로 볼 수 있는 기록이며, 10월 21일자 노정(영평 → 난하 → 사하역)의 부록으로 붙어 있다.[12] ④ 또한 북경으로부터 귀환하는 길에 들른 '여양閭陽·광녕廣寧' 노정의 부록으로 붙어 있다. 삼산 모두를 별도의 부록으로 남긴 점은 그가 이들 노정을 중시했음을 보여준다. 대부분의 사행이 수양산에는

---

9) 이 때의 정사는 신설申渫(1561～?), 부사는 윤양尹暘이었다.

10) 『인재속집訒齋續集 천天』(이현조 소장 목판본, 29cm×18cm) 소재. 표지에는 '조천록朝天錄'으로 되어 있으나 이면에는 '조천일록朝天日錄'으로 되어 있다. 출발부터 도착까지 하루도 빼놓지 않고 기록한 점으로 보아 '조천일록'이란 제목이 타당하다고 본다.

11) 제목은 달려 있지 않으나 묘사의 상세함과 분량의 면에서 월사의 그것에 못지않다고 보아 또 다른 '천산유기'로 간주할 수 있지 않을까 한다.

12) 제목은 달려 있지 않으나 수양산과 이제묘를 상세히 묘사한 많은 분량의 글이다.

반드시 들렀으므로,[13] 이 점은 이 시기에도 삼산이 정규 노정에 속해 있지 않았음을 의미하고, 다른 시기의 연행자들처럼 최현 역시 별도로 시간을 내어 삼산을 둘러본 것으로 짐작된다.

조선조 후기 연행록들 가운데 삼가연행록(김창업의 『노가재연행일기』, 홍대용의 『담헌연기』, 박지원의 『열하일기』)이 가장 저명하며,[14] 특히 그 가운데 노가재의 『연행일기』는 노정 · 내용 · 사물을 보는 관점 등에서 연행사들에게 교과서적인 의미를 지니고 있었다.[15] 김창집의 타각으로 수행한 노가재는 사행길에 오르면서 형 창집으로부터 연로에 있는 명산 · 대천 · 고적이 기록된 책 한 권을, 월사로부터 그의 『각산여산천산유기록』한 책과 여지도 한 장을 받았다.[16] 이 사실을 통해 중국을 한 번 보고 싶어하던[17] 노가재가 무리를 해가면서까지 삼산을 들른 것이 형 창집과 월사의 배려에 힘 입은 일이었음을 분명히 알 수 있다. 노가재의 「천산유기」나 「의무려산유기」, 「수양산(이제묘)기」 등은 월사의 그것들을 바탕으로 했겠지만, 그것들과는 다른 관점과 철학을 노출시킨 것도 사실이다. 노가재는 지배이데올로기 유지의 의무를 자각함과 동시에 그것으로부터 탈피하고 싶은 욕망 또한 느꼈던 듯하다. 말하자면 이데올로기와 관련, 자신의 내부에 공존하던 '지속의 당위성과 변이의 욕구'는 일정한 갈등을 통해 새로운 노선을 추구하게 되는 단서로 작용했다고 할 수 있다.

노가재는 북경으로 가는 길에 수양산과 이제묘[18]를, 조선으로 귀환하는

---

13) 조선의 사행은 수양산에 들러 이제묘에 고사리를 놓고 제사를 지내는 것이 관례였는데(「연원직지」 제2권, 출강록, 『국역 연행록선집 X』, 203쪽), 이에 관한 우스운 일화 한 편이 박지원에 의해 기록되었다(『국역 열하일기 Ⅰ』, 252쪽). 백이 · 숙제나 수양산을 이념적 표상으로 삼고 있던 조선조 지배층의 입장에서 수양산이나 이제의 이미지는 자신들의 이념과 부합한다는 점 때문에 정규 노정에서 약간 비껴나 있음에도 들러가는 것이 관행이었던 듯하다.

14) 김경선, 「연원직지 서문」, 『국역 연행록선집X』 참조. 이하에서 김창업은 노가재로, 홍대용은 담헌으로, 박지원은 연암으로 바꾸어 부르고자 한다.

15) 담헌과 서유문은 사행길에 『노가재연행일기』를 지참하고 다니면서 가는 곳마다 그 기록을 참고했다. 김경선도 자신의 기록 도처에서 『노가재연행일기』를 포함한 삼가의 연행록을 인용함으로써 자신의 기록에 사실성을 부여하고자 했다.

16) 김창업, 「연행일기」 '왕래총록', 『국역 연행록선집 Ⅳ』, 42~43쪽.

17) 김창업, 같은 책, 같은 곳.

길에 의무려산[19]과 천산[20]을 이어서 들렀다. 그 가운데 특히 천산은 정규 노정으로부터 멀리 떨어져 있는 관계로 고심했던 듯하며 그 문제로 사행들과의 갈등 또한 만만치 않았던 듯하다.[21] 북경 방향 이도정과 소흑산 사이에서 원경으로 바라보이는 의무려산은 노가재에게 1차적으로 깊은 인상을 주었고[22] 노가재 또한 맞닥뜨린 의무려산의 외면적 자태에서 깊은 감동을 받게 된다. 그 감동이 산의 내포적 의미로 구체화되어 나타난 것이 바로 「유의무려산기」다. 사행을 통해 의식의 큰 변화를 겪은 담헌 역시 산을 그 변화의 상징적 공간으로 선택했다. 물론 그가 노가재의 『연행일기』

---

18) 11월 27일 구련성을 출발하여 거의 한 달이 걸려 이제묘에 당도한다. “구련성(11/26) → 금석산 → 사둔지沙屯地(27) → 책문 → 봉성鳳城(28) → 건자포乾者浦 → 송점松店(29) → 팔도하八渡河 → 통원보通遠堡(30) → 답동沓洞 → 연산관連山關(12/1) → 회령령會寧嶺 → 첨수참甛水站(2) → 청석령青石嶺 → 낭자산狼子山(3) → 냉정冷井 → 신요동新遼東(4) → 난니보爛泥堡 → 십리보十里堡(5) → 백탑보白塔堡 → 심양(6~7) → 대방신大方身 → 고가자孤家子(8) → 소황기보小黃旗堡 → 백기보白旗堡(9) → 이도정二道井 → 소흑산小黑山(10) → 중안中安 → 신광녕新廣寧(11) → 여양역閭陽驛 → 십삼산(12) → 대릉하참大凌河站 → 소릉하참少凌河站(13) → 송산보松山堡 → 고교포高橋舖(14) → 연산역 → 영원위(15) → 사하소 → 동관역東關驛(16) → 사하참沙河站 → 양수하兩水河(17) → 중전소中前所 → 산해관(18) → 봉황점 → 유관楡關(19) → 배음포背陰鋪 → 영평부永平府(20) → 이제묘 → 사하역(21) → 진자점榛子店 → 풍윤현(22)”이 이제묘까지의 노정이다.

19) 이듬해인 계사년 2월 15일 북경을 출발하여 3월 1일 의무려산에 도착했다. 3월 1일 의무려산에서 1박을 하고, 다음날 소흑산에 도착하여 숙박하기까지 견문과 느낌을 기록한 것이 「유의무려산기」다. “북경 → 통주通州(2/15) → 연교보烟郊堡 → 삼하현三河縣(16) → 방균점邦均店 → 계주薊州(17) → 봉산점蜂山店 → 옥전현玉田縣(18) → 사류하沙流河 → 풍윤현(19) → 진자점 → 사하역(20) → 영평부(21) → 배음포 → 유관(22) → 봉황점 → 각산사(23) → 산해관 → 노군둔(老君屯) → 양수하(24) → 중후中後 → 동관역(25) → 사하 → 영원위(26) → 연산현 → 고교(27) → 금주위錦州衛 → 소릉하(28) → 대릉하 → 십삼산(29) → 여양역閭陽驛 → 의무려산(3/1) → 중안보中安堡 → 소흑산(2)”이 북경에서 의무려산까지의 노정이다.

20) 조선으로 귀환하는 길에 들른 것이 의무려산과 천산이다. 3월 1일~2일까지 의무려산을 들렀고, 7일 드디어 천산에 도착한다. “소흑산 → 이도정 → 백기보(3/3) → 황기보 → 고가자(4) → 대방신 → 홍화보紅花堡(5) → 사하보 → 난니보 → 요양의 영안사永安寺(6) → 천산 용천사龍泉寺(7)”가 의무려산에서 천산까지의 노정이다.

21) 천산 유람을 둘러싸고 정사인 형 창집과 노가재가 주고받은 시[창집의 시 : 萬里同賓雁/惟宜莫少遠/豈知臨鶴野/不肯一行歸, 노가재의 답시 : 已涉萬里遠/何嗟數日違/聯翩渡鴨水/殊道竟同歸)]에 그 점이 잘 나타나 있다.

22) 『연행일기』 2권 임진년 12월, 『국역 연행록선집 Ⅳ』, 105쪽 참조.

를 길잡이로 지참하고는 있었으나 정작 그가 들를 수 있었던 곳은 의무려산·수양산·각산 등이었고, 천산은 들르지 못했다. 담헌이 천산에 대한 깊은 인상을 바탕으로 의식의 전환을 경험한 노가재와 또 다른 차원의 각성을 의무려산에서 경험한 것은 두 사람 사이에 존재할 수 있는 '비슷하면서도 다른' 개성 때문이었다.

▲ 의무려산 망원대. 조선조 사행들에게 의무려산·수양산·천산은 내면화된 공간으로서의 노정이었으며, 그 경우 '내면화'는 노정으로서 공식·비공식 여부를 뛰어넘는 해석의 문제이자 그 내적 의미에 대한 추구라고 할 수 있다. 삼산에 대한 미학적·철학적 접근이 긴요한 것도 바로 그 때문이다.

1765년 11월 2일 사행길을 떠난 담헌은 같은 해 12월 27일 북경에 도착하여 이듬해 2월 29일까지 머물렀고, 3월 초하루 그곳을 떠나 5일 이제묘와 수양산에 도착했으며, 그로부터 12일이 지난 17일 도화동을 시작으로 의무려산을 유람했다.[23] 따라서 담헌의 기록에 반영된 의무려산 역시 정

23) 『을병연행록』에는 삼사가 함께 도화동에 간 것으로 되어 있으나(778쪽의 "십칠일

규 노정은 아니었음이 분명하다. 연암 또한 이제묘·난하와 함께 수양산은 들렀으나, 의무려산이나 천산은 들르지 않았다. 서장관이란 공식적인 직함 때문이기도 했겠으나, 역대 사행들 가운데 가장 소극적인 모습을 보여준 것이 『무오연행록』을 남긴 서유문이었다. 특히 북경에 머문 55일 동안 입궐하는 날을 제외하고는 모두 관에 머물렀을 정도로 새로운 견문 자료의 탐색에 소극적이어서,[24] 정규 노정을 벗어난 적이 없었다.[25] 그러나 서유문 역시 앞의 사행들과 마찬가지로 이제묘·수양산·의무려산 등을 들렀으며, 의무려산과 달리 이제묘에서는 상당 부분을 할애하여 사당의 모습을 묘사하기도 하고 그에 관한 전고를 기록하기도 했다.[26]

앞 시기 삼가연행록들의 내용을 두루 반영한 김경선의 『연원직지』는 백과사전적인 의미를 지닌 새로운 차원의 연행록이다. 1832년(순조 32) 동지겸사은사 서경보의 서장관으로 참여한 김경선이 왕반 160여일의 행적을 치밀하게 기록한 것이 『연원직지』다. 삼가연행록들을 수시로 참조하고 인용하면서 자신의 견해를 적어 놓은 만큼 중요한 노정들 가운데 빠진 것은 거의 없다. 이 책에는 「북진묘기」와 「도화동기」[27]가 별도로 기록되어 있

평명의 길을 떠날 새 사행이 한 가지로 도화동을 향하고 운운" 참조), 『연기燕記』 외집外集 권 9(『국역 담헌서 Ⅳ』, 231쪽)의 「도화동」에는 일행과 떨어져 들른 것으로 기록되어 있다. 『연기』 233쪽의 언급("나는 그리로 가서 도화동 관음각 등 여러 승지들을 이야기하니, 계부께선 이역異域 황벽荒僻한 곳을 기를 쓰고 혼자 다닌다고 걱정과 꾸중이 여간 아니셨다" 참조)을 보면, 담헌이 일행과 얼마간 떨어져서 의무려산에 들른 것이 분명하다.

24) 그의 소극성은 『무오연행록』 124~125쪽에 나오는 내용("사신은 체모를 돌아보는 지라, 자적自適으로 한만汗漫히 구경을 아니 하고, 공고公故 외는 관문을 나지 아니하더라. 캉炕 위에 홀로 앉아 심히 적막한 때를 많이 지내니 자못 3일안 신부新婦 의사가 있으며, 또한 초나라에 갇힌 사람의 모양이라" 참조)에 극명하게 나타난다.

25) 서유문도 사행길에서 노가재의 『연행일기』를 참고로 하였으며, 여러 군데에서 그를 비판한 내용이 눈에 뜨인다. 그와 함께 각산이나 천산 등을 보고자 애쓴 노가재와 비교하여 짐짓 자신을 비하한 내용(『무오연행록』, 266~267쪽 참조)을 보면, 서유문은 견문을 두고 이전 사행들과 생각이 달랐음을 알 수 있다.

26) 서유문은 무오년(1798) 8월 9일 출발하여 12월 20일에 북경 도착, 이듬해 2월 8일에 북경을 출발하여 16일 이제묘·난하·청룡하 등을 거쳐 영평부 남문 밖 시가施哥의 집에 유숙했다. 26일에는 십삼산을 지나 여양역 서가徐哥의 집에 유숙했으며, 27일에는 의무려산과 북진묘에도 들렀다.

27) 의무려산의 핵심에 '도화동'이 있으므로 '도화동기'를 '의무려산기'라고 해도 무방

고, 천산 유람의 사실 또한 기록되어 있다. 뿐만 아니라 「수양산기」, 「이제묘기」 등이 「난하기」와 나란히 실려 있기도 하다.[28] 즉 「북진묘기」·「도화동기」·「천산유기」 등은 북경을 향할 때 거쳐간 노정들의 기록이며, 「수양산기」·「이제묘기」·「난하기」 등은 북경으로부터 돌아올 때 거친 노정들의 기록이다. 노정으로서의 삼산이 지닌 내재적 의미를 해석해내거나 음미하고자 한 이전 시기의 사행록들과 달리 김경선은 선행 기록들을 바탕으로 한 사실 묘사와 확인에 치중하고 있는 점은 그의 기록이 지닌 한계이자 장점이기도 하다. 특히 이 글의 핵심적 대상들인 노가재의 『연행일기』나 담헌의 『을병연행록』(혹은 『담헌연기』) 등을 바탕으로 하여 만들어졌다는 점에서 김경선의 이 기록은 삼산을 노정으로 확립한 의미를 지니고 있다. 조선조 말기[29]인 1876년 진하겸사은사행進賀兼謝恩使行[30]에 부사로 참여했던 임한수林翰洙(1817~1886)의 기록 『연행노정燕行路程』[31]에는 의무려산·각산·수양산만 반영되어 있고, 천산은 언급되어 있지 않다. 그리고 비슷한 시기의 기록으로 보이는 『연행노정기燕行路程記』[32]에 이 산들은 전혀 반영되어 있지 않다. 조선조 말기로 갈수록 삼산에 대한 관심이나 그것들이 지니고 있던 이념적 의존도가 엷어졌기 때문으로 보인다. 천산과 달리 의무려산과 수양산은 노정에 포함되어 있거나 정규노정으로부터 가까운 거리에 있었으므로 마음먹기에 따라 그곳을 들르는 일이 그리 어렵지는 않았을 것이다.

하다.

28) 이제묘를 휘감아 도는 것이 난하이고, 그 뒤쪽에 수양산이 있다는 점에서, 「수양산기」·「이제묘기」·「난하기」는 하나로 묶일 수 있다. 어느 것을 중점적으로 묘사한다 해도 다른 것들에 대한 언급을 피해 갈 수 없다는 점에서 세 가지는 하나로 묶이는 노정들인 셈이다.

29) 갑오경장이 발표되면서 중국에 보내던 사행은 공식적으로 종말을 고했다고 본다. 따라서 1893년의 동지사(정사 : 이정로李正魯, 부사 : 이주영李胄榮, 서장관 : 황장연黃章淵)와 진하사進賀使(정사 : 이승순李承純, 부사 : 민영철閔泳喆, 서장관 : 이유재李裕宰)는 사실상 조선조의 마지막 사행이었다. 그러므로 1876년의 진하겸사은사는 조선조 말기의 사행에 속한다.

30) 이 사행의 정사는 한돈원韓敦源, 부사는 임한수林翰洙, 서장관은 민종묵閔種默이었다.

31) 규장각 소장본(상백古, 951.054, Im5y).

32) 규장각 소장본(古, 4810, 7).

따라서 조선조 사행들에게 의무려산·수양산·천산은 내면화된 공간으로서의 노정이었으며, 그 경우 '내면화'는 노정으로서의 공식·비공식 여부를 뛰어넘는 해석의 문제이자 그 내적 의미에 대한 추구라고 할 수 있다. 삼산에 대한 미학적·철학적 접근이 긴요한 것도 바로 그 때문이다. 칸트는 숭고와 아름다움을 구분했는데, 그때 숭고란 고양된 이성적 힘이었다.[33] 특히 자연미의 근거는 외부에서 찾을 수밖에 없지만, 숭고의 경우는 인간의 내부 즉 자연의 표상에 숭고성을 끌어넣는 인간의 심적 태도에서만 그 근거를 찾을 수 있다고 했다.[34] 사실 산은 크기로 인간을 압도하는 동시에 아름다움을 갖춘 경우 오묘한 미감을 자극하기도 한다. 전자는 숭고를 후자는 우아의 아름다움으로 구체화된다. 고금을 막론하고 산이 단순한 물체로 인식되어 오지 않은 것은 그 크기나 '부동不動'의 덕목이 인간의 마음에 반영되어 '숭엄'의 정신적 가치를 본질로 포함하고 있기 때문이다.[35] 명산을 찾고 기록을 남긴 조선조 문인들은 엄숙한 구도자적 자세로 유람하는 것이 일반적이었으며, 그 경우 산은 그들의 이념을 실천할 수 있는 정신적 공간이기도 했다.[36] 따라서, 그들이 걸어 들어간 산은 지상을 천상과 접촉시키는 '거룩한 산' 즉 세계의 축으로서 성스러운 이미지를 내포한다.[37]

물론 산에 들어가면서 그들 모두가 구도자적 입장을 취한 것은 아니다. 오히려 '유람'이나 '구경' 혹은 '놀이'를 목적으로 한 경우가 더 많았다고 볼 수 있다.[38] 그러나 놀이는 원래 신성神性과 유오遊娛의 두 측면을 갖는 행위이며[39] 놀이와 의식은 본질적으로 동일한 기원을 갖는다. 따라서 성

33) 양태규(2002), 칸트의 『판단력 비판』 중 "숭고 분석론"의 주석 연구적 접근, 『괴테연구』 14집, 257쪽.

34) I. 칸트(1978), 111쪽.

35) 조규익(2002b), 239쪽.

36) 이혜순 등(1997), 53쪽.

37) 멀치아 엘리아데(1983), 29~30쪽.

38) 예컨대 <박금강금강산유산녹>(이현조 소장 필사본)의 한 부분("원싱고려국하야 일견금ᄀᆞᆼ손은 ᄃᆡ국사람도 원하거든 … 안이놀고 무엇ᄒᆞ리 만세영웅 호걸사도 북망산천 쓱글되고 역ᄃᆡ왕후 부귀공명 세상사 후리치고 힝장을 수십하야 금강산 귀경가식")을 참조할 수 있을 것이다.

화聖化된 장소가 하나의 놀이터임을 인식하게 된다면,[40] '유산遊山'은 축제祝祭일 수 있다. 국내외의 명산들을 편력하고 여러 편의 유산기遊山記들을 남긴 월사는 중국에 사행하는 것을 '장유壯遊'라 했으며, 지나치는 곳마다 마음껏 '탐토探討'했다고 했다.[41] 그가 다녀온 천산 · 의무려산 · 각산 · 수양산 등도 '장유'의 대상이었음은 물론이다. 월사를 포함한 당대의 지식인들은 세계관을 바꿀 만한 강력한 힘이나 계시를 산에서 접하고자 한 것이 일반적이었다. 그래서 그들은 한사코 산에 가고자 했다.

앞서 언급한 최현과 월사에 이어 문곡 김수항과 그의 아들 노가재가 이 산들에 올랐고, 노가재와 학연이 깊은 담헌 또한 올랐다. 그 가운데 특히 천산과 의무려산은 백두산과 더불어 동북지역 3대 명산으로 꼽혀왔다. 월사는 웅대하지는 않으나 뛰어난 천산의 승경과 기암괴석奇巖怪石 · 기송가수奇松嘉樹 등을 유려한 필치로 묘사했고,[42] 오묘하게 이루어진 의무려산의 풍치 또한 사실적으로 그려낸 바 있다.[43] 두 산 모두 크게 높거나 크지는 않으나 광활한 요동 들판을 가로질러 가다가 만날 수 있는 공간이고 보면 사람들로 하여금 인식의 전환을 가능케 할 만큼 이채로웠던 것은 사실이었다.

---

39) 김열규(1971), 135쪽.

40) 요한 호이징가(1974), 61쪽.

41) 「월사집月沙集」 권 38 · 유천산기遊千山記, 『한국문집총간 70』, 130쪽의 "人之局束生偏邦者 率以朝天爲壯遊…凡所歷 必恣意探討" 참조.

42) 같은 책, 132쪽의 "是山不甚雄大 而奇峰峭壁 束立如劍戟 我國三角山合道峯 則可以敵此 而佛宇亭榭 金碧焜耀 一巖一洞 俱有佳名稱 石之如蹲虎…多人力賁飾 或造物之自奇. 非人力所到" 참조.

43) 「월사집」 권 38 · 遊醫巫閭山記, 『한국문집총간 70』, 133쪽의 "始望見群峰束立 無不造天 過溪迷路 傅秀才駐馬逡巡 山下有村如桃源 俄有人騎牛出洞來 頤指入山路遠遠投村去 小庵寄在峭峯上 奇絶如畫" 참조.

Ⅲ. 삼산의 외연과 내포

1. 이념적 정체성 회복의 성소聖所, 그 제의적 공간 : 수양산

수양산은 조선조 지배세력에게 '충절'의 덕목으로 이념화된 공간이지만, 청나라 등장 이후 그 정도는 더욱더 심화되었다. 은나라에 대한 백이와 숙제의 충절을 바탕으로 형성된 수양산의 이미지는 조선의 지식층이나 지배세력에게 '행위나 의식의 정당성'을 담보하는 기호로 내면화되었다. 다시 말하면 수양산은 구질서의 지속에 대한 욕망과 함께 신질서에 대한 거부를 표상한 도상圖像이었고, 그 도상이 살아 있는 한 어떤 생각이나 이념도 기존의 그것들에 도전할 수 없었다. 그것은 '명·청의 교체'라는 역사적

▲ 수양산. 멀리 보이는 것이 새로이 확인한 수양산이다. 그 앞 건물들은 지금은 폐업한 '난현 수양산 장성 연철창'이란 이름의 제철소이다. 그 앞으로 난하灤河가 흐른다.

현실을 거부할 만한 힘을 지니고 있지 못하던 조선조 지배세력에게는 정신적 승리감의 상징이기도 했다.

중국의 수양산과 동명의 수양산이 황해도 해주에도 있었다. 숙종조에 그 지역의 생원인 최심崔沈은 그 산 밑에 백이 숙제의 사당을 세우고 사액해줄 것을 상소했다.[44] 임금은 그 사당의 호를 '청성묘淸聖廟'로 정하고 어필의 현판을 내리면서 "애오라지 성인들의 깨끗한 풍모를 생각하여 천년 동안 우러러 존경하는 뜻을 깃들게 한다."는 요지의 발문까지 첨부했다.[45] 또한 청성묘를 건립한 지 60년이 되던 영조 37년 이 청성묘에 치제하고 제문을 내리기도 했다.[46] 뿐만 아니라 영조 47년에는 청음 김상헌의 사당 건립 문제를 논의하면서 경상감사 이기진은 "김상헌과 안동은 백이 숙제의 수양산과 같은 곳"이라고 언급한 일도 있다.[47] 따라서 적어도 조선조 지배세력의 의식 속에 각인된 '백이 숙제의 수양산'은 '기독교의 십자가'와 같은 차원의 도상이자 상징적 기호일 수 있었다. 파노프스키가 언급한 '도상해석학'의 삼 단계를 적용한다면, 백이 숙제와 수양산의 실제 사적이 이야기되던 전 도상학적 단계, 그 이미지나 주제의 관습성이 인정된 도상학적 단계, 그 내면적 의미나 상징적 가치를 드러내는 도상분석학적 단계 등으로 나눌 수 있다.[48] 임병양란을 처절하게 겪은 조선으로서 수양산의 상징적 의미는 본래적 의미로서의 충절을 넘어 대명의리나 존주의식으로 확대되는 개념이다. 더욱이 청나라 등장 이후 소중화로서의 문화적 자긍심을 적극 내세우던 조선으로서는 중국과의 관계에서 자존의식을 지탱해주던 최후의 보루이기도 했다. 특히 병자호란 이후 대외정책의 바탕이었다고 할 수 있는 대청 적개심은 무엇보다 강하게 지배세력을 결속시킨 요인이었다. 임병양란의 상처가 얼마간 청산되었을 것으로 보이는 시기에 등장한 정조의 다음과 같은 말은 그 점을 강하게 시사한다.

---

44) 숙종실록 35권, 숙종 27년 3월 4일.
45) 숙종실록 35권, 숙종 27년 4월 2일.
46) 영조실록 97권, 영조 37년 6월 11일.
47) 영조실록 47권, 영조 14년 9월 1일.
48) Erwin Panofsky(1962), p.35.

오늘 황단에서 망위례를 행하였는데 '주경周京을 생각하면 황하가 흐르면서 1만 번을 꺾여도 마침내는 동쪽인 황해로 유입된다'는 감회가 더욱 더해진다. 척화신斥和臣의 사적을 추고追考하면 그 늠름한 충의는 사람으로 하여금 한 글자에 한 번 눈물을 흘리게 하기에 충분하다. 아! 세모歲暮에 인경을 읽을 만한 입장이 못 되었지만 열조列朝에서 여러 차례 사제賜祭를 거행하고 간혹 뒤에 기록한 전례典禮가 저절로 있으니 어찌 나 소자小子가 계승해야 할 하나의 도리가 아니겠는가? 충정공忠正公 홍익한洪翼漢·충정공忠貞公 윤집尹集·충렬공忠烈公 오달제吳達濟의 집안에 승지를 보내어 내일 치제하게 하되, 봉사손奉祀孫으로 현재 외임에 있는 사람은 해도該道로 하여금 헌관獻官을 시종侍從의 당상관 수령 가운데서 일찍이 승지를 거친 사람으로 전차塡差하게 하라. 그리고 두 분 고故 상신相臣의 후손을 적손嫡孫이건 지손支孫이건 논하지 말고 거두어 기용하고서 아뢰라는 수교受敎가 있었는데, 요즈음에 와서 마음에다 두고 주의하는 것을 보지 못하였다. 문충공文忠公 김상용金尙容과 문정공文正公 김상헌金尙憲의 후손을 전조銓曹에서 조용調用하도록 거듭 신칙하게 하라.[49)]

황단 즉 대보단은 태조·신종神宗·의종毅宗 등 이른바 명나라 '삼황'의 은혜에 감사하는 제향을 지내기 위해 창덕궁 북원에 설치한 제단이다.[50)] 인용 부분은 『시경』「회풍檜風」의 <비풍匪風>[51)]과 「조풍曹風」의 <하천下泉>,[52)] 『주역』「비比」의 괘상卦象에 대한 서계西谿의 설명,[53)] 『서전』의 '강한조종우해江漢朝宗于海'[54)] 등에서 모티프를 따온 내용이다. 중국의 정통왕

49) 정조실록 권 17, 정조 8년 3월 9일.

50) 「대보단 서문」, 『한문악장자료집』(1988), 330～334쪽.

51) 1장(匪風發兮/匪車偈兮/顧瞻周道/中心怛兮)과 2장(匪風飄兮/匪車嘌兮/顧瞻周道/中心弔兮) 참조. <비풍>은 주나라의 도[政教]를 생각한 시다. 나라가 작고 정사가 혼란하니 화난禍難에 휩싸일까 근심하여 주나라의 도를 생각했다고 한다(『십삼경주소十三經注疏 정리본整理本 5 : 모시정의毛詩正義』(2000), 545～546쪽).

52) <하천>의 제1장(洌彼下泉/浸彼苞稂/愾我寤嘆/念彼周京)과 2장(洌彼下泉/浸彼苞蕭/愾我寤嘆/念彼京周) 참조. <하천>은 나라가 다스려짐을 생각한 시다. 조나라 사람들은 공공共公이 백성들을 침해하여 백성들이 그 살 곳을 얻지 못함을 미워하여 밝은 왕과 어진 방백을 생각했다(『십삼경주소 정리본 5 : 모시정의』, 561～563쪽).

53) 문연각사고전서전자판文淵閣四庫全書電子版 경부經部 역류易類 서계역설西谿易說 권 2의 "地上有水流水也, 必有所歸江漢萬折朝宗于海 天下比君之象也 聖人不自由其天下封建萬國而使之 小大相比 則親諸侯乃所以親民也" 참조.

54) 문연각사고전서전자판 경부 상서尙書의 "江漢朝宗于海 : 二水經此州而入海 有似於

조에 대한 회고의 정을 노래한 시경시들을 이끌어와 조선의 부정적 현실을 암시했다거나 배청의 표상인 삼학사를 등장시켜 대청 적개심을 드러낸 정조의 언급은 당시 집권세력이 가지고 있던 소중화 의식이나 배청의식이 단순한 존주의식이나 중국의 정통왕조에 대한 충성심을 드러내기 위한 것만은 아니었음을 드러낸다. 말하자면 '오랑캐 청나라'에 대한 멸시와 그에 대한 조선의 자존의식이 바탕에 깔려 있었다고 보아야 한다.

그런데 그들은 왜 정규 노정도 아닌 수양산을 반드시 들렀고, 고사리를 준비하여 이제묘에 제사를 올렸을까. 사행에 오른 조선의 지식인들은 대부분 지배세력의 일원이었고, 이념적 정체성을 자신들의 존립기반으로 하던 구질서의 신봉자들이었다. 그래서 그들이 일단 사행에 참여한다는 것은 새로운 질서에로의 입사를 의미한다. 그들이 지녀오던 의식을 바꾸지 않으면 스스로를 지탱할 수 없는 상황으로 몰리게 되는 것이 사행의 숙명이기도 했다. 이념적 정체성에 대한 집착이 어떤 결말을 빚는가는 삼학사의 비극이 극명하게 보여 준 바 있다. 이런 궁지로부터 조심스럽게 탈출구를 모색하기 시작한 것이 조선조 지배세력과 지식층이었다. 말하자면 그런 의식을 표면화시켜 세계로부터의 심각한 위협을 초래하기보다는 그런 구질서의 회복에 대한 욕망과 신질서에 대한 반항을 내면화시키는 것이 유일한 대안이었다. 신질서에 대하여 반감을 지닌 지식인들이 사행에 나서기 위해서라도 그들 스스로 일종의 '입사의식'을 필요로 했다. 사실 소중화로서의 조선은 그때까지 중국의 구질서가 살아있는 공간이었다. 말하자면 구질서의 공간에서 신질서의 공간으로 입사하기 위해서는 스스로의 생각을 바꿀 필요가 있었던 것이다. 그러나 신질서의 공간에 입사하는 것만으로 난관이 사라지는 것은 아니었다. 어차피 다시 구질서의 공간으로 재입사해야 하는 난제가 있었기 때문이다. 불가피하게 신질서로 입사한 구질서 신봉자들이 느껴야 하는 불안감이나 반감이 좁혀놓은 그들의 입지를 정신적으로나마 넓힐 수 있는 방법은 구질서의 당위성을 확인하는 일이었다. 그런 역할을 통하여 사행들의 이념적 정체성을 확인하도록 한 것이 바로 수양산이란

朝百川以海爲宗 宗尊也" 참조.

공간이었다. 수양산은 조선의 지식인들이 자아화하는 데 성공한 백이·숙제의 공간이고, 수양산을 부르거나 찾는 일은 오랑캐 청국과 변별되는 자아 정체성 확인의 상징적 행위이기도 했다.

▲ 이제고리. 노룡현의 현청 소재지 야산 중턱에 버려지듯 세워져 있는 '이제고리' 표석.

수양산이나 그 앞에 있는 이제묘를 방문하기 위해서는 '난하'를 건너야 했다. 난하 이 쪽까지는 구련성에서부터 오랑캐 의식에 젖어온 그들이었고, 난하를 건너 수양산으로 들어가면서 다시 소중화의 옛 모습을 회복하게 되니 난하는 이쪽과 저쪽의 경계선, 즉 입사의 경계선이었다. 사행에 올랐던 상당수의 지식인들이 「이제묘기」와 「난하기」를 남긴 것도 바로 그 때문이었다. 이제묘와 수양산을 밟아보고, 그곳에서 고사리를 제물로 백이와 숙제에게 제사를 올림으로써 다시 그들은 중국 땅에 들어온 이래 변질된 자아를 회복할 수 있다고 믿은 것이다. 자아의 회복은 소중화로서의 자존심을 되찾는 일이었다. 효종대 우암 송시열宋時烈(1607~1689)의 '춘추대의론春秋大義論'[55]은 당시 북벌론이나 배청론의 핵심이었는데, 대명복수보다는 '금수가 인류에 끼일 수 없다'는 점이 우선되는 것이었다.[56] 이처럼 임병양란과 청국의 성립 등 국제정세의 변동에 따라 오래 전부터 존속되어 내려오던 소중화 의식은 조선조 지배세력의 자아인식을 특징짓게 되었고, 표면상의 존주나 대명의리의 이면에 존재하던 정신적·문화적 자아 정체성 확인 욕구에 그 본의가 있었다.

55) 『송자대전宋子大全』 권 5 「己丑封事」·'所謂修政事以攘夷狄者', 『한국문집총간 108』, 199~200쪽.

56) 송근수宋近洙, 『우암선생언행록尤庵先生言行錄』(규장각 소장본)하편下篇, 20장, 「강상문답江上問答」중 '춘추지의春秋之義' 참조.

이 점은 조선중화주의가 문화 보편주의나 근본주의의 성격을 지녔다는 지적으로도 잘 설명된다.[57] 즉 임병양란을 거친 17세기의 조선은 종래의 소중화 의식을 '조선중화주의'로 강화시키면서 수용 대상으로서의 청나라, 경쟁 대상으로서의 일본, 새로운 문명권인 서양 등을 '타자화'하는 수준을 넘어 아예 그들을 제외시킴으로써 조선이 중화의 유일한 계승자이자 수호자라는 논리를 구축했다는 것이다. 사실 청나라에 공식적으로 파견되던 사절의 경우 의식·무의식중에 우월 의식을 드러내 보였는데, 그 저변에는 소중화 의식이 깔려 있었다. 이처럼 소중화 의식은 춘추대의를 바탕으로 하는 새로운 화이관의 소산이었다.

수양산은 사행 노정이었으나 여타 노정들과 구별되는 충절의 상징적 도상이었다. 그리고 그것은 몇몇 인사가 비공식으로 다녀온 의무려산이나 천산과는 달리 기존 이념 고수의 당위성을 확인하는 공간이기도 했다. 말하자면 수양산은 불변을 나타내는 도상으로, 의무려산과 천산은 변화나 발상의 전환을 나타내는 도상으로 각각 연행록에 반영되어 있는 것이다. 따라서 기존의 관념에 변화를 추구하는 계기를 제공한 의무려산이나 천산, 조선 정치체제의 정신적·문화적 정체성이나 자존심을 확인하고 지켜주던 수양산 모두 사행에 참여했던 당대 지식인들에게 일종의 입사를 위한 제의적 공간이었다. 물론 그 경우의 입사는 '상징적인 것'일 뿐이다. 사실 사행들이 경험한 시·공은 균질적이거나 지속적인 것들은 아니었다. 대부분의 시공이 세속적·일상적이었다면, 그들이 찾은 산들은 탈세속의 시공이었기 때문이다.[58] 말하자면 그들은 세속적인 세계를 초월한 '순수한 영역', 즉 전혀 다른 차원의 세계로 들어간 것이었다.[59]

역대의 사행들이나 참여 인사들의 신원이 제대로 밝혀지지 않은 실정이므로 수양산에 관하여 그들이 남긴 시문 역시 아직은 소상히 알 수 없다. 이미 언급한 최현은 수양산과 이제묘에 관하여 상세한 기록을 남겼으며 문집에는 그에 관한 시를 싣기도 했다. 즉 영평부로부터 소난하小灤河, 대

57) 하우봉(2003), 267쪽.
58) '시·공'의 '세속성·일상성', '탈세속성' 등의 개념은 엘리아데(1983), 53쪽 참조.
59) 엘리아데(1983), 33쪽.

난하大灤河, 이토교二土橋를 건너 수양산에 당도하기까지의 노정과 수양산의 내력이나 모습, 고죽성의 위치 및 축성 방법과 함께 이제묘의 내부를 상세히 소개했다. 뿐만 아니라 백의白衣로 재배례再拜禮를 올리면서 그 의미까지 부연하고 백이·숙제 상에 대한 공경심으로 모골이 송연해지는 감정까지를 사실적으로 묘사하기도 했다.[60] 그는 이와 같은 수양산의 모습과 느낌을 다음과 같이 시로 표현했다.

西指灤河岸	서쪽으로 난하의 언덕을 가리키니
孤峰號首陽	외로운 봉우리 수양이라 부르네
山因高義重	산은 높은 의리로 무겁고
水共大名長	물은 큰 이름과 함께 길도다
萬古扶天地	만고에 천지를 부축하고
千秋振紀綱	천추에 기강을 떨쳤도다
行人皆仰止	길 가는 이 모두 우러르고
拳石亦流芳	권석 또한 명예를 후세까지 전하네[61]

난하와 수양산을 소개하고 각각에 '의리義理'와 '대명大名'을 연관시킨 것이 이 시의 전반부다. 의리와 대명은 객관적 대상으로서의 난하와 수양산이 내포한 상징적 의미다. 백이와 숙제가 목숨을 바쳐 지켜낸 것이 의리이고, 그로 인해 그들은 역사에 '큰 이름'을 얻을 수 있었다. 따라서 '백이·숙제 → 의리 → 수양산'의 관계항에서 수양산은 더 이상 자연에 존재하는 물리적 공간이 아니다. 백이·숙제 혹은 후대인들에 의해 이념화된 공간이 바로 그곳이기 때문이다. 따라서 수양산이야말로 현실과 이념이 공존하는 공간이다. 현실 속의 수양산을 찾아 이념적 공간으로서의 수양산을 확인하기 위해 조선 사신들은 매번 그곳에 들렀던 것이다.

한양에서 북경에 이르기까지의 노정들은 무수하나, 수양산만큼 철저하

---

60) 최현, 『조천일록朝天日錄』, 19쪽의 "我等於神門外階上 行再拜禮 初以白衣爲嫌 我謂曰 行者以行衣拜之無妨 況二子殷人也 殷人尙白 拜以白衣 不亦可乎 殿內塑二子像具冕旒之服 公侯服也 東曰昭義淸惠公 西曰崇讓仁惠公 盖以東爲上也 兩塑像容貌相似 此必後人想像而爲之也 雖非其眞 儼然起敬 自不覺毛骨竦然" 참조.

61) <과수양산유감過首陽山有感>, 「인재집」 권 1, 『한국문집총간 67』, 168~169쪽.

게 이념화된 공간은 없었다. 사행에 나서는 지식인들의 철학이나 세계관이 어떻든 일단 사행에 나선 사실 자체가 청나라와 맺고 있던 정치 · 외교적 관계의 현실성을 인정하는 일이었다. 다시 말하면 조선적 질서로부터 연행의 노정에 들어서는 일이야말로 새로운 입사의 과정인 셈이었다. '청 · 조' 간의 불평등하지만 현실적인 질서에 새롭게 적응하지 않으면 왕사를 수행할 수 없기 때문이었다. 그들은 북경에 가까울수록 변화된 중국의 현실을 인정하게 되었으며, 더 나아가 인정하는 수준을 넘어 적극 긍정하는 수준까지 이르는 경우도 적지 않았다.

청나라로 지배세력이 대체되면서 구체제인 '중화'의 관념세계는 새로운 모습으로 바뀌었다. 그때까지 구체제의 억압 속에 갇혀있던 조선의 지식인들이 일종의 경이로운 체험을 갖게 된 것도 그 때문이다. 그러나 특별한 경우를 제외하고는 기존 이념의 자장으로부터 벗어날 수 없는 것이 그들의 한계였다. 말하자면 연행의 노정에 들어서면서 문제되기 시작한 정체성의 상실을 회복하려는 무의식적 욕구가 작용한 것이다. 그런 필요성에 부응한 노정이 바로 수양산이었다. 난하(소난하/대난하)를 건너면 이제묘가 나오고, 이제묘 뒤편으로 수양산이 있다. 대개의 경우 수양산의 이제묘에 들러 제사를 지내거나 참배하는 것이 일반적이었다. 조선의 사행이 연행 도중 흐트러진 이념적 정체성을 회복하는 곳을 수양산으로 볼 수 있는 것도 그 때문이다. 그래서 수양산은 북경에 갈 때도 들르고 돌아올 때도 들르는 곳이었다.

노가재의 경우도 그랬다. 영평부로부터 20리 떨어진 이제묘에 이르러 조반을 먹은 임진년 12월 21일의 기록은 이제묘나 수양산에 관한 내용이 핵심을 이루고 있다. 노가재 일행은 이제묘의 패루 밑에 도착하여 하마했고, 정사인 김창집은 의관을 갖추었으며 노가재 역시 해진 옷을 벗고 도포를 입은 뒤 정전으로 나아가 재배례를 드린 것은 앞의 최현과 별반 다를 바 없다.[62] 분명 노가재 일행은 북경 가는 길에 수양산을 들렀는데, 돌아오는 길에도 다시 들렀으며, 수양산이 보이자 심지어 '감흥을 멈출 수가

62) 『국역 연행록선집 V』, 166쪽.

없었다'[63]고 흥분하기도 했다.

그렇다면 왜 그들은 북경에 갈 때도 북경으로부터 돌아올 때도 그곳에 들를 생각을 했을까. 바로 수양산이 입사의 성스러운 공간이었기 때문이다. 연행 노정을 시작하면서 잃었던 정체성을 이곳에 들러 회복하고, 북경에서 잃었던 정체성을 돌아오는 길에 다시 이곳에 들러 회복할 필요가 있었던 것이다.

그러나 담헌은 노가재와 약간 다른 면을 보여 주었다. 그는 「이제묘」에서, "일행은 차례로 올라가 소상塑像 앞에 절을 했다. 두 소상은 다 같이 면류관을 쓰고 곤룡포를 입었는데, 풍채와 모습이 맑고 휜데 약간 수심이 깃들어 보였다. 바라만 보아도 맑은 바람이 사람의 속을 씻어내릴 것만 같았다. … 절집 부엌에서 꽃을 삶아 떡을 만들어 고사리나물과 함께 바쳤다. 사당 앞에 두어 길 높이의 조그만 언덕이 있는데, 우리나라 사람들은 망녕

▲ 수양산. 수양산은 자연에 존재하는 물리적 공간이 아니라 현실과 이념이 공존하는 공간이다. 사진은 가까이에서 본 수양산의 모습

63) 『국역 연행록선집 V』, 429쪽.

되이 그걸 수양산이라 불렀고, 일을 벌여서 하기를 좋아하는 사람들은 마른 고사리를 가지고 그리로 가서 삶아 내어 일행에게 바치는 것이 전례로 되어 있다"[64]고 했다. 인용한 담헌의 기록 가운데 전반부는 사행들이 치르던 제의를 설명한 내용이다. 그 가운데 '바라만 보아도 맑은 바람이 사람의 속을 씻어내린다'는 언급은 '정화를 통한 정체성의 회복'을 얼마간 암시한다. 수양산의 명명과 마른 고사리 취식取食의 관례에 대한 후반부의 비판은 전반부와 대조적이나 합리적 객관주의자인 담헌의 입장에서는 자연스러운 일이었다. 다시 말하여 담헌은 사행을 계기로 자신이 갖고 있던 이념적 회의를 결단하게 되는데, 전통적으로 조선의 사행이 수양산을 거치면서 기존 이념의 정당성을 회복하는 것과는 반대의 성향을 드러냈다.

담헌 못지않게 수양산의 이념성을 객관화시켜 그려낸 것은 연암이었다. 그가 「이제묘기」의 앞부분에서 수양산, 고죽성, 이제묘 등에 관한 상세한 것들을 설명해 놓은 점은 앞 시기의 기록들과 별반 다를 것이 없다. 그러나 후반부에는 문헌적 근거를 들어 흥미로운 추정을 내놓고 있다. 즉 우리나라 해주에 수양산이 있고, 거기서 백이 숙제를 제사지낸다는 사실을 근거로 그들의 행적에 대한 실증적 판단을 내놓은 것이다.[65] 이 시기에 이르러 비로소 백이 숙제의 존재나 그들 사적의 사실성에 대한 회의가 없어야 수양산이나 이제묘는 비로소 진정한 제의의 공간이 될 수 있다는 깨달음이 암시되고 있다. 실재에 대한 믿음을 전제로 해야 제의는 가능하기 때문이다. 그런 점에서 담헌이나 연암은 앞 시기의 지식인들과는 분명히 구별된다. 비로소 그들은 백이·숙제 관련 사적들의 사실성 여부에 대한 회의를 바탕으로 그 진위를 따지기 시작한 것이다. 그런 점에서 조선조 후대로 갈수록 수양산이 갖는 이념적 동질성 회복을 위한 제의적 성소로서의 의미는 희박해졌다. 그리고 그것은 당대 지식인 사회가 공유하고 있던 의식의 패러다임 자체가 바뀌고 있음을 시사한 점이기도 하다.

노가재·담헌·연암 등 삼가의 기록을 바탕으로 상세히 기술한 김경선의 『연원직지』에 이르러 이런 현상은 완벽하게 정착되었다. 그의 「난하기」,

---

64) 『국역 담헌서 Ⅳ』, 230쪽.
65) 『국역 열하일기 Ⅰ』, 249쪽.

「수양산기」, 「이제묘기」 등은 내용상 백이·숙제를 중심으로 연결되는 기록들이다.[66] 삼가의 연행록을 포함한 각종 기록들을 논거로 삼아 사실을 변증하거나 묘사해나간 기록자의 자세는 이미 담헌과 연암으로부터 이어받은 것이다. 지나치게 사실 묘사에 치중하다보니 대상에 내재된 의미의 탐색은 불가능했거나, 아예 처음부터 도외시했다고 보는 것이 옳다. 결국 '백이·숙제가 수양산에서 고사리를 캐 먹으며 충절을 지키다 죽었다'는 전통적 담론의 진정성은 '대개 지금은 고사리를 상에 올리는 일도 폐한 지가 이미 오래 되었다'[67]는 건조한 한 마디 말로 일축되고 말았으며, 그 선언이야말로 그 시기에 이르러 조선조 지식인들이 이념적 정체성 회복의 성소로서 수양산에 부여해오던 의미 자체가 완벽하게 퇴색했음을 보여준다.

2. 깨달음을 통한 새로운 세계로의 진입, 그 입사의 공간

1) 의무려산

의무려산은 순임금이 봉한 중국 12대 명산 중의 하나이며, '오악오진五岳五鎭' 가운데 가장 북쪽에 있는 진산이다. 이 산은 중국 역대 조정에서 추숭한 영산靈山으로서 많은 문인·묵객들이 찾아와 수많은 시문과 석각石刻, 비기碑記 등을 남긴 곳이기도 하다. 요나라 태자 야율배耶律倍는 이곳에 은거하며 수만 권의 장서를 읽었고, 원나라의 야율초재耶律楚材 또한 어린 시절 이곳에 은거하며 글을 읽어 뒤에 굴지의 명재상이 되었다. 이 산은 옛날부터 불교와 도교의 수행자들이 수신 양성하던 곳이었으며, 황가에서 산신을 제사하던 곳이기도 하였다.

지척의 거리에 이 산의 신령을 제사하는 사당 북진묘가 있는 것은 국가가 이 산의 종교적인 의의와 가치를 인정했음을 보여준다. 따라서 도관과 사원이 많고 비랑碑廊과 정대亭臺 등을 가는 곳마다 볼 수 있을 만큼 오래

66) 『국역 연행록선집 X』, 196~204쪽.
67) 『국역 연행록선집 X』, 204쪽.

▲ 의무려산 야율초재독서당. 요나라 태자 야율배는 이곳에 은거하며 수만 권의 장서를 읽었고, 원나라의 야율초재 또한 어린 시절 이곳에서 글을 읽어 뒤에 굴지의 명재상이 되었다. 의무려산은 옛날부터 불교와 도교의 수행자들이 수신 양성하던 곳이었으며, 황가에서 산신을 제사하던 곳이기도 하였다.

전부터 종교문화가 이 산에서 피어났다. 또한 기암괴석과 각종 나무, 동굴 등이 어울려 절경을 이루고 있으며, 그것이 계절마다 모습을 달리함으로써 의무려산은 중국 내에서 가장 뛰어난 산으로 일컬어져 온다.[68] 특히 의무려산의 중심에 있는 '도화동桃花洞'은 '도화'의 상징성과 관련, 이 산이 내포하고 있는 선계仙界 이미지를 대표하며, 그것은 이 산에 존재하는 모든 경물들이 신비화되는 단서로 작용하기도 한다.

월사가 1616년(광해군 8년) 주청사의 정사로 북경에 다녀오는 길에 쓴 「유의무려산기」[69]는 이 방면의 모범적 선례다. 그러나 이보다 8년 전 최현이 기록한 『조천일록』 속의 의무려산 유람기도 분량은 적지만 의미 있는 글이다. 북경으로부터의 회정回程 가운데 1609년 2월 17일자 기록[70]의 부록이 바로 그것이다.

노가재의 경우 천산에 중점을 두었지만, 의무려산에 대해서도 만만치 않은 의미를 부여했다. 그가 의무려산에 들른 것은 북경으로부터 돌아오는 길이었다. "오랫동안 의무려산을 유람할 계획을 가지고 있었다"는 노가재 자신의 술회[71]를 보면, 그는 사행에 나서기 오래 전부터 천산과 의무려산을 보고자 한 욕구를 갖고 있었던 것 같다. 천산 유람과 함께 의무려산 유람이 그에게 큰 의미가 있었던 것은 그가 그 산들에서 불교를 만났기 때문

68) 의무려산의 연혁이나 경물에 대한 소개는 「의무려산」(중국 의무려산풍경명승구醫巫閭山風景名勝區), 『중국명산여유中國名山旅游』(성도지도출판사) 등 참조.
69) 「월사집」 권 38 · 기 하, 『한국문집총간 70』, 133~134쪽.
70) 十七日 己巳 晴 發 閭陽抵廣寧宿鐵姓人家.
71) 『국역 연행록선집 V』, 472쪽.

이다. 그뿐 아니라 산 자체의 선계 이미지도 현실적 이념의 속박으로부터 벗어나고자 했던 그의 욕망을 충족시켰음이 분명하다. 의무려산 속에서 안내하던 호인胡人을 평하면서 "그 뜻이 더욱 속되지 않아 오랑캐의 무리로 볼 수가 없었다."[72]는 언급을 할 만큼 화이의 분별의식이 엷어진 것도 이 무렵이었는데, 그 바탕에는 불교의 평등적 세계관이 얼마간 작용했을 것이다. 삼가연행록을 참고로 하여 만든 『연원직지』의 「도화동기」에서 김경선도 의무려산을 '별다른 한 세계'로 묘사했다.[73] 물론 도화동의 상징성이나 그가 말한 '별다른 한 세계'는 의무려산이 지닌 신비로운 승경을 강조하는 뜻으로 쓰인 내용이지만, 당시 조선의 지식인들이 이 산에 대하여 갖고 있던 생각의 일단을 노출시킨 것만은 분명하다.

▲ 북진묘. 의무려산의 신령을 제사하는 사당. 북진묘가 있는 것은 국가가 이 산의 종교적인 의의와 가치를 인정했음을 보여준다.

---

72) 『국역 연행록선집 V』, 481쪽.
73) 『국역 연행록선집 X』, 105쪽.

그러나 의무려산에 가장 큰 의미를 부여한 인물은 「의산문답」을 남긴 담헌이다. 물론 그가 남긴 「의산문답」이 내용적으로는 의무려산 그 자체와 상관없는 일일 수도 있으나, 적어도 이념적 갈등과 그 해결을 제시하는 글의 표제에 '의산' 즉 의무려산을 노출시킨 것은 범상한 일이 아니다.[74] 그가 중국에서 접한 견문들을 토대로 이전부터 자신이 지녀오던 생각을 바꾸고자 하는 글에 이런 제목을 내세운 것은 의무려산을 찾은 감동이 중국에서 얻은 경험들과 방향이나 성격이 같기 때문일 것이다. 이처럼 역대의 사행이 의무려산에서 얻은 것은 '자연의 조화에 대한 감동'과 '의식의 전환 혹은 자각'이었다. 월사는 전자에, 노가재와 담헌은 후자에 각각 속한다고 할 수 있다.

최현은 의무려산의 정상에 올라 '유세독립遺世獨立 우화등선羽化登仙'의 감동을 토로했으며,[75] 월사는 '하늘이 내리지 않은 것이 없다', '기이하고 빼어나기가 그림과 같다'는 등 최고의 찬사를 동원하여 의무려산의 승경을 상찬했다.[76] 그처럼 의무려산을 미적으로 인식한 월사도 '신선을 찾다 보니 절로 길이 생겼던가 잠시 고생하다가 버리고 남쪽으로 벼랑을 따라 한 고개에 오르니 길은 역시 험하다'[77]함으로써 의무려산의 산세를 설명하기 위해 신선을 이끌어 왔고, 정상에 이른 다음에는 '진실로 이른바 차례를 좇아 점차 나아가고 아래로 인사를 배운 후에 위로 천리를 통달하며 스스로 고명한 경지를 만든다는 것'이라 함으로써 의무려산이 지닌 교훈

74) 이 점과 관련, 조동일(1992 : 244)은 흥미로운 해석을 내놓은 바 있다. 즉 이 경우의 '의산'은 허구적인 상황을 실감나게 설정하기 위해서 끌어온 공간이라는 것이다. 행정 구역상 중국에 속하지만 문화공간의 성격에서는 조선도 아니고 중국도 아닌 중간 어디인 곳, 구체적인 지명이기는 해도 어떤 선입견이 조성되어 있지 않은 산을 배경으로 해서 새로운 논의를 자유롭게 폈다고 했다.

75) 『인재속집』 권 5, 7쪽의 "更上一層小閣玲瓏 正據巖頭 若仙人掌之承露然 題曰 上方重閣 乃前所仰見之最高頂也 到此如遺世獨立羽化登仙" 참조.

76) 「월사집」 권 38 · 「유의무려산기」, 『한국문집총간 70』, 133쪽의 "又行五里許 始望見羣峯束立 無不造天 過溪迷路 傅秀才駐馬逡巡 山下有村如桃源 俄有人騎牛出洞來 頤指入山路 遠遠投村去 小庵寄在峭峯上 奇絶如畵 卽小觀音窟也 立馬凝望 不忍失之" 참조.

77) 『한국문집총간 70』, 133쪽의 "尋仙自有路 少須耐苦 舍而南走 緣崖陟一嶺 路亦險絶" 참조.

적 의미를 설파하기도 했다.[78)]

이처럼 의무려산에서 느끼는 감동은 자연의 조화에 대한 그것이지만, 그것을 자신의 의식전환의 계기로까지 원용한 대표적 인물은 노가재와 담헌이었다. 노가재가 관음각을 찾아 오르는 과정과 도화동을 찾아가는 과정은 노가재가 기술한 의무려산 유기의 중심이다. 전자는 수직으로 올라가는 행동이고, 후자는 수평으로 나아가는 행동이다. 수직과 수평으로 진행하면 구球의 세계, 즉 소우주가 형성된다. 힘들여 관음각을 찾아낸 노가재는 불전 옆의 비석에 새겨진 이분李賁의 기록[79)]을 통해 자신의 행위가 갖는 의미를 구체화시킨다. 이분의 글 가운데 '골짜기를 치솟고 하늘을 오르는 유선遊仙의 뜻'이나 '육신에 병이 있는 사람', '마음이 번거롭고 나약한 사람' 등은 의무려산을 찾은 노가재의 현실과 이상을 압축적으로 나타낸 말들이기도 하다. 육신에 병이 있거나 마음이 번거롭고 나약하면 현실의 속박으로부터 벗어나기 어려운 것이 인간이다. 그런 속박으로부터 벗어나 '하늘로 올라 선계에 노닐고 싶은' 욕망을 노가재는 마음속에 품고 있었던 것으로 해석된다. 물론 모든 인식의 전환이 의무려산에서 마련된 것은 아니다. 이미 전후의 노정과 북경에서의 견문을 통해 인식 전환의 자료는 축적된 셈이고, 이 공간에 와서야 그 전환은 구체화되었다고 보는 것이 타당하다.

연행 내내 노가재의 『연행일기』를 갖고 다니며 참고한 점에서 그 체제가 『을병연행록』의 바탕을 이루게 되었을 뿐 아니라, 담헌의 의식 또한 노가재 혹은 노가재 일족의 사상적 자장으로부터 자유로울 수 없었다. 김창협은 18세기 주자학의 정통 학맥을 주도했고, 그 학통은 김원행의 낙론으로 이어졌으며, 그것을 계승한 인물이 바로 담헌이었다. 그러나 노가재가 중국에 보다 깊숙이 들어간 후에야 짐짓 깨달음을 토로한 것과 달리 담헌은 처음부터 조선이 중국보다 상대적으로 열세임을 분명히 자각하고 있었

---

78) 『한국문집총간 70』, 134쪽의 "眞所謂循序漸進 下學上達 自造高明之域也" 참조.

79) 『연행일기』 제9권, 『국역 연행록선집 Ⅳ』, 485쪽의 "이 관음각을 오르는 사람은 반드시 마음이 깨끗하고 걸음이 빠르며, 골짜기를 치솟고 하늘을 오르는 유선遊仙의 뜻을 가져야만 비로소 올라갈 수 있다. 그 몸이 비대하거나 육신에 병이 있는 사람이나, 마음이 번거롭고 나약한 사람은 오르다가 중도에 거의 다 포기해 버린다." 참조.

다. 청나라 문물의 존재가치와 의의를 인정함으로써 담헌은 기존의 화이관을 뛰어넘어 연행기간 내내 접하는 문물들을 부담없이 수용할 수 있었다. 이것이 바로 담헌 사상의 진보적 성격이었으며 북학을 몸소 실천하는 데 그치지 않고 박지원·박제가·이덕무·유득공 등 당대의 핵심적 지식인들을 자신의 사상적 자장 안으로 끌어들이는 데 큰 힘을 발휘한 요인이기도 하다. 「의산문답」의 의미는 바로 이 점에 있다. 철학소설로 보기도 하고,[80] 서사적 교술로 보기도 하는[81] 「의산문답」은 '신성한 공간'인 의무려산에 기대어 다른 사람들과 구별되는 자신의 철학이나 세계관을 털어놓은 글이다. 있을 수 있는 비판의 예봉을 피하고자 이 글에 실옹과 허자라는 두 존재를 등장시킨 것은 매우 사려깊은 방법이었다. 30년의 독서를 통해 유학의 세계를 체득한 조선의 선비 허자는 60일간의 북경 체류에서 중국 학자들과 교류하고 나서 실망하는 모습을 이 글의 첫 머리에서 보여준다. 낙심한 채 귀국 길에 오른 허자가 의무려산에서 실옹과 만나 학문을 토론함으로써 자신이 품어왔던 생각을 만천하에 공개한 것은 그가 이 산을 '신성한' 공간으로 설정했기에 가능한 일이었다.[82] 북경에서 만난 육비·엄성·반정균 등 청나라 문사들과의 교유는 「항전척독」·「간정동필담」 등으로 남아 있는데, 이런 만남과 교유가 그의 의식을 바꾸는 계기로 작용했고, 그것을 논리화시켜 선언한 결과가 바로 「의산문답」이다. 공자가 중국 밖에서 살았다면 역외춘추가 있었을 것이라는 전제 아래 화이의 구분이 무의미하다는 요지의 결론을 내린 일은 담헌의 세계관이 철저한 상대주의로 바뀌었음을 나타낸다.[83] 즉 낙론적 교양을 수용하여 '인물균'의 논리를 이룩한 담헌의 「의산문답」이 심성론에서 출발하여 상수학을 거쳐 경제지학에 이르는 그의 학문적 성장·확대과정을 상징한다면,[84] 그 저변에는 자신(=조선)도 이적이라는 점, 청도 원래 이적이었지만 중국에 살아 이제

80) 김태준(1982 : 232~233), 김태준(1987a : 265~282) 등 참조.

81) 조동일(1992), 245쪽.

82) 김태준(1982 : 226)은 의무려산의 망해정 옹성에 있는 '위진화이威振華夷'라는 문구가 홍대용의 실학적 역사인식에 모종의 역할을 했을지도 모른다고 추정했다.

83) 『한국문집총간 248』, 99~100쪽 참조.

84) 유봉학(1982), 218~220쪽.

는 중국과 다름없게 되었다는 점, 이적이라 할지라도 성인・대현이 될 수 있다는 점 등[85] 기존의 화이론에 대한 체험적 반발의식이 깔려 있다. 실옹과 허자 사이의 대화를 통해 '인물지성, 천문・지리, 인물지본・고금지변・화이지분' 등을 논변해 나가는 과정에서 그가 얻은 결론으로 가장 본질적이면서도 주목할 만한 점은 인물성동론과 인물균의 사상이며, 기왕의 화이관에 대한 교정 역시 그 단초는 여기서 출발된 것이다.[86] 즉 '인물심본선'으로부터 귀납해낸 '인물균'의 새로운 가치론은 비단 인과 물의 관계에 대한 새로운 모색일 뿐 아니라, 인과 인, 화와 이 사이에도 피아의 차별을 뛰어넘어 그 개별성을 긍정하게 함으로써 개별적 존재들 각자의 삶을 존중하는 윤리로 발전되었다고 볼 수 있는 것이다.[87] 실옹이 허자에게 지적한 '도술의 미혹함'이란 담헌 자신이 밝힌 바 "문자에 의해 전해진 성현의 말씀에 마음을 두고 종이 위의 문투만 외면서 속학문에 젖어왔다."[88]는 그 '속학문'이 바탕으로 삼고 있던 관념의 허구를 적절하게 지적한 말이다.

담헌은 번화한 북경의 문물을 보고난 뒤에 상대적으로 낙후된 제 나라의 처지를 깨달은 동시에 그런 번화한 문물을 원래의 상태(명나라)로 돌이킬 현실적 모책이 없음을 한탄했다.[89] 담헌이 여러 계층의 중국인들을 만나는 과정에서 화이관을 회의하게 된 것은 그가 보편주의적 세계관을 확립해갔음을 의미하고, 이 점이 「의산문답」으로 구체화된 것이다.

담헌이 지계地界를 기준으로 우리가 분명히 이임을 확인한 위에 '화이일야'라 하여 화・이 각각의 대등한 주체를 인정한 것은 획기적인 주장이었다.[90] 대명의리론과 척화론이 그대로 남아 있는 단계, 이것들을 어느 정도 극복했지만 부분적으로 그 잔재가 남아 있는 단계, 종족적・지리적 화이관은 극복되었으나 문화적 화이관은 재해석된 유교의 관점에서 그대로 유지

---

85) 「담헌서」 내집 권 3・「여김직재종후서與金直齋鐘厚書」・「직재답서直齋答書」・「우답직재서又答直齋書」 등, 『한국문집총간 248』, 64~67쪽 참조.

86) 조규익(2003), 92~93쪽.

87) 박희병(1995), 205쪽.

88) 『한국문집총간 248』, 90쪽.

89) 『주해 을병연행록』, 220~221쪽.

90) 유봉학(1988), 257쪽.

▲ 도화동. 의무려산의 중심에 있는 도화동은 '도화'의 상징성과 관련, 이 산이 내포하고 있는 선계 이미지를 대표하며, 그것은 이 산에 존재하는 모든 경물들이 신비화되는 단서로 작용한다.

된(「의산문답」) 단계 등 담헌의 화이관이 시기적으로 변화·발전되었다고 보는 견해도 있지만,[91] 중국과의 현실적 관계로 범위를 좁힌다면 담헌의 화이관이 연행을 계기로 바뀐 것만은 분명하다. "하늘로부터 보면 사람과 사물이 마찬가지"[92]라는 「의산문답」 속의 단언이야말로 낙론계의 철학적 바탕인 인물성동론과 연행체험이 어우러진 가운데 나온 것인데, 그의 이러한 인물성동론은 '관점의 상대화·객관화'를 매개로 하여 화이론 부정의 철학적 기초로 기능할 여지를 갖게 되었다고 할 수 있다.[93]

이처럼 담헌에게 연행은 의식 전환의 중요한 단계였다. 연행 이전까지 막연하던 이념적 변혁의 모색은 새로운 세계의 견문을 통해 구체화되었고, 의무려산의 '제의적' 공간을 통해 내면의식으로 정착될 수 있었다. 외부세계에 대한 무지로부터 중대한 인식이 일어나는 통과과정이나 중요한 자아

91) 조성을(1993), 230쪽.

92) 『한국문집총간 248』, 90쪽의 "以人視物 人貴而物賤 以物視人 物貴而人賤 自天而視之 人與物均也" 참조.

93) 김문용(1994), 605~606쪽.

발견, 혹은 그것이 삶과 사회에 적응되는 모습을 담은 이야기가 입사 이야기라면,[94] 담헌이 청나라와 의무려산에서 확인한 세계 및 자아의 발견 역시 그런 범주에서 설명될 수 있을 것이다.

2) 천산

▲ 천산의 도교사원 삼관전. 천산에는 다양하고 깊이 있는 종교문화가 형성되어 있다.

천산은 요녕성 안산시鞍山市 동남방 17km 지역, 총면적 125km² 크기의 명산이다. 빼어난 봉우리, 기암괴석, 다양한 나무와 꽃 등이 유명하여 '동북명주東北明珠', '요동제일산遼東第一山' 등으로 불리기도 한다. 천산은 자연경관이나 인문경관 모두 뛰어나며, 그 핵심은 바로 종교문화다. 1400년 전 북위 시대에 불교가 자리잡았고, 수·당 시대 여러 곳에 사찰이 들어섰으며, 명·청 시대에 도교가 전입됨으로써 불교와 도교가 하나의 산에 동거하는 양상을 보이게 되었다. 각 시대의 역사 유적이나 시편들이 편재한

94) Marcus(1968), p.201.

산 전체는 '천상천天上天・오불정五佛頂・대불大佛・조어세계鳥語世界・선인대仙人臺' 등 5개의 유람구로 나뉜다.[95] 뛰어난 경관과 함께 풍부한 종교문화가 천산이 지닌 입사 공간으로서의 상징적 의미를 형성할 수 있었다.

최현은 그의 '천산유기'에서 천산의 산세나 각종 사관들을 상세히 묘사하고 나서 유람으로 얻은 마음의 변화를 마무리삼아 들어 놓았다. 즉 '어제는 요양성에서 조롱 속의 새와 같았는데, 천산을 소요逍遙한 오늘은 쾌활하여 문득 물외인物外人이 된 듯하니 며칠 사이에 지위의 높고 낮음, 심신의 청탁이 이토록 현절할 수 있는가?'라고 탄식한 것이다.[96] 천산 승경의 탁월함과 함께 그로 인해 달라진 내면의 모습을 술회한 내용이 바로 이것이다. 산에 들어오기 전과 들어오고 난 후 현절하게 변했다면, 그것은 산이 입사의 상징적 공간이었음을 의미한다. 즉 '성소의 결정－정화－분리' 등이 입사를 위한 준비 단계임을 감안하면,[97] 최현이 경험한 천산은 입사적 상징의 공간으로 기능했을 가능성이 크다. 천산 내의 절이 '맑고 깨끗하여 인간의 경계가 아니었다'[98]거나, '혹 조물주가 스스로 기험奇驗한 것이지 사람의 힘이 미칠 바가 아니고 뭇 지혜롭고 교묘한 자들이 베풀 바가 아니니 이것이 삼각산이나 도봉산에 있는 바가 아니다'[99]라는 등의 표현은 천산이야말로 월사 자신이 이전에 처했던 공간과는 현격하게 다른 공간임을 나타낸다. 그러나 천산에 대한 이 두 사람의 기록은 승경의 묘사로부터 크게 나아가지 못한다. 천산에서 의식상의 근본적인 변화를 체험한 것은 노가재에 와서다.

노가재는 중국의 실상을 확인하면서부터 가파른 의식의 전환을 경험했다. 즉 반청의 화신인 김상헌의 증손자이며 노론의 맥을 잇고 있는 노가재

---

95) 「천산도유도千山導游圖」(안산시鞍山市 천산풍경명승구관위회千山風景名勝區管委會) 및 주설음・마연명(1994) 참조.

96) 『인재속집』 권 1, 35쪽의 "昨日遼陽城中 困被嬲挨 有若籠中鳥 今日千山寺裏逍遙快豁 便作物外人 是何數日之內 地位之高卑 心神之淸濁 若是其懸絶歟" 참조.

97) S. Vierne(1973), p.16.

98) 『한국문집총간 70』, 131쪽의 "僧普眞所居也 淸灑不是人間境界" 참조.

99) 같은 책, 132쪽의 "或造物之自奇 非人力所到而類智巧者所施設 是則三角道峯之所未有也" 참조.

▲ 천산의 용천사 염문. 용천사는 영안사와 함께 천산의 종교문화를 상징하는 대표적인 고찰이다.

로서 기존의 소중화 의식이나 화이관을 바탕으로 하던 의식이 대폭 열린 방향으로 전환된 것은 큰 의미를 지닌 사건이었다. 그가 중국에 들어온 이래 그런 변화의 바탕이 마련되었고, 그것이 천산에 이르러 결정적으로 모습을 드러냈을 가능성도 없지 않다고 본다. 즉 그는 천산 영안사에서 불승 숭혜를 만났고, 그와의 만남을 통해 의식의 전환을 경험한 것이다. 숭혜와의 만남은 불교와의 만남이었고, 그것은 '일체중생 실유불성'이라는 평등의식과의 만남이었다. 헤어지는 순간 "사람에게 안팎은 있지만 불성은 한가집니다. 어찌 다름이 있겠습니까?"[100]라고 던진 숭혜의 말은 노가재로 하여금 그간 견지해오던 화이관을 결정적으로 무너뜨리고 인간과 사물을 보는 새로운 안목을 갖게 해주었다.

용천사의 중 운생에게 보내는 편지를 통해 노가재가 "온전히 도력에 힘입어 영경을 두루 밟았으니 구제받음은 그 기쁨 이루 말할 수 없습니다."[101] 라고 하여 깨달음의 기쁨을 술회한 것도 그 때문이었다. 노가재는 수행하던 중 낭연朗然에게 다음과 같은 시를 주었다.

無人指覺路	길을 가르쳐 주는 사람 없는데
爾獨在吾前	너 홀로 내 앞에 있구나

---

100) 『국역 연행록선집 Ⅳ』, 526쪽.
101) 『국역 연행록선집 Ⅳ』, 540쪽.

共宿龍泉寺　　함께 용천사에서 잤으니
應知有宿緣　　응당 전생의 인연 있음 알겠네[102)]

이 시를 통해 노가재는 깨달아 얻은 즐거움을 말하고자 했다. 물론 그러한 깨달음의 실체는 인간의 본질과 참된 도리 그 자체일 것이다. 비록 불교라는 통로를 거쳐 인간의 본질에 차별이나 차등이 있을 수 없다는 깨달음을 얻긴 했으나, 그 진리는 불교 아닌 어떤 측면에서 보아도 그럴 수밖에 없다는 또 하나의 깨달음이 이 시에는 나타나 있는 것이다. 여기서 노가재가 지니고 있던 세계관의 변모는 비로소 확연해진다.[103)] 노가재가 이런 깨달음을 천산에 들어와 얻은 것처럼 술회하고 있는 것은 그의 공간의식과 관련시켜 볼 때 매우 흥미롭다. 사실, 노가재는 이미 이런 생각을 갖고 있었으며, 다만 천산 속에서 불승과의 만남을 깨달음의 계기로 이용한데 불과한 것이다. 이 경우는 연행의 효용성, 연행 노정 속에 포함된 특정 공간들의 효용성이 분명 인지되는 순간이기도 하다.

노가재는 연행에 오를 때 형 김창집으로부터 받은[104)] 『명산대천고적록』 한 권과 월사의 『각산여산천산유기록』 한 책, 여지도 한 장을 연행 기간 내내 중요한 길잡이로 활용했다. 특히 그는 어디에 들르건 월사의 기록을 참조나 변증의 자료로 이용했다. 노가재가 자신의 『연행일기』와 「연행훈지록」에 남긴 다음과 같은 두 수의 한시는 그의 생각을 살펴볼 수 있는 단서를 포함하고 있다.

▲ 천산의 입구에 걸려 있는 편액

102) 『국역 연행록선집 Ⅳ』, 541쪽.
103) 조규익(2003), 91쪽.
104) 『국역 연행록선집 Ⅳ』, 42~43쪽.

已涉萬里遠 이미 만리 먼 길 왔으니
休嗟數日違 며칠 떨어짐 근심하지 마시오
聯翩渡鴨水 함께 압록강 건너리니
殊道竟同歸[105] 길은 다르나 결국은 함께 갈 것이오

踏遍山東北 천산의 동북쪽을 두루 밟으니
來經路四千 지나온 길 4천리로세
風沙涉苦海 모래바람은 고해를 건너고
烟雨到諸天 안개비는 하늘에 닿았네
晩飯供楡蕈 저녁밥상에 느릅나무 버섯 오르고
新茶瀹石泉 신선한 차는 돌샘물로 끓였구나
何妨未通語 말 통하지 않는 것 무슨 상관이랴?
默坐更翛然[106] 묵묵히 앉아 있으면 재빨리 깨달아지는 것을.

노가재가 천산을 찾으려 하자 당시 정사였던 형 창집은 <영안詠鴈>[107]이란 시를 지어 그의 뜻을 넌지시 꺾으려 했다. 이에 대한 답이 바로 전자다. 이 시의 핵심은 노가재의 깨달음이 담겨 있는 마지막 구("수도경동귀殊道竟同歸")에 있다. '길은 다르나 돌아가는 곳은 하나'라든가, '진리나 진실은 결국 하나일 뿐 둘이 아니라'는 깨달음은 노가재 철학의 중심이었다.[108] 후자 역시 표현은 다르나 말하고자 한 바는 전자와 일치한다. 이 시는 노가재가 용천사를 방문하여 승려 정진에게 지어준 시다. 이 시의 핵심은 '깨달음'에 있다. 기후의 변화나 자연 등 천산에서 경험하는 모든 것들이 노가재에게는 '개안開眼'의 계기로 작용하여 그로 하여금 '말이 필요 없

105) <차백씨영안운次伯氏詠鴈韻>, 「노가재집老稼齋集」 권 5, 『한국문집총간 175』, 111쪽.

106) <용천사龍泉寺 차벽상운次壁上韻 서증주승정진書贈主僧精進 사재천산寺在千山>, 「노가재집」 권 5, 『한국문집총간 175』, 112쪽.

107) 『국역 연행록선집 Ⅳ』, p.516의 "萬里同賓雁/惟宜莫少違/豈知臨鶴野/不肯一行歸" 참조.

108) 서인-노론계 낙론의 창시자인 김창협은 노가재의 둘째 형이었다. 낙론은 '인물성동이론人物性同異論'에서 '동론同論'의 입장에 서 있었다. 창협의 학설은 권상하權尙夏의 제자인 이간李柬과 창협의 제자 이재李縡에게 이어졌고, 다시 창협의 손자이자 이재의 문인인 김원행으로 이어졌으며, 김원행의 학통은 다시 홍대용으로 이어졌다. 따라서 노가재의 세계관 역시 낙론적 입장을 벗어나지 않았으리라 본다.

는' 경지로 들어가게 만든 것이다. 현상적이고 인위적인 경계를 넘어 만상이 하나로 섭입되는 '진여眞如'의 경지, 바로 그것이었다. 노가재가 그때까지 기대고 있던 차별과 차등의 세계관이 무차별과 평등의 그것으로 바뀌는 경험을 천산에서 하게 된 것이다. 말하자면 노가재를 비롯한 식자층의 화이적 차별관이 천산에 자리잡고 있던 불교적 세계관의 세례를 통하여 비로소 청산될 가능성을 보여 주었다. 인간의 존엄성과 평등성에 대한 깨달음이라는 점에서 연행 노정으로서의 천산이나 의무려산이 조선의 지식인에게 가한 충격이기도 했다. 그런 변화로부터 간취되는 숭고함은 산 자체의 그것인 동시에 산을 대상으로 하는 주체의 인식 속에서 형성되는 미적 범주로 존재하게 되는 것이다.

Ⅳ. 결 론

사행에 나선 대부분의 지식인들이 수양산에서 이념적 지속성을 확인한 바와 같은 차원으로 노가재나 담헌 역시 천산이나 의무려산에서 유한한 인식 주체에 대하여 무한적 우월성을 보여주는 정신적 가치를 확인했다. '유한 : 무한'으로 분열·대립·모순의 모습을 보이는 주체와 객체는 궁극적으로 융합·통일되는 가운데 주관의 내면에 경탄이나 외경, 존숭의 관념을 환기한다.[109] 이 산들이 갖는 숭고한 아름다움은 여기서 구체화된다.

외경이나 존숭은 인간의 본질이나 존엄성에 대한 깨달음을 전제로 한다. 노가재나 담헌이 조선조 지식인 사회의 선각자가 될 수 있었던 것도 인간성의 고귀함이나 인간적 가치의 중요성을 정확히 인식했기에 가능한 일이었다. 그러한 인식 전환의 계기를 천산이나 의무려산에서 찾았다고 단언할 수는 없으나, 적어도 이러한 산들이 자신들의 깨달음에 불변의 근거를 제

109) 백기수(1979), 90쪽 참조.

시해준 것만은 사실이다. 그렇다면 그들은 하필 산에 들어가서 그런 깨달음을 얻었던 것일까? 바로 이 두 산은 그들에게 '성스러운 공간'이었기 때문이다. 월사는 두 산 모두 조물의 조화에 의해 만들어진 공간으로 보았다. 따라서 두 산에 들어가기 이전의 세계는 자신이 몸담았던 세계와 '물질적 형상에 의해' 구분될 뿐인 세속의 공간이었다. 두 산은 연행 노정들 가운데 대부분의 역참이나 마을들과 분명히 구분되는 별세계였다. 즉 세속의 공간으로부터 성스러운 공간으로의 입사를 통해 그들은 새롭게 태어날 수 있었던 것이다.

이와 반대로 대부분의 사행이 거쳐갔던 수양산은 이념적 정체성을 확인하는 장소였다는 점에서 천산이나 의무려산과는 대조적인 의미를 지닌다. 소중화 의식이나 화이관의 이념적 바탕에 대한 보수의 관성이 힘을 얻을 수 있었던 제의적 공간이 수양산이었음은 이런 점에서 분명하다. '세속의 공간→성의 공간'으로의 입사가 아무나 할 수 있는 일은 아니다. 입사에 필요한 준비가 있어야 하고, 고통과 노력 또한 따라야 가능한 일이었다. 사행에 오른 대부분의 인물들과 마찬가지로, 인재·월사·문곡·노가재·담헌 등은 이런 공간에 입사하기 위해 길 떠나기 전부터 많은 준비를 했다. 단순히 행장을 꾸리는 일 뿐만이 아니라, 정신적인 재생을 위한 준비를 했던 것이다. 새로 태어나지 않고서는 현실과 걸맞지 않는 이념적 교조주의에 찌들어 버린 조선의 지식사회를 쇄신할 수 없다고 믿은 것이 이들의 생각이었다. 그들은 일종의 '반역'을 꿈꾸었고, 그 결행의 장소로 산을 택했던 것이다. 산의 '의미화' 작업을 통해 인식 주체가 쇄신되고, 그 쇄신을 바탕으로 조선의 지식사회를 변화시키려는 원대한 꿈, 바로 그것이었다. 그들은 들어서 알고 있던 중국의 문물(천하의 장관)을 직접 '육안으로' 확인하고, '제의의 공간'에 들어가 그런 문물의 세례를 자신들의 것으로 정착시키고자 했다. 사행이 중국에 들어와 해결해야 할 외교적 사안들은 모두가 세속적인 일들이었고, 또한 반복성을 지니고 있었으므로 오히려 현실적 질서를 고착시키는 것이 고작이었다. 그러나 자기 반성적이고 개혁적인 지식인들은 사행 본래의 목적이나 역할 이외에 '새로운 것'의 발견과 탐문에도 주력함으로써 자기 쇄신의 기회로 삼고자 했다. 말하자면 당대의 연행에는 지속(불변적 질서의 유지)과 변화(새로운 것의 수용을 통한 내적 쇄신)의 추구라는 두 가지 상이한 요소가 공존하는, 특이한 형태의 외교행위 혹은 문명 교류의 행위였던 셈이다. 양자가 충돌을 일으키지 않을 수 있었던 것은 자기 쇄신을 추구한 인사들이 새로운 시간과 공간을 적절히 활용할 수 있었기 때문이며, 그 대표적인 예가 바로 수양산, 천산, 의무려산과 같은 특별한 공간이었다.

노정이란 사신 일행이 단순히 거쳐가는 물리적 공간만은 아니다. 그것은 새로운 만남의 계기를 만들어 주며, 의식 있는 인사들에게는 그 자체가 의미있는 공간으로 재현되기도 한다. 사행이 거쳐간 대부분의 노정들은 '신기함'의 차원에서 지식의 재고를 확충하는 데 기여했을 뿐이다. 견문이 단순한 견문으로 그치지 않고 인식 주체의 생각이나 현실에 대한 태도를 바꾸게 한 경우는 그리 흔치 않았다는 말이다. 연경에서 발달한 문물을 접한 뒤의 놀라움이나 부러움은 대개의 경우 '뛰어넘을 수 없는' 자기 한계의 아픈 확인으로 그쳤을 뿐 적극적인 현실의 변화로까지 영향이 이어지지는 못했다. 그런 가운데서도 천산이나 의무려산은 선진적 지식인이 자신들의 의식변화를 선언한 성소로 기능했다는 점에서 특이하다. 그들은 남과 다른 생각을 갖고 있었으며, 중국에서의 견문을 통해 그 타당성을 확인할 수 있었다. 천산과 의무려산은 그런 변화를 선언하고 새롭게 태어나기 위한 입사의례의 장소로 간택된 공간들이었다. 말하자면 조선에서 갖게 된 가설 차원의 생각을 중국에서의 견문을 통해 입증하는 단계를 거치고, 천산이나 의무려산 같은 특별한 공간을 방문하여 '변할 수 없는' 자신의 내면의식으로 치환시키는 데 성공한 것이다. 반대로 수양산은 기존의 이념적 관성을 회복하고 자존심을 보상받고자 한 욕구를 충족시켜준 또 다른 제의적 공간이었다.

참고문헌

■ 자료

『국역 담헌서 Ⅳ』(1985), 민족문화추진회.
『국역 연행록선집 Ⅳ』(1976), 민족문화추진회.
『국역 연행록선집 Ⅹ』(1977), 민족문화추진회.
『국역 열하일기 Ⅰ』(1968), 민족문화추진회.
『국역 해행총재 Ⅰ~Ⅻ』(1989), 민문고.
김경선(1976)「燕轅直指」,『국역 연행록선집Ⅹ~Ⅺ』, 민족문화추진회.
김경선,『燕轅直指』, 규장각·장서각·국립도서관 소장본.
『湛軒書』(1939), 新朝鮮社.
『담헌연행록』, 숭실대학교 기독교박물관 소장본. 10권 10책.
『무오연행록』(2002), 조규익·장경남·최인황·정영문 주해, 박이정출판사.
『번암집』 권 56,『韓國文集叢刊 236』(1999), 민족문화추진회.
『브리태니커 세계 대 백과사전 12』(1996), 한국브리태니커회사.
『십삼경주소 정리본 5 : 毛詩正義』(2000), 북경대 출판사.
『연힝일긔』, 국립중앙도서관 소장 필사본. 3책.
『乙丙燕行錄』(1983), 명지대 출판부.
『을병연행록』(1997), 소재영·조규익·장경남·최인황 주해, 태학사.
『訒齋續集 天』, 이현조 소장 목판본, 29cm×18cm.
『竹泉先祖遺稿』, 신준용 소장 필사본. 單冊.
『죽천행록』, 이현조 소장 필사본. 單冊.
『中國名山旅游』, 성도지도출판사.
『韓國文集叢刊』, 70·98·133·224·242·248·252, 민족문화추진회.

『한국민족문화대백과사전 18』(1992), 한국정신문화연구원,
『한국인물대사전』(1999), 중앙일보 중앙 M&B, 한국정신문화연구원.
『한문악장자료집』(1988), 계명문화사.
홍대용(1985), 「湛軒燕記」, 『고전국역총서 76 : 국역 담헌서 Ⅳ』, 민족문화추진회.
홍대용, 『乙丙燕行錄』, 숭실대 기독교박물관 소장본.
홍대용, 『乙丙燕行錄』, 장서각 소장본.
홍익한, 『花浦先生朝天航海錄』, 숭실대학교 기독교박물관 소장본. 2권 2책.

■ 논저

강주진(1998), 許眉叟의 삶과 學統, 尹絲淳 外 『許眉叟의 學·藝·思想 論攷』, 미수연구회,
김병희(2000), 「열하일기」를 통해 본 遼東白塔, 『외대사학外大史學』12, 한국외국어대학교 역사문화연구소.
김경선(1985), 燕轅直指 序, 『국역 연행록선집 10 : 연원직지』, 민족문화추진회.
김국소(1976), 日東壯遊歌 硏究, 『명지어문학』 8, 명지대 국어국문학과.
김동욱(1985), 무오연행록 해제, 『국역 연행록선집 Ⅶ』, 민족문화추진회.
김동욱(1986), 무오연행록에 대한 小考, 『旅行과 體驗의 문학(중국편)』, 민족문화문고간행회.
김명호(1988), 연행록의 전통과 열하일기, 『韓國漢文學硏究』 11, 韓國漢文學硏究會.
김문식(1994), 18세기 후반 서울 學人의 淸學認識과 淸 文物 도입론, 『奎章閣』 17, 서울대학교 규장각.
김문용(1994), 북학파의 인물성동론, 한국사상사연구회 편, 『인성물성론』, 한길사.
김민규(1985), 홍대용 사상에 관한 연구－의산문답의 분석을 중심으로－, 『홍익사학』 2, 홍익대 사학과.
김성식(1975), 湛軒 洪大容의 思想, 『民族文化』 1, 고려대학교 민족문화연구소.
김성진(1996), 조선후기 통신사의 기행시문에 나타난 일본관 연구, 『陶南學報』 15, 도남학회.
김성칠(1960), 燕行小攷, 『歷史學報』 12, 역사학회.
김성환(1976), 노가재연행일기 해제, 『국역 연행록선집 Ⅵ』 민족문화추진회.
김열규(1971), 『한국민속과 문학연구』, 일조각.
김의환(1985), 『朝鮮通信使의 발자취』, 정음문화사.
김인겸(1976), 이민수 교주, 『일동장유가』, 탐구당.
김주한(1991), 연행록을 통해 본 한중문화교류, 『慕山學報』 2, 모산학술연구소.
김창업(1976), 「연행일기」 제2권, 『국역 연행록선집 Ⅳ』, 민족문화추진회.
김창업, 『연힝일긔』, 국립중앙도서관 소장 필사본. 3책.

김창현(1986), 稼齋燕行錄에 대하여, 『旅行과 體驗의 문학(중국편)』, 민족문화문고간행회.
김태준(1981), 洪大容과 을병연행록-한글로 쓰여진 가장 긴 중국 여행기, 『문학사상』 102호, 1981. 4.
김태준(1982), 『홍대용과 그의 시대』, 일지사.
김태준(1983a), 18세기 실학파와 여행의 정신사-을병연행록을 둘러싼 외국체험을 중심으로-, 『전통화연구』 1, 명지대학교.
김태준(1983b), 을병연행록 해제, 『乙丙燕行錄』, 명지대 출판부.
김태준(1984), 열하일기를 이루는 홍대용의 화제들-18세기 실학의 성격과 관련하여-, 『동방학지』 44, 연세대 국학연구원.
김태준(1985), 담헌연기와 을병연행록의 비교 연구-특히 한시 번역을 중심으로-, 『민족문화』 11, 민족문화추진회.
김태준(1987a), 『홍대용 평전』, 민음사.
김태준(1987b), 동아시아 문학의 自國主義와 中華主義의 위기-18세기 韓日文學의 한 樣相-, 『일본학』 6, 동국대학교 일본학연구소.
김태준(1988), 18세기 한일문화 교류의 양상, 『논문집』 18(인문과학편), 숭실대학교.
김태준(1990), 한국의 기행시, 『이병도박사 고희기념논총』, 기념논총간행회.
김태준(1991), 洪大容論, 『韓國文學作家論』, 현대문학사.
김태준(2001), 「열하일기」 한글본 출현의 뜻, 『민족문학사연구』 19호. 한국민족문학사연구소.
김한규(2002), 『한중관계사 Ⅱ』, 아르케.
김한식(1981), 홍대용의 개체성 논거와 정치사상상의 평가, 『정신문화』 11, 한국정신문화연구원.
김형수(1974), 「담헌서 외집」, 『실학총서』 4, 탐구당.
이 황(1980), 陶山十二曲跋, 『退溪先生全書(續內集)』 권 60·跋, 『陶山全書 三』, 한국정신문화연구원.
멀치아 엘리아데(1983), 이동하 역, 『성과 속 : 종교의 본질』, 학민사.
박성래(1976), 홍대용의 우주론과 지전설, 『한국학보』 2, 일지사.
박성래(1981), 홍대용의 과학사상, 『韓國學報』 23, 일지사.
박지선(1995a), 金昌業의 老稼齋燕行日記 硏究, 고려대 박사논문.
박지선(1995b), 金景善의 燕轅直指 考察, 『韓國文學論叢』 16, 한국문학회.
박지선(1995c), 老稼齋燕行日記의 書誌的 考察, 『語文硏究』 87, 語文硏究會.
박지원(2000), 「燕巖集」 권 2 '答南直閣公轍書'附原書, 『한국문집총간 252』, 민족문화추진회.
박지원(2003), 북학의 서문, 박제가 지음·안대회 옮김, 『북학의』, 돌베개.
박충석·유근호(1980), 『조선조의 정치사상』, 평화출판사.
박태근(2000), 燕行圖 기행(1)~(12), 한국일보 2000년 1월 10일, 1월 17일, 1월 24일, 1월 31일, 2월 7일, 2월 14일, 2월 21일, 2월 28일, 3월 6일, 3월 13일, 3월 20일, 3월 27일, 4월 3일, 4월 10일) 참조.

박현규(2002), 조선 사신들이 견문한 北京 琉璃廠,『中國學報』45, 한국중국학회.

박희병(1992), 조선 후기 가사의 일본체험,『한국고전시가작품론 1』, 집문당.

박희병(1995), 洪大容 硏究의 몇 가지 爭點에 대한 檢討,『震檀學報』79호, 震檀學會.

백기수(1979),『미학』, 서울대 출판부.

서유문(2002), 조규익 등 주해,『한글로 쓴 중국여행기 무오연행록』, 박이정.

성무경(2000),『가사의 시학과 장르실현』, 보고사.

소재영·김태준(1985a),『旅行과 體驗의 문학』(국토기행), 민족문화문고간행회.

소재영·김태준(1985b),『旅行과 體驗의 문학』(중국편), 민족문화문고간행회.

소재영(1984), 乙丙燕行錄의 한 연구,『崇實語文』1, 숭실어문연구회.

소재영(1986), 洪大容의 乙丙燕行錄,『旅行과 體驗의 문학(중국편)』, 민족문화문고간행회.

소재영(1988), 18세기의 일본체험－일동장유가를 중심으로－,『논문집』18(인문과학편), 숭실대학교.

소재영(1997), 戊午燕行錄과 燕行歌의 비교 고찰,『韓國語文學論考』, 태학사.

소재영·김태준·조규익·김현미·김효민·김일환(2004),『연행노정, 그 고난과 깨달음의 길』, 박이정.

소재영·조규익·장경남·최인황(1997),『주해 을병연행록』, 태학사.

小川淸久(1978), 十八世紀 哲學과 科學의 사이－洪大容과 三浦梅園,『동방학지』20, 연세대 국학연구원.

小川淸久(1979), 地轉(動)說에서 宇宙無限論으로－金錫文과 洪大容의 세계,『동방학지』21, 연세대 국학연구원.

손승철(1999),『近世朝鮮의 韓日關係 硏究』, 국학자료원.

신동욱(1982), 홍대용과 그의 시대,『한국학보』27, 일지사.

양태규(2002), 칸트의『판단력 비판』중 "숭고 분석론"의 주석 연구적 접근,『괴테 연구』14집, 한국 괴테학회.

양태진(1998), 許眉叟의 遺作에 관한 書誌的 考察,『許眉叟의 學藝·思想 論攷』, 미수연구회.

요한 호이징가(1974), 권영빈 역,『호모 루덴스』, 중앙일보사.

劉文英(1993),『꿈의 철학』, 河永三·金昌慶 역, 동문선.

유봉학(1982), 북학사상의 형성과 그 성격－담헌 홍대용과 燕巖 朴趾源을 중심으로,『한국사론』8, 서울대학교 사학과.

유봉학(1988), 18·19세기 대명의리론과 대청의식의 추이,『한신논문집』5, 한신대.

유승주(1970), 朝鮮後期 對淸貿易의 展開過程－17·18세기 赴燕譯官의 무역활동을 중심으로,『백산학보』8호, 백산학회.

이경자(1984), 老稼齋 燕行日記 小考,『한성어문학』3, 한성어문학회.

이동찬(1994), 18세기 對日 使行體驗의 문화적 충격 양상,『한국문학논총』15, 한국문학회.

이동찬(1996), 癸未 通信使行 記錄의 장르 選擇－<海槎日記>와 <日東壯遊歌>를 중심으로－,『韓國文學論叢』18, 한국문학회.

이성후(1981), 路程記 문학 연구－燕行日記와 東槎日記를 중심으로－,『논문집』2권 1호, 금오공과대학.

이성후(2000),『日東壯遊歌硏究』, 형설출판사.

이 암(1995), 燕巖 朴趾源의 書論과 文學眞實論,『민족문학사연구』7, 민족문학사연구소.

이용범(1972), 이익의 지동설과 그 논거－附 : 홍대용의 우주관,『진단학보』34, 진단학회.

이이화(1985), 박지원과 홍대용－깨어지는 봉건질서,『한국근대인물의 해명』, 학민사.

이이화(1988), 홍대용,『인물한국사』, 한길사.

이인규(1977), 홍대용의 천문사상에 관한 연구, 서울대 석사논문.

이종은(1988),『韓國歷代詩話類編』, 아세아문화사.

이철성(2000),『朝鮮後期 對淸貿易史 硏究』, 국학자료원.

이혜순 등(1997),『조선 중기의 유산기 문학』, 집문당.

이혜순(1996),『조선 통신사의 문학』, 이화여대 출판부.

임기중(1987),『역대가사문학전집』제1권～제10권, 동서문화원.

임기중(1988),『역대가사문학전집』제11권～제30권, 여강출판사.

임기중(2001a),『제 44회 전국 국어국문학 학술대회 발표문』, 국어국문학회.

임기중(2001b),『연행가사연구』, 아세아문화사.

임기중(2002),『연행록 연구』, 일지사.

임형택(1994), 계미통신사와 실학자들의 일본관,『창작과 비평』85, 창작과 비평사.

장경남(2001), 을병연행록과 무오연행록의 노정별 내용 비교,『인문학연구』31, 숭실대 인문과학연구소.

전일우(2003),「연원직지」연구,『숭실어문』19, 숭실어문학회.

전일환(1990),『朝鮮歌辭文學論』, 계명문화사.

정기철(1996), 紀行歌辭硏究, 한남대 박사논문.

정범조(1999a), 洪侍郞君氣澤燕行錄序,『韓國文集叢刊 239 : 海左集 Ⅰ』.

정범조(1999b) 氣數論,『韓國文集叢刊 240 : 海左集 Ⅱ』.

정영문(2002), 홍순학의 <燕行歌> 연구,『숭실어문』18, 숭실어문학회.

정옥자(1992a), 조선후기 대명의리론의 전개,『한국문화』13, 서울대 한국문화연구소.

정옥자(1992b), 정조대 대명의리론의 정리 작업,『한국학보』69, 일지사.

정위영(1986), 연행록을 통해본 朝·淸 文物交流, 경북대 석사논문.

제라르 즈네뜨(1992),『서사담론』, 권택영 옮김, 교보문고.

제랄드 프랭스(1988),『서사학－서사물의 형식과 기능』, 최상규 역, 문학과 지성사.

조 광(1980), 홍대용 정치사 연구,『민족문화연구』14, 고려대 민족문화연구소.

조규익·소재영(1997),『湛軒燕行錄』硏究,『東方學志』97, 연세대학교 국학연구원.

조규익·장경남·최인황·정영문(2002),『한글로 쓴 중국 여행기 무오연행록』, 박이정.

조규익(1988),『朝鮮朝 詩文集 序·跋의 硏究』, 숭실대학교 출판부.

조규익(1994),『가곡창사의 국문학적 본질』, 집문당.

조규익(1995a), 東崖遺稿附錄歌詞에 대하여,『숭실어문崇實語文』12, 숭실어문학회,
조규익(1995b), 朝鮮朝 長歌 歌脈의 一端,『韓國歌辭文學研究』, 태학사.
조규익(2002a),『17세기 국문 사행록 죽천행록』, 박이정.
조규익(2002b), 금강산 기행가사의 존재양상과 의미,『한국시가연구』12, 한국시가학회.
조규익(2002c), 조선후기 국문 사행록 연구 Ⅲ,『숭실어문』18, 숭실어문학회.
조규익(2003), 조선조 국문 사행록의 통시적 연구,『어문연구』31권 1호, 한국어문교육연구회.
조규익(2004), 연행록에 반영된 천산·의무려산·수양산의 내재적 의미,『語文研究』121호, 한국어문교육연구회.
조규익·소재영(1997), 담헌연행록 연구,『東方學志』97, 연세대학교 국학연구원.
조동일(1991),『한국문학과 세계문학』, 지식산업사.
조동일(1992),『문학사와 철학사의 관련양상』, 한샘.
조동일(1994),『제3판 한국문학통사 3』, 지식산업사.
조병춘(1994),『文章概說』, 형설출판사.
조성을(1993), 조선 후기 화이관의 변화－근대의식의 성장과 관련하여－, 1993년도 전국역사학대회 발표요지.
조수익(1985), 老稼齋의 中國體驗－그의 연행일기를 중심으로,『旅行과 體驗의 문학』, 민족문화문고간행회.
주설음·마연명(1994),『千山史話』, 심양출판사.
趙 曮(1989),『海槎日記』,『국역 해행총재 Ⅶ』, 민족문화문고.
중촌영효(1930), 事大紀行,『青丘學叢』1, 청구학회.
진단학회(1994), 燕巖集 종합적 검토 : 제 5회 한국고전연구 심포지움,『진단학보』44.
천관우(1984a), 北學派의 先鋒將 洪大容,『韓國의 人間像 4』, 신구문화사.
천관우(1984b), 홍대용의 근대지향정신,『한국의 사상』, 열음사.
최강현(1977), 使行歌辭 小考－燕行歌와 日東壯遊歌를 중심하여,『성봉 김성배 박사 회갑기념논문집』.
최강현(1982),『한국기행문학연구』, 일지사.
최강현(2000a),『甲子水路朝天錄』, 신성출판사.
최강현(2000b),『계해수로조천록』, 신성출판사.
최강현(2000c),『한국 기행가사 연구』, 신성출판사.
최익한(1940), 담헌 洪大容의 諺文 燕行錄, 동아일보 1940년 5월 18일·19일.
하우봉(2003), 조선 전기 대외관계에 나타난 자아인식과 타자인식,『한국사연구』123, 한국사연구회.
홍대용(1939),「豎山問答」,『湛軒書 2』, 新朝鮮社.
홍대용(2001), 김태준·박성순 옮김,『산해관 잠긴 문을 한 손으로 밀치도다』, 돌베개.
홍순학(1976), 이석래 교주,『紀行歌詞集－燕行歌－』, 신구문화사.
黃景源(1999),「與金元博茂澤書」,『한국문집총간 224』, 민족문화추진회.

황원구(1985), 燕行錄의 세계, 『旅行과 體驗의 문학(중국편)』.

황희영(1979), 슈로됴뎐녹, 『新東亞』, 1979. 12.

C. Brooks & R. P. Warren(1959), *Understanding Fiction*, Appleton-Century-Crofts, Inc.

Erwin Panofsky(1962), *Studies in Iconology : Humanistic Themes in the Art of the Renaissance*, New York.

I. 칸트(1978), 이석윤 역, 『판단력비판』, 박영사.

Marcus(1968), What is an initiation story?, S. K. Kumar & K. Mckean, *Critical Approaches to Fiction*, N. Y. : McGraw Hill Book Company.

S. 채트먼(1991), 『이야기와 談論』, 한용환 옮김, 고려원.

S. I. Hayakawa(1977), 김영준 역, 『意味論』, 민중서관.

S. Vierne(1973), *Rite, Roman, Initiation*. P.U.G.

The Beauty and True Meaning of the Joseon Dynasty Envoy's Travel Logs written in Korean.

Kyu-Ick Cho, Ph. D*

Table of Contents

Foreword

Ⅰ. Hardship and Complication, the Record of a Dramatic Journey : ≪Jukcheon-Haengrok≫

Ⅱ. The Universal World View Consolidated from Chinese and the Barbarian, A Description of Actual Locations : ≪Eulbyeong-Yeonhaengrok≫

Ⅲ. Concern·Encounter·Surprise, the Directivity and Culture Consciousness : ≪Muo-Yeonhaengrok≫

Ⅳ. Foreign Experiences and World Views : ≪Ildong-Jang'yuga≫ & ≪Byeong'in-Yeonhaeng'ga≫

Ⅴ. Road to Beijing, Hardship but Spiritual Awakening-Regarding the Intrinsic Meaning of the Qianshan, Yiwulüshan, Shouyangshan Mountains-

Ⅵ. Historical Sight for the Envoy's Travel Writings from the Joseon Dynasty

■ Bibliography

■ Index

---

* Professor, Department of Korean Language and Literature, Soongsil University, Seoul, Korea.

Abstract

Jukcheon-Haengrok is the record of Lee, Duck-Hyeong's lifetime achievements, especially the journey that he undertook to the heart of the Ming dynasty as an envoy of Korea's Joseon dynasty. His travel journal was written in pure Korean script. The record begins from his departing day to October 12 in the first volume. His journey log known as the Jukcheon-Haengrok, consists of a core body of text reaching 130 pages with an epilogue of 11 pages. The writer of this travel journal calls himself Heosaeng. His real name, however, Misoo Heo, Mok, a great scholar as well as a literary man of the Nam'in group. An army officer related to Heosaeng accompanied Lee, Duck-Hyeong and made notes of Lee's movements. Heo then compiled his record on the basis of the officer's notes. The Jukcheon-Haengrok was written nearly 70 years before Nogajae's Yeonhaeng-Ilgi, and no less than 120 years before Eulbyeong-Yeonhaengrok. Two other important historical Korean travel journals. The events narrated in the Jukcheon-Haengrok consist of three parts. The first section refers to the obtaining of a Royal command from the Qing's emperor after an intense application. The second section covers the journey to Beijing and the return home after intense trials. While the third concerns a trap set by his political opponents and his subsequent form punishment after a series of tribulations. The writer of the Jukcheon-Haengrok intended to depict the troubles and tensions from beginning to end in the narrative style. It is in stark contrast to the Hwapo'hanghae-rok, which was for the purpose of giving an official report.

It was possible for Heosaeng to relate detailed personal events by virtue of not using Chinese language but by using Korean language, which was not understood by the Chinese. In a more positive respect, the successful writing originated from the Heosaeng's intention to express his envoy's loyalty and patriotism. Even in any side he accepted, the Jukcheon-Haengrok is able to be appreciated because of the interesting narrative writing.

The Jukcheon-Haengrok is one of the earliest known Korean language travel journals. The writer's identity and his intent were clearly confirmed as both the event itself as well as the writer's literary traits are a matter of historical record. We can trace the chronicle of the Korean envoy's records in the earlier time by virtue of the appearance of the Jukcheon-Haengrok.

As noted earlier, the Jukcheon-Haengrok was a predecessor by 120 years to the Eulbyeong-Yeonhaengrok, written and compiled by Hong, Dae-Yong. Dam Heon, Hong, Dae-Yong was a scholar who accepted the doctrines of Zhu Xi as his scholarly foundation. Yet, he also indulged in practical studies for the people's livelihood on the basis of scientific knowledge in place of Zhu Xi's doctrines. He said that his journey to Beijing was a dream of his for several decades. Through his journey, he intended to solidify his advanced world view which was largely unrecognized in Korea, his native country. 'Encounter and discovery' was the reason he pursued in his journey to Beijing. Throughout his journey, he had compared the Chinese culture, events, and institutions to that of the Joseon dynasty's. He wanted to view them as a good basis for his self-perception, and verify the propriety of his way of thinking through the people of all social standings he met in China.

Hong, Dae-yong had profound knowledge of the Confucian Classics, astronomy, mathematics, science, and musicology. He opened the first chapter of the Joseon dynasty's practical science school on the basis of his knowledge about these fields. Therefore, he ranks as the first Korean scholar engaged in truly modern learning.

The Eulbyeong-Yeonhaengrok as well as the Damheon-Yon'gi which he left reflect the duality of writing systems at the time. Written in both Korean and Chinese, they are records made separately with the intent of opening up learning to the mass. Hong, Dae-yong inserted diverse poems and letters within the body of the records to reinforce reality and concreteness. Interestingly, he used many poems whenever it was important to give a lot of logical description and narration. This technique was effective in conveying meaning with as little as possible. It resolved the difficulty of understanding between the foreigners and the possibility of wasting time.

As a truly Renaissance scholar, he had a lot of deep knowledge and independent opinions about language, music, and literature. Through his knowledge, he intended to display Korea's Joseon dynasty's bearing as an equal to China.

Of more than 400 Jocheonrok or Yeonhaengroks(travel writings of the envoys to Beijing in the Joseon Dynasty), the Eulbyeong-Yeonhaengrok is the most important because it reflects diachronic succession in the records. It is seen as one of the most visible records reflecting a wide range of issues from diplomatic relations to the workings of the intelligentsia's mind.

Other travel journals are also important. The Muo-Yeonhaengrok written by Seo, You-Mun, an envoy clerk, is one of the rarest Korean envoy's records. It chronicles an annual emissary from Korea's Joseon dynasty to China's Qing dynasty from 1798. 10. 19 to 1799. 4. 2. In two respects, it's literary value is prominent. First, Seo, You-mun wrote everyday. Hardly a day goes by, without an antedote. Second, included verifiable historical information within his writing.

Korean Emissary visits to China took place annually and had no special vicissitudes or accidents, and they have no strain. These were not emissaries dispatched for resolving special problems. Because of this, it was natural that common observations were the main contents of the Muo-Yeonhaengrok. For that reason, the minute details of the route is the main contents. The writer's attention to detail is outstanding. Of course, it is the same in the other records as well. Through these records, we can find out the interests and experiences of the literati as well as analysis. The contents of Muo-Yeonhaengrok is an embodiment of the historical writer's personal philosophy, 'interest-discovery-surprise'. Some of these discoveries include 'Chinese cultural system and customs', 'Catholicism', 'geography and topography', and 'the footmarks of the previous Joseon dynasty's envoy'.

The diachronic order of the envoy's records already disclosed is the Jukcheon-Haengrok, the Nogajae Yeonhaeng-Ilgi, the Eulbyeong-Yeonhaengrok, the Yeolha-Ilgi, and the Muo-Yeonhaengrok. The Muo-Yeonhaengrok is the final installment of this diachronic order, and it is important in that it gives the type of the envoy's record.

The Ildong-Jang'yuga written by Kim, In-Gyeom in 1764 and Byeong'in-Yeonhaeng'ga written by Hong, Soon-Hak at 1866 are works belonging to Sahaeng Gasa genre. The former is about Japan, while the latter is about China during the Qing dynasty. Both works are similar but differ in that a collection of genres, while the other is a collection of contents. The collection of genres focus on all Sahaeng Gasas. The collection of contents refers to the fact that the authors wrote about experiences in China during the Qing dynasty, as well as Japan; with both being targets of contempt. Both of these works differentiated from the Sahaeng-rok written in prose in the light of generic selection. The Sahaeng-roks written in Chinese were used for public reports for the government, while the others, written in Korean, were used in private reports for the writers' neighbors.

Ildong-Jang'yuga is an outstanding work in both quality and quantity. It was an early work of the Sahaeng Gasa genre. The writer, Kim, was born of a concubine, however, he was an intellectual of the Noron party during the Joseon dynasty. Connected with him was Kim, Sang-Heon; Kim, Su-Hang and his 6 sons. Kim, Su-Hang; Kim, Chang-Jip and Chang-Up visited China during the Qing dynasty. They were children of Kim, Sang-Heon, who was a war advocate in the Byeongja-Horan. Their family was reflective of the world view of the time which discriminated between 'Chinese and Barbarians'. Naturally, a superior observer's sight against the inferior object overwhelms in the Ildong-Jang'yuga. Kim, In-Gyeom used the special tribal names 'Woe, and Woe-nom' consistently. However, he was skeptical about the view that 'Japanese were barbarians', after seeing the politeness and humanity from the 'barbarian Japanese' with his own eyes. The Ildong-Jang'yuga was built a firm world view 'discriminating between the Chinese and Barbarian'. At the same time, it marked an attempt to loosen this world view. The changes of the time were well reflected in the Byeong'in-Yeonhaeng'ga where one anti-Qing overtones reflected on the writings. The writer's attitude that objectifies the negative historical relation with the Qing dynasty to the past event shows clearly. Sometimes we find the world view of 'discriminating between the Chinese and Barbarian'. This was a typical intelligentsia's hackneyed expression at that time, regardless of personal intention, for he consistently spoke highly of the advanced Chinese culture. For Hong, Soon-Hak, the Qing dynasty was not 'barbarian' at all. If an admiration is expressed in the work instead of contempt, we can say that the past world view of 'discriminating between the Chinese and Barbarian' had been overcome. The 'new barbarian' was the western world, which was thought to threaten the governing system, not the Qing dynasty. The intelligentsia believed that the Qing succeeded the Chinese cultural tradition from the Ming dynasty. Byeong'in-Yeonhaeng'ga is a work which realized the universalization of their view.

This section is an attempt to analyze the intrinsic meaning of the Qianshan, Yiwulüshan, and Shouyangshan mountains expressed in the Yeonhaeng-rok. These three mountains figured prominently in the ideology of the envoy writers connected with them. The Qianshan, and Yiwulüshan mountains were sacred areas selected as initiation places for Korea's Joseon Dynasty's intellectuals to be reborn on their journey.

They succeeded in proving their hypothesis about the world through the journey to China and transfer it to their conviction. However, Shouyangshan mountain was a ritual space to restore the balance of ideology and be recompensed for their self-respect. We can say it is an important meaning in the history of civilization contained in the three mountains.

The journey route was not considered only a physical space, but it was seen as an opportunity to meet each other for the people. It can be reappeared as a meaningful space to some conscious figures. Most of the routes taken by envoys reinforced an amplified knowledge considered marvelous. Most information the envoys got on the way was not common enough to make the subject of consciousness change their attitude for reality. Their surprise or envy of Beijing's advanced civilization was only connected to the regrettable self-confirmation about insuperable self limitation.

Even in the insuperable limitation, the 3 mountains contributed the

Joseon dynasty intelligentsia's internal change. Qianshan and Yiwulüshan were initiation spaces as well as divine spaces which people experienced changes in their consciousness. Shouyangshan mountain, on the other hand, was a ritual space where people went if they desired to restore their ideological inertia and compensate for their self-respect.

This following section researches the diachoronic characteristics of the representative Korean records by the Late Joseon dynasty's Envoys to Beijing(an abbreviation : KRJE), Jukcheon-Haengrok, Yeonhaeng-Ilgi, Eulbyeong-Yeonhaengrok, Muo-Yeonhaengrok. The writers of the latter records accepted the former records as reference materials, or basis of understanding. Through this process, they were able to criticize the opinions of the former records, but they were not free to stray far from the criterion of the former records. They succeeded in bringing the novelty of the scenic feature of China to life by reinforcing the many things that the former writers had observed. The social status, inclination, and world view of the writers have the functional relation with the differences among the records. Most of the writers were clearly subjective. Others spoke for the ideology or world view that the leading group of the day had. Although they showed somewhat different attitudes depending upon their social situation, the fact that they were exposed to a change of their understanding about Chinese culture is important. We can find out the diachronic aspects connecting the KRJEs. The Jukcheon-Haengrok is a record about epic confrontation and triumph. The essential content of Yeonhaeng-Ilgi concerns the discriminating view held by Chinese and Manchurians, or a hostile feeling against the Qing dynasty and their civilized sublimation. The Eulbyeong-Yeonhaengrok is a record about the removal of the discriminating view of Chinese and Manchurians by self-awakening, and the inspiration of reason that was learned by the Qing dynasty's culture.

And, Muo-Yeonhaengrok is a record to emphasize self-consciousness through minute descriptions of common objects. The minute description, analysis, and objective attitude are common to the envoy writers, especially Hong, Dae-Yong and Seo, Yu-Moon. Yet, Hong, Dae-Yong who all learned the advanced culture of China earnestly, while, at the same time, kept company with the Chinese scholars actively. Seo, Yu-Moon thought that Joseon dynasty was superior to the Qing dynasty in the dress regulations and the funeral rites, etc. Of course, Hong and Seo have something in common with each other in the basic attitude or the direction of description. Kim, Chang-Up's record, Yonhaeng-Ilgi became a paradigm to illustrate the switchover of the writer's consciousness through his experiences in China. Hong followed it, but he showed an image of the more scientific, minute, and careful objectivist than Kim. Comparing to that, Seo succeeded to control the switchover of his consciousness or subjective feeling in the extreme. He followed Hong's line faithfully, and endeavored to overcome Kim's view or attitude of description. Generally speaking, the Jukcheon-Haengrok opened the beginning of the KRJE. However, it is different from the others in that the maker of the memorandum and the writer of record are distinguished. And, it shows the epic inclination thickly to the point as the writer described it, placing the focus on the development of events. The records in the next stage, the Yeonhaeng-Ilgi, the Eulbyeong-Yeonhaengrok, and the Muo-Yeonhaengrok, show the diachronic connection of reception as it is called ‘imitation, following, and independence’. In other words, the Jukcheon-Haengrok is a record from the center of events, while the others focus on a description of the facts, explaination, and demonstration.

찾아보기 ■■■

ㄱ

가도 32, 66, 91
가산 66, 132
각산사 135, 195, 287, 289, 292
『각산여산천산유기록』 291, 319
간정동 130, 131, 148, 149, 150, 153, 154, 157, 165, 266, 267, 278
「간정동필담」 115, 217, 264, 313
『감구집』 196
『갑자수로조천록』 29
강녀묘 177, 287
개주 193
건자포 132, 137, 292
검수참 66, 172
계미통신사 211, 225, 237
계주 131, 136, 137, 139, 175, 292
고가자 133, 174, 177, 292
<고공답주인가> 53
고교보 134, 137, 174, 177
고구려 193, 274, 275
고대령 176
고려 214, 258
고려포 136, 287
고명 24, 67, 71, 72, 73, 78, 79, 82, 84, 88, 91, 92, 99, 100, 103, 252, 253
『고문연감』 260
고죽성 304, 307
『과사록』 179
관왕묘 173, 176, 182
광녕 289, 290
광록도 33
광우사 177
구련성 128, 132, 133, 137, 177, 286, 290, 292, 302
금석산 132, 137, 292
금주위 134, 292
『기언』 51, 54

ㄴ

나산점 175, 176
낙론 113, 146, 262, 268, 312, 315, 320
난니보 133, 137, 174, 177, 292

난하 176, 294, 298, 302, 305
「난하기」 295, 307
남천주당 126, 277
낭자산 128, 133, 137, 173, 177, 290, 292
내주 66, 196
냉정 133, 137, 174, 177, 292
노가장 175
『노가재연행일기』 55, 56, 107, 111, 160, 161, 162, 163, 166, 170, 194, 197, 198, 199, 209, 210, 244, 246, 248, 249, 253, 254, 256, 261, 262, 274, 276, 278, 279, 280, 281, 291
노구교 194, 195
노론 118, 162, 213, 217, 218, 239, 254, 266, 317
노룡현 287
노봉구 175
노정기문학 286
녹도 32
능엄경 151, 152

ㄷ

『담헌연기』 55, 121, 126, 162, 163, 164, 165, 198, 199, 206, 218, 244, 248, 276, 291, 295
『담헌연행록』 55, 56, 121, 197
『담헌일기』 170, 194, 197, 276
『당서연의』 193, 194, 275
『당시품휘』 179
대고수점 175
대난하 303
대동관 131
「대동풍요」 155
대릉하 134, 137, 174, 177, 292
대명의리 112, 113, 115, 143, 147, 170, 195, 217, 223, 232, 249, 251, 252, 257, 266, 267, 280, 299, 302, 314
대판성 224, 225
대황기보 133, 137
도화동 134, 177, 293, 309, 312
「도화동기」 294, 295, 310
동경성 286
동관역 134, 137, 174, 177, 290, 292
동천주당 139
동팔리보 175
동팔참 133, 137, 173
『묘텬녹』 25, 27, 28, 55, 56
등주 33, 34, 38, 66, 88, 89, 92, 196

ㄹ

라마승 181, 182

ㅁ

마고령 173
마리아상 278
망만보 174
면복 24, 67, 71, 72, 73, 78, 79, 82, 84, 88, 91, 92, 99, 100, 103, 252, 253
『명사』 232, 276
『명산대천고적록』 319
목미도 32, 66
묘도 66, 89, 90

무령현 174, 175, 176, 290
『무오연행록』 56, 163, 196, 206, 244, 246, 248, 249, 269, 273, 276, 277, 278, 279, 280, 281, 294
『무자서행록』 210
문연각 194
문체반정 243

ㅂ

<박금강금강산유산녹> 296
반산 131, 136
방균점 131, 136, 137, 139, 175, 176, 292
배음보 135, 137, 176, 292
백기보 174, 177, 292
백안동 173, 290
백탑보 133, 137, 174, 177
벽제관 66, 131
변문 286
별산점 136, 137, 175, 176
<병인연행가> 27, 210, 211, 227, 229, 230, 235, 237, 238, 239
병자호란 46, 56, 60, 67, 114, 143, 146, 208, 209, 231, 239, 255, 268, 299
봉산 66, 131, 172
봉산점 139, 175, 176, 292
봉성 173, 292
봉황산 138, 193, 275, 286
봉황성 128, 132, 137, 193, 194
「봉황성기」 164
북경 65, 88, 92, 99, 128, 129, 131, 137, 139, 148, 157, 264, 287, 291, 292
북벌론 113, 146, 196, 231, 263, 302
북진묘 134, 177, 287, 308
「북진묘기」 294, 295
북학 113, 114, 115, 118, 146, 240, 263
<비풍> 300

ㅅ

『사기』 193, 194, 275
사류하 175, 176, 287, 292
사하보 136, 137, 174, 290, 292
사하소 134, 137, 174, 177, 292
사하역 129, 175, 176, 290, 292
<사현조> 155
산해관 135, 137, 175, 177, 276, 287, 289, 290, 292
삼가연행록 291, 294
삼류하 174, 177
삼산 287, 288, 290, 291, 295, 296
삼하현 131, 136, 137, 176, 292
삼학사 228, 231, 252, 301
서산 183, 194, 195
<서정별곡> 27
<서행록> 27
<서호별곡> 53
석성도 32, 66
선사포 31, 35, 38, 45, 66, 88, 90, 91, 106
설류참 132
소고수점 175
소릉하 134, 137, 290, 292
소중화 113, 116, 117, 146, 147, 148, 149, 196, 208, 214, 216, 218, 225, 239, 258, 262, 266, 299, 301, 302
소황기보 174, 292

소흑산 129, 134, 137, 177, 292
솔참 128, 173, 177
송도 131, 172
『송도기이』 23
송산보 174, 177, 292
『수로됴천록』 27
수양산 287, 288, 290, 291, 293, 294, 295, 296, 297, 299, 301, 302, 303, 304, 305, 307, 308, 321, 322, 323
「수양산(이제묘)기」 291, 295, 308
숙천 66, 131, 172
순안 66, 131, 172
『슈로됴텬녹』 25, 28, 55, 56
『시경』 300
『시헌서』 179
신광녕 134, 137, 292
실옹 264, 314
심양 129, 133, 137, 141
심양 혼하 286
심하역 175, 273
십리보 133, 137, 174, 176
십리하 174, 177
십삼산 129, 134, 137, 177, 215, 290, 292
쌍양점 171, 174

ㅇ

안시성 163, 173, 192, 193, 194, 274, 275
안주 66, 132, 172
야계둔 136, 137
양귀자 228, 234
양수하 129, 134, 137, 174, 177, 292
여양역 134, 137, 174, 177, 292
여지도 291, 319
역외춘추 115, 147, 217, 264, 313
『연감유함』 260
연교포 129, 131
연산관 132, 137, 173, 177, 292
연산역 134, 137, 174, 177, 292
『연원직지』 163, 247, 294, 307, 310
『연행노정』 295
『연행노정기』 295
「연행도폭」 24
<연행별곡> 27
『연행일기』 112, 291, 292, 295, 312, 319
<연행장도가> 160, 265
『연행훈지록』 55, 161, 197, 247, 254, 319
『연힝일긔』 197, 206, 244
『열하일기』 56, 162, 163, 164, 197, 199, 243, 244, 248, 291
영수사 177
영안교 133, 137, 174, 177
영안사 260, 292, 318
영원성 174, 287
영원위 134, 137, 290, 292
영평부 135, 137, 175, 176, 290, 292, 303, 305
옥전현 129, 136, 137, 139, 176, 292
옥하관 34, 83, 97, 175, 176, 183
<용만감회> 254, 255
용천사 261, 292, 318, 320
유관 129, 135, 137, 176, 276, 292
유리창 129, 139, 155, 179, 181, 185, 235
「유의무려산기」 288, 309

「유천산기」 288
의무려산 162, 177, 260, 264, 287, 288, 289, 290, 292, 293, 294, 295, 296, 297, 303, 308, 309, 310, 311, 312, 313, 316, 321, 323
「의무려산유기」 291
「의산문답」 115, 217, 225, 263, 264, 265, 267, 268, 311, 313, 314
의주 128, 132, 173, 177
이도정 134, 137, 174, 177, 292
이성량 패루 286
이제묘 135, 176, 290, 291, 292, 293, 294, 301, 302, 303, 304, 305, 307
「이제묘기」 295, 308
이토교 304
인물균 264, 313, 314
인물성동론 113, 115, 116, 118, 120, 146, 264, 268, 278, 314, 315
인조반정 46, 67, 79, 251
<일동장유가> 27, 211, 213, 218, 226, 227, 229, 234, 238, 239
일본 213, 223, 225, 238, 303
『일통기』 193, 194, 275
일판문 133, 137, 174
임진왜란 46, 67, 207, 208, 220, 221
입사 301, 302, 303, 305, 316, 317, 322, 323

ㅈ

자제군관 160, 161, 162, 197, 198, 262, 269
장단 66, 131, 172
<장문부> 159, 265
장산도 66
『전당시』 260
<정기가> 178
정녀묘 135, 143
정묘호란 23, 67, 255
조림장 176
조림포 65
조선관 132, 141, 228, 231, 286
조선중화주의 115, 213, 216, 220, 221, 224, 226, 238, 303, 239, 240
조양문 137, 176
조천도 24, 25, 45, 53, 106, 107
조천록 25, 28, 31, 35, 45, 48, 56, 107, 160, 166, 205, 246
「조천록일운항해일기」 56
조천언록 54, 56, 246
『조천일록』 290, 304, 309
「조풍」 300
주류하 133, 137, 177
주자학 112, 145, 149, 150, 164, 262, 312
『죽창한화』 23
『죽천연보』 106
『죽천행록』 28, 170, 198, 199, 206, 244, 246, 249, 250, 251, 252, 253, 279, 280, 281
중강개시 255
『중추비람』 179
『진신록』 179
진자점 136, 137, 175, 176, 292

책문 128, 132, 137, 173, 177, 215, 292

천산 260, 287, 288, 289, 290, 292, 293, 294, 295, 296, 297, 303, 309, 316, 317, 318, 319, 320, 321, 323
「천산유기」 291, 295, 317
천주교 190, 191, 266, 268, 278
천주당 124, 125, 129, 130, 139, 143, 153, 155, 181, 190, 191, 276, 277, 278
천주상 124, 125
철산 66, 132, 172
첨수참 128, 132, 137, 177, 292
청석령 133, 173, 177, 228, 230, 292
『청시별재』 179
조하구 132, 137, 177
총수 131, 172, 173, 177
총수산 132, 137
춘추대의 216, 234, 302, 303

ㅌ

타각 208, 254
타기도 90
탕참 173
태자하 173, 174, 177, 286
통원보 132, 137, 173, 177, 292
통주 131, 137, 176, 292

ㅍ

팔도하 132, 137, 173, 177, 292
팔리보 175, 176, 177, 287
『패문운부』 260
평도 33
<평사낙안> 155
평산 66, 131, 172
평양 66, 128, 131, 172
폐모척변소 48, 49, 52, 106
풍윤현 136, 137, 175, 287, 292
피도 32

ㅎ

하간중화점 65
하점 136, 137
<하천> 300
「항전척독」 115, 217, 264, 265, 313
『항해록』 25, 26, 27, 28, 31, 38, 48, 52, 57
『해사록』 218
해신묘 287
해주 290, 299, 307
행산보 174, 290
혼하 174, 177
화이관 112, 115, 145, 146, 147, 149, 165, 166, 170, 196, 209, 216, 217, 218, 223, 232, 249, 254, 257, 258, 261, 264, 267, 272, 278, 280, 303, 314, 315, 318, 322
『화포선생조천항해록』 24, 29, 246
『화포항해록』 42, 57, 58, 59, 60, 65, 71, 73, 94, 105, 106
황극전 170, 194, 276
『황명계해수로조천록』 55
회령령 132, 173, 177, 228, 234, 292
「회풍」 300

인명 찾아보기

ㄱ

강주진 54
강홍립 67, 68
강희제 260
건륭황제 162
고경빈 181
고기인 69, 80, 88
곡응태 232, 276
공문거 65
공자 115, 141, 147, 191, 217, 257, 260, 313
광해군 46, 51, 52, 67, 68, 75, 89, 251, 253
권상하 120, 320
김경선 163, 164, 166, 247, 248, 291, 294, 295, 307, 310
김동욱 169, 247, 269
김명호 112
김문식 235
김문용 120, 268, 315
김병희 286
김상용 97, 300
김상헌 114, 120, 143, 146, 196, 209, 239, 253, 254, 255, 262, 299, 300, 317
김석주 232
김성진 218
김성칠 234
김세렴 218
김수항 114, 209, 239, 253, 254, 255, 297
김수홍 54
김여종 48
김열규 296, 297
김우옹 54
김원행 113, 114, 115, 118, 120, 142, 146, 162, 257, 262, 312, 320
김인겸 27, 204, 209, 210, 211, 213, 215, 218, 220, 221, 223, 224, 225, 226, 229, 234, 237, 239
김일환 137
김장생 120
김주한 112
김지수 27
김창업 55, 111, 116, 160, 161, 163,

164, 166, 197, 208, 216, 231, 232, 246, 247, 248, 291
김창집 120, 160, 197, 209, 246, 291, 305, 319
김창협 111, 114, 142, 146, 162, 256, 262, 312, 320
김태구 53
김태준 112, 120, 137, 139, 162, 204, 243, 313
김한규 233
김현미 137
김효민 137

ㄴ

노가재 232, 255, 256, 257, 258, 259, 260, 261, 262, 265, 268, 276, 277, 279, 280, 281, 291, 292, 295, 297, 305, 306, 307, 309, 311, 312, 317, 318, 319, 320, 321, 322
누르하치 67, 75, 76, 78, 79, 251, 263

ㄷ

담헌 55, 124, 126, 128, 140, 142, 144, 145, 146, 147, 148, 149, 150, 151, 152, 153, 154, 155, 156, 157, 159, 160, 161, 162, 164, 165, 166, 256, 257, 262, 265, 266, 268, 277, 278, 279, 281, 291, 292, 293, 295, 306, 307, 308, 311, 312, 314, 315, 321
당태종 193, 275
동기창 95
동명왕 163, 193, 274, 275
동방삭 65

ㅁ

멀치아 엘리아데 296
모문룡 32, 35, 37, 84, 85, 86, 87, 255
문천상 143, 178
민영철 295
민종묵 295

ㅂ

박권 27
박명원 162, 198
박성래 112
박이서 89, 90
박제가 118, 263, 313
박지선 161, 247, 254
박지원 56, 114, 118, 119, 162, 163, 164, 166, 197, 243, 247, 248, 263, 287, 291, 313
박천 172
박충석 146
박태근 25
박현규 286
박희병 225, 264, 314
반정균 115, 143, 144, 149, 150, 153, 157, 217, 235, 264, 266, 313
방정예 232
백기수 321
백이 65, 298, 302, 304, 307, 308
번오기 265

봉림대군 60, 231

ㅅ

사마상여 265
서경보 247, 294
서경우 255
서계문 179
서유문 56, 163, 164, 166, 169, 170, 179, 191, 192, 194, 196, 198, 206, 214, 215, 248, 249, 269, 271, 272, 273, 274, 275, 276, 280, 281, 294
서종맹 124
서직수 269
서호수 287
섭등교 182, 196
성무경 212
소경계비 82
소경왕 56, 74, 82
소재영 112, 117, 131, 137, 140, 163, 196, 208, 221, 247, 257, 262, 267
소현세자 60
손선계 34
손승철 216
손유의 144
송근수 302
송시열 120, 302
숙제 298, 302, 304, 307, 308
숙종 51, 216, 299
순우곤 34, 66
순조 247
숭혜 260, 261, 318
신종 300

ㅇ

야율배 308
야율초재 308
양만춘 193, 275
양사언 53
양태규 296
양태진 54
양혼 143, 144
엄성 115, 143, 144, 149, 150, 151, 152, 196, 217, 235, 264, 266, 313
엘리아데 303
여동래 34
여문환 231
연암 162, 291, 294, 307, 308
오달제 300
오삼계 228, 231, 232, 258, 260, 276, 277
오상 143
오성란 272
오숙 24, 26, 30, 42, 246
오여정 65
오재순 25
오희상 172
와룡왕 90
왕양명 151
왕어양 196
왕언방 65
왕조계 228, 232
요한 호이징가 297
운생 261
월사 289, 290, 297, 309, 311, 317, 319, 322
위대중 79, 80, 88
유간 89

유근호 146
유기경 143
유득공 118, 263, 313
유봉학 112, 114, 149, 218, 221, 264, 267, 313, 314
유성룡 54
유송령 124, 143, 266
유신 74, 77, 78, 88
유영 181
육비 115, 144, 149, 150, 217, 235, 264, 266, 313
육상산 150, 151
육창 209
윤양 290
윤집 300
의종 300
이간 320
이경전 72, 73, 97
이기기 35
이기진 299
이덕무 118, 263, 313
이덕연 54
이덕형 25, 26, 27, 38, 40, 41, 42, 45, 50, 54, 55, 106, 198, 246, 250, 287
이동찬 218, 225
이민수 209
이보천 162
이분 312
이색 24
이성계 67
이성후 213, 226, 286
이승순 295
이원복 25
이원영 259
이원익 53, 54
이유재 295
이이 113, 114
이자성 232, 276
이재 320
이정구 288
이정로 295
이제한 56
이종은 123
이주영 295
이지함 53
이철성 234
이태식 27
이택 54
이현영 255
이현조 23, 29, 53
이혜순 218, 296
이황 114
이희건 31
인목대비 52, 106
인재 322
인조 55, 60, 68, 75
임기중 25, 160, 205, 210
임요유 81, 82, 83, 87, 95, 96
임제 53
임한수 295

ㅈ

장경남 117, 131, 140, 208, 257, 262, 278, 286
장기모 259
장병염 228, 232
장세정 46, 74, 81, 83, 84, 85, 86, 92, 96, 97, 98, 103, 104, 105

장전천 99, 103
장현광 54
정공수 232
정구 51, 54
정몽주 205
정영문 206, 230
정옥자 263
정위영 112
정응두 89
정이천 158
정자현 183
정작 53
정조 24, 243
정주 66, 132, 153, 172
정철 122
제라르 즈네뜨 71
제랄드 프랭스 70
조대락 231
조대수 228, 231, 232, 287
조동일 121, 243, 244, 311, 313
조병춘 138
조성을 268, 315
조수 97
조시준 31
조엄 225, 226
조즙 55, 287
조헌 120
주국정 84
주응기 83
주응문 144
주자 150, 151, 260
주호경 68, 74, 77, 80, 81, 88
지억천 90
진시황 159, 257
진왕 265
진중자 34

ㅊ

채유후 31
채제공 25
채트먼 70
최강현 25, 29, 30, 55, 204, 205
최심 299
최인황 117, 131, 140, 208, 257, 262
최현 290, 291, 297, 303, 304, 305, 309, 311, 317

ㅋ

칸트 296

ㅌ

태조 67, 300

ㅍ

파노프스키 299
팽관 143, 152, 153
포우관 124, 143, 266

ㅎ

하우봉 303

허강 53
허국 92
허목 50, 51, 52, 53, 54, 106, 107, 170, 206, 251
허생 23, 48, 49, 52, 56, 60, 106, 250, 251
허자 53, 264, 314
홍대용 111, 114, 116, 120, 163, 164, 166, 170, 191, 196, 206, 208, 217, 218, 225, 235, 244, 247, 248, 291, 320
홍순학 27, 204, 210, 211, 227, 229, 230, 231, 232, 233, 234, 237, 238
홍습 26
홍억 128, 161, 197, 262
홍역 143
홍우석 24
홍익한 24, 25, 28, 29, 30, 31, 32, 42, 48, 52, 55, 56, 94, 98, 246, 252, 300
황운곡 232, 234
황원구 112
황장연 295
황효성 32
황희영 25, 29, 30, 55
효종 209, 228, 231, 302

조 규 익

1957년 충남 태안 출생
공주사대 국어교육과 졸(1978)
연세대 석사(1981)·박사(1986)
해군사관학교(1981. 10~1984. 7)와
경남대학교(1984. 9~1987. 2)의 전임을 거쳐
현재 숭실대학교 인문대학 국어국문학과 교수
UCLA에서 비교문학과 미주지역 한인 이민문학을 연구
제2회 한국시조학술상, 제15회 도남국문학상,
제1회 성산학술상 등 수상

『선초악장문학연구』, 『가곡창사의 국문학적 본질』, 『우리의 옛 노래문학 만횡청류』, 『봉건시대 민중의 고발과 저항문학 거창가』, 『해방전 재미한인 이민문학』(1~6), 『연행노정』(공저), 『한국고전비평론자료집』(공역), 『홍길동 이야기와 로터스버드』 등을 비롯한 논저 다수

홈페이지 http://kicho.pe.kr / 이메일 kicho@ssu.ac.kr

국문 사행록의 미학

인 쇄 2004년 12월 23일
발 행 2004년 12월 31일

저 자 조 규 익
펴낸이 이 대 현
편 집 권분옥, 안현진
펴낸곳 도서출판 역락
서울 성동구 성수2가 3동 301-80 (주)지시코 별관 3층
전 화 : 3409-2058, 3409-2060 FAX : 3409-2059
이메일 : youkrack@hanmail.net
등 록 1999년 4월 19일 제2-2803호

정 가 18,000원
ISBN 89-5556-343-4-93800

이 연구는 2004년도 숭실대학교 교내학술연구비의 지원으로 이루어졌음.